# 古典文獻研究輯刊

十 三 編

曾 永 義 主編

第 7 冊

水滸續書研究

魏 永 生 著

國家圖書館出版品預行編目資料

水滸續書研究／魏永生 著 — 初版 — 新北市：花木蘭文化出
版社，2016〔民 105〕
序 2+ 目 4+310 面；19×26 公分
（古典文學研究輯刊 十三編：第 7 冊）
ISBN 978-986-404-583-9（精裝）
1. 水滸傳 2. 研究考訂

820.8　　　　　　　　　　　　　　　　105002163

古典文學研究輯刊
十三編 第 七 冊　　　　　　ISBN：978-986-404-583-9

## 水滸續書研究

| | | |
|---|---|---|
| 作　　者 | 魏永生 | |
| 主　　編 | 曾永義 | |
| 總 編 輯 | 杜潔祥 | |
| 副總編輯 | 楊嘉樂 | |
| 編　　輯 | 許郁翎 | |
| 出　　版 | 花木蘭文化出版社 | |
| 社　　長 | 高小娟 | |

聯絡地址　235 新北市中和區中安街七二號十三樓
　　　　　電話：02-2923-1455／傳眞：02-2923-1452
網　　址　http://www.huamulan.tw 信箱 hml810518@gmail.com
印　　刷　普羅文化出版廣告事業
初　　版　2016 年 3 月
全書字數　266928 字
定　　價　十三編 20 冊（精裝）新台幣 38,000 元

# 水滸續書研究

魏永生　著

## 作者簡介

魏永生，男，1961 年 3 月 8 日生，黑龍江哈爾濱人。1979 年至 1983 年就讀於哈爾濱師範大學中文系。1983 年至 1986 年工作於中學。1986 年至今工作於黑龍江教育雜誌社。2004 年始亦工作於黑龍江大學明清文學與文化研究中心。2004 年至 2009 年於哈爾濱師範大學文學院攻讀中國古代文學博士研究生，獲博士學位，導師張錦池教授、劉敬圻教授。

## 提　　要

　　全文包括「前言」、正文「六章」與「附錄」幾部分。

　　前言，涉及本文研究的目的意義、現狀、原則與方法，創新點與難點。

　　正文第一章，從水滸續書整體著眼，重點分析了水滸續書主題與《水滸傳》主題「亂世忠義的悲歌」之間正反等的多向關係。從心理描寫、環境描寫與結構形態框架三方面分析了水滸續書對《水滸傳》的繼承與發展，並由此歸結出水滸續書藝術表現不斷向現代小說邁進的趨勢。從整體上指出水滸續書藝術上存在的主要問題，並對每部續書藝術表現方面的特點進行簡評。第二章，分析了《水滸後傳》「海外立國」這個關鍵問題包涵的豐富的思想意蘊。分析了《水滸傳》中燕青形象易被忽視的多重內涵與《水滸後傳》中燕青形象的新變化及其原因，對其結局進行了合理性的推測。第三章，研究了《後水滸傳》轉世再生的構思與主要內容及其關注現實的創作意圖，對比了楊麼與宋江的同而不同，重點突出楊麼的新特質。第四章，通過對《結水滸傳》（《蕩寇志》）主要內容的分析，歸納出其主旨是「頌揚真忠真義，真忠真義必然戰勝假忠假義」。陳麗卿形象在分析其「俏李逵」的特點之後，重在探尋其構成淵源，並指出其具有「兒女英雄」的特點。第五章，重點研究晚清陸士諤《新水滸》針對社會改良形勢下的種種罪惡與醜陋所進行的高超的揭露與諷刺藝術，重新審視其價值，給予較高評價。第六章，以《水滸新傳》作為現代水滸續書的代表，對其進行了較全面的研究。分析了《水滸新傳》敘事重心較《水滸傳》發生變化的表現與其深層次原因；分析了張叔夜、盧俊義兩位重點人物形象，總結了盧俊義形象的創作方法；梳理分析了書中大量存在的環境描寫、場面描寫及其對表現思想感情、烘托氣氛的作用。認為《水滸新傳》是現代水滸續書乃至古今水滸續書中最為成功的一部，其豐富的思想意義與高水平的藝術表現力使《水滸傳》開創的英雄傳奇小說的創作模式得到了充分的發展。

　　除《水滸後傳》《結水滸傳》（《蕩寇志》）外，大多數水滸續書流傳不廣，故列水滸續書的回目作為「附錄」，以備研究者參考。

# 序

　　每個人都是一本書。書的品位是在一章又一章的閱讀中逐漸發現並體味出來的。這是一個由外向內，從朦朧到清澈的認知過程。

　　魏永生君是張錦池教授的嫡傳弟子。錦池兄近日有恙，把寫序的重任派給了我。魏君深知我的難處，說，老師寫個千八百字即可。我遂從了他們師徒「旨意」。

　　第一次與魏永生君交流，是在博士生入學考試的面試場合。他的面試成績是驕人的，但其性格元素與研究潛能卻依然模糊。印象中，魏君的氣質像極了歌劇院走出來的男中音，談吐則在活潑靈動之間稍現海闊天空之嫌。他能坐穩冷板凳嗎？

　　師生間的契合往往是在直播內心、深度互動、切磋琢磨的對話中步步貼近的。錦池兄面授的《四大名著導讀》，我的《明清小說名著還原批評》恰恰是這樣的平臺。在整整兩個學期課上課下肝膽相照的學術對話中，魏永生君的思維方式與研究潛能按捺不住地湧動迸發出來。我喜歡他每一次的課堂發言，更喜歡他在論文選題和開題報告中透露出來的爬梳材料的那種癡迷，還有力求對材料「竭澤而漁」的勇氣和傻氣。

　　著力尋覓被掩映著的生澀果實。這是魏君論文的第一興奮點。「《水滸》續書是幾大長篇名著中續書數量較多影響較大的一族，近年來雖有些研究，迄今尚無一部專著。論文對清初乃至上世紀五十年代之前的全部《水滸》續書進行了系統研究，選題具有重要的學術價值和創新意義。」四川省社會科學院沈伯俊教授的評語中如是說。魏文在前人一向關注的續書代表作即「亮點」之外，對續書的「面」與「線」作著力爬梳，著力搜尋採擷那些掩映在

繁枝密葉背後的生澀果子，把它們有序的安頓到續書歷史史冊中來。十七世紀英國著名詩人特拉赫思在《百年冥想錄》中幽默的說：「如果人們不願意縱覽所有的時代，不願把所有領域的美妙之處盡收眼底，那就太虧待自己了。」魏君的努力，讓《水滸》續書愛好者第一次領略了一窺全貌的愉悅。

讓材料說話。這是魏君論文統領全篇的思維慣性。論文以平和的格調解說著冗繁的文學現象。讓翔實的材料，嚴實的邏輯，托出堅實的結論。每一個結論的生命力都源於材料。材料是由頭，材料是根，材料是眼。材料，是貫穿首尾的魅力所在。

縱剖橫析，是魏君論文的又一艱難選擇。人們常說，沒有比較的思維是不可思議的。面對冗繁文學現象的比較解讀卻是不可思議的艱難。魏文果決執著而又小心翼翼地駕馭著比較研究方法，在對全部續書的縱橫梳理之中，在對有限時空的相似相異的辨識之中，在對作家主體元素與客觀誘因的解讀之中，去品嘗，去發現，去開掘，去捕捉，去把握不同層次不同分量續書的不同味道，去體會續書們「同樹異枝，同枝異葉，同葉異花，同花異果」的斑斕。

學問如同人生，是難以做到完美的。《水滸》續書的藝術品位有那麼多的先天不足，研究者的理論準備也還有待擴充與完善，由此，在尋繹每一種續書的特質性與「打通古今」的整合性方面，魏君的論文還有繼續深化與提升的空間。

姑為序。

劉敬圻

2015 年 12 月　三亞

# 目

# 次

# 前　言

## 一、論題的研究目的與意義

本論題研究的是從清初至 1949 年期間的水滸續書。

《水滸傳》自成書流傳以來，以水滸故事、人物而創作的相關文學藝術作品不勝枚舉，水滸續書尤顯特別。所謂續書，是一個涵義寬廣的概念，既有廣義的以水滸之名、以梁山英雄好漢之名敘述新故事的續書，也有延續其故事、情節、主題等的狹義的續書。由於《水滸傳》原著輝煌的思想藝術成就，文學接受的持久性、廣泛性；由於原著給予後代讀者以無盡豐富的聯想想像的巨大空間；由於不同社會環境的變化而產生的對原著相關相異的理解；由於續作者對水滸人物命運情意滿懷；……於是水滸續書大量產生。據統計，水滸續書從清初至 1949 年間計有十三部之多，僅少於紅樓夢續書，亦為洋洋大觀。

水滸續書現象，從總體而言，其性質是衍生變異。絕大多數續書力圖以獨特的面目呈現於讀者面前，其中浸潤著豐富複雜的文化因素。但由於原著的巨大身影，續書的價值極易受到遮蔽。因而，研究這一現象的目的則在於透過原著的光環，還原續書的獨特意義。

續書這一文化現象，較明顯地體現了敘事互文性這一文化流變事實。「每一篇文本都聯繫著若干篇文本，並且對這些文本起著複讀、強調、濃縮、轉移和深化的作用。」（《互文性研究》第 5 頁，天津人民出版社 2003 年 1 月第1 版）互文形式中的引用、黏貼、深化、扭曲、戲仿等形式在續書中大量存在。研究這一現象，可以更加清晰地理解《水滸傳》在流傳過程中其主題、人物、

情節結構、表現手法的變化與再生，及其背後隱藏著的文化因素。

## 二、論題的研究現狀

　　大多數續書借水滸之名，行標新立異獨創性敘事之實。正所謂借他人酒杯，澆自己胸中塊壘。而由於冠之以水滸之名，則難免有附驥或寄生之嫌。而且十三部續書中也的確只有某幾部續書或某些續書的局部不乏新意，有精彩之筆，但整體水平不高，可讀性不強，流傳不廣。因而，水滸續書歷來多不受重視，多數未在研究者的視野之內。在中國古代文學史、中國古代小說史及中國現代文學史、中國現代小說史的編撰著作中，水滸續書尚沒有相應的位置。

　　自覺地從理論上、從文學史的角度認識和研究古代小說續書及其意義和價值，始於 20 世紀 80 年代。當時《光明日報》先後發表了吳曉玲、林辰評價《後水滸傳》和《後西遊記》的文章；黃岩柏、劉景亮也分別發表了評論劉廷璣對續書價值評價的文章；之後，李時人、張弘對續書和仿作問題進行探索的文章也相繼發表。20 世紀 80 年代，林辰在《明末清初小說述錄》的「論續書」中，專門探討了有關小說續書的諸多問題。20 世紀 90 年代初，研究古代小說續書的第一部專著李忠昌的《古代小說續書漫話》出版，然該書作為中學生的課外讀物，並沒有對續書研究的學術問題進行深入的討論。20 世紀90 年代末趙建忠的《紅樓夢續書研究》面世，2004 年高玉海的《明清小說續書研究》、王旭川的《中國小說續書研究》出版，這三部專著從不同角度與層面深化了續書研究。除此，近年還有相關研究文章見諸雜誌與論文集中。這些專著雖然也論及水滸續書，但只是將水滸續書視為紛繁續書枝蔓中的一枝，當然，也為本論題的研究提供了良好的基礎。而直到現今，研究水滸續書的專著尚未面世。尤其值得注意的是，水滸續書的研究文字，涉及古代續書的較多，涉及現代續書的很少；整體系統論述的幾近於無。比較而言，《水滸後傳》《結水滸傳》（《蕩寇志》）似成為水滸續書研究的主要對象，其它除《後水滸傳》尚有人涉及外，多略而不論。

## 三、論題的研究原則與研究方法

　　筆者不揣淺陋，搜集爬梳原著，遵循導師張錦池、劉敬圻兩位先生「打通古今」的研究思路，視古今水滸續書為一個研究整體，在進行通盤觀照考察的基礎上，重點剖析幾部續書。以文本解讀為基礎，依循相關文獻，探求

文化成因，以求更加客觀地理解評價水滸續書主題、人物及表現手法等方面的內涵，並釐清續書與原著的關係，從而得出對續書價值意義的理解認識。

## 四、論題的創新點與難點

　　本論題力求創新之點，一是將古代與現代的界限打通，視古今水滸續書文化現象爲一個研究整體，進行通盤觀照和全方位考察；二是系統地梳理水滸續書的歷史演變，以文本細讀的方式尋繹續書與原著之間的差異與相似之處，從而得出對續書價值意義的理解認識。

　　打通古今使這一研究具有一定的難度，可以參考借鑒的成型經驗不多。這是本論題研究的難點。這就迫使筆者不得不更深入地爬梳文本，參照相關專家學者的研究成果，以期實現理論水平與研究成果的進一步提升。

# 第一章　水滸續書述要

　　從清初至 1949 年，水滸續書計有 13 部。清初有《水滸後傳》《後水滸傳》，清中後期有《結水滸傳》(《蕩寇志》)，晚清有兩部《新水滸》，民國有《續水滸傳》《古本水滸傳》《殘水滸》《水滸別傳》《水滸中傳》《水滸新傳》《戲續水滸新傳》《水滸外傳》等。

## 第一節　《水滸傳》主題思想的多重衍變

　　《水滸傳》在數百年的成書與流傳過程中，如海納百川般地包容了豐富的思想文化意蘊，對其主題的分析也因角度不同而眾說紛紜。有學者歸納後認爲，主要有「農民起義說」、「市民說」、「忠奸鬥爭說」、「亂世忠義悲歌說」、「人才悲劇說」〔註1〕等。而每種觀點中還包括諸多的不同提法。筆者在研究水滸續書的過程中，對每部續書的主要思想內容進行了細緻分析，更加明晰、認同了「亂世忠義的悲歌」一說。發現續書的主題與所表達的主要思想感情都與忠義二字有著千絲萬縷的關聯，都是由忠義思想產生的種種或正面或反面或其它方面的變化，都是對「亂世忠義的悲歌」這一母題的繼承、發展或悖反、變異。

### 一、水滸續書主題思想的多重面貌

#### （一）亂世忠義的悲歌──母題的延續及其深化

　　這類續書對《水滸傳》英雄的結局深表不平，對一意招安之舉進行了反

---

〔註 1〕明代文學研究，張燕瑾、鄧紹基、史鐵良等編撰，北京：北京出版社，2001年 12 月，247～256 頁。

思，對共赴國難的忠義壯舉進行了熱切的歌頌，表現出濃鬱的「宗宋」情結。

成於清初的《水滸後傳》從《水滸傳》梁山英雄身在綠林而心懷忠義，受招安，服大遼，征方臘，亡身殉國，僅存者又多被賊臣所害開篇，主要寫阮小七、李應、李俊等不堪忍受貪官污吏的欺壓，再次聚義，分別重上登雲山、飲馬川，佔據太湖消夏灣，反貪官惡霸，在金人南侵、國運危機時，主動抗擊金兵等英雄業績。後來被逼遠赴海外創立基業，救駕受封，做出了一番比梁山更驚天動地的事業。小說通過「海外立國」表現了忠義英雄報效朝廷而不得，只能遠離故土的無奈，對中華傳統文明禮儀的承傳，與對故國的思念。

亦成於清初的《後水滸傳》從《水滸傳》宋江、盧俊義等被害寫起，主要寫宋江、盧俊義等被害者分別轉世為楊么、王摩等，率草莽英雄佔據山寨打家劫舍抗拒官軍，後齊聚洞庭湖君山大寨，鋤惡去暴，劫富濟貧，打擊貪官污吏的經歷。最後在金人南侵，北宋已亡，南宋初建，國運飄搖，君昏臣佞的形勢下，楊么被抗金英雄岳飛所困，欲「降他」「歸助宋朝」而未得，遂脫骸升空。

連載於《北平晨報》1933 年 10 月 10 日到 1934 年 8 月 4 日的《水滸別傳》，主要寫梁山英雄蕭恩（阮小七）隱居太湖，過著與世無爭的平靜生活，可地方官吏與惡霸以漁稅等種種藉口逼其就範，欲強娶其女蕭桂英，蕭恩憤起反抗而被屈打屈判。時宋金戰起，腐敗官吏借機要剪除避世於太湖的蕭恩、李俊諸英雄，逼得他們夜襲奸賊。激戰後，蕭恩重傷自刎，李俊等遠投海外，何清重上「梁山」，蕭桂英北上尋找未婚夫花榮之子花逢春共同抗金。《水滸別傳》是國難當頭之際作者憂憤之情的隱晦抒發。當時，日寇佔領東北，而國民政府歌舞昇平，權奸賣國，地方官吏對百姓一味強取豪奪。小說揭露了外敵入侵形勢下朝廷君臣的腐敗，歌頌了忠義之士的奮起抗爭與以身許國。

1938 年 9 月由上海中國圖書雜誌公司出版的《水滸中傳》，上承金本《水滸傳》，下接陳忱《水滸後傳》。作者姜鴻飛認為，俞萬春的《結水滸傳》（《蕩寇志》）是「諂媚異族」之作，《水滸傳》七十一回以後的「征四寇」又寫得雜亂無章，《水滸傳》到《水滸後傳》中間出現了空白，因此以《水滸中傳》來填補。小說主要寫梁山英雄兩敗高太尉官軍圍剿，拒斥金國以高官厚利勸誘，接受賢官張叔夜招安。招安後奉旨征討猿臂寨占山為王的陳希真，破遼，

血戰方臘，最後梁山英雄殘損七八，宋江被奸賊所害。《水滸中傳》對《水滸傳》忠義思想通過宋江、盧俊義、顏路子等進行了極端化的發展，並以張叔夜招安梁山英雄反覆強調人才在國家處於外敵入侵形勢下的重要意義，表達了對宋江等盡忠報國而反遭冤屈的悲憤。

從主題的複雜性方面說，《水滸後傳》與《後水滸傳》除鮮明表現了對《水滸傳》「亂世忠義的悲歌」的繼承外，較其它兩部續書都或明或隱地表達了對「故國」的思念，對外敵憑陵時國運的憂患，因而流露出濃重的「宗宋」情結。《後水滸傳》楊幺等在國運危急時還欲「降他」「歸助宋朝」，卻被朝廷派出的抗金大英雄岳飛無情剿滅，血淋淋的事實又唱出了一曲忠義英雄「宗宋」情結的輓歌。《水滸後傳》海外立國，眾英雄心繫故園，表面上高唱的是「宗宋」情結的頌歌，實際上，他們是被逼遠涉海疆，大宋朝廷是君非明君臣非賢臣，英雄無報效之路，因此這曲頌歌也實為輓歌。

### （二）亂世忠義的頌歌——母題「亂世忠義的悲歌」的別樣極端化

這類續書或對水滸英雄替天行道、除暴安良進行正面描寫、歌頌，或對不顧個人犧牲挽救危亡國運血染沙場的英雄行為進行全方位描述，表現出對共赴國難、拯救民族的忠義思想的高揚，譜寫了一曲亂世忠義的頌歌。

1933 年 8 月 20 日上海中西書局出版了一本《一百廿回古本水滸傳》。這個本子前七十回與金本《水滸傳》相同，後五十回為梅寄鶴所著，實則係《水滸傳》的一部續書。小說主要寫梁山英雄秉承忠義，替天行道，抗擊官軍圍剿，主動打擊貪官污吏，劫富濟貧，除暴安良。還寫了英雄報冤仇，殺惡人的內容。小說最後寫英雄大敗官軍，慶功宴上，霹靂一聲，雷轟供奉的天降石碣，全書結束。小說對《水滸傳》忠義主題進行了提純性的發展，繼承並極端化了《水滸傳》快意恩仇的特點。

張恨水於 1940 年至 1942 年所作另一水滸續書《水滸新傳》從通行的金本《水滸傳》七十回後寫起，主要寫梁山英雄盧俊義等為尋建另一根據地而至海州與張叔夜交戰，被俘，引出梁山全夥受招安。金人南侵，盧俊義等十位英雄北上山東、河北抗敵，建立了臨敵根據地，與敵展開了殊死搏鬥。東京被圍，張叔夜帶梁山英雄勤王，英雄浴血奮戰死傷慘重。城破，二帝被擄，梁山英雄謀求解救被囚君王未果，被偽帝張邦昌鴆殺。《水滸新傳》全面反映了外族入侵，朝野上下共赴國難的悲壯與忠奸的尖銳對立，高揚忠義旗幟而更純粹化，表現出當時社會一致對外的呼聲與作家個人的理想追求。

嘉魚作於 1942 年至 1943 年的《戲續水滸新傳》接張恨水《水滸新傳》第四十六回寫起，至六十回止，主要寫梁山英雄盧俊義等在山東、河北前線英勇抗敵而殉國，其它英雄在張叔夜率領下東京勤王血戰的過程。還寫了忠奸鬥爭，二帝蒙塵，英雄營救二帝，助高宗中興，而大都壯烈犧牲的經過。最後以僅存的英雄武松深入北方群山，欲聯絡有志於國的英雄以求如梁山一樣再做出轟轟烈烈的事業結束。《戲續水滸新傳》是《水滸新傳》的續書，因之二者間有很多共同之處，主題思想基本相同。

「悲歌」「頌歌」一字之差，反映出梁山英雄境遇的不同。凡寫英雄被逼、被屈，被君所忌，報國無路即為「悲歌」；反之，英雄能為君所用、所信任，能有報效國家之機，即使如《水滸新傳》英雄為國而血染沙場，被偽帝漢奸所害，亦為「頌歌」。此係「悲歌」「頌歌」之不同。

### （三）對名忠義實盜賊的揭露——母題「亂世忠義的悲歌」的悖反

這類續書認為水滸英雄是假忠假義、禍國殃民的亂臣賊子。當水滸忠義思想流佈於民間之時，詆毀英雄造反的封建正統思想便起而攻之，發洩對《水滸傳》的強烈仇視。

冷佛作於 1924 年至 1926 年的《續水滸傳》由金本《水滸傳》七十回續起，主要寫梁山宋江以忠義、替天行道為名，卻攻城略地，殘害百姓，並謀取山東、河北眾山寨盟主，陰謀獨霸天下，極力阻撓朝廷招安。而以盧俊義、林冲為首的富豪軍官出身的人，一步步認清了宋江的真面目，暗中串聯，形成了與宋江等以忠義為名實則強盜對立的真忠義盼招安的陣營。最後張叔夜擒捉了宋江，盧俊義、林冲等眾英雄招安成功。作家以此表達了對民國初年軍閥混戰，政府腐敗，強敵在側，民眾災難深重的憂憤，對名忠義實強盜的揭露。

程善之發表於 1933 年的《殘水滸》由金本《水滸傳》七十回續起，寫了梁山以宋江為首的集團，口稱忠義、替天行道，盼朝廷招安，實則攻城略地，拒官軍，殺朝臣，掠奪資財，而且勾通北方的金人欲作賣國的漢奸，私下交結蔡京等權奸，陰謀投靠，最終眾叛親離，私投金人被捉，下獄受審。同時寫了以盧俊義為首的大都由原朝廷軍官組成的盼招安反賣國的集團，他們組成了抗拒宋江集團的強大力量，最後終於衝破了種種阻撓，走下了梁山，成了抗擊外敵的朝廷軍將。

### （四）定亂扶衰者的頌歌──母題「亂世忠義的悲歌」的反向極端化

從內容上看，俞萬春的《結水滸傳》（《蕩寇志》）也揭露宋江等假忠假義、名忠義實強盜的本質，與《續水滸傳》《殘水滸》有一致之處。但《結水滸傳》（《蕩寇志》）著筆的重點不在此處，而重在表現陳希眞的眞忠眞義以及功成身退，揭露宋江假忠假義居次要地位，宋江主要起襯托陳希眞的作用。這可以從小說的主要內容、人物的主次關係、作家的感情傾向等分明看出。因而，將《結水滸傳》（《蕩寇志》）單歸一類。

《結水滸傳》（《蕩寇志》）從金本《水滸傳》七十回後續起，主要寫陳希眞父子被奸賊高俅父子逼迫，輾轉流離，最後不得不上了猿臂寨落草。但陳希眞效忠皇帝，不反官軍，專門對抗同為強盜身份的梁山宋江，而且還主動出兵解救被梁山圍困的死敵高俅，想方設法謀求招安。招安後，同雲天彪、徐槐、張叔夜等官軍合力圍剿梁山，將其消滅，把宋江等押上東京。陳、雲、張等功成名就。小說著力描寫陳希眞的正統忠義，視宋江為名忠義實強盜。小說產生於清中後期階級矛盾尖銳激烈的時期，作家仇視反抗勢力，詆毀造反英雄，極力宣揚維護皇權、平定亂臣賊子的眞忠眞義，崇尚效忠皇權而功成身退的政治智慧，譜寫了一曲定亂扶衰者的頌歌。

### （五）忠義與情愛的矛盾──母題「亂世忠義的悲歌」的變異

見於劉盛亞發表於 1947 年的《水滸外傳》。小說以蕭恩（阮小七）之女蕭桂英與花榮之子花逢春戀愛為線索，寫了蕭、花之間，蕭與強迫她與之結婚的金將占罕間的感情糾葛，寫了梁山殘餘英雄及其後人重新組織起來抗擊金人壓迫的故事。小說以金兵被消滅，敵將占罕被蕭桂英毒酒所殺，蕭與花惜別，蕭又為占罕殉情結束。「外傳」是《水滸傳》母體變異的結果。鮮明的忠義思想已被濃鬱的人情味所取代，尖銳的民族矛盾已淡化為敵我之間的平平和和，金戈鐵馬的英雄傳奇已軟化為青年男女的「小資情調」，消滅敵人的決心演變為嫁敵隨敵並為之殉情的節烈與纏綿。

## 二、水滸續書主題思想多重面貌的形成原因

作為續書其思想意義受所續之作的影響不言而喻；同時，也必然反映出續書產生時的社會形勢與社會思潮，帶著鮮明的時代烙印；而續書作者個人對所續之作的認識、分析、評價，個人的審美觀、價值觀等也會自覺或不自

覺地流露於字裏行間。因此，時代、原著、個人這三方面是影響甚至決定續書主題思想的重要因素。三方面的作用體現於每部續書中有大小強弱之別，因之，續書的主題才呈現出同中有異甚至針鋒相對或者完全與母題背離的種種情況。

### （一）社會思潮的決定性作用

通觀十幾部水滸續書的主題思想發現，在時代、原著、個人這三方面中對主題思想起決定作用的往往是社會思潮。在續書主題的五種不同類型中，凡是正面歌頌梁山英雄忠義的不論是「悲歌」還是「頌歌」，都產生於民族矛盾激化、王朝易代或中華民族面臨嚴峻考驗，處於生死存亡的關頭。

最早出現的水滸續書《水滸後傳》《後水滸傳》均成於清初，作者係生活於明清交替、華夏文明遭受無情摧殘的年代。因此，這兩部續書不僅高唱了一曲「亂世忠義的悲歌」，同時唱響了一曲「宗宋情結的輓歌」。這是時代使然、時代決定的。

《水滸別傳》產生於 1933 年至 1934 年間的北平。其時，日寇已佔據東北、松滬地區，對中原等虎視眈眈，抗日戰爭尚未全面爆發。因此，續書中金人南侵僅作交代，未有正面描寫。但當局腐敗，逼走甚至逼死梁山英雄，梁山後人雖北上抗敵，但投奔何人等沒有涉及，因此「亂世忠義的悲歌」雖然唱起，但不夠響亮。

《水滸中傳》產生於 1938 年的上海，其時，日寇已大舉進攻華北，上海等早在日寇鐵蹄之下，汪偽政權即將成立。故而，作家姜鴻飛不滿俞萬春的《結水滸傳》（《蕩寇志》）爲「諂媚異族」之作，書中寫了梁山英雄拒斥金國高官厚賄的利誘，寫了大破遼，似可看做抗擊日寇進犯中華的曲折反映。但也寫了梁山征討占山爲王的陳希眞、血戰方臘，終被奸賊所害。續書主題雖屬歌頌「亂世忠義的悲歌」，但終不如《水滸後傳》《後水滸傳》般鮮明。

《水滸新傳》寫於 1940 年至 1942 年的重慶，《戲續水滸新傳》也寫於 1942 年至 1943 年間。其時，日寇大舉進犯，已佔了華北、中原、江南等地，中華民族處於生死存亡之際，因此表現全民族上下一致對外，高唱「亂世忠義的頌歌」就成了兩部續書發出的時代呼聲。

1933 年，《古本水滸傳》產生於上海，其時日寇已佔據東北、淞滬。續書假託「古本」，仍難以脫出原作思想的範疇，而且後五十回主要寫梁山英雄替天行道，除暴安良，抗擊官軍，未涉及招安、征遼、平方臘與英雄慘遭奸賊

之害的內容，故而其主題只能是「亂世忠義的歌頌」。

　　凡是揭露梁山英雄名忠義實強盜的續書都產生於階級矛盾與民族矛盾尖銳的時代，這也是水滸續書主題思想表現的通例。

　　俞萬春《結水滸傳》（《蕩寇志》初刻於咸豐三年（1853），創作歷時 22 年。清乾隆至道光間，清王朝腐敗日甚，民怨沸騰，民眾暴動風起雲湧，正是席卷半個中國的太平天國爆發的前夕。對於民怨，清王朝一邊以武力鎮壓，一邊以禁燬《水滸傳》等對文化領域加強防範。就是在此形勢下，封建正統文人俞萬春順應沒落王朝與封建士大夫挽救頹敗國運的要求，創作了否定《水滸傳》的《結水滸傳》（《蕩寇志》），竭力宣揚維護皇權的眞忠眞義，詆毀梁山英雄假忠假義，定要滌蕩淨盡而後快。《結水滸傳》（《蕩寇志》）與《水滸傳》同爲宣揚忠義，但作品的思想傾向、立場、創作目的，創作者的社會角色截然不同，因而兩部書主題相同而內容性質相異。這也是文學史上一種十分特殊的文化現象，值得深入研究。

　　《續水滸傳》是現代水滸續書的第一部，連載於 1924 年至 1926 年的《盛京時報》。續書寫梁山宋江名忠義實強盜陰謀獨霸天下；寫朝廷君昏臣奸，官匪一家，官軍害民比強盜尤烈；還寫了北方遼、金窺視中土，山東、河北、江南強人遍地，強人間混戰害民，百姓生不如死等。聯繫續書連載時期東北、華北、中原等軍閥割據、土匪孳生的社會現狀，不難發現，續書揭露宋江名實相背正是當時社會生活的眞實再現。天下大亂、民不聊生的現實，人民渴望和平的生活，不滿政府無能強盜害民的社會思潮，是《續水滸傳》形成揭露梁山名忠義實強盜主題的根本原因。程善之的《殘水滸》1933 年 10 月出版於江蘇鎮江，發表時日寇已佔據松滬地區。小說寫金人南侵，王進等朝廷軍將抗擊敵人，盧俊義、林冲等積極投身抗敵洪流。但小說仍大量寫到宋江陽奉陰違，勾結金人與當朝權奸。反映出作家對大敵當前我方陣營中各種勢力交錯的憂慮，對抗日思想與行動的不統一帶來的危害的憂慮，並表達出漢奸賣國必敗，抗敵必勝的信念。

（二）《水滸傳》複雜思想內容的影響

　　《水滸傳》在數百年的流變形成過程中，包含了十分複雜的思想內容。當我們明晰、確認了「亂世忠義的悲歌」是《水滸傳》的主題思想的同時，也要看到在這一主要的基本思想外，《水滸傳》還存在著可以概括出與「亂世忠義的悲歌」不同的其它主題的理由。這也是金聖歎刪改《水滸傳》的原因

之一，而金本《水滸傳》自清初流行三百多年來，對水滸續書主題思想的形成產生了重大影響。下面主要以金本水滸爲例分析這個問題。

鄭振鐸先生談及金聖歎刪改《水滸傳》及金本的影響時說：「不料在明末清初之時，卻有了一位金人瑞氏，以他的無礙的辯才，強造了一部七十回本的《水滸傳》出來。更不料他這一部『腰斬』的《水滸傳》，卻打倒了、湮沒了一切流行於明代的繁本、簡本、一百回本、一百二十回本、余氏本、郭氏本……使世間不知有《水滸傳》全書者幾三百年。」〔註2〕

在十幾部水滸續書中，除最早出現的清初的兩部續書《水滸後傳》《後水滸傳》，兩部接續京劇《打漁殺家》而形成的續書《水滸別傳》《水滸外傳》和一部續書（《水滸新傳》）的續書《戲續水滸新傳》外，計有 8 部接金本而來，其中包括晚清的兩部「翻新小說」《新水滸》。在這 8 部接金本的續書中約可分爲兩種不同情況。

### 1. 接續金本內容並接受金本觀點

有 5 部續書如此，《結水滸傳》（《蕩寇志》）、兩部《新水滸》《續水滸傳》《殘水滸》。

《結水滸傳》（《蕩寇志》）爲最早出現的此類續書。與林冲同樣出身經歷相似的陳希眞被奸賊逼得流落四方但不落草，無奈而「上山」後不抗官軍不打家劫舍，身在「山上」心在朝廷，一意打擊與自身性質相同的梁山宋江；想方設法謀求招安後，夥同多路官軍血洗梁山，功成身退。作者認爲這才是眞忠眞義，梁山是假忠假義名忠義實強盜。俞萬春在《結水滸傳》（《蕩寇志》）的序言中寫道：「聖歎先生批得明明白白：忠於何在？義於何在？總而言之，既是忠義必不做強盜，既是強盜必不算忠義。」並臆說施耐庵《水滸傳》「並不以宋江爲忠義。眾位只須看他一路筆意，無一字不描寫宋江的奸惡。其所以稱他忠義者，正爲口裏忠義，心裏強盜，愈形出大奸大惡也」；攻擊羅貫中「忽撰出一部《後水滸》來，竟說得宋江是眞忠眞義。從此天下後世做強盜的，無不看了宋江的樣，心裏強盜，口裏忠義」。因此，他作《結水滸傳》（《蕩寇志》）目的是「如今他既妄造僞言，抹煞眞事，我亦何妨提明眞事，破他僞言，使天下後世深明盜賊、忠義之辨，絲毫不容假借」。〔註3〕俞萬春不僅批

〔註2〕名家解續水滸傳，水滸傳的演化，鄭振鐸，濟南：山東人民出版社，1998 年 1 月，103 頁。

〔註3〕結水滸傳，（清）俞萬春，哈爾濱：黑龍江人民出版社，1997 年 8 月，開篇處。

判了羅貫中的創作意圖歪曲了施耐庵的本意，而且接受並發揚了金聖歎的觀點，並以自己的創作進行了生動的發揮與極端化。在陳希眞、宋江的對比刻畫中，歌頌前者是光明正大的眞忠眞義，揭露後者是名實相背的假忠假義，並以細緻形象的描寫展示了眞忠眞義剿滅假忠假義的過程。俞萬春創作《結水滸傳》（《蕩寇志》）固然是緣於清中後期階級矛盾的激化，封建王朝的風雨飄搖，維護皇權的目的，但金本《水滸傳》對他及其創作的影響也是顯而易見的。金本《水滸傳》的思想傾向恰好符合了俞萬春創作的需要，因而俞不僅接受了金本《水滸傳》的觀點還進行了極端化的發展，這才產生了思想、形象純而又純的《結水滸傳》（《蕩寇志》）。

　　《殘水滸》「小引」說《水滸傳》「乃以一石碣、一夢囈爲結束」，評論道：「至《後水滸》之以征四寇爲功，以王瑉羅爲壯，則節外生枝而已。《蕩寇志》則純爲帝王辯護，其理想已甚卑鄙，無端生出陳希眞諸人，崇拜帝王之餘，增以迷信，其尤妄矣。」又評論《殘水滸》道：「而特就《水滸》所載各人之性情品格一一痛快而發揮之！宋江之狡，吳用之智，舉無所措手焉，而《水滸》於是乎解散矣。」「然而吾以爲善讀《水滸》者，莫如一粟。蓋能利用前《水滸》之疵病，而一一翹而出之也……非施氏護前而不肯著筆，一粟何從投間以爲之結局哉？」〔註4〕「小引」中的相關文字對理解《殘水滸》與金本《水滸傳》的關係很有幫助。《殘水滸》中的宋江是一個對外滿口忠義，實則賣國求榮，內結權奸，十足的陰謀家、野心家，將金本《水滸傳》中的宋江形象進行了比較直露的刻畫，使其特點更鮮明更生動，其特點與《續水滸傳》中的宋江相似。

　　在接續金本內容並接受金本觀點的續書中，晚清出現的兩部《新水滸》帶有特殊性。這兩部小說是晚清西風東漸清王朝動蕩不安中產生的帶有探索國家出路性質的「問題小說」。小說以《水滸傳》爲憑藉，主要反映社會上形形色色人物實業救國、教育救國等主張與實踐，對晚清社會改良形勢下出現的新事物分別進行了正面的積極歌頌與反面的深刻揭露。兩部小說以「新水滸」爲名，接金本《水滸傳》展開，自然不能不涉及忠義問題。1907 年面世的西泠冬青《新水滸》，引言中明言「著書本意」「就是『忠義』兩字」，並對之進行了概括：「盡心大群之公益，方算是眞忠；不謀個人之私利，方算是眞義。」書中雖有如「引言」中所說的「若嘲若諷，且勸且懲，欲使人知道今

---

〔註4〕殘水滸，程善之，哈爾濱：黑龍江人民出版社，1997 年 8 月，379～380 頁。

日新政上之現象，如是如是而已。知我罪我，在所不計」，並以「掉將遊戲筆，來繪現形圖」作引言的結束〔註5〕。但書中既無多少揭露現實不公、黑暗的內容，也無表現梁山英雄「忠義」與否的內容。當然，西泠冬青《新水滸》僅存甲編，未見乙編，但由現存文字分析，未見文字恐亦不會對「忠義」有深入的表現。因爲作書的本意與書中的表現未能統一，書中呈現給我們的是「今日新政上之現象」而已，重點不在「忠義」與否。

陸士諤作於 1909 年的《新水滸》則與之有所不同。二者產生的時間相近，所處社會環境相同，但兩者間思想傾向多有相異。陸本重在對社會種種弊端與醜惡進行入木三分的揭露，更憤世嫉俗，如其序言所說是「爲憤而作」，目的是「懲人之惡」與「勸人爲善」。因作家借水滸言事，所以梁山英雄在作家筆下就難以不被敷以忠義與否的色彩。在其「總評」中說，除其最愛的「關勝、徐寧、魯智深、楊志」〔註6〕等不使之下山沒入滾滾紅塵外，其餘下山者所爲大都是作家揭露或諷刺對象。即如水滸第一主人公宋江，作家也因受金本等影響而將其作爲名忠義實強盜、假忠假義的典型而進行了勾勒式的嘲諷，使宋江這個人物在揭露社會醜惡的問題小說中得到了傳神的刻畫。（具體參見本書第五章相關部分）由此可以說明，金本水滸影響之巨，就連兩部《新水滸》這類並不純粹的、廣義的水滸續書、「翻新小說」，也不可避免地染上金本的色彩。

### 2. 接續金本內容未接受金本觀點

有三部續書如此，《古本水滸傳》《水滸中傳》《水滸新傳》。

《古本水滸傳》的來歷、內容構成與主題思想上文已述。其由金本續起但思想傾向不同於金本而基本上同於施耐庵本，這在小說中隨處可見，最後一回內容就很可說明問題。請特別注意全書結尾詩中「雲開又見天」、「憐赤子」、「太平重造」等關鍵詞語：

> 且說宋江今番大破官軍……大獲全勝，眾頭領無不歡喜，獨有吳用默然不樂。有人問：「軍師何故悶懷無語？」吳用憮然說道：「紀安邦雖是奸臣死黨，究竟也奉皇帝敕命，拜將興師，非同小可……被俺殺得一敗塗地，不可收拾。這禍殃越鬧越大，今日以後，只怕梁山泊更多事了。」吳用一番語言，說得人人危心悚懼，都說：「這

---

〔註5〕新水滸，西泠冬青，哈爾濱：黑龍江人民出版社，1997 年 8 月，183 頁。
〔註6〕新水滸，陸士諤，哈爾濱：黑龍江人民出版社，1997 年 8 月，開篇處。

便怎處……」

……宋江感念神靈顯赫，神恩浩蕩，便令蕭讓另書青詞一通，親至玄女宮中拈香頂禮，神前焚化，拜聞九天玄女，自責罪譴，願求朝廷早頒恩命，赦免彌天大罪，與眾兄弟同命招安，盡忠報國。

不上數日，忽得東京消息，殿帥府掌兵太尉高俅，今被李綱奏了一本，下旨罷官。接連又一消息，卻是濟州太守張叔夜到任。宋江一驚一喜，說道：「前日蔡京失寵，高俅今又罷官，天可憐見俺們兄弟，能有一日奸臣盡除，忠臣當國，朝廷下詔，赦罪招安，大家重見天日，博得個一官半職，也不枉在此聚首一場。」因令宰殺豬羊牛馬，全山做筵，大宴十日。

一聲驚起蟄蟲眠，端是雲開又見天；

雨洗千山成淨土，雷鳴四海端狼煙。

草莽失身憐赤子，太平重造有高賢；

書生挾策終何濟，負曝高談理故編。〔註7〕

《水滸中傳》正文前有四篇時人序文與一篇作者自序，每回前均有時人回評，從中可以透視《水滸中傳》主題思想未受金本影響而繼承了施本的傳統之說。

下面是程小青於 1938 年序中評價：

而宋江等一百八人，或抱濟世之才，或具萬夫之雄，品性豪爽，志切報國，是皆宋季之善人也。設蔡京等能進而用之，必且爲國之干城，致生民於長治久安之域。顧宋江等僅欲爲安分之良民，而不可得，必令貪官污吏，威迫勢脅，驅之入水泊爲盜而後已。寧不痛且惜哉！

施耐庵《水滸傳》，狀一百八人，如生龍活虎，殆欲爲善人吐其不平之氣，讀者譽之爲奇書。且十九表同情於江等，是豈讀者亦被同化而具盜性乎哉！良以鑒其爲盜之苦衷，有非爲盜而不可者。且江等之志，在濟困扶危，鋤暴安良，打盡人間不平事，又儼然有賢有司之風。故讀《水滸》者，莫不愛江等之所爲，而略其爲盜之跡

---

〔註 7〕古本水滸傳，梅寄鶴，哈爾濱：黑龍江人民出版社，1997 年 8 月，361～362 頁、363 頁、364 頁、367 頁。

也。

　　……而其謀國之忠，服公之誠，赴義之勇，待人之厚，則胥非前傳之所有矣。草莽英雄，一旦奮身青雲，建功報國，大丈夫固不當如是耶？故本書之作，豈僅癉惡揚善，而彌讀者之缺憾。抑亦儆惕後人而勉之，共以國家為念也。

下面是倪羔封序中評價：

　　宋江盜也，劫掠民眾，抗拒官軍，乃亂國之賊，害民之蠹，然世之稱江者，每曰「忠義宋公明」。以其受國家招安，為國家殺賊，忠心不二，繼以身殉，載諸史班，班班可考。蓋江者，為盜始，而為良將忠臣以終者也。安可以盜目之哉？

下面是姜起渭序中評價：

　　讀之但見忠義之氣，浩然長存，寫至沉痛處，讀之淚下。

下面是續書者自序中評價：

　　按這《水滸傳》前、中、後一百四十大回觀之，《前傳》描寫宋江等，各人的個性、品行，得一個「信」字，一個「義」字，朋友之間，從不知傾軋詐欺，都是肝膽相照，生死不移，見義勇為，互愛互助。待《中傳》裏受了招安，為國家服務，卻又得一個「忠」字，一個「誠」字。但知服從政府命令，不計個人身家性命。到了功成以後，明知奸臣不相容，政府雖賜之以鴆酒，亦甘受無辭，以身報國。這種服從政府的忠誠，和不畏死的人格，實就是現行新生活的精義。

下面是續書第十四回王介部分評文：

　　宋江拒絕遼使，眾兄弟深服其論，深歎古之豪傑，義利之辨，至決至明，非若今之惟利是趨者，不可同日而論也。

　　宋江等之上梁山也，皆為犯罪避災，絕無稱王圖霸之野心。若赦其罪，使討方臘，誠計之得者。

下面是續書第十九回王介部分評文：

　　忠臣孝子，國之寶也。此宋江所以獨縱苟英，亦惟忠臣能惜忠臣，孝子能愛孝子。讀此，深幸苟英得遇宋江，而能保全首領，是亦天之所以報孝子也。

下面是續書第二十九回王介部分評文：

> 宋江為人，金聖歎謂其奸詐過人，予讀《前傳》，實不知其詐在何處。酒席上論做官一番話，直可垂諸百世。所言三件官箴，賢與不肖，都由此而別。不惟眾人聞之，肅然起敬，即讀者亦敬其所言也。
>
> ……
>
> 盧俊義謂燕青曰：「老弟不知聖人入世之法。聖人入世，只以行道為主，不計身家性命，即使身罹不測，也是殺身成仁。」嗚呼！斯言也，可以驚天地以泣鬼神。古之強盜中，有此聖人，不知今之聖人中，有此強盜否耶？

下面是續書第三十回王介部分評文：

> 或曰：「宋江忠則忠矣，惜其愚之不可及也，明知鴆酒為奸人所賜，既已對趙檀說穿矣，奈何不上朝見道君去耶？予曰：是未知宋江之心也。宋江不云乎，此身已許國，非復己所有。為官一日，必受國家之法令。雖賜之鴆酒、寶劍，不敢不飲不刎也。鴆酒雖假，詔書乃真，若不飲之，如何知其為鴆酒，則違上司之命令矣。違命令，則為逆臣，宋江欲為逆臣，何必受招安，為國家東西奔走，殺賊平寇哉！此宋江雖明知之，而故飲之。且令李大哥同飲之也，男兒死耳，留得美名萬古。古今若是死法，能有幾人？岳武穆忠節偉功，千秋不泯，亦宋江之素志也，安得以愚忠目之哉！

續書結尾總結性的「念奴嬌」，對梁山英雄忠義精神給予高度讚揚：

> 正是：灑盡兩行血和淚，寫出千古不平史。題念奴嬌一闋，以填書尾：
>
> 古往今來，問忠臣義士，若個頭白。三尺龍泉伴熱血，但知誅佞殺賊。埋沒山林，負屈含冤，抑欲憑誰說。替天行道，斬盡神奸巨猾。
>
> 回想忠義堂前，斷金亭畔，浩氣貫白日。男兒七尺，誓許國，只待效死消息。北掃胡寇，南平漢逆，功成身遭殛。怒髮衝冠，告蒼天天默默。〔註8〕

〔註8〕水滸中傳，姜鴻飛，哈爾濱：黑龍江人民出版社，1997年8月，81～82頁、

## （三）作家個性化因素對續書主題的制約

作家個人的個性化因素是決定續書主題思想傾向的一個重要方面。在十幾部水滸續書中，產生於同一時期，受相同社會思潮影響，接續的是相同的內容而思想傾向同中有異甚至完全不同的現象是存在的，原因只能歸結為續作者個人多種複雜個性化因素使然。

如《水滸後傳》與《後水滸傳》，均產生於清初，續作者均是經歷了明清易代、華夏滅於外族鐵蹄之下慘禍的前朝故人，均飽受亡國切膚深痛；兩部續書均由梁山英雄征遼、平方臘，十損七八後殘餘者又遭奸佞之害續起，所續之書內容相同。但《水滸後傳》《後水滸傳》主題思想同中亦有不同。從表面上看，《水滸後傳》眾梁山英雄佔據飲馬川等地打擊強敵金人，又海外立國，創建一片安身立命承傳中華文明的王道樂土，救駕，受封，「功垂竹帛，世享榮華」，歡歡喜喜大團圓。實際上，眾英雄是被逼無奈才拋棄故土遠涉海疆。金人過於強大，並有漢奸幫兇，朝廷奸佞當權，左右君王一味投降，英雄投奔宗澤、張所等抗金英雄不得，中華大地實無立足之境。在此情形下才不得不泛舟巨浪驚濤間，尋找安身之地。所以說，《水滸後傳》表面上高唱的是「亂世忠義的頌歌」，實則是一曲「亂世忠義的悲歌」；表面上高唱的是「宗宋情結的頌歌」，實則是一曲「宗宋情結的輓歌」。透過熱鬧的大團圓結局，我們看到的是英雄心向故國、神歸故國而身不可託於故國的悲涼。

《後水滸傳》主題的表達與《水滸後傳》有所不同。書中對金人南侵作了正面、充分的反映；主人公楊么在打擊貪官污吏與降金的漢奸，佔據洞庭湖君山，縱橫天下後，並未稱王，而是入宮面諫天子；當將滅於抗金大英雄岳飛之時，楊么產生了「降他」「歸助宋朝」的想法。其潛臺詞是金人南侵，北宋已滅南宋朝廷不穩，應一致對外。而且，投降的對象是抗金的大英雄。但是，楊么的願望未能實現。小說以浪漫手法結尾，迴避了楊么滅於岳飛的血淋淋事實。但歷史上楊么死於岳飛之手是無法改變的血的結局。因此，楊么欲降宋以共抗金人而不得，唱出的是一曲表裏為一的「亂世忠義的悲歌」與「宗宋情結的輓歌」。而且小說以宋江轉世的楊么之勇之忠孝之義等，特別是對無條件招安的不同態度表現了對《水滸傳》招安結局的深刻反思，其表達之深切也是《水滸後傳》所未達到的。

《水滸後傳》與《後水滸傳》產生的時代環境與所接續之書相同因之兩

85 頁、87 頁、91 頁、217 頁、262～263 頁、354 頁、364 頁、376 頁。

書主題基本相同這易理解。1933 年產生於上海的《古本水滸傳》與同一年產生於江蘇鎮江的《殘水滸》其所處社會環境與所續之書均相一致，但前者歌頌忠義，讚揚梁山英雄，後者則揭露宋江等名忠義實強盜假忠假義，這就可以更明顯的看出續作者個人因素對續書主題思想的決定性影響了。

# 第二節　水滸續書敘事方式的變化

水滸續書在數百年的流變過程中，敘事方式在不斷地開掘著《水滸傳》這座豐富的藝術礦藏，同時不斷地吸納著不同時期小說敘事方式的新成果、新方法，不斷地學習著兄弟藝術門類敘事方式的成熟經驗，因而較原著呈現出既繼承傳統而且又別具新貌，逐步形成向現代小說敘事方式發展的趨勢。

中國古代通俗小說長於語言描寫、行動描寫，長於情節的曲折化，說書體的胎印明顯，西方小說擅長的心理描寫、環境描寫中國古代通俗小說則不發達。在研究水滸續書敘事方式時，從心理描寫、環境描寫等入手，或可探知古代通俗小說敘事方式日趨現代化的端倪。

## 一、心理描寫的變化

### （一）《水滸傳》心理描寫的特點

在《水滸傳》中，涉及心理描寫的有百餘處，歸納後發現有幾個比較明顯的特點。其一，絕大多數簡短，常常只有一兩句話。如第十五回寫吳用說三阮：「吳用暗想道：『中了我的計。』」較長的心理描寫很少，僅見於第十一回寫王倫見林冲，第三十三回寫劉高擒捉宋江提防花榮相救等處。其二，較複雜的心理描寫多出現在世情筆墨中。如第二十一回宋江殺惜部分寫二人心理，第二十四回寫潘金蓮挑逗武松的心理。其三，細緻複雜的心理描寫集中於寫武松、宋江、石秀、燕青等心思細密人的部分，但沒有長的篇幅，而只是次數較多。如第二十八回寫武松在安平寨牢中受施恩厚待心中疑惑部分，如第四十二回寫宋江被困玄女廟的心理描寫部分，如第四十五回寫石秀發現潘巧雲私通和尚部分。其四，心理描寫與敘述、與景物描寫合一等現象很少，僅第六十回寫盧俊義被梁山英雄鬥引到江邊心中悽惶與第六十二回寫盧俊義發配秋景衰敗心中憂悶部分。其五，無引導語「心想」、「尋思」等標誌的心理描寫很少。

## （二）水滸續書心理描寫的變化

水滸續書較《水滸傳》在心理描寫方面產生了較大的變化。如《水滸後傳》第一回寫阮小七殺了捉捕他的官兵，奉母逃亡途中老母失蹤一段的心理描寫，篇幅長，心理複雜多變，與環境等其它描寫結合：

> 四處並無人煙。驀過一條小岡子，遠遠樹林裏露出屋角，飛奔前去，討了火種趕回來，已是好一會了。正當晌午時分，紅日當空，無一點雲影，又走得性急，汗流滿面，脫下上衣，擱在臂上，想道：「怎麼這般炎熱！好似當日在黃泥岡上天氣一般。」忙走到廟邊，推進門來。板門上不見母親，包裹也無了。吃這一驚不小，又忖量道：「想是母親要登東，包裹怕人拿去，就帶在身邊。只是馬往哪裏去了？」走出後門一看，都是亂草；四下裏聲喚，並無形影。心下慌張起來，道：「不好了，敢被虎狼拖去？當初李鐵牛馱母親到沂嶺上，口渴要水吃，鐵牛到澗邊舀得水來，剛剩得一隻大腿，今日卻好似！」又道：「且慢！若被虎狼所傷，必有血跡。」撥開亂草，山窩裏各處搜看，並無一點血痕。又想：「馬匹包裹俱沒影響，決非虎傷。」躊躇不定，走到前面神廚邊立著，心中焦躁，眼淚汪汪，不知此處是什麼地方，又無人可問。思量到大路上抓尋，又想：「母親因害心疼，走不動，哪得出門！」胡思亂想地正沒理會，忽見走進一條大漢來。

如《戲續水滸新傳》第六十回（結尾）寫梁山眾英雄抗金大部犧牲，對武松的心理描寫與夢境交織，忽而現實忽而幻境，極盡曲折變化，多種表現手法融為一體：

> 武松坐在炕上，暗自思量，在梁山泊上，一百零八兄弟，如今只剩得幾人，十分傷感，朦朧之間，只覺自己所坐之處，並不在甚麼齋中，卻在荒野之間，不由大驚，起身道：「奇了！我武二今日所遇，難道真是神仙不成？明明是韓家莊，如何轉瞬之間，便變成了荒郊？」向四面看了一回，帶來的軍健，一個也不見，獨自一人，不知投何處去才好。躊躕一回，忽見前面樹木之中，隱隱綽綽的，好像有兩三個人，在那裏探望。疑心他們就是自己帶來的軍健，便上前喝道：「你們見了我，如何不出來，卻自躲在此處。鬼鬼祟祟的，要待怎地？」話聲未絕，只見內中一人說道：「武二弟，灑家是魯達。

灑家與賢弟相與了一場。於今與阮、燕二位兄弟，俱要與賢弟分別
了，以此前來相別。後會有期，灑家去了！」武松一聽，果然是魯
智深的口氣，不由大驚道：「智深哥哥，如何也來這裏？二帝卻教何
人保駕？」急忙趕上前去看時，三個人影，一齊沒了。俄然驚醒，
方知自己仍在韓道清的書齋之內，不禁尋思道：「好奇怪，這個夢，
莫非智深哥哥與阮、燕二位賢弟，都有了甚麼意外？果然如此，大
事去矣。」又尋思道：「妖夢何足爲憑？這叫做日有所思，夜有所夢，
休去理他。咱明日便上山去，看個明白。」尋思之際，忽然又見有
個人在窗外張望，因便喝道：「誰在窗外探望！」窗外便應道：「是
我！二哥」武松驚訝道：「呀！這又是燕青兄弟的聲氣，他如何也來
了。」便問：「來的可是小乙哥？因甚不推門進來？」窗外那人應道：
「哥哥神威，小弟只不敢進來。哥哥，我們兄弟中了賊人之計，於
今說不得了，哥哥保重。」武松大驚道：「怎的中了賊人之計？難道
那二帝不是真的？爲甚不進來說個明白？」連問兩遍，只覺窗外的
說話聲音，越說越低，一句也聽不清楚。武松急忙振一振精神，看
時，臺子上的殘燭，尚有二寸左右，鼓樓上恰打四鼓，卻並不聞有
人說話，這時除了鼓聲以外，真是萬籟俱寂。武松心疑，急急走到
窗前看時，只見月落空階，樹影扶疏，只不見有甚麼人影，不由驚
疑道：「奇怪！難道又是做夢？」尋思一回，覺得這兩個預兆都不好，
難道三位兄弟，果然都有了意外，果然如此，大事去矣！愈想愈覺
神思無定，打定主意，天明便趕緊回去，要偷過邯鄲，回山寨去。
這時天色將明，武松身上甚覺寒冷，漸漸抖索個不住，因關了窗，
坐在炕上，卻自納悶道：「今天甚沒來由，我自來不甚怕冷，今天天
氣爲甚麼這等冷。」在炕上坐了一回愈覺寒冷，一陣陣的冷氣，俱
從骨內發將出來，抖索個不住，只得睡下養神，以待天明，好領著
軍健回山去。

　　如《水滸外傳》「十九」寫蕭桂英按照忠義英雄的要求欲酒中下藥，毒死
愛自己並強迫嫁給他的金將占罕一段心理描寫，有的部分沒有引導語，很難
分清心理描寫與敘述等的明顯區別，已水乳般融爲一體，完全脫離了古代通
俗小說的模式，體現出現代小說的特性。似此類現象《水滸外傳》中大量存
在，成爲水滸續書表現方式趨於現代化的典型例證：

　　她走進廚房去，幾色豐富的菜肴已經做好了，另外一盤是給占罕留下來的鹿心子。可是在她眼前最發光的不是那些食盒，唯有一把雪亮的酒壺特別吸引了她的眼睛。

　　「兵荒馬亂的時候，我想饒了他恐怕也饒不了。」她重念著父親臨去留下的話。她一念這句的時候，又想起另一句話來：「你，你要他躲好，你要他躲好。」

　　她想著：這正是一個兵荒馬亂的時候，人殺我，我砍人的時候，一個人喜歡看另一個人、另幾個人的死去，或是受傷，或是流血，焚燒房舍，焚燒城池，以成百成千人死，成千成百家底破散來作為一個或是少數人的功勞！是真的，爸爸為自己的要求沉默了一短會兒，那一短會兒必是他最痛苦的時候。他是一個鐵鑄的漢子，他擔待得住急風暴雨般的苦痛，他沒有說話，沒有歎息，沒有任何的聲音，可是這短暫的沉默在他是痛苦無巳的。她知道他痛恨金朝人，她知道自己是他所疼愛的女兒——唯一的獨生女，他也知道占罕不是個壞人，但是占罕是個金朝人，他恨他——而另外又有個他不能忘卻的花逢春——她不能忘卻的花逢春！

　　這個年輕人好多次在她面前出現，他都是極有禮貌的。他沒有說過占罕一句壞話，或是暗示著自己他還暗暗地愛著自己。現在，占罕是他們砍殺的對象，而且是注定必死了。

　　花逢春或者沒有忘記她，可是她也不能忘記占罕，不能忘記花逢春。不知是誰曾經說過，人生到世間上來，就是為了受苦受難的，如果不是這樣，人為什麼一離開母體，就哇哇地哭起來了呢？

　　「沒有十全十美的事！」她對著月亮說：「沒有十全十美的事！」

　　那把錫壺觸動她的心思，她的心裏在說：「我怎麼讓他躲好呢，躲到哪裏去呢？」

　　她沒有再想甚麼，就走進臥室裏面去，從箱角上取出一個紙包來，那包裹是個銀葫蘆。

　　從水滸續書心理描寫的分佈看，初期出現的續書較複雜的心理描寫大多出現在世情文字中，英雄傳奇文字中較少。如《水滸後傳》第四、第五回杜興經歷的老管營家趙玉娥部分，第八回花榮妻、子遭劫部分；《後水滸傳》中

燕青轉世的殷尚赤與張瑤琴相交部分，柴進轉世的孫本其家事部分，樊瑞轉世的邰元其家事部分等。後期出現的水滸續書較複雜的心理描寫不僅世情文字中有，英雄傳奇文字中也有。這在《戲續水滸新傳》中多有體現。如第四十六回對楊雄臨敵時的心理描寫，第四十八回對呂方臨敵時的描寫；特別是第四十九回對林冲臨敵時的心理描寫。心理描寫與景物描寫合一，心理描寫與敘事合一等形式大都出現於後期續書之中，以《水滸新傳》《水滸外傳》為多，特別是後者，合一描寫次數多，且運用不露痕跡。

還有幾個特殊情況。《水滸後傳》心理描寫較少，約 16 次，有的與敘事等間雜；《後水滸傳》心理描寫較多，約 29 次，表現形式與《水滸後傳》相似，《結水滸傳》（《蕩寇志》）心理描寫出現約 74 次，分佈廣，有寫三人互思的特殊例子，《古本水滸傳》《水滸中傳》心理描寫少，但《水滸中傳》寫盧俊義驚噩夢的心理十分精彩，《殘水滸》心理描寫僅發現 1 例。（心理描寫在各續書出現的次數見附表）

## 二、環境描寫的變化

### （一）《水滸傳》環境描寫的特點

《水滸傳》環境描寫約出現 70 餘次，其特點如下。其一，以散文表現的環境描寫大多簡短，長的很少，而且帶有敘事者的視角，此係說書人聲口的遺痕。如第二回王進眼中的史家莊：「當時轉入林子來看時，卻是一所大莊院，一周遭都是土牆，牆外卻有二三百株大柳樹。」其二，一些環境描寫明顯帶有傳統的以詩詞寫環境的痕跡，如第七十三回寫景駢散結合：「不覺時光迅速，看看鵝黃著柳，漸漸鴨綠生濃。桃腮亂簇紅英，杏臉微開絳蕊。山前花，山後樹，俱各萌芽；洲上草，水中蘆，都回生意。穀雨初晴，可是麗人天氣；禁煙才過，正當三月韶華。」如第六十二回寫盧俊義流配所見：「那堪又值晚秋天氣，紛紛黃葉墜，對對塞鴻飛，心懷四海三江悶，腹隱千辛萬苦愁，憂悶之中，只聽的橫笛之聲。」有的在以散文描寫後又以韻文再寫。如寫王進眼中莊村後緊接駢文一段。其三，環境描寫與心理描寫結合、自然環境描寫與社會環境描寫結合的例子也不多。除上舉盧俊義例外，第六十一回寫盧俊義慌不擇路一段：「看看天氣將晚，腳又疼，肚又饑，正是慌不擇路，望山僻小徑只顧走。約莫黃昏時分，煙迷遠水，霧鎖深山，星月微明，不分叢莽。正走之間，不到天盡頭，須到地盡處，看看走到鴨嘴灘頭，只一望時，都是

滿目蘆花，茫茫煙水。盧俊義看見，仰天長歎道：『是我不聽好人言，今日果有悽惶事！』」寫洪太尉誤走妖魔部分，幾次寫宋江見九天玄女則為自然環境與社會環境描寫結合。其四，以詩詞或駢文寫環境書中大量存在，則係說書人炫才與烘託氣氛之痕。

### （二）水滸續書環境描寫的變化

從續書產生時間先後情況看，初期續書中除《水滸後傳》外寫環境的文字較少，篇幅較短，隨著時間的推移，陸續出現的續書中寫環境的文字逐漸增多，篇幅也逐漸加長。如《後水滸傳》寫環境約 2 處，《水滸新傳》則約 93處（詳見本書《水滸新傳》的相關部分）。

從續書環境描寫內容看，初期續書寫法單一，寫環境則集中寫環境，不涉其它；後期續書如《水滸新傳》《水滸外傳》則往往是寫環境與寫心理、與敘述合一，且運用自如，是描寫的較高階段。（詳見本書《水滸新傳》的相關部分）

同一作家不同時期的續書寫環境文字也體現出由少到多、由簡到繁的變化。張恨水分別寫了兩部水滸續書：發表於 1933 年 10 月 10 日至 1934 年 8月 4 日的《水滸別傳》，發表於 1940 年至 1942 年間的《水滸新傳》。兩者寫環境的特點基本相同，但數量、篇幅，特別是手法則不能同日而語。後者寫環境與寫心理，與敘述合一的運用如水乳般交融。（詳見本書《水滸新傳》相關部分）

《水滸後傳》是《水滸傳》較早的續書，產生於清初。其時，中國古代通俗小說的發展勢頭十分蓬勃，《儒林外史》《紅樓夢》即將誕生，西方小說擅長的環境描寫尚未影響到我國古代通俗小說傳統的敘事方法。但《水滸後傳》的作者陳忱本是詩人，當其借他人酒杯澆胸中塊壘之時，詩人的品性與詩的表現手法就自然滲透於字裏行間。因此，陳作續書雖出現較早但寫環境文字仍大量存在。張恨水情況亦大體同此。

《結水滸傳》（《蕩寇志》）《古本水滸傳》《水滸中傳》雖產生的年代不同，但由於作家續作的立場與受所續金本《水滸傳》刪掉施本《水滸傳》中寫環境詩詞的影響，力圖與原作在風格上保持一致，因此這幾部續書中寫環境文字較少。

續書寫環境文字的數量、程度、水平等呈不斷豐富發展的趨勢。這是作家自覺或不自覺地借鑒西方小說與中國現代小說敘事方法的結果，其中以張

恨水所續《水滸別傳》《水滸新傳》與劉盛亞所續《水滸外傳》最爲典型。（環境描寫在續書中出現的次數見附表）

## 三、敘事結構形式框架的變化

### （一）與原著基本相同的結構形式

《水滸傳》的敘事結構是前後勾連的，一個故事引出另一個故事，一個人物引出另一個人物，如「群山萬壑赴荊門」。在《水滸傳》的十三部續書中，有四部的敘事結構基本同於原著，變化較少，它們是《水滸後傳》《續水滸傳》《古本水滸傳》《水滸別傳》。

### （二）神似原著而有所創新的結構形式

在結構框架神似原著而有所創新的續書中，又可分爲兩種情況。《後水滸傳》模仿痕跡比較明顯，《新水滸》（西泠冬青）《新水滸》（陸士諤）《水滸新傳》《戲續水滸新傳》則變化較大。

#### 1.《後水滸傳》

首尾呼應循環式結構。全書四十五回，第一回可視爲楔子，由羅眞人之口道出天道循環、因果報應，原著中被屈英雄復出復聚，以完劫命之理，爲楊么等轉世最後脫骸復歸本位畫出行跡。從第二回起，英雄個個復出，佔據山林，最後在洞庭君山爲岳飛所敗，英雄入井升空，復歸本位，形成一個因果循環，以完成劫運。續書的主體英雄佔據山林、抗拒官軍的敘事結構與原著相同，一人引出另一人，一故事引出另一故事，只是加上了一個因果循環的外套。迴避了英雄被剿滅的血腥結局，也迴避了如原著英雄被招安而終致悲劇的結果，表達了作家對招安結局的疑惑與深刻反思。

#### 2.《新水滸》（西泠冬青）

放射狀結構。續書寫朝廷號召實行新政，英雄紛紛走下梁山，在各行各業中一顯身手，以實現實業等救國的抱負。英雄各人從事的各行業分別敘述，如放射狀一般，有似原著洪太尉誤走妖魔，罡煞金光四散。但因續書分甲、乙兩集，乙集缺失，因此不能瞭解敘事結構全貌。據甲集推想，應有眾英雄復歸梁山或齊聚一處之筆，各述創業所獲，則全書結構當另具面目，不同於放射狀。

### 3.《新水滸》（陸士諤）

團狀結構。續書敘寫英雄紛紛下山，各謀實業，期年歸山，彙報結果。各人行蹤分明，相對獨立，因此形成清晰的團狀結構。

兩部《新水滸》結構方式相同多於不同，主體部分對各人物分別敘述呈並列狀，此種結構方式與原著依次敘述人物呈先後狀結構方式的事理相同多於不同，可以看出續書對原著的借鑒與創新。

### 4.《水滸新傳》

以時間爲序的板塊式結構。《水滸新傳》按時間先後安排了五大板塊：①宋江等受招安歸正始末（第一回至第十四回）；②盧俊義等北上抗金始末（第十五回至第三十一回）；③梁山其它英雄東京抗金始末（第三十二回至第四十四回）；④盧俊義等英雄於敵後抗金始末（第四十四回至第五十五回）；⑤梁山英雄東京勤王殉國，二帝蒙塵始末及殘餘英雄的結局（第五十六回至第六十八回）。

### 5.《戲續水滸新傳》

是《水滸新傳》的續書，亦爲以時間爲序的板塊式結構。開篇第四十六回對《水滸新傳》續寫作了一個小結，之後按時序安排了四大板塊：①盧俊義等英雄據臨清、陶館，取大名，通磁州，赴懷慶北上抗敵（第四十七回至第五十回）；②大名、西路、河南三路人馬北上抗敵（第五十一回至第五十五回）；③張叔夜、宋公明東京勤王（第五十六回至第五十九回）；④勤王失敗，二帝蒙塵，英雄殉國（第六十回）。

以上兩部續書是以報紙連載的方式在兩年中發表完的。兩書的板塊式結構形式，主要源於「報紙連載」的制約。《水滸新傳》洋洋 50 餘萬言，人物眾多，場面開闊，特別是連載時間長，使作家結構全書內容面臨極大困難。如果以多情節齊頭並進來寫，難以面面俱到地完美表現，對讀者的閱讀興致也易產生挫傷。因此作家以時間爲序，將全書分爲幾大板塊，分別進行敘寫，化解了難題，集中了精力與筆墨，所以，文章雖長而傳神之筆迭見。筆者以爲，《水滸新傳》是水滸續書中出類拔萃的上品，而其敘事結構依循的事理也可見原著的影子。

### 6.《水滸中傳》

框架主體爲繩狀敘事結構。其主線梁山居於主要地位，其它幾條線索居

於次要地位，與梁山故事以繩狀交織運行。計有：①徐槐征剿梁山；②陳麗卿、祝永清相戀，殺高衙內逃上猿臂寨，受陳希眞追訓，後降梁山，征遼等；③高俅征剿梁山；④張叔夜征討、招安梁山；⑤猿臂寨哈蘭生通遼招安梁山未果，刺殺天使侯蒙，行刺天使宿元景。因續書名爲中傳，全書三十回，前二十二回以梁山爲主線，與其它線索繩狀交結相互照應，第二十三回至第三十回敘事結構則完全模仿原著。

## （三）獨具機杼的結構形式

在水滸十三部續書中，有四部續書的敘事結構獨具特色，實現了對原著敘事結構的某種超越。

### 1. 箭靶式結構

《結水滸傳》作者出於宣揚眞忠眞義的正統立場，在結構續書內容時頗費了心思。續書寫陳希眞父子被逼「上山」，不但不反官軍、不忘效忠皇帝，而且同各路官軍圍剿梁山，最終梁山被滅，陳希眞、雲天彪等功成名就。書中，梁山（包括梁山外所據之州縣、山寨）如同箭靶，官軍、義士等各方武裝如矢齊力圍攻，形成眾矢射的箭靶式結構。官軍、義士計有：①官軍雲天彪部；②官軍張叔夜部；③官軍蔡京部；④官軍高俅部；⑤地方官徐槐部；⑥地方官孔厚、畢應元、蓋天錫部；⑦先義士後官軍陳希眞部；⑧義士歸化莊哈蘭生部等。此種敘事結構完全不同於原著，既利於從不同角度敘事，同時又利於表現眞忠眞義的陳希眞等官軍民眾齊力剿滅梁山的創作主旨。

### 2. 矛盾錯綜的辮狀交結式結構

《殘水滸》敘寫了梁山內部冷冰、殘酷的人際關係，招安與反招安、降金與反降金間不可調和的矛盾衝突，由三條線索交結而成辮狀敘事結構：以宋江爲代表的反招安，欲降金派（明線）；以盧俊義爲代表的盼招安，反降金派（暗線）；吳用先依宋江後依盧俊義，左右其間（先明後暗）。明暗兩線不分主次，有利地突出了兩派間的矛盾。

### 3. 戲劇式場景轉換結構

水滸續書中《水滸外傳》是由原著變異出的一朵奇葩，它產生於 1947 年，深受西方現代人性思潮與小說藝術的影響，已開始擺脫中國古典小說的傳統手法與審美取向，體現了通俗小說向現代小說的過渡，無論是思想內容還是藝術表現均具特殊風貌，其敘事框架頗受戲劇場景轉換的影響，並以其結構

全書。

小說計 21 小部分，主要場景爲：石碣湖顧大嫂孫新酒店，出現 6 次，金將占罕府，出現 6 次，梁山老英雄蕭恩（阮小七）宅，出現 3 次，石碣湖，出現 2 次，其它場景，出現 4 次。酒店與占罕府爲情節展開、矛盾衝突的主要場所，各占 6 次，而且兩方相對，以酒店爲主。酒店，是主人公花逢春、蕭桂英相識相愛之所，是英雄相聚密謀殺敵之所；占罕府，是主人公蕭桂英、金將占罕相依相愛，蕭桂英殉情之所，是英雄毒殺敵人占罕之所。蕭恩宅是爲表現蕭恩被捕、占罕逼婚這些民族壓迫內容服務的，而石碣湖表現的是花、蕭相戀，官紳逼稅害人的內容。敘事結構就是在這幾個主要場景下變換展開，突出了情愛與民族矛盾衝突這一主題。

《水滸傳》十三部續書的敘事結構形式，從特性上看，完全模仿原著的有四部，與原著神似而有所創新的有六部，獨具特色的有三部。從時間先後看，早期續書除《結水滸傳》（《蕩寇志》）外大多受原著結構模式影響較大，後期續書則多呈現不同風貌，變化較大。從創作意圖上看，比附原著的《古本水滸傳》《水滸中傳》，前者敘事結構全同原著，後者新舊共存。從問世方式上看，報紙連載的續書敘事結構相對較簡略。而像《結水滸傳》（《蕩寇志》）雖產生較早，其敘事結構多線齊頭並進，大大突破了原著的結構模式，則是由作家 20 多年的長期構思寫作、反覆修改而成的。

《水滸傳》巨大的光環，不僅籠罩著續書的主題，而且籠罩著續書的藝術表現。不論古代還是現代的水滸續書，其心理描寫、環境描寫、敘事結構形式都程度不同地折射著原著的光輝。產生於現代比附原著的續書，雖處於西方敘事方式在我國已轉化出成熟經驗的環境，但仍遵循甚至恪守著原著的藝術表現原則與手法，足見我國傳統通俗小說敘事藝術所獨具的魅力。中國傳統通俗小說敘事藝術經歷了由古至今的發展，不斷吸納著西方小說敘事藝術的心理描寫、環境描寫等營養，不斷被注入新的血液，因而煥發出新的藝術生命力。水滸續書的產生、發展，從一個角度描繪出中國傳統通俗小說向現代小說演進的步伐，描繪出中國傳統古典小說與現代雅小說合流的趨勢。

（水滸續書敘事結構見附表）

# 有關敘事方式的統計

| 作品名稱 | 出版或連載時間、地點 | 所續之作 | 出版單位或連載報紙 | 作者 | 頁數字數 | 心理描寫次數 | 特點 | 環境描寫次數 | 特點 | 敘事結構特點 | 說明 |
|---|---|---|---|---|---|---|---|---|---|---|---|
| 水滸後傳 | 清初，康熙甲辰（1664） | 施本 | | 古宋遺民（陳忱） | 368 29萬 | 16次 | 較少，與敘述等間雜，有引導語 | 21次 | 較多，短小，分散，單一，作者係詩人 | 百川歸海式 | 英雄重上登雲山、飲馬川，據太湖，赴海外立國 |
| 後水滸傳 | 清初，約順治、康熙年間 | 施本 | | 青蓮室主人 | 385 30萬 | 29次 | 較多，與敘述等間雜，多在世情文字中，有引導語 | 2次 | 很少，短小，單一 | 首尾呼應循環式 | 英雄轉世復出，又復歸本位，形成循環 |
| 結水滸傳 | 清後期，咸豐三年（1853） | 金本 | | 俞萬春 | 894 70萬 | 74次 | 多，分佈廣，短小，世情文字中多，有特例，有引導語 | 11次 | 很少，短小，有寫景寫心理合一的文字，有其它精彩描寫 | 箭靶式 | 梁山為靶，眾官軍義士圍攻如射靶 |
| 新水滸 | 清末，光緒三十三年（1907） | 金本 | 鴻文恒記書局 | 西泠冬青 | 68 5.3萬 | 13次 | 較少，出現無引導語形式 | 1次 | 僅見1例 | 放射式 | 英雄下山，分述其所為 |
| 新水滸 | 清末，宣統元年7月（1909） | 金本 | 改良小說社 | 陸士諤 | 177 13.8萬 | 18次 | 較少，分散，短小，有引導語 | 9次 | 較少，有集中寫景文字，散韻合一，寫景與寫心理、寫人合一 | 團狀式 | 英雄下山，分述其所為，歸山總結 |
| 續水滸傳 | 民國十三年至十五年（1924~1926） | 金本 | 盛京時報 | 冷佛（王作鎬） | 406 31萬 | 20次 | 少，無引導語 | 1次 | 僅見1例 | 同原著 | |
| 古本水滸傳 | 1933年8月20日 | 金本 | 上海中西書局 | 梅寄鶴 | 367 28萬 | 4次 | 很少，比附原著寫法 | 12次 | 較少，比附原著寫法 | 同原著 | |
| 殘水滸 | 1933年10月1日，鎮江 | 金本 | 新江蘇日報 | 程善之 | 143 11萬 | 1次 | 僅尋出1例 | 6次 | 很少，有特例海景集中描寫 | 繩狀交結式 | 三條線索交結 |
| 水滸別傳 | 1933年10月10日至1934年8月4日，北平 | 水滸戲 | 北平晨報 | 張恨水 | 227 8萬 | 4次 | 很少，無引導語 | 27次 | 較多，分散，短小，寫景寫心理合一 | 同原著 | |

| | | | | | | | | | | |
|---|---|---|---|---|---|---|---|---|---|---|
| 水滸中傳 | 民國二十七年（1938）9月，上海 | 金本 | 中國圖書雜誌公司 | 姜鴻飛 | 298 23萬 | 15次 | 較少，比附原著寫法，有特例 | 4次 | 很少，比附原著寫法，有其它精彩描寫 | 主體爲繩狀交結式 | 前部以梁山爲主線的繩狀交結，後部同原著 |
| 水滸新傳 | 1940年夏，重慶 1942年冬，重慶 | 金本 | 上海《新聞報》（連載至四十六回）重慶建中出版社 | 張恨水 | 685 53萬 | 53次 | 多，與景物描寫合一，與敘述合一 | 93次 | 很多，分佈廣，寫與寫心理、環境合一多，作者係詩人 | 時序板塊式 | 以時爲序分五大板塊 |
| 戲續水滸新傳 | 1942年3月至1943年3月，上海 | 金本 | 上海吉報（續張作四十六回起至六十回） | 嘉魚（鍾吉宇） | 290 23萬 | 51次 | 多，複雜，與景物描寫等合一 | 6次 | 少，短小，單一，有大場面描寫 | 時序板塊式 | 以時爲序分四大板塊 |
| 水滸外傳 | 1947年10月 | 水滸戲 | 上海懷正文化社 | 劉盛亞 | 78 6萬 | 15次 | 與景物描寫、與敘述合一較多 | 9次 | 較多，寫景與寫人、寫心理、敘述合一 | 戲劇場景轉換式 | 以酒店、占卜府爲主，突出其對立 |

# 第三節　水滸續書藝術表現整體狀態述要

## 一、水滸續書藝術表現的主要問題

　　水滸續書中雖有少數幾部藝術水平較高，有的續書中某些部分不乏可與《水滸傳》比美之處。但由於原著巨大藝術成就的籠罩，續作者受續書產生時代社會思潮的影響，比附原著而不能放筆不能越雷池的種種限制，續作者個人才學識的不及，與報紙連載方式下難以精心構思、千錘百鍊，因而續書在藝術上存在著許多明顯的不足，影響了續書的可讀性與其廣泛的流傳。

### （一）取悅世俗的媚眾傾向

　　《水滸傳》形成期長達數百年，經歷了民間口耳相傳、講說等階段，不同時代思想、不同階層思想都不同程度地存在於其中。其主題是嚴肅的「亂世忠義的悲歌」，但書中也夾有大量的世情文字，反映雅俗並存的生活內容。這給續書也帶來了負面的影響。《水滸後傳》《後水滸傳》《結水滸傳》（《蕩寇志》）《續水滸傳》《水滸中傳》產生的年代雖不同，但相同的是，所處時代世俗文化廣泛傳播，諸續書作者爲了適應部分市民並不高雅甚至低俗的精神娛樂的需求，往往以不健康、不潔淨的涉情文字取悅讀者，以擴大影響，藉以

獲取更多的報酬。如《水滸後傳》這樣嚴肅的文字中也夾有「趙玉娥炫色招姦　老管營蹇遭橫死」的內容，《後水滸傳》有寫王月仙、黃公子偷情的內容，《結水滸傳》(《蕩寇志》)有寫姦情的內容，《續水滸傳》有寫徽宗天子與妓女調笑的內容，《水滸中傳》有寫陳麗卿、祝永清偷情的內容。媚俗的文字背離了創作的主要傾向，也與其它內容難以水乳交融。

## （二）報紙連載方式產生的粗疏

在現代水滸續書中，有多部是以報紙連載方式發表的。在數月、一年甚至更長的時間裏，續作者要按時按量地寫出相當數量的文字。雖極盡曲折描寫刻畫之能事，但由於時間緊迫，寫作內容頭緒繁多，作家無法沉下心來精心構思，精心錘鍊，有時完全為了應付不能停歇的連載催逼，因而寫出的文字難以篇篇高水平。有的作家出於生計之需與讀者的要求，還同時在幾家不同報紙上進行長篇連載。張恨水就曾同時創作五六部連載小說。可想而知，在此情形下，不唯巨著難以孕生，匆匆出於筆下的文字還往往顧此失彼。如《續水滸傳》，姑不論其攻擊梁山英雄害民的創作意圖，該作發表於 1924 年至 1926 年近三年間的《盛京時報》，書中新舊人物混雜，新人物出場、活動過多而未能細緻刻畫，情節線索又多橫逸斜出。因此，該書顯得內容較亂，眉目不清，甚至有時令人難以卒讀。又如《戲續水滸新傳》，前文已寫史進陣亡，後文史進重又出現。

## （三）比附原著帶來的局限

《水滸傳》一出，即光耀數百年，後起而模仿者不乏其人。但原著的藝術水平如高聳入雲的山峰，繼起者循舊途而上，則難以發現新的景象，新的境界。如《古本水滸傳》線索單一，在結構上缺少新的探索，人物性格囿於原著，少有新的變化與新的突破。如《續水滸傳》《水滸別傳》結構上與原著比較亦無特色可言。而《水滸中傳》上承金本《水滸傳》下接陳忱《水滸後傳》，中間內容雜取了百回本、百二十回本《水滸傳》中梁山受招安、征遼、征方臘，宋江被屈殺等內容，和《結水滸傳》(《蕩寇志》)陳麗卿、祝永清與猿臂寨的內容。儘管作者明言《結水滸傳》(《蕩寇志》)為「諂媚異族」之作，征四寇又寫得「雜亂無章」，續書是為了補上二者中間空白。但重寫內容完全取材於以上二書，篇幅短，容量小，整體而言尚不及其所謂「雜亂無章」的舊本內容。

### （四）誇張過度造成的失真與醜化

眞實，是藝術作品的生命。違背生活眞實的內容必然危及續書的流傳。如《水滸傳》中武松打虎可謂千古絕調，施耐庵既狀武松打虎之神勇，又寫其看官府告示言岡上有虎傷人而曾生退悔之念，服虎後「掙扎」著下岡，突出「凡人」的一面，如此才愈顯其凡中之不凡，因而產生了恒久的藝術魅力。同爲打虎，《後水滸傳》則寫楊么騎虎狂奔，翻山越嶺，虎力竭而死，楊么則酣睡其旁。這就嚴重地違背了生活的眞實。本欲狀其神勇反令人覺其過於離奇，自然也就使其藝術魅力大打折扣。《結水滸傳》（《蕩寇志》）竭力描寫梁山英雄的無能而可笑可憐。如義薄雲天勇武非凡的魯智深、武松，若寫其死於官軍刀下未免難以讓人接受，故讓其或狂暴而死，或力竭而死。吳用之智、公孫之術面對官軍皆束手無策。寫宋江一味是漫畫式誇張丑化，「氣極」、「目瞪口呆」、「歎氣」、「淚如雨下」等反覆出現，極狀其困獸猶鬥、走投無路。水滸英雄形象早已根植民眾心中，這般醜化描寫不僅不能激起讀者的共鳴，反而會令讀者心中產生逆反情緒。這樣，作品的「教化」作用也就難以實現了。

### （五）結構上的虎頭蛇尾

結構，體現著作家的藝術匠心，有效地服務於創作本旨的表達，優秀的作品無不在結構上表現出作家的創新功力。《水滸傳》由於數百年的流傳，形成了紀傳體「群山萬壑赴荊門」的結構體式。由「誤走妖魔」英雄出世，到「神聚蓼兒窪」，首尾遙遙呼應。而有的續書在結構上則既未能實現對原著的突破，反而留下了明顯的敗筆。如《後水滸傳》的結尾，草草寫了英雄被岳飛所敗，入井升空，復歸本位。此種處理，起到了迴避英雄被剿滅或被招安的血腥結局的作用，體現了作家爲英雄不平的創作意圖。但從全書整體考察，結尾節奏太快，運筆匆匆，與全書文氣很不合諧，不能不說是明顯的不足。如《古本水滸傳》，從金本《水滸傳》七十回後一路寫來，繼寫英雄替天行道、除暴安良等內容。結尾寫眾英雄慶功宴上，天降霹靂，雷擊石碣，全書戛然而止。從創作意圖看，這樣處理，也是爲了讓英雄免受招安而被禍，又不欲英雄「殺上東京，奪了鳥位」，但又尋不出別的理想出路，只能這樣虎頭蛇尾地草草結束，留給人許多莫名的疑惑。這也不能不說是結構的缺憾。另如《水滸中傳》，爲下接陳忱《水滸後傳》，在宋江被鴆殺後，生硬地綴上一段阮小七殺欽差，奉母逃回石碣村的結尾，實在是遺人蛇足之譏。

以上所言，皆是續書中顯而易識的大「毛病」，其它瑣細之弊尚有許多。水滸續書的未能廣為流傳，未能被受眾接納，未能產生經久不絕的餘響，不能不與此有關。清劉廷璣對續書的評論還是有一定道理的：「總之，作書命意，創始者倍極精神，後此縱佳，自有崖岸；不獨不能加於其上，即求媲美並觀，亦不可得；何況續以狗尾，自出下下耶？」〔註9〕

## 二、各部水滸續書藝術表現簡評

作為續書很難超越所續的原著，其中一個原因是原著的高度實在難以企及。人們往往自覺或不自覺地以經典性的原著衡量續書的水平，而續書也確實存在這樣那樣的問題。但這並不意味著否定續書整體存在的價值與每部續書的個性特色。在《水滸傳》藝術成就巨大光環下，我們客觀地看待十幾部水滸續書，發現它們也都閃現著、折射著或明亮或暗淡的色彩。除上文所提出的問題外，我們再來看一下每部續書的主要特點與問題。

《水滸後傳》語言詩化，場景描寫生動，與《後水滸傳》共同開創了水滸續書以宋喻明、以彼喻此，借題發揮的創作模式，是水滸續書中水平較高的一部。與之產生諸因素相近的《後水滸傳》轉世再生的構思很有特色，但語言較平淡，描寫粗疏，整體水平不高。

《結水滸傳》（《蕩寇志》）歷來被評為是一部高水平的水滸續書。陳希真、宋江，特別是陳麗卿形象刻畫十分成功。陳麗卿夜戰扈三娘、箭鬥花榮與梁山襲擾安樂村等描寫實為生動。但世情文字節外生枝，感情表達過於直露是其弊病。

西泠冬青本《新水滸》僅存一半，反映生活視角窄，涉及問題少，敘述多，是尚不成熟的「急就章」。陸士諤本《新水滸》全視角反映生活，涉及多方面敏感問題。運用議論式揭露與諷刺的方法，表現潑辣，文筆細密，心理描寫傳神，更有表現漁村生活極優美的詩文，實為尚未被充分認識的高水平之作。

《續水滸傳》對陽奉陰違而惱羞成怒、野心謀取天下的宋江及其幫兇吳用的刻畫，對始陷於小義終奮起抗爭的林沖的刻畫均有一定水平。但全書內容雜亂，語言缺乏生氣，水平不高。

---

〔註9〕〔清〕劉廷璣，在園雜誌，引自朱一玄、劉毓忱編，水滸傳資料彙編，天津：南開大學出版社，2002年10月，509頁。

　　《古本水滸傳》語言頗有《水滸傳》神韻，對史進、魯智深、李俊等好漢的豪氣干雲，對宋江與李逵間的對比進行了生動描寫。但人物性格囿於《水滸傳》缺少發展變化，筆調單一，模仿《水滸傳》寫法與情節直露，藝術水平中等。

　　《殘水滸》篇幅不長但藝術水平較高。梁山內部複雜的人際關係，如夫妻仇殺、兄弟打鬧殘殺、兄弟相疑、親戚不睦、父子反目、忠奸血濺等描寫傳神。人物形象個性化。盧俊義，大將之才，內心焦躁、矛盾而外智勇沉深，全始全終。燕青，機警靈動，潛中運謀，忠心輔主，克成大業。林冲，於故妻身懷悼念，纏綿悱惻，仁德君子；於大義則臨機不苟，棄暗投明。宋江，對外滿口忠義，內則賣國求榮，十足的陰謀家。吳用，牆頭草，隨風而變的兩面人。另外，林冲捉奸賊高俅父子引而不發的過程描寫，柴進無力迴天、深受欺蒙的心理描寫均細緻生動。

　　《水滸別傳》塑造的老英雄蕭恩、李俊形象，新英雄花逢春、蕭桂英形象尚算成功，傳神的環境描寫營造了濃鬱的氣氛。但全書敘述過多，藝術水平中等。

　　《水滸中傳》除主人公宋江形象得到細緻刻畫外，林冲、吳用形象也因性格描寫鮮明而頗有神彩。但由於作家有意補正《結水滸傳》（《蕩寇志》）與「征四寇」內容，因筆力不逮而使舊題新作文字缺乏生氣，人物形象描寫如李逵因過度誇張而失真，結尾為使與《水滸後傳》銜接所寫阮小七部分有蛇足之嫌，因而藝術水平中等。

　　《水滸新傳》這部續書場面宏大，視角廣闊，人物眾多，思想感情表達鮮明。張叔夜、盧俊義等形象刻畫生動。大量的環境描寫烘托出濃鬱的悲壯氣氛，並與戰鬥場面、訣別場面等描寫發展了通俗長篇小說的表現力。板塊式結構有力地表現了共赴國難的歷史畫卷。《水滸新傳》以豐富的內容與高水平的藝術表現力使英雄傳奇小說的審美風格得以完善，甚至可以說《水滸新傳》是古今水滸續書中最成功的一部。但報紙連載方式也使內容有不甚連貫、偶有逸出的瑕疵。

　　《戲續水滸新傳》心理描寫多而且細緻，現代小說意味更濃，直接表現戰場的白描手法不同於《水滸新傳》環境氣氛與戰場描寫結合的表現手法。總體上說《戲續水滸新傳》水平不高。

　　《水滸外傳》通過對花逢春、蕭桂英、占罕這幾位新人物形象的塑造，

形成了水滸續書與《水滸傳》新舊主題的衝突並表現出新鮮的現代氣息。《水滸外傳》實現了對傳統章回體小說表現藝術的徹底突破，傳統章回體小說回目、開頭結尾等形式因素已不存在，說書體語言完全被純熟的書面語取代，語言形式中引導語消失。描寫手法發生變化，心理描寫與敘述合一，敘述者完全隱去。舒緩、輕鬆的格調取代了氣氛的緊張與情節的曲折。場景轉換戲劇化，對話簡練。《水滸外傳》整體藝術表現力十分特殊。

# 第二章 《水滸後傳》

## 第一節 「海外立國」的思想意蘊

  《水滸傳》第九十九回，梁山英雄血戰方臘而歸，李俊激流思退，「詐中風疾」，離開等待封妻蔭子的宋江、盧俊義，「竟來尋見費保四個，不負前約。七人都在榆柳莊上商議定了，盡將家私打造船隻，從太倉港乘駕出海，自投化外國去了。後來爲暹羅國之主……」。以上便是陳忱創作《水滸後傳》的話頭，「海外立國」也即由此生發。

  「替天行道，久存忠義。金鼇背上，別有天地。」《水滸後傳》第一主人公李俊在第九回一出場，便「賞雪受祥符」，天降石板，這四句詩便是石板上的字跡，對其行事與經歷進行了喻示。第十回「墨吏賠錢受辱　豪紳斂賄傾家」，在懲治爲惡的地方官與豪紳後，眾英雄深感「太湖雖是空闊，卻是一塊絕地，在裏頭做事業的沒有好結果」。在對今後出路的計議尚未理出頭緒時，李俊夢中赴梁山，見已在「天宮，甚是安樂」、成神的宋公明。宋公明囑其「你前程遠大，不比我福薄，後半段事業要你主持」，囑其「你要替天行道，存心忠義，一如我所爲，方得皇天護祐」，並囑其「牢記」「後來應驗」的四句詩：「金鼇背上起蛟龍，徼外山川氣象雄。罡煞算來存一半，盡朝玉闕享皇封。」上引這兩首詩，均來自上天，非比尋常，都有一個「金鼇背上」，隱指李俊「海外立國」之地。作爲全書最重要的主人公，李俊一出場便有這兩處神異相伴，喻指其「海外立國」是按天意行事。作爲《水滸傳》最早出現的續書，「海外立國」是《水滸後傳》自身獨具的內容，是解析《水滸後傳》不僅不可迴避，

而且要細緻研究的重中之重。「海外立國」是一個內涵十分豐富的問題，關涉《水滸後傳》主要思想意義，《水滸後傳》與《水滸傳》的關係，創作者個人思想指歸與感情傾向等等，可謂牽一髮而動全身的關鍵。

## 一、遠涉海外──忠義英雄的無奈之舉

《水滸後傳》開篇，在評述了宋朝得國之始與敗國之由，《水滸傳》宋江等梁山英雄有功於國而遭奸佞毒手之後，轉到殘餘的三十二人「海外立國」事業的敘述：

> 這些人，或有赴任爲官的，或有御前供奉的，或有閒居隱逸的，或有棄職歸農的，或有修眞學道的。這三十二人散在四方，如珠之脫線，如葉之離條，再不能收拾到一處了。誰知事有湊巧，緣有偶然，機括一動，輻輳聯合，比前番在梁山泊上更覺轟轟烈烈，做出驚天動地的事業來，功垂竹帛，世享榮華，成了一篇花團錦簇的話文。使人見之，一個個都歡欣鼓舞，快意舒懷，不禁拍案叫絕。

那麼，「海外立國」的緣起是什麼呢？「機括一動，輻輳聯合」的動因何在？殘餘的梁山英雄經歷了九死一生，本已脫卻了強人的「外衣」，成爲順天護國的英雄，爲什麼再上登雲山、飲馬川，又拋卻故土遠赴海外呢？讓我們看看具體經過吧。

小說一入「正話」，出場的便是任蓋天軍都統制兩個月即被讒而削職回到故地石碣村的阮小七，他依舊過的是「打漁奉母」的日子，自認爲「落得自在」，「逍逍遙遙」，「再不受這夥奸臣的惡氣了」。因聽說宋、盧被害，故上梁山祭奠，被蔡太師門下奴才時任濟州太守的張某誣陷爲「歹人」、「嘯聚」而要「左右快與我拿下」。並罵阮小七：「你這殺不盡的草寇，重新在此造反！我今爲一郡之主，正要剿除遺賊，怎敢在我面前如此放肆！」雙方衝突，阮小七將其打跑。當夜，這個張太守帶「一二百士兵」抓捕阮小七。阮小七殺了張太守，燒了草房，帶著老娘星夜逃走，因無處可去而要投登雲山腳下「甚是快活」的鄒潤，「躲避幾時，卻再理會」。阮小七等梁山英雄雖曾打家劫舍，被目爲強人，但已招安歸正，征遼剿方臘，流了血汗傷了性命，十損七八，爲國立了大功，絕不同於一般人。但在奸賊眼中他們仍是「歹人」、「草寇」，阮小七因上梁山祭奠宋江等被貪官誣爲要「嘯聚」、「造反」，逼得他連「打漁奉母」的日子也過不成，直到將其逼得重上「梁山」。阮小七投鄒潤是爲「躲

避幾時，卻再理會」，因爲那時鄒潤也未造反，所以阮小七也還不是說要重扯義旗。（以上見第一回）後知鄒潤因「同一個潑皮大戶賭錢爭競起來，殺了他一家，仍舊上登雲山去落草」。孫新認爲「各處搜捕」，阮小七無處可藏，「何不且去登雲山相助」，（以上見第二回）在此情形下，阮小七不得已方上了登雲山。《水滸傳》開篇寫天子不肖，潑皮高俅發跡，成了國家大臣，逼走禁軍教頭王進，寓「亂自上作」之意。《水滸後傳》開篇寫阮小七被逼殺權奸爪牙，棄家上了登雲山，更爲明顯地表現出與《水滸傳》「亂自上作」「官逼民反」基本思想意蘊相一致之處。登雲山聚義的其它英雄顧大嫂、孫新是爲報毛氶強搶扈成海貨而殺之上的登雲山，孫立是因受孫新等牽連遭誘捕，被誣爲「連結」「反寇」，「殺毛孔目全家，重複反叛」（見第三回）下獄被救出而不得不上的登雲山。再看看飲馬川英雄是如何重新聚義的。小說第四回寫杜興問楊林道：「『你和裴宣在飲馬川作何生計？』楊林歎口氣道：『我們是耿直漢子，爲著招安，死裏逃生；因怕受奸黨的氣，故不願爲官。誰知也爲阮小七、孫立們的事，地方官要收管甘結，好生逼迫尋事，甚是耐不得，只得仍上飲馬川，原做舊時道路。』」這是英雄重上飲馬川之始，原因是官府「逼迫尋事」，「收管甘結」。這「收管甘結」的起因是阮小七殺了濟州張太守，孫立等殺了登州楊知府，蔡京、楊戩大驚，奏過天子，行文各州縣：「凡係梁山泊招安，不論居官罷職，盡要收管甘結。」（以上見第四回）因此而牽連出裴宣、楊林殺了童貫爪牙馮彪之子，又因杜興與此事有關而致閒居的李應被捕：「你和他同是梁山泊餘黨，自然窩藏在家，推不得乾淨⋯⋯暫時監下。」但「若解到樞密院，性命難保」，（見第三回）因此楊林設計救出李應，上了飲馬川。再看柴進這位前朝金枝玉葉的遭遇。在《水滸傳》中，太祖皇帝的鐵券誓書不抵權奸爪牙，在續書中仍如此。第二十一回，因宋廷議和湊輸於金國的金銀，滄州太守高源卻是高廉的兄弟，正爲柴進對頭，爲報私仇，以「奉旨的大題目，就要他三千兩金子、一萬兩銀子。因爲措處不來，高源把他拿到州里，三日一比，連家眷通監禁了。亂世橫行，太祖皇帝的誓書也不准了」。又誣柴進「這廝慣會結連山寇，謀爲不軌⋯⋯今是奉聖旨搜括金銀，並非我公報私仇，他又約飲馬川餘黨來侵犯，這是背逆朝廷，罪在不赦了⋯⋯你們今夜便可下手」，要「弄死柴進」。奸賊之行引人發怨，一節級設計救出了柴進。李應等破了城，殺了高源，而「不許秋毫擾犯百姓」。之後，柴進上了飲馬川。賦閒家居的梁山英雄是這般被逼而重新聚義，隱逸世外的修道人公孫勝、朱

武重聚義旗之下的原因又是如何呢？小說第六回寫得清清楚楚。奸賊計議，「倒是宋江餘黨，重複嘯聚山林，爲禍不小……這道人畢竟是梁山泊的公孫勝……若不剿除，日後與遼國交戰，倘然乘機竊發，反爲心腹大患」，因此要「不可不捕」，「先到二仙山擒拿公孫勝，然後進剿李應、阮小七」。公孫勝、朱武也因貪官逼迫，「總是這裏安不得身了」，且到飲馬川探個虛實，再尋名山洞府棲身」，這樣，兩人才不得不上的飲馬川。以上是梁山殘餘英雄重上「梁山」的原因，梁山之外的英雄扈成、欒廷玉又是如何上「山」的呢？第二回，寫了扈成被登州孔目毛仲誣爲「海賊」，要「鎖去登州府裏發落」，扈成因「千辛萬苦性命相搏來的貨物，被毛仲搶去」，「白白地受了這場惡氣」。而且，毛仲「這雜種十分憊賴，幾番和我們尋事，想要報仇」。顧大嫂與扈成爲報仇殺了毛仲，重上了登雲山。第三回寫欒廷玉上山，有一段扈成相勸的話，將天下形勢與上山原因說得很透徹：「既是楊提督把兄弟託在你身上，被人全家殺死，豈不懷恨於你？失守城池，要按軍法……我是你徒弟，開門揖盜，豈不是私通叛寇？哪裏分辯去？禍到臨頭，悔之晚矣！」「今朝廷昏暗，奸黨弄權，天下不日大亂。」「如今哪一處邊關上不是奸臣鷹犬？」看來，作爲扈成的師傅，欒廷玉不上登雲山也是無棲身之地。

　　李俊等隱居太湖消夏灣，「幸得先見，結識了這幾個好弟兄，得此安身立命之所，倒也快活」，難道他們「豈不知受了官職，榮親耀祖，享些富貴」？這些起於平民的人深知世道的黑暗，「奸佞滿朝，妒賢嫉能，後來再不能有好結局的」，而且地方官「受朝廷大俸大祿，不愛惜百姓」，反與豪紳串通一氣，把偌大太湖「禁作放生湖，平分魚稅」，「奪了眾百姓的飯碗」。李俊等「不過爲百姓發公憤」，卻反被罵爲「那李俊是梁山泊餘黨，恐怕他乘機作亂」，「明是造逆，還要強辯」，「且發去監下」。（以上見第九回）李俊等因「在中國耐不得奸黨的氣，要尋一個海島安身」（見第十一回），這才引出「海外立國」之舉。至於說李俊夜夢宋江神示，囑他「金鰲背上起蛟龍，徼外山川氣象雄」（見第十回），不過是爲其遠赴海外尋一充分的理由罷了，真正的原因只是「在中國耐不得奸黨的氣」。

　　通過以上分析，得出的結論再明確不過。這些爲國立了大功留得性命的梁山殘餘英雄，不論是閒居隱逸的，棄職歸農的，修道學真的，重又義旗高舉，再上「梁山」，無一例外是由於「亂自上作」、「官逼民反」。就連扈成、欒廷玉等上山的原因也大致如此。其過在誰？

那麼，登雲山、飲馬川的英雄又是如何踏上了遠赴海外之路呢？這就不能不聯繫宋金戰爭期間英雄們共赴國難的忠義壯舉。

第二十回寫呼延灼父子與汪豹同守楊劉村，這是黃河邊防守金兵的「第一個要緊去處」。這汪豹「原是一遊手之徒……因投在蔡京門下鑽營，做了御營指揮使」，他「見金兵勢大……暗地裏使人到斡離不處通了線索，獻這楊劉隘口以爲進身之階」，而誘呼延灼降金。呼延灼毅然回答：「汪將軍錯矣！我等身受國恩，當以死報……金國雖然兵多將廣，我這裏緊守隘口，黃河天嶄，豈能飛渡……大宋列聖相承，恩澤佈在人心……金國孤軍深入，亦未爲得計。」鑒於汪豹這般言行，呼延父子採取了應急措施。無奈汪豹反叛，「金兵乘了大筏，竟過黃河，漫山塞野而來」，把呼延父子三人「團團裏住」。深夜，三人「拼命沖下山去」，半路又被降金的僧兵攔捉，又途遇不敵金兵勢大匹馬逃生的保定府都統制朱全，只得上飲馬川「暫住」。第二十五回寫了關勝被救上飲馬川前正義斥奸視死如歸的義烈言行。河北劉豫歸順了金人，被封爲僞齊帝，大名府正兵馬總管關勝心中不忿，要納還官誥，乞歸鄉里。劉豫「正要授你征南大元帥，掃平宋孽」，關勝應之曰：「末將先人扶立漢鼎，流芳萬古。某雖讚劣，亦不敢污了清白一身，改事二姓……臺相受本朝寵命，出典大郡，自該固守封疆，如顏常山建立義旗，興復唐室。怎遽自稱尊，遺譏後世……張邦昌已被誅了。前車之鑒，請自三思。」劉豫大怒，欲斬關勝，關勝怒罵：「自甘一死，九泉可見太祖列宗之靈，不似你這逆天悖理，遺臭萬代！」劊子手要關勝跪下，關勝豈肯：「我一片忠貞，不料爲逆賊所害，死去定爲厲鬼殺賊！生爲大宋之臣，當面南受刑，怎麼肯向北而跪！」梁山英雄外，第二十五回還寫了老將王進的經歷。「勤王到京……守禦黃河渡口。不意汪豹獻了隘口，金兵渡河，抵敵不住，盡皆損兵折將。老夫剩得五六百兵，正在進退兩難。」第二十六回還寫了王進被漢奸劉豫子劉猊引五千人馬，「將我營緊緊圍定，我同淩將軍拼命殺得出來，標兵盡皆覆沒，無路可歸」而「不如自盡以報朝廷」。在此情形下，王進才隨燕青等上了飲馬川暫住。目的是爲「去投宗留守，以佐中興」。

最能表現梁山英雄國難顯忠義的是第二十四回燕青「獻青子草野全忠」之舉。金人羈留二帝並后妃宗室，盡驅歸北，因追索金銀緞匹未完而屯紮：「刀槍密密，戈戟重重……悲笳吹起，慘動鬼神；吶喊聲齊，振搖山嶽。石人見了也生愁，鐵漢到來多喪膽。」隨燕青而行的楊林，「是個殺人不眨眼的魔頭，

見了不覺毛髮直豎，身子寒抖不定」。而燕青則是「神色自若」，見被囚徽宗：
「端端正正朝上拜了五拜，叩三個頭，跪著奏道：『臣草野微臣燕青……今聞
北狩，冒死一覲龍顏。』」並呈上所賜恩詔。道君想起：「原來卿是宋江部下。
可惜宋江忠義之士……朕一時不明，為奸臣蒙蔽，致令沉鬱而亡。朕甚悼
惜……重加褒封立廟，子孫世襲顯爵。」再看獻青子的描寫：

> 燕青謝恩，喚楊林捧過盒盤，又奏道：「微臣仰觀聖顏，無可表
> 敬。謹獻上青子百枚、黃柑十顆，取苦盡甘來的佳讖，少展一點芹
> 曝之意。」齊眉舉上。上皇身邊只有一個老內監，接來啟了封蓋。
> 道君皇帝便取一枚青子納在口中，說道：「連日朕心緒不寧，口內甚
> 苦，得此佳品，可以解煩。」歎口氣道：「朝內文武官僚，世受國恩，
> 拖金曳紫，一朝變起，盡皆保惜性命，眷戀妻子，誰肯來這裏省視？
> 不料卿這般忠義！可見天下賢才傑士，原不在近臣勳戚中。朕失於
> 簡用，以致如此。遠來安慰，實感朕心。」命內監取過筆硯，將手
> 內一柄金鑲玉弭白紈扇兒，弔著一枚海南香雕螭龍小墜，放在紅氈
> 之上，寫一首詩道：

> > 笳鼓聲中藉蟲茵，普天僅見一忠臣。
> > 若然青子能回味，大賚黃柑慶萬春。

> 寫罷，落個款道：「教主道君皇帝御書」。就賜與燕青道：「與卿
> 便面。」燕青伏地謝恩。上皇又喚內監：「分一半青子黃柑，你拿去
> 賜與當今皇帝，說是一個草野忠臣燕青所獻的。」內監領旨回去。

金人連連催促，燕青「止不住落淚滿腮」而別，上皇「亦掩面而泣」。
離金營已遠，燕青道出面君緣故：「實是感激聖德。可憐被奸臣所誤，國破
身羈，我中心不忍，故冒險來朝見一面，以盡一點微忠……他還想著回朝……
恐永世不能再見了！」觀燕青言行，真是「天下賢才傑士，原不在近臣勳戚
中」！

眾英雄齊聚飲馬川，面對國難，他們的所為又是如何呢？第二十六回中
有具體表現。金將撻懶聞飲馬川是「梁山泊餘黨，多有智勇的人在裏面」，因
要「招他」，故差大將領金兵一千先撫後剿。漢奸劉豫子劉猊等又率兵五千「浩
浩蕩蕩殺到飲馬川，恨不得踏平山寨，泄恨報仇」。眾英雄是同仇敵愾。「王
進、關勝、呼延灼、朱仝一齊說道：『我等受朝廷官職，不幸兵敗，得遇眾好
漢在此，同心協力，先破大名府，剿滅劉豫，恢復河北，雖身在蒿野，亦所

不辭！』結果飲馬川英雄以少勝多，殺得來犯之金兵與僞兵「單走禿魯，劉猊兩個，焦頭爛額的兵不上四五十人，抱頭鼠竄而去」。第二十七回在黃河邊用計大敗金將烏祿與前日通敵叛將汪豹，將「背國私降，引金兵過河，斷送了宋朝二百年社稷河山，使兩朝龍駕沒陷沙漠，害了數萬生靈」的王豹「亂箭射死」，以「爲朝廷正典，爲天下伸冤」。第二十九回寫除掉了《水滸傳》中「曾朝奉之孫」，「投了金朝，謀做鄆城縣團練」的曾世雄，除掉了演練六甲神兵陷了東京城，而投了金人謀了鄆城知縣的道士郭京這兩個害民的漢奸。第三十回寫殺了漢奸濟州兵馬牛都監。同回寫了登雲山、飲馬川等眾英雄爲赴海外，圍了登州城，劫走金將阿黑麻造的「要泛洋轉到淮揚，直進錢塘江，水陸夾攻臨安」的大海鰍船一百艘。

綜上所述，無論是梁山殘餘英雄還是王進等其它英雄，他們的所言所行與朝中的投降派，朝外地方漢奸官吏軍將，甚至是塵世外而降金的僧人，都形成了鮮明對照。英雄們大都是被權奸及其爪牙迫害，每人又重新經歷了一番波折，不得已再上「梁山」。但在金人蹂躪百姓，鐵蹄踐踏中原之時，英雄們又不計前嫌共赴國難，其豪壯之舉譜寫了一曲亂世忠義的頌歌。

但是飲馬川、登雲山眾英雄又是如何遠赴海外？其中有什麼不得不遠離故土的深痛原因呢？

面對強大的金兵，眾英雄不是畏難而退，而是主動拋卻飲馬川、登雲山根據地投效朝廷抗金名將，而且其經歷十分曲折。對此，書中寫及十餘次之多。第二十六回，燕青勸兵敗的朝廷軍將王進說：「康王已即位南京，號召四方豪傑。宗澤留守東京，恢復兩河。我有舊弟兄屯聚飲馬川，且到那裏消停幾日，整旅南還，去投宗留守，以佐中興，有何不可？」這是第一次說到投效抗金英雄宗澤，原因是新君即位，忠臣尚在，中興有望，其目的是要爲國出力。同回，在眾英雄將與僞齊劉豫之兵與金人之兵對陣，要「剿滅劉豫，恢復河北」群情激昂之時，朱武、燕青在分析了形勢與雙方力量之後，又勸導眾英雄投效宗澤。「朱武道：『各位將軍雖是忠心激發，但劉豫之勢方張，又撻懶三萬大兵鎮守大名，豈能破得？如今……守住山寨，候宗留守消息，然後進兵。』燕青道：『攻固不可，守亦甚難。我等兵卒不過三千，終日征戰，必至疲敝。倘撻懶自領兵來，斷然支持不定……然後收拾回南，去投宗留守，以佐中興，此爲上策。』」結果「眾頭領皆喜，依計而行」。同回，在打退敵人後，燕青再次強調：「雖然殺得劉猊有來無返，他必然去請撻懶大兵到來。

眾寡不敵，恐有失著。不若乘此大勝之後，拔寨南還，去投宗留守，共建功業，完我弟兄們一生心事。」「眾頭領盡皆大喜」，即分撥下山，「燒了寨柵，即日起程」。第二十七回，南還途中，擊敗駐守黃河的金兵，殺了投敵的漢奸汪豹。李應又煩戴院長「先去東京探個消息，好去投宗留守。我們只在中牟縣等信」。同回，在等戴宗消息中間，截殺蔡京、高俅、童貫、蔡攸四大奸臣，李應將「今領士卒去投宗留守，以佐中興」之事正色相告。英雄有一片投傚之心，但情況發生了逆轉，打探消息的戴宗帶來不好的消息：

> 倏忽之間，天色已明，卻好戴宗回來，說道：「宗留守招納豪傑，王善、李成都領部下歸順，將一片忠肝義膽，人人撫循，盡願效力，兵勢甚盛。一連三疏，請聖上還都，誰知被汪伯彥、黃潛善所遏，氣憤填胸，因得重疾。臨卒之時，不及家事，大呼『過河』三聲，嘔血而死。將士盡皆流涕。朝廷差杜充來繼任，暗弱無能，不恤將士，盡俱解體，重複散去了。又聞兀朮四太子領十萬大兵要到建康；杜充畏懼，金兵還未到，他先棄了河南，引兵退到淮西；百姓重番逃散，京城依舊一空了。」眾頭領聽了，愕然道：「宗留守既亡，我等何所歸著？況兀朮南下，這個空城怎生住得？進退兩難，如何是好？」

> 戴宗道：「我會著穆春來打探東京消息，說阮小七、孫立等在登雲山聚義，兵精糧足，十分興旺，要我同去。我說眾弟兄俱在中牟縣，等我回覆宗留守消息，過幾日來相會。穆春先回去了。我想登雲山僻在海隅，兀朮的兵不往那邊經過，何不且去權時安頓？然後到建康，竟歸朝廷，亦無不可。」眾頭領依允，遂仍舊分作三隊，陸續進發，往山東道上來。

眾英雄往山東途中又再次歷險，遭遇金騎，呼延父子被沖散，可大隊仍向濟州進發。「那裏是宣撫使張所鎮守。兀朮忌他威名，不敢取城，從淮南而去。」眾英雄投宗澤未果，「去投張宣撫，極蒙優禮」。可情況又有突變。「正要奏聞加封官職，誰道康王聽信黃潛善、汪伯彥力主和議，斥罷李綱，張宣撫安置道州。那濟州被牛都監獻與金朝，使阿黑麻守住。眾頭領無可奈何，只得原要到登雲山；還不曾去」。英雄們歷經曲折而心始終向著朝廷，這忠肝義膽真是：「梁山泊上起微波，忠義堂中瞻後勁。」（以上見第二十九回）第三十回，飲馬川人馬歷經艱辛，終於達到登雲山，與阮小七、孫立等匯合。

但敵我形勢仍十分嚴峻，在百般無奈的情況下，眾英雄才想到投奔李俊，「成一個大事業」。請看其形勢與經過：

……「阿黑麻看造戰船，要泛洋轉到淮揚，直進錢塘江，水陸夾攻臨安。聞知濟州殺了牛都監，鄆城殺了曾世雄、郭京，連夜回去，要領二萬大兵來掃平這登雲山，不日就到了。」阮小七道：「怕他鳥！待他來，殺得他罄盡，奪轉東京，大家輪坐！」裴宣道：「使不得。金朝勢大，兩河、山東盡屬管轄，兵多將廣；我們這裏地窄兵稀，如何支持得定？」孫立道：「我等寧可斬頭瀝血，死在一處，再不可散去，遭他毒手！」朱武道：「康王新立，盡有中興之望，不料原用汪伯彥、黃潛善一班奸佞之臣，以致宗留守氣憤而亡，李綱、張所貶責不用，眼見容不得正人君子，朝廷無路可歸了。這登雲山無險阻可恃，又逼近登州，金兵不時往來，做老營不得，須算個長便之策方好。」安道全道：「我倒想有一個好去處，上不怕天，下不怕地，地勢峻險，又有天生的城垣，極大的濠溝，隨你百萬人馬也安插得去。」眾人急問：「是哪個所在，有這般妙處？」安道全道：「是上年我奉聖旨差往高麗，醫好國王回來，遇著颶風，翻了海舶，幸遇李俊救起，留在金鼇島住了二十多天。那島方圓有五百多里，石城堅固，五穀豐熟，人民富庶。李俊只有樂和、童威、童猛三人扶助，便成了這個基業，稱爲征東元帥。又有花榮的兒子花逢春，暹羅國招爲駙馬，親戚往來，錢糧兵馬支調得動。我等若去，豈不成一個大事業？強如在中國東奔西走，受盡醃臢的氣！」扈成接口道：「我前飄洋到日本、高麗、占城、琉球，哪一國不曾走過？只有這暹羅國果然富庶，風土食物與中華無異。那金鼇島是暹羅附庸，本國共有二十四島，唯金鼇最盛，其實好不過！」眾人聽了，如夢方醒，盡皆喜躍。楊林道：「好是好了，只是隔著大洋，必須大船方可過去，一時恐打造不及。」燕青道：「不見方才小頭目說，阿黑麻監打戰船，定先有幾十號在彼，我們去借了他的，極是快便，但不知城中虛實何如？」孫立道：「登州虛實，我與樂大哥同做過統制的，只有老弱千餘，那新調來的毛乾，懦弱無能，見我們的影兒也是怕的，不足爲慮。」燕青道：「再煩戴院長到登州探聽的確，方可行事。」

細閱梁山英雄由四散各處而分別重上登雲山、飲馬川，最終走向海外的

過程，我們可以明顯看出這是無可奈何之舉。作爲梁山英雄，他們招安後征遼平方臘，一心爲國，損折大半，還慘遭奸佞殘害，誠可謂忠義之烈。不論之後各人又有何種不平遭遇，重被「逼上梁山」，但當金人兵臨城下，國將不國時，英雄們立刻表現出捐棄私怨，共赴國難的忠義本質。從上面英雄遠赴海外的過程中我們深刻感受到英雄們赤心報國的經歷是如何感人肺腑。首先，作爲忠義之士，無不對家國淪亡痛心疾首，因而對康王中興寄以厚望。因此，當他們得知新君繼位於南京，抗金大英雄宗澤留守於東京，馬上毀掉經營日久的山寨，攜家帶口地要去投效，途中歷經艱險與曲折。投宗澤未果但初衷不改，一力向南，轉投張所，剛被接納張所又被貶謫，之後才轉向山東投登雲山。因爲新君與宗留守是中興的希望，也是梁山英雄精忠報國的希望所在。而且，投效官軍幾等於《水滸傳》中的招安，雖主動被動不同，但《水滸傳》眾英雄死於奸賊的血的教訓應該說不能不讓英雄們有所顧忌。但對此，書中未有隻言片語寫英雄的猶豫與擔心。正當國難，投效的是抗金英雄，今昔形勢大爲不同是其原因，由此更可見英雄不計個人安危一心爲國的義無返顧。其次，雖然新君初立略有恢復之意，但馬上即被投降派所左右，高宗爲群小所蔽，朝廷上下一片議和之聲，抗敵大英雄憤死，李綱、張所貶謫，令梁山英雄大爲失望。而且上至朝廷下至州縣漢奸遍佈，有賣國投敵的汪豹、曾世雄、牛都監等軍將，有禍國殃民的趙良嗣、江湖騙子郭京，還有新舊幾大奸賊。國事不可爲，大廈將傾，獨木難支撐，梁山英雄投效無路，報國無門。再次，金人鐵騎縱橫天下，更有偽齊劉豫等漢奸武裝，甚至世外和尚也降了金人成了助紂爲虐的僧兵。敵我力量相差過於懸殊，梁山英雄所率隊伍實難與之相抗。飲馬川守不住，登雲山亦守不住，中原實在無處可去無路可行。就是在這幾種情況交織錯雜的形勢下，英雄被逼得只能遠赴海外。雖說是行此「長便之策」，「成一個」「海外立國」的「大事業」，但其根本原因還是無奈之舉。

## 二、創建國家——忠義英雄的文化承傳

說「創建國家——忠義英雄的文化承傳」不能不先從君臣關係說起。《水滸傳》姑且不論，作爲續書，《水滸後傳》開篇以長詩述「宋朝得國之始，敗國之由」，特別提出徽宗皇帝，「天姿高朗，性地聰明；詩詞歌賦，諸子百家，無所不能，無所不曉」。這段文字脫胎於《水滸傳》開篇對徽宗「浮浪子弟門

風，幫閒之事，無一般不曉，無一般不會，更無般不愛」的評價，但感情傾向上已有所收束。之後馬上轉向徽宗和臣工的關係：「他卻偏用蔡京爲相，引進了一般小人，如高俅、童貫、楊戩、王黼、梁師成之輩」，對其進行評論：「都是阿諛諂佞，逢君之惡，排擯正人，苛削百姓；所做的事，卻是造艮嶽、採化石綱、棄舊好、挑強鄰、納賄賂、任私人、修仙奉道、遊幸宿娼，無一件是治天下的正務。遂至土崩瓦解，一敗塗地，豈不可惜！」小說對欽宗的描寫，雖不同於對徽宗的諷評，但也細寫出他在強敵臨城，在戰和兩派間的左右搖擺，反覆變化。最後聽信妖言，以爲六甲神兵可以退敵，致令都城破，二帝被擄。對於滅國之由，欽宗不思責己，而掩面大哭道：「宰相誤我父子！」完全將責任推到大臣身上。（事見第二十二回、第二十三回）丟了江山社稷的徽欽二帝的後繼者高宗如何呢？第三十七回寫道：「卻說高宗皇帝即位臨安，信任黃潛善、汪伯彥、湯思退一班無謀宰相，專主和議，斥罷李綱、傅亮忠良之臣，汴京復失，兩淮不守，被兀朮長驅直入，攻破獨松關，陷了臨安。高宗遂去明州，下了海。」已被「團團圍定」，金人以爲「唾手可得」。宋廷君臣如此，李俊「海外立國」，其君臣關係如何？小說結尾第四十回「薦故觀燈同宴樂　賦詩演戲大團圓」中七人詩作兩處涉及了君臣關係，蕭讓的「萬花明月元宵夜，杯酒君臣一氣中」，燕青的「知己君臣難拂袖，同酣煙月五湖中」即是。暹羅國新君臣關係當然非宋廷君臣可比，他們是先生死兄弟而後「君臣一氣」，「共存忠義於心，同著功勳於國」，爲了「一生事業」而聚於「替天行道」的旗幟之下的。在「海外立國」的過程中，兄弟而君臣的「知己」言行體現在方方面面。除帶領兄弟棄太湖而赴海外李俊是按天意行事，尚有樂和認爲太湖是一絕地，在裏面做事業的沒有好結果的看法外，在處理大事中，李俊與眾兄弟均平等相待，李俊多按樂和、燕青等謀士策劃而爲，關勝、呼延灼、李應與後來聚義的老將王進、欒廷玉等也都按李俊的調遣衝鋒陷陣。李俊個人也事事身先眾人，從善如流，甚少剛愎自用固執己見之舉。如初到海外清水澳，李俊欲占金鰲島，又恐兵微將寡，敵手沙龍驍勇，急切難攻。樂和先以班超故事鼓勵，「班超以三十六人破了鄯善國，將在謀而不在勇」，然後勸以「且屯紮幾時，召集訓練，覷個機會，方好攻他，不可性急」，又恐敵人來犯，建議「這裏又無險阻可守，沿邊宜建木柵，撥幾個船遠處瞭望，放炮爲號。這是要緊招數」。（以上見第十一回）李俊一一按其所言安排。後上下齊力戰沙龍取金鰲島、和暹羅、成花榮子花逢春與暹羅玉芝公主婚事，

樂和「與李俊盡心料理，島中荒地都加開墾，愛民練卒，招徠流亡，與客商互市」，因此暹羅「日漸富強」。為此，李俊謝道：「當初宋公明何等才技，又有吳學究指點軍機，盧員外一班人物，梁山泊方成得局面。我本一介，全憑賢弟指教，來到海外，反成這個基業，豈不是僥倖！」（以上見第十三回）後暹羅奸賊共濤害死馬國主，李俊興兵討伐，阻於薩頭陀妖法。李俊受激不過，「大丈夫生在天地之間，興廢自有定數，哪裏當面忍得」，便要出戰。樂和勸以「此是誘敵之計，不宜妄動」，李俊不聽；樂和又勸「既是耐不得，也待夜間」；李俊派人分頭劫寨、掩護、守寨，結果大敗而歸。李俊為此大哭道：「不聽賢弟良言，致有此敗！如今兵微將寡，如何是好？」見李俊如此，樂和忙以「勝敗兵家之常，不可挫了銳氣」相勸，說明有利條件，「幸這石城堅固，決然攻打不進」，再言決心，「且誓死守定，再作區處」。然戰事多變，情況萬分危急，李俊「如今支撐不定了，待我自刎，免得受辱」，樂和忙勸「就是入城，還要巷戰，豈可如此」。後戰有轉機，李俊歎道：「賢弟真有先見之明，料事多中，不然就失事了。」（以上見第三十二回）看起來，樂和與李俊的是肝膽相照，李俊對其言聽計從，樂和可謂「帝師」矣。在議立暹羅國主一事過程中，李俊與眾人兄弟而君臣的關係亦甚為相得。就馬國主妃國母「公議一位嗣統為王」之說，李俊認為花逢春「有半子之誼，理合承祀宗祧」，「何必別議」。花逢春固辭，再勸「大將軍早踐國位，免得鄰邦窺伺，反側生心。不必多議」。燕青、樂和、王進三人同意花逢春之說，勸李俊「大將軍創業不易，事有經權，何必推遜」。對此，李俊十分謙讓，自認「自知愚直，不堪世用」，「計暹羅之難，全是眾位之力，豈敢貪天之功，遂爾僭妄」。花恭人簾內亦勸李俊「請大將軍慨允，以慰臣民之望」。見此，燕青再勸，「大將軍，你先機龍遁，誰知富貴逼人。宋公明託夢，明明說後半段事業在你身上，今日已符其言……不必固辭」。國母亦肯定燕青之議，「就此定議，只消擇日登位便了」。眾議已定，李俊只好如此，但表示：「承國母慈諭，眾位推戴，我李俊也不敢妄自居尊，凡兵馬、糧餉、庶務，請眾弟兄各主其事，稟奉國母垂簾聽政，何如？」鑒於此，燕青以梁山王倫，特別是晁蓋、宋江先後為主，其餘聽命勸誡，說明一寨之中法度不可紊亂，何況暹羅是個大國，事務繁多，非同小可，「豈容政出多門，十羊九牧」；又以呂太后、武則天遺譏後世說垂簾聽政乃不得已而為之之法，亦不可取；還以古時大賢堯舜不傳於子而傳於賢，「天下者，天下人之天下，非一人之天下」，勸李俊「即宜聽受」。老將王

進也道：「大議已定，允合天理人心。大將軍雖謙，也辭不得來。我們出去商議大禮便是。」這樣，李俊才表態：「既然如此，我也不好再辭。」但還強調：「雖然如此，叫我驟居王位，實是不敢。原以征東大將軍攝行國事，眾弟兄分派職事，各人掌事，互相扶助，稱呼仍是弟兄，不可虛套，使人不安。」登位之時，王進等眾人「俱各朝上四拜」，李俊「也回四拜」。（以上見第三十四、第三十五回）這個過程分爲幾步，寫得頗爲細緻，燕青等的一勸再勸，李俊的一辭再辭，均出於情理，沒有虛辭客套，沒有言行不一，而是推心置腹，揆情度理，因而深切反映出兄弟而君臣間的義氣渾似股肱的關係。而這種關係源於《水滸傳》梁山忠義堂兄弟而主臣的關係，既有上下之分，又具平等色彩，與傳統的君臣關係不同，有一定的民主與平民性，是對中華傳統君臣儀禮的新發展。這種兄弟而君臣的關係是使李俊與諸人和諧相處的關鍵，也是「海外立國」過程中創建國家並使之成爲長治久安昇平世界的關鍵。

由於有了兄弟而君臣的良好關係，甚至對於李俊憂勞而生的逸樂想法，眾人也能直言相諫。請看第三十七回、第三十八回的相關內容：

> 卻說大將軍李俊因征戰多時，身心勞瘁，思量要與眾弟兄快樂過冬。李俊道：「自從共濤篡位以來，有大半年征戰，日夜操心。幸喜關白、革鵬就戮，三島戡平，可以高枕無憂，且與眾弟兄快樂過此殘冬。」燕青道：「安不忘危，有國家的不比庶民，須要兢兢業業。若偷安縱逸，大則喪國，小則亡身。如道君皇帝用蔡京爲相，奸黨互結，上下蒙蔽，不親政務，致陷了汴京，父子北狩；馬賽眞優柔不斷，權歸共濤，有篡弑之禍。大將軍初開國基，務須勵精圖治，不宜自耽逸樂。目下有件震威柔遠之事，可宜速行。

> 「三島雖平，二十四島未盡懾伏，必要逐島巡歷，將好言撫慰，使他懷德畏威，不敢倡亂，方得寧靖。古人謂之『一勞永逸』。」大將軍道：「兄弟之言，甚是有理。」

說君臣關係還包括暹羅國與中華大宋這個方面。暹羅國舊主馬賽眞，「有失以小事大之禮」，實事出有因：「昔年曾差使臣進貢，被蔡太師遏奏，不得瞻觀龍顏，又無賞犒，反勒賄賂，流落不歸，因此缺貢。」對此，梁山英雄的代表樂和認爲：「『普天之下，莫非王土；率土之濱，莫非王臣。』我大宋中外一統，列聖相傳，歷世已久。今天子聖仁英武，荒裔要服，無不重譯來朝。」（以上見第十二回）由此可以看出李俊等思想中天下一統的王權觀是十

分強烈的。因此，他們雖不得已而立國海外，但對大宋與天子仍懷臣屬之心。當聞知天子受困於外敵與漢奸，即表示：「豈可坐視不救」，「若坐視君父之難而不救援，是豺狼也。雖肝腦塗地，亦所心甘。望眾弟兄奮勇同心，共建大義。」救高宗於「心中驚怕，垂淚道：『想是金兵登岸了，不如自盡，免得受辱』」千鈞一髮之時。之後，公孫勝息高宗修道之念，燕青諫高宗以「遠斥和議之臣，亟拔忠貞之士，則二聖可還，海宇可復」。高宗贊曰：「卿忠義過人，識見卓犖，朕銘於心。」之後慶元旦，朝賀君，懲奸佞，送重禮，奉君還。高宗囑李俊以「卿國中寧靜，來覲朕」，李俊頓首泣謝道：「臣仰仗天威，鎮儡遐方，當年年進貢，三年一朝。萬望善保聖躬，以副四海臣民之望。」眾人齊道：「聖天子有萬靈呵護，此去必然福祚延長。我等存心忠義，得此一番救駕，亦可稍盡臣子之職矣！」（以上見第三十七回）高宗還朝即詔旨策封暹羅諸人：「咨爾李俊等，夙懷忠義，今竭股肱……龍興回轍……厥功偉矣……爾宜奠主海邦，統御髦士，作東南之保障……永業勿替，榮名長保……」並策封梁山已故宋江、盧俊義等正副將及已故花榮、秦明之妻；還在臨安城「依東京建造大相國寺，已請武行者做國師」。真是「君臣同體鴻鈞傳，海嶽澄清宇宙寧」。（以上見第三十八回）之後，暹羅國君臣削平內憂外患，「賦詩演戲大團圓」中才有了「杯酒君臣一氣中」、「知己君臣難拂袖」之論，（見第四十回）可見暹羅之國泰民安、暹羅與大宋重修主臣關係皆賴君臣相得與彼此守於君臣禮儀。這既是對《水滸傳》《水滸後傳》中宋室君臣關係及《水滸後傳》喻指的明清之交明王朝君臣不一導致的國破家亡結局的反諷，更是對「海外立國」開闢出一片王道樂土的熱情讚頌。

說「創建國家——忠義英雄的文化承傳」還不能不說暹羅國歸化為禮義之邦昇平世界。李俊等太湖英雄與阮小七、孫立、欒廷玉等登雲山英雄，李應、柴進、王進等飲馬川英雄先後遠赴海外的直接原因是宋金交惡，宋廷君昏臣佞，一味妥協求和，而金人勢力十分強大，破了東京，擄走二帝，又直下江南，致宋國將不國。《水滸後傳》第二十三回、第二十四回寫道：

> 斡離不下令逼道君皇帝、太上皇后、康王之母韋妃、夫人邢氏、諸妃、諸王、公主、駙馬都尉及六宮有位號者，皆至金營……凡法駕鹵簿、冠服、禮器法物、大樂教坊、八寶九鼎、圭璧、渾天儀、銅人、刻漏古器、秘閣三館書、天下州府圖籍及官吏、內人、內侍、伎藝、工匠、娼優、府庫積蓄，都被金人擄去，京城為之一空。

只見萬戶蕭條，行人稀少，市肆不開，風景淒慘；那龍樓鳳闕
依然高插雲霄，只是早朝時分，鳴鐘伐鼓，九重之上百官朝拜的不
是姓趙的皇帝了。

上文中金人擄走的除君臣外，大量關涉禮儀文化科技等的器物圖書也被
擄走。這不僅僅是宋王朝的覆亡，更是漢文化遭受的一次大浩劫。這更刺激
了漢人對傳統禮儀文明的珍視與保護，與對外敵占我國土，擄我君臣，搶我
器物，殺我生命的憤恨。如果聯繫《水滸後傳》成書的明清之際，清人野蠻
的「留頭不留髮，留髮不留頭」的殘暴，對漢文明禮儀的摧殘，對漢文化的
蔑視與毀滅，對「夷夏之辨」「夷夏大防」的顛覆，那麼李俊等「海外立國」
對保存漢民族文明傳統的重要作用與意義也就更為巨大了。

小說中對金人的殘暴之行涉及較少，但上文所引京城的蕭索可見其一
斑，至於金人鐵騎給百姓帶來的災難也就可想而知。因此，李俊「海外立國」
從一個角度表現了作者對金人南侵致百姓流離失所的憤怒與對美好生活的熱
切嚮往。

李俊等雖是不得已而避居海外，但一直保持中華傳統禮儀，以受天朝差
遣自居。第十一回初踏外邦清水澳，李俊對土人即明言：「我們是天朝大宋差
來鎮守，要剿滅那沙龍，與你百姓除害，何如？」李俊自稱「征東大元帥」，
一應曉諭「用大宋宣和年號」，「一依中國法度，造作旗幟大纛」，「殺人者償
命，奸盜者杖七十，錢糧行什一之法」。第十二回寫，對來犯之敵則稱「蠢爾
小丑，不沾王化」，以「天兵」自居，並對求和之使宣講：「『普天之下，莫非
王土；率土之濱，莫非王臣。』我大宋中外一統，列聖相傳，歷世已久。今
天子聖仁英武……貴國並不朝貢，有失以小事大之禮……」就連日常生活、
衣飾等皆按宋朝舊例。如端午賽龍舟，元霄賞花燈賦詩飲酒，婚喪嫁娶，面
君朝拜，觀看的戲是《定海記》《邯鄲舊夢》，策封的官名也依六部，分為吏、
戶、禮、兵、刑、工而命其執掌者為侍郎等。李俊策封諸人名單中列有「通
政使，兼觀風行人司」，「國子監祭酒，總理學校」，「翰林學士」（見第三十五
回）；宋廷策封李俊等的名單文職名次多居於武職之前，柴進由原吏部侍郎攝
丞相事改為禮部尚書行丞相事，由此反映出重禮樂重文事的變化。第三十九
回李俊等受宋天子策封後商議應行諸事照錄如下，由此可見對中華文明禮儀
制度的保持：

一、原奉宋朝正朔，一切文移俱用紹興年號；

一、祭告天地；

一、望祭境內山川；

一、文武各官有缺員的，在暹羅舊臣中揀選陞擢補用；

一、築天地、日月、山川、社稷等壇，按時祭祀；

一、建立祖廟，按時享祀；

一、頒佈赦令，大赦國中；

一、揀選軍士三百名爲羽林軍，命呼延鈺、徐晟統領護駕；

一、命呼延灼、李應總統京營兵馬，擇城外平曠之地爲演武場，教演士卒；

一、命童威、童猛總統水軍，城外設立水寨，操演水戰；

一、金鼇、青霓、釣魚、白石四島仍照原撥人等鎮守，分統二十四島，如方伯連帥之職；

一、清水澳仍照原撥倪雲、狄成鎮守；

一、修築城垣，置備兵器，修造戰船，伺候調用；

一、命裴宣、樂和商定律令，一切官員居民人等俱要遵行；

一、建立宣聖文廟，開設學校，春秋二祭，命聞祭酒爲正，宋安平爲副，選臣民俊秀子弟入監讀書；

一、高麗、大小琉球、安南、占城等諸國，遣使臣聘聞；

一、於北門外造朝京樓三層，每年元旦，望北朝拜，並爲遠哨海面之用，撥兵守護；

一、建皇華驛館，安頓天使及鄰邦行人，考選譯字通事舍人伺候；

一、祭享朝會，聘問嫁娶、禮儀衣冠制度，悉照宋朝，盡改暹羅蠻俗。

以上各條，命各該管官議定規格，次第舉行。

李俊派撥布置已定，頒出曉示，眾官謹遵令旨，各自分頭辦理。

李俊等英雄到處，即爲王化之始。第十一回，初登清水澳，李俊以天兵自居要剿除擾害百姓之人，因而土人「盡皆悅服」。斬沙龍、占金鼇島，李俊

以大宋年號出榜安民，「被火焚者給賞銀米，與他蓋造房屋；七十以上者俱送
綢緞一匹；搶來的婦女奴婢出曉諭叫人領回」，如此仁義，因而「百姓盡皆歡
喜」。而且「一依中國法度」，「殺人者償命，奸盜者杖七十，錢糧行什一之法」，
因而「百姓盡皆感仰」。第十二回寫李俊等將金鼇島中「荒地都加開墾，愛民
練卒，招徠流亡，與客商互市」，因而「日漸富強」。第三十一回寫暹羅國受
惠：「自從招了花逢春為駙馬……又得李俊在金鼇島犄角聲援，故此外邦不敢
侵犯」，因此「連年五穀豐登，人民樂業，百物皆賤，盜賊不生，甚是安靜快
樂」。書中對此不僅有正面表述，還從其它不同角度表現。第三十回、第三十
四回借安道全、關勝之口稱頌：「這金鼇島山勢險阻，石城堅固，地方富庶，
人物整齊。」第四十回以高麗國王主動來訪，「僻處海隅，蕞爾小國，久企老
宗兄天縱之資，統理大邦，特視龍光，祗領清誨」，並願「結為兄弟，為唇齒
之邦」，後又投公孫勝門下修道而終，寫李俊海外立強大禮儀之國聲名遠播。
經李俊眾兄弟苦心經營，暹羅國已非舊日，真是「國泰民安，風調雨順，五
穀豐登，人物康阜，真是昇平世界」。書中對燕青提出並從四個層次實施的用
婚配之舉以固家邦的描寫最能體現李俊等海外立國對中華文明禮儀的傳承和
對建設理想的昇平社會的重大作用。

　　在據有金鼇島，平定暹羅奸相共濤弒君之亂，牡蠣灘救駕，李俊為國主，
受宋廷策封等大事初成之後，燕青以陰陽之道夫婦之倫勸李俊選妃，以免「失
乾坤奠位之理」，「嗣育有斬絕之譏」，而「嗣世系，萬不可緩」。李俊以權居
此位，要傳位於賢，與公孫先生學道為由固辭。燕青以今古不同，恐啓爭端，
五倫不可偏廢，夫婦為五倫之首尤為切要再勸。柴進、裴宣則認為「此國家
大事，不必多辭，我等自去會議便是」。對於眾議選國子監祭酒聞煥章女聞小
姐為妃，李俊以年紀相懸、與聞煥章為兄弟而認為不可悖理而行。柴進以劉
先主娶孫尚香事與聞煥章原非梁山聚義之人相勸，李俊「只得依允」。觀上文，
燕青等相勸之由與李俊相辭之由均依禮而行，並無與理相悖之處。此係婚配
固本之舉的第一個層次，敘述較詳。之後引出呼延灼招義子──徐寧子徐晟
為婿，呼延灼欲為子呼延鈺聘同僚女呂小姐為媳，蕭讓欲為女擇宋清子宋安
平為婿，國母蕭妃、李俊諸人撮合燕青與盧二安人之女盧小姐成婚。這四對
新人也可謂門戶相當。呼延小姐與徐晟、蕭小姐與宋安平自不待說，為了讓
呂小姐、盧小姐分別與呼延公子、少師燕青相當，小說特意安排國母蕭妃認
二小姐為義女，並親為備辦嫁妝，親自相送。此係婚配固本之舉的第二個層

次。燕青推己及人，再次進言。先以「男女之欲，誰人無之」開頭，然後述以「衾寒枕冷」、「絕了嗣息，祖宗血食也就斬斷」個人理由，再以「將來成長時，又可扶助世子；不然吾輩亡過，朝無勳戚，非我族類，其心必異」關係家邦長久之計而言，因此要「以己之心，度人之心，宜妙選名門，使各諧淑偶，以慰眾心」，進而達到「以固邦本」的目的。對此，柴進、裴宣贊曰：「正合儒者『推己及物』之道。」國主即命「當速議施行」。燕青下面的分析就更爲細緻：

> 卻說燕青要國主推恩與眾功臣完娶，便道：「我們創業開基，國中舊日臣僚雖各供原職，精神到底未必十分融貫。莫若遍選名門望族，與中土來的文武各官，或量品級尊卑，或論年紀大小，一邊求婚，一邊擇婿，務使門當户對，兩相情願，彼此一家，陰陽合德，自此再無隔礙，必然感恩盡力，子嗣蕃衍，可繼宗祧，後來又好輔翼嗣君，眞所謂一舉而三善備也。就是軍士中無妻小的，不妨與暹羅國民家互相婚配，將見兵民相安，主客相忘，人懷土著之思，軍無逃伍之慮。所謂人倫始於夫婦，王化起於閨門。周家八百年太平之基，全在『内無怨女，外無曠夫』八個字中做出。當今要務，莫急於此。」國主道：「賢弟既能定國安邦，又曉人情物理，實爲可敬。」

對此舉，「國中望族，家家願得中華人物爲婿」，看來頗得人心；國主對各功臣「每位賜金三百兩，綵緞二十端」，因此：「一國之中，大半是新郎新婦，眞覺氣象融和，君臣同魚水之歡，男女有及時之樂；選遍天下，再沒有這樣快活世界了！」以上係婚配固本的第三個層次。在概寫之後，又單寫楊林之娶：「方明幾番要將女兒隨我，我恐涉私，堅拒了他。今若另娶，辜負方明這片眞心。」又寫國主命燕青撮合樂和娶玉芝公主之宮娥吳採仙。還寫了熊勝、許義、唐牛兒、吉孚、和合兒、鄆哥、花信、方明六人的婚配結果，「正是微功必錄，恩澤普遍，無不稱功頌德，感激歡呼」。以上係婚配固本之舉的第四個層次。婚配之舉始於人倫禮義，起到了「以固邦本」的社會作用，「把一個海外蠻邦，化作聲名文物之國了」，（以上見第四十回）看來以禮治國是長治久安的正舉。

## 三、斥佛入道——忠義英雄神歸故國

遠涉海外是忠義英雄的無奈之舉緣於宋家王朝的君昏臣佞，緣於金人鐵騎的過於強大，這些原因易於理解。爲了免除梁山忠義英雄重蹈招安覆轍而

讓其除抗金官軍不投，爲了免除英雄剿滅於金人與漢奸包圍的悲劇結局而爲
其尋找一條「海外立國」的理想之路，這就帶有小說家濃厚的理想色彩了，
不過是爲英雄尋一出路，不致中華文明禮儀斬絕而幻設的一個難以成爲現實
的烏托邦罷了。有人認爲李俊所爲「更明顯地是由鄭成功、張煌言擁兵海上
抗清的實事而生發的小說情節，個中也反映著當時江南遺民們寄恢復希望於
海上和堅決不臣服新王朝的普遍心態」。〔註1〕而且鄭成功「後經其子經、其
孫克塽，先後據臺抗清，達二十三年之久」〔註2〕，最終也不復存在。且不說
實際生活如何，僅就小說文本所寫也可以看出作家常常是以脫離現實的心態
而爲之的。文中多處寫到徐神翁等眞正的出世人之外的隱居賦閒之人沒有一
位能平平靜靜地安享生活，因爲「朝廷昏暗，奸黨專權，把我兄弟們害得零
落無多，還逼得一個不容」。（見第六回）梁山殘餘的英雄，都因這樣或那樣
的原因被「官逼民反」重上「梁山」；特別是在外敵憑陵時，他們都毅然拋下
自己舊日追求的生活，以個人特有的方式彙入抗敵救國的洪流之中；就是在
「海外立國」過程中也無例外，其中包括一心修道而紅塵不讓其脫離的公孫
勝、朱武這樣的人。看來，平靜的生活是難以實現的。

　　第一回寫阮小七被蔡京奏過聖上，削了官職，文中對阮小七有一段心理
描寫：「如今倒落得自在，隨意打幾個魚，逍逍遙遙，再不受這夥奸臣的惡氣
了，到後來圖一個囫圇屍首也就罷了！」可是，權奸不容他，權奸爪牙濟州
張太守也不容他「逍逍遙遙」，誣其爲「嘯聚」而要將其「拿下」，夜裏還帶
人來捉捕他，這才激出阮小七怒火，逼其殺了人，重新上了「梁山」。第四回，
在登雲山阮小七約杜興與李應上山，對此，當時仍作李應管家的杜興卻不認
同，認爲「小弟與東人歷盡辛苦，將就圖些安穩吧」。到第五回，李應即受杜
興牽連被誣爲「你和他同是梁山泊餘黨，自然窩藏在家，推不得乾淨」而被
捕致「性命難保」。這正如李應在第三十四回所說：「小可不願爲官，回到獨
龍岡作田舍翁。」看來做不問世事的田舍翁也不可得，仍舊被逼上了飲馬川。
第六回，公孫勝與朱武隱居二仙山修道。「我和你今日嘯傲煙霞，嘲風弄月，
何等自在！」眞是如其唱的「浮雲富貴亦尋常，且把恩分齊放」。可這「何等
自在」馬上被「童樞密將令」，「奉聖旨來拿」打破，這位「已離世風，心似

〔註1〕袁行霈，中國文學史，高等教育出版社，北京：1999年8月，297頁。
〔註2〕臺灣鄭成功研究論文選，引自臺灣文獻二十九卷一期，福州：福建人民出版
　　　　社，1982年6月，13頁。

寒灰，不復燃矣」的修道人還是被逼上了飲馬川。第九回寫李俊自認「幸得先見，結識了這幾個好弟兄，得此安身立命之所，倒也快活」，「憑你掀天的富貴，也比不得這般閒散」。可這「閒散」不長，就被奸佞逼得遠赴海外，「不要在這裏與那班小人計較了」。第十四回，寫「高巾道服，骨格清奇」的聞煥章「來此避喧求靜，教幾個蒙童度過日子，倒也魂夢俱安」。可這「魂夢俱安」不久即因人欲告發其與梁山人物來往而破滅，被逼上了飲馬川。第十四回，寫戴宗「我所以看破了，納還官誥，誓不入名利場中，出了家，盡是散淡」。可這「散淡」也不長久，宋輕啓邊釁進攻大遼，戴宗被調軍前效力，他幾次請求事成之後「望恩相原放還山」、「乞準卑職還山」。到金人南下，僞齊僭號，戴宗「還山」之願無望，反被逼上了飲馬川。同回，戴宗說安道全：「似先生這般高品，又惹出事端！」看來「高品」也不可能脫離俗事。第十八回，寫蕭讓自認「小生是閒散之人」，但受安道全牽連被刺配沙門島，被好漢救上登雲山。第十九回，寫大相國寺老僧對高士聞煥章說，「老納雖是世外的人，在此地眼中看不過，也要出京尋一個隱僻之所安身了。朝廷的事都被一班朋黨弄壞，這不消說了。還有災異的事」，「總之『國之將亡，必有妖孽』，眼見得天下大亂了」。連高僧也被世事所擾，無法清修。第二十二回，寫燕青「潛身遠害」，「因我好那清閒……打些鳥鵲，植些花木，逍遙自在，魂夢俱安」。燕青的「魂夢俱安」不久即被宋金戰事打破，他「獻青子草野全忠」，救出關勝等弟兄，在與金人爭戰中，在「海外立國」中以軍師兼「帝王師」的身份出謀劃策，建立了特殊的功勳。第二十七回，柴進斥責高俅，自述上飲馬川的原因：「我辭了這官爵，歸隱滄州。你又使高源爲滄州太守，借著奉旨搜括金銀，公報私仇，要殺我全家。」不僅梁山殘餘英雄欲避世自保而不可得，就連梁山下一代的宋安平、呼延鈺、徐晟也是這般心思。第二十八回寫宋安平：「天下大亂，我雖僥倖成了進士，也不思量做官了，只守著村莊，養贍父母，娛情書史，達天知命吧。」呼延鈺、徐晟雖正在少年，本該英氣勃發，求建功立業，但其心境卻是「我們如今且隨大隊暫且安身，遇著機會，幹些功業；若時不可爲，也就罷了。哪裏去插標賣首」。以上所敘皆係書中對其避世心境有直接描寫者，其它如從側面表現者姑且不論。所以這般不厭其詳地一一敘寫，只是爲了證明以上諸人隱居避世求安逸閒散之不得。第十四回，在泰山嶽廟出家的戴宗對安道全「先生這般高品」尚不能不「又惹出事端」而發慨歎：「皇天再不容人安閒的！」其後，接寫兩人在泰山日觀峰看日出而感悟，

安道全說：「院長，你昨天說皇天不許人安閒，你看那輪紅日，東升西沒，萬古奔忙，天也不得安閒哩！」因此，安道全終於明白了「人要見機，得安閒處且安閒……放下名心，逍遙自在」。兩人話未說完，泰安州太守親來「勸駕」，傳達童貫之命，要戴宗軍前效力。對此，戴宗道：「這冤孽障又來了！如今怎處？」安道全道：「果然皇天再不許人安閒。」第三十回公孫勝也說：「貧道已離塵凡，安心泉石，誰想因樊家賢弟之事，偏要認錯了，逼出來隨著各位走，可見清福是難受的。」上面這幾句話文字雖不多，但極其特殊極其關鍵，這是作家描寫上面所敘諸人欲求避世而不可得的根本原因，而且從太陽的東升西沒萬古奔忙這自然的景象，悟出了生活的道理，悟出了人生的規律性結論。作為「院長」出身，經歷了《水滸傳》中的風風雨雨，在功成名就之後，納還官誥出了家做道士，戴宗的變化是很大的，而且還能說出這般有哲理的話，可見其體悟之深。我們且不論話出戴宗之口的合理性如何，只說這句概括是深含哲學意味，實則是作家借他人之口表個人心聲罷了。小說創作歷來講究取譬與暗示。梁山英雄求避世而不可得可以看成是對「海外立國」這一遠避紛亂現實以求一平靜之地之境的一種暗示，一種比附，兩者間形式不同內容不同，但神理卻有著驚人的相似性與一致性。這是在小說「皇天再不許人安閒」與「天也不得安閒」這一對生活規律認識指導下而進行的兩方面形異神通事件的同一種處理與安排。求避世而不可得實則就是「海外立國」的不可能。所以，「皇天再不許人安閒」、「天也不得安閒」這句極其關鍵的透露出作家思想根源的話既道出了諸人避世而不可得，也可以推斷出所謂「功垂竹帛，世享榮華」的「海外立國」也如上文所述諸人求避世閒散遠離塵世一般是不可能實現的。在第四十回「賦詩演戲大團圓」中，小說家對「海外立國」的不可能實現又以所演的戲目進行了再一次暗示與強調。柴進、李俊「原要這一本《邯鄲夢傳》」，其內容與其寓義眾所週知。小說家似乎擔心讀者不明己意，而點演了《定海記》，對此，國主道：「我們所做的事，正有些與虬髯公相似，就演他吧。」演戲過程中，眾人不斷以「海外立國」對照《定海記》內容。戲演完，國主再次強調：「這一本戲竟像是與我們寫照一般，如何這等相像得緊？也是奇事！」小說家以戲目比附隱喻「海外立國」，其用心良苦啊！（以上見第四十回）對此清蔡嫠評道：「本傳四十回大書……然卻皆是烏有先生，乃作者憑空撰出，以娛後人耳目。恐讀者誤認為真，故於結束團圓時，寫一演戲，而其戲恰與李俊作對照，使讀者知此傳，不過是一本戲

文⋯⋯」「尤妙在說先要單一本《邯鄲夢》，將來做個影子，以見人生榮枯得失，雖變態萬端，而究竟不過是一齣戲文、一場春夢，不足深較，將本傳數十回大書，盡付虛空了結也。」〔註3〕

「皇天再不許人安閒」、「天也不得安閒」，表面上看源於作家對生活的感悟和對自然的感悟，實則源於作家的天道觀念。作家認為上天存在一個憑人力無法改變的道、運數，即規律，任何事情皆為前定，是按天意而行。這曲折反映出對現實的無力把握與失望、孤憤心境。

「萬事由來天定，空多神算奇謀。」（見第十六回）「只因人心不好，所以天降禍亂，正好有得殺戮哩！」（見第二十回）「都是人心不好，天運逢著劫數，自然生出許多磨難來，把人性命細細消磨！」（見第二十四回）「可見天理昭彰。」（見第二十五回）「誰料生出許多事端，又聚會在一處，也是天數使然！」（見第三十回）「況死生有命，富貴在天，循理而行，自然吉慶。」（見第三十一回）「可見人生都是前定。」（見第三十七回）「一般是潯陽江好漢，同上梁山做水軍頭領，死的死了，生的在暹羅國為王，可見人生都是命安排。」（第三十八回）上面所引無不反映出小說家的天道觀，而且特別將人的行為與天道對應起來，認為人的善惡直接關涉天道的運行，因此突出要「循理而行」。

既然故國不可留，「海外立國」又行不通，那麼，小說家開出的「循理而行」的處世良方是什麼呢？其深層意義又指向何處呢？第三十回有這樣的文字。「公孫勝道：『世人貪名圖利，至死不休。你看那些倭丁，不過為了一匹布帛就把性命相搏。所以貧道把世情看得淡了。不要說倭丁，就是眾弟兄們為爭一口閒氣，直走到這等所在來，著甚來由？』聞煥章道：『總是勞苦世界，再沒得把你安逸。便是天，也無一刻之停。』」在作家看來，只要是在塵世中，只要是在勞苦世界，就無安逸可說，就連梁山英雄種種所為也是意氣用事。言外之意是人要臨機應變，跳出紅塵。其實是在又一次表示對現實的無奈。小說家的這種認識在第二十三回就通過姚平仲的具體事例有所展示。金兵圍困東京，名將姚平仲突襲金營導致二萬人陷沒，心中極度矛盾而欲自刎，又尋思道：

　　　「人生富貴功名如水上浮漚，縱使成得功來，也不免『兔死狗

〔註3〕〔清〕蔡奡，水滸後傳讀法，引自朱一玄、劉毓忱主編，水滸傳資料彙編，
　　　天津：南開大學出版社，2002 年，507 頁。

烹，鳥盡弓藏』，所以范蠡作五湖之遊，張良訪赤松之跡。父母妻女，亦不過愛欲牽纏，與自己有何關係？不如尋仙訪道，作世外之遊，是英雄退步的本色。」把念頭放下，頓覺遍體清涼，脫了血污的袍甲，除下兜鍪，把兵器擲於道旁。又尋思道：「到何處去隱逸方好？」猛然想著道：「從關、陝、秦、隴入蜀，那裏有峨眉、青城之勝，必然神仙窟宅。那時求師修煉便了。」

早已到了青城山，長松古澗之旁，解下鞍轡，放青騾去溜草飲水。姚平仲見那峰巒奇秀，澗壑幽泉，心中甚喜，伸一伸腰道：「這身軀今日才是我的了！若在富貴場中，不是鼎鑊，便是斧鑕要甚分茅胙土！有甚陰子封妻！不如餐霞吸露，養汞調鉛，才是英雄退步也！」正在自言自語地說，只見山岡上走下一個道人來，頭綰雙丫髻，坦開大肚子，敲著漁鼓簡，唱來道：

咄，咄，咄，茫茫天地如墨黑。休，休，休，世人盡到烏江頭。忍，忍，忍，弄盡聰明反作蠢。來，來，來，戰場白骨生青苔。

姚平仲看那道人生得清奇，唱得透徹，想道：「必是神仙了。」道人道：「你為著蠻觸上一丟包兒功名，陷害了二萬人的性命，這罪業卻也不小！」姚平仲吃了一驚，拜伏在地。道人笑道：「幸你見機得早，事跡與我同類，特來度你。我乃大漢鍾離權是也。你雖有根器，還須行九九之法，方可得成仙道。你隨我來。」姚平仲起身，那青騾似認得路一般，在前先走。道人與平仲逾山度嶺而去。後至孝宗年間，吳郡范成大為劍南採訪使，已過五十七年，在青城山遇著姚平仲，紫髯過腹，兩目炯炯如電，長嘯一聲，聲如裂帛，響振山谷，跨著青騾，在層巒疊嶂之上如飛而去。蓋真得道者。

看一看姚平仲身在紅塵中的矛盾，與「把念頭放下」的「頓覺遍體清涼」，身在青城仙境對紅塵中紅塵外的不同體會，及其「五十七年」後的仙態，作家不由感歎道：「蓋真得道者。」由此看出作家對紅塵的厭棄與對出世的「真得道者」生存狀況的神往。

在第二十三回、第三十回兩次通過具體事件表露出脫離紅塵的心願後，在小說的後部分、特別是結尾部分，作家的這種觀念一而再再而三地形諸筆端。這不能不引人注意。第三十一回，寫了真修的老道士徐神翁與暹羅馬國

主的對話：

> 那綠茸茸芳草上，只見個道士頭戴蒲冠，身穿鶴氅，相貌清雅，精神炯照，雙膝趺坐在一個棕團上。見國主、國母到來，動也不動。內監喝道：「聖駕到，還不站起！」道士慢慢起身，打個問訊道：「貧道稽首了。」國主見那道士相貌不凡，舉止從容自在，便問道：「從哪處來？是甚姓名？」道士道：「普天遊行，隨地趺坐，說不得從何處來。胞胎渾沌，四大皆空，沒甚姓名。」國主道：「出家有何好處？」道士道：「出家也無什麼好處。只是在家受不得那愛欲牽纏、生老病死、世態炎涼、人情險惡，更有飢寒迫切、富貴腥膻、宮刑殺戮、戶役差徭，因此出了家。」國主道：「既出了家，可真有長生不老的真訣，點石為金的妙法麼？」道士道：「有生必有死，三教聖人，俱所不免。能有幾個長生的？若說點石為金，便是貪夫妄想，離大道已遠，不是神仙的材料了。」國主道：「從古及今都說有神仙，可以白日飛升，神遊八極。據你來說，盡是虛妄的了？」道士道：「虛妄也不全是虛妄。度世金丹，原是有的；但須進一步方知一步的境界，上一層方有一層的神通，豈是門外漢容易得到的？就如殿下，如今享受王位，錦衣玉食，自謂快樂無比，豈知擾擾茫茫，暗受無邊的苦惱，不如隨我出了家，倒還討得個收成結果。」國主道：「你既說不能長生，出家又有何益？你既說有度世金丹，我如今撥一所道院與你居住，就與我煉合金丹。如果有些效驗，那時再作商議。」道士道：「修道要發勇猛心方可入道，況禍患之來，朝不及夕，哪裏等得你慢慢商量？金丹也非一時可煉，況我大地遊行，遇緣隨喜，哪裏能長遠住在這裏？就是你輔弼之人，倘有心懷不善的，你卻如何得知？禍發起來，我須救你不得。」

徐神翁與馬國主判然不同。徐神翁一派仙家出世之言，馬國主則一片功利之心、功利之求，將修道看成為求長生不老、點石成金之術。對此，徐神翁一一對答、剖析，特別是對不出家受世俗人情所困之弊之害一一點透。但這振聾發聵之言並不能完全警醒沉迷之心，馬國主聽不進勸告，放不下執著而被禍，之後才在國母夢中「改了道裝，說道：『我不聽良言，誤遭毒手，今隨丹霞師父出了家，倒也逍遙自在。』」（見第三十二回）看來出家修道真是脫離紅塵的不二法門。再看公孫勝的經歷。他本為羅真人弟子，又身在梁山

數內。但在續書中對其描寫側重於修道與對塵世的脫離。他潛修不得而上了飲馬川，在與金人爭戰中曾「在山頂祭起風來」，助「凌振引著藥線，天雷與地雷同發」，金兵等「自然一堆兒死在裏面」（見第二十六回）。在赴海外途中由倭丁為布帛拼命說出眾弟兄為爭閒氣而意氣用事的話，其心境已變，但仍未完全「放下」。因此在李俊初繼暹羅國主之位，日本興師進犯，眾英雄不敵之時，公孫勝再施神通：「待貧道祈一天雪來，凍死了他。只怕罪孽！」（見第三十五回）對此，徐神翁評價道：「公孫一清是我師姪。他前日祈雪祭風，太刻毒了；飛升之事，還隔一層。」（見第三十七回）直到「國事粗定」，公孫勝以「光陰易過，道行未成」而「意欲棲止丹霞山中，少修靜業」。李俊為其建起宮院，「公孫勝、朱武、樊瑞在內凝神棲息……晨鐘暮鼓，煉汞調鉛，迥與塵世相隔了」，（見第三十九回）直至「壽至八十餘歲，無疾而去」。（見第四十回）結尾第四十回，以恭敬虔誠之筆，寫李俊「建一羅天大醮，報達神明，追薦宋公明等並陣亡將士」。公孫勝主壇，「一日三朝，焚符誦咒；道眾諷經禮懺。國主與眾文武齋戒沐浴，朝夕禮拜」。公孫勝虔心發表，專求顯應：

> 到了三更時分，一輪皓月當空，萬里無雲，微風不動。忽聽得西北天門上一聲響亮，推出萬朵彩雲，霞光絢爛，半空裏仙樂鏗鏘，異香馥鬱。國主同眾人不勝駭異。雲過處，閃出朱幡絳節，玉女金童，宋公明等俱立雲端。後邊又有一小隊，卻是舊國主馬賽眞。萬目同見，一齊下拜。逾時冉冉而去。眾人盡道虔誠所感，道法高妙所致，無不歡喜皈依。高麗王見這般顯應，次日喚內監備了贄儀，拜公孫勝為師。

在第四十回「大團圓」結尾喜慶氣氛中，諸人賦詩稱頌，公孫勝唱的道情頗為特殊，與眾迥異：「回首風塵自遠，息機萬慮俱忘。功名富貴霎時忙，走馬燈邊一樣。美酒三杯沉醉，白雲一枕清涼。蓬萊閬苑可翱翔，早渡洪波弱浪。」其意甚符出家人身份。

但是作家反覆渲染出家修道並非一味勸人出世，對塵世中的凡人，借徐神翁之口勸道：「貪名利而不顧害，所以有此。凡人打掃一片心田，乾乾淨淨，雖做些錯事，後來必有好處。若存心奸險，妄想希圖王侯將相，做了違天之事，必受顯戮。」（見第三十七回）對於凡人，強調「打掃一片心田，乾乾淨淨」；對於君王，更是先強調自身的責任。李俊曾問徐神翁：「如我弟子，可

隨先生出得家麼？」道士說：「你身上擔子還重，除是『登』來，方可卸得。」
（見第三十七回）牡蠣灘救駕後，高宗欲要修仙，公孫勝勸道：「天子與庶民
不同，臨御海宇，使人民安生樂業，便是現在正果了，何必枯寂為事？」然
後以事實對比勸誡：「太上道君極慕神仙之事，敬事林靈素，因五欲未除，寵
任群小，致海內崩裂。況林靈素是小有法術之人，貪圖富貴，造作謊言，欺
蒙太上，廣收門下，恣為不法，所以上天降禍。必若徐神翁輩超出世外，才
是真仙。」（見第三十七回）公孫勝這段話既從正面強調天子的責任與其特殊
的修煉方式修煉內容，又以徽宗不務正道天降大禍警示從反面證明。同回，
又寫「高宗退到偏殿，又與公孫勝敘談導引之法，不覺至晚」，以其與其父徽
宗有相通之處，暗喻其國運不穩，譏諷之意隱含其中了。

　　但是出世修道之心念仍是作家思想中的重要內容，小說結尾，又將暹羅
國主李俊、高麗國主李俁送出了家。李俊掌國柄前後，幾次說「權居此位。
俟過幾時，要同公孫先生學道」。（見第三十九回）直到「七旬之後，傳位與
登，也到丹霞宮修道」，「國主李俊直活到一百二十歲，無疾而終」。而李登「英
敏仁厚，守成令主，用宋安平為相，花逢春、呼延鈺、徐晟為將，將相得人，
國家安緒。各公卿之子皆為世臣」，「李登生子，亦傳數世」。可見李俊也是在
完成使命之後出家的。高麗王「已傳位世子，庶務一應不理，正欲息慮修真」，
「到丹霞宮投公孫勝出了家」，「亦隨」公孫勝「羽化」。

　　面對嚴酷的現實，作家為人們開出的「循世良方」就是一步步脫卻世俗，
引向世外，而且將自己心目中的英雄一個個送入修道之途。而修道卻不修佛是
含有深意的。道乃中華固有，是故國文明禮儀的源泉與至高象徵。佛是外來之
教，在此也被賦予宗教之外的象徵意義。故而作家只讓人入道而不讓其入佛，
表現對中外判然不同的立場與態度，因為外來之佛很容易使人聯想到占我中華
毀我禮儀的外族入侵者。此非虛言，書中與佛有關的修煉者皆非善良之輩。第
二十回寫萬慶寺僧人降金圍剿飲馬川抗金英雄，而且淫人婦女；第三十一回始
寫妖僧薩頭陀助奸賊共濤弒馬國主，篡位，施妖法圍困李俊，其所行均非僧人
應為。至於結尾出現的武行者乃梁山舊人並被宋廷封為國師，自不可一律看
待。而修道之士，雖有郭京之輩，但更有公孫勝、徐神翁等真修之人，也非他
人可比。而且，斥佛的思想在與《水滸後傳》成書時間相近的《後水滸傳》中
也有反映。如得道者都是真人，為英雄指示迷津者亦是真人，而妖魔幻化為佛
帶給人的卻是災禍（見《後水滸傳》第二十一回）。可見貶佛重道確是明清易

代之際普遍的民眾心理，普遍的社會思潮。其深層原因恐就是佛代表的是外來之物，道代表的是中華固有之物，以此表達對故國的深沉之感吧。第三十三回寫了李俊對高宗說「當年年進貢，三年一朝」，書結束時也寫李俊子李登「每隔數年，到臨安貢獻一次，直至宋朝變國，方才與中國斷了往來」，但這也只能是小說家言。念中華遠隔重洋，其身難回，只好斥佛入道，神歸故國了。

## 餘　說

　　最後，說「海外立國」不能不說續作者對《水滸傳》英雄結局的態度。宋公明「身居水滸之中，心在朝廷之上；一意招安，專圖報國；卒至於犯大難，成大功，服毒自縊，同死而不辭」，雖「忠義之烈」〔註4〕感人肺腑，然兄弟凋零，「煞曜罡星今已矣，讒臣賊相尚依然」，血淋淋的慘痛現實不僅讓殘存的梁山兄弟，而且令一代代讀者為之扼腕。那麼，對於宋公明的「一意招安，專圖報國」該如何評說呢？對此，《水滸後傳》的作者也不可能不表達出自己的態度，而「海外立國」就是一個以行動完成的具體解說。宋公明走下梁山赴京面君之時，尚無邊患，尚無金人南侵，這與《水滸後傳》作者所處的年代還有不同。《水滸後傳》創作於明清易代之際，以宋喻明。其時外敵憑陵，國政弛廢。但作者沒有讓梁山殘餘英雄最終走上歸附朝廷，走上主動大規模抗擊外敵之路，而是讓其遠離民族矛盾尖銳的華夏，遠涉重瀾，海外立國，開拓出一片王道樂土。這一設計，從某種角度說是對宋公明一意招安而致兄弟十損七八的一種迴避，從某種意義上也可說是持一種不同態度。因為無論是《水滸後傳》創作期間的明末朝廷與南明小朝廷，還是表現在小說中的兩宋之交的徽欽兩朝，還是海上抗清而終歸無果的鄭成功及其子孫，使作者看不到國運隆昌的希望，因此就不可能安排飽受奸佞殘害之禍的梁山殘餘英雄再走歸附朝廷舊路而重蹈覆轍。但是，如果不讓眾英雄走上抗敵的戰場，又恐有損英雄忠義的形象。因此，作者在表現梁山英雄時，將其置於兩宋之交，金人南侵，大宋國將不國的大背景下，將梁山英雄置於奸佞壓迫與金宋爭戰的雙重矛盾之中，並將金兵的強大與梁山英雄力量的孤弱形成鮮明對比。這樣既突出了梁山英雄努力挽救頹運的忠義，又為其因朝廷無能一力主和，英雄無以身報國之機而退避海外尋到了不得不如此的原因與充分的理

---

〔註4〕〔明〕李贄，忠義水滸傳序，引自朱一玄、劉毓忱主編，水滸傳資料彙編，
　　　　天津：南開大學出版社，2002年，172頁。

由。而且，梁山英雄的「海外立國」並不是要脫離宋家天下，成爲孤懸海隅的化外之邦。他們雖是在萬不得已的情形下遠離故土，但他們一直以大宋臣子自居，在與暹羅及其所屬島的征戰與交往中，在立國制定政策實施教化中，在與高麗等鄰國往來中，在由牡蠣灘救駕而與中華建立臣屬關係中一直以秉承中華禮儀自居。特別是第三十七回擊敗金將阿黑麻與漢奸郭京、王朝恩的追擊，救駕牡蠣灘，避居海外的梁山眾英雄表現出對君王的忠義。

　　作者身爲生活於亂世、末世的前朝「遺民」，因君昏臣佞，寄恢復故國之希望而不可得，又不願保家衛國的英雄死於奸賊與外寇之手，於是便爲英雄幻設了一條「海外立國」之路，更虛擬了一條同「海外立國」形異神似的避世修眞解脫羽化之路。不難看出，這都源於對現實的深深失望，源於「千秋萬世恨無極」（見第一回）的無奈，源於對忠臣孝子、對故國的無限懷念，因此才「白髮孤燈續舊編」（見第一回），才「無端又續英雄譜」、「醉墨淋漓不自禁」（見書尾）。而續書者陳忱的有關論述，亦有助於對此問題的理解：

　　　嗟乎！我知古宋遺民之心矣。窮愁潦倒，滿眼牢騷，胸中塊磊，無酒可澆，故藉此殘局而著成之也。〔註5〕

　　　《後傳》爲泄憤之書：憤宋江之忠義，而見鴆於奸黨，故復聚餘人，而救駕立功，開基創業；憤六賊之誤國，而加之以流貶誅戮；憤諸貴幸之全身遠害，而特表草野孤臣，重圍冒險；憤官宦之嚼民飽壑，而故使其傾倒宦囊，倍償民利；憤釋道之淫奢誑誕，而有萬慶寺之燒，還道村之斬也。〔註6〕

## 第二節　燕青形象的新變化

　　在《水滸傳》中，燕青是一個很特殊的人物。論出身，他與盧俊義有主僕的名分，但後來又與其主人同爲三十六天罡。論武功，他的川弩「郊外落生，並不放空」〔註7〕；初學弓箭，雙林渡「無意射之，不想箭箭皆中，誤射了十數隻」飛鴻；論相撲，將「身長一丈，貌若金剛，約有千百斤氣力」，自

〔註5〕〔明〕陳忱，水滸後傳序，引自朱一玄、劉毓忱主編，水滸傳資料彙編，天津：南開大學出版社，2002年，488頁。

〔註6〕〔明〕陳忱，水滸後傳論略，引自朱一玄、劉毓忱主編，水滸傳資料彙編，天津：南開大學出版社，2002年，489頁。

〔註7〕〔元〕施耐庵，水滸傳，北京：人民文學出版社，1975年10月，808頁。

號「擎天柱」，說「相撲世間無對手，爭跤天下我爲魁」的任原「直攧下獻臺」；天不怕地不怕的黑旋風「多曾著」他「手腳」，「以此怕他」。論智謀與膽氣，幾次進出東京，走李師師關節，面見道君，促成招安；更有平方臘中應柴進之請深入方臘宮中，成了雲奉尉，立了大功；還有隻身赴泰安與任原爭跤，救出被軟禁於高俅府中的蕭讓樂和。論容貌品節，「儀表天然磊落」，「風月叢中第一名」；但「心如鐵石」，不爲李師師絕世美色所動，「端的是好男子」。論技藝，「亦且百伶百俐，道頭知尾」，「更兼吹的、彈的、唱的、舞的，拆白道字，頂眞續麻，無有不能，無有不會。亦是說的諸路鄉談，省得諸行百藝的市語」。最爲過人的，燕青「雖是三十六星之末」，但「多見廣識，了身達命，都強似那三十五個」。「功成身退避嫌疑，心明機巧無差錯」，大事已畢，苦勸主人盧俊義納還官誥，隱跡埋名，「尋個僻靜去處，以終天年」。盧俊義不聽，要「衣錦還鄉，圖個封妻蔭子」，沒了「結果」；而「小乙此去，正有結果」。比較三十六天罡與七十二地煞，論某種技能或武功等，燕青自是不能皆稱第一，但若論綜合能力、全面素質，燕青是無可比擬的當推爲首。就是在以林冲、魯智深、武松、李逵等個性鮮明的人物爲主角的英雄傳奇小說中，燕青這位富含著鮮明市民審美意蘊的人物也是卓然不群，煥發出多方面迷人的個人魅力。絕不像金聖歎所評定的「燕青是中上人物」〔註8〕那樣，而應是上上人物。

在《水滸後傳》中，宋江等《水滸傳》中的主要角色已凋零殆盡，在《水滸傳》中並未多有機會展現多少特殊才能的人物走上了前臺。由於受《水滸傳》的影響，續書必然受到許多限制。所以作家說：「《後傳》有難於《前傳》處。《前傳》鏤空畫影，增減自如；《後傳》按譜塡詞，高下不得。《前傳》寫第一流人，分外出色；《後傳》爲中材以下，苦心表微。」〔註9〕但燕青形象在《水滸傳》的基礎上又有較爲豐富的發展，成爲具有個性特徵的新的主人公之一。作家飽含感情地評價道：「燕青忠其主，敏於事，絕其技，全於害，似有大學問、大經濟，堪作救時宰相，非梁山泊人物可以比擬也。其過人處，在勸主歸隱，黃柑面聖，竭力救盧二安人母子，木夾解關勝之患難，微言啓

〔註8〕〔清〕金聖歎，水滸傳會評本‧讀第五才子書法，北京：北京大學出版社，1981年12月，20頁。

〔註9〕〔清〕陳忱，水滸後傳論略，引自朱一玄，劉毓忱主編，水滸傳資料彙編‧天津：南開大學出版社，2002年10月，495頁。

李俊之施恩，遇豔色而不動心，辭榮祿而甘隱遁，的是偉男子！」〔註 10〕上面這段話，是將《水滸傳》與《水滸後傳》視爲一體而論燕青的主要作爲。那麼，下面的分析也將涉及燕青在《水滸傳》中的內容，而以其在《水滸後傳》中的爲主。

## 一、新燕青形象的豐富內涵

作爲創作於明清易代之際的小說中最重要的人物之一，作家首先賦予燕青忠義的本色。當外敵大舉入侵、國破君擄的非常時期，燕青的表現是無愧於梁山英雄稱號的。他因「感激聖德」，可憐其「被奸臣所誤，國破身羈」，「心中不忍，故冒險來朝見一面，以盡一點微衷」。隻身深入金營，「神色自若」地與金兵打話，面見被囚天子時，不失禮節，先「端端正正朝上拜了五拜，叩三個頭」，跪獻上「青子百枚，黃柑十顆，取苦盡甘來的佳讖，少展一點芹曝之意」。在「朝內文武官僚，世受國恩，拖金曳紫，一朝變起，盡皆保惜性命，眷戀妻子，誰肯來這裏省視」之時，草野布衣燕青的忠義之舉令天子大爲感歎，終於明白「可惜宋江忠義之士，多建功勞，朕一時不明，爲奸臣蒙蔽，致令沉鬱而亡。朕甚悼惜」！「可見天下賢才傑士，原不在近臣勳戚中……遠來安慰，實感朕心」，並自我檢討，「朕失於簡用，以致如此」，又賜自書詩扇「普天僅見一忠臣」，對燕青給予極高評價。天子被擄，國破家亡，君臣相泣而別，想到「恐永世不能再見」，燕青對這位曾被奸佞蒙蔽而致令梁山兄弟殘損殆盡的天子的感情起了變化：

> ……從來亡國之君，多是伶俐的，只爲高居九重，朝歡暮樂，哪知民間疾苦！又被奸臣弄權，說道四海昇平，萬方寧靜，一概水旱災荒、盜賊生發皆不上聞；或有忠臣諫諍，反說他謗毀朝廷，誅流貶責。一朝變起，再無忠梗之臣與他分憂出力，所以土崩瓦解，不可挽回。

這三句話，第一句的確含有對天子不知民間疾苦的不滿；第二句前一分句指責奸臣蒙蔽聖聽，後一分句指責奸臣對忠臣誅流貶謫；第三句是前兩句所述情況導致的結果。可以明顯看出，矛頭主要針對的是奸佞誤國。這裏，隻字未提君昏臣奸導致的梁山忠義被屈害的慘痛。因此，接寫了楊林、戴宗

---

〔註10〕〔清〕陳枕，水滸後傳論略，引自朱一玄，劉毓枕主編，水滸傳資料彙編，天津：南開大學出版社，2002 年 10 月，492 頁。

對徽宗天子的憐惜:「我們平日在山寨裏罵他無道,今日見這般景象,連我也要落下眼淚來!」「寫得這般好字,卻救不得身陷國亡。說也可憐!」(以上見第二十四回)

第三十七回寫已「海外立國」的李俊等聞報「牡蠣灘上有宋朝皇帝,被金國大將阿黑麻與漢奸趙良嗣等趕來,圍困甚急」時,柴進、燕青道:「『我等原以忠義爲心,親見中原陸沉,二帝蒙塵,只爲越在草莽,不操兵權,無可奈何。今康王中興,又一旦顛蹶,到了這裏,豈可坐視不救……雖眾寡不敵……我們倘得一戰成功,送聖駕回朝,眞是千載奇功,名標青史……』」是柴進、燕青一齊發表忠正之論。其時,柴進係李俊封的「攝暹羅國丞相事」,位列第一的大臣,燕青是位在第五的「兵部侍郎,兼畫贊一應機密」。看來燕青已不顧朝班的前後順序,越位直言,只因事關天子被難,非同平常,由此反映出對天子遭難的焦急,與解救天子的義無反顧。之後,李俊才號令「眾弟兄奮勇同心,共建大義」,發兵救高宗於危難。

牡蠣灘救駕後,君臣歡會於暹羅。燕青特將兩次面覲太上道君事伏奏高宗。高宗展視太上道君的紈扇與題詩,「諷誦數回,潸然淚下」;兩相對比,愧自身「被金兵搜逼,不敢去送龍駕」,贊燕青「卿有如此忠肝義膽,可謂國亂顯忠臣矣」。鑒於此,燕青乘機進言相諫:

>……微臣有芻蕘之言,望陛下採納。二帝蒙塵,中原陸沉,此千古創變也!陛下天與人歸,繼續大統,海內父老,皆拭目以望中興。陛下當枕戈達旦,以報父兄之仇,不可聽信庸人,狃於和議。和議之計,金人以此愚宋,奈何我以自愚也?宗澤憤死,張所掣回,神京復失,兩淮不守,致陛下爲蹈險之行。幸天地祖宗之靈,得以萬全。陛下還朝,宜遠斥和議之臣,亟拔忠貞之士,則二聖可還,海宇可復。昧死陳情,伏望聖鑒。

高宗爲之打動,即覆:「卿忠義過人,識見卓犖,朕銘於心,一歸朝即相張浚、趙鼎矣!」燕青的話,以中原陸沉高宗父兄被擄的嚴峻形勢起,以中興相寄託,相激勵,反覆勸說斥奸親賢,可謂忠義之士發自肺腑的諍言,亦可謂漢丞相諸葛武侯《出師表》的再現。

第三十八回,柴進、燕青等由暹羅護聖駕返國,眾人立於西湖吳山頂,只見「龍樓鳳闕,縹緲參差,十分壯麗」,柴進因而感歎:「可惜錦繡江山,只剩得東南半壁!家鄉何處?祖宗墳墓遠隔風煙。如今看起來,趙家的宗室,

比柴家的子孫也差不多了。」燕青道：「譬如沒有這東南半壁，傷心更當何如？」「十里紅樓，一窩風月。」「高宗忘父兄之大仇，偷安逸樂，不思量重到汴京恢復故土」，「直把杭州作汴州」。對如此君王，忠義燕青設想到「沒有這東南半壁」的傷心，其憂思就更爲沉鬱。以上是就燕青對君王的態度看其國難顯忠義的本質。

　　燕青的忠義還體現在宋金爭戰中他對官軍的態度上。梁山英雄的凋殘，源於朝廷的招安，奸佞的不容，宋江、特別是燕青主人盧俊義的屈死也源於此。因而對朝廷、對官軍，殘餘英雄不能不抱疑慮的態度，即使是在國家危亡之時，燕青等對其心懷複雜情感也屬正常。但在第二十二回自述的經歷中，燕青的態度發生了微妙的變化：

> 小弟從征方臘回來，苦勸我東人隱逸，明知有「鳥盡弓藏」之禍。東人欲享富貴，堅執不從。我只得將書東別了宋公明，潛身遠害……前年聞得宋公明和東人被奸臣所害，我東人葬在盧州，我到墳前哭奠，又到楚州墓上奠了宋公明。回來就不出門。

　　這段話，是在宋都東京岌岌可危，「眼見大勢已去」的情形下說的，矛頭直指禍國害人的奸佞。在燕青心目中，是奸佞誤國，是奸佞屈害忠良，而根本未涉及朝廷和官軍。這固然與當時國運處於急難有關，但同時也表現出燕青在民族矛盾激化下對朝廷與官軍態度的變化。因此，第二十六回，燕青勸兵敗而要自刎的朝廷軍官王進說：「康王已即位南京，號召四方豪傑。宗澤留守東京，恢復兩河。我有舊弟兄屯聚飲馬川，且到那裏消停幾日，整旅南還，去投宗留守，以佐中興，有何不可？」在此，燕青認爲軍官王進上飲馬川沒有什麼不可以。因爲山上的「強人」實爲抗金的武裝，上山只是權宜之計，而目的是投效大英雄宗澤，匯入更大的抗敵隊伍中去，以佐中興。而且也根本沒有「強人」投效抗金官軍宗澤有《水滸傳》眾英雄因招安被禍的憂慮與擔心，視之爲當然之舉。同回，在迎擊金兵與劉豫漢奸武裝前，燕青再次分析形勢，謀劃對敵措施說，待退敵後「收拾回南，去投宗留守，共佐中興，此爲上策」。對此，燕青未有猶豫，眾弟兄「皆喜，遂依計而行」，未提出其它意見，更無投效官軍之虞，也視之爲當然。同回，殺敗進犯之敵，燕青第三次提出「不若乘此大勝之後，拔寨南還，去投宗留守，共建功業，完我弟兄一生心事」。請注意「共建功業」這句話，已將飲馬川「強人」隊伍與官軍視爲一體而未分彼此。「眾頭領盡皆大喜」，遂依計而行，也未有異議，也未

有猶豫與擔心。如果說在民族矛盾激烈的嚴峻形勢下，燕青置眾英雄與朝廷、官軍、奸佞的恩怨於不顧是出於忠義；如果說明知山有虎卻向虎山行，冒著重蹈《水滸傳》英雄覆轍的險惡而主動投效官軍以同抗金兵，共佐中興，則更是出于忠義。雖然小說中沒有對飲馬川英雄投效官軍展開過全面的正面描寫，僅寫了在投效途中黃河邊如何擊潰敵人，投效留守東京的宗澤因其死而未果，如何又被大隊金兵沖散，簡寫了投效官軍張所被厚待而張所旋被貶謫，但水滸殘餘英雄等冒危險主動投效官軍所體現出來的忠義精神是感人至深的。這其中起了指導、引導作用的燕青更顯其不同尋常。

在燕青遠赴海外之前，其經歷與中原陸沉緊緊結為一體，因此對其性格其它方面的刻畫也就不能不與其忠義本質相關聯。

第二十四回至第二十五回寫燕青救盧俊義親眷盧二安人母女的經過與解救忠義關勝於獄中，主要體現燕青的仁義。在燕青面君獻青子歸途，遇被金人驅趕的「蓬頭垢面，衣衫襤褸」，號咷哭來的二三百難民。「小乙哥，你救我母子則個！」原來是燕青主人盧俊義親眷被難，三日內交不上八百兩銀子就要帶到大名府，甚至被當做奴婢、賣為娼妓。「今見了二安人和小姐這般慘狀，如何不動念！」因此燕青答應「我明早必來回贖」。燕青傾囊倒篋盡數取出所有，恰為八百兩，心中喜道：「這是天從人願了。」第二天去贖人，贖銀卻增出三百兩，解到大名府則要增出六百兩。燕青驚得目瞪口呆，但還安慰盧二安人：「必來相贖，不可心焦。」並取出碎銀以備其「小使用」。無奈，燕青只得懇求戴宗運神行法去飲馬川取銀，約在大名府相會。在燕青楊林去大名府途中，挑行李的小廝被剪徑的強人所害，行李被搶，他們殺了強人奪回了行李。又遇宋軍，因著金人服飾被宋將王進盤問。在大名府外，巧拾金人木夾。之後，銀子已到，燕青因木夾在手，贖回了盧二安人母女。「我母子性命得以重生，無恩可報。二員外在日，幾番要招你為婿，你百樣推辭。我母子無路可歸，如今畢竟把這女兒婚配你，終身依靠你了。」對盧二安人的感激之舉，燕青推辭道：「若是這樣說，我小乙無私也有心了。不要說東人昔日情分，只說安人遭這般患難，我心裏如何忍得？自家有些積蓄，盡數拿來不夠，又央這兩位兄長挪借將來，方得完善。今留下盧成在此服侍，權且安頓，慢慢選一東床，孝養安人終身便了。」解救盧二安人母女，燕青不僅傾其所有，還煩弟兄挪借，幾經周折幾經磨難，終得實現。但他不圖報答，更對盧二安人以女妻之拒之以禮，以示其非為出於私心私意。作為英雄豪傑，

這般言行雖有些不近人情，但可反映出其仁義本性。也是用金人的木夾，燕青說著金語，再入虎穴，救出了被羈押的關勝，救出了關勝的妻子，因此關勝感謝道：「真是患難弟兄！再生之德，沒世不忘……小乙哥，你真是忠義兩全，古今罕有的！」

在《水滸傳》中，因吳用、朱武等軍師在前，沒有展示燕青在兩軍對敵中運謀的特點，而在《水滸後傳》中，對此有六次表現。

第一次在第二十五回，寫燕青勸王進駐軍非地：「這裏無險阻可守，是四沖之地，金兵大隊不日到此，還該移營方可。」王進謝以「承教」。王老將軍對燕青這般尊敬，非為一般性的客氣，因之前兩人有一番對答。王進責燕青等著金人服色，燕青責王進「逍遙河上，逗留不進，坐視君父之難，只算得以五十步笑百步」，因此王進對細民反要加刑是「責人則明，恕己則昏」。當知燕青身份與經歷，王進愈為欽佩：「足下英才明辯，果不虛傳。又能忠君為友，一發可敬了！」因此，王進對燕青勸其駐紮非地的看法是認同的。但「燕青原說四沖之地，勸我移營，悔不聽他，為賊徒所敗，把一世英名都喪了」，因此王進「幸無家累，不如自盡以報朝廷」。這是以王進悔恨至欲自刎反襯燕青先見之明。第二次在第二十六回，飲馬川義軍與漢奸劉豫軍、金軍對峙，在詳細描寫計謀實施過程後，總結性地寫了這樣一段話：這計是燕青用的「拘留張保，激怒劉猊，來攻山寨；三日不出戰，使楊林、蔡慶、杜興、凌振去萬慶寺地下埋伏地雷，待他敗陣，不盡情追趕，讓他重複紮營寺基；公孫勝在山頂祭起風來，凌振引著藥線，天雷與地雷同發，四面有兵圍住，叫他哪裏走？自然一堆兒死在裏面」。然後，用詩以漢諸葛丞相比擬燕青，贊其火攻：「丞相南征漢鼎分，渡瀘五月漲蠻雲。火攻一樣同奇妙，浪子能燒藤甲軍。」第三次在第二十七回，寫英雄南投宗澤，黃河邊阻於金兵，燕青連施巧計破之。金兵用謀，人眾而深溝高壘不出交戰，燕青識破其用意。差人四處巡哨，捕獲金兵，搜出書信。燕青假扮金將，再用木夾，進入金營，巧施反間計，令金將疑忌漢奸汪豹不出交戰因有他圖而出戰。兩將相鬥中，假扮金將的燕青等在金營放起火來，兩面夾攻，金將敗逃，漢奸汪豹被擒，眾英雄順利過河。為此，呼延灼稱讚燕青道：「若無兄弟你這副大膽，會講各路鄉談，也做不來。」第四次在第三十回，寫燕青用計解救被押的宋安人、朱仝、宋清等，寫得比較曲折。起因是朱仝、宋清被押，漢奸曾世雄為詐錢財而要三千兩銀子才肯放人，曾賊先押宋安人來取銀子。其時金將阿黑麻已去督造大船，不

在濟州。燕青先布置關勝帶人馬埋伏於村外，曾世雄來索銀子時，關勝發兵圍住，呼延鈺、徐晟乘機將曾綁住斬首。燕青等則借用曾世雄所帶金兵衣甲穿戴起來，扮做金兵，在掌燈時分，城門將閉之時，巧入濟州城，救出了宋清與朱仝。待英雄出城後，敵兵追來，眾人與關勝兩面夾攻，將敵酋斬於馬下，眾人凱旋。第五次、第六次是略寫在遠赴海外與「海外立國」中英雄分別被倭丁妖僧所圍，燕青施巧計破敵。事見第三十回、第三十四回。

對燕青仁義智謀的刻畫與對其忠義的表現相比，還不是重點，因此所用筆墨不多。

宋金爭戰期間，天下形勢紛繁複雜，多種情況交錯扭結。先是遼宋結盟，後宋金結盟夾攻遼，遼敗滅後金宋交惡，金兵大舉南侵，破京城擄二帝，康王南逃，天下大亂。主戰派與主和派爭持不下，高宗先左右期間，後被群小所控，一味求和。各地抗金形勢風起雲湧，一致對外抗敵。在這風雲變幻的形勢下，如何認清敵我，如何順應情況的多變，如何謀劃自身發展，就給各抗金隊伍提出了嚴峻的問題。在「海外立國」開創新國家建設新的太平盛世的過程中，眾英雄也面臨許多前所未遇的新矛盾。既要處理好與暹羅國各階層人士的關係，又要預防奸佞不軌之舉。如何安撫周邊，如何鞏固根本。在這些重大問題上燕青深具政治家的遠見卓識，為義軍的發展為新國家的開創提出許多重大建議，表現出敏銳的目光與深遠的見識，起到了舉足輕重的非凡作用，展現了其形象中另一重要內涵。

對燕青遠見卓識的刻畫是在宋金爭戰中敵我力量相差懸殊形勢下展開的。燕青首先提出並一再強調棄山寨投效宗澤共同抗金，以佐中興，並促成了義軍歸附官軍。這一舉動，涉及《水滸傳》眾英雄的屈死，涉及續書中水滸殘餘英雄與朝廷、官軍、奸佞、金人的不同關係，因而其意義十分複雜。但此議深得眾人稱許，對表現燕青審時度勢目光獨具的忠義精神可謂點睛之筆。這在上文已有所述。在「海外立國」過程中，針對李俊繼暹羅國主之位、巡撫周邊屬地、諫李俊居安思危、以婚配固國家根本、諫高宗親賢遠佞還二聖復海宇以望中興等燕青提出了許多真知灼見，書中對此寫得是不厭其詳，以突出這位國之棟樑，君之賢臣，帝王之師遠見卓識的重大指導作用與深遠意義。

李俊等眾英雄「海外立國」過程中，先佔了清水澳，又取了金鰲島，暹羅國兵敗求和，花逢春與玉芝公主喜結秦晉之好。後奸相妖僧合謀，弒馬國

主，李俊等興兵征討，幾經周折平定內亂，局勢初定。因暹羅國脈已絕，因之第三十四回寫國母請李俊、燕青、樂和、王進四位入宮，提出「公議一位嗣位爲王」。李俊遠涉海外，本願要幹一番事業，打出一片天地，但當暹羅國勢衰微之時，他並未有謀求取而代之的打算，作爲力量強大的首領對國母之議又不能不表示態度，又因花逢春爲暹羅駙馬，於是提出「花逢春有半子之誼，理合承祀宗祧」。對此，花逢春由「先嚴」花榮說起，感激樂和、李俊帶挈，與公主得聯秦晉，反勸李俊「早踐國位」，以免「鄰邦窺伺，反側生心」。燕青、樂和、王進肯定花逢春「實出衷心」，並認爲「大將軍創業不易」，不必推辭。但李俊固辭，說自己出身經歷，靖暹羅之難「全是眾位之力」，不敢「貪天之功，遂爾僭妄」，又說花逢春謙讓，則請「才德兼全、堪爲民主者嗣當此位」。花逢春母花恭人也勸「請大將軍概允，以慰臣民之望」。就在李俊與眾人相持不下之時，燕青心想，李俊「人望所歸，自然是他爲主」，於是發了一番議論。燕青先從事有前定說起，又由天意說到宋公明託夢囑李俊以「後半段事業在你身上」。然後針對李俊之議說花逢春母子賢達，因此勸李俊「大將軍不必固辭」。國母對燕青之議首肯，「就此定議，只消擇日登位便了」，但又提出如何安排「我母女」的問題。就此，燕青先打消其疑慮，強調「萬事要請國母懿旨方可施行」，之後表示眾弟兄「都是赤膽忠義，不作忘恩負義之輩」。議立之事定下後，李俊又提新的想法，想請眾弟兄分主其事，國母垂簾聽政。對於此議，燕青態度鮮明，「這個使不得」，強調「家有主，國有王，必要一人統理，方得國治家和」；然後舉梁山王倫、晁蓋、宋江爲例，說暹羅大國庶務繁多，不能「政出多門，十羊九牧」；又以呂太后、武則天爲例說垂簾聽政不可行；之後轉到李俊身上，消除其顧慮，認爲李俊非世受國恩的暹羅舊臣；然後縱論天下之歸屬，「天下者，天下人之天下，非一人之天下」，意在李俊完全可以繼位；又以上古堯舜不傳子而傳賢，再次強調李俊「即宜聽受」。在燕青一步緊似一步的勸說下，王進再次表態：「大議已定，允合天理人心。」李俊也只好接受：「既然如此，我也不好推辭。」燕青的這番議論上下古今，意在強化李俊繼位上應天意下符人心，合理合情，強化其領袖地位的唯一性。在李俊登基這件大事上，燕青的勸進之功可謂至大，非其它人可比。

　　第三十六回至第三十七回，針對李俊征戰疲勞而要與「眾弟兄快樂過此殘冬」，燕青直言相諫，以道君皇帝與馬賽眞爲例，警示李俊「安不忘危……

若偷安縱逸，大則喪國，小則亡身」，並提出要逐島巡歷，使之「懷德畏威，不敢倡亂」。第三十九回至第四十回，在暹羅受宋廷策封，李俊立爲國王，其餘四十二人皆封顯官，天下太平之後，燕青爲求長治久安，在與柴進、樂和等共同制定各方面制度後，又向國主李俊進言。由「陰陽之道，不可偏廢，夫婦之倫，不可乖離」，「五倫不可偏廢，夫婦爲五倫之首」，勸李俊納妃。國主成婚後，引出「四美結良姻」。之後燕青「以己之心，度人之心」，提出「實行宜妙選名門，使各諧淑偶，以慰眾心」這關係「以固邦本」的重大舉措，與眾功臣完娶。然後又推及「軍士中無妻小的，不妨與暹羅國當地民家互相婚配」，以達到「兵民相安，主客相忘」，以打牢太平之基。因之，李俊盛讚燕青「賢弟既能定國安邦，又曉人情物理，實爲可敬」。由此，暹羅國成了「選遍天下，再沒有這樣快活世界了」！（詳見上文《海外立國的思想意蘊》中「海外立國」是英雄的理想選擇部分）

《水滸後傳》計四十回，燕青的出場是在中間偏後的第二十二回，其時正是金破東京之際。從燕青出場，圍繞著梁山各英雄抗金護國與飲馬川、登雲山如何在敵我形勢嚴峻、寄高宗中興無望的情況下，遠涉海外投奔李俊，助其立國這兩方面重大事件，作家賦予燕青種種過人之處，使之在後十幾回中一直處於十分重要的地位。作家還不厭其煩地借眾人之口，一而再再而三地稱讚了燕青十幾次。如第二十四回徽宗讚其「普天僅見一忠臣」，盧成讚其「仗義」；第二十五回王進讚其「英才明辯」，盧二安人讚其「天下第一個好人」，楊林讚其「機變」；第二十六回關勝讚其「忠義兩全，古今罕有」，「著實稱揚讚歎」，王進讚其有「先見之明」，凌振讚其「出人意料之外，其實可敬」，眾頭領「個個讚歎」，呼延灼讚其「平日只曉得他巧慧，見機而作，不想有這副忠肝義膽，妙計入神！我等只曉得上前廝殺，哪裏及得來」，詩讚「浪子能燒藤甲軍」，比爲漢丞相孔明；第二十七回呼延灼再讚其「大膽，會講各路鄉談」；第三十回楊林再讚其「心靈計巧，又有膽氣，便是當年吳學究也讓一籌」，安道全讚其定計審奸「有趣」；第三十七回高宗讚其「卿忠義過人，識見卓犖」；第三十九回李國主讚其「忠義兩全」；第四十回李國主再讚其「能定國安邦，又曉人情物理，實爲可敬」。稱讚燕青的這些人物，其中有大宋兩朝君主，暹羅新國主，有《水滸傳》與《水滸後傳》中知名的大英雄，還有一般百姓，他們對燕青的忠、義、識見、智謀、膽略、機巧等讚不絕口。特別是稱讚他連智多星軍師吳學究也讓一籌，並把他比爲漢丞相諸葛孔明可以

說是至高的讚賞。以燕青所作所爲來看，這些天子、兄弟們的褒獎完全出於內心深處，絕非泛泛的溢美之詞，也飽含了作家深深的感情。

## 二、新燕青形象的形成原因

如果比較一下《水滸傳》，《水滸後傳》中所寫燕青的高潔品質與種種異能是源於《水滸傳》而又有新的深化與拓展豐富，不是嚮壁虛造憑空捏合。

《水滸後傳》中「獻青子草野全忠」等表現燕青忠義的精神品質完全生發於《水滸傳》。燕青與盧俊義的關係其始完全是僕主，而且燕青一直稱盧俊義爲主人，燕青對盧俊義表現的就是忠義。如燕青在《水滸傳》中勸阻盧俊義休聽「算命的胡講」，以免經過梁山被人賺去「落草」；如李固稱病推託不願侍盧俊義遠行，燕青則恰恰相反，要「幫著主人去走一遭」；如忍饑受辱流落村外等盧俊義阻其歸家至「痛哭，拜倒地下，拖住主人衣服」，反被盧踢倒；如化了「半罐子飯，權與主人充饑」；如「放冷箭救主」；如大事已畢，勸盧俊義：「小乙自幼隨侍主人，蒙恩感德，一言難盡……納還原受官誥，私去隱跡埋名……」盧俊義不聽，再勸「禍到臨頭難走」，「只怕悔之晚矣」。燕青對盧俊義是忠心耿耿，兩人關係始於主僕，終於主僕加兄弟，但燕青對盧俊義的忠誠未變。燕青的忠義，不僅表現在願隨主人，相伴左右，爲其擔心爲其著想爲其謀劃，更體現在甘冒風險以身相救的行動上。而且燕青與盧俊義相交，說出的話多爲勸阻，多爲從不同角度甚至是從反對的角度提出忠告，而這恰恰是僕忠於主的根本所在。由此，我們既不難理解《水滸後傳》中燕青「獻青子草野全忠」的思想根源，更不難理解燕青對高宗諫以爲報父兄之仇，要近賢遠佞，以圖中興，與對國主而兄弟的李俊「高枕無憂」的心態諫以「安不忘危」的思想根源了。因燕青種種忠義之舉，而得落難國君徽宗「普天僅見一忠臣」，而得被難獲救國君高宗「卿忠義過人」這般書中他人未能得到的至高稱讚。

《水滸後傳》中，論識見當推燕青第一。分析宋金爭戰形勢，瞭解高宗無意中興一力議和的行爲與李綱、宗澤等抗戰派的不爲所用，金兵的過於強大與義軍的勢孤力單，提出投效抗金官軍宗澤的建議與「海外立國」過程中勸李俊登基，居安思危，行婚配以固國本及對高宗的諍諫等等無不體現燕青的「識見卓犖」。作爲義軍實際意義上的領袖與李俊「海外立國」的重要助手，最重要的任務就是要在紛繁多變的社會形勢與各種複雜矛盾關係中保持清醒

的頭腦，提出正確的決定今後自身存在與發展的計劃，而燕青以實際言行完全達到了標準，因而深得眾兄弟與李俊的贊許。《水滸後傳》中燕青的識見也源於《水滸傳》。如盧俊義欲赴東嶽上香，燕青認為「倒敢是梁山泊歹人，假裝做陰陽人來扇惑，要賺主人那裏落草」。最有說服力的還是平方臘大事已畢燕青苦勸盧俊義歸隱。事情果如燕青所料：「小乙此去，正有結果。只恐主人此去，定無結果。」而一心想封妻蔭子安享富貴的盧俊義慘死於奸佞之手，主僕兩人「結果」如此不同。《水滸傳》第七十四回開篇古風詠燕青：「功成身退避嫌疑，心明機巧無差錯。世間無物堪比論，金風未動蟬先覺。」並贊道：「他雖是三十六星之末，果然機巧心靈，多見廣識，了身達命，都強似那三十五個。」以「了身達命」看，那些功名赫赫、本領高強的三十五人確不如燕青。

　　《水滸後傳》中有對燕青在與金兵爭戰中運智謀設計敗敵的描寫。如擊敗偽齊劉豫漢奸兵與金兵對飲馬川根據地的進犯；義軍南投官軍宗澤部途中於黃河邊擊敗阻攔的金兵，斬殺投敵漢奸汪豹；在濟州斬曾世雄、郭京、牛都監，救出宋清、朱仝等。因此，燕青被比為漢末三分丞相諸葛孔明，並說當年吳用也讓其一籌。這些內容比較《水滸傳》是新出現的。在《水滸傳》中多有對燕青心靈機巧的描寫，而未見其運籌帷幄而決勝於戰場的相關內容。有人根據《水滸傳》第七十八回開卷那篇賦中描寫而說：「凡以具體本事展示其個性特色的，與《水滸傳》中的相應對象卻大都不符。」然後舉例：「諸如『逢山開路，索超原是急先鋒；遇水疊橋，劉唐號為赤髮鬼』，『黑旋風善會偷營，船火兒偏能劫寨』，『燕青能減灶屯兵，徐寧會平川布陣』，『病關索槍法無雙』。」認為「《水滸傳》中根本沒讓他們（指燕青、徐寧，引文者注）顯示妙計奇謀，行兵布陣的軍事才能……燕青……遠沒有軍師韜略、儒將風範」。認為《水滸後傳》對燕青謀略的描寫，是「『燕青能減灶屯兵』的提示，拓展了燕青其人的發展空間，為賦予燕青更高層次的才能提供了寫作依據」。〔註11〕這種看法是很有見的的。根據《水滸傳》而拓展生發出新的內容可以說是水滸續書創作的一條基本路徑，如現代張恨水先生創作的水滸續書《水滸新傳》，對盧俊義的刻畫就是根據《水滸傳》盧俊義出場時贊詞《滿庭芳》中「義膽忠肝貫日，吐虹蜺志氣凌雲」、「慷慨名揚宇宙，論英雄播滿乾坤」這個敘事空白等拓展而生成的。（詳見本書第六章第三節）

〔註11〕陳松柏，燕青形象的嬗變，《明清小說研究》2005年第1期，61頁～63頁。

　　以上是從續書與《水滸傳》內容的互相呼應關聯這個角度分析《水滸後傳》燕青具有謀劃軍機這一才能產生的原因。如果我們從作家安排續書主要人物及其關係地位的角度看，使燕青具備諸葛孔明與吳學究般智謀也是理所必然的。李俊「後來爲暹羅之國主」這在《水滸傳》第九十九回已明確交代，續書只能根據這一話頭對李俊爲國主這一前提下的其它人物進行重新設計。續書爲了更有力地繼承並強化《水滸傳》「官逼民反」這一基本思想，因此，在人物安排上就不可能將眾英雄聚在一處。也就是說，只有將其四散分離然後使之又千流歸海式地重上「梁山」，方能充分體現「官逼民反」的眞實性與深刻性。而且《水滸傳》結尾眾英雄也或分別赴任，或隱居歸農，已不在一處，續書也不宜直接打破這種現狀，而只能接《水滸傳》結尾展開。續書中英雄分別歸爲三處，一爲阮小七、孫立等佔據的登雲山，一爲李俊等佔據的太湖，一爲李應等佔據的飲馬川。從全書主要內容看，第一回至第三回寫阮小七等重上登雲山，第四回至第六回寫李應等重上飲馬川，第七回至第十三回寫李俊隱居太湖，被逼遠赴海外，第十四回到第二十九回主要寫宋金戰爭，李俊等海外英雄之外其它梁山英雄的忠義之舉，第三十回至第四十回寫眾英雄齊聚暹羅「海外立國」。登雲山阮小七處主要是扈成用謀，但寫登雲山總計三回的篇幅中只有兩回涉及相關內容，且扈成非梁山舊人，不可能成爲全書主角，因此第三回後就淡出了。飲馬川李應處在燕青上山前沒有擔當軍師的人物，燕青上山後即挑起軍師重擔。太湖李俊處是樂和起了重要的出謀劃策的作用。從全書人物角色的設置與所起作用看，樂和與燕青間有許多相似之處，在不同部分不同環境中起了相似的作用。樂和在李俊懲治貪官、遠赴海外、「海外立國」初期其作用是不可替代的──包括解救花逢春母子，是名實相符的軍師，成了李俊不可或缺的左膀右臂。燕青的作用是在他出場之後一直到小說結尾，不僅包括爲飲馬川李應等英雄謀劃，還包括登雲山、飲馬川兩山英雄泛海同赴暹羅投李俊後幫助李俊平亂，設禮樂制度，創建太平世界各方面。從樂和與燕青兩人關係看，燕青等到暹羅前，兩人各爲軍師，在不同地方各起重要作用；然燕青到暹羅後，軍師的任務與作用主要由燕青完成，樂和則漸漸淡化。若從兩人軍師角色比較看，樂和的作用主要集中於第七回至第十三回中，對李俊的相助是在其事業發展的起始與初級階段，所涉及的內容除認爲太湖無發展前途外，大都是具體的軍事、外交方面的事項。對燕青的描寫是在第十四回至結尾，篇幅長，事件多，除軍事外，主要是在李俊

創建新國家中繼承王位、安撫四鄰、婚配固本、各項政策制度的提出完成這些關鍵的大事。相比而言，兩人分量有較大差異，所起作用也有較大差異。這從兩人的兩次受封情況也可看出不同。第一次李俊封燕青「兵部侍郎，兼贊畫一應機密」，位在第五；封樂和「刑部侍郎，參知政事」，位在第六。高宗封燕青「太子少師，封文成侯，特賜文印一章，文曰『忠貞濟美』，仙鶴補衣一襲」，除李俊外位在第三；封樂和「參知政事，兼管太常寺正卿事」，除李俊外位在第四。明顯看出，燕青地位高於樂和，這也不能不與燕青作用大於樂和有直接關係。若從《水滸傳》對燕、樂兩人的表述這個角度看，對兩人的評價是有區別的。關涉燕青的上文已述姑不論，且看樂和的部分。第四十九回樂和出場，介紹其身份是小牢子，因「人見我唱得好，都叫我做鐵叫子」，這是介紹其特殊技藝，武藝是「姐夫見我好武藝，教我學了幾路槍法在身」，詩贊：「玲瓏心地衣冠整，俊俏肝腸語話清。能唱人稱鐵叫子，樂和聰慧是天生。」「原來這樂和是個聰明伶俐的人，諸般樂品盡皆曉得，學得便會；做事見頭知尾；說起槍棒武藝，如糖價蜜價愛。」可以看出，燕、樂兩人特點頗為相似但仍以燕青突出。樂和不具備的是《水滸傳》第七十八回賦中所寫「燕青能減灶屯兵」和第六十一回燕青出場贊詩中的「有出人英武，淩雲志氣」。且燕青居天罡之末，一百單八英雄第三十六位，樂和居地煞四十一位，一百單八英雄第七十七位，位次相距較遠，自然輕重程度與在書中表現自有不同。因此，在續書中對兩人角色的安排也就輕重相異，描寫自然有別了。

「丞相南征漢鼎分，渡瀘五月漲蠻雲。火攻一樣同奇妙，浪子能燒藤甲軍。」對燕青，作者是飽含濃烈感情，將他比為具漢丞相諸葛孔明之智。實際上，燕青在義軍抗敵與「海外立國」過程中所起的作用與諸葛孔明在蜀漢立國與發展中所起的作用十分相似。孔明出山前，劉備顛沛流離，名為皇叔而無立足之地；孔明出山後，劉備事業即蒸蒸日上，直到建立西蜀，形成鼎足三分之勢。燕青出山，指導義軍以弱擊強，抗擊頑敵節節勝利；在形勢嚴峻無路可行之時，引導義軍南投宗澤，若無此舉則遠赴海外就無從說起。海外立國中，燕青的作用非出身尊貴位次居前而乏遠見謀略與貢獻可稱的柴進可比，實則是當之無愧的軍師、無名分的丞相與帝師。燕青的忠義肝膽，頗似諸葛丞相的「鞠躬盡瘁，死而後已」。而燕青諫高宗親賢斥佞，報父兄之仇，以圖中興的話則與諸葛丞相《出師表》神似。作家對燕青的評價實為至論：「燕青忠其主，敏於事，絕其技，全於害，似有大學問、大經濟，堪作救時宰相，

非梁山泊人物可比擬也。其過人處，在勸主歸隱，黃柑面聖，竭力救盧二安人母子，木夾解關勝之患難，微言啓李俊之施恩，遇豔色而不動心，辭榮祿而甘隱遁，的是偉男子！」〔註12〕

## 三、新燕青形象結局的推測

那麼燕青的結局又該如何呢？請看《水滸後傳》第二十二回燕青出場的環境與外貌描寫：

> 楊林……依道人說的路徑走去，果是出了林子有座石橋。立在橋上，看那一帶清溪潺流不絕，靠著山岡，松竹深密；有十餘家人家，都是草房；門前幾樹垂楊，一陣慈鴉在柳梢上呀呀地噪；溪光映著晚霞，半天紅紫。下得橋來，人家有鎖著的，有緊閉的，通不見有個人影。到村盡處，一帶土牆，竹扉虛掩。楊林挨身進去，庭內花竹紛披，草堂上垂著湘簾，紫泥塗壁，香几上小爐內燜出柏子清煙，上面掛一幅丹青，紙窗木榻，別有一種情況……

> 正要轉身，只見西首巷裏走個人來，巾幘短袍，絲鞋淨襪，手裏拿一張弩弓，背後小廝跟著，折一枝野花，並提一對斑鳩。那人把楊林一看，說道：「虧你尋到這裏！」楊林見了那人，不勝之喜，兩個納頭便拜。你道此人是誰？原來是浪子燕青。

清溪、山岡、松竹林、草房、垂楊、慈鴉、晚霞、土牆、柴扉、花竹紛披、草堂湘簾、香几清煙、丹青、紙窗木榻，一派清雅祥和的景象，燕青就是在這樣大小環境的襯托下，身披晚霞、野花相伴出場的。這段文字是書中最爲優美的幾段文字之一，也是以環境景物寫人最爲成功的片段之一。可以想像作家在寫這段文字時筆下蘸滿何等感情。陳枕書生本色，生活於明清易代之際，抱有強烈的遺民心態。在國破家亡，由夏變夷而非由夷變夏的時代環境下，對故國懷有深沉的感情。而燕青，作爲「似有大學問、大經濟，堪作救時宰相」的人物，是作家傾注濃鬱之情塑造出的書中第一人物形象。應該說，燕青身上有作家的某些影子，帶有作家自喻的特點。「整頓乾坤將相，歸修林壑漁樵。」每一個士子的心中都有一個「達則兼濟天下，窮則獨善其身」的理想。隱居的燕青，「因我好那清閒……我就住下，打些鳥鵲，植些花

---

〔註12〕〔清〕陳枕，水滸後傳論略，引自朱一玄，劉毓忱主編，水滸傳資料彙編，天津：南開大學出版社，2002 年 10 月，492 頁。

木，逍遙自在，魂夢俱安」，完全可視爲作家「獨善其身」歸隱生活的理想寫
照；而獻青子表忠義，設奇謀敗金兵，助李俊開拓昇平世界，保存中華文化
禮儀的種種非凡之擧，也同樣蘊涵著作家個人「兼濟天下」的理想。作家的
文人性格是頗爲明顯的，在寫高士聞煥章時，筆下的文字也頗優美；在寫修
道人公孫勝、甚至舊日的俗人皂吏出身而今修道的戴宗時，筆下的感情也產
生了變化，由此反映出作家嚮往脫離世俗、歸隱修煉的文人心態。

先看第十四回聞煥章住所環境、爲人與生活的描寫：

（安道全，引文者注）望見一座村坊，官道旁有一所莊房，門
前兩三株古木，屋背後枕著山岡；左邊一條小石橋，滿澗的冰澌，
有一老梅橫過澗來，尚未有花，一群寒雀啄著蕊兒，見人來一哄飛
去。裏邊走出兩三個小童，抱著書包散學。隨後有個人出來關門，
高巾道服，骨格清奇。

（安道全，引文者注）又道：「臺兄與高太尉交厚，何故卻在此
間？」聞煥章笑道：「哪裏什麼交厚，勢利而已！生無媚骨，曳裾侯
門，非我所願。來此避喧求靜，教幾個蒙童度過日子，倒也魂夢俱
安。」

兩個俱是高人，情投意洽。飲至更餘，用過晚飯，引至書房安
歇。土垣茅屋，紙窗木榻，瀟灑無塵。又啜一杯茶，聞煥章叫聲安
置，自進去了。

一日臘盡春回，大雪初霽。聞煥章道：「橋邊那樹梅花漸開，我
同道兄到門外一看何如？」安道全欣然而出。兩人站在橋上，疏影
暗香，自甘清冷，屋後山岡積雪如銀，背著手賞玩。

再看第六回對公孫勝修煉生活的描寫：

（公孫勝，引文者注）自築一小庵在紫虛宮後，喬松翠竹，曲
澗小橋，甚是清雅。與朱武終日修煉爐火，參究內丹，道業愈高，
心怡神曠。時當重陽佳節，丹楓滿林，秋氣高爽。兩人釀下柏子酒，
炊熟松花飯，筍脯嘉蔬，消梨雪藕，面著東籬黃菊，相對而飲。公
孫勝道：「我本世外閒人，因應天罡之數，不由不出頭做一番事業。
還虧見機得早，跳出火坑。我和你今日嘯傲煙霞，嘲風弄月，何等
自在！宋公明滿腔忠義，化作一場春夢！」又飲過數杯，敲著漁鼓

板，唱道：

> 心上莫栽荊棘，口中謾設雌黃。
>
> 逍遙大地盡清涼，凡汞鼎爐自養。
>
> 世事干戈棋局，人情蕉鹿滄桑。
>
> 浮雲富貴亦尋常，且把恩分齊放。
>
> 兩個唱罷，拍手大笑。

　　論燕青，兼及聞煥章，兩人均是隱逸的文士，這好理解——請別忘了，《水滸傳》中燕青不僅「拆白道字，頂眞續麻」「無有不能，無有不會」，「腰間斜插名人扇」，「果然是藝苑專精」，而且「臣有一支《減字木蘭花》，上達聖聽」，令風流擅藝的徽宗大驚「卿何故有此曲」，可想，若文辭粗鄙，徽宗定不會如此——爲何又及公孫勝這一修道之人？公孫勝與戴宗及續書中暹羅李國主、高麗李國王等以修道終，實際是作家的一種心態表露。（詳見《海外立國的思想意蘊》的第二章第一節）功成歸隱在燕青身上也同樣有所暗示。理由如下。一、《水滸傳》大功告成後，燕青隱身而去，這是對續書安排燕青結局的一種指向。當然，《水滸傳》中奸佞當權，與續書「君臣一氣」不同，但燕青歸隱原因不僅是暹羅大業已成，亦爲性格使然。二、續書在描寫燕青、聞煥章等隱逸之士生活中用了最優美的文字，傾注了最濃鬱的情感，這明白地表現出作家對這種生活的神往。三、續書結尾「賦詩演戲大團圓」燕青的詩中有「知己君臣難拂袖，同酣煙月五湖中」的暗示。對此，樂和戲解爲「燕少師要扁舟五湖，有盧小姐作西施了」，以范蠡比燕青。共創大業時「君臣難拂袖」，大業成就後如何呢？況且，「國主七旬之後，傳位與登，也到丹霞宮修道」，既然君已修道，不就是可以說臣亦可以「煙月五湖中」嗎？還有，高宗賜燕青「仙鶴補衣一襲」也意味著燕青的最後去向。若從全書構思看，「海外立國」即爲不可能實現的桃花源，作爲作家最爲鍾愛的主人公，不按自己意願讓燕青再次歸隱，還能讓他重入紅塵而經受磨難嗎？

# 第三章 《後水滸傳》

## 第一節 《後水滸傳》的構思與創作意圖

### 一、引言：水滸續書以宋取喻的創作方法

　　明清之際的巨變，留給當時文人的是切膚之痛。外族入主中原，剃髮易服，文人含辱忍垢，屈於嚴酷的氣候，只能借他人酒杯，澆自己心中塊壘。《後水滸傳》的作者青蓮室主人用兩宋交替比附明清易代，以《後水滸傳》與幾與之同時出現的《水滸後傳》共同開創了水滸續書一個極爲鮮明的創作方法：以宋喻本朝，以金喻外敵，以彼喻此，而借題發揮。

　　作爲北方強悍的馬上少數民族，金人和滿人雖然其社會形態、經濟文化與中原不能相提並論，但其強大的鐵騎，卻分別給處於王朝末期的宋、明朝廷以極大的危脅。在一次又一次軍事與外交的衝突下，北宋、明王朝的腐朽、沒落，根本不敵金、滿的生機勃勃。北宋朝廷一次次屈辱求和，割地、賠款、稱臣，甚至國亡君擄，南明小朝廷流徙四方，滅於滿人鐵騎，都成爲中原王朝歷史上的奇恥大辱。不說金人、滿人，且看北宋、明王朝末期，便有諸多驚人的相似之處。作爲國君，宋徽宗近佞遠賢，聽信蔡京、童貫、王黼、梁師成、朱勔、李彥「六賊」，驕奢淫逸，橫征暴斂，整個社會一團漆黑，階級矛盾日趨激化。致令百姓怒呼「打破筒（童貫），潑了羹（蔡京），便是人間好世界」〔註1〕，對昏君賊臣充滿了憤恨。江南的方臘聚眾造反，「天下國家，

---

〔註1〕〔宋〕吳曾，能改齋漫錄（下冊），卷十二，上海：上海古籍出版社，1970年，

本同一理，今有子弟耕織，終歲勞苦，少有粟帛，父兄悉取而靡蕩之」，「今賦役繁重，官吏侵漁，農桑不足以供應」，「且聲色、狗馬、土木、禱祠、甲兵、花石靡費之外，歲略西、北二虜銀絹以百萬計，皆吾東南赤子之膏血也」，「諸君若能仗義而起，四方必聞風響應……」〔註2〕，並號「聖公」，建元「永樂」。義軍連克重鎮，誅殺貪官污吏，得到廣大民眾的響應。被稱爲「京東賊」、「河北劇賊」的宋江，「橫行齊、魏，官軍數萬，無敢抗者」〔註3〕，「嘯聚亡命，剽掠山東，一路州縣大震，吏多避匿」〔註4〕。反抗朝廷的武裝鬥爭風起雲湧。金人威逼，徽宗嚇得退位，繼主天下的欽宗也被主和的群小包圍，在戰和之間搖擺，令李綱等主戰人士有志難伸，助長了金人的囂張氣焰，終於導致了「靖康之難」，徽、欽二帝被金人所擄，北宋王朝覆滅。繼之的高宗皇帝，置被囚於北國的父兄於不顧，置社稷江山於不顧，偏安江南一隅，不思恢復，一味屈辱求和，對金人一讓再讓，卻被金人一次次逼得棄後宮、百官於不顧，倉皇出逃，甚至漂蕩海上，無處可投。最後以割地、賠款、稱臣等等一系列喪權辱國之舉換來了暫時的苟安。明後期，封建王朝一直處於動蕩之中。嘉靖皇帝二十幾年不臨朝理政，致令國家機構處於癱瘓狀態。之後嚴嵩、魏忠賢等大閹先後專權，禍國殃民，忠良被冤，朝廷上下一片混亂。崇禎皇帝初登皇位，懲治魏閹及其遍及朝野的黨羽，令東林等清流吐氣，朝廷出現了中興氣象。但王朝已處末期，積重難返。土地兼併於皇親、貴族手中，廣大農民流離失所。加上爲了對後金作戰而徵的「遼餉」，爲鎮壓農民暴動而徵的「剿餉」，爲訓練兵卒而徵的「練餉」，超過國家正常稅收的一倍以上，這些也無一例外地從百姓身上搜刮。此外加徵的商稅、關稅、鹽稅、礦稅等以至於「舊徵未完，新餉已催；額內難緩，額外復急」〔註5〕，「窮鄉僻塢，米鹽雞豕，皆令輸稅」〔註6〕，「三家之村，雞犬悉盡；五都之市，絲粟皆空」

374頁。

〔註2〕《青溪寇軌》附《容齋逸史》，轉引自《宋朝大事本末》，張習孔、林岷著，北京：中國國際廣播出版社，2007年，111頁。

〔註3〕《東都事略》卷一〇三《侯蒙傳》，王偁著，轉引自《宋朝大事本末》，張習孔、林岷著，北京：中國國際廣播出版社，2007年，115頁。

〔註4〕《東都事略》卷一〇三《侯蒙傳》，王偁著，轉引自《宋朝大事本末》，張習孔、林岷著，北京：中國國際廣播出版社，2007年，115頁。

〔註5〕《豫變紀略》卷一，〔清〕鄭廉著，轉引自《明朝大事本末》張習孔、林岷著，北京：中國國際廣播出版社，2007年，321頁。

〔註6〕〔清〕張廷玉，明史‧食貨志，卷七七～卷八八（志），北京：中華書局，1974

〔註7〕。因此明末農民暴動遍及全國，高迎祥、李自成、張獻忠只是其中最知名者。加之崇禎帝後期剛愎自用，不納忠言，聽信宦官，錯斬袁崇煥這樣的國之棟樑，雖然「端居深念，旰食宵衣，不邇聲色，不殖貨利」，終於「馴致敗亡，幾與暴君昏主同失而均貶」〔註8〕。

如果將對比再延伸一下，南宋亡於元與南明亡於清也有驚人的一致性。在元軍大舉南進時，文天祥率眾抗擊。宋恭帝登基不久，都城臨安被圍，恭帝出降，被擄北國。張世傑、陸秀夫等輔佐端宗和末帝流徙於東南，已無力回天。1279 年 12 月崖山海戰，宋軍全軍覆沒，陸秀夫懷抱末帝投海而死，南宋滅亡。南宋最後這三位皇帝，均幼年登極，在位前後只有五年。明崇禎帝自縊於煤山後，南明小朝廷相繼出現於南方。先是弘光偏安江左，被俘後潞王朱常芳監國，旋降清。之後隆武稱帝於福州，魯王監國於浙東。隆武帝遇難後朱由榔在肇慶先監國，後稱帝（永曆）；同時紹武稱帝，旋亡於清。在清軍的追逼下，永曆帝奔於西南，不得不流亡於緬甸，後被俘殺。南明小朝廷君庸臣昏，不思恢復，黨爭激烈，內耗嚴重，史可法、張煌言、鄭成功難撐將覆的大廈，終於在東奔西走四處漂流中被清人鐵蹄與吳三桂等漢奸剿滅。

明亡於清與北宋亡於金、南宋亡於元，何其相似。親身經歷明清易代這場天地巨變的《後水滸傳》作者正是把亡國之痛、滅種之危的悲憤感情借宋喻明來表達，為水滸續書的寫作創設了一條捷徑，以使不便於明白表述的思想感情找到了一個可以比較方便宣泄的方式。

## 二、轉世再生的構思與主要內容及其關注現實的創作意圖

除了上述水滸續書共有的以宋取喻、借題發揮的特點外，《後水滸傳》在構思上有一獨具特色之處，即以轉世再生將《水滸傳》人物與續書人物勾聯起來，形成了一個續書既照應《水滸傳》，續書自身上文又為下文伏筆的形斷神聯的結構。

### （一）轉世再生的構思

《後水滸傳》第四十二回寫公孫勝轉世的賀雲龍與燕青轉世的殷尚赤將

年，1978 頁。
〔註7〕《明史・王宗淋傳》附《王世昌傳》，轉引自《明朝大事本末》，張習孔、林岷著，北京：中國國際廣播出版社，2007 年，32 頁。
〔註8〕〔清〕谷應泰，明史紀事本末，卷七二《崇禎治亂》北京：中華書局，1977年，1211 頁。

上廬山尋四維眞人探問的各人來歷抄錄下來。原來《水滸傳》征方臘後殘存的梁山三十六好漢宋江轉生爲楊幺，盧俊義轉生爲王摩等。其它人王進轉生爲黃佐；賊奸蔡京轉生爲太尉賀省，童貫轉生爲漢奸商人董索，高俅轉生爲僞官夏霖，楊戩轉生爲僭號稱王的王豹；張文遠轉生爲岳陽官。另外，第四十四回交代戀王摩的太陰老母實爲《水滸傳》盧俊義妻賈氏轉生。轉世再生本佛家輪迴之說，在民間廣爲流傳，在民眾中很有影響，《後水滸傳》作者藉此十分省力地將續書與《水滸傳》勾聯爲一個前後關聯的整體，使兩個不同時期的人物完成精神上的相通，避免了單獨構思人物進行表達的種種不便，借人人皆知的水滸人物特色爲續書人物服務，實在是一種便捷之舉。

## （二）轉世再生構思的主要內容

那麼，在《後水滸傳》中，以轉世再生構思形成的照應與伏筆的方式將續書與《水滸傳》關聯的人物其行爲表現如何？經對文本內容的細讀統計發現，續書與《水滸傳》相關聯的內容主要集中於報冤、興滅、招安三個方面。

### 1. 楊幺報冤仇

《水滸傳》中縱橫天下的梁山英雄被招安後征遼、征方臘，十損七八，九死一生後殘存的宋江、盧俊義、李逵、阮小七等不是被逼而死，就是被迫歸隱，其結局是頗令人扼腕歎息的，「煞曜罡星今已矣，殘臣賊相尚依然」。蔡京、高俅等奸賊逼死爲國立下汗馬功勞的忠義英雄，不唯沒受到應有的懲處，仍盤踞朝堂之上，左右著昏君。對此，人人均爲冤屈的英雄不平，爲昏暗的世道不平。尤其是，當外敵憑陵，國家處於風雨飄搖之時，人們更加思念禦敵於外，支撐國運的梁山英雄，也就更爲他們的遭遇憤懣。這種社會思潮反映了民眾的心理，也決定著《後水滸傳》的思想與感情傾向。因此，續書中便一次次出現了替梁山英雄鳴不平，宋江等轉生的楊幺等報冤仇的內容。而且，在續書的開篇，第一回中將這個問題十分鮮明地提了出來，擺在了讀者面前，更一而再再而三地反覆強調多次，可見其在作者創作意圖中所佔的重要位置。如：

> 譬如大宋當興，自生出太祖、太宗仁聖之主來，創成帝室。當時豈無魔業，但聖明在上，便自然消散。到了後來敗運，又恰當劫數，故生庸主，洪太尉放走了妖魔。蔡、童、高、楊奸臣妒賢嫉能，將一班虎狼好漢都驅逐於水滸中，以造就國家之衰敗。雖眾義士以

「忠義」為心，欲「替天行道」，然弄兵水滸，終屬強梁。虧得後來知機改邪歸正，縱有十分過惡，已消八九。況又蕩平三寇，款服一方，盡忠報國，其功足以謝罪。若有賢臣當國，優禮用之，一場冤愆，俱消散矣。無奈國家之前劫雖消，而後劫尚隱伏於未起，故不得不借奸臣屠戮忠義，以釀後患。此所以宋公明眾義士所以遭其暗害，重結新冤以為後劫者也。

上面這段話，是燕青聞宋江等被害，又聽眾百姓為之鳴冤之後，心中憤然，尋公孫勝拜問羅真人探事情緣委，羅真人說的一番話。這番話，雖以天道、因果為由，但我們看到的仍然是君昏臣賊、殘害忠良的血淋淋現實，深深同情宋江等梁山忠義之士功勳卓著而遭殘害。除此之外，小說開篇即轉述《水滸傳》結尾宋江等結局，抨擊奸賊欺君誤國，直接表示了作家的態度；然後以梁山周邊百姓對梁山英雄結局的悲歡側寫；羅真人這番話後，又接以宋江、盧俊義等分別轉生為楊么、王摩，公孫勝、燕青兩人結果，以完前冤。第一回將報冤提出之後，這一敏感而關鍵的問題於其後時時出現，貫穿於全書四十五回始終。具體是，在第二回出現了三次，在第三回、第九回、第十一回、第二十二回、第二十五回、第三十七回、第四十二回、第四十四回、最後一回第四十五回又分別出現了一次。在第四十四回中，報冤的意思說得更為明白：

　　楊么……說道：「我們得蒙四維真人點明了前世，大仇盡泄，只覺胸次漸平……賀雲龍因說道：『哥哥既曉得真人指明了前仇，胸次漸平。須知冤仇莫結，若又去尋人種冤種仇，則冤仇相報，何日了期？據兄弟看來，這班奸人實也是因宋運而生。他有他的冤仇，未必不是今來報復，亦未必便沒人去害他。」

此前，奸賊蔡京轉生的太尉賀省，已在第三十五回「魂銷九曲嶺」，被楊么活擒，在第三十六回被馬窿「灑家吃撮鳥騰倒也夠，只今剁割塊肉，與眾弟兄咬嚼」而生吃。童貫轉生的奸商董索，「在汴京一時不知就理，躲避下來看守家私……將俺金銀謀幹前程，做了萊州領軍」，因金人「不久要到廣陵，破城之日將俺家私保全；又叫俺迎接，便得大官」。這個害人的漢奸，被楊么活捉，掛弔於木杆，楊么「連發三矢，皆緊緊攢中心窩」，「霎時氣絕魂銷，頃刻冤清仇解」。（以上見第三十七回）高俅轉生的夏霖攀附偽帝張邦昌，帶兵佔了登、萊二州，「一朝得志，只搜索富戶，刻薄小民」，被百姓稱為「夏

剝皮」。楊幺因「你們眾人既罵他是『剝皮』，我就在此公私兩盡，只剝下他的皮來，使你們暢快吧」，將其剝得「皮在一處、肉在一邊」。（以上見第三十八回）楊戩轉生的王豹，不思抗金，反見「大宋失去汴京，人民無主，一發恣意行兇」，自稱「陽城王」，「攻奪郡縣，霸據一方」，與楊幺相抗。楊幺「獨向前去，將這杆棍舞動，舞到妙處，矢炮不入。霎時人隨棍起，棍趁人飛，竟騰起半空，飛躍上城」。王豹被「眾弟兄鋼刀齊下，霎時砍剁如泥」。（以上見第三十九回）四大奸賊禍害梁山英雄的冤仇已報，因此才有上面楊幺所說的「大仇盡泄，只覺胸次漸平」。也因冤仇已報，小說才緊接著在第四十回點明各人前生身世，使續書中報冤各情節人物有所呼應與交代，同時也對《水滸傳》相關內容進行了呼應與交代。而且，報冤作為全書主要創作意圖，在小說結尾對全書人物事件進行總結的詩中再次點明，使這一關鍵得以強化。

### 2. 楊幺興滅

宋江轉世的楊幺、盧俊義轉世的王摩等先後佔據天雄山、君山、焦山、蛾眉嶺、白雲山、險道山等處，後齊聚洞庭湖君山大寨，如同《水滸傳》眾虎同心歸水泊一般。但歷史上的鍾相、楊幺起義最後滅於岳飛的圍剿這段史實是作家創作中無法迴避與改變的，因此在《後水滸傳》中十幾次以伏筆的方式隱指楊幺、王摩舉事後的形勢與滅於岳飛的結局。這在小說的第二回、第四回、第六回、第二十回、第二十八回、第三十九回、第四十二回、最後一回第四十五回均有出現。如開篇第二回：

> 燒茅屋，出母腹，思念生前三十六。
>
> 真人已說妙機關，洞庭可作梁山築。
>
> 算來該是十八雙，紛紛攘攘中原逐。
>
> 公孫劫數未消清，多卻一人做頭目。
>
> 逞豪強，冤可復，消劫功成尊武穆。
>
> 我今說破去成人，莫似前番晝夜哭。

這是在續書前後兩部分中間過渡層次中公孫勝對宋江、盧俊義轉生的楊幺、王摩晝夜啼哭而轉述的「真言」。這段詩將續書與《水滸傳》關聯起來，將楊幺、王摩等三十六人據洞庭殺賊報冤最後滅於岳飛的一生大事概述出來，對全書內容進行了總括。

又如第四回，出於池塘石碑上的篆文寫出金人南侵宋室流離，楚地楊幺與關中王摩嘯聚與滅於岳飛之事：

遍地胡笳吹動，一輪紅日西斜。

看來皇帝也無家，且喜天將還曉。

楚地陽春非小，關中鳳虎堪誇。

群雄嘯聚亂如麻，一旦岳山盡掃。

又如第三十九回湯樂獻於楊么渾鐵神棍上的文字也寫出了楊么興於荊襄縱橫天下，滅於岳飛和遵真人囑脫骸重生之事：

取鐵之精，得鑄之英。

八八六四，價比連城。

配偶木易，用之縱橫。

興於荊襄，屈於岳兵。

如聞妙論，蕭然一行。

我們來看小說結尾楊么滅於岳飛的相關描寫，實為對上述伏筆的照應：

楊么道：「不料岳飛多智，散我軍卒，敗我輪船，再與之較，亦覺無顏矣！」因抬頭見抄錄真人的言語，不覺大驚大悟道：「原來俱被真人久已說破在此。」眾兄弟一齊相問。楊么指說道：「『鵬飛洞庭』，他今名飛，號鵬舉，豈不是他來征我洞庭？『楊花易零』，楊是我姓，易零是戰敗之意；『蕭牆不測』，應著黃佐、郝雄、張傑，豈不是蕭牆內變？『腐草護舨』，他今用腐草塞住車輪，險些受難；『須尋築隱』，築隱是真人所居的觀名；『歸結天星』，我等原是煞星，只去問他便有分曉。」一時眾弟兄俱聽得驚驚喜喜。袁武、何能也說道：「就是哥哥棍上的言語，如今看來亦皆前定。」楊么忙問是何解說。二人道：「上面『興於荊襄，屈於岳兵』，哥哥豈不是雄據荊襄，今日受屈岳兵之意？『若聞妙論，蕭然一行』，是叫我們去問真人的意思。」游六藝、滕雲道：「碑上言語，句句皆驗。只不曉得『丘山盡掃』，如今合起二字，豈不是個『岳』字？他來掃除我們。」馬窪道：「兀那日嘈恁鳥飛，惹個飛來。又嘈恁七日千年，只今跳去，躲他百來日，敢怕也會飛去！」楊么大笑道：「我此心已歸宋朝，且去問明瞭真人再來。」

再看第四十五回全書結尾詩，將《水滸傳》、續書內容再次總結一番，其中也將楊么興滅寫得明明白白：

軒轅井，沒底影，自從太尉放妖魔，

一百八人行觉逞。降招安，爲藩屏，
高楊童蔡忌功勳，水銀藥酒傷頭領。
骨雖寒，心未冷，冤抑常衝透九重。
道君設醮求生永，表中錯字達上庭，
赫然震怒將他警。遣妖魔，如蝗蝘，
楊么原是宋公明，王摩的似麒麟猛。
三十六個亂縱橫，西南數載由他梗。
報冤仇，窮馳騁，女眞雖興宋不亡，
江山傾圮忠臣整。天心有意鎖群雄，
眞人引入軒轅井。王室安，君民幸，
穴中相聚百八人，從今不出俱寧靜。
君山大地說原因，元帥功成且自請。

## 3. 對招安態度的變化

招安，是《水滸傳》一個十分敏感而沉重複雜的話題，如何看待招安也是《後水滸傳》創作的一個重要原因。對此，小說幾次以集中的筆墨進行了深入的描寫，比較清晰地表達了作家的看法。《後水滸傳》開篇即道：「話說前《水滸》中宋江等一百單八人……後因歸順，遂奉旨征服大遼、剿平河北田虎、淮西王慶、江南方臘。此時道君賢明，雖不重用，令其老死溝壑，也可消釋。無奈蔡京、童貫、高俅、楊戩用事，忌妒功臣。或明明獻讒，或暗暗矯旨，或改賜藥酒，或私下水銀，將宋江、盧俊義兩個大頭目，俱一時害死……一時梁山好漢聞此兇信，俱各驚駭，不能自安，雖未曾盡遭毒手，然驚驚恐恐，不多時早盡皆同斃矣。」隨後以燕青聽百姓議論，「得降赦招安，固是美事。但恨朝堂之上的蔡、童、高、楊弄權。朝廷雖赦，他們卻不肯赦，所以令人歎息」來借題發揮。接著以活神仙羅眞人的剖解再次表達作者的態度，「故不得不借奸臣屠戮忠義」。這樣，小說一開卷，直接觸及招安及其結局這個尖銳問題，從幾個不同角度，以幾種不同身份人的態度表明《水滸傳》宋江招安之失。小說正文中對招安又進行了三次集中描寫。其一在第二十七回，王摩詰問楊么，宋江可學不可學。楊么答「宋江的仗義疏財、結識弟兄，便可學得；宋江的懦弱沒主見、帶累弟兄遭人謀害，便不可學他」，表明楊么不同意招安。其二在第三十九回、第四十回，楊么要進京打探消息，令眾兄弟驚疑，王摩又一次詰問楊么：「倘去打聽得君臣好時……敢是要做他的臣

子？」對此，楊么卻以含糊的話「我……正要行吾大志，豈肯受制於人」迴避，沒有正面回答，沒有明確表態。其三在第四十一回，楊么對天子的招降提出兩個條件：朝有奸臣不降，有能力屈楊么者可降。小說結尾，楊么困於岳飛，又爲救衆兄弟而「不如降他歸順宋朝」和「我已許降。等少保來時迎接」，他的態度已比較明確。待看到眞人讖語「鵬飛洞庭，楊花易零」，神棍上「興於荊襄，屈於岳兵」的字句，想起石碑上「丘山盡掃」的文字，楊么大笑道：「我此心已歸宋朝……」對招安，小說中涉及的不如報冤那麼多，但在開篇與結尾均作爲重點進行了細緻表現，文中還有三次集中描寫，在小說中佔有十分重要的位置。通過前後行文的變化，寫出了楊么對此態度的不斷發展，實質上也反映出作者的態度。

### （三）轉世再生構思關注現實的創作意圖

《後水滸傳》用較多的筆墨寫宋江等轉世的楊么報得冤仇，楊么、王摩等三十六英雄佔據山寨歸於洞庭君山，縱橫天下，在招安與否上幾經波折、衝突，最後被岳飛剿滅，其意圖何在呢？固然，《水滸傳》宋江等梁山英雄彌國家之內憂外患，功高蓋世，屈死於奸賊之毒手令人憤然難平，但續書作者僅僅出於爲宋江等英雄不平而著書，泄千古之恨於筆端，那麼續書的面目就不會是現今這個樣子。可以看看《後水滸傳》中轉世英雄「上山」的經歷。楊么是爲救護村民不受奸賊侵擾與權貴衝突而被發配的，一步步走上了扯旗造反之路；孫本是爲救受冤的好漢殷尙赤被家奴出賣而入獄，發配中遭差役謀害被救而上的「梁山」；天雄山好漢游六藝、滕云「俱是宋朝將領，鎮守居庸關險隘，抵敵金兵」，被奸賊賀太尉「觀望不進，不應糧草，以致敗歸」而被「囚解東京處斬」（見第三回），逃上天雄山；花茂身爲里正，因與楊么、天雄山人來往而被捕等等。這些好漢其行爲約同於《水滸傳》好漢行爲，雖有不法之處，但大多受官府壓迫，是「官逼民反」，是「逼上梁山」。他們報冤也不僅僅是爲解舊日仇恨，而被賦予十分鮮明的現實色彩。我們再看轉世奸賊的所作所爲。蔡京、童貫、高俅、楊戩分別轉世的當朝太尉賀省、漢奸富商董索、張邦昌僞朝官員漢奸夏霖、不思抗金反僭號稱王的王豹，他們在書中的種種作爲，實在令人髮指。權奸賀省爲葬親擾得柳壤村民「數十家男女，皆一時臥病，害得七顚八倒」（見第十回）。身爲朝廷重臣，掌兵太尉，臨敵之時，心裏打算的卻是這樣：「曉得這一去，不是護汴京，便去與金兵交戰，是個性命相搏有罰無賞的事。又見消息甚緊，他只在武昌延捱，推說軍

馬未齊；及齊了，又推說糧草尚乏，只擁著嬌妻美妾，舞女歌兒，在帥府裏吃酒，圖個快活得一日是一日，全不念朝廷徵兵如火。」（見第三十二回）這樣，楊么興兵遠征盤踞武昌的賀太尉，就不僅僅爲救陷於獄中的雙親，而且還有鋤奸除佞、以清君側、爲民除害的作用；也絕不僅僅是爲報前世冤仇這一目的。因此其現實意義是利國利民的。遠征漢奸董索、僞官夏霖，滅不抗金反僭號稱王的割據武裝王豹，也不僅僅是因爲報前世冤仇，這些人投敵、辱節、僭號的行爲是千夫所指，人人得而誅之。而且，這些奸賊在對金人的態度這個根本大節上的濁行，也直接關涉到作者寫楊么興滅與招安這兩件事的意圖。作者一再以不同的方式或明點或暗示楊么的興於荊襄滅於岳飛，和他在招安問題態度的前後變化，以致最後主動表示降於岳飛所帶的官軍，都指向一個時代形勢，即金人南侵，北宋已亡，南宋初建，國運飄搖中君昏臣佞。

關於宋金形勢，《後水滸傳》用正面描寫、側面交代或用人物對話、詩詞讖語寫了近三十次。表現方式之直接，篇幅之長是頗爲引人注意的；雖是以宋喻明，採取了隱晦的辦法，但其用意還是很直露的。如在第二十八回、第三十七回、第四十回這三次就最爲典型：

> 楊么道：「我在獄中，常聽得人說，欽宗昏暗，一任黃潛善等奸邪用事，日被金人須索，庫藏皆空，只得著在京官員以及富商各助金餉。李邦彥主和，割三大鎮二十州，屬金管轄，又遣張邦昌奉康王入金質當，稱金朝爲叔父，宋朝爲侄兒。金人又疑不是親王，必要欽宗長子去質當。朝中議論紛紛，尚沒定局。」

> 此時是建炎二年春，正是宋、金未定之時……早有探事的來報說道：「金朝聞康王金陵稱帝，分兵取道南來，一出雲中；一出燕山；一出江州，攻打諸郡。有兀朮太子，知江州有備，遂領精兵二十萬，星夜從蘄、黃渡江，殺奔建康。城中一時無備，將士不敢交鋒，群臣只得又奉康王逃去臨安。兀朮一路追趕。今又逃去溫、臺，各處將士俱離土勤王，合攻兀朮。」

> 楊么遂改容說道：「人誰無忠君愛國之念，獨不思父兄處於何地，而猶然覓景尋歡效兒女之樂，蹈前人之喪亡，英主固若是耶？」因俛首了半晌。因又問道：「如今徽欽在北，曾有音信往來麼？」主人道：「音信倒有來往，卻不要他回來了。」楊么聽了驚問道：「他

二人雖是不德，受此顛沛宜該。若絕滅則已，今猶尚存，則無不是
的父兄；在昔諸臣，亦無不是之君。不要他回來，是什麼緣故？賢
主人可曉得麼？」主人聽了，不勝驚驚喜喜道：「……當今宮裏，是
徽宗第九子，封爲康王。幼文長武，甚是英明。欽宗即位，與金求
和，將他質當於金……因而破了東京，康王乘空奔逃。初渡南來，
君臣矢志，卻被黃潛善、汪伯彥弄奸，只以退避逃奔。虧得良將，
追襲金人過江，才得住蹕於此。又不期秦檜被擄逃回，恐人不容，
遂揚言二策可以平治。有人傳入朝中，召問北來事情，商議興兵恢
復，迎請父兄。秦檜遂密奏道：『若迎請二帝還朝，陛下之身居何地？』
宮裏聽了，因又問道：『若不恢復，豈無日逼之憂？』秦檜又奏道：
『今欲天下無事，只須南自南、北自北，無侵逼之患，大事定矣。』
遂商議了一番。宮裏一時大喜，遂使他爲左僕射，管理朝政，力主
和議，不復迎請恢復，只圖苟安。又有一般獻媚之人，在內蠱惑，
故此忘仇尋樂。外面將士只要迎請二帝，日於金兵接戰。秦檜見和
不成，每每懷恨。」

　　而且，有關宋金形勢的文字在分佈上有一個特點，即前少後多。在第二
回、第四回各出現一次後，第十九、二十、二十六回各出現一次，二十九、
三十一至三十四、三十六至四十一回出現次數較多，其中三十三、三十四、
三十六、三十七、三十八、四十回均出現二至三次。第四十五回出現兩次。
而出現次數較多的章回，恰寫的是楊么等如何報冤，與如何敗於岳飛而欲「歸
助宋朝」。楊么報冤的對象又恰恰是畏敵如虎不抗金者與降金的漢奸。楊么投
降的對象又是鼎鼎大名的抗金英雄。這不能說是巧合，而只能推定爲作家的
有意爲之。

　　在此情形下，對金人的態度就成了鑒別人物的最關鍵最主要甚至是唯一
的尺度。抗金，即使是敵手，亦可降之，如楊么之降於岳飛；不抗金，反而
害民，則剿之，如楊么之對賀太尉、對王豹；如降金，則更不可恕，如楊么
之對漢奸董索、僞官夏霖。實際上作者的態度已完全表露於字裏行間：呼喚
全民抗擊外敵，拯救將亡之國家。這頗似於南宋初年活動於北方抗金的「忠
義八字軍」和「紅巾軍」，也不可能不受明清之際推翻明王朝後大順農民軍又
聯明抗清，與山東、陝北、甘肅等地抗清形勢的影響。看來，作者的傾向不
僅代表了個人，同時也反映了時代、社會的思想傾向，具有相當的普遍意義。

但是，險惡的現實又讓作家處於兩難境地。一致抗金只是個人與社會的呼聲，但當權的昏君與佞臣卻讓人充滿了顧慮。歷史上志在「還我河山」、「直搗黃龍府，與諸君痛飲」的岳飛，結果仍不免屈死於奸佞之手，和明季朝廷的昏暗與南明小朝廷的黨爭，被磔於市的袁崇煥等忠良的冤死等等，卻讓作家對抗擊外敵的武裝歸附朝廷滿懷憂慮。因此《後水滸傳》結尾針對楊幺欲降抗金英雄岳飛而寫道：「少保忠良，降他也不辱沒。但恐奸人在位，將來少保亦自不能保全，焉能庇我眾人？」而且，作為續書，創作的一個重要原因就是反思宋江被招安後所遭的冤屈，血的現實不可能不讓作家在安排楊幺結局時再三猶豫。要抗金，則應招安，而招安又有宋江等人遭冤在前；不抗金，國家動蕩，天下易主，更有滅種之危，更為不可。因此在兩難之中，在結尾處作者採取了讓眾人於洞中「脫去骸殼，各現本來面目……一時三十六天罡、七十二地煞相逢於穴中，化成黑氣，凝結成果，不復出矣」的折衷辦法，迴避了不抗金置國家天下於不顧的責任，抗金則冤死於奸佞之手的血淋淋的結局。這是兩難中採取的無法之法。作家化解不了這巨大的難題，而只是讓楊幺表達了「降他」以「歸助宋朝」的心願，也就是作家與當時社會的傾向：國難當頭要一致對外的心願。而且作為續書，又以此呼應了《水滸傳》洪太尉誤走妖魔而歸於穴中，使兩者間形成呼應。

## 三、以轉世再生形成的照應與伏筆手法

《後水滸傳》以轉世再生形成的照應與伏筆的方式也頗為多樣，約略可以分為偈語、讖語、韻文、人物言行、敘述交代幾種不同類型。形式的多樣，在其它水滸續書中尚不具備，在林林總總的明清小說中也頗具特性。這些偈語等對《水滸傳》相關內容而言是「照應」，對《後水滸傳》相關內容而言則是「伏筆」。故稱為「照應伏筆」。

### （一）以偈語照應與伏筆

偈語為僧道所說的含義豐富，喻示尚未發生的事件的話。《後水滸傳》中共出現了兩例。其一在第二回，羅真人應燕青之請，說宋江、盧俊義出現的情形：「有婦悲啼，在於水溪。懷藏兩犢，盧兮宋兮。」其二在第四十二回，四維真人轉告公孫勝轉生的賀雲龍，楊幺敗於岳飛及其原因是內部出現問題、巨舟阻於腐草，與眾英雄的結局：「鵬飛洞庭，楊花易零，蕭牆不測，腐草護舲，須尋築隱，歸結天星。」

## （二）以讖語照應與伏筆

讖語與偈語有相似之處，均具神秘色彩，但非出於僧道之口，在書中出現了三次。其一在第八回，池塘內掘出石碑，篆文記事，「說宋室不久，將來群雄割據」，即上文提到的「遍地胡笳吹動」八句詩。其二在第二十回，王摩於朦朧中聽人對他說「須知你即是我，我即是你；昔年我的作爲，便是你的作爲……可記我四句言語」的那四句詩：「白雲始花，三楚堪誇，陽春鳳虎，一蒂一瓜。」白雲即白雲山，王摩所佔之山；三楚堪誇即楊、王所據之地；後兩句說楊么王摩形爲蒂瓜，乃兄弟。其三在第三十九回，即上文所寫楊么神棍上的「取鐵之精，得鑄之英」那十六句詩。

## （三）以韻文照應與伏筆

以詩詞的形式安排照應與伏筆多爲介紹人物，具有明清小說以詩詞或其它韻文介紹人物的特點，在書中出現了十一次。如第十九回對王摩的描寫：

> 金光燦爛，掩映得相若天神；虎貌猙獰，照耀得美如冠玉……
> 義氣生成，確是前劫中的種子……請觀今日紫額虎頭，不亞當年存
> 孝；試看斯時束髮鳳冠，何異昔日呂布？這才是：前身原係「玉麒
> 麟」，今世人稱「金鳳虎」。

## （四）以人物言行照應與伏筆

以人物言行作照應與伏筆的遍佈全書，約有四十餘次。請看第一回燕青與羅眞人的對話：

> 燕青聽了方豁然大悟，又拜伏於地，道：「燕青愚昧，不識仙機，
> 感蒙祖師指示，一旦了了，始知宋、盧眾兄弟雖死於奸人之手，實
> 劫運尚未曾消完。今日始知奸人雖弄權肆惡於而今，終必改頭換面，
> 受惡報於異日。天理既不爽毫釐，人心又何煩過激。燕青自茲以後，
> 當安心從眾弟兄，再託生，以完劫運，以報奸仇矣。但不知眾弟兄
> 異世浮萍可能相聚？」羅眞人道：「鳥自投樹，魚自歸淵，氣之所致
> 也，一氣而來，自一氣而往，怎麼不能復聚！但一百八人中，陣亡
> 者已應其劫，坐化者自歸其位。今後聚者只不過受職被屈及辭去憂
> 悶而死這班人耳！今各已託生人世。就是我弟子公孫勝，雖云修道，
> 劫亦未消，也要去走遭。」燕青聽了，暗暗屈指一算。因說道：「將
> 來幾人還能復聚，弟子前日過梁山水滸，見其山枯水竭，樹木凋殘，

恐不能復興忠義。」羅眞人道:「生一豪傑自生一靈地,以發其跡。天下皆水,是水皆滸,何定於梁山一泊。」燕青道:「水滸若不定限於梁山,則前差後別,恐失本來。」羅眞人道:「斗轉則星移,朝廷尚不能世守於汴京,水滸安可認定梁山?當日一百八人,是應罡煞。近日吾見二十八宿與九曜,俱已沉晦失度,將來幾人,魄應罡煞以消冤,氣應星曜以應劫。到了冤消劫盡,魄聚氣升,罡煞原是罡煞,星辰仍是星辰。燕義士諄諄叩問,自是有心人所爲。但天道難知,即聞之而天機亦不敢盡泄。義士但略識其大意可也。」

燕青與羅眞人的話分別照應了《水滸傳》宋盧等人死於奸人之手的原因,並對續書全部內容進行了伏筆式的提示。雖然羅眞人假天道循環冤冤相報因果之理來說,但其內核確是對楊幺興滅大事做了現實層次的安排。續書正文內容楊幺據洞庭報冤,結果屈於岳飛,脫去骸殼,各歸本位則是對燕羅這部分對話的照應,同時也是對《水滸傳》開頭洪太尉誤走妖魔的照應。

### (五)以敘述語言照應與伏筆

以敘述語言作照應與伏筆的書中有六例。如第三十九回敘述楊幺在君山上大興土木:

……果然人在興旺時,即神鬼亦不降禍阻撓。這楊幺不幾日間,在湖中釘了無數大木,使人晝夜挑土填堆。不半年間,東堆一山,西築一嶺,又填了一帶高崗,將君山裏抱環繞。高崗下面,砌了一條暗道在水底下,容人可走……若有急事,只消在崗下走入暗道,在水底走上君山……其中實有天意,是以鬼神不施波浪,反助其力。然有時天不絕宋,正可勝邪,將這些假山假嶺一如泡影,事業渾似電光。

這之後數次寫到從這條暗道中出入,更有結尾部分對楊幺所建山嶺結果的交代:

不期狂風大作,霎時地黑天昏,對面俱不見人影,兩耳中只聽見四下裏一如潮奔海嘯,半空中霹靂電光,雨如盆潑,昏暗了多時,方才止息。軍士俱來報說楊幺所築山嶺、堤島、沙灘,盡被水勢沖得無影無蹤,輪船已被雷火燒擊。

《後水滸傳》以天道循環託生轉世將《水滸傳》與續書聯結起來,形成了一個綿密細緻、前後照應的結構。這樣,《水滸傳》與續書間自然就存在一

個伏筆與照應的關係。而續書內容還可以明顯地分爲前後兩部分。第一回緊承《水滸傳》，敘宋江等人結果，引出燕青尋羅眞人探問兄弟被害緣由。由羅眞人說出緣由，引出燕青、公孫勝遇宋江、盧俊義轉生的兩啼哭嬰兒，之後燕與公孫兩人「託生，以完前案不提」。以上是小說的前部分，起一個承上啓下的作用。後部分是小說主體，由妖兒楊幺、魔兒王摩各自的經歷聯結起全書主要內容。因書分前後部分，前後兩者間、前後分別與《水滸傳》、前後各自部分間就存在較爲複雜的聯繫，這樣其照應與伏筆的類型也頗爲豐富，大致可分爲以下幾種：續書前半對《水滸傳》的照應並啓下，續書後半對《水滸傳》的照應並啓下，續書前半、後半間的照應，續書前半間的照應，續書後半間的照應等。

## 第二節　楊幺對宋江的繼承與批判

　　清劉廷璣在《在園雜誌》對《後水滸傳》的評價影響很大：「如《前水滸》一書，《後水滸》則二書：一爲李俊立國海島……猶不失忠君愛國之旨；一爲宋江轉世楊幺，盧俊義轉世王摩，一片邪污之談，文詞乖謬，尙狗尾之不若也……總之，作書命意，創始者倍極精神，後此縱佳，自有崖岸；不獨不能加於其上，即求媲美並觀，亦不可得；何況續以狗尾，自出下下耶？」〔註9〕劉廷璣對《後水滸傳》的內容、語言貶得一文不值，直以不若續貂的狗尾斥之，因而評爲屬於「下下」。若說續書與《水滸傳》的總體水平，劉廷璣的論述確有見地。兩者性質不同，續書多有「崖岸」局限，難以超越《水滸傳》。但將《後水滸傳》斥爲「尙狗尾之不若」，否認其中人物與表現手法的精彩之處，則是簡單的以偏概全，是難以令人信服的。即如《後水滸傳》第一主人公楊幺，比較宋江而言，就自具獨特的風采，散發著新的氣息。楊幺，是《後水滸傳》屬名作者青蓮室主人在明清易代這一極特殊的歷史時期，借在民間有十分廣泛社會影響的《水滸傳》、特別是宋江這一形象表達對國破家亡夏夷巨變的深沉思考，表達在外族大舉侵佔中原、聚義的武裝如何對待腐敗的朝廷這個敏感尖銳的問題而產生的矛盾，表達對宋江因愚忠導致招安後征遼平方臘最後又不容於奸佞的批判，並將鋒芒直接對準了當朝皇帝，表現出迥異

---

〔註9〕〔清〕劉廷璣，在園雜誌，卷三，引自朱一玄、劉毓忱主編，水滸資料彙編，天津：南開大學出版社，2002年10月，508～509頁。

於宋江「寧可朝廷負我，我忠心不負朝廷」的新的忠君之舉。

## 一、楊幺與宋江的同而不同及其意圖

按《後水滸傳》的構思，楊幺是冤屈而死的宋江轉世，楊幺身上表現出與宋江同而又異的性格，因此，分析楊幺就不能不從宋江入手，在比較中兩者的特點、特別是楊幺的特殊之處就易於明晰。

### （一）綽號之比

先來看一看兩人的綽號。宋江的綽號有三個：孝義黑三郎、及時雨、呼保義。另外還曾被稱爲黑宋江，這只就顏色而說，似不可稱爲表現其性格的綽號。有人認爲，孝義黑三郎「這主要是就他的家庭倫理道德來講的」〔註10〕，主要是突出他對父母的「孝」。及時雨，「這主要是講他對江湖朋友的態度」〔註11〕，當人需要幫助時，他就像及時雨一樣，突出的是「仁」「義」。呼保義，「實際上講的是宋江對待國家的態度，對待朝廷的態度，對待皇帝的態度」〔註12〕。保義或解爲宋代武官的名稱即「保義郎」，係「官府授予忠義社首領以『保義郎』的官銜，完全是一種空名，沒有薪俸」，「用『保義郎』的空名官誥來籠絡忠義民兵，招安起義者和綠林豪傑，是宋王朝的一種政策」〔註13〕。呼保義或解爲「叫做保持忠義」〔註14〕。不管如何解釋，呼保義突出的是「忠」。楊幺的綽號也有三個：全義勇、楚地小陽春、楊無敵。全義勇的義可解爲孝義、忠義、義氣的義，包括了對雙親、對朋友、對朝廷的態度；勇則是宋江所不具備的武力武功；全則突出其義勇無缺，全包括。楚地小陽春的楚地是說楊幺的影響範圍，即其起家與佔據洞庭湖所處的楚地；小陽春說其對人的溫暖、哺育作用，這是相對宋江的及時雨而來的。楊無敵源於宋初令公楊業的稱號，楊幺藉以自用，一者突出其橫行天下之勢，二者含有忠於君王的態度。

〔註10〕 張俊著，傅光明主編，品讀〈水滸傳〉‧話說及時雨宋江，濟南：山東畫報出版社，2005 年 1 月，68～70 頁。

〔註11〕 張俊著，傅光明主編，品讀〈水滸傳〉‧話說及時雨宋江，濟南：山東畫報出版社，2005 年 1 月，68～70 頁。

〔註12〕 張俊著，傅光明主編，品讀〈水滸傳〉‧話說及時雨宋江，濟南：山東畫報出版社，2005 年 1 月，68～70 頁。

〔註13〕 李殿元、王珏，水滸傳之謎，北京：中國廣播電視出版社，2006 年 4 月，99 頁。

〔註14〕 張俊著，傅光明主編，品讀〈水滸傳〉‧話說及時雨宋江，濟南：山東畫報出版社，2005 年 1 月，68～70 頁。

### （二）孝之比

宋江的孝在《水滸傳》（百回本，下同）中的表現主要有以下幾處。第十八回在他出場時的介紹「於家大孝」；第二十二回交代為吏「恐連累父母，教爹娘告了忤逆，出了籍冊，各戶另居，官給執憑公文存照」，與宋江出逃前對莊客「早晚殷勤伏侍太公」的囑咐；第三十五回帶清風山諸人上梁山途逢石勇，聞父亡大罵自己「不孝逆子……畜生何異」，大哭，扔下眾人而奔喪；第三十六回歸家被圍，出首前對父親的寬慰對宋清的囑咐；第三十六回被劫上梁山死活不肯落草，發了「上逆天理，下違父教，做了不忠不孝的人在世，雖生何益」的議論；第三十六回至第三十七回在揭陽鎮潯陽江孝思的表述；第四十二回初上梁山即要潛回家搬取「老父上山，昏定晨省，以盡孝敬」及困於還道村被救上山，因「父子團圓相見」而對眾兄弟感激的原因等。對比楊么的孝行，宋江的孝留於口頭言辭的時候多，被當做理由的時候多，體現在行動上的少。楊么的孝比宋江的孝不僅更細緻，更多行動，而且更為感人。小事如，第三回楊么進岳陽城吃酒，因有虎患，眾人不敢回家欲第二日再走，楊么恐「父母在家懸望……好歹要回去」，因為他「從不曾在外過夜」。因酒醉被虎帶跑數百里外，憂心父母「只這兩夜不歸，卻帶累爹媽，在家不知如何記念，如何著急……豈不疑我被虎傷命，這一著急如何是好」。果如所憂，其父母以為楊么傷於虎口，「痛苦成疾」，楊么「百般服藥調治」「而寢食俱廢」。作為江湖英雄，最講義氣。當結義兄弟花茂被捕入獄，來人求救時，楊么因「我今母病未安，急切不得去助力」，只得求人代走一遭。於此可見，在楊么心中孝重於義。第三十一回楊么流配在外，聞知奸賊暗中將養父母陷在獄中十分痛心，大叫，「『若不殺此奸仇，豈是平生志量？』說罷，自瞪雙睛呆了半晌，不覺流下淚來，道：『罷罷罷，我楊么一生見人父母若己父母，見人患難若己患難。誰知生身亡過，不能侍養，已成不孝，正欲報恩撫養，今反為我受冤，蒼天蒼天，我楊么何惜此身軀而不之救耶！』」因此，隻身赴官府，「特來自投，換爹媽還家」。結果奸賊花言巧語矇騙楊么，對他「法必盡法，刑必盡刑」，「直打得皮綻肉飛，血流四溢」，卻仍將楊老夫婦鎖禁起來，致令冤死獄中。聞知養父母屈死於獄中，楊么「大叫一聲，五臟皆裂，驀然倒地」，昏死過去。待眾英雄打破武昌城，石青背負楊老夫婦焚後殖骨面見楊么，楊么拜謝道：「卻得有心人仗義，為楊么將父母燒化，收藏骸骨。這般恩義，又在眾兄弟之上……」縱觀全書楊么於孝行無半點有虧，不唯對養父母如此，

尋訪生身父母的墳冢，「急到冢上，擺羹設飯，號哭了一番。遂在冢前草地上睡了幾夜」。略盡孝思之後，仍想的是「撫養的爹娘，慮我到此不歸，如今不可在此耽延，使他懸念」，原因不僅是因為生身父母已入土，更因為養父母懸望，養育恩深，楊么感念其恩重情深。

寫楊么之孝有正面表現，還有側面表現。書中有兩例側寫楊么是大孝之人。第十六回蛾眉嶺屠俏劫一孝女，楊么勸屠俏以「今這女子為父母患病進香，是一孝女，使我楊么不勝起敬。豈可使她受驚，乞推面情」為由，「速著人放回」。第四十二回，官兵二十萬人進剿楊么所據君山，朝廷降將黃佐擔燃放狼煙報警之重任。操練中恰逢黃佐父中了惡風，黃佐「見四面尚無動靜，便含淚奔入寨來看觀」，結果誤了軍機，按律當斬。楊么為其求情的理由是「實楊么結義兄弟，豈忍相傷」，更重要的是，「若使楊么當此，亦必以救親為重」。在楊么看來，孝重於一切。古云求忠臣必於孝子之門，寫楊么之孝實為暗寓其忠良之心，忠良之本。

### （三）義之比

義是江湖英雄好漢全力奉行的社會道德準則，是行走江湖的立身之本。宋江綽號「孝義黑三郎」，居孝之後的即是這個「義」，其重要性不言而喻。楊么綽號「全義勇」的第二個字也是「義」。這是二者間的共性。《水滸傳》第十八回宋江出場對其義有概括表述。「平生只好結識江湖好漢，但有人來投奔他的，若高若低，無有不納，便留在莊上館穀，終日追陪，並無厭倦；若要起身，盡力資助，端的是揮霍，視金似土。」上面的「若高若低，無有不納」，和對晁蓋的介紹「但有人來投奔他的，不論好歹，便留在莊上住」神似。宋江的義端的感人，為義可執法犯法私放晁蓋，取酒奠地折箭為誓保護石傷多人的張清，征方臘兄弟連連損折而次次痛徹肺腑等等。楊么之義與宋江之義最大的不同是他從不濫交。第三回楊么對花茂等三人說：「即或有人下交，但結之一字非不易言。我楊么胸存知識，目能辨人，不結見面交，不結勢力交，不結暫時交，不結熱突交。是以百無一遇……」楊么自高其身，但這四不交並未影響他在江湖上的名聲，反映出他交友的冷靜態度，這又與他胸有識見相統一。除此，楊么敢於代人受罪的仗義舉動也是宋江所沒有的。第十一回、第十二回，楊么被押途中，結義兄弟常況殺了強人，楊么為救兄弟而頂替常況進了獄中，強人王豹一心要置楊么於死地，幸得真相大白而免於難。第二十三回，楊么被赦歸家途中，見金頭鳳王摩以劫奸賊銀被張榜畫了圖形，

因二人相貌相同，楊么佩服王摩「豪傑」，怒從心中起，一把將告示扯得粉碎，結果被人誤爲王摩被捉。但楊么不以爲意，「今日做了快心事」，「我一生喜的是豪傑，如今被他錯認，便受這場冤屈，受人拳棒，卻是無怨」。的是豪壯義氣。宋江對李逵是百般愛護，大把給銀子，每每嚴責卻透出慈心，彷彿老人對不諳事的孩子。楊么對馬窿有前兩者的影子，但寫得更細緻、更感人。第三十三回、第三十四回，幾次寫楊么因馬窿爲救自己入獄疑其已死而痛心。「若馬窿爲我楊么而死，我楊么豈肯偷生不救耶！」待打破武昌城尋不見馬窿，知其已死，楊么「不勝跌腳捶胸，仰天號哭」，道：「冤哉馬窿，痛哉馬窿！汝今爲我而死，我敢獨得其終！」楊么係仁德之人，從不濫傷無辜，但馬窿遭難卻讓他一反常態，「再尋不著，便要屠戮，作我二人殉葬」，他也要「亦不再活」。因此急拜救馬窿的段忠，「願結爲兄弟」。還有一個細節。楊么帶馬窿郭凡兩人入京打探消息，恐馬窿生事而囑其守在客店。楊么與郭凡行走一日，幾過酒店而不入，粒米未沾，回到店中，馬窿不信他們餓了一日。楊么道：「我怎肯瞞兄弟，實是不曾私吃。」同行的郭凡至此才明白楊么不進酒店的原因，「原來哥哥許多推辭，俱是爲這黑瘋子不肯」。（見第四十回）楊么對兄弟的義氣可謂細矣。

### （四）忠之比

#### 1. 對君王態度之比

宋江出身不凡，上應星魁。九天玄女娘娘「爲主全忠仗義，爲臣輔國安民」的法旨是其一生行事的準則。破遼中九天玄女娘娘贊宋江「汝能忠義堅守，未嘗少怠」是代表上天對宋江極高的評價。羅眞人「將軍一點忠義之心，與天地均同」，智眞長老「久聞將軍替天行道，忠義於心」兩位半人半神的稱讚；天降石碣，「替天行道，忠義雙全」的定語；宋江以忠義爲心，替天行道勸人上山聚義，名其堂忠義，英雄排座次「共存忠義於心，同著功勳於國」的誓言：這些都從不同角度表示宋江對朝廷的忠義。爲謀求招安宋江更是不惜屈身降志，求妓女李師師，求被俘的韓存保、酆美等大將，更求被俘上山的奸賊高俅。而且，「天子至聖至明」不僅掛在口上，而且根生在心裏。招安後打出「順天、護國」的旗號，面見天子，表示「敢不竭力盡忠，死而後已」。征遼千難萬險，遼侍郎說以宋奸臣當道，英雄歸順不得重用，遼天子慕宋江英名，願以大元帥之職相請，令吳用也認爲「端的有理」。但宋江仍堅持「縱

使宋朝負我，我忠心不負宋朝」，拒絕遼使。征方臘兄弟十損七八，宋江痛徹五內亦無悔意，「肝腦塗地，亦不能報國家大恩」。最後恐壞了梁山忠義之名，再次表示「寧可朝廷負我，我忠心不負朝廷」，拉上李逵一齊被屈而死。所有這些，都一而再再而三地表現宋江赤心忠義寧死不改其志的愚忠。與宋江比較，楊么的忠就冷靜得多，客觀理性得多，是附帶條件的，絕不是不講代價的一味的愚忠。小說一再表現楊么的孝，讓他以孝子的面貌出現，從一個側面反映出他對天子、朝廷的態度，因為忠孝一體，居家為孝，事君則忠。第三十六回楊么佔據洞庭湖君山，造大船縱橫水上，志得意滿，把自己比作楊家將的令公楊無敵，「聞得當初令公楊業，驍勇非常，百戰百勝，人稱他是楊無敵，亦且忠勇傳名。我幼時撫養父母，曾說是他遺孤。我今步武前人，亦當以無敵稱之，未為不可」。這段話固可說明楊么之勇，但以楊家後人自居，其對國家對朝廷的忠義也是不言而喻的。而且他也學梁山宋江堂名忠義。第四十一回聞君患病，楊么說服神醫郭凡「況且你我在此，尚居宋土，尚食宋粟，若置之而去，於心未免有歉」，真是「出言句句忠良，實出於天性」。

但是，楊么對朝廷君王一直持觀察的態度，對君王昏暗有深刻認識，這貫穿於小說始終。

如第四回，楊么以成人身份初次亮相，大吃酒騎死虎，結識天雄山強人，他就將對朝廷的認識、個人的志向說得明明白白：「目今宋君昏暗，不信忠良，專任奸邪。我楊么稍若遂志，必行戮奸除佞，使其知悔，我心始快。」他的這種志向不是一時說說而已，而是由始至終，一以貫之，看來必是深思熟慮的結果。第十一回在他因阻攔奸賊賀太尉葬親還道村被捕，說發配之行所為三事，其一即為「兼看宋室如何，以圖後日事業」。第十六回遭配途經蛾眉嶺，對屠俏也勸說「目今只因宋室無人，奸權用事，以致豪傑散生，耗其元氣」。第二十七回，眾英雄齊聚開封府救出楊么，他又有一番議論，「我今定見，因見宋室不用好人，專信奸佞……上天示警，君臣猶不知悔。我今心存殺奸戮佞，要做一番事業，使他警悟悔過，方才遂心」。當眾英雄齊聚洞庭湖君山，楊么的主見更為尖銳：

> 楊么向來心志，以為國家喪亡，實因主昏。主昏則奸佞生：主若不昏，滿朝盡是忠良，雖有天意亦可挽回。又思古來忠良皆遭奸佞之手。不是獻讒，便是暗害，不可勝數。若是忠良共擊奸佞，即一時聳動，有戮得一奸，除得一佞，而先死者，忠良血已灑滿街頭。

是一奸佞而害數百忠良，則忠良之冤苦，誰爲暴白？是以楊么常爲古人不平。可知當初徽宗昏德，信用童、蔡、高、楊，引禍自害。欽宗聽信梁、王、朱、李，竭盡庫藏，搜括民間，終不免於喪亡。今我據此湖中，實欲殺奸戮佞，爲忠良氣吐，再使昏者能新其德，才是楊么本念。前日所殺賀、董、王、夏四奸人，只算得公私兩盡，於楊么心志，實不曾行於萬一。我今細細想來，康王南渡，東竄西逃，似乎天命無興。今在臨安稱帝，已是建炎三年，使金人無只騎南來。我疑外有謀臣良將，內有忠良，不復徽、欽之昏暗。若不昏暗，必盡改前人之非，任用忠良，天下事亦正未可料。我每每著人去打聽這些事情，一時探聽不來。我今意欲輕身悄到臨安，去打聽他君臣作爲，然後再用商量。

　　他將國家喪亡的責任完全歸於君主的昏暗，具體論述主昏的種種後果，並舉徽欽二帝所爲證明。然後表述自己本念，欲親身赴京打探消息，再確定如何行動。以上皆係楊么於不同時期不同場合表示對朝廷君主的態度，其地離朝廷尚遠。下面的例子則是近而又近直至面君，表達他的看法，因此就更真切。一是第四十四回寫楊么來到天子腳下杭州，聞聽「當今宮裏，每逢月夕花朝，帶領嬪妃近侍，遊幸西湖，遇花賞花，逢景玩景」，「一時顏色俱變」，不覺失聲道：「無能爲矣！」天子的行爲令他大失所望，因此又說道：「獨不思父兄居於何地，而猶然覓景尋歡效兒女之樂，蹈前人之喪亡，英主固若是耶？」把批判的矛頭指向了當朝天子。而他對遠狩的徽欽二帝滿懷著同情，「他二人雖是不德，受此顛沛宜該。若絕滅則已，今猶尚存，則無不是的父兄……亦無不是之君」，又將矛盾指向了置父兄於不顧的當今天子。真是「有此忠心，責君責臣，真令人可敬可畏」。對於當今天子的「奢華靡費」，楊么滿心憂思，第四十一回寫他對君王的批評：「江山半屬他人，既不能恢復，亦宜作偏安計。怎還是這般閒遊，奢華靡費，使民間效尤，將來東南豈得安枕？」楊么對君主的憂思與批判，對天下事的擔當，最後集中體現在第四十一回他置生死於度外面君直諫的細緻描寫之中：

　　楊么道：「進諫君父。拜而後諫，禮也。」便撲地拜完起身說道：「陛下不必驚恐，率土之下，莫非王臣。臣非別人，臣乃湖廣洞庭湖楊么。楊么出身微賤，賦性忠良，寒遭宋運之末，奸臣用事，屢被折挫，驅入湖中，只得招納賢豪，聚眾自固，誅奸戮佞，蓋有餘

年。近見宋室瓜分，金人北據，麼得全楚，眾人無不擁立以成鼎足。誠恐天命有在，不敢草率自尊遺譏後世。是以悄入臨安，私觀君臣作用。孰知在廷臣子以退避爲得計，倡和議爲愛君；近信讒言棄父兄於沙漠，遠忠良於草野；日擁吳姬，湎於酒色；將西湖爲行樂之場，得染沉痾；棄社稷之重忘君父之仇，爲君而若是耶？君有過而諸臣盡默，爲臣而若是耶？使楊么目擊憤懣橫胸，暗使郭凡進醫，得見陛下，直諫君非，暢快心胸，實非荊軻、聶政之比。君能悔過，遠讒去佞，近賢用能，挽回宋室，麼即歸湖作名正言順之事。」說未完，響鐵之聲聞入內外。楊么大笑道：「我楊么豈是畏死？又豈是易爲人所擒？然直諫而死於此，彰君過也。」

楊么的言行完全出於忠良之心，表現得是大義凜然。對天下事，對當朝君臣直言相諫，毫不隱諱「彰君過」的目的。對比一下，上文中宋江面見君王甚至是面見被俘的朝廷大將與被俘的死敵奸賊高俅所表現出的低聲下氣至猥猥瑣瑣，更顯楊么氣度之超群，膽識之卓然。

### 2. 對招安態度之比

楊么係宋江轉世，體現了作家對《水滸傳》英雄結局的反思，因此，如何對待招安便是不可迴避的一個關鍵，從中也明白反映出續書作者對宋江招安的不同態度。宋江的一力尋求招安是他一味愚忠的表現，楊么對招安有不同於宋江的認識。對此書中有四處描寫。第二十七回，眾英雄大鬧開封府，救出將被斬的楊么，齊上白雲山。楊么感激眾英雄，想到《水滸傳》好漢救宋江，說道：「若比較起來，實不亞當時梁山好漢劫救宋江。」因說到宋江，不由令盧俊義轉世的王摩心中疑慮，忽立起身，向楊么問道：「方才哥哥說出梁山泊好漢劫救宋江。只這宋江，哥哥可學他麼？可說俺兄弟曉得。」對於這個尖銳的問題，楊么胸有定見，立起身答道：「宋江的仗義疏財、結識弟兄，便可學得；宋江的懦弱沒主見、帶累弟兄遭人謀害，便不可學他。」這是楊么明確表示他對招安的態度，完全不同於宋江所爲。盧俊義轉世的王摩爲什麼急切尖銳地提出這個問題呢，因爲這關係到是否讓楊么坐山寨第一把交椅，引兄弟走什麼路的大是大非問題。第三十九回、第四十回，眾人勸楊么「南面湖中，稱王定號」。楊么在分析了天下形勢，宋室君臣昏佞後，「我今意欲輕身悄到臨安，去打聽他君臣作爲，然後再用商量」。這使得眾兄弟驚疑，王摩忙問道：「哥哥這般主見，倘去打聽得君臣好時，便又怎麼？敢

是要做他的臣子？」馬蹄大叫著反下山寨：「只今散夥，休累弟兄吃苦。」見眾人驚疑楊么趕緊說明：「我今去臨安打聽，正要行吾大志，豈肯受制於人。」這雖未明確表示反對招安，若聯繫下文分析，他是拒絕無條件無緣由如宋江那樣招安的。第四十一回，楊么進皇宮諫天子之過，蒙天子獎：「朕已過矣，孰謂楊么盜賊！具此忠君愛國之念，誠當今勇義之士，行千古不敢行之事。」

> 高宗因使內侍取酒，賞賜二人。不一時酒到，取了金甌在手，使內侍斟滿，道：「喜汝忠直，喜汝果敢，喜汝豪俠，賜汝甌酒。」說罷，遂遞過來。楊么笑而不接，高宗知其見疑，遂笑自飲乾，復使內侍斟滿授來。楊么方接飲而盡。因對郭凡道：「人言泥馬渡江，果有梟雄之度。偏業有餘，心中暢快。」便連飲三甌……高宗因對楊么說道：「汝既具此忠勇，何不歸事朕躬，作一良臣？」楊么笑道：「自古忠良皆遭奸佞之手。今楊么非不愛君。」向有兩事在心：「朝有奸佞滿庭，此身未敢可許，陛下若能誅秦檜等，么必願為良臣；再有人以力屈服楊么者，亦願為良臣。如其不然，非所願也。」

對於天子的賞賜，楊么心懷警覺；對天子的招降，楊么先言拒絕的理由，然後提出兩個先決條件，並作了具體解說。

通觀楊么對招安的態度是逐步發展變化的。第一次寫他以宋江為例，表明不走宋江受招安損弟兄的老路；第二次就變得不如第一次那般明確，而說要隨機而動，根據宋君臣的表現再來決定；第三次則又有發展，具體提出了兩個條件，對招安未反對，也未同意。小說結尾，楊么被岳飛所困，他欲踐對天子的許諾，「不如降他歸助宋朝」，但未獲岳飛同意。岳飛認為「楊么雖有忠義之心」，但對其它人並不放心，「其餘虎性豈能易馴……留之必遺後患」。在被圍中，楊么為了救眾兄弟又要歸降，「唯有歸降保全眾弟兄」，仍未獲同意，逼得他「仰天大叫一聲」，要拔劍自刎。被逼而欲降與受招安性質不同，但由此可以反觀楊么對招安的態度：根據形勢變化而採取相應策略，絕非堅持同意或不同意，具有一定的靈活性。待楊么領眾兄弟從暗道走上君山，明確表示：「我已許降。等少保來時迎接。」待見到了真人讖語「鵬飛洞庭，楊花易零」等，又看見神棍上「興於荊襄，屈於岳兵」和石碑上「丘山盡掃」等言語，楊么又大笑道：「我此心已歸宋朝……」至此為第四次，他已明確表示歸降。原因一是楊么踐履他對高宗的諾言，「我說若能使人制楊么者即歸」，

二是「少保忠良，降他也不辱沒」。而潛臺詞則是岳飛乃抗金英雄，正值外敵壓境，也有歸降以對外之意。在招安與歸降這個問題上，四種表現反映出楊么不斷趨向忠義思想的變化。

### 3. 對稱王態度之比

體現忠義特點的第三個方面是對南面稱王的態度。梁山宋江是在兩贏童貫三敗高俅，打敗了朝廷一次次征討之後主動尋求招安的。那時梁山是兵強馬壯，完全可以縱橫天下，「殺上東京，奪了鳥位」的，因為宋室已無力抗拒，一次次連續大規模的用兵損耗盡了有生力量。但是宋江不僅沒有此種舉動，而且沒有像佔據江南的方臘一樣定號稱王。《後水滸傳》第三十九回，楊么在據有洞庭君山，勢力遍全楚時，對眾好漢南面稱王的勸進，並未簡單地同意或拒絕，而是發表了一番盡情盡理的議論。「楊么……正容道：『大富大貴，孰不願為？亦必見有可為而為，焉敢遽稱王號。』」先是不拒絕，再說不可馬上為之。因為他對天下形勢尚未完全把握，對宋君臣尚未瞭解，要親身考察一番，然後才能定奪。楊么完全是以仁君的心思對待天下人的，他要先解民於水火，不然則深以稱王為恥：

> 我今去臨安打聽，正要行吾大志，豈肯受制於人。昔日世民曾
> 掃七十二處煙塵，匡胤也打過八百座軍州，方才稱王定號。邇來國
> 亂民愁，盜賊蜂起，到處害民傷眾。最惡最毒者，是漢中秦囂，淫
> 人妻女；粵東懷哀，劫擄嗜殺；蒲牢立邪教於江西；毛姥姥擁眾於
> 閩福，比奸佞者更甚。我楊么不急早除，救民倒懸，是絕民望矣。
> 焉得使人稱我陽春，稱我義勇？若是僭稱王號，豈不自恥？！袁武、
> 何能因又說道：「哥哥既欲行仁義救民水火，誠王者之事。據我二人
> 看來，金強宋弱，恐有忠良亦不能自固。哥哥莫若自立，以成鼎足，
> 然後提師，掃除數處兇惡。俟金、宋有隙，徐徐進取，亦未然不可。」
> 楊么聽了大喜，道：「二位兄弟之言，亦近於理。但心疑作事不專，
> 未見力行不果。我明日即去臨安，打探回來，便可安心以成鼎足，
> 未為晚也。」

但在眾兄弟對金強宋弱形勢分析後，「自立，以成鼎足」，然後掃除數處兇惡，徐徐進取的策略的勸說下，楊么仍要親自去臨安打深消息。看來，楊么對稱王定號也是理性對待，一切按情況變化而定。第四十二回楊么從臨安回來之後，眾兄弟又來勸進：「哥哥前日有言，今喜回來，當擇日正位。」對

此，楊么還是推辭：「我今還有一事放心不下，未敢擅稱。」「前日在軒轅井中得這鐵匣，因內中藏有篆文字跡，不知主何吉凶？若認得出來，更是快心。」「我今日只得要他去問明瞭回來，便好安心做事。」於是楊么誠心捧信香囑人「拜見眞人……是必求眞人指示端的」。第四十四回兄弟再次勸進：「哥哥既要除天下之害……一去追聞人成……一去削平毛姥姥，同聚臨安，東南半壁不足憂矣。」此之前，楊么已得眞人明示，知曉各人來歷，也知曉了「殺這幾個仇人，只道報今世冤仇，不期俱是舊日冤仇。冤冤相報，從此消釋」。因此：

> 楊么聽了點頭，又飲了半晌，因說道：「我們得蒙四維眞人點明了前世，大仇盡泄，只覺胸次漸平。若據我今日較之前身，實乃轟烈。我想前世堂名『忠義』，我今亦將此堂爲『忠義堂』。明日使人懸立，未爲不可。」眾人俱說有理。賀雲龍因說道：「哥哥既曉得眞人指明了前仇，胸次漸平。須知冤仇莫結，若又去尋人種冤種仇，則冤仇相報，何日了期？據兄弟看來，這班奸人實也是應宋運而生。他有他的冤仇，未必不是今來報復，亦未必便沒人去害他。此是循環定理，哥哥不可過於不平。只宜自己循序而行，須看前程有多少路，盡力而行便了。」楊么聽了點頭道：「雲龍識見果是高人。」

他未接兄弟勸進的話頭說下去，而是轉到眞人對其身世來歷的點明，轉到前世今生冤仇已報，胸次漸平。並比較兩世作爲，提出依如前世將堂名爲「忠義」。眾兄弟也就此發了一番冤冤相報的議論，囑楊么循序而行，盡力而行。但這循序而行盡力而行具體含義是什麼呢？沒有點明，從上文楊么將堂名改爲「忠義」看恐不可能指稱王定號。這就突出了「忠義」的思想。稱王定號這個問題經歷了上面這三個階段的變化，由提出而最後被忠義消解，這以後再也未有涉及。楊么實現了對忠義的回歸，對《水滸傳》宋江忠義思想的回歸。這不能不說是一個令人注意的變化。

## （五）勇之比

楊么綽號全義勇中出現了一個宋江綽號中所無的勇字，而且《後水滸傳》第三十六回楊么自恃有行走如箭的巨舟，「誰人能制我耶」而自號楊無敵，以楊家將令公楊無敵百戰百勝自況。這突出的也主要是勇，與全義勇之勇相同。勇，是楊么完全不同於宋江，對其超越的所在。《水滸傳》宋江武功如何呢？第十八回在他出場時是這樣介紹的：「更兼愛習槍棒，學得武藝多般。」具體

表現是第三十回宋江在押解途中於揭陽鎮和穆春衝突一段。「那大漢提起雙拳劈臉打來，宋江躲個過，那大漢又追一步來。宋江卻待要和他放對……」結果穆春被薛永「顛翻在地」。宋江終於失去了露一露身手的唯一機會，至令讀者難以知曉他功夫如何。但書中幾處內容還可以透露一些消息。一是第三十二回孔亮被武松打了「二三十拳」，被打得「一身損傷，不著一兩個月將息不起」。孔亮自然不是武松對手，而孔家兄弟的武功和宋江大有關係，「因他兩個好習槍棒，卻是我點撥他些個，以此叫我做師父」。宋江如此介紹，看來宋江的武功也僅平平。第四十八回，宋江被一丈青扈三娘追得「拍馬望東而走」，「一丈青正趕上宋江，待要下手」。若非李逵及時相救，宋江恐怕也要成為一丈青的囊中之物。第五十二回高廉弄神通，「宋江撇了劍，撥回馬先走」，眾頭領對他還要「簇捧著盡都逃命」。第五十五回，呼延灼連環馬到，「宋江飛馬慌忙便走，十將擁護而行」等等。看來，宋江的武功即是如此。楊么則不然，勇是其形象一個十分鮮明的特點，是他有別於宋江，體現作家對宋江反思的一個主要方面，這在書中多有表現。

《後水滸傳》第二回楊么八歲時就「同眾孩子作廝頭耍子。他又恃強出尖用力，眾孩子俱讓他三分」，從小就顯出勇的本性。而且夢中九天玄女娘娘「我如今授汝神技神勇以合天心」，賦予其武與勇得於上天合於上天的特點，就與凡人後天修練而形成的武功與勇力有性質的不同了。「神技神勇」成為貫穿楊么整個行為的一個顯著特點，區別於宋江既無神技又無神勇平常的凡態。第二回緊接著寫了一個十分誇張的片段，八歲的楊么「便掄開小拳，踢著小腳……指東打西，神出鬼沒打來。這楊么逞神技，打倒鄉人」。「愛的是濟困扶危，喜的是鋤強去暴」（第三回）伴隨了他的一生。第三回楊么正式出場，醉中騎死一隻餓虎。餓虎先是一撲一剪一掀，三般手段均被楊么躲過，不期被楊么騎上。「那虎見顛不下人來，便著了急，遂直溜溜往前亂躥亂奔。楊么……耳中只聽得風聲相送，身若雲飄，霎時間奔走了幾重峻嶺……骨酥身軟……力盡筋麻……豁喇一聲，連人一齊跌倒」，楊么「竟呼呼地伏地大睡」。真是誇張至極。第十一回在被押途中，拳打豪強「撲燈蛾王豹」，「直打震得滿園中花枝亂動，落了一陣花雨」。「我楊么打硬不打軟」，看人面「饒了他」。第十七回也在被押途中，打倒「自得異人傳授，拳棒無比，得做東京禁軍教頭」，三年無人敢上擂臺與之比試的湯樂。第二十六回在遇赦回歸途中，隻身一人仗義救出被逼婚的被難英雄孫本娘子，夜鬧東京城。「大嫂不必為我

心慌，事已臨頭，懼之非丈夫也」，「我楊么雖死無恨」。第三十五回打武昌城
救馬窿，楊么與王摩「殺跳上城，奪開城門」。還有第四十一回楊么入宮諫天
子，「我楊么豈是畏死」，正義凜然。所有這些，從各個不同側面，從大大小
小不同角度描寫，烘託楊么武功的高強與精神的豪壯與超邁。

### （六）仁之比

楊么楚地小陽春的綽號是相對於宋江及時雨綽號的，都表現的是他們待
人的態度方式與作用，可以用仁來體現，但兩者之間的區別還是十分明顯的。
前者突出了楚的地域，小陽春也給人以溫暖和煦的感覺，萬物生長離不開陽
光，而又非夏日驕陽，比較而言陽光的重要性還大於及時雨。而且兩者一陽
一陰一陽剛一陰柔，恰代表了楊么與宋江為人的不同之處。再看《水滸傳》
第十八回對宋江有關及時雨的介紹：

> 人問他求錢物，亦不推託。且好做方便，每每排難解紛，只是
> 周全人性命。如常散施棺材藥餌，濟人貧苦，周人之急，扶人之困。
> 以此山東、河北聞名，都稱他做及時雨，卻把他比做天上下的及時
> 雨一般，能救萬物。

宋江對人的周濟書中寫了四處。第二十一回，助閻婆買棺材「津送」其
「家公」，又送銀十兩「做使用錢」。同回介紹「賣糟醃」的唐牛兒，「常常得
宋江齎助他」。同回寫宋江曾許「賣湯藥的王公」「一具棺材」，但還「不曾與
得他」。第三十九回宋江在潯陽樓與戴宗、李逵吃酒，李逵點倒唱曲的，宋江
許諾「我與你二十兩銀子，將息女兒，日後嫁個良人，免在這裏賣唱」，但未
有下文。書中還多次寫宋江給武松、李逵等好漢銀子，寫對李逵返鄉取母的
關心、大鬧東京後留燕青看助李逵、對魯智深探看史大郎等的關心。從上面
例子看，宋江的仁義之舉針對的係個別人物。在這方面，楊么的行為與之大
有不同。

《後水滸傳》中寫楊么「小陽春」式的待人之仁主要寫他對李逵轉世的
馬窿的細緻關懷，對柴進轉世的孫本與對燕青轉世的殷尚赤的關心規勸，對
個人性格、平常生活的關心涉及很少，而且更沒有像宋江一樣到處大把使銀
子。楊么待人更男性化更陽光更從大處著眼，非同宋江及時雨式的陰柔甚至
女性化。《後水滸傳》第十回，寫權奸賀太尉欲強佔柳壩村葬親，楊么於村中
「謙恭待人，力行濟困扶危，鋤強禦暴」，因此「村中人盡皆敬他，若有甚事
情，俱來與他商量」。當村民將賀太尉事告之並告以「只這幾日村中有數十家

男女，皆一時臥病，害得七顛八倒」，求楊么出頭做主，楊么慨然應諾：「我楊么一力擔當，列位且自請回。」賀太尉不聽楊么阻勸，唆使群僕毆打楊么，結果被楊么打得四散而逃。賀賊命官府誘騙，使楊么身陷獄中，虧當案孔目感楊么之仁草草斷案，未傷其命而遭屈配。眾鄉民「各出贈路費，與楊么話別」。對此，楊么不勝感謝道：「楊么異日得志，決不敢忘村中故舊。」看來，楊么將自己的義舉視為當然，並不存望村民回報之念，那麼這種境界也不是一般所能比。刺配為軍，不得不灑淚告別養父母：「須有時回來侍奉爹媽，望乞寬心，休得過傷……孩兒孝行有虧……」在楊么思想中，孝重於其它，但為救村民，為眾百姓的安危，他已將一家之事，對父母的侍奉只能暫置一邊了。其仁可謂深厚矣。第三十四回，寫柳壤村民駕二三百小船蜂擁而至君山，他們被逼得存身無處，「老幼男女俱上山來」，楊么因之「與村農老叟嫗婦兒童環繞列坐，一齊吃酒」。楊么不以為民請命者自居，反覺阻攔賀賊「遺累各位」，因此要與百姓「願同富貴」，並保證「正要為你們除害，誅此貪殘忍刻之夫」。第三十九回還寫楊么在君山疊土成山，修沙堤，建灘島以固形勢之後，又使人「蓋造民房，分撥柳壤村這些人去居住，各賜財帛，使他在那裏樂然過活」。《水滸傳》中，宋江的感召力只是引得「眾虎同心歸水泊」，尚不能與村民自願主動歸附的楊么相比。宋江與眾義士設誓也非楊么願與百姓同「富貴」的心願所能相提並論。《後水滸傳》第三十八回還寫了楊么尋祭宋江、盧俊義荒圮之墓，將錢糧分賜當地民眾，感得百姓自願看守宋、盧墳冢，並有十之八九民眾願歸楊么。其仁於此亦可見一斑。

《水滸傳》多次寫了宋江攻城掠地不傷百姓。如第四十一回取無為軍，宋江囑「卻與無為軍百姓無干……亦不可害他，休教天下人罵我等不仁」。第五十四回破高唐州，傳令「『休得傷害百姓』。一面出榜安民，秋毫無犯」。第五十四回破青州後三山好漢上梁山，「所過州縣，秋毫無擾」。第六十九回破東平府，急傳號令「不許殺害百姓，放火燒人房屋」，並將太守家私「俵散居民」。破童貫、高俅也傳令「不許殺害軍士」，並將擒捉的軍將悉數放回。但在第三十四回為逼秦明回不得青州，宋江將青州城外的無辜百姓「殺死的男子婦人，不記其數」，「數百人家，卻都被火燒做白地」。第五十回破祝家莊，顧大嫂把祝家內「應有婦人，一刀一個盡都殺了」，祝朝奉被石秀割了首級。李逵搶入扈家莊，把無辜的「扈太公一門老幼盡數殺了，不留一個」。這還不算，「宋江與吳用商議道，要把這祝家莊村坊洗蕩了」，虧石秀勸阻，宋江才

罷了手，對救助石秀的鍾離老漢說：「不是你這個老人面上有恩，把你這個村坊盡數洗蕩了，不留一家。」第六十八回破曾頭市，宋江下令「曾家一門老少，盡數不留」。

與宋江破仇敵還曾老少不留一個的濫殺不同，楊么沒有一次殃及無辜，這是他與宋江又一明顯不同之處。《後水滸傳》對此多次寫到。如第三十三回，奸賊賀太尉是楊么死敵，楊么上君山後，眾人要去岳陽殺賀賊家小，要到柳壤村掘賀家之墳，以「先消些氣也好」。楊么的反應出人意外：「正色說道：『賀省與我為難，只可尋他一人，卻與家小何仇，至於亡過，何亂言也。』」更出人意外的是楊么關於私仇的議論：「只是我已挺身認罪，為救父母，若即放出便將我碎身無怨。怎百般花言巧語，今又趨奉秦賊，這等奸人豈肯饒過！這也還是私念，在可報不報之間。」之後，楊么在帶領眾人打破岳陽城，「一面使人打入獄去，放出柳壤村民，一面席卷知府」與賀省家財物，但「不許殺害人口」，因為「我楊么今日不為公報私仇，特為柳壤村居民及地方除害」。楊么殺了害人的岳陽知府後，兄弟又問「可曾打入縣去」？楊么回答：「我訪問居民，居民說這縣尉雖愛金銀，能分曲直。我想人誰不愛金銀，若能分曲直便不冤枉濫貪，是個好官。雖將馬窪責治，實是他職分所該，故此我禁止不許到縣去驚動。」這段話含義頗為豐富。楊么行事不是全憑個人感受、個人主見，而是注重實地調查，看瞭解情況的百姓態度，而且設身處地，很有人情味，並不以個人與馬窪生死兄弟之因而臆行妄斷，因此對縣治不許驚動，評縣尉是個好官，大有仁者之風與領袖胸懷，不同凡俗。第三十九回打破謝公墩，斬了僭號稱王的惡敵王豹，楊么命人將王豹「占人妻女，以及田產等項，原人各自認領」，但還「留他上傳遺業供他妻小」。不僅未傷王豹家人，還為其留下「遺業」以供生活，並囑眾人「你們日後不可記恨王豹，欺負他家」。恩怨分明，寬大為懷。書中多次寫到楊么擒敵首不傷其它，不妄殺的內容。如第三十五回擒賀省，第三十七回破廣陵捉漢奸董敬泉，第三十八回、第三十九回擊王豹，第四十一回破武昌救馬窪。還寫了楊么以仁德教化附敵之人。如第三十九回擊王豹，捉住了助惡的湯樂。眾人欲殺之，楊么卻恩怨分得很清，「我與湯樂本無仇恨。只因他誇口，是我去尋他放對，非他尋我結仇。只笑他眼內無珠，今又助惡為非，是個依草附木貪腹小人。我今將他一例處死，使人笑我量小不容。只著他跪在雨中，洗盡心腸，放他去做個好人吧」！還叫人「賞他白金十錠」。楊么是大仁大義，對此，湯樂是「只在雨中

磕頭不止」，因感激說出神棍上的秘密，看來已洗心革面，要重新做人了。楊
么不計前怨、化敵爲友所表現出的仁義其感人之處深矣。

占山爲王的強人不事農耕與其它生產，大都以劫掠爲生，《後水滸傳》中
多次寫到相關內容。如第三回寫天雄山「日劫過商，夜擾村落」，第十五回寫
蛾眉嶺除寅、卯時之外「不曾空放一個」過商，第三十回寫險道山「劫掠害
人」。第二十四回寫白雲山「一時山上有了這些銀兩，絕不騷擾村境」，言外
之意若無銀則恐不免要反其道而行之等等。楊么一出場直至結尾，一再叮囑
眾山寨勿擾民。如第四回勸天雄山「須設立義舉，不可徒恃劫掠，使豪傑所
笑」，第二十七回勸白雲山說自己「每結弟兄，必戒他勿欺良善，只劫奪奸佞
之人」，第三十回勸險道山「不可劫掠小民以取怨聲」。對於楊么的規勸，眾
山寨一力奉行，如第五回寫天雄山，第六回、第三十四回寫君山，「絕不劫取」。
於此不僅可見楊么之深謀遠慮，同時也體現其仁。

## （七）上「山」之比

除上述孝、義、忠、仁等方面外，作爲續書，特別是作爲宋江轉世的人
物，楊么在其它方面也有與宋江相似的行爲，也有可比較之處，也有超越之
處。

宋江與楊么都是把寨爲頭的首領，都有一個曲折的上山過程。宋江上山
始於「擔著血海也似干係」私告晁蓋黃泥岡事發。由劉唐送信與金，引出怒
殺閻婆惜，之後流落江湖，經柴進莊、孔太公莊到了清風寨，引出帶領花榮、
秦明等上梁山，因石勇傳信歸家被捕刺配江州，輾轉揭陽嶺、潯陽江等處，
經梁山被劫上山而百般不願落草，在潯陽樓題了反詩，法場上被救而「不得
不」上了梁山。宋江的上山經歷十分曲折，作爲秉承忠義之士，是在被逼無
奈、生死繫於一線之際方才下了這個決斷的。而且上山之後一貫行忠義之
舉，替天行道，百折千回促成招安。順天、護國，征遼，剿方臘，九死其忠
義無悔。楊么的上山無宋江這般複雜。《後水滸傳》第四回，楊么會天雄山
英雄，游六藝相邀：「難得在此相遇，即今迎請上山。」楊么的態度是：「忙
正色道：『識時務者，呼爲俊傑。今宋家天下未搖，民心尙固，安敢輕易言
此。』」在他看來，此時上山時機尙未成熟，是不識時務，未爲俊傑，正色
表示拒絕。第二十七回，眾英雄大鬧開封府，救出刑場上的楊么，要求楊么
「正要挈帶我等弟兄做番事業」。眾英雄雖有救命之恩，但楊么再一次表示
了拒絕：「作事不可造次。我楊么胸已具定見。今乃有心事未完，此地亦非

展足之地，豈可苟且？」直到第三十三回，楊么因自願以身代父母入獄而陷於岳陽府，眾英雄再次將其救出，楊么才「我今只得上山與眾兄弟共圖事業」。

## （八）志向之比

由於宋、楊兩人出身、經歷不同，兩人對上山造反的態度也有不同。宋江是在行動上與思想觀念上都不願「上山」，他坐梁山第一把交椅完全是被「逼迫」的，因此一力謀求招安。忠義是無條件的、一貫的。楊么在行動上不願草草「上山」，而思想觀念上早已是「定見」在先，早已邁進了山寨，只是未具體坐於哪座山寨的交椅而已，完全是自覺的、主動之舉。楊么對忠義的回歸是分爲幾個步驟幾個階段的，是有條件的。這是宋楊兩者在此問題最大的不同。那麼楊么的「定見」是什麼呢？書中約有五次具體集中的表現。第四回楊么會天雄山英雄說：「目今宋君昏暗，不信忠良，專任奸佞。我楊么稍若遂志，必行戮奸除佞，使其知悔，我心始快。」第十六回楊么會蛾眉嶺英雄說：「目今只因宋室無人，奸權用事，以致豪傑散生，耗其元氣。英雄到此，必要戮佞扶忠，做番事業，方不虛生。」第三十七回，楊么拒上白雲山說：「宋江沒主見，是不能挽回君相。若果有聖君賢相，孰不願爲忠良？我今定見，因見宋室不用好人，專信奸佞……我今心存殺奸戮佞，要做一番事業，使他警悟悔過，方才遂心。」第三十九回，楊么在君山上因眾雄勸其稱王定號說：「今我據此湖中實欲殺奸戮佞，爲忠良氣吐，再能使昏者能新其德，才是楊么本念。」同回眾雄驚疑楊么欲進京打探，他又說道：「我今去臨安打聽，正要行吾大志，豈肯受制於人。」然後舉李世民、趙匡胤平定天下後才始稱王，又舉漢中、粵東、江西、閩福諸「國亂民愁，盜賊蜂起，到處傷害民眾」這幾處「最惡最毒者」爲例說：「我楊么不急早除，救民倒懸，是絕民望矣。爲得使人稱我陽春，稱我義勇？若是僭號稱王，豈不自恥？」從前四個例子看來楊么的「定見」是要「做一番事業」，也就是「戮奸除佞」，使君知悔的事業。而後一個例子可看出楊么還要行「王者之事」，救民於水火。這五次「定見」的表達始於首部分的第四回，終於後半部的第三十九回，中間第十六回第三十七回又再次強調，可見這是楊么一以貫之的志向，而且形成於他現身江湖的初期。在此「定見」的指導下，楊么便有了完全不同於宋江及時雨式的不愧於小陽春綽號的磊落之行。第十回，因替村民出頭抗奸賊賀太尉而被刺配。第十一回押解途中「桃園小飲」拳打惡霸王豹。第十二回，爲救結義兄弟常況自甘認罪被屈。第十七回朱仙鎮「放出一生本事」將擂主湯樂打下

擂臺，奪得神棍。第二十三回，遇赦還家途中，喜金頭鳳王摩劫秦檜銀兩而扯碎捉捕王摩的圖像，爲此被人暗算押進官府，仍「我一生喜的是豪傑，如今被他錯認，便受這場冤屈，受人拳棒，卻是無怨」。第二十六回，仗義獨膽救出貞婦孫本妻，大鬧開封府。第二十九回，用計擒黃佐，解了蛾眉嶺之圍。第三十回，護村民打險道山擾民之人。第三十二回，爲救養父母，赴官府以身相替而受極刑。被眾英雄救出後率眾人打岳陽府武昌府救馬窿，九曲嶺擒斬死敵賀太尉，造大船橫行洞庭，襲廣陵登萊兩州殺漢奸董敬泉、夏不求，拒稱王，臨安探朝庭，直諫君大義凜然。第十一回爲護村民被屈配，楊么因「定見」在胸，因對此行有這樣的打算：「我今此行，一則找尋根源，二則識訪英雄，三則覽天下之形勢，兼看宋室如何，以圖日後事業，才是英雄本色。」在第二十七回向眾兄弟解說他的「定見」時又將此強調了一遍：「我初被解，人即勸我走脫，卻因尋訪生身，兼覽形勢，覓一可爲之地。」除此之外，一路行來播灑仁德，「故此每結弟兄，必戒他勿欺良善，只劫奸佞之人」，勸天雄山、君山、蛾眉嶺、險道山等英雄「不要做強盜行徑，做鋤強除惡行些義舉的事才好」。第三十回險道山眾人下山強奪村民豬，楊么便又大怒喝道：「我只道險道山有些豪傑氣象，原來是起鼠竊狗偷，以劫掠害人爲事。我今將你斷送，亦可救免一方。」爲救百姓江湖義氣已被棄置一邊。因此第三十三回楊么被眾英雄擁坐第一把交椅後明確提出要求三勿一隻：「自今以後，只要眾兄弟勿嗜殺、勿妄劫、勿貪淫，只戮除奸佞，伸冤理枉，我楊么方敢居此；如或不從，願即避退。」

　　楊么「定見」在胸，要做一番大事業，因此未將屈配放在心上，一路行俠仗義，將全義勇、楚地小陽春的作用體現得淋漓盡致。反觀宋江，其情形與之大爲不同了。《水滸傳》第十八回宋江出場對其讚美道：「有養濟萬人之度量……懷掃除四海之心機。」之後的回前詩也僅及「仁義禮智信皆備……扶危濟困恩威行……替天行道呼保義」（見第二十一回），對他的志向沒有明確涉及。直到第六十回宋江「權當此位」，改聚義廳爲忠義堂，第七十一回石碣受天文英雄排座次，正式打出「替天行道」杏黃旗，秉承上天旨意「替天行道」「忠義雙全」，兄弟設誓「共存忠義於心，同著功勳於國，替天行道，保境安民」，唱出「統豺虎，禦邊幅……中心願平虜，保國安民……望天王降詔早招安，心方足」的心願。至此其志向方完全表白出來。從宋江的志向形成與表現看來有一個由無到有、由隱到顯、由部分到完整的過程。因不同於

楊么早已定見在胸，武功與氣概超群，因此宋江的流亡與押解之途就完全不同於楊么，而是東躲西藏，時時瀕於死地，時時有性命之虞。而其與父的告別亦多有淒慘之意。如第二十二回宋江殺了閻婆惜，與父告別語：「如今我和兄弟兩個，且去逃難。天可憐見，若遇寬恩大赦，那時回來父子相見，安家樂業。」三人灑淚不住。如果聯繫第三十六回宋江聞父亡奔喪被捉，刺配江州「灑淚拜辭了父親」後與宋清說的，「我的官司此去不要你們憂心。只有父親年紀高大，我又不能盡人子之道，累被官司纏擾，背井離鄉而去。兄弟，你早晚只在家侍奉……棄撇父親，無人看顧」來看，第二十回宋江出亡要宋清相見就有些顧老父不及之處了。「天可憐見」這樣的話出於宋江之口已與楊么之言大為相異——而且還出在天神武松之口——第三十二回，宋江武松分手於孔太公莊，武松道：「天可憐見，異日不死，受了招安，那時卻來尋訪哥哥未遲。」這就更能襯出楊么的卓異。

與宋江先提出替天行道，招安後打出順天、護國旗幟，其忠義的內涵有所變化不同，楊么戮佞除奸，使君醒悔，救民倒懸的定見是始終如一的。《後水滸傳》第三十八回楊么在布告中還明確提出了「久欲人無貧富，因劫富以濟貧。昔視性有善惡，故懲惡以勸善」和「平等」的主張。這「無貧富」的「平均」思想與「平等」思想比宋江忠義所表示的意義明確得多，具有一定的人性內涵，代表了廣大民眾的思想意識與要求，也更有進步意義。這很自然地令人聯想到小說中楊么人物的原型、佔據洞庭湖的南宋農民起義領袖鍾相、楊么提出的主張「均貧富，等貴賤」。但遺憾的是這種體現新的進步意義的平均、平等思想在小說中沒有集中具體體現。

宋江改聚義廳為忠義堂是在天王晁蓋歸天，他「權當此位」之時；梁山英雄排座次之後，「堂上要立一面牌額，大書『忠義堂』三字，斷金亭也換個大牌扁」。聚義廳、斷金亭本是王倫初創山寨時所用，宋江把寨為頭後斷金亭一仍其舊，改聚義廳為忠義堂還保留了義字。楊么將君山大寨堂名為「忠義堂」是在第四十四回，「我想前世堂名『忠義』，我今亦將此堂為『忠義堂』。明日使人懸立，未為不可」。從這話看此前堂尚無名。但在之前的第三十六回，他「將軒轅廟稱為『軍政廳』，湘妃亭呼為『笑傲亭』」。「軍政廳」「笑傲亭」則透露出楊么志得意滿，欲縱橫天下的志向。於此，還可參見第三十六回寫造出「日夜能行千里」巨舟的內容：

　　木伐南山，巧過輪子。木伐南山，按氣候節令，有四時二十四

丈一座輪船；巧過輪子，列周天變數，是三百六十五部各處車輪。廣闊七十二步，高低三十六停。船面豎起木城，億萬千堵；每部齊立水手，一十二人。木城上，鐵釘裹滿；輪船外，竹搭齊遮。內看秋毫明察，外觀底裏難窺。用力處，何須橈槳；快行來，豈用篷桅。巧奪天工，任我橫行，日走千里，足令河泊無權；暗藏機竅，隨心直闖，夜行八百，誰畏風神使勢。若遇交鋒，饒伊巨艦，只消輪動，直教霎時壓沉水底；如逢追襲，任爾乘風，全憑人力，管叫片刻趕上擒拿。頭目可容三十餘員，皆同生死；軍卒實藏五千多眾，盡效捐生。往來不須立寨，停留何用安營。試看這座輪船，不亞武侯木牛流馬。

楊么造完了輪船，便擇吉日，點齊了水手，同眾兄弟齊上船來。宰殺牛羊，祭奠了湖中水神，即傳令開船，發起轟天大炮。眾水手一齊踏動車輪，一時水聲若雷，船行如霧，瞬息百里。楊么自執號旗，立在船頭，揮左則左馳，展右則右騁，無不應於轉折。眾弟兄齊稱神速。楊么想了一想，道：「我今同在船上，又無兩船比較，湖中廣闊無邊，但聽見湖中水勢潺潺，分衝得浪頭滾滾，實辨不出迅速之妙。我今有個主意。」便取了弓箭在手道：「我今射去，若箭到船到，才稱迅速。箭先船後，不為迅速，這船便要焚毀，不可恃也。」遂一面使人鳴金擂鼓，吩咐眾水手道：「若箭與船並列，俱各重賞。」便一齊奮力踏動車輪。楊么扣滿弓矢，向前發去一箭。果然箭快船速，俱一齊並到。楊么見了，擲弓大喜，道：「我楊么自此，誰人能制我耶？當與眾兄弟縱橫於洞庭矣！」眾弟兄齊聲稱賀。遂在湖中東西上下飛行捷走，不消一日，將這八百里湖面盡皆走遍。

## （九）風神氣度之比

造巨舟之後楊么以百戰百勝的楊令公楊業自居，自號楊無敵。還在第三十九回佔據全楚之後發了一番志氣慷慨的議論：「洞庭水雄，君山勢壯，是天設其險。今又被我險中設險，備處添備，即纖小分毫，無不縝密。我楊么有此山川之險，有此眾位弟兄，有此絕技輪船，有此神授鐵棍，便有百萬軍兵、萬千戰艦，誰敢輕進，誰敢進我君山，誰敢搗我巢穴？敢有能得到者，除是飛來，我當避之。」這豪壯的言詞襯托著楊么雄居洞庭睥睨天下的志向，大

有孟曹德釃酒臨江、橫槊賦詩的英雄氣概。我們可以看一下宋江潯陽樓醉後「狂蕩起來，手舞足蹈」，抒發個人「倘若他日身榮，再來經過，重睹一番，以記歲月，想今日之苦」，英雄沒落心情的「反詩」：「恰如猛虎臥荒丘，潛伏爪牙忍受……他年若得報冤仇，血染潯陽江口。」「他時若遂凌雲志，敢笑黃巢不丈夫。」與楊么雄視天下的境界相比，宋江還不具備楊么揮灑豪邁的風神。請看第三回楊么出場時人對他的讚譽：

> 身材八尺，膀闊三停。丰姿光彩，和藹處現出許多機變；聲音洪亮，談笑來百種驚人。孝悌忠信出於性靈，禮義廉恥根於宿慧。愛的是濟困扶危，喜的是鋤強去暴；結的是我爲人可以替死，識的是人爲我亦可忘生。上關天意，處處聞名拜哥哥；下應循環，在在得人作弟弟。從今殺的是在劫；將來戮的是前仇。生前懦弱受制於人；今日剛強敢云畏死。

上面文字係楊么一十六歲正式出場時的介紹。從其意圖看，處處以宋江爲比較對象，處處突出楊么不同於宋江的性格爲人，以宋江的「懦弱受制於人」反襯楊么的「剛強敢云畏死」。

## 二、結　語

如果概括一下楊么與宋江上述的種種不同，似可得出下面的結論。

對於孝。宋江留於言辭的多，實際行動少。楊么則說的少做的多，更細緻更多行動，因而更感人。

對於義。宋江是「若高若低，無有不納」。楊么則是「四個不交」，從不濫交，而且多有敢於代人受罪的行動。

對于忠。宋江是「未假稱王，只呼保義」，不論是上山前還是上山後，招安前還是招安後，一以貫之無條件地奉行忠義。楊么對君王則基本否定。對忠義的態度冷靜客觀得多，有前提條件，不論是招安還是稱王，都是根據不同情況而採取相應的策略，但最後都歸于忠義。這頗引人注意。

對於勇。宋江無論是武功還是豪俠氣均平平。楊么則武藝高強，豪氣干雲，完全超越了宋江的境界，體現了對宋江反思的一個主要方面。

對於仁。宋江仁義之舉多係對個別人，且女性化。楊么除對個別人外，還更顧及村民等群體，更男性化。宋江對仇敵曾連其眷屬一個不留地濫殺，楊么則沒有一次殃及無辜，還能化敵爲友使之洗心革面重新做人。

對於上山聚義。宋江不論在行動上還是思想意識上，都是被逼無奈，最後歸於朝廷。楊么在行動上也非爲主動，但在思想意識上則積極主動，因他早已「定見」在胸；但最後也心向朝廷，歸于忠義。

對於志向。宋江先是替天行道，針對貪官污吏與惡霸；招安後是順天、護國，針對入侵的外敵。楊么先是除奸戮佞以醒君，救民於水火，暗含對外族入侵的態度，後又提出無貧富與平等的主張。

對於風神氣度。宋江一派及時雨的特點，陰柔內斂而有些女人氣。楊么呈小陽春的特點，具雄視天下的剛猛男人氣，這是對宋江最大的反撥。

這種種同而不同，不僅表現了作者的深意，同時隱含著明清之際風雲變幻的社會思潮的激蕩與外族入主中原所帶來的改天換日的巨烈震蕩。

# 第四章　《結水滸傳》（《蕩寇志》）

## 第一節　從主要內容看《結水滸傳》（《蕩寇志》）的主旨

### 一、問題的提出

俞萬春在《結水滸傳》（《蕩寇志》下同，略）序言中開宗明義寫道：

這一部書，名喚作《蕩寇志》。看官，你道這書為何而作？緣施耐庵先生《水滸傳》並不以宋江為忠義。眾位只須看他一路筆意，無一字不描寫宋江的奸惡。其所以稱他忠義者，正為口裏忠義，心裏強盜，愈形出大奸大惡也。聖歎先生批得明明白白：忠於何在？義於何在？總而言之，既是忠義必不做強盜，既是強盜必不算忠義。乃有羅貫中者，忽撰出一部《後水滸》來，竟說得宋江是真忠真義。從此天下後世做強盜的，無不看了宋江的樣，心裏強盜，口裏忠義。殺人放火也叫忠義，打家劫舍也叫忠義，戕官拒捕、攻城陷邑也叫忠義。看官你想，這喚做甚麼說話？真是邪說淫辭，壞人心術，貽害無窮。此等書，若容他存留人間，成何事體！

莫道小說閒書不關緊要，須知越是小說閒書，越發播傳得快，茶坊酒肆，燈前月下，人人喜說，個個愛聽。他這部書既已刊刻行世，在下亦不能禁止他。因想當年宋江，並沒有受招安、平方臘的話，只有被張叔夜擒拿正法一句話。如今他既妄造偽言，抹煞真事，我亦何妨提明真事，破他偽言，使天下後世深明盜賊、忠義之辨，

絲毫不容假借。況夢中既受囑於真靈，燈下更難已於筆墨。看官須
知：這部書乃是結耐庵之《前水滸傳》，與《後水滸》絕無交涉也。
本意已明，請看正傳。〔註1〕

這段文字將作書的目的交代得清清楚楚：「如今他既妄造偽言，抹煞真
事，我亦何妨提明真事，破他偽言，使天下後世深明盜賊、忠義之辨，絲毫
不容假借。」

清徐珮珂在《蕩寇志‧序》中寫道：

我朝德教隆盛，政治休明，魑魅魍魎之徒，亦當屏跡。況乎聖
天子握鏡臨宸，垂裳播化，海宇奏昇平之象，蒼黎遊照皞之天。封
疆大吏整飭多方，惟明克允，水旱則倡施賑濟，豐稔則建置義倉，
猶復宣講聖諭，化蠢導頑。草野編氓莫不聞風向善，共樂陶甄於化
日光天之下。豈容有此荒謬之書，留傳於世哉？余友仲華俞君，深
嫉邪說之足以惑人，忠義、盜賊之不容之辨，故繼耐庵之傳，結成
七十卷光明正大之書，名之曰《蕩寇志》。蓋以尊王滅寇爲主，而使
天下後世，曉然於盜賊之終無不敗，忠義之不容假借混朦，庶幾尊
君親上之心，油然而生矣。〔註2〕

對於上面提到的「尊王滅寇」，究竟是作家創作的主旨呢，還是小說
《結水滸傳》(《蕩寇志》)的主旨呢？由於理解的不同，得出的結論也存
在差異。

有的認爲：「關於《蕩寇志》的創作目的，徐珮珂在《蕩寇志序》中揭示
得非常清楚……」〔註3〕然後引用了徐文（見註2引文），可以推知，將「尊
王滅寇」理解爲創作主旨即創作目的。

有的認爲：

《蕩寇志》……是一部封建法權的藝術圖釋。作家深憾於「凡
斯世之敢行悖逆者，無不藉梁山之鴟張跋扈爲詞，反自以爲任俠而
無所忌憚」（半月老人《〈蕩寇志〉續序》），於是在書中對梁山一百
單八將大張撻伐，斬盡殺絕，以便「使天下後世，曉然於盜賊之終

---

〔註1〕俞萬春，結水滸全傳‧序言，哈爾濱：黑龍江人民出版社，1997年8月。
〔註2〕〔清〕徐珮珂，蕩寇志序，引自朱一玄、劉毓枕主編，水滸傳資料彙編，天
津：南開大學出版社，2002年10月，513頁～514頁。
〔註3〕高玉海，明清小說續書研究，北京：中國社會科學出版社，2004年2月，38
頁。

無不敗，忠義之不容假借混朦，庶幾尊君親上之心油然而生」，蓋以「尊王滅寇」(徐珮珂《蕩寇志》序) 爲主旨。〔註4〕

上面這段文字中的「『尊王滅寇』爲主旨」的「主旨」是指作家的創作主旨呢？還是小說文本所表現出的主旨呢？表義不易確指。

有的則十分明確地指出「『尊王滅寇』是小說的主旨」。〔註5〕

筆者認爲，創作主旨即創作目的，是作家創作時要達到的目的，要達到的目標，是作家憑藉作品要表達的思想、認識與感情傾向。而小說主旨則與創作主旨有不同，它是作品本身呈現出來的，被不同讀者感悟理解到的相同、相似或相異的思想、認識與感情傾向。創作主旨存在於作家主觀層面，小說主旨存在於作品客觀層面。前者是主觀的，後者是客觀的，這是兩者的不同所在。但兩者又關係十分密切。有時創作主旨與小說主旨統一，出現思想與形象對應的情形；有時兩者間又不對等，小說主旨超出創作主旨的制約，出現形象大於思想，或創作主旨決定小說主旨，出現形象小於思想的情形。

上面所引三種說法存在兩個問題。其一，對於「尊王滅寇」，是屬於創作主旨還是屬於小說主旨的理解存在誤解。細讀徐佩珂原文，還原其語境，筆者認爲是屬於後者範疇，即小說主旨的問題。其二，對於「尊王滅寇」是小說主旨的成說，其合理性究竟如何，是否符合作品文本內容的實際。本文擬就第二個問題研究《結水滸傳》(《蕩寇志》) 小說的主旨，以求得出不同於上面成說的結論。

## 二、小說主要內容分析

小說主旨是小說文本通過人物的活動，情節的推進，事件的展開等客觀呈現出的，只有緊緊憑藉細讀文本，才能去蕪尋眞，探索總結出小說主旨所在。脫離了文本或游離於文本的任何解讀都難以還原、歸納出符合小說客觀實際的結論。俞萬春在《結水滸傳·序》中點出書中兩大對立勢力「忠義」與「盜賊」，並要「提明眞事，破他僞言」，這給我們理清小說主要內容提供了極大的方便。

〔註 4〕袁行霈，中國文學史，第四卷，北京：高等教育出版社，1999 年 8 月，466 頁。

〔註 5〕北京大學中文系，中國小說史，北京：人民文學出版社，1978 年 11 月，321 頁。

（一）「忠義」陣營主要人物分析

《結水滸傳》「忠義」陣營主要人物包括：陳希真、雲天彪、張叔夜、徐槐等。下面依次對他們各自的言行進行分析，然後看看還原歸納出的關於小說主旨的結果是什麼。

1. 陳希真及其相關人物分析。

陳希真是小說全力塑造的第一人物形象，是體現作家「提明真事，破他偽言」「深明盜賊、忠義之辨」創作目的的最重要的人物，其所作所為充分體現了作家將其刻畫為與梁山「盜賊」對立人物的構思意圖。陳希真既具有對君王與宋江假忠假義根本不同的真忠真義，又具有令梁山智多星吳用相形見絀的智謀，又具有與梁山林冲相同的東京八十萬禁軍槍棒教頭的出身與超凡武功，又具有令活神仙羅真人大弟子公孫勝技窮力竭的神通。而陳希真被逼而不上梁山，上山而念念不忘朝廷，有強人之名而不抗官軍專攻強盜，一意謀求招安的經歷最能體現作家否定「官逼民反」《水滸傳》基本思想傾向與所要表達的創作意圖。

陳希真的確不凡，「十分好武藝，今年五十多歲。卻最好道教修煉，絕意功名，近來把個提轄也都告退了。高俅倒十分要抬舉他，他只推有病，隱居在家」（見第七十一回），「智勇都了得，那年輪困城一戰，官兵只得八千，敗西夏兵五萬，都是他一人的奇謀。可惜都被上司冒了去⋯⋯」（見第七十六回）。陳希真在被高俅逼迫前對於梁山的相邀，他以已「結世外之緣」相拒，實際是因「我恁的沒路走，也不犯做賊。便做賊，也不犯做宋江的副手」（見第七十二回）。在被高俅逼得棄家出走，天涯浪跡，「辭了提轄去做道士」「他如今連道士也做不成了」（見第七十六回）時，他對梁山還是「哪裏肯去」。陳希真上梁山與否，非同小可，關係極大。因為在賢良人看來：「如此英雄，屈他在下僚，已是大錯，怎的竟把他逼走了？卻怎生還想天下太平？」「他不上梁山，不過是一身之禍；他上了梁山，天下之禍。」（見第七十六回）而在梁山智謀之士吳用看來，「此人的胸襟真不等閒⋯⋯倘使他銳意功名，又有高俅的汲引，此刻早已與我們作對頭過了，倒也是個大患」（見第七十七回）。對於「世事不平，英雄遭屈」，陳希真似乎沒有多少怨言，表現出的倒是一派曠達，有其思想根源，因他秉承的是「韜光養晦，再看天時。大丈夫縱然不能得志，切不可怨恨朝廷，官家須不曾虧待了人⋯⋯日後出頭為國家出身大汗」（見第七十六回），「君臣大義不可輕棄」（見第八十一回），「我們的絕技

異能,都會集一處,天地生我們,決非無故。靜等天命,必有一番作爲」(見第七十七回)。

對於被逼而上不上山落草,陳希眞的態度也很明確。首先,上山前他對被童貫屈殺的賢良之子苟桓、苟英被逼上山,尚能有「無窮的怨毒在心,也怪他不得」的同情,但馬上又歸結到「怎能得他報了仇,歸正才好」(見第七十七回),強調的還是望其「歸正」。其次,陳希眞因逃難事發累及親戚賦閒軍官劉廣,劉母因之被高俅爪牙亂中捕獲,當地現任軍官、劉廣的親家雲天彪通款求救未果劉母命在且夕時,他「千回萬轉沒個生發」,只有暫投猿臂寨故人求其相救一途又「礙著道理」,因此「繞著那迴廊走去走來,地皮都踏光了」,極寫其上山與否的焦灼。無奈之下,「便向神前跪倒,叩頭無數」,求祈「弟子……終能報效國家」。果然,神示如其所求,他這才解開「忠孝不能兩全……報效朝廷有日」的巨大矛盾,設誓「如救不出太親母,我誓不立於天地之間」。(以上見第八十三回)表面上看,陳希眞上了山落了草破了城殺了官軍救出了「太親母」,但他所投的「強人」乃是被奸賊屈殺的忠良之後,他要救的人係事關「孝」理的劉母,所殺的官軍乃是奸賊高俅在地方上干礙天理的爪牙,而且,此舉僅爲救命之措施,且係按神意而爲。更耐人尋味的是,與救「太親母」十萬火急相對的是,對於猿臂寨苟氏兄弟的勸坐第一把交椅,陳是一推再推,直至最後苟氏兄弟以死相逼,救人形勢的千鈞一髮,陳希眞才滴淚道:「眾好漢如此見愛,不料希眞尚有這般魔障,容我拜辭北闕。』眾人忙設香案。希眞望東京遙拜道:『微臣今日在此暫避冤仇,區區之心實不敢忘陛下也。』說罷,痛哭不已。」(見第八十四回)因之,陳希眞之行雖於「忠」有虧,但出於迫不得已的「孝」,實屬情有可原。這是寫他上山之難。

上了猿臂寨被原寨主——陳對其有救命大恩的苟氏兄弟以死相逼坐了第一把交椅,成了綠林強人後,陳希眞的所作所爲就更不同於以忠義相號召的梁山了。對君王,陳希眞的做法實爲出奇,於山頂「建蓋一座萬歲亭,供奉大宋皇帝牌位,朔望率領眾頭領朝賀。凡議大事,必到萬歲亭上」(見第九十回),「希眞大聚英雄,於萬歲亭上參謁龍牌」(見第九十五回),「眾英雄……都隨了希眞,詣萬歲亭舞蹈畢……靜候恩光」(見第一百一回)。對皇帝的是不敢忘懷。

但是,對於陳希眞的苦衷,對其爲救劉母命迫不得已造反上山,奸佞回應的是征討。對此,陳希眞因來者的不同採取的策略有所不同。這就是寫他

對官軍的態度。對高俅爪牙高封，破其城後，斬殺抗拒之敵，而將投降與活捉的官兵「盡皆釋放，各賜酒食壓驚，受傷的急與醫治」，並剖白道：「你等休要疑心，我並不造反……你等都是清白良民……你等都可回去，免得父母妻子懸望。有不願去的，我也重用。悉聽你等之便。」結果，「眾軍都流涕拜謝，內中大半有老小的都願回去，有小半願在山寨」（見第八十六回），真是仁至義盡。而對受奸佞逼迫，夾在中間的義烈英雄祝永清，陳希真因愛其才感其忠採取的是招服之策，頗費了一番周折，頗花了一片心血。先在陣上解釋，又以書信言其衷曲，最後冒死夜赴祝營，當面剖白心跡：「希真也是朝廷赤子，戴髮含齒的人，實因奸臣逼迫……須不比梁山宋江……」「今萬不得已，伏處草莽，苟延殘喘，未敢忘朝廷累世厚恩，效宋江之為也。」（見第八十六回）

陳希真把寨為頭時，山上錢糧不敷一年支銷，而又不肯借糧。困守孤寨，實乃危亡之道也。部屬與梁山吳用都意識到勢態的嚴峻。但陳希真堅持的是「攻城搶劫的勾當，我情願死也不做」（見第八十八回），他自有化解困難的計劃與辦法。開銀礦，煉銅鐵，招撫散亡流民饑民開墾種植，燒瓷器，私通客商各路銷賣，因此很快就「兵糧充足」。而且與《水滸傳》宋江坐了第一把交椅後改聚義廳為忠義堂相似，陳希真為山寨制訂了明確的對官軍與對梁山不同的方針：「我等自此後，凡是官兵來戰，只深溝高壘，可以守得，不許與他敵對。若梁山泊來，便同他廝殺。」（見第八十八回）真是身在曹營心在漢，身在山寨心在朝廷，成了與自身「強人」性質相同的梁山的敵人而未成為盟友，反成了逼自身步步反上山寨的「官軍」的朋友。

同是「強人」身份，「強人」與「強人」之間猿臂寨陳希真對梁山泊宋江如何呢？陳希真一上猿臂寨即致書宋公明，對其忠義之名與強盜之實細加解剖，揭露其名忠義實盜賊：「夫天下莫恥於惡其名而好其實，又莫恥於無其實而竊其名。」抗殺官兵則「不背所事曰忠」何在？無故欲效法黃巢則「行而宜之曰義」何在？「如是而猶自稱忠義，希真雖愚，斷不能受公明教也……然逆料天下後世，必薄責希真，厚疑公明者，何哉？希真不敢樹忠義之望，而公明不肯受盜賊之名；希真自知逆天害道，而公明必欲替天行道也……何用假朝廷，說忠義，陳天道，如此驚天動地為也？」（見第九十四回）兩軍對敵，宋江被困，束手無策而通款陳希真欲講和，陳希真是嚴辭拒絕：「兩雄不能並立，我希真堂堂大丈夫，只有天在上，更無山與齊……公明把『忠義』

二字來哄我，我豈受他欺的……焉肯與你講和！」（見第九十五回）而且正告梁山：「希眞爲想受招安，不得不傷動眾位好漢。爲我回報宋公明，如此方是受招安的眞正法門！」（見第一百一回）

　　奸賊高俅，本是逼得陳希眞棄家浪跡天涯的冤家死對頭，當高俅被梁山困於孤城性命懸於一線，陳希眞不僅沒有冤仇將報的喜悅，反而做出一番發兵相救出人意料的舉動，他認爲「蒙陰是官家的地方，所以叫我去救，並不說甚麼救高俅」。因此，陣上大罵梁山：「蒙陰乃天子疆土，豈容賊子蹂躪！」對此，不僅「弄得宋江、吳用不知頭路，如在夢中，都道：『怎的……怎的陳希眞這般舉動，眞是怪事！他難道和高俅沒有仇隙？』」就連他的女兒陳麗卿也大爲不解：「爹爹，你怎的要去幫高俅？須吃別人笑我沒志所，顚倒去奉承他？」「我們去殺退賊兵，保全這蒙陰縣城，若高俅那廝想逃出城來，孩兒便一槍戳殺了他，休叫他回到東京，又去詐害百姓。」對於憨直的女兒，陳希眞是這樣相勸：「自古道：『打狗看主』，他是官家的大臣，不爭你殺了他，如何對得起官家。」個人的私怨已煙消雲散，代之而據其思想意識的是官家、朝廷，沒有絲毫猶豫，沒有半點遲疑。結果是，陳希眞大破梁山，奸賊高俅是「聲淚俱下」地對陳感慨「不料你是我救命的大恩人」。（以上見第一百一回）

　　陳希眞智勇足備，也曾深感力不從心。爲了破梁山李應守備的兗州，陳希眞曾苦勸名士魏輔良出山，並向其求教。「奉勸吾兄，萬不可灰心。即如我陳希眞，吃盡多少苦頭，尚且不敢作退休之想，總想除奸鋤暴，報效朝廷……若就此懷寶迷邦，終於岩壑，希眞不爲足下一人惜，竊爲朝廷惜之……足下若不忍於李應一人，而置山東數百萬生靈於不顧，未免婦人之仁。總而言之，須看朝廷面上，吾兄決不可辭。」（見第一百四回）這段話，陳希眞苦口婆心，用個人經歷現身說法，處處以眾生靈爲辭，處處以朝廷爲辭，說動了魏輔良，魏巧施連環計，大破兗州。爲此，這位「只有天在上」的陳希眞一見魏輔良，拜倒在地道：「仗仁兄妙計，剪除狂賊，肅清王土，其受賜正不僅希眞一人也。』」其婿祝永清也拜了魏輔良九拜。而梁山好漢孫立、杜興、石秀卻成了祭祀祝家莊祝朝奉父子的活三牲，被「用細鉤鉤皮肉，用刀小割，備下鹽滷澆洗創口。倘有昏暈，可將人參湯灌下，令其不死」（見第一百十回）而慢慢折磨而死。陳希眞做事原則八個字：扶助朝廷，掃除強梁。對朝廷大忠而不顧個人小義，因此在攻打兗州城時訓誡部屬道：「吾兄休如此小見，令友……失身從

賊，死不足惜。總而言之，吾兄須看朝廷面上。若如此瞻徇朋情，殊非食毛踐土、戴德報恩之義。」（見第一百八回）

陳希眞上猿臂寨，雖爲奸佞所逼，事出萬不得已，實非所願。身爲強盜，不攻城掠地，不抗官軍，主動出兵相救陷於死地的仇人，對梁山則大張撻伐，斬盡殺絕。因爲他對朝廷、官家的眷戀之心一直耿耿於懷。他一邊助官軍圍剿梁山，一邊通過各種渠道尋求招安之途。先是借雲天彪面見天子正值「種經略凱旋」之機，將「歸誠之謀，商於經略，蒙經略極口允許」，因「有此位巨公在朝，又何憂乎奸臣阻格哉」（見第一百十回）。更不惜屈身降志走門路，並自我安慰，「委蛇從俗，君子亦有時不得已而爲之，劉安撫處……自有理會」（見第一百十回）。山東安撫使劉彬「已得了希眞的打點」只得依從其招安之請。天子感其誠，允其歸正，先賜「忠義勇士」稱號，並加官進爵。陳進京謝恩，先急急打點禮物晉謁權貴，面見蔡京、童貫、高俅。爲求招安，眞是無所不用其極，終於得遂宿願，成了維護王權名正言順的「官軍」。之後，協同張叔夜、雲天彪、徐槐等血腥圍剿梁山，使替天行道杏黃旗灰飛煙滅，將忠義堂變成歷數強人罪惡的審判場。

這且未完，功成名就的陳希眞選定的歸山修道的所在不是「乃祖陳希夷先生」成道的華山而是嵩山，對此，連天子也不禁疑惑：「你卻爲何愛嵩山？」陳希眞「嵩山近帝都」的回答，又令天子「歎息不已」。修道之人仍顧戀紅塵，心在天子，不能不說其忠義之心不凡。對於其婿祝永清辭歸修道的請求，陳希眞反勸道：「官家如此倚任於你，你豈可負恩？雖要出世修道，也不可乖背倫常大義。」（以上見第一百四十回）在陳希眞看來，君臣大義的「忠」重於個人修道，個人修道也要服從於君臣大義。從陳希眞形象的構思與經歷看，他才是作家著力表現的不同於名忠義實強盜眞忠眞義的形象。

追隨陳希眞並爲其左膀右臂的劉廣與祝永清，也曾置身于忠孝節義尖銳矛盾中，被賦予強烈的忠義色彩。

對劉廣的忠義表現集中於其保護救助其母的部分中。

劉廣女劉慧早早預見到將有刀兵之災降臨，懇求早早趨避，卻被其祖母幾次三番地「小賤人，發什麼昏」「賤婢」地痛責，其父劉廣也被連累，「你這畜生也來混說……我老大拐杖，每人敲他一頓」。因這位剛愎自用的老祖母是位虔誠的佛徒，信奉的是「『家有《高王經》，兵火不能侵』」。結果梁山兵到，劉家倉促間亂中離散。劉廣這位孝子吩咐兩個兒子「你等同我管住祖母，

餘外丟開」，連妻子都顧不上了。劉廣的兩個兒子也囑咐其妻「母親仗賢妻護持」，也如乃父一般置妻子不顧。「火光影裏……『替天行道』杏黃旗」衝得劉家四分五裂。亂中，劉廣身中一箭，血流不止，仍要「我娘的性命好道休也，我再去尋來」，並對妻子阻其上馬的勸說，喝道：「你是媳婦，也這般亂說！」但箭傷已使他上不了馬，跌倒在地；而且對尋祖母不著的兒子「大怒，拿過刀來便殺」，又飛身上馬致箭瘡迸裂，昏跌馬下。這一仗，劉母失散，劉廣重傷，兒媳一傷一亡。有其父亦有其子，其子對其妻也只能是「我救祖母要緊，那裏還顧得他」。劉家付出了慘重代價。亂中劉母被奸臣高封所獲，高以此要挾劉陳通敵。為了救母，劉廣處於極度矛盾中。陳希真認為只有投強人猿臂寨苟氏兄弟，劉母才有獲救之機。但陳希真的勸說讓忠君孝義的劉廣無法接受：「劉廣聽了淚如雨下，叫道：『……我同你都是大宋臣民，活是大宋人，死了是大宋鬼，你怎說這沒長進的話，豈不是上辱祖宗，招那萬世的唾罵？』」但老母命在旦夕，陳希真的話又讓劉廣難以拒絕：「須知忠孝不能兩全……報效朝廷有日……眼見太親母有殺身之禍……再遲疑一日半日，遭了那廝毒手，悔之晚矣！」兒子、女兒的哭求沒讓劉廣心動，陳希真「報效朝廷有日」的勸說與救不出「太親母」誓不立於天地之間的誓言、老母生命垂危、關押老母的是奸賊、猿臂寨主乃忠賢之後這些讓劉廣最後下了決心，「如此，我們就走」。誠如陳希真所言：「我也在軍營裏多年，每見箭瘡如此深重，多是性命不保，今姨丈如此好得快，豈非孝感所致。」（以上見第八十二回、第八十三回）忠孝一體、移孝為忠，這是《結水滸傳》表現的思想。劉廣雖有反上猿臂寨之行，一來事出無奈，二來追隨陳希真招安，助其掃清梁山，累建大功，終於名標「凌煙閣」，成為大孝大忠的楷模。

《結水滸傳》對祝永清歸降陳希真的描寫更為細膩生動，祝在忠義、生死間的矛盾與忠義戰勝一切的表現更為感人。

按書中所敘，祝永清乃《水滸傳》中祝家莊祝朝奉同父異母之弟。自遭梁山之禍，祝氏家族中三四百人只剩下祝永清與其次兄兩人。因之，祝永清不僅對梁山恨之入骨，對陳希真猿臂寨也視為敵人。在陳希真為了救劉廣母破了城殺了奸官高封，眾官軍束手無策時，少年英雄祝永清「願請發精兵二千……到猿臂寨生擒陳希真，獻於麾下」。並因與隨陳一起舉事的劉廣有親而設誓：「他此刻已背叛朝廷，還去認他做甚！小將前去，便連劉廣首級一齊取來。」真是公而廢私，大義滅親。初戰，祝永清以八百人勝陳希真部將一千

五百人，生擒二百多人，斬首三百餘級。因陳希眞愛其才能出眾，贊其忠肝義膽，「此人義烈，不減雲天彪」，故而要「我想收伏他，好歹要片心血」。陳老謀深算，棋高一著，祝永淸交戰不利，陳勝而不追不殺。陳陣前剖白心跡，「上覆將軍，希眞也是朝廷赤子，戴髮含齒的人，實因奸臣逼迫……須不比梁山上宋江，有口無心。望將軍開一線之路，哀矜則個」，陣下致信再敍個人出身、經歷，與祝永淸外祖雲天彪父雲公之誼，贊祝書跡。再次剖白上山之萬不得已，實不同於口是心非的宋江。祝對陳雖心中惻然，然深明其計，當眾發怒扯書。但幾次出兵，竟被陳所困。祝深服陳之能，因致信曉以大義，欲招降之：「朝廷之恩必不可負，君臣之節必不可虧，祖宗之名必不可辱，竊據之事必不可爲。如肯革面投誠，必有自新之路。」（以上見第八十六回）

　　陳希眞爲了降服祝永淸，頗費心思，還買通祝上司身邊人，探明祝營虛實，又散佈謠言，說祝受賄，離間計使其上下不和。祝永淸上司本爲奸賊，祝處處受阻，自不能立功於外。小說中三次寫到上司差官對祝的逼迫要挾。先是索要銀錢。祝係武職，爵位又低，平素不貪，那來錢財，弄得左支右絀。再來的是上司體己人，勒定要多少銀子。祝實在應付不了，解下家傳之寶價值千金的佩劍以爲質當。對此，差官全不理睬，逼得眾軍官爲祝大打不平，鼓譟起來，欲殺差官。祝永淸以死喝阻。眾人無奈，每人湊出銀錢，解了祝永淸之難。兩方交戰，糧草先行。祝永淸不僅不能得上司支持，連糧草也不得接濟，最後還收到責問與限命：「靡費無數錢糧……紛紛謠講收受希眞賄賂，不肯進兵……今封來劍一口，再限汝三日，如不能擒斬陳希眞，速將汝首來見。」英雄困於奸賊，無處申表，只能仰天大歎道：「我祝永淸忠心，惟皇天可表……死於法，何如死於敵……大宋祖宗鑒我微臣今日之心。」又恐累及他人，而把兵符印信交付部屬，並交代，「明日我只單槍匹馬殺出去，不回來了」，眾人勸阻不住，流淚而散。英雄末路，心中悲戚，但他顧念的仍是國家大事。他先朝東京遙拜了官家，又朝拜了本鄉，止不住淚如泉湧，對親隨道：「我豈怕死，只恨的是這般死，陳希眞不知誰來收伏他。此人日後必爲天下大患。」因擔心陳希眞爲禍而心懷一線希望，「但願他那封信是眞話才好」——陳信言要招安歸正。之後，疾書諸葛武侯《後出師表》，落款「儀封祝永淸絕筆」，歎道：「好死得不值！」之後，寫了三封信：一封與雲天彪訣別；一封與兄，託以宗祠香火；一封與師父。最後，取酒痛飲，流淚道：「你明日此刻，好道粉碎了。」

就在義烈祝永清愁腸寸斷百轉千回的時候，陳希眞隻身化裝來見他，行苦肉計：「今只是佩服將軍，不忍二雄並滅，寧可我亡。你要斬便請刀斧，要囚便請檻車。希眞死在英雄手裏，誓不皺眉……」對此，祝矛盾已極，道：「罷，罷，罷，殺你我不仁，救你我不義。」一邊以死囑託陳希眞不忘君恩，「你日後果能不負前書之言，不忘君恩，我祝永清死也瞑目了」，一邊抽劍自刎。幸被陳救下，陳被感大哭，以死阻之。祝亦被陳所感所服，「不道世上竟有這等奇人」，但還未完全相信，「只是他的眞假，還測摸不得，待我再探他一探」而欲捆綁陳。結果陳眞心願縛，面不改色，跪地相求，終於使祝心服口服：「我祝永清今日心服了你也！倘蒙不棄，願終身執鞭隨鐙，供作僕隸，萬死不辭。」此時，祝雖被陳仁義所感，但在君臣大義上絕不含糊，祝仍「也須要依我三件事，我便傾心吐膽歸降了。不然，情願自死」。「第一件，你既說暫時避難，不敢背叛朝廷，日後必須受招安；第二件，梁山泊係祝永清切齒深仇，你不許和他連好；第三件，你日後俄延著不肯歸降朝廷，我就飄然而去……」祝永清部屬知祝歸降，「有六七百人都紛紛奔了過去」，「其餘望那邊磕頭不已，都放聲大哭」，（以上見第八十七回）可見祝之爲人。

這是兩軍對壘，在生死與忠義矛盾間表現祝永清義烈干雲，忠君而不惜死的品節。在祝永清陳麗卿伉儷校場演練，見參星明亮時，他想的也是如何爲官家掃平天下：「參星大明，天下兵精，且多忠臣良將，何愁天下不太平哉！」（見第八十八回）待天下清平，陳希眞父女歸隱，祝歸隱之請未被君王允許，他修道而不背君臣倫常大義，勤於王事四十餘年，後告老隱居，終成正果。而祝永清妻陳麗卿更有奇言，小說「結子」寫她「永鎮妖魔」三十六天罡、七十二地煞後，在飛升中仍囑人「你進京見官家，可與我寄請聖安」，與乃父歸隱不擇其祖陳摶成道的華山而選嵩山是因嵩山「近帝都」一樣，同出忠君之心。

### 2. 雲天彪、徐槐、張叔夜分析

雲天彪作爲正統軍官，是忠義陣營中的重要人物，也是體現作家創作意圖與小說主旨的重要人物。

一出場，雲天彪便現出忠義本色。先是勸遭冤的陳希眞以「當今天子聖明，必有昭雪之期……但據吾兄這副奇才，似宜先爲朝廷出一番大力，然後恬退，方是正理」。然後以居所環境與武官所爲文事側寫：「圖書卷峽，魚鱗也似排著，正中間供一幅關武安王聖像，又供一部《春秋》，博山爐內焚著名

香；桌案邊架子上，豎著那口青龍偃月鋼刀……」關武安王乃忠義化身，《春秋》乃維護皇權的象徵，兩者被供於中間，說明雲天彪精神所寄。圖書滿架名香嫋嫋與寶刀豎立，暗寓雲天彪乃文武兼備。之後，雲天彪介紹自己所著《春秋大論》與泰山居士孫復曾著《春秋尊王發微》之不同，認爲後者「卻嫌他有貶無褒，殊失聖人忠厚待人之意。今我此編，頗與他微有不同」。（以上見第八十一回）雲天彪一出場即以君王聖明的議論，以關武聖王與《春秋大論》爲自己精神世界打上忠義的本色。之後的數十回內容，雲天彪不論是對親人親眷，還是對梁山賊人，對部屬，都是按忠義的標準行事，毫無違背之處，成爲純粹的忠義形象。如古時關武聖王與《春秋》結爲一體一樣，雲天彪成爲關武聖王的現時化身。

雲天彪與劉廣本爲兒女親家，陳希眞自也屬雲天彪的親眷之列。在陳、劉上猿臂寨前，三人是「情投意洽」，雲、陳二人更是「食則同案，寢則同榻，十分愛敬」。（以上見第八十一回）一旦陳、劉因救劉母而反上猿臂寨，雲天彪雖知事出萬不得已，事中自己還曾爲救劉母溝通官府，但仍一反常態，完全將親眷、愛敬之情拋諸一邊：「勃然大怒道：『是非曲直，朝廷自有公論，鼠輩焉敢造反！』」傳命征討猿臂寨。劉廣致信，他不容來人分辯，逐人毀書，再次大怒道：「背叛之賊，與你何親……他攻破國家禁城，殺死朝廷命官，搶劫倉庫，怎說不是造反？趁早伏闕請罪，或有生路；如再執迷，官家便是他親爺，也恕他不得。」忠正之心不僅不顧親情，而且連天子也被置于忠正天理之下，不同於盲目的愚忠。對「雲親家」，陳希眞也有評價：「此人忠義如山，必不肯徇親戚之情。」可謂知人之論。幸而上司以涉親調雲天彪他任，否則眞不知兩方對陣，該有何種結果。（以上見第八十五回）

陳希眞反上猿臂寨，不抗官軍，不借糧草，專門對付梁山，種種舉動又令雲天彪對其態度有所轉變，因主動發信規勸：「既要報效朝廷，建功贖罪，也須趁早了。」（見第九十二回）又在奸賊高俅被梁山困於孤城之際，致信陳希眞，促其出兵救高俅爲皇家出力，兼化前仇：「因思道子勇能蓋世，才智超倫，一到蒙陰，重圍立釋……務即會合天兵，匡扶王室。兼且高公舊誼，從此修盟。既輸力於天家，復用情於舊好：公私兩得，傾耳捷音。」（見第一百一回）眞是殷殷勸導，公私兼及。對於陳希眞上猿臂寨，雲天彪由欲興兵征討，到邀約出兵共解危難，轉化是巨大的，其根本原因在于忠義雲天彪理解了陳希眞名「賊人」實「忠義」的種種行爲。甚而至於，他還利用機會爲陳

歸正尋求門路。先是因陳希真兩次救蒙陰，擒賊目，斬獲敵眾，雲天彪等上奏，為陳請功，天子賜予陳「忠義勇士」封號；次後，雲天彪乘上京面君之機，商於朝中重臣種經略，蒙其口允。其後，促成山東地方文武大員再次上奏，為陳等請功：「所有陳希真及所率各勇士等，應寵加優敘之外，臣等開列名單，伏乞聖哉！」（見第一百十一回）可以說，為了陳希真歸正，雲天彪排除同僚與朝中奸佞阻攔，採取多種方式，不遺餘力，終於為陳鋪平了道路，掃清了障礙。他這樣做，出於親眷情誼是次而又次的原因，主要是因為陳秉持忠義之行，一心謀求招安，心向北闕，為天子出了大力，流了大汗，如他初見陳希真時規勸陳的那樣。

對親子，雲天彪也以不負天恩嚴加訓誡。因雲天彪破梁山有功，晉封加三級，其子雲龍也敘功在內，他便吩咐其子道：「你看，眾將官都吃盡辛苦，你不過略動動，便同他們一樣。須要自識慚愧，休得辜負天恩。」對其父則極盡孝道。與梁山鏖戰中忽接家報，知老父仙逝痛得立時暈倒，醒來大叫：「生不能奉事，殮不能憑棺，雲天彪萬死莫贖了！」並持父訓號哭，匍匐於地，泣血看視：「願為我子孫者，居家則孝，為官則忠，勿隕家聲，毋墜我志……汝致身事國，此身乃國家驅馳奔走之身，若令哀毀廢沒，則上負乃君之知遇，下負乃父之屬望也。戒之！」（見第一百二十四回）雲天彪為此忠良之後，承嚴訓一心事國，因與梁山戰事緊迫，奔喪料理老父後事不數日，即奉特旨，奪情辦事，仍回原職。

對梁山賊人，雲天彪也因情況不同對象不同而採取不同的方式。在與梁山交戰初期，採取懷柔策略，曾攔截敗逃的秦明、董平，大聲訓斥道：「兀那鼠輩聽者：……便殺盡了也空污我的寶刀，權饒你等性命，快去報知宋江，叫他早來納命。」然後喝令「賊兵」快逃。（見第九十二回）而且以忠厚之心待人，對梁山所屬降將用之不疑，卻從不調他們從征梁山。對死心塌地的賊酋力破之後還明加曉諭：「去順效逆，所以速禍……爾……竟乃喪盡天良，等為強盜，玷辱祖宗，貽臭萬世……這城中寸草尺土，皆天朝固有之物……」對投降之兵，也曾要「此等憨不畏死之徒，留之何益，都斬決報來」，因為「此輩……與誠心歸服者不同。況這班賊，害我官軍無數，應得償命，休要救他」。對此，部下勸之以賊人求生無路必然死鬥，雲天彪則大義凜然答道：「吾奉天討逆，豈怕鼠輩拼命！」最後，吩咐將俘獲的賊人每人割去一隻耳朵，發為奴，再有罪犯，立即處死。（以上見第一百十七回）

在作者看來，忠義之士，對敵狠，對佞威，對百姓必慈。小說兩次寫到雲天彪調離百姓哭送的情景。（見第七十九回、第八十五回）對奸佞同僚問屬地「出息何如」則斥之無礙，言出錚錚：「總管差矣！天彪爲一方大將，替朝廷鎮守封疆，只曉得有賊殺賊，無賊安民，從不省得什麼是出息。總管既論出息，何不做商賈去？」（見第八十五回）

雲天彪的忠義之舉，純是關聖再生，小說中六次描寫他的形象與勇武（見第七十八回、第八十三回、第九十一回、第一百十六回、第一百三十一回、第一百三十四回），如：「中軍隊內五百名砍刀手，捧出一員大將，鳳眼蠶眉，綠袍金鎧，青巾赤面，美髯飄動，騎一匹大宛白馬，倒提偃月鋼刀，大罵：『無端草寇，焉敢犯境！』楊春拍馬來迎，只一合，天彪青龍刀起，楊春身首異處。」宛如《三國演義》關羽重現。

《春秋》與《春秋大論》作爲雲天彪忠義精神的象徵，伴隨他於小說的始終，除雲天彪出場時寫到一次之外，還出現了三次。其一在第九十回，「天彪又於公餘無事之時，與標下軍官開講《春秋大論》，不問賢愚，無不感動。天彪講到那剴切之處，多有聽了流淚不止的」。接著寫其教化之功：「不到數月，馬陘鎮上軍民知禮，盜賊無蹤。」其二在第一百十二回，部下報大將李成追敵被擒降賊，眾人稱萬不料有此一事。雲天彪沉吟一回，不同意此說：「非也，吾料李成決不出此。他從我年餘，《春秋》大義聞之熟悉，何至今日昧心？」雲天彪有知人之識，堅信《春秋》大義感人心肺的作用。事實果如其言。李成雖被梁山所擒，但並未眞正降賊。先是大笑宋江招降舊手段，「宋頭領，你此等詐術，可以網羅俗子，不能結納英雄，竟敢如此唐突李成，無怪你眼睛毈瞎了」。後因思被殺無益，不如先詐降就中取事。最後，於陣上施果決之舉，刺死舊友楊志：「今日如此殉情，臣多一友，君少一臣矣！」「楊志，我顧你不得了！」後來李成戰死於疆場，但「屍身還騎在馬上，巍然不僕，挺槍在手……直向宋江衝去。宋江驚得幾乎墜馬……」（見第一百二十八回）。李成之舉正是對《春秋》大義的踐行。其三在小說的結尾部分第一百三十九回。天下太平，雲天彪重新改易舊著《春秋大論》，得賢臣張叔夜的讚賞，被天子稱爲「儒教中之功臣也」，並要「此繕本可收入四庫……可速付梨棗，以廣流傳」。天子傳諭頒佈天下，「士子無不欽佩，家家傳誦不朽」。天子又賜雲天彪「功崇爲正」匾額。《春秋》作爲儒家經典，其核心作用是使「亂臣賊子懼」，這是雲天彪忠義思想產生的根源，也是他精神的依託所在。書中不僅寫了雲

天彪如何受《春秋》影響，還寫了百姓、儒林、天下如何受其澤惠，還有如李成捨舊友小義、成忠君大節的果決之舉，也源於《春秋》的教化。則《春秋》之功可謂大矣。

小說結尾部分的第一百三十九回，還寫了雲天彪奉天子之旨，遍巡天下「從前各盜佔踞深山窮谷之處」，隨地制宜，設官備兵。以使宵小無從聚跡，皇圖永固。爲官家可謂不辭勞苦，盡心盡力。

小說是這樣交代雲天彪這位國之棟樑結局的：匡輔天朝三十餘年，治績昭彰，享壽八十四年而終。史館中名臣、儒林兩傳，均載其名。這位位極人臣、文治武功卓著的忠良，其壽終正寢之齡與聖人相同，不可謂非作家的有意爲之。

在忠義陣營中第三位出場的主要人物是鄆城知縣徐槐，他帶領的人馬是進攻梁山四支官軍中的一支。別小看這位鄆城知縣，在作家筆下其赤心爲國、忠義豪情可彪炳千秋。

徐槐「經濟滿懷，深通韜略，能爲人所不能爲」，與陳希眞見面時正欲上京以知縣銓選，因之陳希眞暗想：「此公倘得選山東，必大有一番作爲也。」（以上見第一百十二回）恰好梁山泊所在的鄆城縣出缺，人人畏惡此缺，都願告病以避之。徐槐則主動要求承擔重任。他深知雲天彪、陳希眞在梁山之東，梁山西、南空缺，若鄆城無人阻守，「出身犯難以作砥柱」，則天子所在的東京「未可知也」，因他「特遇事畏蒽以誤君國，所不忍爲耳」。到任後，修城池，備糧草，募士卒，三個月就「倉庫錢糧，衣甲器械，俱已完備，足支三年之用；城郭燉煌修理告竣，義勇軍士得五萬人，坐作進退，無不如法」，達到了「似此勁旅足可踏平梁山」的程度。之後，徐槐匹馬赴梁山，因爲「梁山以忠義爲名，若不先破其名，雖死有藉口，我初臨此地，不可不教而誅，且去面諭一番，使他死而無怨」。上山一見面，徐槐便以「忠義」相詰，以梁山焚掠州郡，刺殺招安天使，抗拒天兵的罪行訓示。對於盧俊義的種種辯白，徐正告道：「你錯極了！天子聖明，官員治事，如爾等奉公守法，豈有不罪而誅？就使偶有微冤，希圖逃避，也不過深山窮谷，斂跡埋名，何敢嘯聚匪徒，大張旗鼓，悖倫逆理，何說之辭！」又下了最後通牒：「本縣奉天子之命，來宰鄆城，梁山自我應管，一草一木，任我去留。我境下不容犯上之徒，我境下不畜逞兇之輩。遵我者保如赤子，逆我者斬如鯨鯢。自此次面諭後，限爾等十日之內，速即自行投首。如敢玩違，爾等立成齏粉矣！」這番話，忠正

之氣凜然。多少高官巨卿畏梁山如虎，徐槐一小小知縣，竟敢隻身面賊，嚴辭訓誡。臨下山，徐又命隨行人除掉「替天行道」杏黃旗，因在忠義徐知縣看來，替天行道的「替」字實在荒謬萬分。隻身赴賊營，以大義訓示，眾人都爲徐槐擔憂。而徐並非不知深入虎穴之險，但他早將個人生死置之度外：「惜乎我秩止縣官，是以僅乞得區區一鄆城，以與虎狼相馳逐。杯土彈丸，聊爲東京保障。其濟，則君之靈；不濟，則微臣隕首以報國爾。人誰不死，有司死職守，乃分所宜也。」（以上見第一百十九回）

徐槐秉持以死捍君王的忠義之念，以區區一縣之力，與梁山展開了殊死的搏鬥。在圍攻梁山的四路人馬中，張叔夜、雲天彪乃國之重臣，兵強馬壯，自不待說；陳希眞歸正之後，屢次被封官賜爵，手下也猛將濟濟，兵士如雲；唯有徐槐，將不過三四員，兵不過五萬，官秩僅小小知縣，但他所建之功頗爲赫赫，連連打破梁山固守的頭關二關。最後，梁山公孫勝施妖法，官軍抵敵不住，徐槐「渾身飛出萬道紅光，直向黑霧中射去」，而他卻「兩目已定，鼻息全無，原來浩然丹氣已歸太虛了」。（事見一百三十二回）在官軍漸漸不支時，有人見徐槐手持令旗，自天而降，敵兵驚退，死而不忘忠君拒敵。故而，天子以崇爵追封，以使其忠義昭彰。

張叔夜是忠義陣營中最後出場的重要人物。對張叔夜的介紹不同於其它人，著重突出其來歷的不凡，「乃雷聲普化天尊座下大弟子神威蕩魔眞君」；下凡的目的，「日後統領雷部上將，掃蕩世上妖魔」；出生的神異，「滿室異香，經日不散」；種種超凡異能，「貌若天神，博覽群書，深通兵法，猿臂善射」。在簡介其家族與其經歷後，重點寫了張叔夜擒捉海州三十六賊與平定曹州教匪之亂。還簡單交代了這位忠良勸農桑，教禮樂，治下清平，百姓安居，離任時民眾的「攀轅臥轍」「哀號相送」。（以上見第一百三回）

在張叔夜進剿梁山前，小說還簡寫了他滅江南方臘，促天子將朝中奸賊梁師成、李彥、朱勔、王黼盡行正法，將高俅發配，致「奸邪盡去，君子滿朝，士民歡呼相應」。之後，天子命張叔夜爲經略大將軍率二十萬天兵出師征討梁山。「其時天日晴和，風光明麗，士民聚觀，欣欣色喜。只見那旗旆連雲，戈矛耀日，祥光萬道，飛上九霄，須臾間天上慶雲聚集，五色繽紛，結成『天下太平』四個大字。萬目共觀，歡聲雷動，群臣齊慶聖德，天子仰感天恩，龍顏大悅。」（見第一百三十二回）的是天神下凡，忠良出征，祥瑞出現，萬眾欣然。

在跟隨張叔夜圍剿梁山的部將中，王進與梁山林冲多有相同之處，而經歷與結果迥異。小說著意安排了「移孝作忠」的王進訓斥林冲的內容，以明忠義盜賊之不同。兩人大戰後，王進先讚林冲武藝高強，但責其失身從賊，將兩人一一作了對比：一為朝廷名將，一為牢獄囚徒。都係教頭，都遭高俅逼害，一個無見識，踏著機關不能閃避，以致遭受拷打，成了人人可罵的賊配軍；一個見機而作，趨利避害。同是一樣出身，變作兩般結局。又責林冲陷身綠林，隨不肖狂徒不軌不法，不明順逆之途，自不會有全生之路。王進義正辭嚴，言之鑿鑿，終令林冲大吼一聲，面色雪白，仰鞍而倒。之後，寫張叔夜率眾大戰魯智深，擒捉盧俊義，與雲天彪部、陳希眞部血洗忠義堂。昔日強人相聚處，今朝化為審判堂，張叔夜等打掃戰場，清理梁山及其所屬山寨賊首，書中開列一詳細清單，表其戰果。之後張叔夜歸京獻俘，爵封郡王，為入徽猷閣名臣三十六人領袖。

小說最後一回，寫天子特問神仙下凡文武超卓的張叔夜「尚須策劃萬全，俾國家景運常新，蒼生永奠」之策，張叔夜對以「君者，民之歸也，民者，國之本也」及安天下之「四則」「四勿」之道。天子大悅：「卿言實為國家攸賴，速著京外各地方遍行示諭，實力遵行。」結果不數月，「內外頒詔，聲震海隅，共見聖君、賢相郅治無為，從此百姓安居，萬民樂業，恭承天命，永享太平」。

### （二）「盜賊」陣營主要人物宋江分析

上面從小說的「忠義」陣營角度，以四位主要人物來分析他們的「忠義」言行。下面從與「忠義」陣營對立的以「忠義」相號召的梁山宋江角度來分析，看小說所寫其所標榜的「忠義」其實質究竟如何。

《結水滸傳》開篇從金本《水滸傳》盧俊義夢境續起，緊接寫不明之火大燒忠義堂，公孫勝施法術救之不及，宋江不聽守堂軍士的稟告與盧俊義的勸阻，笑著將三十二個軍士斬首，並自責：「皆因我宋江一個人做下了罪孽，平日不忠不孝，以致上天降這火災示警。倘我再不改，還望眾弟兄匡救我。」（見第七十一回）一面以忠孝自責，一面濫斬數十人首級，二者並現，形成巨大反差，宋江一出場，就讓人因其殘忍之行而對其忠孝之言產生懷疑。對於梁山號召天下的「忠義」，小說中數次寫到宋江對其的態度。在他知侯蒙將到山寨招安後，致猿臂寨主陳希眞的信中，開篇即寫道：「忠義者，人生之大節；朝廷者，天下所歸依。」（見第九十二回）又說梁山「特以忠義之心」而

使天下豪傑一唱百和，影從雲響，更要假朝廷之名征討猿臂寨。還多次稱「我梁山替天行道，忠義爲心……」。（見第九十九回）但宋江標榜的「忠義」行爲是什麼？《水滸傳》中，招安，是宋江汲引朝廷命官等上山的法寶，是他維持山寨人員思想統一的利器，是忠義言行最徹底最直接最實際最本質的體現。《結水滸傳》中當他知天子准侯蒙之請要上梁山招安眾兄弟時，其反應是頗感人的：「好了，我等弟兄這遭得見天日了。」「讀罷滿眼流下淚來，禁不住失聲痛哭，道：『宋江與令兄並無半面之識，不意他這般錯愛我，正不知宋江那世修下的，粉身碎骨，報他不得。』」因慶賀吃酒，宋江酒量反不及往日，其原因是「眞個歡喜得酒都吃不下去了」。甚至對李逵——這位幾次捨命救己於性命懸於一絲的心腹兄弟的激烈反對招安而氣得說不出話來，罵李逵「這黑賊好道瘋了！不要道我認眞不來斬你」。還恐李逵壞了大事而將其關鎖了起來。但是招安之舉發生了巨變，天使被人殺死於途中。宋江將此惡行推了梁山敵人陳希眞身上：「宋江等正如撥開雲霧，重見天日……誓願竭力捐軀，盡忠報國，死而後已……天使遇害，此乃猿臂寨賊人陳希眞……所爲。彼深忌宋江投誠，故行此毒計。」（以上見第九十二回）但宋江刺殺天使，嫁禍陳希眞的用心，卻被朝廷命官識破：「宋江……他堂名忠義，日日望招安，只是羈縻眾賊之心，並非眞意……這廝恐詔書到山，擺佈不來，所以行此斷橋之計，卻嫁禍於陳希眞，以遂其兼併之志。」這位官員還運智謀，命人潛入梁山刺殺天使的呂方部下，套出了事情的眞相，「宋大王……只因奸臣滿朝，官家蔽塞，深恐受了招安，仍遭陷害……所以不得已，只好將天使害了，希圖再緩三五年，奸臣敗露，再受招安不遲。殺天使一事……便是山上眾頭領也不得幾人曉得」「陳希眞是我山寨對頭，落得推在他身上」（見第九十三回）。其實在第九十二回中，謀刺天使之事已埋下伏筆：「宋江便密請吳軍師到自己房裏，屏退左右，商議招安之事。直議論到三更後，忽傳呂方郭盛二位頭領……」在小說中，宋江是口稱忠義之名，而施賊人之行，反嫁禍於他人。從上面對宋江「忠義」言行的分析可以明確得出這一結論。

在《水滸傳》中，宋江號稱及時雨，多有救人急困之行。對於他人相救之請常常是親自啓請眾兄弟隨之一起下山，如應孔亮之求打青州救孔明等等，眞是義薄雲天。但在《結水滸傳》中，梁山爪牙清眞山馬元被雲天彪圍攻甚急，馬元幾次求救於大寨宋江，宋江被陳希眞拖得自顧不暇無法發兵，因此馬元給宋江的信中「句語十分怨悵」（見第一百五回）。後來馬元眼見救

兵不到更發出了「不料宋公明如此不仁不義」的議論，不得已投降了雲天彪。
《水滸傳》中，梁山興旺發達緣自四方豪傑來歸，宋江也以「呼保義」傳名
江湖。但在《結水滸傳》中，被徐槐部打敗的強人逃到梁山，「宋江正在煩恨，
不得已接見了二人，卻於禮貌言辭間失於關切……二人不悅，託辭告去。宋
江又不苦留」。對此，宋江心腹吳用指出了問題的嚴重性：「兄長如此疑人，
現在輔佐業已殘缺，未來豪傑裹足不前，我梁山其孤危矣！」（見第一百十二
回）不救兄弟，拒新來人，於「忠義」有虧，因之也是梁山自取滅亡之道。

《結水滸傳》中宋江的忠義言行和其在《水滸傳》中的忠義言行相違之
處還有許多。在《水滸傳》中，宋江是在兩贏童貫三敗高俅，並將高生擒上
山後向他軟語相求。在《結水滸傳》中，宋江捕獲了蔡京之婿梁中書，逼梁
與其妻拜自己爲父，並以此交通朝中巨奸蔡京，打探消息。（見第八十一回）
在蔡倒臺後，又交結權奸童貫（見第一百二十二回），目的是摸清官軍動向，
與奸賊內外聯手，圖謀不軌，共同對付雲天彪、陳希眞等人。正邪不並立，
物以類聚，《結水滸傳》中宋江的行爲哪裏還有什麼忠義呢！《水滸傳》中，
對擒獲的軍官，宋江動輒是口稱死罪，解衣遜座，納頭便拜。《結水滸傳》中，
宋江再施舊法於被擒的軍官李成。對於宋江的「只待朝廷赦罪招安」，李成笑
道：「宋公明，你須受招安，李成現是軍官，未免多此一番招安。你想李成受
你的招安，你還想受哪個招安？」對眾人欲殺李成道：「忠義宋公明！俺乃不
知忠義之人，殺亦何妨！」（見第一百十二回）直言相譏宋公明所說的忠義。

《水滸傳》中梁山英雄多以綽號見稱，但如宋江者，綽號多至三個則絕
無僅有，「及時雨」「呼保義」「孝義黑三郎」，可見其影響之大之廣。在《結
水滸傳》梁山將滅前，宋江、吳用有一番耐人尋味的對話頗能說明宋江的爲
人：

> 原來宋江自那日魯達瘋死之後，便邀吳用入內議事。二人密室
> 對坐，宋江長歎一聲，隱隱的流出一行淚來，道：「軍師，你看大事
> 如何結局？」吳用默想一回道：「但憑天數。」宋江道：「依我看來，
> 天之亡我，不可爲也，先生作速爲我劃策。」吳用又沉吟良久，目
> 視宋江，將中指在桌上書一「走」字。宋江搖頭道：「這個斷斷不可，
> 我一走，如何對得住眾兄弟。若挈了大眾同走，官軍必然追來，仍
> 與不走何異。」吳用道：「兄長且去，只要我不走，就無害了。」宋
> 江道：「這便更荒唐了，豈有我得保全，先生受累之理？」吳用道：

「兄長且去，小弟見機而作。至於眾兄弟，亦只好付之大數而已。」
宋江道：「還有一事甚難，我此刻單身出走，老父在堂，斷難竊負而
逃。若不稟知老父，於心何忍；若說明了，老父必然牽掛，如何是
好？」吳用道：「這也只好從權。太公面前，萬無說明之理。兄長且
去，太公如果問起，總說兄長在前關就是了。」宋江道：「我兄弟老
清與我同胞，此刻遠別，須得告知他方好。」吳用道：「這個更可不
必，兄長且去。老清是純厚人，易於安慰，可以放心。」宋江道：「萬
一事變，這些兒郎們我不能照顧，如何是好？」吳用道：「古人說得
好：『慈不掌兵。』兄長且去，此刻非慈悲之時節了。」宋江浩然歎
道：「鹽山情形，據朱仝、雷橫說起，十分興旺。如果如此，盡可去
得，我且先去。」吳用道：「兄長須帶一人同去，以便沿途服侍。我
看兵目中史應德，乃是小竊出身，兄長帶去大利。出後關時，也省
得告燕青。」宋江稱是，急忙收拾，帶了史應德去了。故爾梁山內
外，寂無知覺。（見第一百三十七回）

這段對話，宋江是明知答案而偏偏發問，借吳用之口說出自己欲行之事。
而且是先講出不同意的理由，之後再說出不得不如此的原因。用心之深，權
詐之狡，完全將生死結義兄弟、事事為己謀劃稱其為「先生」的心腹軍師、
垂垂老矣的父親、同胞手足、跟隨於鞍前馬後的兒郎置於不顧，只想如何「急
忙」全身出逃，再尋落腳之處。結果，梁山破，兄弟損，兒郎降，逼得老父、
胞弟投井亡。在作者看來，口稱的忠義何在？「及時雨」「呼保義」「孝義黑
三郎」又何在？

最具諷刺意味的是忠義宋公明的結局。宋江隻身逃跑，夜中被縛於舟中。
舟子設計，探其身份，故意驚叫：「這位客官，好像是及時雨忠義宋公明。」
宋江故技重施，希圖如《水滸傳》中在潯陽江、清風嶺等處死裏求生：「二位
好漢，何處認識宋公明？」「我真是宋公明。」「不瞞二位說，我梁山被官兵
圍攻緊急，十分難支，我想逃到鹽山……今懇求好漢……」結果中了圈套，
那兩人呵呵大笑道：「你原來真是宋公明！你休要慌，那張經略大將軍等你已
久，我們……便直送你到他營前。」宋江聽了這話，驚得魂飛天外，開言問
兄弟二人姓名，原來「咱老爺姓賈，喚做賈忠……這是咱兄弟，喚做賈義」。
宋江聽罷，又浩然長歎道：「原來我宋江死於假忠假義之手」。（見第一百三十
七回）宋江之死於假忠假義之手，這對他所謂的「忠義」之挖苦與譏刺，可

以說是入木三分了。

梁山名義上的第二號人物盧俊義，他的出身、經歷、影響與宋江大為不同。《水滸傳》中盧被梁山逼上山寨後，作為號召天下的象徵是起了重要作用的，對宋江穩坐忠義堂第一把交椅其襯托作用也是甚為明顯的。盧俊義雖坐的是第二把交椅，但與吳用相比，遠非宋江的心腹與知己。在《結水滸傳》中盧對宋江的忠義是有自己的理解與感受的，這集中於第一百十九回徐槐上梁山，面誡群雄，斥其忠義之名強盜之實後盧的思想變化部分。書中先交代：「原來盧俊義原曉得宋江口稱忠義，明是權詐籠絡，此時當不得身子已落水泊，只得順著眾人，開口忠義，閉口忠義。此番經徐槐詰駁……心中大為悔悶……」之後直接寫他的憤然心境：「宋公明，宋公明！你把『忠義』二字誤了自己，又誤了我盧俊義了，眾兄弟兀自睡裏夢裏哩！算來山泊裏幹些聚眾抗官、殺人奪貨的勾當，要把這『忠義』二字影子占著何用……當初老老實實自認了不忠不義，豈不省了這番做作之苦。」（見第一百十九回）之後，盧有獨自歸降之意，又捨不得宋江的情份與梁山的基業，因此輾轉難眠。盧俊義作為梁山核心人物，實際地位、作用雖不能與宋江的智囊與心腹吳用相比，但他對宋江忠義的認識還是相當深刻的，對我們分析作家如何表現宋江忠義的實質是有啟發作用的。

### （三）其它相關內容分析

小說中還有一些內容頗能表明作家揭露梁山的非忠非義。如第七十一回，寫梁山連破數州縣，「各處倉庫錢糧，都打劫一空，搶擄子女頭口，不計其數，都搬回梁山泊」。第七十六回，「那廝倚仗著山東梁山泊的大夥，無惡不作，幾處市鎮，被他攪亂得都散了」。這是寫雲天彪父對梁山爪牙的憤怒。第八十一回，「呼延灼便傳軍令，盡洗嘉祥、南旺兩處百姓，以報昔日背叛之仇。可憐那兩處的軍民，不論老幼男女，直殺得雞犬不留一個……自此以後，梁山兵馬每破了城池，常洗滌百姓，實是從這一回開手」。第一百四回，「宋江、吳用都進了城，將文武官一齊殺盡，一面出榜安民，一面盤查倉庫」。還有第一百三十六回，張叔夜、雲天彪、陳希真等勘問蕭讓、金大堅梁山天降石碣來歷，二人受刑不過招出緣委。「這是宋江想與盧俊義爭位，故與吳用、公孫勝議得此法，特將盧俊義名字鐫在第二……此一事，唯有宋江、吳用、公孫勝及小人等知悉，餘人都不曉得。」對此，張叔夜大笑道：「妖言惑眾，一至於此。」那麼，石碣上「替天行道，忠義雙全」八字，自然也就「荒謬

絕倫」了。

　　《結水滸傳》中，神僊神跡處處可見。這些具超常之能的「人」最能體現「天」意。且不說陳希眞與公孫勝數次鬥法公孫勝不敵，天神力士聽陳而不聽公孫，公孫竟被陳鎮住擒捉是順天意；救劉慧娘命，眾神與眾人齊力，是順天意；張叔夜偶然離座而避亡命之禍是因神不能傷；花榮神射不敵陳麗卿三射而喪命箭下是因其逆天而行。小說中筍冠僊與羅眞人的議論也很能說明正逆之別。第九十八回筍冠僊笑言宋江「貪官污吏干你甚事？刑賞黜陟，天子之職也；彈劾奏聞，臺臣之職也；廉訪糾察，司道之職也。義士現居何職，乃思越俎而謀」，奉勸宋江回頭，「且請息足」「英雄無名死，不如棲岩阿」。但宋江不聽誨訓，故而僊人暗忖道：「孺子不可教也。」一百七回寫羅眞人評論陳希眞與宋江態度更爲明白：「陳道子乃得道之士，汝等遠不及也。」「宋公明氣焰將終，汝尙不知悟耶？」公孫勝不捨宋江情義苦求下山，眞人歎道：「業緣所到，雖銅牆鐵壁阻擋不得。」囑公孫勝「自愛，自愛」，（見第一百七回）任其自去。在眾官軍圍困梁山危急時刻，眞人又勸公孫勝「速離火坑」（見一百三十五回）。眞人對陳、宋態度不同，一再勸弟子公孫勝也可說明宋江忠義之實質。

　　小說對梁山與官軍的褒貶是非常鮮明的，作家不僅在「序言」中稱宋江「口裏忠義，心裏強盜」，要「提明眞事，破他僞言，使天下後世深明盜賊、忠義之辨」，強調事實上並沒有宋江受招安、平方臘，只有宋江被張叔夜擒拿正法。在「結子」中再次站出來重申這些看法，指出受招安、平方臘等所以流傳的原因，明確創作目的：「只有朝廷除巨寇，那堪盜賊統官軍。」「翻將僞術爲眞跡」，「我道賢奸太不分」，與創作目的：「敢將柔管寫風雲。」「但明國紀寫天麻。」而且在小說正文中有時作家急不可耐地直接發表議論，如第一百三十二回寫梁山求九天玄女神諭結果：「看官，這件事到底眞的假的，我卻不必直說。緣列位看官中，盡有見識高遠的，一望了然；其次，也但須略一思索，早已領悟。我若務要說明，反覺瞧低了看官了。至於像羅貫中這班呆鳥，卻一萬年也猜不著，我說明了，也是無益。」在敘述中直接插進來發表議論，對敘述是大爲影響的，但似已顧不及此了。

　　每回的回末聯語或是對本回總結或是對下文預告，作家於此也透露出鮮明的態度。如第一百四回，「半生忠義，頓弄成負義名聲」，第一百十回，「虎旅宣威，削盡那假忠假義」，第一百二十一回，「稱忠道義頭領，竟成油裏之

鰍」，第一百三十六回，「一生忠義，居然忠義了殘生」，這些都是揭露宋江假忠假義；「群盜殘魂苟續，留須盈貫之誅；真僞大願漸成，終著精忠之望」，既刺宋江等爲「群盜」，又頌官軍「精忠」。上面所引皆係圍繞忠義而言，書中褒官軍貶梁山甚至於詆毀、謾罵梁山的語言觸目盡是，作家的態度再明白不過了。

## 三、結論的得出

以上所談，係圍繞著小說如何寫陳希眞、雲天彪等眞忠眞義與梁山宋江的名忠義實強盜而展開，這是對兩方性質的定位，並關涉小說主旨的一個關鍵部分。在此基礎上，再來分析小說是如何寫眞忠眞義與假忠假義雙方矛盾對立的結果。

《結水滸傳》從金聖歎腰斬本結尾續起，自然開篇即爲盧俊義驚噩夢。從古今十幾部水滸續書看，從驚噩夢續起的也非《結水滸傳》這一部，但其感情色彩卻不相同。因《結水滸傳》繼承了金本水滸仇視梁山的基調並對其進行了極端化的發展，所以，驚噩夢後寫了盧自歎陷身梁山，與強盜爲伍，盼望招安的內容。不僅如此，緊接著細寫了火燒忠義堂，替天行道杏黃旗被大火卷去，公孫勝施法術不靈與宋江一邊笑斬數十士兵一邊自責自己有虧忠孝而致大火。之後，用化外人道士之口引出流佈天下的童謠：「山東縱橫三十六，天上下來三十六，兩邊三十六，狠鬥廝相撲。待到東京面聖君，卻是八月三十六。」(見第七十一回)

盧俊義驚噩夢，歎身陷賊中，招安無日，喻指梁山後日結局；火燒忠義堂，隱喻梁山號召天下的忠義必將灰飛煙滅；宋江邊笑邊斬人並自責，可視爲假仁假義假忠假孝；童謠則暗含全書眞忠義戰勝假忠義的內容。「山東縱橫三十六」的三十六係指梁山三十六天罡，「天上下來三十六」的三十六係指大神張叔夜率領的上天雷部三十六天神，「兩邊三十六」的三十六係指神魔雙方各三十六，「卻是八月三十六」的三十六係指八月間張叔夜率三十六天神押解梁山三十六天罡地煞上京。如此看來，《結水滸傳》一開卷即隱喻了全書的主要內容，而這也是直接關涉全書所表現的主旨的。

筆者認爲，眞忠眞義戰勝假忠假義是全書主旨的另一個重要部分。「戰勝」有一個過程，在書中多有描寫。小說開卷第七十一回，交代了梁山的整體情況，「自那徽宗政和四年七月序位之後，至五年二月，漸嘯聚到四五十萬人……

打破了定陶縣……破了濮州；又攻破了南旺營、嘉祥縣……破了兗州府、濟寧州、汶上縣。宋江又自行引兵破了東阿縣張秋鎮、陽谷縣」。之後還打破了新泰、萊蕪兩縣。並有冷豔山、清眞山、青雲山、鹽山、蛇角嶺、虎翼山、紫蓋山等處。可謂兵精糧足，聲勢浩大。但在猿臂寨陳希眞部、官軍雲天彪部、官軍徐槐部、官兵張叔夜部前後圍攻下，梁山勢力逐步遭到重大打擊。待第一百十二回時，「統計梁山兵馬尚有十五萬，並嘉祥、濮州兩處十七萬人馬，及新泰、萊蕪十萬人馬，合計共四十二萬人馬，錢糧尚可支三年」，情況已發生了變化，所據州縣失去幾處。待第一百二十六回時，梁山情況是，「寨中錢糧，業已查清，如果一無增減，僅敷一年支銷」，爲此寫了吳用「內心愈加憂慮……若非速出奇計……萬無生理」，形勢已十分嚴重。小說一次次寫了上面所列梁山所佔各州縣與山寨被官軍剿滅的情況，特別詳寫了大破兗州與幾路人馬圍攻梁山大寨。最後終於將忠義堂化爲查核強盜的訊問場。第一百三十六回，細寫了官軍所剿各山的名稱與賊首，梁山一百單八人某某被誰斬，某某被誰擒，某某監於何處等各人下場，最後將「忠義堂燒毀，伐倒替天行道杏黃旗旗竿」，並將一百單八殘餘的宋江等三十六人裝入陷車，押上東京。在天子冊封張叔夜等高官顯爵時，宋江等三十六人分別以「元兇渠魁，罪大惡極」「逋逃淵藪」「怙惡不悛」「土猾倡亂」「吏胥通賊」「身受皇恩，忍昧本良」「身爲市儈，潛蓄異謀」「嘯聚山林，倡爲盜首」的罪名，凌遲處死，首級分各門號令。之後，齊慶昇平，詔將平定梁山的功績事實發入樂部扮演，天子御閣賜筵，率群臣觀看，至某臣建功之處，則賜某臣酒一杯。天子又親灑宸翰，歌詠詩章，贊群臣之功。又圖三十六臣像入徽猷閣，天子御題，以垂不朽。

小說結尾處處照應開頭，除盧俊義驚噩夢、火燒忠義堂、張叔夜等率三十六天神押解三十六魔君赴京外，還一一道出張叔夜父子三人與其所率三十六天神的來歷，陳念義等十八位助天神剿賊的「十洲三島閻浮世界得道高眞」的來歷。「結子」又呼應所續金本《水滸傳》「楔子」中「誤走妖魔」內容，寫陳麗卿「永鎮妖魔」，使「群魔歸石碣」，交代諸魔去處，再次突出眞忠眞義戰勝假忠假義的思想。

反觀本文開頭處所引以「尊王滅寇」爲小說主旨之說，筆者認爲，從小說內容看，「尊王」則有之，同于忠義，但未能充分體現陳希眞逼而不上山，上山後不抗官軍反剿梁山，一心謀求歸正，一力報效朝廷的眞忠眞義的複雜

情況；「滅寇」亦有之，但未能反映出梁山口稱忠義實爲強盜，名實相背，假忠假義的複雜情況。故而，筆者認爲，《結水滸傳》的主旨是頌揚陳希眞、雲天彪等的眞忠眞義，揭露梁山宋江的假忠假義與眞忠眞義戰勝假忠假義。

主旨同爲忠義，但在《水滸傳》中宋江等眾英雄是歌頌的對象，在《結水滸傳》中則是揭露的對象，一正一反出現巨大反差。這一尖銳的矛盾原因何在呢？「以頌揚忠義和鞭撻奸佞爲出發點，以憧憬劉備或宋江式人物的皇帝實施仁政於民作旨歸」，「其目的是想總結北宋滅亡的經驗教訓，並爲後來者戒」，「這就是《水滸傳》的主要政治傾向或主題思想」。〔註6〕我們從《水滸傳》宋江等忠義英雄身上發現的是北宋末投效朝廷共拒外寇的「忠義八字軍」的形象，而《結水滸傳》讓我們聽到的則是面對岌岌可危的王朝而發出的仇視反抗維護皇權的封建正統士大夫的呼聲。

## 第二節　陳麗卿形象與其淵源

俞萬春《結水滸傳》圍繞著「提明眞事，破他僞言，深明盜賊、忠義之辨，絲毫不容假借」〔註7〕的創作目的，塑造了忠義、盜賊兩大陣營眾多的人物形象。忠義陣營中張叔夜、雲天彪、徐槐分別從文武兼備朝廷重臣、國家棟樑，地方武將與地方文官等不同角度，表現了眞忠眞義必然戰勝假忠假義的小說主旨，樹立了精忠報國的榜樣。但由於作家創作目的的限制，這幾個人物形象均有圖解忠義之弊，性格單一化、平面化，缺少變化發展，因而不能稱之爲成功的藝術形象。特別是雲天彪，作家一力將其描寫成關聖再世，因此是忠義的化身，思想、行爲、語言從始至終是純而又純，幾乎不夾雜一點點人間煙火。忠義陣營中的陳希眞是作家傾全力塑造出來與梁山完全對立的、全面體現作家否定《水滸傳》「官逼民反」基本思想，被賦予眞忠眞義內涵的第一人物形象。但由於作家「提明眞事，破他僞言，深明盜賊、忠義之辨，絲毫不容假借」創作目的與處處反《水滸傳》「官逼民反」而行之的構思的制約，陳希眞雖具宋江之號召力、吳用之智謀、公孫勝之神通、林冲之出身與武功，數方面絕頂優長於一身，但由於人物構思未能植根於生活，存在

〔註6〕張錦池，中國四大古典小說論稿，北京：華藝出版社，1995年，118～119頁。
　　　說明：《結水滸傳》的主旨是頌揚「忠義」，此說係張錦池教授提出，本文據此構思而成。
〔註7〕〔清〕俞萬春，結水滸傳‧序，哈爾濱：黑龍江人民出版社，1997年8月。

欠缺，因而影響了形象的藝術感染力。除了與其女陳麗卿相關的表現父女平凡人生活的內容外，陳希眞也存在圖解眞忠眞義思想的痕跡。

## 一、陳麗卿形象構成分析

忠義陣營中的陳麗卿，是作家塑造的幾位優秀女性中的第一號人物，她在全書整個形象體系中未被賦予承載過多的表現創作主旨的重任，因而所受制約相對較少，作家能夠較多地依循現實生活的邏輯，從這個人物的身份、性別、年齡、閱歷等出發，對其進行頗有偏愛的略帶誇張意味的刻畫，因而靈活靈現地描寫出既粗豪又天眞爛漫的少女英雄性格特點。從藝術性方面看，筆者以爲陳麗卿是全書最具性格最爲生動最爲成功的第一人物形象，某些特點在中國古代小說女性人物系列中還頗具新意。

### （一）粗豪的女性英雄

中國古代小說寫女性，大都是從其容貌入手的，陳麗卿出場與此略有不同，是既寫容貌又寫武功。小說也是從其「花容月貌」著筆，但注意以周圍反應來側寫。當陳麗卿一出場除去青紗面罩兒來時，反應是：「不除時萬事全休，一除去，那一聲喝采，暴雷也似的轟動。」「有那些不學好的子弟們，一陣兒往山門裏亂夾。眾人沒一個不稱讚道：『好個絕色女子！』」緊接以他人之口寫其不凡武功：「這個女兒天生一副神力，有萬夫不當之勇……又自己習得一手好弓箭，端的百發百中，穿楊貫虱……因此又叫她是『女飛衛』。」之後馬上以陳麗卿教訓惡少高衙內展示其性格的豪氣。

陳麗卿上香受高衙內調戲，因而動怒追打出來，「拈著一條杆棒，紡車兒也似的卷出來」，大叫：「眾位沒事，暫閃一步，我單尋高俅的兒子！」將閃不開的人「一把一個的提開去，好似丟草把一般，霎時分開一條去路」，把高衙內「抓小雞一般拈來放在地上」，「左手揪住高衙內的發際，直按下去，一隻腳去身上踏定，右手提起粉團也似的拳頭，夾脖子杵下去」。（以上見第七十一回）當其父陳希眞搶來勸阻，陳麗卿指著高衙內罵道：「我把你這不生眼的賊畜生，你敢來撩我！你不要臥著裝死，你道倚著你老子的勢，要怎麼便怎麼。撞在我姑娘手裏，連那高俅都剁作肉醬！」陳希眞深知女兒闖禍，但陳麗卿卻是「怕他怎的！便是高俅親來，我一箭穿他一個透明窟窿」。（以上見第七十二回）《水滸傳》中奸賊高俅曾逼走王進，其子惡少高衙內調戲林娘子，林冲揮拳而不敢落下，還被逼得家破人亡，可以想見其父子之惡。但陳

麗卿出場亮相不凡，不僅痛打了惡少，而且連當朝權奸也未放在眼中。這固有初生牛犢之意，但其豪氣確爲令人凜然而生敬意。陳氏父女施唱籌量沙之計，與高俅父子虛與委蛇，待離家出走前，麻翻了高衙內，陳麗卿「提著那口寶劍，奔上亭子來殺高衙內」，但遭其父阻攔，她「氣得亂跳」，只能是「颼颼的把高衙內兩隻耳朵血淋淋的割下，又把個鼻子也割下來」，還把高的兩個隨從的耳朵也割了下來，算是「略出口氣」。(見第七十四回) 對於高家父子，陳麗卿是恨之入骨，在她心目中，高俅哪裏是什麼太尉，只是一個奸賊。因此，當高俅被梁山圍困在蒙陰孤城，雲天彪函促陳希眞出兵相救時，陳麗卿先是責問：「爹爹，你怎的要去幫高俅？須吃別人笑我沒志所，顛倒去奉承他。」陳希眞解說是救官家地方而非救高俅。然後陳麗卿提出要求：「若高俅那廝想逃出城來，孩兒便一槍戳殺他，休叫他回到東京，又去詐害百姓。」陳家父子出兵被高俅誤解，陳麗卿惱得大叫道：「你這老賊顛倒不識好人！我父女好生出死力來救你，你顛倒罵我！」陳麗卿深受高賊之害，雖「打狗看主」救了官家大臣高俅，(見第一百一回) 不敢違背其父主張，救高俅公私兼顧，但仍大罵其老賊，與其父深運機謀比，陳麗卿之豪正更覺可愛可敬。

　　《結水滸傳》處處反《水滸傳》而行之，花榮擅射，陳麗卿更擅射，一丈青美而勇，陳麗卿更是勝之一籌。在寫陳麗卿與花榮鬥箭、與一丈青鬥勇時，陳的豪氣更爲光彩煥然。

　　第一百二十五回寫梁山與猿臂寨交戰於望蒙山，花榮見宋江因陳希眞兵精將勇憂煩，自恃射技高強而與陳麗卿鬥箭。而且，花、陳兩人都覺對方不除陣上好生不便。陳麗卿聽了鬥箭之信，「正如天上脫落一個大寶貝來，歡喜得五臟開張」，對希眞連稱道：「有何不可，有何不可！爹爹就批了今夜如何！」已是急不可待，躍躍欲試。一上陣，陳麗卿就讓花榮「先射」，花榮縱馬放開，邊厲聲道「有僭了」邊翻身一箭，突施殺手，陳是藝高膽大，一箭射中來箭。之後兩人約定，各射三箭，對方不得還手，仍是陳讓花「先射」。花榮連用「聲東擊西」「送往迎來」「移遠就近」三計，均被陳識破未能奏效。特別是第三箭被陳麗卿「不慌不忙，張開櫻口，將那箭頭輕輕的銜住，面不改色」。這讓花榮「虛怯」「十分焦躁」「駭聲不絕」。陳射花三箭。第一箭花榮的反應是「若非⋯⋯急避得快，當下便已斷送性命」，第二箭花榮是「驚出一身大汗」，第三箭射劈花榮的弓幹，花榮是「目瞪口呆」。兩兩對寫，陳麗卿的技高一籌與處處讓對方先動手的豪氣完全壓住了對手。這還不算，陳希眞、祝永清欲乘

勝殺出，陳麗卿忙阻之：「不可，孩兒已約他再來比箭，豈可失信。」再次上陣，兩人鬥智鬥勇。花榮見射飛陳麗卿頭盔，以爲已操勝券，因而被陳「一箭中腹，仰後而倒」。與花榮比箭，以陳麗卿的兩次讓花榮先射，以阻發乘勝之兵不失信於對手，並以數次化險爲夷，最後「女飛衛」使素有「小李廣」之稱的花榮命喪於箭下，突顯其舉重若輕，成竹在胸的豪氣。

第一百三十回寫陳麗卿與一丈青鬥勇時，扈三娘懷喪夫之恨怒滿胸膛與陳麗卿的嘻嘻而樂輕鬆自如形成對比。且看陳的一連串表現。陣上賭命拼鬥一百餘合，一丈青要換馬歸陣，陳譏之以「好漢子不趕乏兔兒，你也去將息氣力，再來領死。先著別個來替你並幾合」。一個是要換馬，一個是要來個人再戰幾合，二人的氣勢自然分出高下。對一丈青夜戰之揶，陳麗卿道：「爹爹休怕他，孩兒今夜便叫他夫妻團圓了⋯⋯今夜月色好，豈可空過。」並保證「一百五六十合贏他不得，甘受重罰」。上陣以命相搏，陳麗卿全然未放在心上，之前「在中軍帳後側首放一把交椅，又著手坐著，同永清說些閒話，看看天色，笑嘻嘻的只等晚來廝殺」。還笑著求陳希眞「爹爹縱著孩兒野性，索性賞孩兒吃個暢」，因爲「便是古怪，孩兒的本事好似藏在酒瓶裏的，吃了酒越使得出」。待梁山叫陣，陳麗卿才道，「玉郎，不要吃了⋯⋯待我擒了一丈青來祭他開刀」，「醉顏微酡，笑嘻嘻的來到陣上」。一丈青見陳是出口大罵，陳則是笑著挖苦對方「不知死活的賊丫頭，將息好了，不要殺到半兒不結，又推什麼事故」。二人「廝並一百多合」，全無半點輸贏，「又交馬鬥了二十多合，仍是一樣」。祝永清勸陳要「射倒他罷休」，陳麗卿阻攔道：「不要，不要。若是暗算贏了他，也吃人笑，這廝死了也不佩服。」之後陳扼死一丈青，林冲大怒，陳又「一味笑嘻嘻的迎鬥林冲」。戰花榮是一讓再讓對方先射，戰一丈青是一再嘻嘻而樂，氣氛是一緊一輕，但突顯的都是陳麗卿勝券在握閒庭信步的豪氣。

對奸賊高俅父子、梁山賊寇如此，陳麗卿對自家人也另有一番豪壯之舉。第七十六回寫在父女逃難途中，小住雲天彪父莊上，雲天彪子雲龍欲與男裝的陳麗卿比棍，陳笑道：「兄弟不當眞，愚兄就和你耍耍。」比前，陳希眞囑陳麗卿以「強賓不壓主」之理，要她「敵得過，也要收幾分」，陳麗卿點頭應了。陳麗卿與人交手一慣讓人，因此要雲龍先動手，「你只管進來」。鬥中，陳露出破綻，雲龍以爲已贏，叫陳吃罰酒，這下激出了陳的英雄豪氣：「兄弟，你道我眞個敵你不過，看我來也。」只五六合，就將雲龍逼得手忙腳亂。陳

希眞見狀，劈手奪了棒，罵陳麗卿「你這廝十分鹵莽！兄弟倒讓你，你只顧廝逼上去」，對此，陳麗卿笑道：「使得手溜了，那裏收得住。」這是陳麗卿與雲龍相識，還有謙讓，對不識的自家人她就不客氣了。第七十七回寫陳麗卿不知中射下了親戚劉廣子劉麒、劉麟的獵雕，對其責問，陳的反應是：「怒道：『雕是我射來的，干你屁事！你敢來問我怎地？』」「你的獵雕，有何憑據？射殺了，你待怎的？你莫非是剪徑的惡強盜，來奪我的雕！識風頭的趁早走，再挨，教你同冷豔山的賊漢一樣！」之後，兩人便交起手來，因地勢不是放馬之處，陳要「揀個空闊所在，並個你死我活」，「那少年」心有警惕道：「誰來怕你。好漢子，不許暗算人。」陳麗卿頗不以爲然地回答：「啐！量你有多大本領，值得暗算你。」根本未把少年放在眼中。虧得性命相賭的惡戰被陳希眞說開：「快住手，都是自己人！」陳麗卿因之「連珠箭的叫『得罪』」，否則怕「險些吃我做出歹事來」！陳與劉家兄弟交手，出於偶然，陳與大刀風會廝拼，則出於陳的心中不平，於此也可反映出陳麗卿這位年僅十九的少女膽藝超群而生的豪氣。

第九十回陳、風相遇於途，風「只顧看他」「不落眼的從頭至腳細看」，這讓陳大爲不滿：「兀那漢子，有些傻角，不走你的路，只管看我做甚！」風會也是英雄豪氣，對陳的話頗爲意外：「咦，我自己生了眼睛，你敢不許我看！怕人看，不要拋頭露面。」陳怒火中燒：「你這廝到我手裏討野火麼？活得不耐煩，便上來領槍。」說罷大戰四十多合。因風會疑其爲陳麗卿故而細看，便直言相問是否東京陳麗卿。陳先是「除了我，更有那個是他」這般粗橫回答，待風會下馬行禮道出姓名，陳馬上拜倒，驚叫：「阿也！原來是風二伯伯。」還連連道歉。

小說中散落多處表現陳麗卿豪氣的片段。如第七十六回寫陳氏父女飛龍嶺上殺盡黑店男女，陳麗卿邊燒房邊說：「不燒了，留著他做幌子？叫他識得我老爺的手段！」自稱「我老爺」頗有強人口吻。陳希眞恐賊眾追至催陳麗卿快走，她卻說：「這般男女，來兩萬也掃淨了他！」哪裏把毛賊放在心上。打虎英雄武松名頭是響當當，誰人不服。陳麗卿知對手是武松，忙請戰說：「就是我去……怕他做甚！他會打老虎，我會打打老虎的人。」與武松戰後，眾人誇她，「不信這位斯文姑娘，連那打虎的武松都上他手不得」。陳麗卿毫無謙讓，「你們不信，待下回奴家再做遭與你們看」。(見第一百一回)這是何等氣魂。小說中「特把你們來祭槍，喜歡死的都上來」(見第七十六回)，「怕他

千軍萬馬團團圍住，我那枝梨花槍也攪他一條血弄堂，帶你出去」（見第八十二回）之類的話常見。就是對妖法，陳麗卿也毫不懼讓，如第八十五回高封施法術，現出一個惡魔，眾人都「心膽都裂，魂飛魄散」，陳麗卿卻「大怒道：『什麼邪魔，敢來犯我！』扯弓搭箭，對那魔王咽喉射去。弓弦響亮，那魔王中箭，往後便倒。那些鬼怪猛獸看見，回頭便走。麗卿驅兵掩殺」。與人鬥陳麗卿從無懼意，對魔王，她不唯不懼，還能施神技將其射倒，率眾掩殺，實為出奇。似此等筆墨，常人勝妖魔，這也可說將陳麗卿的豪氣誇張到了極致。

陳麗卿豪氣干雲，固然不凡，但其中也夾雜著不少粗橫之處，然若沒有這些內容的點染，就會影響其生活氣息的烘託，人物性格就易於露出單色調而減弱其吸引人的效果。但是陳麗卿豪氣中的粗橫成分，有時帶了些誇張的意味，她的好鬥到了嗜血濫殺的程度。

如第七十五回飛龍嶺剿黑店，陳麗卿是「趕出院子尋人廝殺」。冷豔山遇強人陳麗卿是「這幾個賊男女，把與孩兒殺了罷」，將殺人看得形同兒戲。對此，陳希真的評價「你這丫頭，見了廝殺，好道撞見了親外婆」很能說明陳麗卿的特點。同在冷豔山，陳麗卿殺了賊首，又要殺小賊，小賊苦求說家有八九十歲老母，陳道：「要殺你，也不管你有沒有老母。」這一仗，陳麗卿是「好一個姑娘，你還殺得不暢快」？真是暢快已極，倒在她刀槍下的彷彿不是人命。更有驚人者，第八十四回救劉廣母，陳麗卿在奸賊宅內如「跳進一隻母大蟲來，不分好歹，一劍一個，排頭兒砍去，只見屍骸亂跌，血如泉湧」，就像李逵江州劫法場救宋江大斧排頭砍去一樣。真不易理解，十九歲少女這般嗜血。破高封救劉廣母，陳希真父女追趕當地好漢李飛豹，陳麗卿砍中李馬，又置其父喝阻不顧，將李砍於馬下。陳希真怨道：「你這個丫頭忒個手饞……此人也是個忠勇漢子……他已走了，追去殺他，卻是何苦！」而陳麗卿根本不想這些，一味殺殺殺，在暢快中欣賞著血腥！

## （二）天真爛漫的少女

陳麗卿藝高膽壯，豪氣干雲，但她終究是個初出家門拋頭露面不諳世事的少女，她的稚語憨行透露出天真爛漫。這便是陳麗卿形象的第二方面特點。如第七十五回寫陳氏父女逃難宿店，陳麗卿因困倦十分，進店摸出乾糧討口水吃後就脫靴，把弓箭等丟在桌上，剝下戰袍一團精塞在床下，翻身拉過被即睡。她係男裝，卻將腳伸在被外露著。第七十六回宿雲家莊，莊客取來熱

水，陳麗卿道「萬福」相謝，忘記已易爲男裝。回雲太公話，自稱「小可十九歲」，被其父責罵：「看這廝混賬！對祖公說話，難道稱不得個孫兒？」陳麗卿初出家門，哪裏明白這些規矩。第八十二回，寫劉廣等眾人勸「老祖母」速離其家避禍遭劉母嚴拒。陳麗卿在眾人束手無策時反笑道：「太婆眞不肯去，我倒有個計較：太婆最喜飲高粱燒酒，一醉便睡。待我去勸她，把來灌醉了，扛在車子上，不由他不走。便是半路上吃他醒了叫罵，已是白饒。」眞是幼稚奇想。更令人捧腹的是，第七十七回寫劉廣說高封「從男風上得了功名」，陳麗卿不明其意，問：「爹爹，什麼叫『南風』？」希眞笑道：「女孩兒家不省得，便閉了嘴，不許多說。」其它人都忍不住暗笑。陳麗卿這時的反應是：「肚裏想：『不省得，便問聲也不打緊，不值便罵。最可恨說這種市語！』」的確，單純女孩兒哪能知道這些話的意思呢！陳麗卿的這些看似不恰當的言行，於不動聲色中產生了喜劇的幽默意味，很能表露其天眞無邪。

陳麗卿武藝高強，顯示心理便愈加無遮攔。在初到雲太公莊上時，她便嘴快搶說「怎的落黑店，怎的殺了那班賊男女，怎的……」，陳希眞責其「長輩在此，你這般亂搶，什麼規矩」，（見第七十六回）陳麗卿笑著低下頭，不敢做聲。陳麗卿初會佳婿祝永清，祝要舞劍助興，陳麗卿是暗笑道：「你看他，在我面前賣弄精神，我休教他獨自逞能。」因要與祝共舞。陳希眞笑道：「我料得你必要獻醜。」祝又要比箭，陳麗卿暗想道：「你看他這般考覈我！怎地待我索性顯個本事，好叫他死心塌地。」然後私下勸劉廣要「攛掇我爹爹到校場去」，到了校場她便與父說：「兄弟說要比箭，何不就比。」陳希眞笑道：「我曉得你有一點本事，再隱藏不住。」（見第八十八回）眞是知女莫若父啊！

少男少女情懷眞切，但受禮法約束，即使已訂親，男女接觸自有許多不便。小說中多次描寫陳麗卿在此事中的表現，一派天眞情趣。如第七十七回，陳麗卿直言、大膽誇劉慧娘訂親之婿雲龍：「秀妹妹好福氣，得這般好老公，誰及得來！」劉慧娘被她說得臉沒處藏，低下頭去。對於憨女的稚言，陳希眞只能是喝道：「你這丫頭，認眞瘋了！路上怎的吩咐來？偌大年紀，打也不好看，只好縫住了你這張嘴。」陳麗卿並不知自己錯在何處，而只「笑著臉，不敢做聲」。「你看你秀妹妹，比你還小一歲，便恁地斯文，你也學學他。」但這只能是做父親的想法，憨稚的陳麗卿怎能如劉慧娘一樣呢！小說中就劉慧娘與雲龍關係，陳麗卿不只一次地調笑。第九十回，陳麗卿對雲龍說她救劉慧娘衝出安樂村時道：「你那個渾家，我從千軍萬馬裏救出來，你卻怎生謝

我？」雲龍私下問慧娘如何，麗卿笑道：「不用記掛，比我好得多哩！他玲瓏剔透的心肝，那似我這般愚笨。可惜我姨夫要見怪，不然，我該硬抱了他出來與你看了，好放心。」第一百九回，雲龍與劉慧娘偶見，因彼此不識，雲龍問陳麗卿：「城上那位女將軍是誰？」陳笑道：「你問做甚？除是你那渾家，還有那個！」後劉慧娘又問陳麗卿：「姐姐同了那裏的一位少年將軍同來？」陳笑個不住，道：「就是你的……你的……」接連說了兩三個「你的」，劉早已會意，便啐了一聲，忙問其它。第一百十六回，劉、雲已成了親，陳笑對雲龍道：「我不騙你麼？前日城上還是遠看，今日近看，我這妹子端的如何？」雲龍笑道：「卿姐又來瘋了！」這一次次，在眾人看來，陳麗卿盡是瘋話，但心無禮法約束的她卻給人留下了稚拙天然的印象。

對親眷如此，對自己的婚事，陳麗卿也是少有掩飾。

陳麗卿與祝永清已訂下了百年之好，兩人初會，陳麗卿對祝十分滿意：「暗暗道聲慚愧，『果然是個英雄！看他這般氣概，將來怕不是個朝廷的棟樑……奴家把身子託付了他，真不枉了。爹爹真好眼力！』」兩人比過劍箭、互訴衷曲，漫步於月下，祝一時興發亢聲誦詩。陳麗卿聽罷笑道：「兄弟，你對著月亮，咿咿唔唔的念誦什麼？好像似讀唐詩，又像說月亮，什麼上弦下弦？今夜的月亮鏡子般滾圓，那裏還像一張弓？」祝永清對曰：「胡亂口占一絕。」陳要求：「你不要打市語，只老實說。」「好教詩來做我！老實對你說，字我也認識幾個，便叫我寫也還寫得，只是苦不甚高。像你與那雲祖公家寫的四幅東絹，亂撇亂劃的草書，卻沒幾個認識。」「我是這般愚笨，你休要怪我。」陳麗卿心喜而醉，「一隻左臂釃在椅背上，一隻右腳擱在膝上，仰面看那皓魄」，問侍女兵自己本事「比祝郎如何」。一人回答：「姑娘強多哩。祝將軍與姑娘，真是才郎配佳人，天下沒有。」而陳麗卿卻說：「放你的屁！我是家人，他是野人不成？豺狼？還有虎豹哩！」又因茶熱而罰「這賤人去月臺下跪著」，一會兒又問「月臺下是那個伏著」？醉中陳麗卿把槍丟與一個女兵，那女兵未防而碰了跤，額上起了一個大疙瘩，見此，陳罵道，「無用丫頭，怎去上陣」。第二天見那人包著頭，青腫臉，驚問：「你同那個廝打？」「莫非我昨夜醉了，怎的打你？」當知道原因後，大悔道：「你看我卻恁地吃到這般醉，都忘了。你餘外不妨麼？」滿心關切，並囑大家，「休教爹爹得知，你們大家隱諱此則個」。陳希真責其「年輕女孩兒，那好如此」！陳麗卿笑道：「往常永不如此，昨夜不知怎了，下次再不敢了。」慈父稚女，一個責備嚴中有慈，

一個一貫口稱「下次不敢」而面露笑意。(以上見第八十七、第八十八回)

### (三)粗豪而天真少女英雄的集中展示

第八十九回寫陳麗卿與欒廷芳爭先鋒大破賊一段，最能體現陳的特點。

祝永清初歸陳希真，主動請戰要奪取青雲山，陳麗卿逢戰必樂，因此要「同往」。祝永清的師父大將欒廷芳也是初上猿臂寨，對陳麗卿手段知之甚少，而勸道：「聞得狄雷那廝……有萬夫不當之勇，不可輕敵。」陳麗卿頗不以為然，叫道：「他也不過是個人，你們都好去，單是奴家怕什麼萬夫不當！我便活捉了這萬夫不當來，捉不得也割了他的頭與你看。我偏要去！」話語中分明有對欒的不滿，豪氣衝天而夾兒女情態。祝永清擔心陳麗卿不依將令，陳希真囑其「不可託阿姊身份」，陳麗卿當眾回其父：「爹爹不怕碎煩，吩咐多次了。兵權在他手，那有顛倒做之理！他要我怎地便怎的，如何？」這讓眾人大笑。未上陣欒與陳麗卿間便因爭先鋒鬧出了矛盾。欒要做先鋒，因怕陳不識陣上利害。陳卻明言：「這先鋒原是我的，你如何敢奪！」「什麼利害，只有你上過陣！」二人言語不合，陳便要與欒拼個輸贏。祝永清見狀說服雙方。而陳一邊說「我且同他分個上下，贏了他，先鋒不做打甚緊」，一邊「怒氣未息，一雙星眼只睃著欒廷芳」。這時，陳已不顧什麼先鋒，只要輸贏明白，因為欒又說陳敗於高封妖法令陳大為惱火。待回帳，陳不滿祝永清：「你只幫護你的師父，我是無用之人，放了奴家回去吧。」一面說，「眼泡裏滾下淚來，把臉回了轉去，只顧玩劍把上的絲絛」。爭鬥中意氣用事，訴說中委屈滿腹，一副女兒情態。第二天相見，欒因眾人相囑，主動向陳道歉，陳則馬上說「是奴家不識好歹」，因心氣平和陳又現女孩兒形容。之後，祝要遣「勇猛上將……便算頭功」，眼看陳麗卿，可她卻「看著別處不作聲」。待欒等上陣回來，說「可惜姑娘不去，不然，總擒了那廝來」，陳的反應是，「只不開顏，心中暗自冷笑道：『我又不是三歲孩子，這般哄我。你們只管去立功，干我屁事。我只礙著玉山郎的面皮，不然，早回山寨去了』，還很自以為是，不把公事放在心上。對此，祝、欒均不悅，但議出了對策。之後，真祥麟敗於敵手，祝大驚，催陳上陣，陳笑道：「你的師父裝病，卻推我出去……我去萬一也輸了，一發吃你師父笑……並非不以公事為重，奴家不因兄弟面上，竟回去了，誰耐煩在這裏。」接著祝永清等數人又被殺敗，欒又因與陳不睦要離開猿臂寨另擇他處，眾人無奈商議要退兵請陳希真親來。對此，陳麗卿心中也有些著急，暗想道：「真個如此？只是欒廷芳那匹夫式小覷我，奴家原想同他憋口氣，

爭奈他們都要退兵,那匹夫萬一真個逼走了,他們說都是我攬了局,爹爹責罰起來,如何當得?拷打一頓,倒在其次,萬一自此以後,永不許我上陣廝殺,卻怎好?況他又是玉郎的師父,沒奈何,只有奴家下頭低,讓這匹夫一頭罷。但是怎樣轉過彎來?」她考慮的一是怕因此不能上陣,二是欒係愛婿之師,這才讓步。於是陳私下說祝:「你這人好呆,奴家又不真與欒廷芳鬧事,只因他倚仗著師父身份,眼角里沒人,不趁今日打下他頭來,日後還放得他哩。奴家都為著你們……」對陳的這番高論,祝只能稱「小弟卻再想不到」。陳這才答應上陣,對眾人又說了一遍原因:「不是奴家拿捏,叵耐欒廷芳小覷我,玉郎又不許奴家做先鋒,奴家一時氣不過,心就懶了。今我要會會那廝,只要欒廷芳押陣,奴家便出馬。」眾人又再三相哄,欒並要先戰幾合,「倘再戰不過,望姑娘來幫」。當欒詐敗,陳飛馬挺槍電光價射到,不三合,對手敗逃入陣。陳攬開箭雨追入陣裏。欒見狀大驚鳴金,陳根本不聽,直透陣中,嚇得欒大叫:「阿也,我害了他!」一邊派人速報主將,一邊令眾軍:「救不得小姐,休要回來。」這時,只見敵陣大亂,陳已殺出,「嘴邊咬著一顆人頭,殺得賊兵人仰馬翻」。陳歸營,將敵將首級「血淋淋地摜在永清面前」,道:「玉郎認認看,不知殺不殺錯。」欒拜服,陳道:「偶而僥倖,算什麼。你們都說他了得,我看並不怎地。」片時,陳終於明白:「哦,我省得了!你們大家商量通了,特地讓我去殺他。」眾人大笑,陳亦大笑道:「卻著了你們的道兒。」「便向欒廷芳深深的道了個萬福,道:『欒師父,奴家是這般孩子氣,餳餳性兒,麥杆爆仗。你有年紀了,幸勿掛懷。』」欒也真心佩服陳。陳見眾將這般讓自己,好生不過意,想道:「奴不過一個女孩兒家,他們卻這般敬我,都是爹爹面上,奴家越要謙下才是。」這段文字,陳的驚人膽氣豪氣衝天與女兒心思稚語憨行天真爛漫均給人深深印象,特別是陳心理描寫細膩入微,將其嬌憨、爽直、小心計等等表露無遺。

## 二、陳麗卿形象構成淵源探析

《結水滸傳》的寫作歷 22 年,面世時在鴉片戰爭爆發後幾年,中國社會正經歷著數千年來未曾經歷的巨大衝擊與變遷。隨其後,封建王朝風雨飄搖,大清國已日薄西山。長篇通俗小說從發展看,在《三國演義》《水滸傳》《西遊記》《金瓶梅》《儒林外史》《紅樓夢》一座座高峰之後,已走向了下坡路。《結水滸傳》產生於此時,思想上沒有進步,而且藝術上很難再有質的超越。

但從局部看，從個別人物形象看，仍具有一些新意，如上述的陳麗卿形象，即不乏可圈可點之處。在長篇通俗小說人物形象特別是女性人物形象畫廊中，仍煥發著光彩，而且還帶有一些對產生於前的著名女性人物總結的特點。由此，我們可以梳理一下陳麗卿形象的血統問題，看她是如何形成「這一個」的。

### （一）陳麗卿女性英雄形象的淵源

陳麗卿是一位武功高強，既粗豪又天眞爛漫帶有喜劇氣息的少女英雄形象。前此，尙未發現這樣散發著女性氣息，充滿勃勃生機，深具個性的女英雄形象。我們先從其性別與超凡武功著筆看其形成淵源。

### 1. 與《水滸傳》三位女英雄的關係

最早出現的長篇通俗小說《三國演義》，由於「七分虛三分實」的創作手法與歷史演義題材的制約，內容注重於軍國大事，表現政治家、軍事家的縱橫捭闔，男性人物佔據絕對中心的位置，書中女性形象一直處於邊緣的地位。著墨較多的貂禪與孫權妹孫尙香孫夫人，在政治較量中發揮了一定作用，甚至如貂禪起到了關鍵的作用，但仍未脫離其「工具」的色彩，只是政治較量中的一個籌碼，其個人的性別意義完全被濃重的政治權謀所掩蓋，根本談不到個人的所思所求，個人心靈的希望。其它女性，如賢良的徐庶母、伏皇后等也只是政治鬥爭漩渦中身不由己隨波逐流的一片葉子，根本無法把握自己的命運。至於說女性具武功，僅存於閨中孫尙香的言辭、環境而未見其用。《三國演義》作爲長篇通俗小說的開山之作，其女性形象對數百年後《結水滸傳》中陳麗卿的影響，尙屬縹緲，難以探清。與《三國演義》幾乎同時產生的《水滸傳》在女性形象發展史上實具有實際的開創意義。在女性觀念上，《水滸傳》較《三國演義》一樣均很落後，但還可見出較《三國演義》進步的因素。除在「女人禍水論」觀念下仍出現了潘金蓮、潘巧雲、閻婆惜、盧俊義妻賈氏、劉高妻、白秀英等之外，在水泊梁山一百單八英雄中，有三位光彩煥然的女性列於男性之中。儘管這三位女性英雄中的兩位孫二娘與顧大嫂性別特點模糊不清，但在充滿著野性與生命激情，在長篇通俗小說初成期產生的英雄傳奇小說中，女性終於佔有了一席之地。她們的豪氣粗率與勇武不僅讓書中與之同列的一些男性英雄黯然失色，同時以其獨具的魅力爲長篇通俗小說女性形象樹立了高大的豐碑，其開創意義影響甚爲深遠。書中對三位女傑的相貌、

性情、武功均有正面或側面的描寫。對顧大嫂集中於救解珍解寶一段。對孫二娘則突出其精細，如第三十一回武松因臉上有兩行金印，上二龍山恐做公的發現，張青說可以帖上膏藥遮蓋，孫二娘笑道：「天下只有你乖，你說這癡話！這個如何瞞得過做公的。我卻有個道理……」於是拿出雲遊頭陀的衣飾，把武松打扮成行者，用長髮「遮得額上金印」。這一招令老江湖張青與以做事精細著稱的武松不禁拍手大笑，歎服「二嫂說得是」。〔註8〕第七十六回在抵抗童貫帶領的剿捕梁山大軍英雄排列的九宮八卦陣中，孫二娘、顧大嫂、扈三娘擔任後陣主將，而與此對應的「押陣後是他三個丈夫，中間矮腳虎王英，左是小尉遲孫新，右是菜園子張青」。對比之下，三位女將的重要性大大超過其丈夫。至於說扈三娘的超凡武功那就更是非一般英雄可比了。宋公明三打祝家莊，扈三娘作為扈家莊的千金小姐、祝彪的未婚妻出手不凡，先是生擒心猿意馬的矮腳虎，再大戰歐鵬、馬麟，追得梁山主將宋江落荒而逃。上了梁山後，在與呼延灼連環馬大戰中，作為主將之一，與林冲、秦明等分別獨鬥雙鞭將，說了她在全書中僅說的一句話：「大叫：『花將軍少歇，看我捉這廝！』」並且施展絕技，擒獲彭玘；在對抗關勝圍剿中又活擒了郝思文。

　　從這三位女英雄對陳麗卿形象的影響說，顧大嫂、孫二娘與陳麗卿表面上看不出明顯的血緣關係。但前二者在長篇通俗小說中開創的女性獨立形象已完全脫離了對男性形象的依附，作為具有鮮明個性與獨特作用的女性英雄其開創之功對後來者的啟發與影響是不可低估的。何況顧、孫也非臂無縛雞之力足不出戶的閨閣弱女，而是行走江湖敢於拋棄一切反上梁山的女豪傑，其敢想敢說敢做的大無畏精神，雖與陳麗卿形象遠隔數百年，但仍通過兩者中間的一系列形象被繼承下來並有了全新的發揚與光大。而扈三娘形象對陳麗卿形象的影響就甚為明顯了。貌美是其一，武功超群是其二。相對於顧大嫂孫二娘這類女性特點不明，洋溢著野性的人物來說，扈三娘的女性特點在她們的反襯下愈顯其難得。可以說扈三娘是一群大塊吃肉大碗喝酒粗豪梁山英雄中難得的一位尚有一縷溫柔的女性。這不僅給美而勇這類女性形象以內在特點的啟示，而且還對美而慧這類女英雄塑造給予了啟發。陳麗卿形象不僅可見出扈三娘美而勇的特質，而且突破其規定有豐富的擴展，如少女的天真爛漫，形象更為豐滿。作為《水滸傳》的續書，《結水滸傳》在塑造陳麗卿形象時，還特置扈三娘與之相形出現，以扈三娘之美反襯陳麗卿更美，猶以

---

〔註8〕　〔元〕施耐庵，水滸傳，北京：人民文學出版社，1975年，407頁。

扈三娘爲報殺夫之仇與陳拼死惡戰死於陳手反襯陳麗卿武藝超凡、技高一籌。讓兩個前後相距數百年，有著千絲萬縷關聯的形象同現於一個環境，這不能不說明《結水滸傳》作者俞萬春具有高超的頃刻提破的捏合之功。

## 2. 與《楊家府演義》木桂英的關係

在《水滸傳》開創的長篇通俗小說女性英雄形象後，這一傳統在流變中不斷地延續、發展，並因時代社會思想的變遷而不斷被賦予新的內涵，但其英雄傳奇題材或具有英雄傳奇性質題材小說中女英雄美而勇的特質被繼承下來，直至陳麗卿出現。中間較著名的還有產生於明萬曆年間《楊家府演義》中的楊門女將，產生於清康熙年間《隋唐演義》中的花木蘭，產生於清乾隆年間《說岳全傳》中的梁紅玉，產生於清乾隆年間的《說唐三傳》中的樊梨花等。

《楊家府演義》中的木桂英是較早出現的女英雄形象，「生有勇力，曾遇神女傳授神箭飛刀，百發百中」〔註9〕，曾擒捉楊宗保、楊六郎父子。歸宋前係「木閣寨主，號定天王」之女（見第五卷），歸宋後在抗遼中成爲威震三軍的統帥。這個形象與後出的又一部楊家將通俗小說《北宋志傳》、戲劇《穆桂英》相比雖嫌簡略，但已突出了木桂英作爲統帥的作用，這是較《水滸傳》女傑發展的新特色。另外，木桂英見楊宗保「生得眉目清秀，齒白唇紅，言詞激烈，暗忖道：『若得此子匹配，亦不枉生塵世。』密著嘍囉將匹配之事道之」的主動大膽臨陣招親之舉，和楊令婆讚賞木桂英「不勝歡喜曰：『此女眞吾孫之偶也』」的話（以上見《楊家府演義》第五卷），均可透露作爲女性英雄主動追求個人婚姻幸福，人性覺醒的一面，體現出新的變化。可以對照一下《結水滸傳》第八十八回陳麗卿初見祝永清的心理，即可見出兩者間的關係了：

> 麗卿仔細看那祝永清，生得伏犀貫頂，鳳目鴦肩，臉如敷粉，
> 唇如丹砂，嘴角邊微微的現出兩個窩兒；戴著……紫金冠，穿……
> 白緞蟒袍，繫……白玉帶，腳踏……烏緞朝靴，端坐在那邊，果然
> 是座玉山一般。麗卿暗暗道聲慚愧，「果然是個英雄！看他這般氣
> 概，將來怕不是個朝廷棟樑……奴家把身子託付了他，眞不枉了。
> 爹爹眞好眼力！

---

〔註9〕〔明〕無名氏，楊家府演義，上海：上海古籍出版社，1980 年 9 月，150 頁。

兩段文字詳略不同，但精神與筆法脈脈相連。於此可看出陳麗卿與木桂英間的血源關係，也看出俞萬春創作中受前代通俗作品影響的痕跡。

### 3. 與《隋唐演義》花木蘭的關係

《隋唐演義》中的花木蘭形象其主要活動根據北朝民歌《木蘭辭》而來。《木蘭辭》洋溢著一派生機，對木蘭代父從軍沙場征戰進行了浪漫化的表現，對女性不爲性別所束縛，走出家門，走上戰場，建功立業，衣錦還鄉進行了熱情歌頌，爲後世以木蘭爲形象的小說、戲劇人物勾畫了一個基本輪廓。《隋唐演義》將民歌《木蘭辭》作了詳細展開，正面描寫了木蘭易裝後的心理感受：「照樣看起來，不要說是千夫長，就是做將軍也做得過。」〔註10〕和她對男性的判斷：「爹媽不要固執，拼我一身，方可保全弟妹，拼我一身，可使爹媽身安，難道忠臣孝子，偏是帶頭巾的做得來？有志者事竟成，兒此去管教勝過那些膿包男子……」（以上見第五十六回）這是對女性的大膽肯定，對「膿包男子」的徹底否定，是女性發自心靈深處堂堂正正的呼喊。北朝民歌中的木蘭，天然帶有少數民族男女平等的民族習俗。新木蘭出於漢族文人之手，且時間在北朝後已歷數百年的清初，北朝民歌中潛在的新思想的因子，經明清間人性思潮的激蕩而在新人物中表露出來。與北朝民歌不同的是，在征戰描寫中有一段木蘭於敗軍中救出可汗的文字，而且添加了戰後可汗「感木蘭前日解圍之功，又愛木蘭的姿色，差人要選入宮中去」的內容，對此，沒有交代木蘭「聞之，驚惶無主」的原因，只從母親的「哭哭啼啼」，木蘭的「毫無懼色」分寫對入宮的懼怕與不願。最後木蘭拜別父親荒冢，「大哭一場，便自刎而死」。（以上見第六十回）這部分內容與民歌相比係全新筆墨，濃重的悲劇氣氛衝散了民歌本具的輕喜劇氣息，木蘭以死表現了對王權的抗爭，對自己女性人格尊嚴的維護，使民歌中木蘭形象的內涵更趨於豐富、立體，更具有個性的光彩。較木桂英，木蘭的描寫細緻了，她對男權的否定更明白，對女性尊嚴的維護更自覺，因之陳麗卿形象與之關係比木桂英進了一步。

### 4. 與《說岳全傳》梁紅玉的關係

《說岳全傳》中的梁紅玉，著墨不多，但個性鮮明，比水滸三女傑、木桂英、木蘭等更有耐人尋味之處，主要是圍繞據守兩狼關和擂鼓戰金山兩件事來寫的。當金兵大舉南下，奸賊孫浩帶兵五萬在不聯絡韓世忠的情況下擅

---

〔註10〕〔清〕褚人獲，隋唐演義，南京：鳳凰出版社，2005年4月，436頁。

自出兵而被圍，在韓救與不救的猶豫中，梁紅玉出場了，一席話堅定了韓的決心：「倘或有失，那奸賊必然上本，反說相公坐視不救。」〔註11〕對上陣的親兒又囑以「可戰則戰，可守則守……切勿冒險與戰」。當兒子上陣未歸以為死於敵陣，梁紅玉大哭起來，既明白為將固當捐軀報國，又痛惜孩兒年幼未受爵祿，將一個母親的矛盾表露無遺。待丈夫赴敵未歸，軍中無帥，梁紅玉「恐亂了軍心，不敢高聲痛哭，只得暗暗流淚」，(以上見第十六回)叮囑家將出關在附近打探消息，若勝則入關，若敗，要將少公子撫養成人，送入朝中襲其父職，千萬不可有誤。然後指揮副將擺放禦敵利器「鐵華車」與大炮，不聽眾人勸阻衝下關來。自報家名，大罵番奴，力鬥金四太子兀朮。梁紅玉如金兀朮所暗暗佩服的那樣，「果然是女中豪傑，真個名不虛傳」(見第十七回)。敵人的評價是最高的肯定。這段描寫，主帥在，她是賢智的夫人，慈愛的母親；主帥不在，她則是鎮定的統帥，安排「後事」的「丈夫」，憤怒的勇士，抗敵衛國的忠良。擂鼓戰金山，更可以認為是梁紅玉形象的豐碑。兩軍水戰，梁紅玉恐金兵一面偷襲一面渡江，因此為夫帥出謀：眾將出擊，自己居高觀察指揮。韓世忠作為抗金名將，對夫人之謀也不禁以古之賢人相比，歡喜：「夫人真乃是神機妙算，賽過古之孫、吳也！」對此安排，梁紅玉是胸有成竹，「務叫他片甲不回，再不敢窺想中原」。並秉公行事，分清公私，立下軍令狀，「倘中軍有失，妾身之罪；遊兵有失，將軍不得辭其責也」。然後，「踏著雲梯，把纖腰一扭，蓮步輕勾，早已到桅杆絕頂」，那裏距水面有「二十多丈」。而敵人行動果如其所料。梁紅玉居高「把那戰鼓敲得不絕聲響，險不使壞了細腰玉軟風流臂，喜透了香汗春融窈窕心」。真是「忠義木蘭今再見」，「賢哉內助智謀深」。金兵困於死地黃天蕩，韓世忠與梁紅玉金山賞月，韓「不覺有曹公赤壁橫槊賦詩的光景」，而梁紅玉「反不甚開懷，蹙眉長歎」，她心思深遠，恐夫帥勝而心驕。「將軍不可因一時小勝，忘了大敵……萬一再被他逃去……那時南北相爭，將軍不為無功，反是縱敵，以遺君憂。豈可遊玩快樂，灰了軍心，悔之晚矣。」這讓名將韓世忠「愈加敬服」。(以上見第四十四回)梁紅玉憂心在前，事情果如其言，金兵死裏逃生。韓世忠認為是「這番奴命不該絕」，而梁紅玉則認為是「雖然天意，也是將軍驕惰玩寇，不為無罪」，(以上見第四十五回)不顧所謂的「天意」，對夫帥提出了尖銳的批評。這部分以韓世忠反襯梁紅玉心機的縝密，認識的冷靜。小勝不驕，大勝

---

〔註11〕　〔清〕錢彩等，說岳全傳，上海：上海古籍出版社，1980年1月，137頁。

尤爲清醒，立軍令狀，分清責任，兩次規勸夫帥，更見智謀深遠與公私分清，令人肅然而生敬意。梁紅玉形象較前女性形象，性別的特點突出了，她是年輕的慈母、賢妻，是運籌帷幄的女智者，又是敢上戰場的女將。忠君愛國的品質與勇上戰場的豪氣如木桂英、木蘭一樣。而對敵情的分析把握，對將士的調度安排，大敵當前，當仁不讓敢於發號施令的行爲較以前的女性形象又大有進步。特別是兩次勸諫，打破夫權與天意的威嚴，敢於發表女性的見解，表現出不凡的個性。梁紅玉在《說岳全傳》中不是主要表現的人物，故而涉及不多，但對其女性特質下種種卓然出眾，令男性歎服言行的展現卻是鮮明、生動的，飽含深深敬意的。梁玉紅是我國通俗文學作品中一位個性獨特的光輝女性，千百年來一直活躍在舞臺，活在人們心中。由此看出女性形象的新發展與對後世通俗文學與民眾心理感情的影響。《說岳全傳》產生於清乾隆年間，梁紅玉作爲描寫細緻的女性特質鮮明的個性形象對陳麗卿形象的塑造也不可能不產生積極作用。

### 5. 與《說唐三傳》樊梨花的關係

下距《結水滸傳》陳麗卿形象出現時間較近的還有乾隆間問世的《說唐三傳》中的女英雄樊梨花。《說唐三傳》語言通俗甚至略顯粗糙，民間藝人講唱的痕跡明顯。但樊梨花三擒三縱薛丁山，薛丁山三休三請樊梨花，樊梨花對婚姻大膽而苦苦的追求表現得曲曲折折而生動感人，突出了一位情眞、藝高、明理的少數民族女英雄的形象。

樊梨花對與薛丁山婚姻的態度，文中先後直接寫了九次。樊梨花是不管在家中還是陣上，不管對父母還是對敵將，還是對薛丁山本人，不管被人理解還是被辱罵，不管父兄因此而死，一力強烈表達自己的心願。雖婚姻託以天意，但其心念可謂大膽熾烈而感人。最能表現樊梨花苦苦追求薛丁山的是樊梨花三擒三縱薛丁山與薛丁山三休三請樊梨花這部分內容。

《說唐三傳》，又名《異說後唐傳三集薛丁山征西樊梨花全傳》或《征西說唐三傳》等，此書作者或題「中都逸叟編次」，或題「如蓮居士編次」，或不署作者〔註12〕。從「編次」、不署作者名稱、全書語言口語化，和人物描寫場面描寫與敘事的簡略、粗糙等均可看出，此書成書前一定有一個以講唱方式、口耳相傳方式的流傳時期，後經文人「編次」，進行了修飾加工，於清乾

---

〔註12〕〔清〕佚名，說唐三傳・前言，南京：江蘇古籍出版社，1996 年 3 月。

隆年間才形成現在所見到的面貌。從書名和全書內容看，樊梨花係最主要的
人物，至少是不次於薛丁山的主要人物。這與前面所列舉的其它女性英雄相
比，樊梨花所處的位置是前所未有的提高與重要，甚至是不可替代。在《說
唐三傳》中，薛丁山擔任征西指揮者的重任，但是屢屢損兵折將，甚至多次
陷於死地。而每當處於這種危急存亡的關頭，總是由樊梨花出場挽救敗局，
破陣救人，打敗敵人。她的重要意義是無可或缺，不可替代，無愧於「英雄
無敵，智勇兼全」〔註13〕。她歸唐前，唐軍是一種舉步維艱的狀態，她一歸
唐立刻扭轉局勢。平定西方，非樊梨花莫屬，其功至高至偉。這是薛丁山父
子無法做到的。樊梨花的作用只有戲曲中掛帥的穆桂英差可比擬，長篇通俗
小說中的其它女性英雄還遠未達到此種地位，這是樊梨花形象與其它女英雄
形象相比一個十分新鮮的特點。

　　樊梨花作為少數民族的一位美貌奇女子，對婚姻的追求可謂百折不回，
吃盡了苦頭，受盡了委屈，備嘗煎熬。她一而再再而三一次次地對不同人訴
說她對薛丁山的追求，甚至誤弒了父親，殺了二位兄弟。為了感化所愛的人，
三擒三縱，一再甘心受騙，一再忍辱負重。洞房花燭夜，眼看結成美滿夫妻，
卻突遭變故，被「冤家」薛丁山休棄了三次，心靈所受打擊與折磨非常人所
能承受，致令她呼天搶地，昏厥不醒。甚至要剃髮絕世，苦守青燈以了餘生。
一位妙齡女子，多次美夢破碎，施救命之恩而遭休棄。但她癡心不改，對心
上人仍念念難捨。樊梨花對婚姻無所顧忌的大膽追求，對於長篇通俗小說中
其它女傑形象來說是前所未有的。這種對心靈感情的苦苦追求，也是樊梨花
形象一個十分鮮明的特點。

　　但是樊梨花並不是一個只能逆來順受的弱女子，她那別人未能具備的奇
才異能總是使她有機會嶄露頭角，在生死存亡的關頭展現其無法或缺的作
用。並使她有能力發泄出她所受的委屈，發泄作為弱勢存在的女性對男權的
不滿與挑戰，逐步樹立起女英雄女豪傑女統帥的形象與威德。具體體現在她
的三難薛丁山。作為民間說唱文學意味濃厚的通俗小說，在流傳的過程中不
可能不對當時社會情況如書中涉及的男性與女性的地位與相互關係有所反
映，薛、樊地位的變化，可以看做清乾隆年間社會上對男女地位的認識，至
少代表了市民階層對此問題的看法。男權的絕對地位已經變化，女性的獨立
意識與獨特作用非男性可替代，正以獨立的、不依附於男性的面貌，甚至是

---

〔註13〕〔清〕佚名，說唐三傳，南京：江蘇古籍出版社，1996年3月，156頁。

有取代男性地位的傾向而出現或已存在。薛樊故事在民間流傳之後，又經文人「編次」，也會或多或少地摻雜進一些下層文人對此的看法。從今天我們所見到的小說內容看，乾隆間的下層文人對書中表現的男女地位問題與女性獨立人格的形成，大膽追求幸福的社會現象是承認的。《結水滸傳》作者俞萬春生於乾隆末年，創作中是否受過《說唐三傳》的影響尚不易考證。從《結水滸傳》第九十六回「鳳鳴樓紀明設局　鶯歌巷孫婆誘姦」，第九十七回「陰秀蘭偷情釀禍　高世德縱僕貪贓」等與全書風格不甚相合的世情內容看，俞萬春這位正統文人受到民間通俗文學的影響這十分明顯。作為《水滸傳》的翻案文字，俞萬春寫作世情內容有與《水滸傳》「王婆貪賄說風情」一較高下的用意，但如果他對世情文學作品與市民階層的生活不瞭解，也是難以完成這兩回的。至於說這兩回的優劣與存在的合理性如何則又當別論。那麼樊梨花的「英雄無敵」，對個人幸福的不懈追求所透露的乾隆年間的社會思潮影響了陳麗卿形象的塑造也就是情理中的事了。而從陳麗卿形象看，她的卓絕武功，她對封建禮法的大膽不顧，她對自己與他人婚姻的關注，她的天真爛漫率性而為，有樊梨花所代表的當時社會思想意識的明顯痕跡也就可以理解了。作為封建正統文人，俞萬春對當時社會思潮的反映帶有自己的取捨，而且受自己創作《結水滸傳》強調「盜賊、忠義之辨」目的的限制，陳麗卿形象所體現出的新意識比洋溢著濃鬱市民氣息的樊梨花形象來說反倒有些削弱。

### （二）天真爛漫喜劇色彩的淵源

陳麗卿的稚語拙行充滿了天真爛漫，具有明顯的喜劇色彩，這一特點也是淵源有自，也存在一個明顯的流變過程。

晚唐李商隱詩《驕兒》云：「或謔張飛胡，或笑鄧艾吃。」〔註14〕在晚唐兒童的眼中，張飛就呈現「謔」的特點，並進入了詩人的筆下，可見三國故事流傳之廣，張飛令人感到有趣發笑的特點已很明顯了。中國古代長篇通俗小說在長期演變過程中，受民間故事「說話」、戲曲的影響甚大，它們都可以被看成是長篇通俗小說形成之源。民間文學的肥沃土壤提供了豐富的營養，使長篇通俗小說烙下了深深的市民審美趣味與價值追求的印記，出現了性格特點趨同的一系列人物形象。與本文所論陳麗卿天真童趣有關的人物大致有《三國演義》中的張飛、《水滸傳》中的李逵、《西遊記》中的豬八戒、《說岳

---

〔註14〕袁行霈主編，中國文學史，北京：高等教育出版社，1999 年 8 月，24～25 頁。

全傳》中的牛皋、《隋史逸文》《隋唐演義》《說唐演義全傳》《說唐三傳》等「說唐」系列中的程咬金等。以上諸書有的係民間創作，經文人「編次」，有的雖係文人創作但與史傳、講唱戲曲關係甚密。就連文人獨立創作的我國古代長篇小說的最高峰《紅樓夢》，曹雪芹筆下的「呆霸王」薛蟠身上也隱約可見承傳著上列人物性格的因子。這類人物形象貫穿於古代小說始終，影響甚為深遠，頗得廣大民眾喜愛，他們的名字幾乎成了魯莽、粗豪、童真，甚至天不怕地不怕的代名詞。

### 1. 與《三國演義》張飛《水滸傳》李逵的關係

《三國演義》中的張飛是這一系列人物形象的第一位代表，這個人物早在至遲晚唐已被賦予使人發笑的特質：「怒鞭督郵」〔註15〕的粗莽；喝斷長阪橋，驚得曹將「肝膽碎裂，倒撞於馬下」，百萬曹兵「人如潮退，馬似山崩」的豪勇；三顧茅廬，因孔明「晝寢未醒」而大怒，急得要去「放一把火」燒孔明起來的莽撞。以致後人提到張飛便常常冠以一個「猛」字，這即是他最突出的特點。若以與陳麗卿形象特點的關係論，張飛只能算是陳麗卿血緣不近的遠祖，而《水滸傳》中的李逵才是陳麗卿嫡親的遠祖，陳即為李性格的直系後人。俞萬春創作《結水滸傳》，力明「盜賊、忠義之辨」，因《結水滸傳》係《水滸傳》的續書，與忠義陣營對立的盜賊陣營中本有一個天殺星下界的李逵，對此無法也不可能迴避。而且忠義陣營中的主要人物皆係天神下凡，也不宜將他們寫成如李逵般不問清紅皂白一味濫殺的強盜式人物。但作家又受市民文學的影響，在忠義陣營人物系列中還不能缺少一位帶有一些李逵式特點的人物。於是作家在創作中採取了一個權宜之計，以折衷的辦法，塑造了既有李逵童趣特點同時又兼有爛漫情懷的少女形象陳麗卿。

與本論題相關的李逵的趣味言行，在《水滸傳》中比比皆是。如說到李逵就常掛在嘴邊的「喬座衙」、「喬教學」、「真假李逵」，頗有喜劇意味。又如第三十八回李逵初見宋江吃魚一段，「黑旋風鬥浪裏白跳」一段。最有趣的是第五十三回李逵隨戴宗尋訪公孫勝途中李被戴折磨一段的表現。李逵不聽囑告，偷吃酒與牛肉，第二天腿上縛了甲馬行走如飛一日不住，結果平日天不怕地不怕的黑煞星黑爺爺只有讓別人求饒的份，在這裏，因嘴饞被要得「哥哥」「好哥哥」「爺爺」「好爺爺」「親爺」「爹爹」一個勁地亂叫，可見其被弄

---

〔註15〕〔元〕羅貫中，三國演義，北京：人民文學出版社，1990年8月。

得顛三倒四狼狽之極。從全書看，「戴宗戲李逵」「取公孫勝」「劈羅眞人」與上下內容關係不大，對表現這幾位人物也非必須的筆墨。但若從情節發展看，其作用就明顯了。前此後此都是比較嚴肅的文字，中間夾一段「插科打諢」的戲筆，增添輕鬆內容，既可放鬆觀者緊張情緒，又使情節富於變化，對表現李逵性格特點也非無益。而且，元雜劇李逵戲晚期形象定性爲「淨」角，本具輕鬆喜劇色彩，這對《水滸傳》李逵形象的塑造也起了潛移默化的影響，因此才出現了上面這一部分看似閒筆的喜劇內容，也使李逵弄巧成拙的天眞性格更爲突出了。陳麗卿作爲李逵喜劇特點的直系傳人，她對雲龍、劉慧娘戲謔的「瘋言瘋語」，不明「男風」等市井語言的追問，對父帥的撒嬌耍癡，與夫婿祝永清月下漫步的稚言稚語等等，其喜劇意味與李逵的相關言行頗多神似之處。

### 2. 與《西遊記》豬八戒的關係

《西遊記》中的豬八戒是這一人物形象系列中繼出的又一位，其喜劇色彩較李逵更爲濃鬱更爲生動。這緣於豬八戒形象在《西遊記》取經集體中較重要的地位，緣於作家以「遊戲」之筆創作的意圖。這位「天篷元帥」〔註16〕託生得長喙大耳一副豬的模樣，手持九齒釘鈀，暗喻其農民特點，一言一行一舉一動充滿喜劇色彩。「既狡黠而又憨厚，既懶惰而又勤謹，既好色而又情眞，既畏難而又堅定，既自私貪小而又不忘大義」〔註17〕。豬八戒身上折射出芸芸眾生的種種特點。作者是以「戲筆」寫豬八戒種種引人發笑的言行的。如第三十二回被孫悟空逼去巡山心中不願，因而對著三塊青石演習哄騙孫悟空的對話，還在回來的路上邊走邊叨叨咕咕，以免遺忘，自以爲聰明，結果都被變作小蟲的孫悟空看得清清楚楚。又如，第二十九回在碗子山波月洞他和沙僧同戰黃袍怪，眼看支撐不住，他卻置沙僧於不顧，扯謊而去。面對強大的對手，他常常這樣。又如第二十三回「四聖試禪心」，豬八戒凡心如熾，自然免不了尷尬。又如第二十四回在五莊觀偷吃人參果。又如攢私房錢。又如第九十六回「寇員外喜待高僧」寫豬八戒吃相，「一口一碗，就是風捲殘雲」，忙得「那上湯的上湯，添飯的添飯。一往一來，眞如流星趕月」。臨行，「八戒慌了，拿過添飯來，一口一碗，又丟夠有五六碗，把那饅頭、卷兒、餅子、燒果，沒好沒歹的，滿滿籠了兩袖，才跟師父起身」。作者有意誇張豬八戒的

---

〔註16〕〔明〕吳承恩，西遊記，北京：人民文學出版社，1955年2月。
〔註17〕張錦池，漫說西遊，北京：人民文學出版社，2001年1月，60頁。

特點與缺點，故意把矛盾的內容置於對比之中，產生了令人捧腹的藝術效果。與李逵相比，對豬八戒的嘲諷與揶揄的色彩更濃也更強烈。陳麗卿形象的喜劇性與豬八戒的關係雖不直接但非無關，在創作態度與創作手法上存在著程度的深淺不同，感情色彩也不同。對豬八戒更多嘲弄，對陳麗卿則更多欣賞與愛憐，但其喜劇性則是一致的。

### 3. 與《說岳全傳》牛皋的關係與「說唐」系列小說中程咬金的關係

清初行世的《說岳全傳》中的「福將」牛皋，也是喜劇人物系列中的一個主要形象。與上面所述相比，更近於李逵而遠於豬八戒，作者賦予他至多有插科打諢式的趣意，而絕無嘲諷戲弄。這是由《說岳全傳》表現宋金對抗，歌頌岳家軍等保家衛國的主題所規定的。牛皋係岳家軍重要將領，是全書突出表現的「我」方人物，不可能對這位與敵人生死搏鬥的英雄施以諷刺筆墨，不可能像對待豬八戒那樣將優缺點捏合一處，使可愛與可厭鮮明對立既有挖苦又有體諒憐惜。「亂草崗牛皋剪徑」「藕塘關招親」「扯旨」「氣死金兀朮笑死牛皋」這幾部分對牛皋趣言趣行進行了比較集中的描寫。第三十二回「醉破番兵」最能表現牛皋「福將」之「福」，以巧合、意外形成喜劇氣氛。

牛皋的憨直、純樸，與李逵有更多的相似之處，因而陳麗卿與之也有千絲萬縷的血脈聯繫，不過牛皋無濫殺的血腥味，這是他們間的不同。

與李逵形象更相近的是「說唐」系列小說中的程咬金。《隋唐演義全傳‧序言》中說，清康熙年間褚人獲的《隋唐演義》是綜合《隋唐兩朝志傳》《唐書志傳通俗演義》《隋史遺文》《隋煬帝豔史》四部長篇小說而成。〔註18〕顧啟音認為《隋唐演義》前六十回「基本上是拼合《隋史遺文》與《隋煬帝豔史》而成的」〔註19〕，並具體指出六十回如何抄或摘編這兩書的。程咬金在這幾部書中始終存在，特點也基本統一。如《隋史遺文》第二十七回中寫尤俊達請程咬金吃酒，程咬金粗豪可愛的天性片時便現了出來一段：

> 咬金不知是家釀香醪，十分酒力，只見甜津津好上口，迭連倒了幾十碗急酒，漸漸的醉來了。勸他再請一杯，倒吃下三四碗。下得急了，順坐傍張開巨口，流一窩清水，重新再吃。如此數番，已被酒困，留不住自己心性，拿出那粗魯形狀來，揎拳捋袖。〔註20〕

〔註18〕〔清〕伍繼，隋唐演義全傳‧前言，長春：吉林人民出版社，1981年12月。
〔註19〕〔清〕顧啟音，隋史遺文‧序說，北京：中華書局，1996年7月。
〔註20〕〔明〕袁于令編撰，隋史遺文，北京：中華書局，1996年7月，168頁。

這段文字頗有《水滸傳》神韻，語言也十分相像。可以看出「說唐」小說受《水滸傳》的影響，程咬金這位後出的喜劇形象受前輩李逵的影響。程咬金的粗豪在《隋史遺文》第三十一回眾英雄說到驚天巨案劫皇綱時，表現得更為傳神。眾英雄說到皇綱被劫驚動朝野上下時，尤俊達在桌下捏捏程咬金的腿，提醒他注意，而程咬金的反應出人意外：「卻就叫將起來：『尤大哥，你不要捏我，就捏我也少不得要說出來。』」程的話讓尤俊達是「嚇了一身冷汗，動也不敢動」。雖說在座的都是知名英雄，但尤、程與眾人多不熟悉，而且其中還有不少官府人員。可程咬金偏偏直言快語說個沒完：「當初那解官錯記了名姓，就是程咬金、尤俊達，是我與尤大哥幹的事。」對此秦瓊驚得臉黃了，離座站了起來，忙打圓場要掩飾過去，阻止程再說，告訴大家程「渾名叫做程摙掙」，「諸兄都是高人，怎麼以戲言當真」。程咬金不明秦瓊苦心，一邊聲如雷鳴般起誓，一邊摸出劫來的官銀，結果驚得「許多豪傑，個個如癡，並無一言」。以尤俊達、秦瓊與其它眾英雄反襯程咬金的衝天豪氣，一個活脫脫的率直英雄馬上立了起來，喜劇性也寓於其中。

上面文字在《隋唐演義》中基本被保留。而在清乾隆間面世的《隋唐演義全傳》中，程咬金的內容就更多了，描寫更為生動細緻，但基本特點粗豪爽直沒有改變，喜劇味更濃了。新增的內容主要有「三斧取瓦崗」「探地穴」「歡喜納翠雲」「斧劈老君堂」「落草獻軍糧」「抱病戰王龍」「說降小羅成」「脫難見秦王」等。〔註21〕

比較張飛、李逵、豬八戒、牛皋、程咬金這一系列粗豪而具喜劇性的人物形象，除對豬八戒頗多挖苦取笑，對張飛涉筆不多，李逵與程咬金的塑造較牛皋更為生動，尤其是程咬金世俗氣息濃鬱，更接近市民的生活，更具市民的審美特點。從成書角度看，凡經文人加工的或文人獨立創作的長篇通俗小說往往生動性不如說唱講稿本。上述這類人物多取材於民間，與兄弟文學種類如戲曲等多有互相參酌，如戲劇中的生、旦、淨、末人物分類中的「淨」對其就有顯而易見的影響。這類人物內涵不一定深刻，但其喜劇性最得民眾喜愛，深有民眾基礎，因此綿延數百年不斷。作為文人筆下的陳麗卿，雖與之性別不同，但精神上一脈相承，可以說陳是長篇通俗小說發展到清中後期粗豪而具喜劇意味形象的代表，這也成為陳麗卿形象最為鮮明的主要性格特徵的主要方面。

〔註21〕〔清〕伍繼，隋唐演義全傳，長春：吉林人民出版社，1981 年 12 月。

### （三）與才子佳人小說的淵源

在《結水滸傳》中還有陳麗卿與祝永清月下漫步吟詩，互訴衷曲，以舞劍助興，比校射技等內容，在金戈鐵馬，兩軍列陣，刀槍並舉以命相搏的戰爭與戰鬥描寫中點染了兒女情長的浪漫筆墨。筆者認為，這些花前月下的內容體現了陳麗卿形象形成的第三個來源，即才子佳人的影響。與女英雄形象、粗豪喜劇形象這兩個主要來源相比，才子佳人當然是次要來源，但也對形成陳麗卿的性格起到了一定的作用。

才子佳人小說作為小說發展史上的一個流派出現於清初。由於作家係出身下層，對明清易代與人生炎涼頗多體會，「不得已而借烏有先生以發其黃粱事業」，「凡紙上之可喜可驚，皆胸中之欲歌欲哭」，〔註22〕因此創作中出現了脫離現實的理想化傾向，作品情節、主題大都概念化公式化。初期才子佳人小說以才、色、情為標準，主人公均係才色情統一的人物，強調情對理的服從，以《玉嬌梨》《平山冷燕》為代表。後發展中出現了《好逑傳》中鐵中玉以勇俠之氣為特點，水冰心以機智有識為特點，不同於前期書生佳人文弱，只能吟詩作畫的新變化。乾隆後，才子佳人小說出現了與英雄傳奇、神怪、公案、俠義等小說合流的現象，這一現象既反映出作家在題材方面的新探索，同時也表明才子佳人小說已漸入末流。而《結水滸傳》就形成產生於才子佳人小說與其它類型小說合流的這一時期，因此也反映了這一時期小說合流的特點。才子佳人只是《結水滸傳》內容之一，而這又主要表現於陳麗卿與祝永清的婚姻關係之中。祝永清仍然殘存著純正的才子吟詩作畫的特點，書中幾次寫其吟誦於口，草書筆走龍蛇。但這些特點已讓位於掃除奸賊強盜，維護皇權的英雄行為與忠義思想，退居次而又次的地位。陳麗卿的精神韻致有來源於才子佳人之處，她貌美、情真，但與吟詩作賦毫無干涉，只讀過《列女傳》等幾本書，識字不多，「苦不甚高」（見第八十八回）。在她身上，傳統佳人的突出特點已被叱吒風雲衝鋒陷陣斬將搴旗的絕世武功所代替。她想的主要是如何為皇家出力，殄滅亂臣賊子；嫁給一位如意郎君只是生活的階段性目標。小說結尾，陳麗卿離開祝永清隻身入深山修道，又永鎮梁山「妖魔」，直至將其完全收降，施惠於民眾，她才戎裝跨馬飛升，臨行還不忘恭請聖安。她與祝永清的關係初期夫妻意味還濃，後來就淡而又淡，小說結尾部分兩人

---

〔註22〕〔清〕張勻，天花藏合刻七才子書序，引自袁行霈主編，中國文學史（第四卷），北京：高等教育出版社，1999 年 8 月，307 頁。

是各為自事，毫無干涉了。才子佳人小說中花前月下的詩束互贈，彼此唱和，在《結水滸傳》中變成祝的單向吟誦，陳的無語對答，陳祝兩人的月下相校武功成了變異的才子佳人交流的新方式。兩人相識相戀相知的環境是敵我拼殺的戰場，已不是月下後花園。兩人是一見傾心，沒有小人撥亂其間，也沒有門第的不相匹配，感情發展也就一帆風順。除了精神與才子佳人相通，容貌感情保留其餘韻外，《結水滸傳》與純正的才子佳人小說聯繫不多。由於係《水滸傳》翻案文字，英雄傳奇的題材特點在《結水滸傳》中仍然居於重要位置，又由於陳祝婚姻內容的加入，致使《結水滸傳》也呈現出英雄傳奇與才子佳人題材合流的現象，顯現出「兒女英雄」的特徵。可以比較一下與《結水滸傳》成書於同一時期的《兒女英雄傳》，就可以看出兩書間精神的相通之處。《兒女英雄傳》開篇的「緣起首回」對「兒女英雄」作了明確的定義：

> 「這『兒女英雄』四個字，如今世上人，大半把他看成兩種人，兩樁事；誤把些使氣角力好勇鬥狠的認作英雄，又把些調脂弄粉斷袖餘桃的認作兒女：所以一開口便道是某某英雄志短，兒女情長；某某兒女情薄，英雄氣壯。殊不知有了英雄至性，才成就得兒女心腸；有了兒女真情，才作得出英雄事業。譬如世上的人，立志要作個忠臣，這就是個英雄心，忠臣斷無不愛君的，愛君這便是個兒女心；立志要作個孝子，這就是個英雄心，孝子斷無不愛親的，愛親這便是個兒女心。至於『節義』兩個字，從君親推到兄弟夫婦朋友的相處，同此一心，理無二致。這純是一團天理人情，沒得一毫矯揉造作。淺言之，不過英雄兒女常談；細按去，便是大聖大賢身份。〔註23〕

陳麗卿與何玉鳳都是武功超絕，嫉惡如仇，都有不平凡的經歷，都遭奸賊逼迫，都不諳世事，天真爛漫。唯有前者維護的是皇權，後者維護的是皇權下的小家庭；前者脫離了紅塵，白日飛升，後者歸於家中，做恪守婦道的賢妻。結局雖異而精神境界可謂殊途同歸。我們還可以反觀一下在分析陳麗卿形象來源時談到的《說唐三傳》。這部書產生、流傳時間和《結水滸傳》《兒女英雄傳》產生的時間相近。當時鴉片戰爭尚未爆發，中國社會還處於封建末世，受西風影響尚弱。這三部書產生的時代大致相似，因此也呈現出一定的相同之處。若以「兒女英雄」定義來衡量一下《說唐三傳》中樊梨花與薛

---

〔註23〕〔清〕文康，兒女英雄傳・緣起首回，上海：上海書店，1981 年 2 月，4 頁。

丁山的關係，是否也可以發現「兒女英雄」的一些特徵呢？答案是肯定的。
因此筆者認為，《結水滸傳》中才子佳人的因素與英雄傳奇的合流使之產生了
「兒女英雄」的一些特點，這也可以《兒女英雄傳》《說唐三傳》類證。

# 第五章　兩部《新水滸》

　　阿英在《晚清小說史》中說：「晚清又流行著所謂『擬舊小說』，產量特別的多。大都是襲用舊的書名與人物名，而寫新的事。甚至一部舊的小說，有好幾個人去『擬』……《新水滸》亦有兩種，一種為西泠多青本（中華學社，1909），一為陸士諤本（改良小說社，1909）……此類書印行時間，以1909為最多。大約也是一時風氣。此類書之始作俑者，大約也是吳研人，然窺其內容，實無一足觀者。」然後阿英引用吳研人的話：「有了一部《水滸傳》，後來那些《續水滸》《蕩寇志》，便落了後人批評……如此看來，何苦狗尾續貂，貽人笑話呢？」之後阿英作出結論：「明知如此，卻偏偏要做，這可以說是在文學生命上的一種自殺行為……罵貪官污吏，歷史上有多少好題材，為什麼非來個《新水滸》……不可呢？這些，都是和嫖界小說，寫情小說一樣，是當時新小說的一種反動，也是晚清譴責小說的沒落。」〔註1〕正如阿英所說，這類「擬舊小說」在1909年左右面世的「特別的多」，不僅《水滸傳》《西遊記》《石頭記》《金瓶梅》等一流名著有「擬舊」之作，而且《兒女英雄傳》《七俠五義》《封神演義》《古今奇觀》《癡婆子傳》等非一流名著也有「擬舊」之作，甚至一部書被數人一擬再擬。作為一種文學現象，這種「擬舊」是十分特殊的。其文學質量、語言水平、對生活反映的深度等雖不能與所擬之作相比，但仍然具有獨特的認識意義與審美價值，恐怕不是如阿英說的「內容，實無一足觀者」，「是當時新小說的一種反動，也是晚清譴責小說的沒落」所能概括的。

---

〔註1〕阿英，晚清小說史，北京：東方出版社，1996年3月，200頁～207頁。

對於「擬舊小說」這種說法，有人認爲「名之曰『翻新小說』，可能更爲貼切」〔註2〕。故從此說，以「翻新」稱之。

《水滸傳》的「翻新」之作計兩部。一題爲「西泠冬青演義，謝亭亭長評論」的《新水滸》，清光緒三十三年（1907）鴻文恒記書局排印本。分甲、乙兩集，乙集僅存書目。作者生平事跡不詳。一爲陸士諤著，清宣統元年（1909）七月改良小說社本。兩作面世時間前後相距兩年，而內容多有相似之處，後者是否受前者啓發、後者對前者是否有所借鑒尚無確證，但若謂兩者間毫無關係，亦恐難以解釋其諸多相似之處。因兩者間的相似也給我們提供了在比較中分析各自特點的方便。

## 第一節　西泠冬青《新水滸》——立憲「新政」的積極反映

作者在第一回正文前類似「引言」的文字中寫道：

> 看官聽者，看官須知一部《水滸》，爲小說中最傑出之作。作《水滸》之人，又爲當代不可多得之才。如今在下欲作一部《新水滸》出來，不惟自不量力，眞是狗尾續貂了。但據在下想來，《水滸》所演的一百另八個人物，其中雖有忠臣，有孝子，有俠義，然究竟英雄草竊算不得完全國民，況且姦夫淫婦，雜出其間，大有礙於社會風俗，所以在下要演出一部《新水滸》，將他推翻轉來，保全社會。至於著書本意，雖是空中樓閣，借題發揮，然而有新發明的兩種道理，就是「忠義」兩字。盡心大群之公益，方算是眞忠；不謀個人之私利，方算是眞義。我不妨將原書舊有人物，一一裝點附會起來。若嘲若諷，且勸且懲，欲使人知道今日新政上之現象，如是如是而已。知我罪我，在所不計。諸君靜俟，聽在下一一道來。正是：掉將遊戲筆，來繪現形圖。

這段文字對《水滸傳》給予了很高的評價，但對其內容又以作者理想的社會標準進行衡量，指出其不足，「英雄草竊算不得完全國民……大有礙於社會風俗」。表明其作新書「推翻」舊作，「保全社會」，借題發揮，闡明「忠義」，「若嘲若諷，且勸且懲」，「欲使人知道今日新政上之現象，如是如是而已」

---

〔註2〕歐陽健，晚清「翻新」小說綜論，社會科學研究，1997年第5期，131頁。

的目的。並以「掉將遊戲筆，來繪現形圖」的總結，轉到對正文的敘寫。這段文字，可以看做是作者的告白，對全書內容進行了整體概括，表明了創作目的，表明了對《水滸傳》、對新政的態度。「遊戲」、「現形」又不禁使人聯想到與已風行於世開一代風氣的李伯元《官場現形記》的某種關係；這又彷彿再次表明翻新之作的創作態度與創作手法。

## 一、新政下的種種新氣象

作家關注的重點是「新政」下的現象，那麼書中新政的「如是如是而已」具體體現如何呢？

小說從盧俊義驚噩夢作起，但開篇即是宋江一番關乎個人與國家的議論：「天既給我們獨立自強性質，必須要頂天立地，替國家做一番大事業出來，才不負我們平生之志，若仍就偷安苟且，得過且過，將來必無立足之地，豈不負己負國麼？」這段話將個人與國家緊緊結合在一起，使下文英雄們的所作所為就不僅僅具有個人色彩，還具有更豐富的與國家命運相關的含義與作用，而且，由於議論的高起點，也就比較自然地轉入對全書重點「新政」內容的表現上來。之後，對比分析了共和立憲與君主立憲的不同，明確表示「殊不知今日中國，實非君主立憲不可」，反對「那些激烈改進的新黨，只想三腳兩步推翻『專制』兩字，定要鬧到民主革命的地步」，而且表達了在「文明世界」的「新政」形勢下的理想：「總以個人自治，合群愛國為宗旨，造一個花團錦簇新中國出來。到那時功成身退，重聚梁山，共享太平，豈不快樂？」並且堅信眾英雄「一旦佐行新政，必然成就可觀」，並要求眾人「勉為立憲國民，各修人格，不可再存一點強盜心腸」。那麼，如何達到各人自治呢？作家又提出了具體的重視工農商的思路：

> 第一，需個人自己想謀生之法，有了謀生之法，才可講自治……比如有善為工的，就去為工；有善務農的，就去務農；有善經商的，就去經商。為工的需要發明工業上新製造，為農的需要發明農業上新種植，為商的需要發明商業上新機關；方為不負所作。目今世界除了這些工農商外，別無可以立身之地，文字是最靠不住的。官場是國民的公業，如果沒有工農生利，這公業也做不成了。將來國家總要從工農上做起，方能立住腳跟。

也就是在這種重視工農商的實業思想指導下，梁山眾人紛紛來到新社

會，從事各行各業，謀求個人自治，合群愛國，努力實現創造一個花團錦簇的新中國的理想。但作家在寫各人所爲時，總是將其與當時社會形勢相勾連，使之具有相當濃重的現實色彩。如打鐵出身的湯隆，「要想鐵工上謀些事業……或者……謀個鐵路總辦……」，他的想法與當時的社會熱點問題浙江鐵路所有權相關聯。「小弟聞得人說杭州有個高俅子孫，名叫高二尹，在那裏勾通洋人，將全浙礦產鐵路私自賣與外國人。浙江士商大爲不平，定要力爭回來自辦。我可恨高二尹這個畜生，見利忘義，不顧大局，竟將全浙江人命根都賣斷了。幸而浙江人心不死，力爭回來，現在鐵路已收回自辦。」（見第三回）湯隆憤勾通洋人賣去經濟命脈之可恨，喜浙人爭回鐵路自辦權，因而積極參與鐵路修築規劃，因之被舉爲鐵路公司名譽會員。湯隆並不滿足名譽會員這個「空位子」，而要創辦鐵廠實業，幾經周折，終得到大富豪盧俊義五十萬兩銀子的資助。浪裏白條張順被其講究實業的族人叫去通州創辦了漁業公司，原因也是「只因洋貨充斥，利權盡被外人所奪，就是水族上食品，也都被外人製造罐頭輸入內地」。張順「生意頗覺繁盛」，便請阮家三兄弟創辦「漁團」，「作個東南保障」，「眞是風虎雲龍，相得益彰」，（見第三回）看來張順實業辦得有聲有色。其它人所從事的職業也大都與國計民生息息相關。如張橫「嫌商業事雜，不大願意，要去幹獨一無二事業，前月已到北洋練海軍去了，還偕了玉幡杆孟康，相機去造鐵甲戰艦，定要恢復海軍，重整起一個鐵血長城的中國來」（見第四回）。這隱含著甲午戰事，北洋水師全軍覆滅之痛，表現出對國防與國家安定的態度。第二回寫雷橫打算「辦警察」緣於吳用的指點：「若要地方自治，先從警察入手。好在現在警察正當萌發時代，都頭何不尋個機會去辦警察，練他一隊精悍警兵出來，就是國家干城了。」雷橫的打算是「原想盡自己天職，造就一份子完全巡警來，爲地方自治起點」。第六回寫孫二娘勸樊瑞：「如今世界逐漸文明，此種妖怪學稍有知識的都不肯信。」「兄弟，你的謀生雖然不錯，但是不合時宜。目今時世凡事應該改良，便需及早改良；若專仗舊有這廝，要在新世界託足，終不免於劣敗。」並以吳用爲例勸道：「你不見軍師先生怎樣足智多謀？如今也落得編書度日。」最後還歸結到實業：「可見立憲時代最重是實業，除了實業以外，全然都靠不住。」鐵叫子樂和被請任音樂講堂教員，也因他貫通中西，改良音樂，適應「世界逐漸進化」的形勢，「編了幾個文明新歌曲」。

阿英在《晚清小說史》中說：「但幾乎是全部的作家，除掉那極少數頑固

的而外，是有著共通的地方，即是認爲除掉興辦男女學校，創實業，反一切迷信習俗，和反官僚，反帝國主義，實無其它根本救國之道。」〔註3〕西泠冬青《新水滸》對興辦男女學校也作了重點反映。小說第二回，寫眾人下山，即寫吳用做有關辦學方面的事。作家借吳用之口，表明個人自治對於地方自治、國家政治的先決關係的看法，寫吳用鑒於當時社會「眞所謂不新不舊，不倫不類……全中國都是這些人，大事還能辦麼」而提出辦學的想法，「我聞得各處皆設有學堂，或者於此中謀個教員，盡此教育義務，將來爲國家造就人才，也不枉我下山一走」。吳用深感「兒童時候，德育也要緊」，認爲「不如將修身納入國文之內，並爲一科」，因而要改革教材，「先完完善善編輯幾部國文教科書來……也好知道倫理、修身的工夫就在文學之中」。而且吳用對辦女學堂更有認識：「我極意想設立一個女學，因爲男國民是從女國民出來，沒有完全的女國民，怎麼望有完全男國民。如今學堂要先從女學入手，造就一般女國民出來，先做個母教榜樣，豈不是好？」他的想法便體現在孫二娘、顧大嫂等按其構想辦的松江女學堂上。第六回寫經孫、顧「頗加整頓」，女學堂「亦頗完善」。她們針對從西方傳來男女共食等爲文明之習，根據「思想則務求其新，道德則宜其從舊」的出發點，制訂了一系列校規，榜諸校門，得路人稱讚爲「這樣規則，方算完全女學」。顧大嫂並在學務公所召開的「天足會」上，從「強國強種」的高度，演說女子纏足之禍：「強國莫先強種，怯弱的父母，哪裏生得出好種子來，豈不貽累子孫麼？」號召女子棄纏足惡習，博得「各堂學生及教員外，又有一班紳士婦女，及富商大賈的妻妾，並那幾個有名紳士」拍手道好。婦女解放問題被認爲是衡量社會文明進步的一個標尺。《水滸傳》的婦女觀是十分落後的，而在《新水滸》中婦女問題得到了充分反映，不僅有孫二娘、顧大嫂辦松江女學堂，而且通過扈三娘的切身經歷與思想感情的變化，描寫出婦女從覺醒到走出家門走入社會最後融入文明洪流的全過程。這成爲全書反映當時社會現實一個形象生動的亮點。

　　其始，吳用函召孫二娘、顧大嫂去辦女學時，扈三娘「本要一同前往」（見第六回），因王英阻攔未行成。後王英聞上海是個最繁華之所，「娼寮、妓女到處皆有」便欲前往，扈三娘無奈「只得隨行」。（見第八回）到了上海王英整日在外與妓女廝混，不管被警察抓走的李逵，因而被扈三娘責備有損「忠義」與梁山名譽。扈三娘並勸王英「或是到邊疆效力，謀個一官半職；或是

〔註3〕阿英，晚清小說史，北京：東方出版社，1996年3月，7頁。

尋些資本家，謀個實在工業，也不枉我跟隨你一番」。但王英不但不聽勸說，反要與扈三娘各幹各事。此時的扈三娘仍懷「嫁雞隨雞，嫁狗隨狗」的舊婚姻觀，反對王英「豈有中道分離，各幹各事的道理」。在王英置扈三娘於不顧外出鬼混後，她開始反思這段婚姻，思想有所清醒，產生新的認識：「這段惡姻緣是宋江哥哥害我，可見婚姻不自由，必要受許多魔障。」但她仍對王英抱有挽救之想，「他若迴心轉意，我們兩人仍舊言歸於好」，同時也作了另一番思想準備，「他若依舊迷戀煙花，不幹正事，我自有一個主意在此」。她要投孫、顧二人「也可幹些事做」，並作了最壞的打算，「就使終身沒倚靠，強如與不成材的同在一起」。至此，扈三娘不僅覺醒，而且思想上逐步獨立起來，對今後生活有了打算，放下了包袱。因而書中接寫道：「想罷，倒覺心中開放，納頭便睡。」後王英因強搶婦女被捕，扈三娘為免受其累，才不得不投松江女學堂孫、顧二人。但她並未將王英棄置不顧，為之「面帶愁容，十分悴憔」，求孫、顧「設法著人去通報宋江哥哥來救應才好」，（以上見第九回）並再表心跡，「雖他自作自受，但我與他夫婦，怎放得下」。由此，反映出遇人不淑的良家女複雜的感情。之後，扈三娘就在松江女學堂「學些科學，以備將來作個女教習糊口，亦是女子自立之一法」。扈三娘勇敢走出家門，進入社會，習得一技之長，經濟上已能獨立，探索出女子自立的一條路。後來，又代孫、顧二人去日本學習師範。因她「粗通文墨，且亦歡喜學問」，定能完成「肄業東京女校，卒業回國。重整女學」的重任。（以上見第十回）西泠冬青《新水滸》僅存甲編，故扈三娘後來如何不好妄測。

## 二、新政下的不和諧與救世的良方

觀水滸英雄在預備立憲的新政形勢下，除王英、周通因在《水滸傳》中已被打上好色的烙印不宜改變外均積極有為，開創了一番事業，由此也表現出作家對新政讚揚的態度，其心態總體上是明朗的、樂觀的、向上的。但作家在開篇序言中對《水滸傳》英雄「算不得完全國民」，水滸內容「大有礙於社會風俗」的批評，和著書本意「保全社會」，闡發「忠義」，思想感情表達上「若嘲若諷，且勸且懲」的目的，又使我們不能不注意書中存在的一些與作家創造「一個花團錦簇新中國」的理想社會相背離的現象，也就是作家要「掉將遊戲筆，來繪現形圖」的內容。

第二回，眾人剛下山，就借吳用、雷橫之口批評「做官的，當兵的」表

面尚可，「內容仍舊是腐敗」，衣飾不中不西的人「不新不舊，不倫不類」，因而憂心道：「如今世界上事較往日更難辦了。」「全中國都是這些人，大事還能辦麼？」並揭露兵丁惡習：「所恨現在兵丁沒一個不有嗜好，不是吸煙，就是酗酒，甚至每到夜間，借巡警為名，三人一隊五人一起同往空巷破屋子中聚賭。」諷刺「吃了官中飯」的人，「將來陞官發財，是最容易」，不要因想陞官發財而「賣送幾個同胞」。第四回寫三阮見辦漁業的張順「裝做斯文模樣，一味客套，便有幾分不快」，因之阮小七不滿道：「張大哥，你如今一入勢力場中，便變了性質，自己兄弟用不著這般客套來。」對此張順反省道，「我真糊塗，一時自己兄弟認作外人，說著官場中套話，真是口頭習慣，自不知覺」，於此可見對官場的態度了。第五回燕青針對盧俊義想恢復自己產業的想法說：「如今作事全在運動，只要運動得力，無論天大過犯，也可消釋……眼珠子是黑的，銀子又是雪白，他們一班人，拿著幾百個字換許多銀子，沒一個不情願，銀子愈多，奏摺上面話愈說得好。」「真是無錢不靈」，盧俊義終於得遂心願。但其鉅額家財卻被官府官員以國民捐的名義留下一半。第七回孫二娘勸魯智深謀杭州小普陀寺監督道：「做監督不在識字不識字，只要有勢力，會鑽營，凡事都可以成功……就是要向農工商礦局充總辦，只要會鑽營不識字也來得。」第九回第十二回分別寫道「如今竟是強盜世界」，「目下是個強盜世界」。第十二回更對警察直言相罵：「目下是個強盜世界，哪一處不可橫行，就是一個捕頭也值得幾文錢。」「平白時便做強盜，到得急了，做投降充捕快，賣送幾個自己弟兄，巴結上司討好，有時強誣陷幾個平民，成就你陞官發財的念頭，到得街上白吃的吃，白聽的聽，白看的看，拿進去的錢……反欠著不給，還要愛聽人稱老爺少爺。哪一個耐煩你豬狗養成豺狼狠心的等明日錢使！」第十三回寫道：「這幾班狗男女，知道些什麼，他眼中認得是錢，除了錢外，任你父母兄弟，他也不放在眼中。我今日少帶幾個錢來給他便是挖了他心頭肉一般，焉得不氣。」第十四回以公孫勝的角度寫淮北饑荒，寫災民與驕奢者的強烈反差：「咳，老天降此奇災，獨獨使這些窮苦人擔受。我在上海見那些租界上人終日花天酒地，百般的快樂，何不節省些無用使費，布施給呼籲無路的災黎，誰非赤子？蒼天竟分出厚薄起來，真是苦樂欠均了。但是驕奢生淫佚，淫佚生貧賤，這也天地自然之理。有錢的浪費不用，不肯體恤災民，做點慈善公益事業，恐怕這些饑民就是將來驕奢人的榜樣。」第十四回寫上海的戒煙丸竟是嗎啡：「嗎啡是鴉片中提出的精液，一釐嗎啡，可

以抵到七八錢鴉片，而且性最猛烈，服了不但不能戒斷，還要加些煙癮，他竟喪盡天良，將這種品物和在內，只顧自己賺錢，不恤人家生死，真是狗彘不食其餘了。」而這種戒煙丸「牌子明明借外國人幌子，一到事發，便有外國人替他出場……如今洋勢通天，他們哪一樁事不來包庇？一旦交涉起來，上面反要說安大哥多事，一碗官醫生飯就要靠不穩。」

小說除揭露以上這些重大問題弊端外，還對社會風俗有所反映。如第十一回，「上海地方一班人都是男不成男，女不成女，風俗敗壞極了」。第五回寫對迷信的諷刺：「如今世上哪一件不是妖怪學？你不見左右兩邊那些賣卜的，相面的，算命的，哪一樁不可算妖怪學，哪一件事不是使人迷信？你說松江人文明，究竟文明在哪裏？如今此種攤場布滿四處，鄉間村落，大小市鎮，到處皆有；還有那貴官達士，富商大賈，沒有一個不去求籤問卜，行那妖怪學迷信的事。你說松江人文明，究竟文明在哪裏？」對梁山人物的表現，除王英、周通的好色、強搶女子外，還諷刺了張順受官場污染而生的俗氣，雷橫急於立功升職誤捉所謂革命黨而鬧出笑話。看來作家是秉持公心而諷世。上面這些或醜或惡的現實，與作家對預備立憲新政的熱情讚揚形成巨大反差，表現出作家對現實的冷靜認識客觀分析。「若嘲若諷，若勸若懲」，「掉將遊戲筆，來繪現形圖」也主要於此著筆。

那麼，針對預備立憲新政形勢下的種種不適應社會發展潮流的不文明、落後，甚至醜惡的現象，作家開出的「保全社會」、闡發「忠義」的良方具體體現如何呢？若按作家對「忠義」的解釋「盡心大群之公益，方算是真忠；不謀個人之私利，方算是真義」來衡量，梁山人物所從事的或實業或其它事業，大都還算得上是真「忠義」，他們秉承的是「個人自治，合群愛國為宗旨」，努力創造「一個花團錦簇的新中國來」，而且對未來充滿信心，下山前即想像著「到那時功成身退，重聚梁山，共享太平，豈不快樂」。他們的出發點還是為大眾著想。當然，作家對「忠義」的理解與闡釋是頗具新時代特徵的，深具作家的理想性。但是，作為處於社會激烈動蕩，西方文明急風驟雨式來臨，中西文明形成強烈衝突時期的作家，他的理想仍然是脫離現實的成分多，根植於生活的成分少。且不說書中所寫梁山人物創辦實業即取得成功，沒有曲折沒有困難，脫離實際的內容多外，僅就孫二娘、顧大嫂辦松江女學堂所採取的辦法即可看出作家面對新生活尚未具備適應社會駕馭新事物的思想水平與能力，於此也反映出作家思想中的矛盾與無法解決問題的困惑。茲將第六

回中有關原文錄下：

> 原來這個女學堂在松江最先創辦，倒是顧大嫂、孫二娘兩個極力贊成。至於內容，亦頗完善。孫二娘自興辦女學以來，頗加整頓。她見城東城西那些女學生不是打鬆辮，就是去外裙，戴眼鏡，甚至有些學生以爲泰西本來男女共食，中國於此等風氣尚未大開，因此每當學生會時，定要男女共席而食，以爲文明。孫二娘聽了此種議論，便說道：「這男女同席是我們梁山上的勾當，如今提倡女學，怎好不講中國禮法？若就飲食之間，動輒便開風氣，眞是崇拜西人，已到絕頂；況此等惡俗，娼寮妓女都是慣的，沒一日不與男子共席而食，難道也算文明麼？總之今日興女學，原爲的是開通知識，並非叫他滅棄禮法，思想則務求其新，道德則宜從其舊，如此方見功用。我如今整頓起一個規則來，要使女學界中人，皆知廉恥禮義，方不負我教育初願。」遂邀同顧大嫂商定了許多章程。一不許打鬆辮吸紙捲煙，一不許戴眼鏡去外裙；未成人者不在此例。一不許塗抹脂粉及著豔色衣服，一男子非家長親族不得來堂私相交談。一無事不許出內院。一別處學生開會，堂中學生如遇外飲，不准男女共席。犯者斥退。商訂既畢，榜諸校門。路人經過的看見，有道：「這樣規則，才算完全女學。」孫二娘、顧大嫂兩個聽了，心中自然喜歡。

以發展的眼光看，服飾的改變與學生男女共食本不足怪，但在當時卻被認爲是娼寮妓女一般的惡俗。思想守舊的人物、包括作家本人對此也不能容忍，因而借孫、顧之手制訂相關的規章制度以約束。而且她們的行動還得到了大眾的認可，可見代表了大多數人的看法，反映出當時人對新事物的態度。可是，他們秉持的原則，衡量的標準卻是自身就互相矛盾的「思想則務求其新，道德則宜從其舊」。這也完全可以看成作家開出的救世之方，是不可能長久奏效的救世之方。社會上新事物層出不窮，中西雜處優劣共存，人們的思想必然經歷強烈的衝擊，種種不習慣不適應必然引發人們的思考，不同階層的人物會拿出不同的救世的辦法。從作家創作看，他是熱切呼喚強國富民的，因之對朝廷預備立憲後出現的新氣象是讚揚的，這種態度體現在其筆下梁山張順、湯隆、吳用、孫二娘、顧大嫂、扈三娘等人身上。但這並不意味他對所有新事物的態度都是肯定的，對男女學生的一些習慣他就持不同看法，而

且還代表了社會上相當多一些人的看法。「引言」中對《水滸傳》「姦夫淫婦，雜出其間；大有礙於社會風俗」的批評，對上海風俗娼妓遍地，「男不成男，女不成女，風俗敗壞極了」（見第十一回）的批評，第九回對王英混跡娼寮，「強搶婦女」，有背「忠義」的批評，強調梁山對「姦淫」二字是最忌的，第十一回對周通強搶女學生，為「要貪一己私圖」，不能「做個完全無缺的國民，一齊造個花團錦簇中國」的批評，就可反映出作家的道德觀仍然是傳統的、守舊的。因此，他的思想中也是存在著新舊的對立與衝突，所以他以滿懷的憂慮拿出了以傳統道德以救世濟世的辦法。可以肯定地說，這種較開明的傳統知識分子拿出的辦法是無法解決根本問題的。但這不是作家所代表的那個階層的問題，而是那個劇烈動盪的時代對人們的限制，對所有各階層人物的限制，也就是時代的限制。

西泠冬青《新水滸》對清末預備立憲時期的社會生活的反映除上面所寫之外，還涉及了時局、宗教、租界、革命黨風潮等，還以李逵吃西餐、戴宗與電車賽跑等寫了傳統思想、人物、習慣等對新事物的新奇與不適應。這些為我們瞭解當時社會形勢與思潮提供了較為全面、形象的材料，具有一定的認識意義與作用，不宜全面否定。

## 第二節　陸士諤《新水滸》——立憲「盛世」的警世危言

兩部《新水滸》創作時間相近，內容上多有對相同事件的反映，但從反映的角度與體現出的思想感情看，兩者間的不同是十分明顯的。比較而言，陸士諤的《新水滸》不僅篇幅更長，對現實生活描繪得更廣闊更全面更深刻，而且形諸筆下的文字感情更飽滿更沉厚，對社會從批判的視角剖析，對種種弊端與醜惡的揭露更入木三分。與之相應，譴責與諷刺運用純熟，貫通全篇，成為極具個性的藝術特徵，人物描寫也簡練傳神。淋漓盡致地表現出一個憤世嫉俗憂國憂民的傳統知識分子對國家民族命運的憂患情結，使小說成為李伯元、吳研人開創的譴責小說流派中獨具風采的佳作。

### 一、創作目的與整體構思

陸士諤在《新水滸序》中以主客問答的形式介紹了創作的緣起、當時的社會現狀、個人的心境、創作的目的等重要內容：

客問陸士諤：《新水滸》何為而作？士諤曰：為憤而作。客曰：
嘻，甚矣，先生之妄也！當元之季，政綱寬馳，民生凋敝，儒林偃
息，僧侶專權，朝盡北人，世輕南士。耐庵滿腹牢騷，未由發泄，
奮筆著書，乃有《水滸》之作；寄託深遠，言詞激烈，固其所也。
今先生生逢盛世，遭遇聖明，當憲政預備之年，正先生秉筆之日，
言何所指，意何所託，毋乃類畫蛇之添足，等無病之呻吟？嘻，甚
矣，先生之妄也！士諤曰：吁，有是哉，子之迂也！準子之說，是
安居不可以慮患，盛世不可以危言，則於茲強敵外窺，會黨內伺，
魑魅充斥，鬼蜮盈塗，朝廷有望治之心，編氓乏自治之力，莠言四
起，異說朋興，仍可凜金人之三緘，戒惟口之興戎，歌舞太平，渡
此悠悠之歲月何！嗟乎，神州夢夢，苦口嘵嘵，屈靈均懷石投江，
賈長沙痛哭流涕，情非得意，志欲有為，媧皇誓補情天，精衛願填
恨海，世而知我，則吾書或足以迴天；世不我知，則吾身騰罵於萬
口。諒吾者必曰：言者無罪，聞者足戒；罵吾者必曰：顛倒黑白，
信口雌黃。然吾國民程度之有合於立憲國民與否，我正可於吾書驗
之。客休矣，俟吾書發行後，來與我辯論未晚也。客聞吾言，垂頭
而去。遂錄問答之語，以序簡端。

其中「為憤而作」表面上同於李卓吾評施耐庵作《水滸傳》的原因，但
其含義已彼此不同。「當憲政預備之年」，朝廷已現出改良氣象，但在外「強
敵外窺」，在內「會黨內伺」，周圍是「魑魅充斥，鬼蜮盈塗」，因而作家以信
而見疑、忠而被謗的屈原、賈誼比其心境，以誓補情天的媧皇、誓填恨海的
精衛比其志向，表其居安慮患盛世危言的苦衷。這段文字可視為創作的總綱，
對把握全書，披文以入情境指示了捷徑。在以陸士諤妻李友琴名義實則很可
能係陸士諤個人所作的《〈新水滸〉總評》中，評論《新水滸》「可以當近世
史讀」，「可以當人物志讀」，「是夏禹之鼎，秦皇之鏡，溫嶠之犀」，於此可看
出對現實反映之迅速與所持的批判態度。「宗旨在懲人之惡」、「宗旨在勸人為
善」則明確點出創作意圖。

既然《新水滸》是「為憤而作」，既然國家內外不安，充斥周圍的盡是魑
魅鬼蜮，創作宗旨是懲惡勸善，那麼作家對現實生活擷取選擇的角度也就必
然深賦批判色彩，這也就決定了構思必須為之服務而呈現出強烈的主觀性，
概括說就是以倒錯、異位、錯置的思維方式構思內容。綜觀全書，所寫的人

物所寫的事件大都表裏相左、言行違背，作家對整個社會種種怪異、醜陋、罪惡的基本態度就是堅決、徹底、全面的否定。表現在林林總總的具體人物言行與事件中，少有能外者。

第一回以林冲、魯智深、戴宗下山打探消息爲線索，以他們所聞所見所感寫對新政下社會的總體概括。先從國家預行立憲寫起，但新政施行後，「百姓依然貧乏，國家依然軟弱」，變化的只不過是「換幾樣名式，增幾樣子兒」，結果卻是「爲做官的多開條賺錢的門徑」，和人們對新政施行後期盼的「民生就可怎麼寬裕，國力就可怎麼強盛」截然相反。這就從根本上否定了預備立憲所謂的新政。第三回寫諮議局選舉的怪現象，列舉謀爲議員的幾種「運動法」：議員不准吸食鴉片而實則多人「煙容滿面」地「過癮」；還有以錢拉選票等等弊端。對此，作者義憤寫道：「他們當紳士的心腸，比我們強盜還要狠十倍。我們做強盜的心裏頭殺人放火，打家劫舍，面子上也殺人放火打家劫舍，他們做紳士的人，滿肚子殺人放火，打家劫舍，面子上卻故意做出許多謙恭禮數，文明的樣子。」並且對所謂「新政」再次否定：「選舉如此，憲政掃地了。預備如此，實行可知，說什麼九年實行。宣和二年的諮議局，是大宋國憲政活劇的第一齣，第一齣如此，以後的也不必瞧了。」作者義憤難消，在第五回又對整個倒錯式的社會進行了全面否定：「我觀現在的世界，竟是個強盜世界。不要說做強盜的是強盜，就是不做強盜的，也無非都是強盜。」然後舉出「做大官的」，「做小官的」，「做武官的」，「做紳士的」和「商人經營生意」的一一揭露其所爲。最後概括總結：「現在的世界，實是文明面目，強盜心腸。」林、魯、戴三人回山後報告已入新世界，列舉了種種奇奇怪怪的見聞。爲了適應變化，第六回寫山寨成立「梁山會」，提創「金錢主義」，要求眾人下山「各逞其能，各投各處」做生意，每年歸山報告情形，所得利益「二成作爲會費，二成作爲公積，餘六成即爲本人薪金」。而且再次強調「此刻新世界上盛行的是『文明面目，強盜心腸』，我想我們大眾即照這兩句去做，把強盜行爲藏在心腸裏，面目上只裝出文明樣子，人家見了也不疑心，我們就可以逞所欲爲了」。並對「文明面目」的裝法作了解釋：第一先要罵人，第二乃是吹牛皮。「罵人是排去眾人，吹牛皮是賣弄自己」。還有「必不可少的，叫做拍馬屁」。「懂了這三樣訣竅，文明面目就裝成了。以後碰著人就可滿口『熱心公益』『犧牲一己』『提創實業』『開通風氣』『竭誠報國』的亂說。有人相信，就可按照我們做強盜的宗旨，得寸進寸，得尺進尺。敲骨吸髓，惟利

是圖。」

以上，主要是對倒錯式構思的概括介紹，從全書看前七回內容是對後面內容的一個「序」。從第八回開始的主體內容寫梁山眾人下山所為則是對倒錯式構思的具體展示。

主體內容從蔣敬著筆，也可體現出倒錯構思的意圖。書中寫道：「為什麼把天罡三十六個上上人才都丟下不講，反把這素無名望的蔣敬提到舞臺上來？」對此解釋說：「原來『新水滸』本是個地覆天翻的世界，其位子自應天居下而地居上，所以開首第一個須寫地煞星。」但作家並沒寫地煞星中「健出者」如神機軍師朱武等「或則肝膽照人，或則英雄出眾，或則頗具機謀，或則全憑血性」的人，而偏寫蔣敬。對此書中再次明白寫道：「要知黃鐘毀棄，瓦釜雷鳴，讒人高張，賢士無名，自古時間已竟如此，何況此天翻地覆的新世界，自然更勝一層了。」（以上見第八回）這段話，是對全書倒錯構思的集中概括，對倒錯式構思思想根源交代得再分明不過，從此而下，各人所為完全按此構思而行，內容按此構思展開，「魑魅」「鬼蜮」一個個粉墨現形了。

## 二、對新政下罪惡與醜陋的徹底揭露

作家滿懷屈原、賈誼之情，女媧、精衛之志，面對「文明面目，強盜心腸」的種種罪惡與醜陋，施以徹底的揭露批判，施以入木三分的諷刺，不負《〈新水滸〉總評》中「夏禹之鼎，秦皇之鏡，溫嶠之犀」之稱，使魑魅鬼蜮與口是心非等等畢露原形。作家的筆涉及預備立憲時期社會的多個層面，主要針對所謂的新事物，剖析其表裏相背的性質，生動地印證作品倒錯式整體構思與對社會「文明面目，強盜心腸」的總體概括。第七回結尾，眾人下山而去，作者寫道：「此一去猶如洪太尉掘開石板時放出的一道黑氣，將變成百十道金光，向四面八方飛去。正是：登舞臺而演劇，放出假心；處濁世以謀生，且藏真面。」還是從「黃鐘毀棄，瓦釜雷鳴」「天翻地覆」下的蔣敬說起。

第九回寫心比墨黑的神算子蔣敬和神偷時遷在雄州興辦銀行，「權裝著老實，商界很是信用」，手中有實銀二萬二千兩，發行鈔票「一年中少說些也做了三四十萬」，還收著「廿來萬的存項」。他們見「銀行生意很做得過，比了梁山做強盜還要爽利，遂放出特別手段，向各商埠陸續開出分行二十一爿」，他們忠義銀行的鈔票通行全國。可這「紙糊老虎」快被戳穿時，他們卻以「振興實業，轉被匪徒亂害」，「本銀行必於五日內辦理」存款等託辭，挾五十萬

銀而逃，害得老嫗失去「老來送終費」，令眾人憤怒得要「打掉這強盜銀行，也出這口毒氣」。第十六回寫打鐵出身的湯隆與劉唐「辦理鐵路，成效卓著，聲名洋溢」。湯隆轉述挽留他們的士紳話說：「『湯、劉存，鐵路存；湯劉去，鐵路亡；鐵路亡，江州亡；江州亡，中國亡。』湯、劉之去留，關係中國之存亡。你想我們二個人的身子關係到如是之巨，那裏可以偷閒一刻麼？」劉唐後來卻對梁山兄弟交出實底：「我們也不過想裝著個文明面目，多弄幾個錢是了……我們薪水雖不受，那進益比薪水還多幾倍呢。並且我們有了這廉潔的好名兒，社會都信用我，騙起錢來，較他人自易十倍呢。」第二十一回寫花榮勾通洋人，將從江州到杭州的鐵路出賣給金國人，「只得著個九五扣回用，五六個人分派，我只派著八九萬銀子」。其它參與人「卻弄的通國皆知，人人不以人類相待」，花榮反笑他們「呆不呆呢」。對此，吳用認為花榮不如湯隆、李立、穆弘，聲名鵲起，全國人民仰望之如泰山北斗。花榮的應對可以作為自供狀：「先生，奈何也說起這樣話來？花榮不是奉過先生將令麼？『文明面目，強盜心腸』，花榮只不過照著這八個字做罷了。做強盜的只要有銀子到手，管甚麼聲名不聲名？況花榮的聲名並不曾壞掉呢？湯隆見爭路可以獲利，就何妨出來爭路；李立、穆弘見爭礦可以獲利，就何妨出來爭礦；我花榮見賣路可以獲利，也就何妨出來賣路。說我花榮賣路是私，他們爭路、爭礦，也未必不是私，不過各人手段不同，做法各異罷了。即如先生辦著這《呼天日報》，面子上說是弔民伐罪，難道真個為弔民伐罪麼？這也瞞不過花榮的。」因之前花榮替官府串聯吳用，要收購吳所辦《呼天日報》，吳索價二十萬銀子，花榮因此咋舌道：「軍師心好狠，欲好奢！只費了一二千金本錢，索利竟達百倍之巨，比我賣路所得，竟多一倍還不止！」最令人髮指的是第十九回寫梁山魁首宋公明借賑災之機大發國難財。（詳見後文）也與災荒有關，第十三回樂和評論江州的戲劇界也是一片黑暗，借賑災之名而發財：「戲雖歹，價值倒不賤呢。每人一兩銀子，童僕照收，並不減半。」對此，辦女學堂獵色斂錢的鄭天壽吐舌道：「唷，唷！這些人的心，比我們做強盜的，還要狠起十倍！何不爽爽快快索性搶了人家幾個，還要熱心慈善，賑濟災荒，裝出這許多體面話來？」樂和對此再次強調了「這就是文明面目，強盜心腸，今世界上盛行的」，對當時整個社會的蓋棺之論。

興辦學堂是新生事物，特別是女學堂更是引人注目，然而白面郎君鄭天壽開辦女學堂的目的則像他在第九回說的那樣：「不是我說句海話，像我這張

面孔，不怕女學界不歡迎。女子家有什麼定力，只要我略施小巧手段，保你錢也到手，人也到口。」第十回具體寫鄭天壽在雄州開「尚德女學堂」，「附近各處的巨家閨秀、富室名媛」「來的如雲蒸雨聚一般」，鄭天壽好不歡喜。其中一婦本係鄭妻妹，前因與鄭不明不白而致鄭妻「氣惱成病而亡」。此婦要鄭關掉學校，因道：「你既不肯閉掉此校，又不肯自己辭出，則此校的滋味，不問可知了。」因此來住校「學習」而不歸夫家，又恐夫家不肯。鄭天壽罵道：「你只管放心，章淑人這廝不來便罷，他如要干涉你我，哼，哼！三寸丁谷樹皮武大郎便是他的榜樣。」活生生一幅強盜加無賴嘴臉。第十二回寫在《水滸傳》中強搶民女的小霸王周通也開了名為「景虞」的女學堂。周通原本「生得魁梧奇偉，大有拔山扛鼎的氣概」，辦女學堂後「面黃肌瘦，骨立形消……並且額上青筋暴露，兩眼深深凹進，眼之四周，隱隱有青色眼圈兒，形容甚是憔悴」。鄭天壽驚問其故，周通反問同為辦女學堂的鄭天壽道：「聽得你在雄州，也是辦女學，為甚氣色倒比從前好了，敢是有什麼異術不成？」還表白自己「樂此不疲，死而無怨」。真是不打自招。作家對周通類的人是深惡痛絕，因而在第十四回中又借幾位知其根底兄弟的口對其進行揭批。「李應道：『周通這廝，被幾個老丫頭迷昏了，連本山親兄弟請他都不到。』樂和道：『我瞧周哥神氣都沒有了，他的精髓都被這群不成材的東西吸盡了呢。』侯健道：『女學生的手段怎地了得？梁山泊上這麼樣一個好漢，尚被他治的……』」第十二回還寫到九尾龜陶宗旺開著極大的妓院，「也是社會大功臣了」。扈三娘開女總會，實為聚賭場所，「生意異常發達」。第二十二回寫菜園子張青開夜花園，燈光黑黑的，目的是「幽期密約，光明的所在可以行的麼」，引來王英、周通等「弔膀子」。

　　第六回，眾人下山前吳用號召「提創的就是金錢主義，只知權利，不識義務」，因此對金錢的批判也是一個重要方面。第十二回寫雙鞭呼延灼、小李廣花榮等舊日朝廷軍官「都已起復了」，人問其故，答曰：「現在世界講什麼？只要有錢什麼不可以。若沒有錢，隨你怎麼忠孝正直，一世也不會發跡，有了錢，休說落了草，即造反過也不妨事的。」第十七回林冲對吳用道：「先生，現在世界只要有錢，什麼事做不到，辦不成？設林冲沒有錢時，憑你循規蹈矩，一百年也沒有這種優缺到手。」

　　除上述之外，揭露的鋒芒還觸及了科舉考試，警察的害民與警匪串通，當時的中外關係，時文家的懵懂，反對新法的頑固黨，學界的愚昧，官場對

人的毒害等所謂新政的種種醜惡與弊端。

## 三、貫通始終的諷刺藝術

魯迅先生在《中國小說史略》針對清末之譴責小說的評論影響甚大：

> 光緒庚子（1900）後，譴責小說之出特盛。蓋嘉慶以來，雖屢平內亂（白蓮教，太平天國，捻，回），亦屢挫於外敵（英、法，日本），細民暗昧，尚啜茗聽平逆武功，有識者則已翻然思改革，憑敵愾之心，呼維新與愛國，而於「富強」尤致意焉。戊戌變政既不成，越二年即庚子歲而有義和團之變，群乃知政府不足與圖治，頓有掊擊之意矣。其在小說，則揭發伏藏，顯其弊惡，而於時政，嚴加糾彈，或更擴充，並及風俗。雖命意在於匡世，似與諷刺小說同倫，而辭氣浮露，筆無藏鋒，甚且過甚其辭，以合時人嗜好，則其度量技術之相去亦遠矣，故別謂之譴責小說。〔註4〕

「辭氣浮露，筆無藏鋒，甚且過甚其辭，以合時人嗜好」對清末譴責小說的概括是準確的、合乎實際情況的。認為「則其度量技術之相去亦遠矣」，其評價的標準是說部中足稱諷刺巨著《儒林外史》諷刺藝術的「戚而能諧，婉而多諷」〔註5〕，因此別稱此類小說為「譴責小說」，以示與諷刺小說的區別。由於兩類小說產生的社會環境迥異，作家思想狀況不同，筆下所涉對象不同，因而兩類作品呈現出不同的面貌實屬正常。如果僅以「戚而能諧，婉而多諷」作為衡量的唯一尺度，譴責小說的確不能算為正體，但也正因為體有別裁方反映出諷刺藝術的變化與發展。因此，聯繫多方因素，以發展的觀點來考察譴責小說「辭氣浮露，筆無藏鋒」，也自能發現其產生與存在的必然性，不宜一概否定。

陸士諤《新水滸》作為李伯元《官場現形記》影響下迅速產生的佳構，在思想內容的表達與感情的抒發方面既有與《官場現形記》神似之處，同時也具有鮮明的個性特點，即憂國憂民的意識更深沉，懲惡勸善的用心更良苦，涉及的領域與問題更廣泛，因而表現在諷刺藝術特徵上則更鮮明。《儒林外史》的諷刺是「戚而能諧，婉而多諷」，「無一貶詞，而情偽畢露」〔註6〕。《新水

---

〔註4〕魯迅，中國小說史略，上海：上海古籍出版社，1998年，205頁。
〔註5〕魯迅，中國小說史略，上海：上海古籍出版社，1998年，155頁。
〔註6〕魯迅，中國小說史略，上海：上海古籍出版社，1998年，158頁。

滸》則與清末譴責小說一樣大多以激烈的言辭,「揭發伏藏,顯其弊惡」,十分直接十分潑辣十分大膽,少有隱諱少有顧忌,辭鋒銳利,刻露窮形。在本文第二個方面對社會各種罪惡與醜陋的揭露即爲例證。這種諷刺若以《儒林外史》式的狹義的對諷刺的定義來衡量的確不是標準的、典型的,若以廣義的對諷刺的定義看,揭露可視爲對傳統典型諷刺手法的發展。陸士諤《新水滸》諷刺藝術的方式約略可分爲「正話正說、正說反話、反話正說」這三類,尤以「正話正說」式的議論性揭露最普遍,數量最多,個性也最鮮明。

### (一)正話正說

本文第二個方面即〈二〉批判社會種種罪惡與醜陋所涉及的內容其諷刺方式即爲「正話正說」中的一種,就是直接指斥,沒有任何修飾,語言直白直露。這種揭露是陸本《新水滸》以議論爲諷刺運用得最爲充分也最爲純熟的部分。

「正話正說」的另一種類型是議論式揭露結合著修辭方法,諷刺效果略爲婉曲而生動形象。由於「懲惡勸善」創作目的和整部小說倒錯、異位、錯置式構思的規定,自然要在揭露中提出或寓含著批判對象的反面即「勸善」的指向,因此,以對比的方式運用最多。實際上最能代表「懲惡勸善」目的和倒錯式構思的全書內容之綱「文明面目,強盜心腸」就是以對比的形式與內容表現出來的。又如第十四回寫金大堅「只得糾合外國人出資合辦」出版,鄭天壽跌足惜道:「可惜了,偌大的好事業,被外國人分了利去。我要怪他當時爲什麼不糾合幾個本國的資本家,卻把發財的事業,白白造化外國人?」蕭讓的話很能表現對比式諷刺的作用:「你難道不曉得本國人的心理麼?須知本國的商人眼光,都只有黃豆一般的大小,有什麼遠見?那時金大堅尚沒有發跡,不過是個窮刻字匠,開著爿小鋪子,人小言微,那個肯信他?若果出來糾合人時,憑你蘇、張般口舌,說得天花亂墜,人家總當他是騙子,出來誑騙人的錢財;直等到瞧見他發過大財,便都眼珠兒紅紅的,想來染指,思欲附幾股,那知這時候他已用不著你的錢了。」對此,屬名李友琴評曰:「看官聽者,資本家聽者,欲興辦實業之人聽者。」強調了一番。又如第十三回寫:「奇了!張青是賣人肉慣了的,又不大識字,如何忽地做起翰林來?」將反差巨大的二者一捏合,諷刺效果立現。接著又寫道:「鄭哥,你不讀書,不應試,不知道科舉的弊病。說給你聽也不信,世界上不識字的翰林很多呢。有一個素負重名的翰林,欽派著提學使,連個教字都不曾識,被報上繪圖諷

刺呢。做到提學使，尚可以不識字，則張青做個巴翰林，有甚妨礙？」之後，又寫張青與金大堅合股出版，可怪的是，「張青專管編輯部，陸續編輯各種教科書籍」。對此，書中評論道：「作吏全憑幹才，奚妨不學；做官別有妙訣，何必讀書。」作為讀書人的作者發出如此感歎，其憤思如何呢！第十四回借蕭讓之口發了一番沉痛之議：「以前觀望我的也都請我書寫，生意一盛，連批駁我的也都會轉口稱讚我起來。我自己想著很是好笑：前日之我，固是一個蕭讓；今日之我，仍是一個蕭讓。手仍舊是這雙手，心思仍舊是這副心思，為什麼前日人人批駁，今日人人稱讚？假使批駁的是，則稱讚的便不是了；稱讚的是，則批駁的便不是了。然而今日稱讚我的不是別個，就是前日批駁我的人，並且稱讚的不是別件，就是前日所寫受人批駁的幾個字，你說奇怪不奇怪？」這段話存在多層對比，蕭讓其人今昔對比，其字今昔對比，批駁蕭讓其人其字之人的今昔對比。故而評者感慨曰：「其言沉痛，我欲哭矣，我知普天下錦秀才子，讀至此亦必放聲大哭。」

對比外，類比、誇張、比喻、諧音、假借等也被運用於「正話正說」式的議論諷刺中，使表達更為生動貼切。如第七回梁山會議改弦更張要眾人下山謀利，對於這種改變，公孫勝道：「我們此刻叫算是立憲政體了。」阮小七發揮道：「這不成了強盜立憲麼？萬想不到，我們做強盜的，也輪得著有立憲的日子。」第二十二回寫皇甫端做藥醫人，吳用產生疑問：「皇甫端是個獸醫，他合的藥，如何會醫得好人？」蕭讓說：「軍師，如今的人與禽獸有甚兩樣？」這用的是類比。第七回將女界革命與《水滸傳》中閻婆惜等給宋江諸人的禍害類比，並含誇張意味，對女界革命的諷刺效果更強烈。起因是梁山女將有無選舉權，引出扈三娘一番議論。

> 宋江道：「王家嫂子，設學究先生不應許你，你便如何？」扈三娘道：「不答應麼，哼，哼！只怕未便呢！我當創立一個『女權恢復會』，撰述女報，鼓吹女權，務要使天下的女子監抗之旗，以與男子對敵，大興娘子之軍，演成男女革命之慘劇，殺得你們馬仰人翻，求和不得，求降不成，那時節方曉得老娘手段咧！」宋江道：「唪，唪，唪，可怕的很，那是使不得的。女子革命我已嘗過滋味，即一小小的閻婆惜，手段已異常敏滑，我黑三郎已被他弄得人亡家破。此間曉得這個滋味的，恐不止我一人呢。」盧俊義、楊雄齊道：「我們都曾經歷過，此刻見了女子，尚如傷弓之鳥，聞弦心驚。」武松

道：「我循良誠實的哥哥，也被不仁的嫂子所害死，女子革命，是最可怕的事，真乃患生肘腋，防不勝防。」

第三回寫林冲等下山打探情況，遇到設立諮議局的新事，問人，答道：「天下老鴉一般的叫，那諮議局是全國同日設立的。客人你莫非離京多日了，今日這裏開辦選舉，東京也開辦選舉。」以老鴉一樣的叫比諮議局同時開辦，其義自明。第八回寫蔣敬欲辦銀行騙鉅資，神偷時遷聽完蔣的打算驚叫：「唷，唷！好個難說難言。你的心比墨還要黑了，真不愧為神算子，可怕，可怕！」第十一回將開銀行騙錢比為「弔膀子」：「不過一層最要緊的，就是『信用』兩個字，也像你弔膀子一般，總要權裝著老實，方可博社會上信用。」這用的是比喻。以諧音諷刺可謂一大特色。第五回魯智深憤道：「灑家不曉得什麼『改涼』『改熱』，只憑著一條禪杖，兩柄戒刀，打盡天下假心人，殺盡世間無情漢。」第九回蔣敬銀行倒閉，與時遷對話，問時遷：「敢是用那三十六著的上著，給腳底他們瞧麼？」時遷道：「豈敢，不行三十六著，倒行三十五著、三十四著麼？」書中還有幾例借職業或綽號以諧音諷刺的例子。如第十一回鄭天壽妻妹之夫名章淑人即輸人；第十五回賊名單聘仁即善騙人，龍恒吉即弄完結，包上黨即包上當，甄嘯人即真小人；第十七回吳用舊時同案朋友汪柏臺即忘八代，鄆城教諭卜成仁即不成人。第十四回，蕭讓勸鄭天壽：「老哥本業銀匠，做了銀行，雖只差得個把字，究竟不甚相宜。」第二十二回寫張青與孫二娘開辦夜花園道：「荣園子改為夜園子，只差的個把字。今晚到不得不去瞧瞧。」第二十三回寫王英「只好弔弔幾隻野雞的膀子」，因而「新近添了一個外號叫做『野雞元帥』」，即為以假借諷刺。

作為由諷刺小說衍生來的譴責小說，「戚而能諧，婉而多諷」的特點也會自覺不自覺地流露於《新水滸》，可視為激烈言辭間的一種回歸與調適，也很有令人回味之處。如第四回寫林冲等人下山經歷的一件反映人情澆薄的事，外甥生計無著，無奈求救於其舅而受冷遇的場景，頗有《儒林外史》「無一貶詞，而情偽畢露」之神韻，體現出作家的「公心諷世」：

　　跨進店門，見娘舅正在帳桌上寫帳，不敢驚動，便於櫃外凳子上坐了。店中夥計專心做活，也不來招呼，候了半日，方見娘舅寫帳完畢，徐徐脫除眼鏡。李福全連忙站起身來，搶步上前叫聲：「娘舅，外甥給娘舅請安。」他娘舅只微微的略點了點頭，吩咐著夥計道：「裏間的存貨都黴了，這樣的好天，為什麼不翻出來，刷刷曬曬

呢？」李福全正欲說話，偏偏又有客人來了。只見娘舅彎腰曲背的迎接那客人，敬茶敬煙，一時忙個不了。一會兒客人辭著要去，娘舅再三挽留道：「此間便飯罷，吃是沒什麼吃的。」那客人道：「我還有事呢，改日擾造罷。」說著便去了。只見娘舅直送到店門外，至望不見那客人背影方回，李福全至此才敢說道：「娘舅，外甥一向要來瞧瞧娘舅，只因窮忙的很，總沒得些空兒。如今好容易撞著官府禁賣私鹽，閒了沒事，得來給娘舅請安。」正欲說下去，忽見外邊有人問道：「老闆在麼？沈老闆在縣前三星樓立等敘話，請即刻就來。」他娘舅應著便出去了。

## （二）反話正說

反話正說就是以堂皇的言詞，正面的褒揚、肯定，表達與之相反含義的方法，產生的是皮裏陽秋式的諷刺效果。第四回林冲等在諮議局選舉現場發現一個怪現象：「只見那皀帽直裰的人走到一紳士前彎著腰稟道：『老爺，煙燒好了，請進去用罷。』紳士道：『王老爺過足了癮麼？』皀帽直裰的人道：『過足了，老爺請用罷。』」因此引起林冲疑問：「奇怪！照章程吃鴉片煙的不能有選舉權，本所的人如何反吃鴉片？」之後又寫：「那穿皀帽直裰的長隨又道：『煙泡已經打好，請老爺快去過癮。』」這位任選舉監察員的紳士「趁勢走了進去。裏邊又踱出一個煙容滿面的紳士來」。吃鴉片者不能參與選舉，然而紳士們一個個煙容滿面，公然不諱，對此林冲的驚奇表現出莫大的諷刺。如第十一回鄭天壽與其妻妹有染，因鄭未能助其與夫離婚而吞金自殺。鄭在報上登出的節略卻說那婦人：「醉心學問，欲學無門，姊婿鄭某，學界俠士，憐其向學心誠，遂爲引進尚德女校肄業。夫兄谷盛，欺其夫淑人之呆，以誹語中傷女士，謂與鄭某有暗昧事，女羞憤交集，遂一死以明志，吞金自盡……」其女果「醉心學問」否？書中給出的答案盡在字裏行間的背面。第十回還有一段因此婦「年終大考……分數最高，獲了個頭名，闔校闐然」而引出的同學「冷嘲熱罵的雙關話兒」，諷其與校長鄭某有染，令「婦人聽畢，頓時兩頰緋紅」起來。第十一回鄭天壽到周通辦的「景虞女學堂」經歷的事，看門老人前後不同的表現不打自招地暴露出周通辦女學堂的內幕，實爲不堪：

> 見門房裏一個老頭兒坐著打盹，鄭天壽連喚數聲，方把老頭兒喚醒。老頭兒揉著眼道：「爺是接錢姑娘的麼？功課尚沒有完畢呢。

今日來的恁地早？請爺先到棧裏候著罷。少頃小老兒悄悄地知照錢姑娘是了；但是上次爺應許賞小老兒的銀子，小老兒尚沒有領到，今日懇爺賞給了罷。小老兒替爺通信，擔著血海也似的干係，校長周老爺，是個頭等的醋罐子呢，諒爺必是知道的。」（神妙之筆，只在管門老頭兒口中略寫數語，已足見此校之不堪。）鄭天壽道：「我特來拜候周通的，有一名片，煩你通報。」說著，取出寸餘長的一個白紙新式名片來，那老兒聽得是拜候周通的，嚇了一跳，把瞌睡全部嚇醒，暗道：「糟了！糟了！都是這老眼昏花的不好，連人都會認差。」忙向鄭天壽道：「爺不要見怪，小老兒是素來有癡症的，常常要胡言亂語，自己不能禁約自己。方才不曾向爺說什麼嗎？請爺千萬不要相信。」（絕倒！天下竟有如許清醒之癡子。）鄭天壽道：「那個有閒功夫來管你？快給我通報罷。」老頭兒一邊答應，一邊又道：「爺，你不知我們這裏的女學堂，是普天下第一個規矩處所。姑娘們進了學，一步都不能出去，除是家中親人來領。」鄭天壽道：「不必多講，我知道了。快給我去通報罷。」老頭兒乃匆匆走了進去，好半天不見出來。

正在焦悶，只見外面走進一個半老婦人，問鄭天壽道：「管門老伯伯呢？我今天忙的很，因此間是常主顧，拔忙來的雇我的人家都等著呢。（怪甚！奇甚！看官試猜之。）鄭天壽正欲問時，老頭兒出來了，一見那婦人，就道：「袁穩婆，你好，這早晚才來，裏邊急殺了。趙姑娘服了你的藥，肚子痛。」說至此，忽的見了鄭天壽，忙改口道：「趙姑娘正發痧咧，還不快進去，給他挑幾針。」半老婦人便忙忙地走了進去。老頭兒道：「請爺客廳略坐，周老爺即來相陪。」

第十二回鄭天壽到景虞女學堂見到彪形大漢小霸王周通「骨立形消」，「青筋暴露，兩眼深深凹進，眼之四周，隱隱有青色圈兒，形容甚是憔悴」，鄭明知周通開女學堂為名，弔膀子為實，卻故意說：「一年不見，尊容清減了許多，你的辦事太覺認真了。」「誰肯像你這等鞠躬盡瘁的做呢？」真是「辦事太覺認真」嗎？真是「鞠躬盡瘁」嗎？也是在第十二回，王英明明是「專心的弔婦女的膀子」，可他對此卻有一番別解：

照理一男一女，乃人倫之正，則日下吾國盛行一夫多妻之制，賺了幾個造孽錢，便就三妻四妾的漫無限止，一個人有了這許多女

子，那裏照顧得周全？那些女子空閨寂寂，枕冷衾寒，飽嘗這淒涼的況味，豈不怪可憐麼？我去弔他的膀子，正是幫他的忙呢。即是相好恩愛，貼我幾個錢，也沒甚過處。爲什麼呢？這些發財人，錢財的來路，那一個是正大光明的？這些不義之財，被他一個人聚了攏來，貧窮的人豈不要苦煞？我去分潤分潤，正是給他爬爬平，於社會上也頗有益處。所以我的行爲，照山泊「替天行道」大義講起來，也沒甚不是。鄭天壽道：「倒也是個理。這種富人，若沒有分潤他的人，他的錢愈聚愈多，愈積愈厚，窮人更要連飯都沒得吃了。幸虧男則宿娼於外，女則貼漢於內，家政不修，內外斧削，方才得以持平。所以富家出了敗子，便是社會之大幸；凡娼寮妓館、賭場等能消耗富人錢財者，均是社會之大功臣。

對此歪理邪說作者未貶一詞，但是否定諷刺之義均在這反話正說中表露無遺。也是在第十二回，寫扈三娘開女總會，「起初不過幾個女家玩玩，後來弄的大了，男子也都進來，男混女雜，通宵大賭……那些男子也有眞爲賭錢的，也有借賭爲名，想弔女客膀子的」，但因進項多了，扈三娘「也就不去管他」。因之鄭天壽說：「我在雄州聽說王英、扈三娘也開什麼女學堂，那知他們都在幹這穩善的事業。」果「穩善」乎？第十六回寫湯隆、劉唐在江州辦鐵路，湯隆自吹「湯、劉存，鐵路存……湯、劉之去留，關係中國之存亡。」小賊時遷先諷刺湯隆假仁義，假道德，又引俗語反諷湯隆的自吹自誇，頗有戲劇意味：

> 小弟在山上時，不曾聽見湯哥說過這種仁義道德的話，下山得不多幾時，就換了一個人了，氣質變化得恁地快？小弟有句不知高低的話，兩位哥雖有偌大本領，也保不住百年長壽，即使活到一百歲，兩位哥已是三四十歲的人了，過後至多也不過六七十歲。做一日和尚撞一日鐘，到了六七十年後，鐵路終要亡了，江州終要亡的了，中國終要亡的了。俗語說：『殺豬人死了，弗吃帶毛豬。』此話方知靠不住呢。」湯隆、劉唐默然不答。

第二十一回，寫吳用辦《呼天日報》罵官府，官府軟硬兼施以收買，花榮則替知府蔡九串聯此事。吳出價二十萬銀子，花榮「恐怕」蔡京知府「吃力」拿不出。因花榮曾勾通洋人，將江州至杭州的鐵路賣給金國，得了「九五扣回用」，因此，吳用囑花榮道：「此事全仗鼎力。費神，費神！」然後「又

向花榮耳邊輕輕地說了一句」。花榮回應的是：「笑話！自己弟兄，可以幫忙，沒有不盡力的。」後，吳用再囑花榮：「此事全仗吾兄。」花榮道：「不消軍師吩咐，花榮自當竭力。」在《水滸傳》中，吳用、花榮皆是宋公明心腹，兩人交情肯定不薄。《新水滸》設計人物關係仍然遵循《水滸傳》，因此，吳用、花榮自不能淺交。但按《新水滸》「文明面目，強盜心腸」這種倒錯構思分析，吳、花的關係也絕不可能如《水滸傳》般而不發生變化。當蕭讓擔心吳用賣價過高，「太貴了，恐不成麼」時，吳用成竹在胸地說：「只消罵得厲害，不怕他不來買。」而且道出了上文所寫的他與花榮耳語的意思：「並且我暗許花知寨一個九五回扣，哪有不成之理？」讀至此，讀者才恍然於心，花榮的種種貌似公允與講情誼的話，原來包含著與之截然相反的潛臺詞。

### （三）正話反說

正話反說就是以表現表面的意思完全相反的意思，或者故意曲解所表之意的方式而產生諷刺或幽默效果的方法。如第九回時遷與蔣敬關於「賊」、「竊」的解釋。蔣敬道：

> 「俗語說：賊有賊智，我一向不主信，如今可沒得說了。真佩服你。」時遷道：「你橫說我賊子，豎說我賊子，你還應得叫我一聲爺呢。」蔣敬道：「豈有此理！我與你年紀相若，你難道生得出我麼？」時遷道：「你說俗語說賊有賊智，難道就不聽得俗語說：強盜碰著賊爺爺麼？你此刻是強盜，我做賊子，不是你的爺是什麼？況且目下最時髦的莫如我們賊社會，留學生做賊的也有，官場中做賊的也有，好色者竊玉偷香，好名者抄竊文字，即規行矩步的道學先生，亦欲竊取程子之意，竊取《春秋》之義。文字中『竊聞』、『竊觀』、『竊見』等莫不冠以『竊』字。此外如豪士御前竊肉，狂生鄰家竊飲，奸雄乘亂竊國，凡古往今來之聖賢豪傑，那一個不是我道中人？所以王莽、曹操那般的聲勢，讀書人總叫他是國賊。你想我們做賊的人體面不體面？並且從古到今的風俗，不但人人自己情願做賊，也望至親好友、父母昆弟也都做賊；不但望人家做賊，並且還要祝頌人家做賊呢。」蔣敬道：「真奇談了！這是從來沒有聽見過的。」時遷道：「我要問你，做個人壽長的好，還是壽短的好？」蔣敬道：「你今日講的都是奇談，自然是壽長的好，誰願短命呢？」時遷道：「凡是我的父母昆弟至親好友，都願他壽長呢，願他壽短？祝頌起人家

來說他壽長好呢，說他壽短好？」蔣敬道：「自然是壽長好。」時遷
道：「豈不聽見孔夫子說，老而不死是爲賊，那壽長的人都是賊子。」

　　時遷先由曲解「強盜碰著賊爺爺」而讓做強盜的蔣敬稱自己爲爺；然後
由賊社會種種表現之一的「好色者竊玉偷香」之偷之竊轉到「好名者抄竊文
字」之竊，因而將賊、竊等同起來，完成二者間的轉換；然後由竊所含偷的
意思轉到竊聞、竊觀、竊國，再次完成二者的回轉；然後由奸雄竊國之竊轉
到偷的意思，如國賊；然後由賊所含偷的意思轉到風俗人人情願做賊；中間
有個過渡，轉到壽命的長短，然後交代出人人願意長壽即人人願意做賊的根
據是孔夫子的「老而不死是爲賊」，歸結出「那壽長的人都是賊子」的結論。
這段議論由賊始，幾經轉折曲解、偷換含義又歸回到賊，將正面表達的意思
含於反面的解說中，產生了極爲豐富的諷刺效果。第十回鄭天壽妻妹對丈夫
的曲解也爲典型的正話反說之例：

　　婦人道：「虧你是新學界中人，也說出這樣話來！現在文明世界
男女平權，各人有各人的自由，他不能管我，我也不能管他。況『丈
夫』兩個字，並沒有什麼貴重，『夫』字乃男子之通稱，所以耕田的
叫作農夫，捕魚的叫作漁夫，樵柴的叫作樵夫，拖車的叫作車夫，
拉馬的叫作馬夫，以至挑擔的叫挑夫，扛棺的叫扛夫，抬轎的叫轎
夫，與丈夫的『夫』字有什麼兩樣？昔人說『人盡夫也』，就是這個
意思。你想丈夫既不足貴重，我懼憚他什麼？還有一說：稱男子爲
丈夫，尚是尊敬之詞，其實現的世界，丈夫已是絕跡沒有的了。」
鄭天壽驚道：「你的話愈說愈奇了！怎麼世界上丈夫已是絕跡沒
有？」婦人道：「十尺之謂丈，丈夫者，身長一丈之夫也。請問現在
世界上有身長一丈的人麼？」

　　由丈夫而論夫，列舉多種情形，認爲勞作之夫與丈夫之夫並無兩樣。然
而由此歸結出「人盡夫也」表達的是人人都是勞作之夫，與丈夫就是身長一
丈的男人則是望文生義。這段話表面是寫該婦無學，實則是作家正話反說，
運用曲解之法諷刺其思想「開放」。

　　正話反說不僅可表諷刺，還可表幽默。第二十回寫李逵來到新世界懵懵
懂懂吃西餐就是典型之例，先寫其不懂「規矩」而鬧出的笑話，又寫其原因：

　　一時行到，步上樓，就有西崽引著到靠東小小一間洋房內。但
見四壁粉白，微塵不染，中間擺列著一隻不長不方的桌子，四圍都

是穿藤單靠背圓梗椅子。可煞作怪，那桌上兜著一塊兒大白布，李逵暗想：「敢是死了什麼人？方才上樓，見一排六七個人，胸前都掛著一大塊白布，那領我們進來的人也是這樣打扮。這些人很是清潔，一定是店裏的親戚前來弔喪的。倘說不是，爲甚都成了服呢？桌兒爲什麼也成起服來？吭！誤了！這乃是白布臺圍，他們紮差了地位，紮在上邊的。」花榮道：「李大哥請坐罷。」李逵一想：「他們請我，我自然要上坐的。」見長桌的兩頭都只擺著一隻椅子，就向朝外的那只椅上坐下。花榮道：「李大哥，這是主位，你請此間來坐。」李逵道：「偏我坐不得，花兄休恁地欺人！論年歲也是我長些呢。」吳用道：「橫豎沒有外人，胡亂坐坐就是了。」李逵道：「怎麼不見拿酒和肉來？」花榮尚未回答，只見那個胸前掛白布的人，端進一隻盤來，盤裏放著三隻玻璃杯子，杯內白雪雪、硬簇簇、高爽爽堆著不知什麼東西，只見他把來按在各人面前。李逵想道：「這必是外國點心，我若不吃，必被他們笑我外行，休等他們開口。」說時遲，那時快，早一手搶了向口裏只一送，狠命的咬嚼，休想動他半毫。吳用笑道：「此乃揩手的帕子，預備著圍在胸前，防湯水滴到身上所用的。你現在吃下肚去，敢是肚子中污穢積得多了，欲把他去揩拭揩拭麼？」花榮道：「李大哥不曾曉得規矩，軍師休要打趣。」李逵把帕子吐出，已咬得不成個樣子了。

　　李逵道：「今日很不利市，被你們引到這喪事人家來。」花榮道：「那個引你到喪事人家來？」李逵道：「這裏不是喪事人家麼？你瞧白臺圍兜在桌上，白布幔掛在窗上，這幾個搬送食物的人，胸前都掛著白布兒。」花榮早笑彎了腰。吳用道：「窗上的乃是軟簾，桌上的乃是臺單，胸前的乃是圍身布。軟簾是遮隔日光用的，臺單與圍身布是防備污穢用的，因愛清潔，所以都用白色。」李逵道：「你爲甚麼不早說？」

在早於陸士諤《新水滸》面世兩年的西泠冬青《新水滸》中，也有李逵「吃番菜」的內容。兩種《新水滸》寫同一內容，筆法神似，均可視爲正話反說表現新舊衝突，對外來新事物難以適應而產生的矛盾，都具幽默效果。特錄西泠冬青《新水滸》相關內容以備比較：

　　李逵大踏步上去，到不得半梯。原來梯板都用白鋼釘成，又光

又滑。李逵肚又饑，性又急，腳下一滑骨溜溜滾下樓去。樓下人見了大笑，李逵翻身起來罵道：「笑甚麼，是你爺爺歡喜翻個斤斗。」小二忍著笑下來攙扶著他，李逵重複上去，走進中間一個房間。一眼看見上首點著一盞鴨蛋殼白的燈，中間設著一張長方桌子，桌面鋪著一塊白布，布面上有個亮晶晶小瓶，瓶中插著一朵白花，對面玻璃窗上遮著一塊大白布，李逵疑心是人死了供著靈幃，便道：「誰耐煩在這地方吃酒？」小二道：「這是正房大餐間，沒再比這體面的。」李逵道：「上面這些白的撈什子，要他怎地？」小二道：「外國式樣都使用白，沒一家不如此。」李逵聽了並不是靈幃，忙道：「我也曉得。」小二出去泡茶。李逵見小二去後，便走到房間四角一瞧，只見左手房中，圍著許多人，都是短髮蓬鬆，批滿項額，有的光著頭，像烏絲草剪得斬齊，全身赤黑，只有項領倒是挺硬雪白。其中倒有三五個眼上罩著金邊橢圓黑小罩，在那裏交頭接耳，好像是十分祕密的。李逵道是一般外國賊禿在此偷葷吃素，也不去理會。一時小二送上茶來，李逵回到房中，喝了一個盡。小二問他請客沒有，李逵想了一會道：「我大官人沒來，叫我請誰？」小二問吃甚麼大菜，李逵道：「誰耐煩吃小的，揀著大的拿來。」小二先送上一塊粉板，教他點。李逵本不識字，見上面許多彎彎曲曲的墨跡，寫個滿板，認了半日，仍認不出一個來，便罵道：「你明欺我不識字，拿這樣東西來嚇我。」小二笑道：「這就是大菜單，客官要什麼菜，自己認定了，只需在每件名目用筆一點，小的就好下去準備。」李逵道：「你何不早說」，隨即抓定筆，胡亂點了十數點。小二拿了下去。隨後一人端過食具，李逵瞥見他手拿一柄刀，一把叉，又有個器皿好似蒙汗藥瓶，疑心是來謀害他，一時性起，不等他近身，飛起右腳踢個正著，瓶子散碎一地。那人慌忙倒退幾步，叫道：「客官怎地？」李逵怒道：「你這廝裝白布，開爾黑店，只有暗地裏謀人，哪裏有清醒時拿蒙汗藥來害我！」小二急過來道：「客官這都是動用食具，並不是殺人兇器，客官不要疑心。」李逵聽了，知道自己誤認，便不言語。那人過來把地下碎瓶收去。李逵先問他要酒，小二拿了一瓶香檳，一瓶白蘭地來叫他揀，李逵見了又罵道：「你爺爺只愛喝酒，不愛吃醋，要這瓶子何用？」小二道：「這是外國酒，不是醋。」李逵

先取了一瓶嘗過，皺著眉說道：「這酒怪酸的，終究有醋在內，我不吃外國酒，要吃中國酒，拿大碗來斟著，倒也爽快。」小二替他換過酒，須臾端上菜來。李逵一看，都是用極小盤子盛著，有像餅的，有像燒賣的，還有一小碟，湯中間放著幾塊似魚非魚似肉非肉的，李逵只吃得一口，便沒有了。遂拍著桌子道：「你這廝不揀那大碗端來，偏揀別人吃剩的來欺我，難道你店裏連豬肉都沒有不成？」小二道：「客官要牛肉倒有，只是沒有豬肉。」李逵聽了照臉噴了一口吐沫，罵道：「你這廝欺負我吃不得牛肉，你爺爺偏要吃他三五斤。」小二祗得忍氣吞聲，下去切了一大盤牛肉來。李逵放量吃個飽，又喝個十數碗酒，洗過手，反身下樓就走，小二追下樓來要他會帳。李逵道：「你先替我寫上，我去兌銀子來給你。」掌櫃的道：「客官你有銀子就在這裏兌。」李逵沒奈何，只得向身邊去摸，摸了半日，竟掏不出來。便道：「你還仍舊替我寫上，我的銀子被別人借去用了。」眾人都說謊賒白食，便要叫巡捕。李逵聽了大怒，打將起來，鬧成一團。

## 四、對宋江形象的諷刺性勾勒

大凡《水滸傳》續書，包括如《新水滸》這樣的「翻新」之作，對宋江形象性質的定位是很難迴避的。在陸士諤「翻新」的《新水滸》中，對宋江形象比較而言所用筆墨較多，對其作為「文明面目，強盜心腸」的重要代表進行了簡略而傳神的勾勒。陸士諤這般處理，一是根據他對整部《新水滸》倒錯式構思，反映預備立憲新政形勢下種種醜惡的社會現實，因此對梁山魁首自然不能筆下留情，使之不僅不能與眾多兄弟強盜行為不一致，還必須讓他有高於眾人、領袖群雄的作為。實際上，這般安排宋江角色性質還是緣於作家對這個形象的否定。因為在託名陸士諤妻李友琴實則很可能就是陸本人的《〈新水滸〉總評》中，陸說「《新水滸》最愛」的人物僅有關勝、徐寧、魯智深、楊志、李逵、顧大嫂，根本沒有宋江。而陸士諤對宋江的態度恐怕還是受金聖歎的影響為大。因為自從金聖歎刪改《水滸傳》後，金本流傳至廣，其它版本幾至湮沒。這從兩種《新水滸》都從盧俊義驚噩夢續起即可看出一斑。金聖歎在《讀第五才子書法》中，將宋江與小賊時遷並列，「定考下下」。又將宋江、吳用對比評定：「吳用定然是上上人物。他奸滑便與宋江

一般，只是比宋江卻心地端正。」「宋江是純用術數去籠絡人，吳用便明明白白驅策群力，有軍師之體。」「吳用與宋江差處，只是吳用卻肯明白說自家是智多星，宋江定要說自家志誠質樸。」「宋江只道自家籠罩吳用，吳用卻又實實籠罩宋江。兩個人心裏各個自知，外面又各各只做不知，寫得真是好看煞人。」〔註7〕觀《新水滸》宋江言行大都由金評化出，然較金本則增添了直露之筆，因而對其否定就有直接揭露，也有曲筆諷刺。

小說由盧俊義驚噩夢起筆，即寫梁山魁首宋公明針對佔據梁山以避亂，望招安以報國的議論，「設朝廷因我們擾亂日久，罪在不赦，則千刀萬割之刑，我願一人承當，必不使眾位弟兄，稍有不利也」。這段話是由兄弟說起，表示宋江對兄弟的關切、保護，大有領袖與長者之風。這段話，又與後文有對映之意。宋江說完，李逵又發了一通「殺上東京，奪了鳥位」式的狂言，被宋江喝罵，強調以忠義自矢，然後頗有意味地「說著，目顧吳用」，吳用則馬上囑眾人體諒宋江之意。小說開篇由《水滸傳》續起很難背離忠義另起爐灶，但前引宋江的話，表面上堂而皇之，若聯繫全文特別是宋江的所有言行看，則很有深意，可看做是為其在全書言行的定調，宋江後面的言行均在此意籠罩之下。對宋江的諷刺有的從側面有的從正面，而以側面為多，從不同角度以不同方式進行了傳神的勾勒。如第十六回，寫湯隆吹噓他辦鐵路關乎江州關乎中國的興亡，時遷不耐，諷刺湯隆在梁山上不曾聽他說過這種仁義道德的話，下山不多時就換了一個人，並反話正說，說俗語「殺豬人死了，弗吃帶毛豬」「此話方知靠不住」。在這般挖苦湯隆後，蕭讓卻接說：「時兄，你不知，湯、劉兩哥的辭職，是從及時雨宋大哥處學來的。」蕭並作了細緻解說：「宋大哥在梁山泊時，把第一把交椅讓來讓去，一會子說讓給關勝，一會子說讓給董平，一會子說讓給盧俊義，害得黑旋風李逵，屢次直跳起來。弄到結底，仍舊是宋大哥自己坐著，倒落著了一個禮讓的美名兒。如今湯、劉兩哥的辭職，不是即那法子麼？」將湯隆虛辭職與宋江虛讓位類比，這對宋江已是大不恭。這且不算還讓劉唐說出他們這麼做的目的，以暗示宋江將第一把交椅讓來讓去的用心：「我們也不過想裝著個文明面目，多弄幾個錢是了，有什麼矯情不矯情？」「我們有了這廉潔的好名兒，社會都信用我，騙起錢來，較他人自易十倍呢。」這後一句話可以看做後文宋江以賑災發財

〔註7〕〔清〕金聖歎，水滸傳會評本·讀第五才子書法，北京：北京大學出版社，1981年12月，17頁、19頁。

的伏筆。時遷接說：「究竟劉哥性直，在自家兄弟面前，肯把眞話吐露出來。」那麼，宋江如何呢？他將第一把交椅讓來讓去的目的「吐露出來」了嗎？那麼，第一回他口說忠義，寧以自身代兄弟受刑的話又是「吐露出來」的眞話嗎？這就不能不讓人產生疑問。第十九回寫宋江還是側寫。吳用運智謀，兩戲益都縣，解了孔明孔亮建宅違制之難，還詐了一大注銀子，二孔拜服道：「先生眞神人也，較我師父宋公明多矣。吾師父也算以智謀著，然怎地比得上先生？」對二孔的評價，吳用有自知與他知之明，並不同意：「也不見得麼？不過我用智謀，是許人家曉得的；令業師用智謀，是不許人家曉得的。因此我的智謀便鬧出了個名，其實令業師也不輸我。」受吳用話的啓發，二孔才想起並轉述了宋公明賑災而大發國難財的事。因東南水患，西北旱災，宋公明在他廣有聲名的濟州設立了天災籌賑公所，舊日心腹，也是當地小有影響的朱全、雷橫相助，胞弟宋清「專司信箚，管理賑目」。「各處的人聽得我師父及時雨做賑務公所總董，以爲總是弊絕風清的了，就把銀子累千整百的捐將來，倒便宜我師父發了一注大財。」接著二孔介紹了宋公明借機發財三法：「譬如有十個無名氏，齊巧捐的數目相同，造報單上，只消刊登一個，其餘九個便都是經手人的餘利。橫豎這些無名氏瞧著清單，見無名氏登在上邊，數目不差，就不問了。此乃辦賑得益之一」；將賑款存放在錢莊或銀行裏，賑款一多，「經不過存上一兩個月，那注利息也就不小，此乃辦賑利益之二」；辦賑的人採辦雜糧等賤價東西解去災區散放，「隨我以一報十，以十報百，此乃辦賑利益之三」。二孔感歎地評價說：「辦賑有此三利益，我師父怎麼不發財呢？又發財，又得了好名聲，上自官吏紳士，下至隸卒娼優，沒一個不曉得我師父宋大善人及時雨宋公明。」因此，無論「怎麼大的官，怎麼大的職」，往來書信都稱他「公明三兄大善大人」「公明三兄善長大人」。「我師父的募賑廣告上，都是『恫瘝在抱，寢食不安』等仁義的話，人家都說他是言行符合，那知其中有此弊病呢？」在二孔說完，吳用心有疑問，不大相信這是宋公明親口告訴自己徒弟二孔的，因問道：「然則你又如何會知道？敢是令業師親口告訴你的麼？」孔明回答：「我師父從來不肯在人前說眞話，這也瞞不過先生，他又如何肯說眞話我聽呢？」二孔本非賢良之輩，在陸本《新水滸》第十八回曾概寫他們「做了白虎山鄉董……如何武斷鄉曲，如何侵吞公款」。但對師父宋公明、對天災卻有強烈的內心感受，「師父碰著我幾次，都向我說災情重大：西北……易子析骸，東南……盡成澤國……我……

睡都睡不著，吃都吃不下，每於半夜三更，在床上直跳起來，恨不得飛到那邊，親給他們充饑」。可能是聽的次數多，受的刺激大，至令二孔「聽的我腦子都漲起來了」，及至「後來碰著師叔，那賑捐的真相，方才披露」。可以想像徒弟明白了真相，對賑災中滿口仁義道德的師父內心作何感想？聽了孔明的一席話，吳用笑道：「令業師竟有如許智謀，我哪裏及得他來？他那弄錢的法子，是取之於人家不及知、無從知的地方，豈不妙極巧極麼！天災流行，倒做好他一個人。災民雖苦，他卻很樂，如此心計，真不愧為吾黨中之大首領。」吳用是佩服至極啊！這部分文字，以《新水滸》中智詐無雙的吳用自歎不如反襯宋公明，以天災之深重反襯宋公明借賑災發財之罪惡，以徒弟評講自家師父強化事件的真實確鑿性，以強盜出身的徒弟寢食難安的焦慮與滿口仁義道德以大善人面目出現的師父的口是心非尖銳矛盾，突出對宋公明之假之惡的揭露與諷刺。

在前兩部分側寫之後，第二十回才轉入對宋公明的正面描寫與諷刺。吳、宋一見面吳因已知宋根底而反話正說：「哥哥辦賑勞神，為了幾個災民，身子消瘦了許多也。人溺己溺，人饑己饑，哥哥直不肯自己安逸一會子？」宋公明回道：「只先生能知我心。」這段對話頗似第十二回致妻妹吞金自盡後逃走的鄭天壽見以辦景虞女學堂為名實獵色為目的的周通說的話，類比而諷刺的目的很明顯。吳之言譏諷味頗濃，而宋公明的回答則很耐人琢磨。按《新水滸》所「翻新」之金本《水滸傳》，宋、吳關係是互為應和相表裏的，陸本《新水滸》第一回宋公明在議論招安、忠義後還「目顧吳用」，吳用即按其話接著解說一番。「只先生能知我心」一來表兩人關係非同一般，似乎是說我宋公明的情況你吳用盡知，也就不要再說賑災情況；二來宋公明尚未摸清吳用對賑災內情知道與否或知之多寡，因而不宜明確說出，這句話即巧妙地迴避了要即刻解說賑災而致露出實情的危險，而且客觀上印證了孔明說的「我師父從來不肯在人前說真話」。寥寥七個字，其諷刺味恐非長篇大論所能代替。吳、宋相見，吳自然要問起李逵，宋告之因傷人命被關在獄中，吳追問事出時間，宋說在「前月初頭」，吳用「嗟歎不已」。朱全不解，吳用回答道：「吾歎魯智深不曾下山耳，若魯智深在，必不使李逵被捉，即被捉，也必不至此刻還在獄中。」吳用所歎者，李逵被捉身邊無魯智深這樣仗義的人阻攔，歎李逵被關獄中這麼長時間也無魯智深這樣為朋友不顧一切的人解救。實則所歎者作為宋公明心腹的李逵曾救宋公明於生死一瞬，當其入獄而因其活命的宋公明

卻遲遲不肯施救。對於吳用的感歎，宋公明是心知肚明而心虛的，馬上解釋：
「我亦知江州之役，不有李逵，性命必不至今。但他氣性不好，須使之受些
磨折，然後再救他出來，並不是硬心腸、冷眼兒瞧著，袖手不救。」宋公明
的話難以服人，李逵天性莽撞，很難改變，氣性不好就得受牢獄折磨？「前
月初頭」點明其在獄至少已一月有餘，這不是「硬心腸、冷眼兒瞧著，袖手
不救」，又是什麼呢？對此，吳用道：「兄弟直恁地好心，但不知李大哥能體
會你、感念你麼？」對於吳的反譏，宋公明以「不語」對之，既不說明又不
表態。吳、宋相見，吳先反話正說話含譏諷，宋公明含糊應之；吳再問李逵
不在之因，三問事出時間，感歎之後，以魯智深憤宋公明置李逵不顧而任其
長時受苦；最後直詰宋公明如此「好心」待李逵，而令宋公明無辭以對。吳
是步步緊逼，宋是左支右絀，難以自圓其說其心。直到第二十一回才寫到李
逵出獄。吳用一見李逵，「喜不自勝，執著李逵的手，忙問：『幾時到此的？
聽說你在沂水縣裏吃官司，如何會出來？敢是宋大哥保你出來的麼？』」吳用
的反應是十分強烈的，欣喜、關切溢於言表，直接追問是否是宋大哥相救。
由此見出兄弟情誼，見出上文對宋公明不救李逵不滿的原因，同時反襯出宋
的不講義氣。原來，李逵被「解到縣裏受苦。盼望個人來救，足足望了三個
月」，「後來究竟是美髯公朱仝，請鐵面目裴宣出來做了辯護士，上堂辯護，
把黑旋風李逵保了個無罪」。吳用不解朱仝因李逵曾殺死小衙內恨他卻反救
他，李逵解說朱仝知其奉命行事，「早已不恨了」。曾對李逵有恨的朱仝肯出
手相救，受李逵救命之恩的宋公明反袖手旁觀，而且聯繫第一回宋公明「則
千刀萬割之刑，我願一人承當，必不使眾位弟兄，稍有不利」的話，還有李
逵被「保了個無罪」說明事情並非嚴重，那麼，上面於平靜敘述中反映出的
朱仝與宋公明的不同與對宋口是心非的諷刺也就顯而易見。之後，李逵去見
宋公明，反被宋支到吳用處，是否因恐李逵妨礙「辦賑善事」呢？這就不得
而知了。鑒於李逵的遭遇，吳用向宋公明的另一心腹花榮感歎道：「花兒，像
李大哥這樣一個人，一塊天真，不識些僞詐，世路崎嶇，人情叵測，他都不
曉，只道天下人都似自己一般的直，一般的真，這種人到新世界上來，怎麼
會不吃虧？」因而向李逵說：「李大哥，我勸你不必尋什麼事做，因現在世界，
配你做的事，尚不曾有呢。」吳用的這番話，就李逵的遭遇論人情世態，將
李逵的真、李逵的直與以宋公明爲代表的假、曲等與新世界中種種不公一併
揭露，在對比反差中完成了強烈的諷刺。

《新水滸》受《儒林外史》《官場現形記》影響甚大，「僅驅使各種人物，行列而來，事與其來俱起，亦與其去俱訖」〔註8〕，「頭緒既繁，腳色復夥，其記事逐率與一人俱起，亦即與其人俱訖，若斷若續」〔註9〕的特點明顯。寫人本非其長，亦非其重點，但對宋公明的刻畫，本金批《水滸傳》之意，寥寥數語，正側兼施，形神畢現，使之成為全書人物中最具特色者。但對宋公明的分析僅就陸士諤《新水滸》而言，僅就文本所存在的相關內容而言。

## 五、對理想生活的嚮往

作家對預備立憲新政下的社會滿懷憂憤，對種種罪惡與醜陋施以無情揭露與針砭，使「魑魅鬼域」暴露無遺，起到了如「總評」中的「夏禹之鼎，秦皇之鏡，溫嶠之犀」的作用。但作家的創作目的除「懲人之惡」外，還有「勸人為善」，我們除從文中揭露諷刺的種種現象的反面體會作家「勸人為善」的用意外，還發現一些「正面」的文字，由此尚可透露出作家心中的一線「光明」。

第五回，林冲在殺死當了警察局巡官的惡少高衙內，目睹諮議局選舉的種種醜陋，耳聞了賣送丈夫之妻的惡行，魯智深在剿除了在清靜之地廟中開設賭場聚賭的大相國寺的清長老後，林冲說：「我林冲有一日做官，必要把這弊政，請朝廷掃除呢。」而魯智深則更乾脆：「灑家不曉得什麼『政涼』、『政熱』，只憑著一條禪杖，兩柄戒刀，打盡天下假心人，殺盡世間無情漢。」第十一回寫關勝不滿眾人所為道：「某等愚拙性成，不慣作此口是心非勾當，只好在山中困守。」有意味的是第十二回周通的良心發現：「眾弟兄都是頂天立地男子漢，心直口快慣了的，此刻奉著軍令，勉強裝這文明的假面目，到新世界來騙幾個錢。然而清夜捫心，終覺有些兒慚愧，這不知什麼緣故？前日在山上時，殺人劫物，攻城放火，不知幹掉多少慘激兇險的事，心中安安穩穩，不曾有一刻兒不自在過。」因此鄭天壽評說：「此就是一真一假、一誠一偽之分也。可見世上的假心人，連強盜都不如呢。」而第十八回借孔亮之口，道出了對國家與對梁山的評論：「可憐朝廷白養許多官員，到緊急時，一個也沒用，倒是我們梁山泊英雄出來替他盡一把力。先生，若是我們團體放大起來，把全中國當個梁山泊，還怕什麼外國人？」

---

〔註8〕魯迅，中國小說史略，上海：上海古籍出版社，1998年，156頁。
〔註9〕魯迅，中國小說史略，上海：上海古籍出版社，1998年，206頁。

　　作家的文人性情於劍拔弩張言辭激烈的間隙也不時流露，文中寫景文字多清麗可人，尤其第二十回、第二十一回寫三阮在石碣村辦漁團，大有《水滸傳》「吳學究說三阮撞籌」神韻，而兩者的主人公都是吳用與三阮。由此可看出作家對田園水澤生活的熟悉與回歸的嚮往，這還可看作對所謂新政的一種特殊否定：

　　　　當下吳用在濟州耽擱得一宵。次日一早，就乘船向石碣村來。一路上微風習習，細浪悠悠，被襟當風，頗覺快然。只半日工夫，早到那蘆花蕩裏。但見一片汪洋，其平如鏡，許多漁船，都在柳陰下湖蕩裏打魚。岸上一帶草房，隱約綠樹陰中，望去宛如圖畫。正是：煙波作國，舴艋爲家。傲兩字之耕桑，漁家最樂；化一村之廉讓，釣者多恭。放鴨空欄，見萍菌之浮動；撈蝦淺瀨，供草屬之蕭閒。笠簷蓑袂之中，餘生可託；釣線漁竿而外，長物曾無。想靜夜持权，閃寒星之點點；睹當門曬網，冒垂柳之絲絲。

　　　　後人有湖泊打魚歌一首道：

　　　　湖上酒，湖中魚，當時諺語傳非虛。湖波搖漾數十里，遊魚之樂濠梁如。漁人打魚集清曉，明鏡初揩霧收早。瓜皮小艇疾如梭，卷封穿菱撥浮藻。把網未撒先鳴榔，榔鳴魚驚奔竄忙。大鱗鱗，小戢戢，網合四圍竄還入。貫之柳，覆之荷；荷花深處魚聚多。魚逸湖水清，魚勞湖水濁。上如求魚下乾谷，一網今收湖水綠。雨脫蓑衣風住檣，不解衝風與衝雨；風衝湖波散如雲，漁兒漁婦同辛苦。湖濱酒樓魚擅名，人人誇說湖魚羹；得魚上岸換美酒，醉弄漁笛聲淒清。

　　　　吳用乘著船一路遊行，觀看風景，眞覺觀之不足，玩之有餘。忽見蘆葦叢中搖出一隻船來，這船漆得四周光亮耀目，兩邊都是玻璃窗，桅杆上扯著一面小旗兒，寫著一個「阮」字，吳用忙教船家打招呼。對面船上聽得，開去頭艙，早跳出一個人來，吳用看時，正是阮小七。

　　　　吳用辭了小五、小七，同著小二下船。但見一天星斗，淡月迷蒙，湖泊中萬頃波濤，白如素練。吳用道：「我們打從東蕩裏穿過去罷，可先聽聽那魚更。」阮小二道：「也好。」於是小艇向著東蕩劃

來。只聽得邦邦邦柝聲清越入耳。吳用大贊:「妙哉!妙哉!」後人有《魚更詩》一首道:

> 寒柝中宵靜,澄湖百頃清。周遭魚作國,迢遞夜傳更。
> 卅裏圍波迥,千頭聚影橫。分莊資作業,按戶亦輪徵。
> 蓁養經徐輯,堤防法自精。宛隨鼉鼓答,能使雁奴驚。
> 似鐸巡應遍,如梆屬有聲。花方搖冷籬,鑰正下嚴城。
> 路繞鷗鄉熟,光乘蟹火明。偶隨花港轉,低叩竹枝輕。
> 鸕鶿巡灘共,蝦蟆隔岸鳴。團團蕉舍結,淼淼葑田平。
> 風雨人分守,煙波夢未成。畫船舷遠和,前浦笛相迎。
> 犯夜防河尉,當年說放生。侵晨還布網,欸乃一舟撐。

霎時間行過魚籬,早到了叉魚之處。只見一排漁船,約有二三十隻,每隻船上點著一盞漁燈,宛如數十顆星辰,在水面上閃閃欲動。眾漁人見阮小二船到,便一齊動起來,手腳靈便,舉動活潑。吳用不禁稱妙。有人有詩,單表湖泊叉魚風景。其辭道:

> 何處叉魚好?涼宵汛小舟。勢乖雙槳便,光借一燈幽。
> 健若猿舒臂,捷於鷹脫韝。但拋無不中,尺鯉獲雙頭。

當夜共叉得四十多斤魚,鰱、鯉、鯽、鱸都有。自此智多星吳用就在石碣村中居住。

這部分中另有民歌式的詩也清新上口:

> 說著時,已到湖泊西偏。見中間築著魚籬,如短籬一般。有詩為證:

> 來往舟無礙,周遭竹試編。漲添新雨後,欄向畫橋邊。
> 涇渭各分界,泳遊難任天。截流機太重,此術創何年?

> 吳用隨著所指望去,果然十來個漁人,在那裏扳罾。有詩為證:
> 製就罾床好,生涯笠與蓑;彎彎垂四角,汛汛向中阿。
> 垂柳渡旁映,落花舷上多。漁兄共漁弟,扳取樂如何?

在臨近結尾的第二十三回,於赴清河縣武松運動會途中,並有兩首迴文詩寫採萍採菱,亦可反映作家淡定清爽的心境,對水鄉生活的讚美:

> 樂和道:「好香!好香!香的好清潔,你們覺著麼?」蕭讓道:
> 「此乃菱香,江面上有人採菱,不見麼?」眾人舉目瞧時,見江面

上許多小艇，載沉載浮，在那裏採菱。有童子，有女子，童子大半是採菱，女子卻兼採著萍藻。後人有迴文詩二首，描採菱採萍之景，其辭道：

汀鷗泡翠遠羅羅，葉比輕舟泛若何？聽曲艷生香國水，扣舷低和曼聲歌。星池點暈紅花落，月鏡含芒綠刺多。青帖帖搴絲蔓弱，停橈畫浦碧澄波。

波澄碧浦畫橈停，弱蔓絲搴帖帖青。多刺綠芒含鏡月，落花紅暈點池星。歌聲曼和低舷扣，水國香生艷曲聽。何若泛舟輕比葉，羅羅遠翠泡鷗汀。（此《採菱詩也》。）

纖纖手映玉娟娟，屬比柔還鈿比圓。黏漿翠紋波濕濺，散錢鵝眼柳勻穿。奩晶晃影搖欄鴨，浪縠搴花插鬢蟬。添興逸尋秋浦曲，簾如水更藕如船。

船如藕更水如簾，曲浦秋尋逸興添。蟬鬢插花搴縠浪，鴨欄搖影晃晶奩。穿勻柳眼鵝錢散，濺濕波紋翠槳黏。圓比鈿還柔比屬，娟娟玉映手纖纖。（此《採萍詩也》。）

《新水滸》對預備立憲新政形勢下的種種罪惡與醜陋進行了無情的揭露與諷刺，但這並不意味著作家對社會改革持全面否定的態度。《〈水滸傳〉總評》中提到了陸士諤先於《新水滸》面世的《新三國》，這部小說「讓周瑜、孔明等穿戴古衣冠的人物，登上改革開放的新舞臺，演出了亦古亦今、亦莊亦諧的活劇」，「陸士諤翻新三國故事的高明之處，在於通過吳、魏、蜀三國對待改革的截然不同的態度及其所採取的三種不同的改革模式的成敗利鈍的比較，表達了作者本人對於現實改革的種種不足乃至弊端的批評，並提出他心目中的『立憲模範國』的理想」。〔註10〕看來，作家在不同的翻新之作中，對現實反映的側重點是有所不同的，是各有分工的，對「立憲模範國」是有具體設想的，表現出作家對關係國計民生的「新政」是有自己成熟的認識與規劃的。

---

〔註10〕歐陽健，晚清小說史，杭州：浙江古籍出版社，1997 年 6 月，335～336 頁。

# 第六章 《水滸新傳》

　　《水滸新傳》是現代通俗小說大家張恨水 1940 年創作於重慶，連載於上海《新聞報》的長篇小說。1941 年底，上海淪陷於日寇之手，小說連載至四十六回止。1942 年冬，張恨水又從四十七回續起到六十回終。於 1943 年在重慶結集出版。《水滸新傳》產生於抗日戰爭相持階段，對鼓舞全民抗敵起到了積極的作用。著名歷史學家陳寅恪先生也曾因之賦詩抒懷。〔註1〕

## 第一節 《水滸新傳》的敘事重心及其形成原因

　　張恨水的《水滸新傳》由盧俊義驚噩夢續起，主要寫了梁山英雄受張叔夜招安，在金兵大舉入侵之際在張叔夜麾下奮然北上抗敵，東京勤王，大部分英勇犧牲的悲壯故事，譜寫了一曲慷慨救國的忠義頌歌。

　　不管人們對《水滸傳》（百回本。下同）主題從哪個角度作何種闡釋，大家對小說主要寫出了各路英雄被「逼上梁山」，衝州撞府，抗擊官軍，受招安，之後征遼剿除方臘的主要內容看法是一致的。在諸類形象體系中，以宋江爲首的梁山英雄居於其它形象體系無可比擬的突出地位。張恨水的《水滸新傳》與《水滸傳》相比，宋江爲首的梁山英雄形象體系仍是作家筆下最爲濃墨重彩的部分。但除此而外，以張叔夜爲代表的朝廷重臣所起的作用已大大超過在《水滸傳》中所起的作用，與宋江等英雄的關係已發生了非常明顯的變化。而且，

---

〔註1〕袁進，張恨水評傳，長沙：湖南文藝出版社，1988 年 7 月，312 頁。陳詩爲：
　　　　誰諦宣和海上盟，燕雲得失涕縱橫。花門久已留胡馬，柳塞翻教拔漢旌。妖亂
　　　　豫慶同有罪，戰和飛檜兩無成。夢華一錄難重讀，莫遣遺民說汴京。

《水滸傳》中宋江等梁山各頭領之間的地位與作用在《水滸新傳》中也發生了異於《水滸傳》的重心偏移。《水滸新傳》中時遷等小兄弟的作用大大超過《水滸傳》；主要頭領中，宋江的地位明顯下降，盧俊義、柴進等地位明顯上陞。再者，《水滸傳》用了幾十回的篇幅寫被招安的反朝廷武裝鎮壓仍在反朝廷的武裝即宋江打方臘的內容，而在《水滸新傳》中，此類筆墨已寥寥可數。

《水滸傳》中對遼國南侵，佔據燕雲十六州只作交代，沒有直接的正面描寫；對外敵入侵帶給百姓家破人亡的慘禍、對戰爭的嚴重破壞涉及甚少。因此，給讀者留下的印象也往往模糊不清，未能充分激發讀者強烈的愛憎感情，對敵人的憤恨與對驅敵守邊將士的感念之情。《水滸新傳》則不然，在這方面，作者所用筆墨雖不甚多，但因對異族入侵帶給平民百姓的家破人亡，與擄走徽欽二帝北歸滅國慘禍的生動而細緻的描畫，在讀者腦海中刻下了深深的印痕，激發出銘記奇恥大辱的感情，並隨之對血灑國門，誓死同敵人血戰到底的張叔夜與梁山英雄等的敬意百倍地增長出來。

如果說《水滸傳》與《水滸新傳》成書的年代相距數百年，社會形勢、作家與其寫作都有各自的特點，因此，兩書自然會各具面貌，各有不同之處。這種解釋不能說不正確，但過於籠統，未能切中肯綮。還是讓我們對上述這些變化進行條分縷析的研究，挖掘一番其字裏行間蘊含的新的信息。

## 一、作家對現實人生的感悟和憂憤情懷

張恨水寫作《水滸新傳》的情況，在《水滸新傳》「自序」中說得明明白白：

> 在這本小說裏，我要描寫中國男兒在反侵略戰爭中奮勇抗戰的英雄形象。這樣對舊上海讀者也許略有影響，並且可以逃避敵僞的麻煩。考量的結果，覺得北宋末年的情形，最合乎選用。

> ……後來將兩本《宋史》胡亂翻了一翻，翻到《張叔夜傳》，靈機一動，覺得大可利用此人作線索，將梁山一百八人參與勤王之戰來作結束。宋江是張叔夜部下，隨張抗戰，在邏輯上也很講得通。《水滸傳》又是深入民間的文學作品，描寫宋江抗戰，既可引起讀者的興趣，而現成的故事，也不怕敵僞向報館挑眼……不久，我就在重慶開始寫《水滸新傳》了。〔註2〕

---

〔註2〕張恨水，水滸新傳・自序，哈爾濱：黑龍江人民出版社，1997年8月開篇處。

　　張恨水祖籍安徽潛水縣，出生於武人之家。其家風對他的影響，張恨水之子張伍評論說：

　　　　一般人很難想到，手無縛雞之力、才子氣十足的父親，居然是「武門之後」。因爲張氏歷代習武，父親自幼耳濡目染，對技擊一道心嚮往之，也曾做過馳騁沙場、盤馬彎弓的童年夢……但是將門的武風，以及十分喜愛父親的曾祖，對於他的性格形成及爲人處世都產生了極爲強烈的影響，所以父親曾坦誠地自白：「我也許是中了點線裝書的毒，又在河朔多年，再加上我還是個將門後代。因之朋友總這樣贊許我一聲：淡泊（也許是無用）而爽直（也許是粗魯）。」儘管是自謙，但是在他那吐屬蘊藉的文人風格中，又內含著一股武士的陽剛之氣。〔註3〕

　　張恨水六歲時開始讀《三字經》《百家姓》《千家文》，之後學了四書五經和《千家詩》。十幾歲時很快讀完了《三國演義》《隋唐演義》《西遊記》《水滸傳》《封神演義》《東周列國志》《五虎平西南》《野叟曝言》和半部《紅樓夢》等。

　　十五歲時，家裏給張恨水請了一位先生。這位先生是徐孺子後代，徐家的傳統是不參加科舉不作官。這時張恨水「專愛風流才子高人隱士的行爲，先生又是個布衣，作了活榜樣，因之我對於傳統的讀書作官說法，完全加以鄙視，一直種下我終身潦倒的根苗」〔註4〕。這種影響伴隨張恨水終生。之後張恨水進了學堂，由於受維新校長的譏笑而極力走向新的道路。除了買小說，還買新書看，特別是上海的報紙讓張恨水知道了還有一個不同於四書五經的新世界。

　　但思想的變化並未影響張恨水對文學的嗜好，他依然日夜讀小說，讀風花雪月的詞章。十六歲後張恨水考上了相當於專科的甲種農業學校。由讀《儒林外史》發現了小說描寫還有一種諷刺手法，接著讀了《二十年目睹之怪現狀》和《官場現形記》。由欣賞《小說月報》上翻譯的短篇小說而繼續看了林琴南先生的林譯小說，知道了許多的描寫手法，尤其發現林譯小說中的心理描寫是中國小說少有的。又爲詞章小說《花月痕》中的詩詞小品和回目陶醉，又讀了《桃花扇》《燕子箋》《牡丹亭》《長生殿》等傳奇。用張恨水的

〔註3〕張伍，我的父親張恨水，瀋陽：春風文藝出版社，2002年1月，5頁。
〔註4〕張恨水，寫作生涯回憶，北京：人民文學出版社，1982年6月，7頁。

話說，這階段他是「兩重人格」，既是革命青年，又是個才子的崇拜者。後來「二十多歲到三十歲的時候，我的思想，不會脫離這個範疇……雖然我沒有正式作過禮拜六的文章，也沒有趕上那個集團。可是後來人家說我是禮拜六派文人，也並不算十分冤枉。因爲我沒有開始寫作以前，我已造成了這樣一個胚子」〔註5〕。

1919 年「五·四」運動後，張恨水來到北京《益世報》當助理編輯，後到北京「世界通訊社」當總編輯，又到《世界日報》《世界晚報》，並爲其副刊寫長篇小說《春明外史》。小說刊出後，「讀者都還覺得很熟識，說的故事中人，也就如在眼前。而這篇小說也就天天有人看」〔註6〕，「這給予我一個很大的鼓勵，更用心的向下寫」〔註7〕。也就是從這時開始，張恨水無論在哪家報紙都是兼編一個副刊，寫一部連載小說。除了極個別的幾部書外，張恨水創作的其它小說都是先由報紙連載，然後再結集出版的。既是記者、編輯又是小說家，一身而三任的職業特色伴隨了他 30 多年辦報生涯始終。這形成了張恨水鮮明的特點。《金粉世家》是《春明外史》之後張恨水的又一部力作，全書一百二十回，八十多萬字，連載期間又引起了讀者的強烈反響。「我十幾年來，經過東南、西南各省，知道人家常常提到這部書。在若干應酬場上，常有女士們把書中的故事見問」〔註8〕，又大大提高了張恨水的知名度。

在《世界日報》和《世界晚報》期間，張恨水還寫了很多用於補白的雜文，針砭時弊。

1930 年 3 月至 11 月，張恨水的又一代表作《啼笑因緣》發表於上海《新聞報》副刊「快活林」，又引起轟動。「不料這一部書在南方，居然得許多讀者的許可。我這次南來，上至黨國名流，下至風塵少女，一見著面，便問《啼笑因緣》，這不能不使我受寵若驚了」。〔註9〕此前，張恨水的小說主要連載於北方報紙，《啼笑因緣》是他長期與上海報紙合作的開始。

1931 年 9 月 18 日爆發的「九·一八」事變，使東三省淪於日寇之手，在民族危機深重，國內階級矛盾激化的情形下，張恨水迅速創作了隱含與歌頌

〔註 5〕張恨水，寫作生涯回憶，北京：人民文學出版社，1982 年 6 月，9 頁。
〔註 6〕張恨水，寫作生涯回憶，北京：人民文學出版社，1982 年 6 月，25 頁。
〔註 7〕張恨水，寫作生涯回憶，北京：人民文學出版社，1982 年 6 月，25 頁。
〔註 8〕張恨水，寫作生涯回憶，北京：人民文學出版社，1982 年 6 月，32 頁。
〔註 9〕張恨水，我的小說過程，引自，寫作生涯回憶錄，北京：中國文聯出版社，2005 年 1 月，5 頁。

抗戰思想的小說《太平花》《東北四連長》《彎弓集》和《水滸別傳》。後張恨水赴西北考察，悠久的歷史加重了現實的沉重，他不僅尋訪漢唐故跡，更注意深入民間，體察百姓疾苦，「是要看動的，看活的，看和國計民生有關係的」〔註10〕事情。天災人禍重壓下的西北民眾掙扎在水深火熱之中刺激了張恨水的情感與理智。

1935 年後北京的局勢越來越緊張，張恨水與家人先後南遷南京，出資辦起了《南京人報》。但由於日寇進犯，時局混亂，張恨水患了大病，報紙堅持到 1937 年 12 月 13 日南京淪於日寇之手前幾日終於停刊。

1938 年 1 月 10 日張恨水來到陪都重慶，擔任《新民報》副刊「最後關頭」的主編，繼續爲抗日鼓吹。日寇飛機的轟炸，國民政府的腐敗，居住的艱苦，生存的艱辛，在漫長的八年歲月中，作爲傳統的憂國憂民的愛國知識分子，張恨水心靈承受著煎熬。就在這樣的環境下，張恨水八年間還創作了一百四十萬字的作品，這些「榨出來的油」〔註11〕主要有發表於「最後關頭」直接呼籲抗戰的文字與發表於「上下古今談」中借古諷今、針砭時弊的雜文，文言散文《山窗小品》和專著《水滸人物論贊》，還有十六七部長篇小說。這些作品具有強烈的現實針對性。最爲知名的是諷刺小說《八十一夢》。作家面對國難日深而當權者日日醉生夢死的巨大反差，以滿懷憂憤之筆揭露了達官貴人們大發國難財的種種罪惡。小說引起了廣大民眾的強烈共鳴。而國民黨當局則驚慌失措，以關進監獄威脅張恨水，以「不利抗戰團結」爲罪名，勒令《新民報》停止連載，《八十一夢》終於被腰斬。

張恨水憑著傳統知識分子愛國的節操，贏得了各界的尊敬。1938 年 3 月他以通俗小說家唯一代表的身份與郭沫若、茅盾、老舍等知名作家人士被選爲「文藝界抗敵協會」第一屆理事。1944 年 5 月，《新民報》《新華日報》等報刊一起組織發表了「張恨水五十壽辰，兼爲從事新聞事業與創作小說三十週年紀念」活動，各報刊紛紛刊發文章，高度評價張恨水。在張恨水懷歉意而避開的情況下，成都、重慶兩地新聞界、文藝界及其它素不相識的人士爲他舉行了祝壽茶會。

1945 年 8 月 15 日，中國軍民艱苦的抗戰終於勝利。安置好家眷後，張恨水隻身北上北平主辦《新民報》兼編副刊「北海」，發表揭露國民黨接收大員

---

〔註10〕 張恨水，寫作生涯回憶，北京：人民文學出版社，1982 年 6 月，52 頁。
〔註11〕 張恨水，寫作生涯回憶，北京：人民文學出版社，1982 年 6 月，76 頁。

借機侵吞財產，大飽私囊的詩文與連載小說，《巴山夜雨》《五子登科》相繼見報，深受讀者喜愛。

張恨水所走過的道路，是一個典型的傳統知識分子曲折而充滿艱辛的道路。不論是在新舊思想潮流的衝擊下，在傳統與現實的矛盾中，在國破家散面對存與亡的生死考驗中，張恨水一貫秉承傳統知識分子積極入世、干預生活的精神，秉承天下興亡，匹夫有責，未卑未敢忘憂國的精神，以一支生花的筆、鋒穎逼人的筆刻畫人情世態，揭露醜惡，諷刺沒落，表現了傳統知識分子在社會轉型期與社會激烈動盪形勢下的良知。儘管他的所作所為未能完全被人理解，甚至背負著一些人的責罵、誤解，他卻一貫以沉默的行動來作實際的剖白。他的一生，從表現才子佳人的風流逐步走向面對現實、深入現實、反映現實，實現了一個樸素而純潔的精神世界的昇華。對其經歷的瞭解有助於我們理解舊知識分子由舊陣營向新社會轉變的曲折，也有助於我們深入理解其創作的傾向。

## 二、作家愛國激情的醞釀與小說創作中的體現

張恨水創作的小說主要是《春明外史》《金粉世家》《啼笑因緣》等言情與社會言情小說，這類作品占其百多部小說的絕大多數。作為一個關心國家命運，對社會有強烈責任感的作家，抗日這樣重大的現實生活也不可能不在作品中有所體現。而其小說中抗日的思想傾向也有一個產生發展，直至達到寫出《水滸新傳》煌煌數十萬言，產生重大社會影響這一高度的過程。

1931 年「九·一八」事變爆發後，東北三省轉眼間淪於日寇之手。張恨水迅速作出了強烈反映，創作了大量的作品。當時，張恨水寫給上海《新聞報》的小說《太平花》本主非戰思想。對此他果決地進行了改寫，即由非戰轉為面對外寇，內戰雙方一致認為不應同室操戈，而要同禦外患。這樣《太平花》就變成他隱含抗戰思想的「國難小說」的第一篇。

1932 年 1 月 28 日，日寇進攻上海，挑起「一·二八」事變。眼看著敵寇的囂張氣焰，張恨水以兩個月的快速度創作並自費出版了《彎弓集》，意在抗日。集子中包括小說、電影劇本、筆記、大鼓詞、舊體詩。作家在序中說：「……今國難臨頭，必興語言，喚醒國人……略盡吾一點鼓勵民氣之意，則亦可稍稍自慰矣……」如《健兒詞》等充滿了對抗日英雄的讚美：

含笑辭家上馬呼，者番不負好頭顱；

一腔熱血沙場灑，要洗關東萬里圖。

背上刀鋒有血痕，更未裹創出營門；

書生頓首高聲喚，此是中華大國魂。

笑向菱花試戰袍，女兒志比泰山高；

卻嫌脂粉污顏色，不佩鳴鸞佩寶刀。〔註12〕

由於是倉促之作，缺乏戰爭生活體驗，張恨水的《彎弓集》往往是抗戰題材與娛樂性情節的簡單相加，缺乏深刻性與可信度，存在嚴重的缺陷。而連載於北平《晨報》的《滿城風雨》相比之下則頗具新意。三角戀愛的老套在書中雖仍有一定篇幅，但主體內容是揭露軍閥混戰與外寇入侵帶給百姓的災難，較《太平花》更嚴肅，揭露的力度更強，因而更有現實性。尤具意義的是，東北大地自發組織起來的一支支抗日隊伍帶給張恨水認識上的新變化，《滿城風雨》中民眾自發成立的義勇軍，打敗了外寇，光復安樂縣的描寫，寄託了作家的希望。

由於汪僞政府的壓制，張恨水「儘管忿憤不平……儆侮文字，也就吞吞吐吐，出盡了可憐相」〔註13〕。他的第一部《水滸傳》續書《水滸別傳》連載於北平《新晨報》1932年10月至1934年8月，就是張恨水此種狀態的反映。《水滸別傳》借人們熟知的京劇《打漁殺家》爲主要內容，以北宋亡國隱喻「九‧一八」事變後國是日非，權奸賣國、官吏惡勢力魚肉百姓的現實。展示了國難當頭民眾或重上「梁山」不做順民，或遠涉海外逃避現實，或新一代北上抗擊外敵的不同出路與不同表現，歌頌了新一代以身許國的壯舉。但對新一代僅僅是寄寓希望而沒有充分描寫，沒有寫出如何抗敵，誰來領導，如何組織等重大問題，反映出作家寫作中所受的束縛和思想上的局限。

在抗戰時期，由於當局思想禁錮的一定解放，全國上下抗敵的呼聲日益高昂，張恨水創作了許多鼓勵民氣，呼籲抗敵的作品。如《桃花港》《潛山血》《前線的安徽，安徽的前線》《游擊隊》《衝鋒》《敵國的瘋兵》《大江東去》《虎賁萬歲》等。還寫了揭露國統區黑暗的《瘋狂》《八十一夢》《蜀道難》《牛馬走》（又名《魍魎世界》）《偶像》《第二條路》（又名《傲霜花》）。還寫了發表於上海「孤島」，借古喻今的《秦淮世家》《水滸新傳》。由於全國抗日形勢的

〔註12〕張伍，我的父親張恨水，瀋陽：春風文藝出版社，2002年1月，149～151頁。

〔註13〕張恨水，寫作生涯回憶，北京：人民文學出版社，1982年6月，46頁。

蓬勃發展，新文學的批評幫助，自身與時代同進步認識的產生與確立，張恨水逐步形成了重視民眾力量抗日的現實主義風格。因此，小說創作中擅長的「言情」已退爲次要地位，描寫軍民一致對敵成爲主要內容。這在《大江東去》《虎賁萬歲》《衝鋒》（後改爲《巷戰之夜》）中有具體體現。但由於作家生活範圍的局限，他對抗敵生活瞭解得不夠，受激盪的社會思潮的影響，作家的抗日小說多有急就章的痕跡，而且與大多數其它作家抗日小說一樣，存在著圖解政治的傾向，以人物的說教代替藝術表現，因而影響了感染人教育人作用的充分發揮。隨著時間的推移，社會形勢的變化，重讀相關文字，這種感覺就更加明顯，當時曾讓人熱血沸騰的內容已顯出泛藝術的蒼白來。

漫長的抗擊日寇的正義戰爭使千百萬人民備嘗艱苦與辛酸，但是，逃避到大後方的國民黨當權者卻依然歌舞昇平，極其腐敗，大發國難財，瘋狂搜刮民脂民膏，使廣大人民承受著加倍的災難。作爲具有強烈社會良知的作家，面對種種醜惡，深感「重慶的一片烏煙瘴氣，實在讓人看不下去」〔註14〕，「任何一個稍有良心的人，對這些傢夥和這些傢夥的活動，沒有不滿懷極大憤怒的」〔註15〕，決心把「那些間接有助於勝利的問題，那些直接有害於抗戰的表現，我們都應當說出來」〔註16〕。尖銳、辛辣，具有雜文特性的小說《八十一夢》就是在這種創作動機影響下形成的，同時也是張恨水小說創作的代表作之一。「窮人沒飯吃」不僅成爲這部小說的主題，同時也成爲張恨水揭露國統區黑暗社會其它小說的「母題」。《八十一夢》產生了巨大反響。國民黨當局則甚爲恐慌，以送到集中營去「休息」兩年威脅張恨水，使只發表了十四個夢的小說被扼殺了。其它小說《瘋狂》《偶像》《牛馬走》《第二條路》《蜀道難》等都從不同側面不同程度地揭露了國統區經濟崩潰的黑暗現實，當權者的罪惡，與《八十一夢》共同奠定了張恨水諷刺小說所具有的開拓意義。

## 三、《水滸新傳》敘事重心的變化及其形成原因

在《水滸傳》中，形象體系大致可以按忠、奸兩大陣營來劃分。若以百回本爲例，主要可以分爲以下幾類。

---

〔註14〕 張恨水，八十一夢自序，引自袁進，張恨水評傳，長沙：湖南文藝出版社，1988 年 7 月，287 頁。

〔註15〕 張恨水，八十一夢自序，引自袁進，張恨水評傳，長沙：湖南文藝出版社，1988 年 7 月，287 頁。

〔註16〕 張恨水，寫作生涯回憶，北京：人民文學出版社，1982 年 6 月，64 頁。

1. 在朝之忠與在朝之奸，對立關係，以忠為主；

2. 在野之忠（如梁山英雄）與在朝之奸，對立關係，以忠為主；

3. ①在野之忠（如梁山英雄）與在野之奸（如方臘），由類比關係變化為對立關係，以忠為主；

   ②在野之忠（如梁山英雄）與在野之奸（如某些地方官、地方惡勢如曾家祝家），對立關係，以忠為主。

在忠、奸各自內部還可細分。

4. 在野之忠與在朝之忠，類比關係，以前為主。

5. 在野之忠中，宋江等與時遷等，類比關係，以前為主；

6. 在朝之奸與在野之奸，類比關係，以後為主。

另外，有宋與遼，對立關係，以前為主；還有忠奸之間的天子。

比照對《水滸傳》形象體系的劃分，《水滸新傳》則是如下這樣。

1. 在朝之忠與在朝之奸，對立關係，以忠為主；

2. 在野之忠（如宋江）與在朝之奸，對立關係，以忠為主；

3. ①在野之忠（如宋江）與在野之奸（如方臘），類比關係，以忠為主；

   ②在野之忠（如宋江）與在野之奸（如地方官），對立關係，以忠為主。

比照對《水滸傳》形象體系的分類，忠、奸內部可分為：

4. 在野之忠與在朝之忠，類比關係，並重；

5. 在野之忠中，宋江等與時遷等，類比關係，以前為主；

6. 在野之忠中，宋江與盧俊義、柴進，類比關係，以後為主；

7. 在朝之奸與在野之奸，類比關係，並重。

另外，宋與遼，對立關係，以前為主；還有以陳東為首的清流形象和天子形象。

下面就這幾類人物關係，結合《水滸新傳》來略加解說。

第一類，在朝之忠與在朝之奸，即在朝的主戰派與投降派。前者依據在書中的重要程度依次為張叔夜、李綱、种師道等。

《水滸傳》中的幾大奸賊，在《水滸新傳》中已退居次要位置，代之而起的是欽宗天子周圍的李邦彥、張邦昌等投降派。對朝中戰降兩派人物的表現，大都放在大敵當前雙方激烈的矛盾衝突之中，前後有三次進行了正面對比描寫。事見第三十四回、第三十七回、第四十一回。對投降派的單獨描寫還有兩處，事見第五十二回、第六十六回；而對主戰派臨危受命、獨撐殘局

的描寫則貫穿於全書的後半部分，主要見於第三十四回、第三十五回、第三十七回、第三十八回、第三十九回、第四十一回、第五十一回、第六十二回、第六十八回。從作家形諸筆端的文字與感情色彩來說，可以明顯看出對主戰與主降兩者的傾向性。

第二類，在野之忠與在朝之奸，即在野的主戰派與在朝的投降派。前者包括招安後的梁山英雄、陳東等憂國憂民的太學生、東京張三李四等眾「潑皮」草民。作者的傾向不言而喻。

第三類，在野之忠與在野之奸。前者以梁山英雄為主。其第一個層次是梁山與方臘之間的關係。在《水滸傳》中，在野之奸主要指佔據江南的方臘；而在《水滸新傳》中方臘起事被剿僅作為背景只有簡略介紹。涉及「賊」的內容包括方臘的有關文字在內約有十六處，而且全部是略寫、側寫。作家著筆的重心不在於表現梁山英雄對「內賊」的剿除，因此筆墨並未展開。其第二個層次是梁山與地方官中的媚敵求榮、投降派之間的關係，作者褒前貶後的傾向十分鮮明。

第四類，在野之忠與在朝之忠，即在野的主戰派與在朝的主戰派。這組人物之間的關係較《水滸傳》變化較大。《水滸傳》中作為在朝的忠臣主要指宿元景。另有濟州知州張叔夜。宿元景作為天子的近臣，在招安梁山的重大事件中起到重要作用，張叔夜則僅在招安過程中作為地方官員略顯不凡面目而已。然而，在《水滸新傳》中宿、張的地位發生了巨變。招安梁山者成了張叔夜，帶領梁山英雄走上盡忠報國之路者是張叔夜，擔起保衛京畿重任的還是率領梁山英雄的張叔夜，最後，隨被擄的天子北上，盡忠而死的仍是張叔夜。宿元景在《水滸傳》中溝通梁山英雄，親自招安梁山等等義舉，在《水滸新傳》中大都由張叔夜完成，宿僅在梁山英雄東京勤王途中作為天使出現一次。這是本組人物關係的一個層次。別一個層次是梁山英雄與張叔夜的關係。本續書名為「水滸新傳」，梁山英雄自是不可替代的主人公。全書六十八回，依時間順序可劃分為五大部分，處處落筆於梁山英雄，但有一個現象不能忽視：五大部分中招降梁山，派人北上抗敵，京城勤王是直接描寫張叔夜，其它部分是不寫之寫。幾乎可以說，凡寫梁山處皆可視為寫張叔夜，這不寫之寫正見出作家構思的深意。因為沒有張叔夜就沒有梁山的招安歸正，沒有張叔夜就沒盧俊義、柴進等北上抗敵，就沒有宋江等東京勤王。張叔夜實際上不僅成了梁山英雄的知音，而且成了梁山英雄的直接指揮者與精神導師。

如此看來，與《水滸傳》相比，張叔夜的地位是前所未有地提高了。

第五類，在野的主戰派宋江集團中大頭領與小兄弟。

在《水滸傳》中，三十六天罡與七十二地煞的地位、作用是相差懸殊的，尤其是小兄弟多為販夫走卒、偷雞摸狗之徒，更有劫財害命稱霸一方者。如時遷、白勝、張青等，雖躋身一百單八之列，但其出身、上梁山前的所作所為是大被人譏評的。但在《水滸新傳》中，時、白、張等小兄弟不僅躋身前臺，所佔筆墨大為增多，更因其慷慨悲壯之言行而被進行了脫胎換骨式的描寫。如開篇東京探敵有時遷的神鬼莫測之行，為梁山獲得重要情報，更有如第三十五回張青、孫二娘血戰東京城下，第三十九回白勝、郁保四等四烈士笑對死亡，令敵酋欽敬，第四十八回時遷殺盜漢奸之頭，第五十一回曹正等六人北赴敵後，打探軍情。因此，抗金大臣李綱、种師道等對梁山小兄弟都給予極高評價，不以其出身卑微而小視，事見第三十三回、第三十八回、第五十二回。

第六類，在野的主戰派宋江集團中大頭領宋江與盧俊義、柴進等。

在《水滸新傳》中盧俊義的形象大為改觀，《水滸傳》中的員外氣已完全蛻去，代之而出的是獨擋一面、隻身北上、指揮若定、苦撐危局的領袖形象。全書五大部分中，第一部分梁山英雄招安歸正始末中遠離梁山帶兄弟海外另尋根據地來到海州，與名將張叔夜對敵被擒降服，回歸梁山與宋江謀劃，促成梁山歸正的皆係盧俊義；第二部分、第四部分率領英雄在敵後浴血奮戰，牽制敵人南下的還是盧俊義。五大部分有三大部分以盧俊義為主人公，突出其運籌帷幄的領袖形象與衝鋒陷陣身先士卒的獨膽英雄形象。更有第四部分中著墨不多但具窺一斑而現全豹之功，顯其治理才能，創建根據地使百姓安居樂業的內容。與盧俊義有相似之處，發生重大變化的還有柴進。

第七類，在朝之奸與在野之奸，即朝中的投降派與在野的投降派。

《水滸新傳》前十四回的情節緊接金本水滸情節，所反映的社會環境也大體相似，邊警未起，宋江、方臘仍為朝廷心腹之患。《水滸新傳》在此部分對朝中奸賊的描寫不同於《水滸傳》之處，一是兩次集中細寫了高俅等大奸賊密謀借刀殺人調虎離山，以圖消滅梁山與方臘兩股武裝。事見第三回、第六回。二是三次圍繞著蔡小相公蔡攸描寫了當朝天子徽宗與蔡家父子聲色犬馬的腐化生活，勾勒出君臣無道，隱射後文敵兵壓境而君臣拱手降服終至被擄北國的結局。事見第二回、第四回、第十四回。待第十四回結尾邊患乍起

開始,《水滸新傳》對在朝在野奸賊的描寫則展開了筆墨,為讀者繪聲繪色地
描摹出一幅幅群醜圖。

張恨水作為深受中國傳統文化薰陶、具有優秀傳統知識分子良知的作
家,雖然早期創作不出鴛鴦蝴蝶派的窠臼,沿著言情小說、言情與社會小說
的路子創作出一大批深受中下層市民歡迎的通俗小說。但當面臨外敵入侵,
國家處於風雨飄搖之中的危急關頭,傳統知識分子以天下為己任的高尚節操
則頓顯出來。其筆下的文字——不僅僅是小說,還包括雜文、散文,則馬上
隨風雲的變幻而突顯出時代的特色,抗日救亡,共赴國難成為鮮明的主旋律。
初期的「國難小說」,囿於時局的束縛而不能放開手腳,大膽落筆,但激憤的
色彩依然閃耀著同仇敵愾的光芒。直接反映抗日的小說則唱響了時代的強
音,以章回小說的舊形式,表現出連很多新小說家尚未達到的現實主義的高
度、深度與廣度,全面表達了上下一心,共赴國難的時代呼聲。而《水滸新
傳》在內容的主次安排上也處處體現了這一基本特點。小說在處理忠奸、戰
降關係上,總是以前者為主,即使是描寫後者的內容也以前者的眼光與角度
進行,從而強烈地表達了全民一心,不惜一切抗拒強敵的決心與可歌可泣的
壯舉。

如,在處理在野之忠與在野之奸——主要指梁山英雄與佔據江南的方臘
的關係時,《水滸新傳》較《水滸傳》的變化是實質性的,完全服從於同禦外
侮這一主題。《水滸新傳》在開場時梁山宋江與江南方臘其性質是相同的,都
是佔據一方反抗朝廷的武裝。不同的是,囿於續書內容受《水滸傳》局限的
原因,梁山宋江一直處於主角地位,被正面描寫歌頌。而方臘則一直隱於背
景之中,時時作為梁山宋江或類比而相提並論或對立而一褒一貶的對象,從
未被正面描寫,而且被作為反面的代表。這不同之處即體現作家思想傾向的
所在。當然,作為具有相當歷史根據的小說,史實在大處是不能被違背的。
因此,方臘佔據江南八州,稱孤道寡,最後被童貫剿滅還是比較忠實地寫在
了書中。但宋江被招安之後的所作所為,如隨張叔夜東京勤王,盧俊義、柴
進北上抗敵則沒有史實的根據,完全是作家的「創造」,這在《水滸新傳》序
言中有明確表述。為什麼《水滸新傳》要從盧俊義「驚噩夢」續起,而不從
征方臘續起,並為梁山英雄受招安之後安排了種種忠烈之舉呢?一者有《水
滸傳》宋江方臘相關內容在前,難以改變家喻戶曉的成文。關鍵的是,作家
正要力避同室操戈悲劇的發生,迴避《水滸傳》中受招安的「賊」剿滅不受

招安的「賊」那血淋淋的結局。而要強調外寇壓境，不論是什麼人，不管過去所爲如何，都要捐棄前嫌，化干戈爲玉帛，一致對外。作家於「九・一八」事變後，迅速改寫《太平花》非戰主題爲對立雙方共赴國難的主題，可爲此作一補注。作家竭力歌頌的是梁山英雄棄「小忠小義」而全國家民族「大忠大義」，爲國不惜犧牲一切的崇高精神。因此，對方臘的造反、被剿只是略略帶過，從未進行正面描寫，以免分散主要內容的表達與主題的突出。

如果再梳理一下《水滸新傳》中寫到方臘等「賊」的內容，作家的這一寫作意圖也易於理解。全書寫到的相關內容約有十六處，可分爲 4 種情況。1.從朝中奸臣的角度寫的有三處，在書的開端。主要是寫奸臣比較宋江方臘，突出宋江，擔心兩方合流而施調虎離山、自相殘殺之計。後寫到方臘被剿滅。2.從大臣的角度寫的有兩處。一在書的開端部分，寫亳州知府侯蒙上書奏請招服宋江，使之平方臘。是奸臣轉述侯蒙語。侯蒙事有史實根據，見《宋史》。一在書的後部分，寫名將種師中奏請對河北、山東數十股流民爲盜，或撫或剿，不可皇恩浩蕩。3.從梁山英雄的角度寫的有八處。其中有五處簡略介紹河北、山東強人遍地；一處涉及強人首領高托山有數萬之衆；一處寫宋江吳用評方臘造反，只知竊號自尊，不知守備，更不知清君側，若梁山被招安則可平掉方臘；一處寫董平遇強人或殺之，或強人因感梁山名聲而自退。4.客觀描寫的有三處。這三處中有一處祇寫山東河北強盜係烏合之衆；另兩處則另有深意。其一寫強人投效盧俊義：「鄰縣有幾股強盜，各掠集了二三百難民，出沒梁山泊湖汉子裏，聽說臨清縣有盧俊義保守，百姓不曾遭得金人劫掠，便也帶隊前來投效。」（事見第四十四回）其二寫朝廷割讓給金人地方州縣的三種情況：「這些城池，三停的一停，是當地人士推選出忠正士紳來接了文武各衙政事；三停的一停，還有幾個小官鎮守；三停的一停，卻是當地強盜把城池佔領了。這三類守城的，雖說身份不大相同，但他們都有一個認識是相同的，大家都是中國人。「這城池換到中國人手裏，守住便罷休，於今要割讓給異族，城池是中國人的城池，便是有趙官家的詔書，卻也由不得他作主。」（事見第五十一回）

上述十六處內容，無一正面描寫，全係側面介紹。或是借他人之口，或是第三人稱簡述。這種寫法，如同對方臘內容的處理一樣，避免了正面描寫對主題的沖淡。有意味的是，宋江、吳用評方臘造反，從中可以體味出作家的正統觀念。強人聞董平梁山之名而自退，強人投效盧俊義更見梁山抗敵精

神的感召力。特別是對已被朝廷割讓的州縣情況的介紹,將強盜的認識抬高到與官吏、士紳相同的程度,就連皇帝的詔書也被棄之不顧。這些內容,沒有正面描寫,沒有長篇展開,沒有強盜侵害鄉里百姓的隻言片語,沒有自相殘殺,原因只有一個,表現作家迴避內部矛盾,將注意力全都集中於一個目標,即大敵當前,必須一致對外的強烈願望。

張恨水以筆爲利刃,淋漓盡致地表現出作爲舊知識分子品德的可貴,由於受出身經歷與思想意識的局限,因之把抗日救亡的重任不自覺地寄託在當權者身上。反映在小說中則是領導抗金的領袖是國家重臣——張叔夜、李綱、种師道。是這些棟樑於國將不國之際不計個人存亡,苦撐殘局。既要謀劃對敵之策,又要在與投降派的鬥爭中費盡心力,還要安撫參差不齊的各路勤王人馬,解決像梁山隊伍中人員思想不統一等問題。

書中的確大量寫了梁山英雄與其它民眾的抗敵之舉,但以梁山英雄而言,他們的行動是在張叔夜等朝中重臣的統率之下進行的。張叔夜不僅是梁山歸正的引領者,更是梁山勤王、抗敵的指揮者。況且,梁山人馬只是作爲幾支抗敵隊伍的一支人馬,只是張叔夜麾下三軍中的一軍。張叔夜之外尚有种師道、姚古等其它訓練有素的正規部隊。因此,梁山的作用大則大矣但非唯一。而且,在張恨水筆下,是曾出現過民眾自發組織的抗敵隊伍,也將筆墨傾向於時遷等梁山小兄弟、張三李四等「潑皮」、陳東等頗具卓識的書生,但是與張叔夜、李綱、种師道相比,輕重立判,因此作家關注的重心不言自明。時遷等只是作爲民眾的代表反映出全民抗日形勢的廣泛,陳東作爲清醒而具卓識的書生,代表著抗日陣線中不可或缺的中堅分子,但他們只能是張叔夜、李綱、种師道等大臣拯救將亡之國的可依靠力量,而絕非領導力量,兩者間主與次、重與輕自是不可同日而語。

以梁山隊伍組成而言,作家的關注點也是有所區別的。在大頭領與小兄弟之間,是以前者爲主。即使由於作家深深感受到抗日需要團結一切可以團結的人士與力量,寄抗戰勝利的希望於全民族的團結一致,認識到販夫走卒等代表了最廣大最普遍的抗日不可或缺的民眾的力量,在書中不惜筆墨濃墨重彩地表現小兄弟與國爲殉的剛烈之舉;但與大頭領指揮全局,決勝陣前等等相比仍存在作用大與小之分。作家的關注點仍然是在出身貴、官位高、功勞大的大頭領一邊。即如書中重點表現的大頭領中,也可以分明地看出作家的出身與思想意識所帶來的種種與《水滸傳》比較而言形成的差異。宋江是

《水滸傳》中無可非議的一號人物，在《水滸傳》中他雖遲至第十七回才正式出場，但之前開創梁山基業的王倫、宋江捨命相救的梁山第二代首領晁蓋及梁山核心人物吳用，都可視為宋江出場前的陪襯。宋江上山前，梁山事業未見其發達，宋江一上梁山，山寨事業立刻顯現出生機勃勃的形勢。而當晁蓋歸天、宋江名正言順地當了家，梁山的事業就更是在他忠義思想的引領下大發展。在打垮朝廷主要軍事力量後，不「殺上東京，奪了鳥位」，而是竭力謀求招安，「順天」「護國」征遼剿方臘，最終風流雲散。在《水滸新傳》中，全書五大部分裏只有兩部分寫梁山英雄兩次東京勤王，特別是後一次對宋江有較充分的正面描寫，但其仍在張叔夜光環的籠罩之下。究其深層原因不能不令人想到宋江小吏的出身，難擔拯救民族危亡之重任，這恐怕是一個不能否認的原因。舊家庭出身的張恨水，是將救國的希望完全託付在小地主家庭、小吏出身的宋江身上，還是託付在大地主或是大貴族或是名門之後的盧俊義、柴進身上，書中所寫已給了我們明確的回答。

朝中的奸臣與朝外的奸臣之多，禍國之烈，描寫之生動，這也是《水滸新傳》比《水滸傳》又一不同之處。《水滸傳》中蔡京、童貫、高俅、楊戩四大奸臣除高俅外正面描寫並不多。在《水滸新傳》中作為忠義梁山的對立面徽宗朝中的奸臣不僅有上述四大奸臣，還有內侍梁思成、小蔡相公蔡攸、王黼、朱緬等。他們一次次施毒計想滅掉梁山。在欽宗朝中新的奸臣更多，張邦昌、李邦彥、耿南仲、唐恪、聶昌等，形成了與張叔夜、李綱、种師道等忠義主戰派的尖銳對立。而在朝外，「現今河北州郡，十有八九是蔡京、王黼門生故吏，他們一要錢，二怕死」（見第二十五回）。

張恨水為什麼不厭其詳地一再寫出朝中朝外權奸的醜行呢？這與作家在抗戰時期對國民黨政府的不滿，與生活在大後方陪都重慶所耳聞目睹的當政者的種種不僅不利於抗戰，甚至有損於抗戰的行為有直接的關係。我們從這期間寫作的《水滸新傳》等作品的字裏行間可以分明地感受到作家對權奸對時局的滿懷憂憤，和對抗戰勝利所要克服的重重困難的清醒認識。

另外，《水滸新傳》對入侵的金兵除大量描寫其軍容的龐大、軍威的懾人之外，還多方描寫了金兵將的種種殘暴之行與驕橫。與《水滸傳》相比，描寫外寇的內容增多了，直接描寫的分量加大了，寫法上既有正面描寫也有側面描寫，從多個角度立體地表現了外寇入侵使百姓甚至君臣國家蒙受的災難。寫作的目的，是為了激起對敵人的仇恨，堅定抗戰的決心，同時也透露

出投降沒有出路，不抗戰必亡國的嚴重後果。作家的這一寫作目的通過生動的描寫應該說是達到了。

天子形象在《水滸新傳》中也有了新的發展。徽宗形象基本延續了《水滸傳》風流天子的特點而寫，只是程度有所加深，內容有所拓展。而欽宗則顯出一些新意。書中極寫其於金兵逼迫下在戰降兩派中矛盾重重的艱難。作為國家的象徵，欽宗既想保衛社稷，又恐敵勢過大，在左右搖擺中終於割地、賠款、出降、痛悔、被擄等等。欽宗的屈辱實際上代表了國亡的屈辱，作家反覆渲染國破君降的悲慘，意在警世，這比直接寫金兵之禍更具震撼力量。

## 第二節　國家危亡，現大忠大義本色──張叔夜形象重讀

除《水滸傳》外，《宋史》《東都事略》等史籍與成書於清代，反映宋金形勢，歌頌岳飛抗金的通俗小說《說岳全傳》中對張叔夜均有描寫。《宋史》《東都事略》有關張叔夜的文字略同，而以前者豐富。《宋史・張叔夜傳》〔註17〕計有7段文字，主要內容如下：第一段，寫其獻計建西安州消除蘭州羌患。第二段，集中寫其官職陞遷。第三段，寫其使遼，射技驚人，圖其山川、城郭而歸；上書陳革吏弊。第四段，即是眾所週知的，寫其以謀收降宋江等三十六人。第五段，寫其設緩兵之計襲破圍城的群盜。第六第七段，寫其在金人南侵時東京勤王，不擁偽帝，侍君北狩，白溝死節。七段文字中有五段反映了張叔夜的謀略。第六第七段內容成為張恨水《水滸新傳》〔註18〕後半部分情節的主幹。

在清人通俗小說《說岳全傳》中，張叔夜的形象與史傳相比，發生了明顯的變化。《說岳全傳》的相關主要文字如下：

> 卻說河間府節度使張叔夜，聞報失了兩狼關，兀朮率領大兵來取河間府，不覺驚慌，心中暗想：「那陸登何等智謀，不能保全；韓世忠夫婦驍勇異常，況有大炮、『鐵華車』，尚且失守，何況下官？」想定主意，就與眾將士計議：「傳令城上豎起降旗，等金兵到來，權且詐降，以保一府百姓，免受殺戮之慘。等他渡過黃河，各路勤王

〔註17〕宋史・張叔夜傳，北京：中華書局，1982年　月。
〔註18〕張恨水，水滸新傳，哈爾濱：黑龍江人民出版社，1997年8月。

兵來，殺敗兀朮，那時候將兵截其歸路，必擒兀朮也。」〔註19〕

上文張叔夜之詐降概因敵我形勢相差過於懸殊，爲保百姓免遭殺戮，且有施緩兵之計圖後日截金人歸路的打算，決不是眞降。因是大忠臣之「降」，金酋兀朮不僅不許士兵進城，還封張叔夜爲王，這樣張叔夜就達到了救闔府百姓的目的。待迎蒙塵二帝北狩被人罵爲「奸臣」時，張叔夜以死作了剖白：

> ……「我之投降，並非眞心。因見陸登盡節、世忠敗走，力竭詐降，實望主公調齊九省大將殺退番兵，阻其歸路。不想冰凍黃河，又將宗澤、李綱削職爲民。不知主公何故，只信奸臣，以致蒙塵。」說罷，大叫一聲：「臣今不能爲國家出力，偷生在此，亦何益哉！」遂拔劍自刎而死。二帝看見，哭泣而言道：「孤聽了奸臣之言，以致如此。」〔註20〕

按成書時間看，《宋史》在前，《說岳全傳》居中，《水滸新傳》在後。《說岳全傳》受史傳影響實屬必然，只是存在大小與多少不同而已。與《水滸新傳》內容略有關係的是《宋史・張叔夜傳》中第五段寫張施緩兵之計襲破圍城之賊的內容。但二者之異遠大於同。《說岳全傳》在塑造張叔夜形象時，不依史實，另立爐灶，是否與突出中心人物岳飛有關呢？張恨水寫作《水滸新傳》，不僅受史傳影響，同時也受早行於世的《水滸傳》及《說岳全傳》的影響。《水滸新傳・凡例》寫道：「本篇涉及歷史人物，除依據《水滸》原書外，大概採用《宣和遺事》《宋史》《金史》《靖康實錄》……掛一漏萬，勢所必至。然本書是爲《水滸》人物作傳，非作靖康講史，自可原諒。」在是書的「自序」中又寫道：「其初，我想選岳飛、韓世忠兩個作爲主角……而又以《說岳》一書在前，又重複而不易討好未敢下筆。」

同是受史傳內容影響寫出的文字，對同一人物形象的構思與表現卻大不同。《說岳全傳》中的張叔夜，雖因爲免闔府百姓刀兵之禍而詐降，暗圖後日阻斷金人退路，並以自刎昭示自己的良苦用心。但其行事之前有陸登的與城爲殉、韓世忠夫婦的拼死抵抗，相較之下，其詐降之舉終究有虧于忠良之節，存受人指責之瑕。《水滸新傳》中的張叔夜則全無《說岳全傳》中張叔夜的影響，重在表現其大忠大義與識見謀略不凡的特點，大抵是根據史傳與《水滸傳》內容生發、拓展而形成的。這就與《說岳全傳》產生較大的不同。《水滸

---

〔註19〕 〔清〕錢彩等，說岳全傳，上海：上海古籍出版社，1980年 月，143頁。
〔註20〕 〔清〕錢彩等，說岳全傳，上海：上海古籍出版社，1980年 月，158頁。

新傳》是一部傳奇色彩十分濃鬱的小說，其產生的抗日年代與作者呼喚英雄拯救民族危亡的敘事意圖規定了主要人物塑造的理想化，因此，《說岳全傳》中張叔夜的言行在《水滸新傳》中失去了存在的充分理由。作家創作的出發點決定了對史傳內容與《水滸傳》《說岳全傳》的取此捨彼，於是我們感受到的張叔夜便是一位貯滿作家深摯情意，閃爍著耀目光彩的大忠大義形象。

## 一、大智大勇：梁山英雄的側面烘託

從《水滸新傳》全書構思說，梁山英雄的智慧勇猛與忠肝義膽從整體上就是對張叔夜最有力的襯托。讓我們先看一看《水滸傳》〔註21〕中的相關描寫。

在《水滸傳》中，張叔夜作為濟州太守對他的描寫集中於童貫、高俅征剿梁山與陳、宿二太尉招安梁山期間，雖然著墨不多，但其對梁山英雄的理解與對不同出使欽差、不同招安方式等所陳述的意見卻透露出其人的十分清醒、理性、睿智。

對第一次上梁山招安的陳太尉，張叔夜先表態贊成招安之舉，緊接著提醒「太尉到那裏須是陪些和氣，用甜言美語撫恤他眾人。好共歹，只要成全大事」，又以「太尉留個清名於萬古」來安慰鼓舞。為什麼要提醒太尉「陪些和氣」呢？因為「他數內有幾個性如烈火的漢子，倘或一言半語衝撞了他，便壞了大事」。對張叔夜的提醒，蔡太師、高太尉的心腹卻另有一番議論，「太守，你只管教小心和氣，須壞了朝廷綱紀。小輩人常壓著不得一半，若放他頭起，便做模樣」。對此張叔夜勸道，「只好教兩位幹辦不去罷……下官這話，只是要好，恐怕勞而無功」。這次招安果如張叔夜所料，因蔡、高心腹的指手劃腳觸怒英雄，嚇得陳太尉一行人灰溜溜地逃下山寨。對當朝的陳太尉與張牙舞爪的蔡、高心腹，張叔夜敢於勸阻，敢於提出不同看法這已難得。尤為不易的是，在氣焰張天的權臣童貫親征梁山大罵英雄之時，張叔夜仍敢於為水泊好漢爭一言，「雖是山林狂寇，中間多有智謀勇烈之士」；然後鑒於童貫的驕橫預見其必遭敗績而勸道「樞相勿以怒氣自激，引軍長驅；必用良謀，可成功績」，結果遭到童貫的責罵。待到朝臣第三次上梁山，張叔夜對素有賢名的宿太尉的提醒與前又略有不同。先是評價前兩次招安「蓋因不得其人，誤了國家大事」，又讚美宿太尉「必與國家立大功也」。當宿太尉詢問所備上

〔註21〕〔元〕施耐庵，水滸傳，北京：人民文學出版社，1975年10月。

山禮物輕重，張叔夜乘機闡述個人看法。這可分幾層意思：一層，肯定英雄不重禮物，而「圖忠義報國，揚名後代」；二層，婉惜宿太尉未能早來，致使「國家損兵折將，虛耗了錢糧」；三層，推斷招安英雄的結果，「此一夥義士歸降之後，必與朝廷建功立業」。當張叔夜受宿太尉委派親赴梁山以招安之喜信相告，宋江以酒食與金銀相謝，張叔夜拒而有禮有理：「深感義士厚意」，表示感激理解；「且留於大寨，卻來請領，未爲晚矣」，事未成先受金銀不合情理，卻之又恐拂人之美意，故言先留寨中，意爲事成之後再來領受，也不爲晚。待陪侍宿太尉成招安之舉，宋江「堅執奉承」，張叔夜「才肯收納」金銀。緊接著，梁山英雄離山赴京路過濟州，張叔夜即「設筵宴，管待眾義士，賞勞三軍人馬」，推斷之，所受金銀當用於此。

在《水滸新傳》中，張叔夜的形象描寫不同於《水滸傳》中的神龍見首不見尾，而是濃墨重彩地全方位展現。降服盧俊義勸導梁山歸正的是他，派盧俊義北上牽制敵人的是他，率梁山英雄東京勤王的是他，肩負衛護東京城防的有他，隨被擄二帝北狩盡忠死節的唯他。張叔夜不僅是貫穿全書始終的重要人物，更是超越了小忠小義閃耀著大忠大義光芒的理想人物。對張叔夜形象的刻畫，作家也極盡筆墨之變化，不唯有較全面的正面展現，烘雲托月式的側面描寫也遍佈全書。特別是張叔夜出場前一而再再而三地從不同角度對他進行渲染，造成了實爲神秘的氣氛。

一是第三回，以朝中巨賊小蔡相公蔡攸、太尉高俅、太宰王黼密謀，害怕方臘北進金陵，宋江南下徐州海州，兩方合流難以剿滅，暗寓張叔夜據海州的重要，並伏張叔夜降服盧俊義、成就招安梁山之偉業。二是第八回，盧俊義邀被俘的張叔夜部下上梁山共聚大義，其人以在張叔夜這位頂天立地奇男子手下人生不枉相拒。盧俊義以金銀相贈，被其以「君子愛人以德……若把金帛來表頭領相愛，便是把交情看淺了」拒之；然以每位頭領回敬三大碗酒相謝。接著，勸英雄勿陷草莽，贊許張叔夜兵強馬壯，有愛惜梁山英雄之意。這是以張叔夜手下對張叔夜的贊服，重情義輕金銀的豪氣，對盧俊義的勸誘等幾方面的不俗表現烘託張叔夜之不凡。遠遠寫來，先敷一筆，反增張叔夜的神秘。三是第九回，以張叔夜治下百姓的安居樂業來烘託。先寫酒肆過賣說張叔夜治下「眞是夜不閉戶，晚間照常行路」，重農耕，禁殺牛，酒肆因之沒有牛肉，農閒訓百姓習武。因此「一來地方上沒有盜賊，二來他一清如水，手下沒有一個胥吏敢向老百姓訛索錢財，三來他肯和百姓分憂」，所以

「全州老百姓都敬愛他」。再以巡查士兵盤問吳用、燕青，兩人的謹慎應對側寫。再以海州市井的繁華，商家都不欺人，校場操練人馬之嚴整側寫。以上是張叔夜出場前層層疊疊的再三烘託。

從全書人物形象之間的關係看，梁山英雄的智勇與忠肝義膽，朝內外奸臣的陰險、卑劣、怯懦等對張叔夜都從不同角度起到了強有力的烘託。

軍師吳用在《水滸傳》中端的是有神鬼不測之機，可在與張叔夜伐謀中屢屢被困得手足無措：「在馬上拍鞍長歎道：『張叔夜畢竟不錯。吳某自劫生辰綱以來，沒有一次失算，這番卻著了他的道兒。後有追兵，前無去路，卻是怎處？」橫行天下的梁山隊伍「雖是排立了陣式站在海灘上，看看兒郎們個個愁眉苦臉，精神不振」。就連棍棒天下無對的玉麒麟盧俊義在與張叔夜單騎交戰前也不覺悲歎道：「我兄弟為富貴患難之交，今晚且盡一醉，說不定我兄弟要永訣了」。陣前，盧俊義、張叔夜對答中，盧對梁山兄弟的小忠小義不敵張對社稷君王的大忠大義；生死相搏時，占山為王的草莽英雄盧被縛於赤心報國封疆大員張的馬前。（見第九至第十二回）被俘，引出梁山歸正，金兵入寇而北上抗敵——盧俊義一步步成為精忠報國的忠義英雄。宋公明率眾招安，得遂心願，重獲新生，「幾十株杏花，開得像一叢火雲，不啻架起的一座彩牌坊來恭送」。景襯人心，尤襯張叔夜殷殷相待之德（見第十二回）。梁山英雄兩次東京勤王，與金兵血戰朱仙鎮，九千人破敵三萬，兄弟死傷慘重，最終城破國亡英雄凋零殆盡而無半點悔意。關勝、呼延灼九死一生得存性命，聞張叔夜靈厝於古廟，即備辦牲禮往奠，「張相公雖是身後蕭條，卻落個匹夫匹婦皆知，也不枉了」。這些都是對張叔夜的烘託。因上述內容在其它部分均有較詳細的表述，此估不細述。

下面僅以最能細緻表現盧俊義吳用、張叔夜雙方斗智鬥勇，梁山英雄起烘託作用的一例來看，即張叔夜針對盧俊義進逼海州，吳用、燕青為細作所採取的一步步措施。張叔夜不僅準確推斷出吳用的來歷、燕青的武藝、盧俊義的布置，而且巧施反客為主之計，驚退了攻城的梁山軍，燒毀了盧俊義於海上來去所憑依的戰船，斷其歸路，並逼迫其退守於一個左右無依的小村莊，最終雪中大戰擒捉盧俊義，促其降服。這一過程大概可分為以下七個步驟逐步實施的。（見第十回）

第一步，張叔夜在演武廳上看見吳用、燕青頻頻窺視，「好生可疑」，便囑人「改了便裝，悄悄的跟在後面，且聽他們說些什麼」。第二步，來人報告

吳用、燕青的口音與所說的話後，張囑其「不要露出痕跡」「你且緊緊跟了他」。第三步，來人報告吳、燕兩人「滿城張望。生理人打扮，卻不作生理」，張又囑其「你且暗中通知店家，多多和他閒話，他說甚言語，都來回報我」。第四步，跟蹤人報告吳、燕可疑之處後，欲將他們捕捉，對此張叔夜另有安排，「這兩人越是可疑，卻越不能捕他」，恐驚散餘黨，目的是放長線釣大魚。並囑人跟定吳、燕，任其來去自由。第五步，張叔夜判定來者是梁山賊寇，並指認其一為軍師吳用，其一武藝必然了得。並一一道出原因：朝廷曾發梁山為首一百餘人「畫影圖形」，那兩人在演武廳外形跡可疑，跟蹤發現行蹤詭秘，兩次住店姓名籍貫不符，自道是生意人卻不做生意，而是滿城張望。拿梁山賊首圖形一看，其中一個和吳用相像，而且這人是濟州口音。還因曾接到密報說梁山賊人襲了沂州後不知去向，此時發現這兩人，推測必是梁山要順便劫掠海州。沂州距海州幾百里，一點沒有梁山來攻消息，所以斷定必是乘船泛海而來。不捉兩人恐打草驚蛇。這裏「悄悄地按下個牢籠，把他們引進來，都給捕捉了」。然後安排人馬備戰。第六步，藏於海船上的梁山軍撲上岸來，探子急報要關城門防賊；張叔夜胸有成竹，毫無驚慌，「我自有計……教他休想一個人回去」，然後調兵遣將。第七步，梁山兵夜圍海州城，張叔夜突然出現，「無知匹夫，已入死地……你趕快撤退，我城外伏兵，已經殺來了」。結果梁山軍被張叔夜伏兵追殺至海邊，船已被燒，退路已斷。「梁山兵馬威震天下，不想今日敗在張叔夜手裏」。這七個步驟一步緊扣一步，步步相生，使張叔夜的神機妙算顯露無遺。吳用號稱智多星，梁山軍橫行天下，盧俊義棍棒無對，但人外有人天外有天，強中更有強中手，他們均被張叔夜輕輕巧巧收於彀中。

另外，張叔夜兩子與部將的忠孝言行，對張叔夜也是有力的襯托。張伯奮、張仲雄聞父親被執，獨赴金營請與父親同死；張叔夜部將梁志忠、梁志孝兄弟感張氏父子忠義也願與之死在一處。對此，「金國將士，看到他四人這般言行，各人臉上都現出了敬佩之色」，敵酋道，「我卻佩服你孝思」，並對張叔夜以美食款待。（事見第六十七回）東京城破之時，金使對張叔夜不僅不敢非禮，而是恭敬有加：「相公恕罪則個。向來聽說閣下是南朝一位元老，早已欽慕，決非有心辱沒閣下。」（見第六十四回）兇殘的敵人對張叔夜的恭敬禮待，恐怕是最能說明張叔夜的影響與感召力。

## 二、社稷良臣：與奸臣之間的比較

除了梁山英雄、張氏兄弟及其部將、敵人之外，徽宗天子周圍的群小蔡京父子、高俅、童貫、王黼等，與張叔夜並列於朝的投降派李邦彥，散佈於州縣臨敵逃脫的軟弱守官王知州、媚敵獻策洩露軍機的水知寨，不思報主反臨朝稱君的金人兒皇帝張邦昌之流等等，對赤心報國的張叔夜也是另一種形式的烘託，不過是從反面而已。

張叔夜與朝內外奸臣的對比有的是在重大問題上形成尖銳矛盾，即直接對比；有的是表現在所率領下的梁山英雄與奸臣形成的尖銳矛盾，即與奸臣的間接對比。

首先，在對待招安梁山的問題上，朝中當政者蔡家父子、高俅、王黼是必欲置梁山英雄死地而後快，密謀施調虎離山之計，引宋江方臘火拼，收漁人之利。其謀事的出發點與落腳處是爲己爲私，何曾以社稷爲重。（見第三回）而處江湖之遠，偏守一隅的地方官張叔夜則大不同，識見超乎尋常，深具遠見卓識。沿《水滸傳》的基調，張叔夜對梁山英雄是惺惺相惜。由遠及近寫來。先由其部下口中說出張叔夜對梁山英雄的態度，「張知州愛惜梁山泊頭領裏面不少英雄」。梁山軍夜圍海州城失敗，張叔夜懷收降之心而僅斷其歸路，圍困之。先道兩軍形勢：梁山軍已入死地，海州三萬人對梁山三千人，就是軍師吳用在已無用，然後勸降。當棍棒天下無對的盧俊義提出與之單騎決勝負的挑戰時，張叔夜爽然應答，必欲收降梁山，故而要「殺得你心服口服」。在盧俊義被縛於馬前，張叔夜又以鴻毛泰山比人之死，勸盧惜豪傑之名，洗賊首之跡，以情感之，以理服之。梁山英雄一百單八同生死，盧俊義「豈能獨自投降，賣友求榮」，對此小忠小義，張叔夜以對國家的大忠大義說服盧俊義的「招降三不可」：招安梁山，你等正是求仁得仁，何言賣友；寬待你等正要引全寨來降，宋江若不來則失信於內外，你不負宋江；朝中權奸不能阻我堂堂正正招安你們，招安你等正爲天下惜才，使英雄爲國效勞，有用武之地。並折箭爲誓，放回盧俊義。還擔保「申奏朝廷，爲各位洗冤。樞密院那裏，但有半個字是非，本州當以去就相爭」。在給宋江的信中再次以理曉之：首先辨梁山之忠義與爲國之忠義之別；次言事君者爲國薦賢，愛友者成人之美，借己之手兩全之之樂；再辨游俠以武犯禁者墨翟、魯仲連、張良、蕭和之與國有益和荊柯、聶政之與國無益之不同；再析大忠大義無過於愛國愛民；最後設誓，保全英雄，原因是天下多事，非僅爲惺惺相惜。在這般勸說下，梁

山英雄「一來……趁此千載一時機會，了卻平生心願；二來顧全了我兄弟同生同死的誓言……三來難得張知州這番義氣，我等不可辜負了他」，（以上見第十一、十二回）走下山寨，歸順了張叔夜。徽宗聽到此信「益發可喜……赦免宋江百零八人之罪，撥在海州張叔夜部下」（見第十三回），張叔夜並保奏宋、盧等個個任職。

《水滸新傳》是從盧俊義驚噩夢續起，自然沒有兩嬴童貫三敗高俅，招安三次而成功的內容，但我們可以將《水滸新傳》與《水滸傳》兩相對比。如果沒有張叔夜在多事之秋爲國惜才的卓識，也就不會有爲英雄尋出路的一步步措施，也就不會有成功招安梁山，自然也不可能有英雄爲國效命的悲壯之舉。張叔夜的人格魅力在招安過程中起了決定性作用。如果僅僅憑武功相對，必致魚死網破；如果沒有循循誘導，也不會使英雄心服口服。在對待梁山招安這個敏感的問題上，權奸之奸之毒之鄙，與忠良之賢之忠之能，鮮明對立，作家以此貶奸褒忠，滿懷深沉的感情與冷靜的思考。

其次，在對待梁山英雄東京勤王的問題上，張叔夜與奸佞間也形成鮮明的比較。第一次東京勤王，張叔夜派出了關勝等十八人。他們與早在東京的魯智深、史進等爲突破金人對都城的重重包圍，打擊敵人的囂張氣焰，爲解救輕敵被困的宋軍立下汗馬功勞。第二次東京勤王，張叔夜是率領梁山所有英雄，並委派梁山爲先鋒，託以重任。「宋統制，你所部是第三軍，若依次序，須是張伯奮充任前站。但我懂得你意，必是想借了這機會，自表白於天下。」「我自信得過你。」（見第五十六回）然而奸佞則是另一番表現。「唯有梁山人物，最能興風作浪，東京城裏斷容不得……圍城之內，卻是容不得許多不法之徒。」（見第四十二回）「於今受了招安，雖得張相公格外愛護，但是上自趙官家，下至州縣裏那些緝捕觀察都頭，都還看著我們是梁山餘孽，野性難馴……」（見第五十六回）以上是轉述奸佞對梁山人物的看法。書中還有正面描寫。東京第一次被圍剛剛解除，奸佞便有下面這番惡毒之想：要「將宋江、盧俊義這般人，免除官職，解甲歸田，先絕了那不肖之徒作非分之想……這些人狼子野心，哪會效忠朝廷？於今盧俊義鎮守在大名，有兵有將有城有糧，又是形勝之地，卻是放縱不得……幾十名舊日匪首，並無朝命，都群集在那裏，是何居心？」不僅將英雄血灑東京城下，在北地以孤弱之旅抗擊金兵的忠肝義膽一筆勾銷，並亂加猜忌，惡毒詆毀。之後，還將英雄支持太學士伏闕請願，喚起民眾說成是「勾結太學生……糾合民眾，震驚宮闕」，因此

進讒：「在皇城之中，他們如此猖狂，如今教他們嘯聚在大名，都是朝廷心腹之患。」（以上見第五十二回）在此情形下，朝廷不顧梁山英雄在北地已創建抗敵根據地的大好形勢——「現今盧都統在濟州、大名之間，監視了金兵後路，那正是軍事上得力處，若教他損折了，大大可惜。」（東京守將馬忠語，見第四十二回）——罷免了北上抗敵立下莫大之功的盧俊義等所有人官職，命盧、關等回張叔夜處聽命。在事件過程中欽宗天子也知「東京解圍之日，這些人卻是有功」，但奸佞之議「卻是打動了欽宗心事」——對梁山英雄並未放心，因此欽宗便將英雄們罷了官。「李綱社稷之臣，兀自聽了議和文臣言語，把他貶了，如何會愛惜了盧俊義、關勝這些起自草莽的小官。」（見第五十二回）真是臣是奸臣，君是昏君。不僅如此，在奸佞昏君行事之前，作為守衛東京的大將馬忠，在金兵退後，對關勝、魯智深等驟下逐客之令：「現金兵退去……某將託足何處，兀自不可知，所以今日此會，也可說是與諸位餞行。」「大家自到馬忠帳下投效以來，將帥相處十分歡洽……一番熱鬧，恁地結束，卻是出於意料，面色都有些變動。」這真大出英雄意外。忠臣尚且如此，何況其它。由此更襯托出張叔夜對梁山英雄惜之、信之、愛之的難能可貴。（以上見第四十二回）

再次，在宋金戰和問題上，張叔夜與奸佞也形成鮮明比照。戰事初起張叔夜即派盧俊義等十位英雄北上抗敵，大大拖住了金兵，減輕了都城與北部的壓力；盧等並在敵後建立了根據地，使敵不敢貿然南進，有後顧之憂。第一次東京被圍，張叔夜派關勝等十八人馳援，為解城圍建立汗馬功勞。第二次東京被圍，張叔夜率全軍北上勤王，朱仙鎮大破敵騎，打破了京城包圍圈，為打敗敵人創造了有利條件。這幾次重大軍事行動，張叔夜無論是參加與否都是在他的親自籌劃部署指揮下進行的，梁山英雄種種可歌可泣的功業實際上歌頌的都是張叔夜。與此相對，在戰和問題上，奸佞表現出的則是種種醜行。奸佞「晝夜鼓動聖上遷都南下，汴京兀自顧不得」，徽宗便「帶了蔡太師、少太師、童大王、王太輔到亳州去了，不久還要渡江到金陵去」，（見第三十二回）而且奸佞的家眷也因倉皇南逃，射人奪路。因此引出梁山英雄歷數童貫之惡：「他執掌兵權二十年上下，封為廣陽郡王，金人南侵，他是三路大軍的統帥，應當大小戰一場，也不枉官家優容他一生。不想金兵還在關外，他便棄了太原，逃回東京……也不認罪，卻慫恿了皇上禪位，一同南下……只怕逃走不快……在大路上射死不少人。」（見第三十二回）

在第一次戰和衝突時，張叔夜雖未在朝與奸佞直接對立，然有關勝、魯智深等梁山英雄在東京的血戰，忠奸仍形成對照。因為「李邦彥、張邦昌諸公，要顧全一身榮華富貴，力主和議」，所以「求和之使，自金兵渡河之日起，正是不絕於途」。金人強橫逼宋室稱侄、賠款並割北地三鎮，這樣京城便失去屏障。對此要求，奸佞李邦彥卻道：「只要北國退兵，這些小節，聖上無不樂從。」「陛下若依了金兵議款，讓他們早早退去，卻也耳目清靜。」（見第三十七回）割地賠款事關國體，連降金的遼人尚知「君王莫聽捐燕議，一寸山河一寸金」（見第十五回），而奸佞卻把這般大事當作「小節」看待，目的竟然是為了「耳目清靜」，真真令人髮指。第二次東京被圍，張叔夜是率部北上勤王，梁山英雄傷亡慘重，耿南仲、張邦昌等奸佞卻為保全個人富貴「都說只要肯割地，金兵便不會來」，（見第六十二回）根本不把國家放在心上。

在是否駕幸南陽與神甲兵問題上，張叔夜與庸臣也形成對照。張叔夜審時度勢，力主欽宗「駕幸南陽……乃是萬全之策」，因「敵我眾寡懸殊，守城不易」「出城尚有一半生機，於今困守京城……卻是一半生機也無」。形勢已不同於金人第一次圍東京時宋軍兵強馬壯可以據守。但庸臣何栗、孫傅「只是兩個書呆，全不識得世情輕重」，反質問張叔夜，「你有何力量保證可以護駕到南陽，若萬一有了差錯，我等作臣子的，恐怕萬死莫贖」。（見第六十四回）又是這個庸臣孫傅偏信術士郭京六甲神兵可以退敵。對此，張叔夜是斷然表示：「老夫讀書數十年，廝殺了半生，卻不曾聽說有恁般六甲神兵？」（見第六十三回）囑咐親子道：「我看郭京這人是個市井無賴，本無心出戰……他迫不得已……他能退敵便罷，如有逃脫之意，你可先斬這廝，以安軍心。」（見第六十四回）事情果如張叔夜所料，豈有神兵能救國，郭京強撤城上守兵私開城門，致令金兵搶入，使東京城破於一旦。

其次，在對待天子的問題上，張叔夜與奸佞也形成了鮮明的對照。君恩深似海，臣節重如山。對待國君的態度最能判別忠奸立場。作為大忠大義的英雄，張叔夜的忠烈言行全面體現了一心為天子的社稷良臣國之棟樑的境界。招降梁山是為了「現今政治不修，四塞多事，正須結合有心人努力王室」，（見第十二回）派盧俊義等北上抗敵、兩次東京勤王，都是為了報效君王。侍君赴敵營，以忠烈之舉屈敵之兵，以義正嚴辭拒絕擁立僞帝，最後伴徽欽二帝北狩，至白溝國界自我了結，以死表白忠良心跡，昭示日月，都是為了家國君王。（具體見後文詳表）與張叔夜可與山河同不朽的忠烈之舉相反的則

是奸佞張邦昌棄君王於不顧，甘做金人兒皇帝的卑劣行徑。爲了登極坐殿，張邦昌逼殺不肯擁戴的大臣，逼殺宋公明，逼迫宋天子與幾乎所有宗室數千人北徙，將宋家天下毀於一旦。「趙氏王公妃嬪，不問親疏老幼……魚貫而行……老百姓看到，一來覺得是中原之恥，二來起了憐憫之心……老百姓哭，趙家宗室更哭……真個是哭震全城。」（見第六十七回）

另外，張叔夜麾下北上抗敵的盧俊義的苦撐危局與北部州縣官「非逃即降」也可看成張叔夜與奸佞的間接對比。北上的十位英雄中董平、柴進、宣贊、郝思文等血染沙場，而負有守土之責的州縣地方官卻是「現今河北州郡，十有八九是蔡京、王黼門生故吏，他們一要錢，二怕死。若有錢用，又不見有甚事要了他性命時，忠孝仁義，一般地說得嘴響」。（見第二十五回）如臨敵的雄州王知州「這位相公是童大王手下門客，只懂得吹彈歌唱。至多也不過會製兩套曲子，懂得甚軍事」，（見第十七回）臨敵畏縮，只知搜刮民財，最後棄城而去。滄州知州係太宰「王黼本家兄弟，在滄州多年，掙了不少金銀」，（見第二十回）一再乞求柴進放其妻、子南逃，後投敵獻城，終被斬於馬下。更有一個滄州水知寨，對金酋獻妻求媚，泄露軍機，致令宋軍遭到重創。第二十八回寫天子宗室負責北部軍事的大名府知州趙野言清行濁，在「知道金兵已到境外百里，便棄城逃走了」等等。這些地方官「不但辜負朝廷，卻也丟盡中原人顏面」，（見第二十八回）沒有一人慷慨赴敵，沒有一人血灑疆場，只現出一副副可憐相，一副副搖尾乞憐相，更加鮮明地反襯出張叔夜與其領導下的抗敵英雄的大不凡。

## 三、大忠大義：危亡之際現英雄本色

表現張叔夜的謀略與遠見卓識是整部書前半部的一個重點，而展示其大忠大義化爲爲國不惜一切的忠烈之行則是全書後半部分感人肺腑的精彩內容。小說是按時間順序描寫了張叔夜在東京城破前、城破後、盡忠死節三個階段的言行。（見第六十四回至第六十六回）

衛護京城關乎社稷存亡，可是昏聵的欽宗卻聽信妖言，認爲江湖騙子郭京的六甲神兵可以退敵。而且，城防之責分派幾人承擔，張叔夜難以統一號令，也給郭京之流以可乘之機。對郭京要求撤下城上守兵，神兵才能出城的一派胡言，張叔夜是寸步不讓，「國家存亡大事，不能當作兒戲」。對這位聖上的寵臣張叔夜看得清清楚楚：「我看郭京這人是個市井無賴……他能退敵便

罷，如有逃脫之意，你可先斬這廝，以安軍心。」張叔夜是以社稷爲重的大忠義，不完全是對皇上的愚忠，因之才會有這樣的果決之議，爲的是「休教他壞了大事」。

大敵壓境大戰迫在眉睫，張叔夜憂心忡忡。小說以環境烘託張叔夜的心境，「抬頭仰觀天空，霜風由臉上吹過，有如刀刮……天也怕看這危城了……更樓裏一兩星燈火，慘淡不明，不覺長歎了一聲」。張叔夜憂心的恐怕不只是敵兵的臨城，更有宋營內號令的不一，君臣的異志吧。作爲赤心衛護國家的重臣，張叔夜深感形勢的危急，因此對參見的盧俊義、關勝訓示道，「事已至此，我也無甚方略。二位將軍可轉告宋將軍，好好把守每個城垛，死一兵，再上去一兵，死一將，再上去一將，全軍戰死爲止」，還嚴切命令，「若無本帥將令，或聖上聖旨，休管他們如何制止，你們只管廝殺。城戰也好，巷戰也好，都是如此」。看來張叔夜已做好了城破死拼的最後打算。張叔夜對部下的訓示是這樣果決，對親子張伯奮、張仲雄的訓誡更爲不同，「正色道……國家存亡，在此一舉，爲將在今日非可一死了事，必須掙扎了最後一分力氣，替社稷保一線生機」。他已預見到鏖戰的殘酷，因之對親子交代了後事，「萬一無望，這宣化門上，便是我自了斷之所。有我盡忠，你二人不必便死，當脫身南下，作將來報仇雪恥之計」。他想的是如何盡忠報國，想的是如何留下報仇雪恥之人，完全沒有爲個人計。但作爲親子，面對老父以死節囑以後事，豈能平靜對之，「兩公子聽了這番言語，不覺臉上變色，垂下淚來」。見此，張叔夜「喝道」──而非「說道」：「今日何日，還作恁般兒女態嗎？論私，你是我兒子，論公，你是我部屬，爲將者對統帥垂淚，成何體統！」「兩公子聽了，便收了淚容，正色立著。」忠正之氣直貫斗牛，充塞天地。張叔夜與張氏兩公子雖身爲帥與將，但先是父與子，兩種身份交錯爲一體，實不可分開。張叔夜的交代後事，雖出於爲家國社稷計，然其中也飽含著老父對親子的重託。對梁山英雄的訓示與此大爲不同。對梁山英雄，張叔夜只以死戰相命，身後事隻字未提。於此見出老父的拳拳之心。兩公子垂淚，實出於對老父的眷眷之情。但張叔夜卻「喝道」，以示警示、鄭重，並以國事誡訓，將私置之度外。兩公子便收淚，並「正色立著」。真是父爲忠臣，子爲孝子，忠良一門，感天動地。

小說在城破後這一部分對張叔夜的描寫主要寫了他的六次哭。

作爲父親和肩負守城重擔的大臣，張叔夜剛剛訓誡兒子不能流淚，但在

城破之際，眼看社稷將毀於一旦，不禁痛徹肺腑：

> 丟了手中槍，頓腳大哭道：「朝廷不聽我言，果有今日，我守土有責，於今城池失陷，我何面目見天下人？」

並「拔出腰間佩劍，便要向頸脖子上抹去」。張叔夜痛哭並欲自刎，首先是因為「果有今日」之社稷不保，國之傾亡，其次才是痛感自己未能盡「守土」之責，並欲以自刎來渲泄這種複雜的心情。丈夫有淚不輕彈，只緣未到痛心時。張叔夜不因父子生離死別流淚，而為城破國亡「頓腳大哭」，留給人的不僅不是他訓誡親子時說的「兒女態」，反而是以身許國，與家國社稷同呼吸共命運齊存亡的忠良印象。可以想見，一位白髮滿頭老淚縱橫頓足捶胸者的痛楚是多麼深入五內。這是張叔夜六「哭」的第一「哭」。

城破後，金邦議和之使入城，欽宗命張叔夜傳口諭，因此張叔夜與宋江相會於城下：

> 一躍下馬，執住宋江手，放聲大哭，因道：「公明，不想一場勤王大舉，如此了結。我身擔國家重託，不能保守京城，有何面目見天下人，有愧你梁山兄弟多矣！」說著頓腳大哭。

見到被自己招安引上正途的梁山兄弟，張叔夜的心情怎能平靜。招安梁山，費了多少周折不算，在多事之秋，能為國家招服這許多英雄共謀大業，共彌內憂外患，這是張叔夜這位國之棟樑的心願。然而，大業未舉，梁山英雄為勤王熱血潑灑朱仙鎮等等犧牲卻因京城被破而煙消雲散。作為梁山的知音，作為梁山的精神領袖，作為梁山的統帥，張叔夜禁不住「放聲大哭」。張叔夜的哭，首先也是因城破國亡，其次才是痛責自己，有負天下，有負梁山，而且再一次「頓腳大哭」。這是張叔夜六「哭」的第二「哭」、第三「哭」。

張叔夜宣口諭，命宋江等退城，張、宋分析議和之後的形勢，宋江認為金人議和是因為「金兵兀自有幾分怕我」，待固守兩三個月，援軍一到，金人必然自退——

> 這話觸動了張叔夜傷心之處，又頓足大哭。

張叔夜的「頓足大哭」其「傷心之處」，是因為「我」方形勢尚未不可收拾，不唯宋江等認為有實力據守，就是金人議和，也是因為「兀自有幾分怕我」，而且還有援軍可待。然而所有這一切已不可能。作為守土之將，有能力而不得施展，眼睜睜看著城破，金人趾高氣揚，皇帝唯唯諾諾，宗廟毀於一旦，故而又「頓足大哭」。其「傷心之處」，不為己，全為國家。這是張叔夜

六「哭」的第四「哭」。

金宋議和後，金人要遣散梁山人馬，又恐梁山不服，張叔夜乘便提出面見宋江以施計。他要宋江調動一部分將領，混出城去自投出路，以爲國報仇。關勝、盧俊義等以兄弟「誓同生死……但上有相公，下有保御使（指宋江，引文者注）都在東京，捨此明主，不與共同生死」「便是難免一死，國亡城破，也義所應當」相辭。這番話——

> 說得張叔夜義形於色，卻落下幾點淚來，因道：「國運如此，眞是埋沒你們周身本領與一腔義氣……老夫至此，肝腸寸斷，也不能多有言語。只望你等上體蒙塵二帝之苦心，下念蒼生求解倒懸之危急吧。」說畢，起身挽了宋江衣袖，眼望殿上眾將道：「自海州相見以來，蒙各位不以老夫爲可棄，共同甘苦，八年於茲。不想奸臣誤國，陷害君上，卻教我們怎地結果！」說畢，頓腳號啕大哭。各將領見了張叔夜蒼白長鬚上，淚珠牽線般滴著，各各都灑下一把英雄之淚。張叔夜見大家如此，突然又忍住了眼淚，望了大家道：「老夫傷心已極，每每提到國事，就不免落一把眼淚。大丈夫生當國難，只有轟轟烈烈作一番事業，生就成功，死就成仁，動不動揮一把眼淚，實在老大笑話。各位將軍正在盛年，卻莫學老夫摸樣。」說畢，正了顏色走去。

張叔夜的這兩次「哭」，前一次也是首先因國事不可挽回，其次才是爲英雄埋沒。之後的勸說雖針對的是梁山英雄，但也以君王與蒼生爲中心。後一次「哭」以憶舊起，述其八年來與梁山英雄同甘苦，一轉而斥奸臣誤國，終使「我們怎地結果」。訴說是由遠及近，逐步推出中心——「怎地結果」，即是奸臣誤國，忠良沒有支撐起傾覆大廈的機會，英雄義士的血白白地流淌。而且，這次「哭」與前相同的是「頓腳」「大哭」，不同的是「號啕」之「哭」，程度更深說明痛楚更切。痛哭之後，張叔夜道出衷曲，是因國事「傷心已極」。然而看見眾將皆淚，恐渙散鬥志，又當機一轉，痛陳大丈夫生當國難應幹大事，生成功死成仁，而不能以淚洗面，以此告誡梁山英雄。說完，是「正了顏色」走去，又恢復了國之重臣軍之良帥的風神氣度。這是張叔夜六「哭」的第五「哭」、第六「哭」。

小說寫張叔夜由訓誡親子落淚始，到告誡梁山英雄大丈夫當爲國成功成仁，「莫學老夫模樣」結束，中間描寫了他的六「哭」。這六「哭」沒有一次

是因為個人，全都是為國事不可為，痛惜未盡守土之責。就是與他親手招安引上為國效忠正路的梁山英雄之哭，也不是為某一個人，而是為梁山英雄的命運與國家的存亡緊緊地交結在一起，為他自己與梁山英雄與國家共存共亡的關係。哭，乃忠良面對國破之危高尚感情的不可抑制；誠哭，同樣是忠良面對國破之危高尚感情的別一種表現。誠哭，突顯的是張叔夜作為國之重臣理性的一面；哭，則突顯的是張叔夜作為普通人的感性的一面。二者其同鑄就成張叔夜國難中光輝的大忠義形象。

對宋江等英雄，張叔夜是一而再地「頓腳大哭」，而對敵人，張叔夜則是正氣凜然，敢於以死爭禮。小說第六十五回，寫欽宗被逼親赴金營議和，「……降表，用黃綾子包了，背在身上。免除了鑾駕儀仗，只騎了一匹素馬出城」。欽宗聽到金人譏笑，「心中暗忖，一朝天子，落到如此，卻是不如死了也罷休」。倍侍在旁的張叔夜見此——

已趕向前，緊傍馬頭而走，見欽宗垂了眼皮，面如死灰，便低聲道：「陛下放心，有臣在此。若有人敢侮辱陛下，臣以頸血相濺。」

金使臣見欽宗已到，大聲叫道：「已到金營，南朝皇帝既是來遞降表，如何還坐在馬上？」對此，張叔夜怒火中燒，大叫道：

王訥，你如何恁地無禮？南北兩國，既然議和言好，我君還是一國之主。你家元帥，也是人臣，不爭叫我國之君，步行來見？老夫雖老，還可以流血五步。

之後，張叔夜見欽宗「坐在馬鞍上搖搖欲倒，也就不再扶他上馬，便緊緊傍依了他，緩步向前。那王訥見他怒目而視，倒也下了馬，在前步行引路」。

國君出降，奇恥大辱，只有忠直之臣七八人相隨，張叔夜更是緊侍左右。深入敵營，「長槍如林立，大刀如湧雪」，欽宗膽戰心驚搖搖欲倒。張叔夜先以個人敢死相激勵，待金使見逼，張叔夜馬上以無禮相責，並以血濺五步相抗。氣焰囂張的金使被張叔夜忠正之氣所懾，反倒下了馬，並在前步行引路。這一段，極寫金人的軍容強盛，金使的無禮，金酋的張狂，宋天子的懦弱，與張叔夜的凜然正氣。在強烈對比中，金人與欽宗，金人與張叔夜，欽宗與張叔夜形成巨大反差。金人愈驕橫，欽宗愈懦弱，反襯出張叔夜以死侍君，以死爭禮的難能可貴。

小說對張叔夜最後一次描寫是以補敘的方式，表現他不擁偽帝，盡節而終的經過。（見第六十七回）

金人一邊擄徽、欽二帝及三千餘趙氏王公妃嬪北歸，一邊議立原舊臣、漢奸張邦昌爲兒皇帝以安撫中原。金人明白，這樣的大事，沒有幾個名臣出面不足以號召天下，便騙張叔夜到金營逼其擁立僞帝。

請看金酋與張叔夜的對話。金酋勸道：

> 有幾個文臣不肯署狀，都把他殺了。我公年老，大家何必與他們一般，落個身首異處？張叔夜便挺了胸脯子，正著臉色道：「老夫深受國恩，國亡君辱，死所應當。貴元帥如要見殺，就請從速。」黏沒喝（金酋，引文者注）道：「趙氏已不足爲，我公還這樣執迷不悟？」張叔夜昂首哈哈大笑道：「是我執迷不悟嗎？假使有一天，南朝殺進你們金邦，劫去你家君主，你貴爲元帥的人，還是像老夫這樣一般執迷不悟呢，還是像張邦昌一樣，將大金雙手獻給南朝呢？」

金酋先以死相恐嚇，然後以年老勸張叔夜不可與被殺者一般。張叔夜在回答前先挺胸，再正了臉色，然後就金酋的以死相逼對之以國亡君辱，忠良死所當然，求之速死。金酋見相逼不成，轉勸張叔夜趙氏已不可爲，不應執迷不悟。對此，張叔夜一反常態，昂首大笑，先詰問金酋，然後推己及人，爲金酋設身處地，自然得出結論。反說得金酋「沒得話說」。這段描寫，金酋的氣焰是一步步衰減而至熄滅；張叔夜是視死如歸，反而心中坦然，老淚橫流之態全無，卻是昂首大笑，辭鋒銳利而有理有節，將金酋駁得無言以對。

忠良之臣，賢名遠播，金兵雖殘暴，對張叔夜卻一直持之以禮，不僅「有酒肉相待」，而且「敬他是個老將，卻給了他一輛雙馬車兒坐」。但張叔夜聞宋江等已死，「益發精神懊喪」，酒肉「食不下咽，甚少進用」，又聞「二帝和太子三代作了俘虜，心想這是開闢以來，中原第一遭奇恥大辱」，因此「登車之後，只推身上有病，絕了飯食，終日昏臥車上」。叱吒風雲的英雄難道就這樣默默終了嗎？這位寄託了作家無限情思的主人公，以驚天地泣鬼神的悲壯之舉，爲自己不平凡的一生畫上了一個閃光的句號，也爲讀者再一次展示了大忠大義者的高潔靈魂。

當車夫感慨，「唉！前面白溝，便是南朝國界盡頭了」時，這聲音不啻驚雷，震醒了昏臥的張叔夜，他——

> 在車中忽然坐起，大叫一聲道：「張叔夜，你偌大年紀，還真到

異國去吃金人粟麥嗎！」

之後「解下鸞帶，縛了車篷柱，縊死在車篷裏了」。

城破時即欲死，侍君王赴敵營獻降表而不懼死，敵酋以死相逼而求速死，將離國而終踐君辱臣死之言。痛哉！英雄遠去；惜哉！生不逢時；偉哉！忠義永存。

# 第三節　赤心報國，慷慨名揚——盧俊義形象論

在《水滸新傳》梁山泊眾多的英雄中，盧俊義是作家著力改寫的重點人物之一。在民族危亡的關頭，賦予其強烈的現實與英雄傳奇色彩。

## 一、金聖歎刪改本《水滸傳》的影響

張恨水《水滸新傳》是接《水滸傳》七十回本即金聖歎腰斬本續起的，這在《水滸新傳·凡例》中寫得明明白白：

> 《水滸》古本，種類甚多，除《宣和遺事》中一段外，有百回本，百五回本，百十五回本，百二十回本，百二十四回本。拙著既係續七十回本，故亦以七十回本為根據，其它書，雖大抵讀過，唯手邊無書，未能一一參考。〔註22〕

對於金聖歎刪改的七十回本，張恨水在其 1936 年創辦的《南京人報》上發表的「水滸人物論贊」系列短評「金聖歎」一文中評價是頗高的，對其突顯《水滸傳》主旨「欺友盜世」「誨盜」的做法是肯定的：

> 論《水滸》曷為及於金聖歎？以其刪改鼓吹之功，尚有未可盡沒處也……《水滸傳》原意擬宋江吳用為俠客義士，金先生則畫龍點晴，處處使其變為欺友盜世之徒，此其意。以為小說中固有文章，乃不可沒。而又以為小說入人固深，盜不可誨也，一百數十回小說，斷然斬之為七十回，縮之於盧俊義之一夢……既在今日，功尤多於過。若謂改得不能盡如人意，則屬苛求矣……《水滸傳》先金先生而有之，非金聖歎細加點竄，竭力讚揚，又決不能如今書之善美也，然則金固水滸之孔子與哥侖布矣。〔註23〕

上文中「水滸人物論贊」係張恨水先後發表於報紙上的評論，後結集出

---

〔註22〕張恨水，水滸新傳·凡例，哈爾濱：黑龍江人民出版社，1997 年 8 月開篇處。
〔註23〕張恨水，水滸人物論贊，瀋陽：遼寧教育出版社，1998 年 12 月，78 頁。

版，其大體經過在《水滸人物論贊序》中是這樣寫的：

> 民國十六七年間，予編北平世界日晚報副刊。晚刊日須爲一短
> 評……日撰《水滸人物論贊》一則。以言原意，實在補白，無可取
> 也……民國二十五年，予在南京辦《南京人報》，自編副刊一種，因
> 轉載是稿，並又益以新作十餘篇……去冬，萬象周刊社……商予更
> 增新稿，務成一單行本……予因去歲作《水滸新傳》，讀《水滸》又
> 數過，涉筆之餘，頗多新意……再增寫半數共得九十篇。

張恨水寫作「水滸人物論贊」大體經過了三個階段。第一階段是 1927 至
1928 年間在北京編《世界晚報》時，寫了三十餘篇；第二階段是 1936 年在南
京創辦《南京人報》期間，《南京人報》轉載了發表於北平《世界晚報》上的
三十餘篇，又寫了十幾篇；第三階段是 1943 年在重慶增寫了四十餘篇。1944
年由萬象周刊社出版，1947 年 3 月在上海重版。這些短評的發表前後相距十
幾年，作者對《水滸傳》人物的看法前後亦有所變化，如「主腦」人物宋江、
晁蓋就各有兩篇在不同時期不同地點發表於不同報紙上的文字，因此在《水
滸人物論贊凡例》中寫道：

> 本書各文之屬筆，前後相距凡十餘年，筆者對水滸觀感，自不
> 無出處。但態度始終客觀，並持正義感，則相信始終如一。

請看發表於 1927 年至 1928 年北平《世界晚報》上對盧俊義的評論：

> 「蘆花灘上有扁舟，俊傑黃昏獨自遊，義到盡頭原是命，反躬
> 逃難必無憂。」此吳用口中所念，令盧俊義親自題壁者也。其詩既
> 劣，義亦無取，而於盧俊義反四字之隱含，初非不見辨別。顧盧既
> 書之，且覆信之，眞英雄盛德之累矣！夫大丈夫處世，富貴不能淫，
> 貧賤不能移，威武不能屈。何去何從，何取何捨，自有英雄本色在。
> 奈何以江湖賣卜者流之一語，竟輕置萬貫家財，而遠避血肉之災耶？
> 盧雖於過梁山之日慷慨懸旗，欲收此山奇貨，但於受吳用之賺以後
> 行之，固不見其有所爲而來矣。

> 金聖歎於讀《水滸》法中有云：「盧俊義傳，也算極力將英雄員
> 外寫出來了，然終不免帶些呆氣。譬如畫駱駝，雖是龐然大物，卻
> 到底看來覺到不俊。」此一呆字與不俊二字，實足贊盧俊義而盡之。
> 吾雖更欲有所言，乃有崔灝上頭之感矣。惟其不俊也，故盧員外既
> 帷薄不修，捉強盜又太阿倒持，天下固有其才不足以展其志之英雄，

遂無往而不為誤事之蔣幹。與其謂盧為玉麒麟，毋寧謂盧為土駱駝
也。

雖然，千里風沙，任重致遠，駝亦有足多矣。以視宋江吳用輩，
則亦機變不足，忠厚有餘矣。〔註24〕

張恨水對盧俊義的評論，受金聖歎的影響很大。雖贊其不失為英雄，終
不免微辭，「與其謂盧為玉麒麟，毋寧謂盧為土駱駝也」。並由「土駱駝」生
發出對盧個人在與宋江吳用對比中性格為人的評價，「千里風沙，任重致遠」，
「機變不足，忠厚有餘」。

既然張恨水評論水滸人物早期受金聖歎影響，我們不妨先將金聖歎對宋
江、吳用的評論引來一觀，看看作為衡量對照盧俊義的這二人是如何的：

吳用定然是上上人物。他奸滑便與宋江一般，只是比宋江卻心
地端正。

宋江是純用術數去籠絡人，吳用便明明白白驅策群力，有軍師
之體。

吳用與宋江差處，只是吳用卻肯明白說自家是智多星，宋江定
要說自家志誠質樸。

宋江只道自家籠罩吳用，吳用卻又實實籠罩宋江。兩個人心裏
各各自知，外面又各各只做不知，寫得真是好看煞人。〔註25〕

我們不管金聖歎對宋、吳的評價有多少屈心之筆，且看張恨水發表於北
平《世界晚報》上對吳用、宋江的相關評論：

吳雖為盜，實具過人之才……是敏可及也，其神不可及也。
其神可及也，其定不可及也。使勿為盜而為官，則視江左謝安，
適覺其貪天之功矣……惟其僅為聰明人也，故晁蓋也直，處之以
直，宋江也詐，則處之以詐，其品遂終類於鱔，而不類於淞鱸河
鯉矣。〔註26〕

人不得已而為賊，賊可恕也。人不得已而為盜，盜亦可恕也。
今其人無不得已之勢，而已居心為賊為盜。既已為賊為盜矣，而又

---

〔註24〕 張恨水，水滸人物論贊，瀋陽：遼寧教育出版社，1998 年 12 月，5～6 頁。

〔註25〕 〔清〕金聖歎，水滸傳會評本・讀第五才子書法，北京：北京大學出版社，
1981 年 12 月，19 頁。

〔註26〕 張恨水，水滸人物論贊，瀋陽：遼寧教育出版社，1998 年 12 月，6 頁。

曰：「我非賊非盜，暫存水泊，以待朝廷之招安耳。」此非淆惑是非，倒因為果之至者乎？孔子曰：「鄉原德之賊也。」吾亦曰：「若而人者，盜賊之盜賊也。其人為誰，宋江是已。」

宋江一鄆城小吏耳。觀其人無文章經世之才，亦無拔木扛鼎之勇，而僅僅以小仁小惠，施於殺人越貨、江湖亡命之徒，以博得仗義疏財及時雨之名而已。何足道哉！夫彼所謂仗義者何？能背宋室王法，以縱東溪村劫財之徒耳。夫彼所謂疏財者何，能以大錠銀子買黑旋風一類之人耳。質言之，即結交風塵中不安分之人也。人而至於不務立功立德立言，處心積慮，以謀天下之盜匪聞其名，此其人尚可問耶？

宋江在潯陽樓題壁有曰：「他年若得報冤仇，血染潯陽江口。」又曰：「他時若遂淩雲志，敢笑黃巢不丈夫。」咄咄！江之仇誰也？血染潯陽江口，何事也？不丈夫之黃巢，何人也？宋一口道破，此實欲奪趙家天下，而以造反不成為恥矣。奈之何直至水泊以後，猶日日言等候朝廷招安耶？反趙猶可置之成王敗寇之列，而實欲反趙，猶口言忠義，以待招安欺眾兄弟為己用，其罪不可勝誅矣。雖然，宋之意，始略盜，繼為盜，亦欲由盜取徑而富貴耳。富貴可求，古今中外，人固無所不樂為也。〔註27〕

上文對於吳用盛讚其具有過人之才而惜其為盜。對宋江的評論有兩篇，另一篇寫於抗戰中的重慶，當時張恨水正在創作《水滸新傳》。由於社會局勢的劇變，作家小說創作的影響，那一篇對宋江是贊為抗敵英雄，與本文所言問題無涉，且不論。這一篇對於宋江責其「實欲反趙，猶口言忠義」，「其罪不可勝誅矣」。相比之下，盧俊義雖為「土駱駝」，「機變不足，忠厚有餘」，但仍能「千里風沙，任重致遠」，對其為人、為事與性格是大為肯定的，其英雄性質的定評是「其罪不可勝誅」的宋江所不能比擬的。

《水滸新傳》接續的是七十回金本，受其影響顯而易見。但在該書「凡例」中，作家還列舉了《水滸傳》的百回本等其它六種版本，說「雖大抵讀過，唯手邊無書，未能一一參考」。「大抵讀過」這係作家的謙辭，我們對此不能過於認同。張恨水之子張伍，對此有相關的議論：

---

〔註27〕張恨水，水滸人物論贊，瀋陽：遼寧教育出版社，1998年12月，2～3頁。

父親讀書的興趣偏重於歷史和考據。由於這兩個愛好的混合，他像個苦修的和尚，發了個心願，要寫一部中國小說史。為了這個心願，他走遍了北平各大圖書館……他便東西南北城地四處尋找舊書店、舊書攤。父親說……只要你有心，肯下功夫，就不會沒有收穫。果然，蒼天不負有心人，父親搜集到了許多珍貴的小說版本，僅《水滸》一書，他就收集到了七八種不同的版本，就連被胡適先生詡為一百二十四回的海內孤本，父親也在琉璃廠買到一部，後來又在安慶買到兩部……這些挖掘出來的豐碩果實，使父親受到極大鼓舞，覺得寫小說史的心願能夠實現了，他欣喜無比。〔註28〕

作中國小說史《水滸傳》自然是重點中的重點，版本收集之勤之豐與「覺得寫小說史的心願能夠實現了」，見其用心之深。下面這則材料也可從不同角度說明張恨水對小說研究的深入程度：

第二類是對名家名作考證評議的論文和漫談創作經驗的文藝隨筆，結集出版的有《水滸人物論贊》，散篇發表的有《長篇與短篇》《短篇之做法》《水滸地理正誤》《〈玉梨魂〉價值墜落之原因》《小說考證》《中國小說之起源》《舊詩人努力不夠》《著作不一定代表人格》《詩警察》《泛論章回小說匠》《北望齋詩談》《武俠小說在下層社會》《〈兒女英雄傳〉的背景》《章回小說的變遷》《在〈茶館〉座談會上的發言》等等，這些作品所反映的作者的歷史觀和文藝觀並非一貫正確，也不是一成不變的，但能隨著時代進步，本著良知說話，不唱高調，也不作違心之論，在史料考據中能對魯迅先生《中國小說史略》一書和胡適之的考證獨立作出有學術價值的補正，在藝術鑑賞和得失談中時有真知灼見，對現當代文壇上的積習和時弊也敢直言不諱。〔註29〕

《水滸人物論贊凡例》說，「三十六天罡，每人皆有論贊，七十二地煞，則不全有，以原傳無故事供給，難生新意，不必強作雷同之論也……外篇人物，僅擇能發人感喟者為文，故不求其多」。如外篇三十二文，涉及到張三、李四、董超、薛霸細小人物並羅貫中、施耐庵、金聖歎諸作者，也不乏獨到

〔註28〕張伍，我的父親張恨水，瀋陽：春風文藝出版社，2002 年 1 月，135～136 頁。
〔註29〕董康成、徐傳禮，閒話張恨水，合肥：黃山書社，1987 年 12 月，195～196頁。

的見解。《水滸地理正誤》一組短文，對《水滸傳》中的地名、位置進行考證，糾正了《水滸傳》中的一些錯誤。這在《水滸新傳‧凡例》中有所反映，也可見其一斑。其它如《水滸傳》的筆法、語言，宋代官職、器具等張恨水均有涉獵，這在《水滸新傳‧凡例》中多有表述。

張恨水對《水滸傳》的版本、人物等諸多問題是有深入研究的，完全不像他在《水滸新傳‧凡例》中的謙詞「其它書，雖大抵讀過，唯手邊無書，未能一一參考」。這樣看來，影響他創作的就不僅僅是金本七十回《水滸傳》，必定還有其它通行的本子，如他在《水滸新傳‧凡例》舉例中首先提到的「百回本」。

## 二、新盧俊義形象的創作方法

《水滸傳》（不論是七十回本，還是百回本等其它版本）中盧俊義除了被「逼」上梁山，曾頭市活捉史文恭，陪襯宋江穩坐第一把交椅之外，形象未被充分展開描寫。但其特點還是很鮮明的。筆者概括為：出身豪門，具有濃厚的正統觀，自信甚至剛愎自用，武藝絕倫而謀略、眼光不足的英雄員外。

《水滸新傳》對盧俊義的描寫與《水滸傳》相比，可以說是濃墨重彩，《水滸傳》中的種種「欠缺」已不存在，一個略顯「呆氣」的英雄員外形象被一個有膽有識有謀，慷慨請纓北上，獨撐殘局，在激烈的敵我矛盾中，在自我陣營錯綜複雜的矛盾中被突顯出來的，如百回本《水滸傳》《滿庭芳》贊詞所概括的「赤心報國，慷慨名揚」，文韜武略超絕的領袖形象所取代。

全書五大部分。第一部分寫盧俊義率部尋求建立梁山外的根據地而被張叔夜降服，引出梁山招安歸正的經過，第二部分寫盧俊義帶領十位英雄北上抗敵的經過，第四部分寫盧俊義帶領部分英雄於敵後建立根據地抗敵的經過。五大部分中三大部分都是以盧俊義的所作所為為主要描寫對象，其地位與作用完全不同於《水滸傳》中的盧員外，而被賦予更新的更豐富的內涵。

《水滸新傳》如此設計，表明張恨水在盧俊義形象刻畫的敘事策略上對《水滸傳》進行了大膽的、創造性的有意調整。具體做法是對《水滸傳》敘事空白、敘事懸疑進行合理的詮釋、發揮、拓展。

### （一）對敘事空白的添補

金本《水滸傳》描寫盧俊義英雄氣概較百回本等是有意突出的，可以對比盧俊義被賺上山及下山的兩個片段。

1.金本：

宋江便請盧員外坐第一把交椅。盧俊義大笑道：「盧某昔日在家，實無死法；盧某今日到此，並無生望。要殺便殺，何得相戲！宋江陪笑道：豈敢相戲！實慕員外威德，如饑似渴，已非一日；所以定下計策，屈員外作山寨之主，早晚共聽嚴命。」盧俊義道：「住口！盧某要死極易，要從實難！」……宋江……陪話道：「夜來甚是衝撞，幸望寬恕。雖然山寨窄小，不堪歇馬，員外可看忠義二字之面。宋江情願讓位，休得推卻。」盧俊義道：「咄！頭領差矣！盧某一身無罪，薄有家私。生為大宋人，死為大宋鬼。若不提起忠義兩字，今日還胡亂飲此一杯；若是說起忠義來時，盧某頭頸熱血可以便濺此處！」〔註30〕

百回本：

（與金本對應的盧俊義三處對話，引文者注）盧俊義答禮道：「不才無識無能，誤犯虎威，萬死尚輕，何故相戲？」……盧俊義回說：「寧就死亡，實難從命。」……盧俊義答道：「頭領差矣！小可身無罪累，頗有些少家私。生為大宋人，死為大宋鬼，實難聽從。」

〔註31〕

2. 金本：

盧俊義一心要歸，對宋江訴說……宋江把一盤金銀相送。盧俊義笑道：「山寨之物，從何而來，盧某好受？若無盤纏，如何回去，盧某好卻？但得度到北京，其餘也是無用。」〔註32〕

百回本：

盧俊義思量歸期，對宋江訴說……宋江託一盤金銀相送，盧俊義推道：「非是盧某說口，金帛錢財家中頗有，但得到北京盤纏足矣。賜與之物，決不敢受。」〔註33〕

---

〔註30〕 〔元〕施耐庵、羅貫中著，〔清〕金聖歎刪改，水滸傳，（會評本），北京：北京大學出版社，1981 年 12 月，1125 頁。

〔註31〕 〔元〕施耐庵、羅貫中，水滸傳（百回本），北京：人民文學出版社，1975 年，818 頁。

〔註32〕 〔元〕施耐庵、羅貫中著，〔清〕金聖歎刪改，水滸傳，（會評本），北京：北京大學出版社，1981 年 12 月，1128 頁。

〔註33〕 〔元〕施耐庵、羅貫中，水滸傳（百回本），北京：人民文學出版社，1975 年 10 月，820 頁。

金本例中，盧俊義拒上梁山言語中表示態度的「大笑」，斬釘截鐵的「住口」「咄」，對生死的置之度外，對「忠義」的寧以熱血相濺的維護，對山寨金錢來歷的譏刺與輕視，均較百回本更能突顯英雄員外的豪氣干雲。「生為大宋人，死為大宋鬼」在兩個版本中都存在，按語意不唯表現的是對「溥天之下，莫非王土；率土之濱，莫非王臣」的尊從，而且明顯地表現出對忠義的態度。這不能不引起續書者的注意。這些為《水滸新傳》表現盧俊義在抗金的非凡作為預留了廣闊的拓展空間。在《水滸新傳》中，盧俊義的成竹在胸指揮若定，也明顯地反映出金本上例中盧拒受金銀瀟灑風神的影子。

金聖歎對百回本等版本中的詩詞進行了大量的刪削，使內容更為精粹。若從其刪掉的對盧俊義的贊詞中，亦可看出為作家重塑人物提供了可能。

請看百回本《水滸傳》第六十一回盧俊義出場時《滿庭芳》對他的讚述：

> 目炯雙瞳，眉分八字，身軀九尺如銀。威風凜凜，儀表似天神。
> 義膽忠肝貫日，吐虹蜺志氣凌雲。馳聲譽，北京城內，元是富豪門。
> 殺場臨敵處，衝開萬馬，掃退千軍。殫赤心報國，建立功勳。慷慨
> 揚名宇宙，論英雄播滿乾坤。盧員外雙名俊義，河北玉麒麟。〔註34〕

按古典小說詩詞與人物關係而言，常常是詩詞可以表現人物性格或者是概括人物一生遭逢行狀，敘事情節則是贊詞的具體展示，兩者互為印證。但就盧俊義贊詞《滿庭芳》說，是與他在《水滸傳》中性格表現與所作所為有很大距離的，這便形成相應的敘事空白。關鍵處如，「義膽忠肝貫日，吐虹蜺志氣凌雲」「殫赤心報國，建立功勳」「慷慨揚名宇宙，論英雄播滿乾坤」在《水滸傳》中或未涉及，或未展開，或為概括而語焉不詳。《水滸新傳》則力圖添補這些空白，使《水滸傳》中的贊詞內容與盧俊義的性格表現與所作所為相契合，做到「詞符其名」。並在此基礎上進一步合理發揮，拓展出全新的內容。詳見後文論述。

### （二）對敘事懸疑的解析

金本《水滸傳》第五十九迴天王晁蓋不聽眾人勸阻，夜打曾頭市，中了史文恭毒箭。「當日夜至三更，晁蓋身體沉重，轉頭看著宋江，囑咐道：『賢弟莫怪我說：（百回本作「賢弟保重」，引文者注），若那個捉得射死我的，便教他做梁山泊主。』言罷，便瞑目而死。」晁天王的臨終遺囑其涵義何在？

---

〔註34〕〔元〕施耐庵、羅貫中，水滸傳（百回本），北京：人民文學出版社，1975
年10月，805頁。

存在不同解釋。從字面上看，晁天王是未將梁山之主的位置留給宋江的。原因是什麼呢？

因討論的是張恨水所著的續書，故我們可以先看看《水滸人物論贊》中相關評論，然後沿著張恨水對宋、晁評論的思路，從文本出發對比一下晁宋兩人的種種不同。

除上文所引「金聖歎」「盧俊義」「吳用」「宋江」之外，《水滸人物論贊》中還在其它文中多次評論宋江。

如「晁蓋」（附一篇）：

> 梁山百八頭目之集合，實晁蓋東溪村舉事為之首。而終晁蓋身居水泊之日，亦為一穴之魁。然而石碣之降也，遍列寨中人於三十六天罡，七十二地煞之名，晁獨不與焉。豈洪太尉大開伏魔殿，放走石碣下妖魔，亦無晁之前身參與乎？然而十三回東溪村七星聚首，晁胡為乎而居首也？十八回梁山林冲大火併，胡為乎義士尊晁蓋也。五十七回眾虎同心歸水泊，又胡為乎晁仍發號施令也。張先生憮然有間，昂首長為太息曰：嗟夫！此晁蓋之所以死也！此晁蓋之所以不得善其死也。彼宋江者心藏大志，欲與趙官家爭一日短長者久矣。然而不入水泊則無以與趙官家抗，不為水泊之魁，則仍不足以與趙官家抗。宋之必為水泊魁，必去晁以自代，必然之勢也。晁以首義之功，終居之而不疑，於是乎宋乃使其赴曾頭市，而嘗曾家之毒箭。聖歎謂晁之死，宋實弒之，春秋之義也。或曰：此事於何證之？曰於天降石碣證之，石碣以宋居首，而無晁之名，其義乃顯矣。蓋天無降石碣之理，亦更無為盜降石碣之理，實宋氏所偽託也。

> 吾不知晁在九泉，悟此事否，就其生前論之，以宋氏東溪一信之私放，終身佩其恩德，以至於死，則亦可以與言友道者矣。古人曰：盜亦有道，吾於晁蓋之為人也信之。〔註35〕

如「秦明」中：

> 而宋江欲為《水滸》羅致天下英雄，不惜施反間計，使秦明之家，同歸於盡，而以絕其歸路。誦鴟鴞之詩，既毀其巢，又取其子，

---

〔註35〕張恨水，水滸人物論贊，瀋陽：遼寧教育出版社，1998 年 12 月，4～5 頁。

慕容知府之過，正宋江之罪也。

……

夫清風寨之役，宋江尚未入《水滸》也。未入《水滸》而便如此搜羅人才，則謂其無意於爲盜？孰能信之哉？更謂其無意於爲《水滸》之魁，又孰能信其哉？秦既被擒於清風山，一聞宋江之名，即不勝其傾倒，而曰聞名久矣，不想今日得會義士。而此輕輕一語，遂使宋江得意氣相投之征。而秦之全家老小，卒無端葬送矣。甚矣哉！擇友之不可不慎也。〔註36〕

如「張文遠」中：

宋江善弄權術，僞作俠義，天下英雄，盡入彀中。〔註37〕

如「閻婆惜」中：

宋江平生以銀子買人，閻婆惜則不得而買之。宋江平生以仗義疏財自負，閻婆惜則謂爲公人見錢，如蠅子見血。宋江殊以忠信見重於江湖，閻婆惜則對其三天限期信不過。總而言之，人對宋江之佳處，閻婆惜均一筆抹煞而已……故宋縱負人……宋縱欺人……〔註38〕

如「何道士」中：

古之創業帝王或割據僭號者，以及集眾生事之徒，無不託之神跡，以壯其權威。雖成則聖瑞，敗則騙局，聰明人未嘗不知。然以其於一時一地，可以欺惑民眾，以資號召，後人往往踵前人而爲之。如劉邦斬蛇澤中，劉裕即射蛇荻內。趙匡胤降生夾馬營火光燭天，朱元璋降生太平鄉，亦復如是。史家大書特書，不以其欺爲欺也。宋江既志不在小，類此等事，何得不爲？故石碣上之龍章鳳篆，僅何道士認識，即令非其所書，而他人不識，何道士亦得隨意譯之，以迎合宋江之意，若何道士不爲，以宋江之力，不難覓張道士李道士爲之。彼固樂得撒謊，掙一注財帛也。

由是論之，何道士如遇伏羲，即可爲《河圖洛書》，如遇唐太宗，即可爲《推背圖》。今遇宋江，代譯石碣，亦其職業然耳。而宋江之

〔註36〕張恨水，水滸人物論贊，瀋陽：遼寧教育出版社，1998年12月，10頁。

〔註37〕張恨水，水滸人物論贊，瀋陽：遼寧教育出版社，1998年12月，65頁。

〔註38〕張恨水，水滸人物論贊，瀋陽：遼寧教育出版社，1998年12月，72～73頁。

有是舉，亦職業然耳。〔註39〕

上面例中直接或間接地表明瞭張恨水對宋、晁的看法，對宋「必去晁以自代，必然之勢也」的認識，對宋江「心藏大志，欲與趙官家爭一日短長者久矣」的分析。

而對晁蓋，張恨水雖責其為盜，「是其生平為人，固極不安分者也」〔註40〕，但仍能作出「盜亦有道，吾於晁蓋之為人也信之」〔註41〕，「讀晁蓋傳，其人亦甚忠厚」〔註42〕的比較客觀肯定的評價。

在金本《水滸傳》中宋江、晁蓋又有什麼不同呢？

出身：一個是刀筆小吏，一個是地方豪強。

武功：一個平庸，一個「過人」；前者臨敵需人保護，後者上陣身先士卒。

影響：一個被稱及時雨，孝義黑三郎，呼保義；一個被稱托塔天王。

為人：一個「長成亦有權謀」，一個「兄長性直，只是一勇」；前者事事用心，後者一味磊落。

人生目標：一個是力主忠義，替天行道；一個是以聚義相號召。

對山寨第一把交椅的態度：一個是虛讓實謀；一個是實讓被謀。

對上梁山的態度：一個是被自身所逼，反反覆覆，實在無可奈何，不得已被動上山，一個是被逼而主動尋求上山。

作者的傾向：對前者貶過於褒，對後者褒過於貶。

對比之下即可顯見兩者之間的差異。

讓我們再看一看《水滸傳》中盧俊義在上述這幾方面的情況，或許有助於理清張恨水對宋晁關係所持的態度。

出身：富豪。

武功：「棍棒天下無對」。

影響：被稱玉麒麟，河北三絕。

為人：自信、自負至剛愎自用。

人生目標：男子大丈夫顯揚於天下，方表平生鴻鵠之志。百回本更有「殫赤心報國……慷慨名揚宇宙」。但未展開。

〔註39〕 張恨水，水滸人物論贊，瀋陽：遼寧教育出版社，1998 年 12 月，76 頁。
〔註40〕 張恨水，水滸人物論贊，瀋陽：遼寧教育出版社，1998 年 12 月，3 頁。
〔註41〕 張恨水，水滸人物論贊，瀋陽：遼寧教育出版社，1998 年 12 月，5 頁。
〔註42〕 張恨水，水滸人物論贊，瀋陽：遼寧教育出版社，1998 年 12 月，4 頁。

對山寨第一把交椅的態度：實讓。

對上梁山的態度：被梁山所逼不得已上山。

作者的傾向：褒過於貶。

比較而言，盧俊義的條件遠優於宋江。

依據張恨水對宋江、晁蓋評論的基調，我們還可以從晁蓋對宋江的態度來分析。

先看百回本。其一，晁天王十分感激宋江「擔著血海也似干係來報與我們」的救命之恩。因此，幾次下山救宋江性命懸於一絲之際，幾次真心以梁山泊主之位相讓；在宋江上山後不待自己這個寨主表態而任其調動人馬也不能排除這種感激因素在起作用。百回本寫晁蓋於臨終時，先言「賢弟保重」，兄弟殷殷之情溢於言表。並在宋江置亡命之仇不報攻打大名府，疽發於背，性命悠關，內心有愧，恐天王「必有見責」之時，以陰魂相告：「賢弟有百日血光之災……你可早早收兵，此為上計。」其二，晁蓋對宋江上山後打青州、曾頭市等處處以「哥哥是山寨之主，不可輕動，小弟願往」有駕空之嫌的舉動，與大破連環馬、救陷於華州的魯智深等時不待寨主表態就急切地獨自發號施令的做法是有微辭的。在百回本第六十回打曾頭市前，宋江又以「哥哥是山寨之主」的話阻攔晁蓋下山，晁蓋道：「不是我要奪你的功勞，你下山多遍了，廝殺勞苦，我今替你走一遭。下次有事，卻是賢弟去。」言外頗有不滿宋江阻攔下山有恐其建功，而宋江屢屢下山目的是為建頭功之意。對於占山為王的豪強來說，看重的是在山寨中的地位與威信，輕於廝殺勞苦與生命相搏，而這直接涉及自身在群雄中的影響。下山與被阻下山，便成了宋晁矛盾的焦點，實際上就是關乎山寨命運的權力之爭。與此問題相關的是對梁山發展方向二人存在不同。晁蓋「平生仗義疏財，專愛結識天下好漢」，以「聚義」相號召。按此種主張山寨發展結果如何，尚不好斷言，但恐不大容易產生像宋江那樣急切尋求受招安征方臘導致兄弟死傷殆盡，「煞曜罡星今已矣，讒臣賊相尚依然」的結局。宋江在晁蓋死後對吳用的勸進急急稱許「軍師言之極當」，在並未正式就任山寨之主，僅是「權當此位」時，馬上提出「替天行道」的主張，改「聚義廳」為「忠義堂」。後來受招安，打出「順天」「護國」的旗號，終至兄弟凋零，結局是悲慘的。而這又是梁山英雄不願接受的，《水滸傳》作者不願看到的。

若對比一下七十回金本，宋江晁蓋間的關係就更為不一致了。

　　金本五十九回對晁蓋下山一段頗多改動。刪去了宋江的阻攔，晁蓋的執意欲行；風折軍旗，改宋江、吳用同諫爲吳用獨諫宋江不語；改「宋江那裏違拗得住」爲「吳用一個那裏別拗得住」；改宋江「悒怏不已」，「再叫」戴宗下山探聽爲刪去表示宋江心境的「悒怏不已」，「密叫」戴宗下山探聽。在此處金聖歎多次以「深文曲筆」評點，以明宋江之罪。

　　金本同回寫晁蓋臨終遺言，改百回本「賢弟保重」爲「賢弟莫怪我說」，對兄弟的殷殷難捨之情已無，不滿之意甚爲明白。

　　金本六十四回寫晁蓋陰魂囑告宋江，改百回本「兄弟，你不回去，更待何時」爲「兄弟！你在這裏做什麼」，並點評「只一句，便將宋江不爲報仇之罪直提出來」。將宋江因「一向不曾致祭」向晁蓋道歉後，晁的態度「非爲此也」刪去。將「賢弟有百日血光之災」改爲「如今背上之事發了」。並將晁蓋勸宋江「早早收兵，此爲上計」改爲「兄弟曾說三十六計走爲上計，今不快走，更待甚麼！倘有疏失，如之奈何？休怨我不來救你」，並評道：「句句用宋江私放晁蓋語，乃至不換一句者，所以深明宋江背反之志，實自私放晁蓋之日始也」。百回本寫晁蓋勸宋江「兄弟靠後，陽氣逼人，我不敢近前」，突出陰陽兩隔，晁蓋陰魂的畏懼。當宋江要再問個明白，「趕向前去」時，卻「被晁蓋一推」而「撒然覺來」。爲了救兄弟性命，晁蓋陰魂已不顧「陽氣逼人，我不敢近前」，至於將宋江「推」醒。金本卻將此改爲宋江私放晁蓋語，「兄弟，你休要多說，只顧安排回去，不要纏障，我去也」，並加點評提示。

　　依據張恨水對宋、晁評論的態度，我們還可根據文本推測張恨水對晁蓋與盧俊義關係的看法。晁蓋與盧俊義雖未謀面，但從字裏行間可以看出暗寓著晁蓋對盧俊義的肯定。第一個理由，天王遺囑「若那個捉得射死我的」留下了隱含的態度。史文恭武功高強，人所共知。在宋江打曾頭市時，梁山出征慣打頭陣的霹靂火秦明與之鬥了二十餘回後即「力怯」敗逃，史文恭「神槍到處，秦明後腿股上早著，倒顚下馬來」。可想而知，能捉得史者，非「棍棒天下無對」的玉麒麟莫屬。即便如此，玉麒麟擒捉史文恭也非全憑個人武功，而仰仗了超自然的神力。這便是第二個理由。在《水滸傳》中，陰魂被賦予了先知的超人能力。如，武大郎陰魂囑告武松被屈害的事情真相後，武松才得以報了冤仇。盧捉史，本是史躲過了盧的一棒，逃了過去，在盧的武功不能奏效時，晁蓋的陰魂才「陰雲冉冉……虛空中一人當住去路」，史的「東西南北四邊，都是晁蓋陰魂纏住」，因史「疑是神兵」，驚慌中「腿股上」著

了盧的「一樸刀，搠下馬來」，被擒。這段描寫是神之又神。是晁蓋的陰魂相助才令盧成此大功，這是神之一。在此前的百回本第六十五回「托塔天王夢中顯聖」中，晁蓋對宋江說的是「兄弟靠後，陽氣逼人，我不敢近前」；而在助盧擒史時陰魂一反「不敢近前」的常態而「東西南北四邊……纏住」。這是神之二。所有這些都集中於一個指向：晁天王對梁山接班人的態度是明確的，摒棄了兄弟間個人的深厚情誼，看重的不是已名滿天下的及時雨宋公明，而是隱指尚未出場的盧俊義。可是，從《水滸傳》看，盧俊義擒捉史文恭後，宋江並未按天王遺囑將盧立為梁山之主。他將自身與盧從相貌、出身、才能與影響三方面作了對比，並以分別攻打東平東昌府作為按天意確定誰為寨主的裁斷。在此事中，盧俊義實際起的是陪襯宋江名正言順坐第一把交椅的作用。這之後，盧的使命似已完成，後期雖有一些作為，但其意義作用已為宋江遮蔽。

上面便是在分析張恨水評論宋江、晁蓋、盧俊義的基礎上，推斷《水滸新傳》對《水滸傳》晁蓋遺囑留下的敘事懸疑的解析而得出的續書的敘事策略調整的原因與理由。

## 三、新盧俊義形象的展現

《水滸新傳》中盧俊義形象的刻畫是基於對《水滸傳》留下的空白的補充與懸疑的解析並加以擴大化，乃至將《水滸傳》中宋江的使命，吳用的智謀移於盧俊義的身上。《水滸新傳》中的盧俊義是棄《水滸傳》盧俊義與宋江性格種種缺陷而集盧、宋、吳三者種種優長，如盧的絕世武功、宋的領導才能、吳的運籌幃幄等於一身的新形象。

讓我們重新審視一下新盧俊義形象與《水滸傳》相比的變與不變之處。

出身：未變。

武功：未變。

影響：全新的領袖群雄的形象。

為人：盧變宋的權謀為謀略，變自身的自負為自信。

對第一把交椅即領導權的態度：變宋的虛讓實謀、盧的實讓為當仁不讓。

人生目標：變抽象的忠義為具體展開的忠義，此即原作敘事空白。

作者態度：由褒過於貶變為大加褒揚。

在書中地位：與宋江易位，由次變主。

### （一）軍事才能的集中敘寫

《水滸新傳》對盧俊義的刻畫重心是獨撐危局軍事才能的敘寫，具有受任於敗軍之際，奉命於危難之間，擔天下之大任的英雄氣概。

首先，突出了盧俊義請纓北上獨撐危局的忠肝義膽。當得知金兵大舉南下，河北山東盡落敵掌，盧俊義便慨然請纓北上，「大丈夫生在人世，於可爲之時，有當爲之事，卻不可放了過去」，「這次若往河北，卻不像我等以往嘯聚山林，只須對付一些不濟事的官兵。於今卻是要在尊王攘夷的狂瀾裏，立下名垂不朽的勾當……人生得遇這般數百年不生的大風浪，卻不枉了」。（見第十六回）當張叔夜與梁山兄弟爲北上英雄送行之時，盧俊義設下重誓：「誓當竭盡忠貞，上報國恩，下答知遇，肝腦塗地，在所不辭。」（見第十六回）盧俊義等所帶人馬共計一萬多人，還分爲大名府、滄州、相州等幾處，兵力十分單薄。他們所面對的是十幾萬的金國騎兵，雙方力量相差十分懸殊。而且，黃河以北的宋兵不戰即潰，守城的武將文官，非逃即降。盧俊義等不僅要對付十餘倍於己殘暴的金兵，還要與負有守土之責的朝廷軟骨官吏做鬥爭，還要警惕遍佈各地的山野草賊流寇強盜。小說多次寫到盧俊義等被圍，拼死突圍；多次寫到盧俊義兵力的薄弱，金兵的呼嘯而來。但是，盧俊義絕無半點退縮：「現在金人看了我們這支勁旅，是他在河北的心腹之患……我們要爲國留下這支勁旅……所望大家兄弟戮力同心，衝出重圍，永久讓金人在河北有後顧之憂，牽制他南下。」（見第二十九回）「今晚我們突圍，死生在所不計。大丈夫爲國盡忠，死在疆場，那是本分……各位聽了，這一戰，明日不知誰存誰亡，我若死了，可由楊雄爲主將。楊雄也死了，依次由燕青、湯隆、田仲、劉屛爲主將。只要有一人存在，必須領了這支軍隊衝出去與郝思文、戴宗人馬會合，然後再奔濟州。」（見第三十一回）這是何等的豪邁與英雄氣概，何等的視死如歸。《水滸新傳》中的盧俊義以嶄新的大無畏形象矗立於讀者面前與心中。

其次，重點刻畫了盧俊義對時局的認識把握與運籌幃幄決勝千里的膽略。招安前與張叔夜施降服之策的過程中，盧俊義對梁山的處境就有清醒的認識：「……全寨兄弟……避身水泊，總望朝廷早日招安，我等兄弟好建立一些功業。於今只是打家劫舍，度這英雄末路，天下後世，卻怎能相諒！便是我等忠義爲本，外人又如何得知……可恨蔡京父子塞阻了我等自新之路，卻教我們有家難投，有國難奔，百餘兄弟漂零在江湖上。」（見第七回）待被困於張叔夜，雪中大戰被俘，張叔夜以招安的「無不可」勸導盧俊義的招安「三

不可」，盧俊義即理解張叔夜所說的爲國家的「大忠大孝」不同於自己所說的爲兄弟的「小仁小義」，理解張叔夜招安梁山「一來爲天下愛惜英才，二來爲英才尋謀出路，三來表白……與各位這番道義結交」（見第十一回第十二回）的良苦用心，即慨然允諾去招降宋江等人，體現出對「求仁得仁」的認識與追求。招安後，楊雄自北歸，講述了金兵的大舉南侵，此時，書中對盧俊義以細節來描寫，他邊聽邊緩緩吃酒，輕輕拍案道：「如此說來，天下事不可爲矣！」（見第十六回）寫出了他的心境與對形勢的清醒認識。盧俊義祖居河北大名府，金兵南侵大名府首當其衝，盧俊義不僅爲故園被兵焦慮，更讓他憂心忡忡的是「天下事」的「不可爲」。爲什麼「天下事不可爲」呢？在後文盧俊義挺身北上抗敵，面臨金兵暴虐，百姓流離，強賊遍地，守土之朝廷武將文官非逃即降的嚴峻局勢爲之作了生動說明。由此看出盧俊義對北部敵我雙方情況早有瞭解，這也爲他北上之行透露出思想認識的根源。

盧俊義帶萬餘之兵與金騎十幾萬周旋，終因力量過於單薄而必須尋一處既能打擊敵人又能利於保存實力之地。對此，有人提出再回水泊，重上梁山。而盧俊義則清醒地分析了這種提法之不可行：「既然我們作了朝廷職官，就不能再回當年嘯聚之處，便是不願自身毀譽。於今大批兄弟跟隨張叔夜相公，朝裏蔡京、高俅這班贓官到了那時，他並不說我避開金人，留下這萬餘兵馬的力量，卻說我們性情反覆，又去落草，那不連累張相公和大批兄弟？這未嘗不是一條去路，卻千萬使不得。」（見第二十九回）他首先想到再回梁山對重新做人的兄弟的不利影響，又想到朝中奸賊對此的猜疑，因之會給招安梁山的張叔夜帶來麻煩，會給歸正的梁山兄弟帶來麻煩。在肯定這種提法有可行之處後，最後斬釘截鐵地指出了這條出路的「千萬使不得」。這些分析對朝中奸賊、對張叔夜、對自家兄弟來說均很恰切，睿智、深刻，充分體現出盧俊義對時局的把握與清醒的認識。

《水滸新傳》中盧俊義慷慨北上，雖有柴進、董平等人相助，但已與梁山大多數兄弟相分離，更無軍師吳用的出謀劃策。一萬餘人對抗十餘萬金兵，廣大北方不但沒有宋軍的呼應，而且還要時刻提防非逃即降的宋軍的干擾，可謂孤軍奮戰。已完全不同於《水滸傳》征遼征方臘中盧俊義與宋江各帶一支人馬可以互相策應，又有眾兄弟相助，軍師周密謀劃的局面。但即使是在這樣極其艱苦的條件下，《水滸傳》中盧俊義征遼征方臘中的「無計可施」也沒有出現一次。書中重點寫了他的兩次定計，實施大規模的軍事行動，從中

可以分明地看出《水滸傳》中宋公明指揮若定，從容調度的統帥風範與智多星吳用精細籌劃的影子。

第一次，事見第二十二回。時金兵十五六萬呼嘯南下，盧俊義飛書呈報鄧州都總管張叔夜，望其請纓率部北上，若不能則望飛奏朝廷，嚴令太原文武固守重鎮。這是對朝廷的請求與對太原方面的設想。而對自己所在的河北則作如此安排：派戴宗、朱武、石秀三人到滄州柴進處，令其「整頓部署，緊躡賊後，會師滹沱、漳陽兩河之間。沿路多設疑兵，少與交接，使金兵不明虛實，步步徘徊」。又命磁州、相州，出兵四千來大名府會合。楊雄、時遷黎陽出兵千人。自帶六千人，共萬餘人，還有史進、燕青、陳達、湯隆等將。「然後義屯兵冀野，廣駐村寨。深溝高壘，故不與戰」，這樣，「金人欲一一攻我，必緩其南下之期。置我不顧，是留我萬餘之師於陣後，又為軍家大忌。進退狼狽，必其苦惱」「而義與北上諸兄弟率萬餘健兒，與賊周旋河朔平原，使賊合流之狡計無從，而朝廷乃能從容計劃，有所固圍退賊」。盧俊義審時度勢，深知宋兵守備之虛，故一方面飛報朝廷，獻固守退敵之策，一方面調河北部下人馬，施擾敵之計，以緩金兵南下之期。這樣做，雖可拖住敵人，但因此被敵人圍剿甚至消滅的危險也大大增加。盧俊義對此非為不知，仍一力堅持，置危險於不顧。事實果如盧俊義所料，太原守軍一觸即潰，金兵迅速渡河，直抵東京，而河北因有梁山健兒敵南下被其拖住。盧俊義部自身雖遭嚴重損失，但大大減緩了東京的壓力。

第二次，事見第二十九回。時河北盧俊義部施擾敵之計，聚合幾州萬餘人馬打得金兵不清虛實。但由於宋宗室北部都總管趙野的棄城逃跑，滄州王知府與漢奸水知寨的降賊媚敵，泄露軍機，金兵佔了大名府，斷了盧俊義等歸路，盧俊義等還被十餘萬金兵圍困。當此情形下，何去何從，諸將各有一番想法。柴進認為去滄州路上金兵不多，可襲奪之駐守。盧俊義分析認為，「滄州孤懸東北角，何嘗不是四戰之地。雖然可得青州接濟，一來路遠，二來還是隔了條黃河。那裏既無山河之險可守，又無鄰郡應援，卻是去不得」。楊雄認為殺回梁山，路不遠，金騎兵也殺不進水泊裏去。盧俊義分析認為這樣是「自身毀譽」，授朝中奸賊以柄，會連累張叔夜與歸正的梁山兄弟。雖是一條去路，「卻千萬使不得」。燕青激於義而欲與敵拼死一戰：「北上不得，東去不能，也沒個在這裏困死的道理。依了小乙的意見，便帶了這萬餘兵馬，殺回大名去，便死也死在故鄉。」（這番話頗不合燕青機智清醒的性格。引文者注）

對此，盧俊義只肯定燕青「狐死首丘」之意，對這條出路未加評論，但其不肯如此的態度是明顯的。陳達獻計認為，東、南、北三方都去不得，可以到太行山腳占兩個小縣城，因金兵騎馬爬山越嶺不易。在大家紛紛說出想法後，盧俊義成竹在胸，拿出了三個方案供大家商量。上策，在河北占兩三個州縣，收集流亡，徐圖恢復；中策，東走山東，等候機會再北來殺敵；下策，將這萬餘人馬攻搶大名，殺到一騎一卒方才罷休。最後，盧俊義決定採取中策避往山東，進可以戰，退可以守，「少康一旅，可以中興。難道我這一兩萬兒郎，卻作不得一番事業」。

對太原、河北前敵形勢，盧俊義有統觀把握，為朝廷與各州縣有所謀劃；對自己所在河北、山東局部形勢，通過上面所述兩次定計，也可反映出盧俊義的全局在胸。說到細部的安排部署，盧俊義也是精心調度，這從書中所寫幾件小事亦可看出。其一，在定出上中下三策前書中曾寫到盧俊義為打探軍情而親自夜擒敵將，其時有對敵情的細緻分析：「這地方前後隊伍聯接，定是兩個將領統率，這空當約莫有大半裏路，天賜其便，讓我們在這裏下手。我們且走近些埋伏了，只突然衝出去，把最近兩個人捉過來就是。」（見第二十九回）事情果如其料，盧俊義與燕青、戴宗夜中突襲成功。其二，在定出上中下三策突破敵人包圍時，盧俊義調度有方。第一撥，派郝思文、戴宗帶三千軍馬向東廝殺至敵後，待大軍東進再回兵夾擊。第二撥，派陳達、湯隆帶本部人馬向西路攻打，聽號令佯敗，以為疑兵。第三撥，派楊雄帶本部人馬向南撤，十里外向東接應郝、戴。第四撥，派柴進帶本部人馬向金營挑戰，敵迎擊與否，皆退歸本寨。盧俊義自帶燕青與中軍，見機東撤，居中聯合四路。盧俊義調兵有方，眾將士用命，但敵騎重重，他們衝殺幾陣仍被困於一個寨子裏。湯隆等忍無可忍，要「和金兵決一死戰」，盧俊義成竹在胸勸道：「賢弟之言甚壯。只是我等和金人打仗，不爭在這早晚，便是十年八年，好歹報了這仇，讓他永遠不敢窺犯上國。兄弟且忍耐半日，今晚我自有處置。」原來，盧俊義已體察天氣變化，「風勢由西北向東南，今晚必然陰雪。天助我們一臂，當可衝出金人重圍」。因夜雪中天地迷茫，金人不熟地理，這有利於盧俊義突圍；而且，盧俊義等向東衝擊是順著風勢，金人迎擊他們是逆風，這也於盧俊義有利。因此，盧俊義勸慰湯隆等將士，胸中已有破敵奇謀。（見第三十一回）

### （二）領袖才能的多方面拓展

作為支撐河北軍事的領導者，《水滸新傳》不僅寫了盧俊義的大勇大智，

而且細緻地描寫了他對兄弟的敬重關心，突出了作為領袖的一個側面。小說第十六回，盧俊義請求北上之後，寫了他對楊雄、時遷的敬重：「『楊兄此來，鼓勵了盧某暮氣。』又向時遷笑道：『你也應當讓盧某敬一碗酒。二位在薊州城裏，兩把樸刀救了一串被縛的老弱百姓，不愧我們這梁山泊字號。』」我們可以對照一下《水滸傳》，豪富盧員外何曾對兄弟特別是像時遷這樣的小兄弟有過這般青眼。《水滸新傳》第二十九回寫浦關守將郝思文兵敗來到盧俊義住守之寨，盧俊義先是疑心非是郝思文，即見之則問，「賢弟何以來到這裏」，關切之情溢於言表。因為一者郝之來，意味著「河東休矣」，對此盧俊義尚心存一線希望；二者郝等「各各滿身塵土，行列不整，雜亂地站著」，很可能遭遇重大變故，更引起盧俊義的關切。第三十一回多次寫到盧俊義率隊衝擊敵人重重包圍時對其它四支人馬的牽掛，並數次親陷敵陣，搶救兄弟。「盧俊義想到湯隆這支軍馬，現著單薄，要策應他才是。」敵兵重重，左右兩翼尚陷於敵陣，燕青要先捨棄這兩隊人馬，盧俊義「瞪眼道：『小乙哥，你說甚話！我等義軍，一股也不能讓他陷在賊陣裏！』」然後「換了一騎戰馬，背了一張弓，掛了一壺箭，把佩劍掛帶，兩手揮了長槍，立馬在騎隊的前頭……說：『懸出我的旗號，讓賊兵認得我上邦大將的虎威。』……自己拍馬先驅……人馬向西北角飛奔，那是一條龍……」就這樣，盧俊義親率士兵，救出了被困敵陣的其它兩隊人馬。「那金兵見盧俊義這支人馬陣式整齊，一簇絳旗下面，有一位絳色戰袍的大將，手揮了紅纓槍，勒馬按住陣角，三絡長鬚，飄在胸前，神色十分鎮定，便不敢輕犯。盧俊義大喊道：『大宋大名都統制盧俊義在此，誰敢犯我？』」《水滸新傳》第五十二回還兩次集中細緻寫因史進伴魯智深要雲遊四方，盧俊義對他們再三地諄諄囑咐，其長者之風宛然。

《水滸傳》中寫明盧俊義「在下今年三十二歲」，時在吳用赴大名府見盧俊義，推算一下，北上抗敵也不過幾年之後的事情。但《水滸新傳》中一再寫盧俊義年長，如第十六回寫盧俊義欲北歸，「手理頷下長鬚，卻見滿握斑白」，說，「光陰迅速，不覺已是五旬人物」。同回又有，「楊兄此來，鼓勵了盧某暮氣」。第二十九回兩次寫盧俊義「手撫髭鬚」「手撚髭鬚」。這些對盧俊義年長的描寫，為的是突出其有領袖群雄的不凡經歷所需的年齡，作家在此也就不顧與《水滸傳》的時間銜接了。

再次，展示了盧俊義治理地方的才能。《水滸新傳》中對盧俊義治理地方才能的展示，表現了人物的另一重要內涵，使其領袖形象更加立體化，對《水

滸傳》中盧俊義形象是一個嶄新的豐富。若說盧俊義的英雄氣概與運籌幃幄是源於《水滸傳》而有擴展的話，治理地方的才能則是全新的內容。《水滸新傳》曾在第八回以掌握梁山軍機與行動調度的智多星吳用之眼之口側寫了盧俊義的治軍之能：「小可一路探訪員外行軍經過，十分嚴整。沂州這座城，唾手而得，果是員外威風。」小說重點描寫了盧俊義率萬餘士兵對抗金兵十餘萬眾，多次寫到治軍之嚴。這些可視為其治理地方政事的相關之能，與之關係密切但不能等而視之。

　　對盧俊義治理地方才能的描寫首先是從側面著筆的，寫花和尚魯智深火燒相國寺，逃出東京，北上尋找盧俊義，於山東臨清盧俊義治下的所見所感。（見第四十四回）魯智深一路北行在臨清附近看到百姓奔逃，各州縣官驚慌得白日兀自閉了城門。聽傳聞說盧俊義駐守臨清，金兵不敢侵犯那裏。到了臨清，不想「百姓反是妥貼，麥田裏麥苗長著尺來莖葉，遠看去大地一片綠色，正是這裏莊稼不像曾遭蹂躪的模樣」。寫百姓安居，又以莊稼長勢襯托。接寫魯智深在過往小店買酒吃未果的一段，側寫盧俊義治下之嚴整。「師傅，不是我不賣給你吃。於今都統制駐節城裏，將地面盤查得緊。過路的人，須到保正那裏去說明來歷，取得一紙路引，才歇得了店，買得酒飯吃。」魯智深雖口中不滿，「灑家由東京來到這裏，水陸五六百里，不省得甚路引？到了你這裏，卻有這鳥規矩」。但見酒家實在不敢違犯軍規，心中不禁歎服，「盧員外究竟是個將才，他這境裏，便這般井井有條」。在此之後小說才正面補寫盧俊義如何治整臨清。先是軍事布置，「修理城池，休養士兵，以防萬一」「深溝高壘，操練士卒，囤集糧草」。命燕青帶三千人馬駐城外十里處，以為策應。渡口都派人把守，將渡船調到東岸，難民過河要一一查問明白，先斷了金兵游騎之路。又派楊雄帶一千人馬沿河晝夜巡邏。這樣不到十天，臨清便安定多了。接著把原臨清團練副使從鄉間尋來，先責以逃脫，又促其召集往日團練兵，清查戶口，四境巡邏，盤查行旅。接著請來一位退休侍郎勸其主持縣政：「大宋的土地，大宋的臣民都應該來守……此是侍郎桑梓之邦，小可異鄉之人，還願以頸血來保守臨敵的這一塊土，侍郎就無動於衷嗎？」在盧俊義的感召下，老侍郎「就在縣衙裏南向幾拜，權署了縣政」。這位七旬老翁鬚髮皆白，「逐日騎了頭瘦騾子，帶兩名年壯衙役，向四鄉富貴勸募」糧草騾馬，「引得全縣百姓，紛紛向縣城裏送著大小牲口糧食」。最能表現盧俊義才能與影響的是，「鄰縣有幾股強盜，各掠集了二三百難民，出沒梁山泊湖汊子裏，

聽說臨清縣有盧俊義保守，百姓不曾遭得金人劫掠，便也帶隊前來投效」。最後以盧俊義軍事上「不但又新增得兵力二三千人」，治下的「境裏內外無事」，農民的安居，「照常耕種」，臨清的影響，「臨清以東以南也就安定多了」，山東百姓奉贈盧俊義表達其敬仰感激之情的歌謠結尾：「河北玉麒麟，東來送太平，金兵誇十萬，不敢過臨清。」

對盧俊義治理地方才能的展示篇幅雖不長，但貯滿作家的深情與希望。寫法上側面描寫與正面描寫結合，涉及了舊日兄弟、百姓、武將、退休文官、金兵、強人多個層次，寫了治事的具體內容，又多處寫了結果，其中包括以莊稼長勢寫百姓的安居樂業。老侍郎的表現也很能說明盧俊義的感召力。特別是以強人的自動歸降，極寫盧俊義文治武功的不凡。對此，以最能代表民心民意的歌謠抒發了對盧俊義的讚美。這一部分，內容雖不多，但與《水滸傳》和《水滸新傳》相關內容相比，具有十分特殊的意義，對豐富、突顯盧俊義的性格，使盧俊義完全蛻掉員外氣，對塑造其領袖形象發揮了不可或缺的作用，成為小說濃鬱的悲劇色彩中十分難得的明麗片段。

《水滸新傳》產生於日寇大舉入侵、國難當頭的危急時刻。張恨水秉承傳統知識分子的良知，對國民黨當權者偏安西南，腐敗誤國，漢奸投敵賣國十分憤怒，對共赴國難的中華兒女則熱切歌頌。面對全民族齊心抗敵的形勢，自然就產生了什麼人來領導抗戰、什麼人是抗戰中堅的問題。對此，張恨水通過《水滸新傳》作了形象的回答。在上至朝廷大臣、下至東京潑皮中，在抗戰中起領導作用的是招安梁山英雄的張叔夜等賢臣；抗戰的中堅力量則是梁山英雄這些熱血男兒。在梁山英雄中，出身大富豪或大貴族的盧俊義、柴進等慷慨率眾北上，抗擊敵寇，不惜血灑沙場，他們是抗日中堅中的中堅。而出身小吏、小地主的宋江則退居次要地位。這是《水滸新傳》較《水滸傳》敘事重心變化的一個重要方面，體現在作家通過對《水滸傳》敘事空白、敘事懸疑的合理詮釋與拓展，為讀者呈現出深具現實意義，極富於英雄傳奇色彩的盧俊義新形象上。

## 第四節　環境描寫場面描寫解析

### 一、環境描寫的氣氛烘託

張恨水對西方小說藝術表現手法的接觸始於他青年時大量閱讀的林譯小

說。新形式新方法，使他加快了對這些新鮮事物的學習與借鑒。「五‧四」新文化運動又使這種借鑒與學習成為作家適應社會發展潮流與廣大讀者需求，適應新文藝發展方向的積極自覺的行動。作家又是一位傳統詩文功底深厚的舊知識分子，東西方小說表現觀念與表現手法的互相作用，自然帶給作家創作的變化。經過二十幾年時間，待到《水滸新傳》創作並連載時，新的藝術表現手法在小說中已鮮明地呈現出來。因此作家在《水滸新傳凡例》中說：

> 唯涉筆成趣有時略加小動作及風景描寫，推敲之後，亦不刪去，因此雖原傳所寡有，但頗可增文字姿勢，在不傷原傳精神情形下，似不妨聽其存在。〔註43〕

書中，「風景描寫」遍佈全書，傳統詩詞的抒情性與對事物的描摹水乳交融，因而精彩迭出，生動傳神，感人至深，有力地烘託了主題的強化表達。

對作家在「凡例」中所謂的「風景描寫」我們不能作狹義的理解，細閱全書發現，其含義約同於環境描寫，應該包括自然環境與社會環境兩方面。同時，書中有一定場面描寫特徵的環境描寫不僅種類多樣，表現細膩，與典型的環境描寫一樣飽含著作家強烈的感情，也是極為生動、極為感人的內容，因此我們把這類描寫歸於環境描寫一併來分析。

環境描寫包括自然環境描寫和社會環境描寫。場面描寫是指對人物在一定時間和環境中的活動所構成的面畫的描寫。環境描寫與場面描寫的不同之處是：環境描寫是描寫人物活動的客觀環境，是「靜態」的描寫；場面描寫是以人物活動為中心的「動態」的描寫。根此，筆者將小說中的描寫進行了梳理，發現除了比較典型的自然環境描寫、社會環境描寫外，文中大量存在著自然環境描寫與社會環境描寫雜糅，有一定場面描寫特徵的描寫分別與自然環境描寫，與社會環境描寫，與自然環境描寫社會環境描寫交錯一體的多種複雜類型。歸納起來各種不同類型描寫出現的情況見附表。

## （一）環境描寫的類型

### 1. 自然環境描寫

比較典型的自然環境描寫約有 22 處。如第五回：

> 一日巳牌時分，到了黃河南岸，小渡口上也有七八爿村店，參差在大堤上。人家叢中，有那合抱的大柳樹，一排十幾株，在堤裏

---

〔註43〕張恨水，水滸新傳‧凡例，哈爾濱：黑龍江人民出版社，1997 年 8 月，2 頁。

外長出，淩空湧出一座青山也似。這時，大太陽當頂，一片火光臨
地，天空半點彩雲也無，蟬聲在柳樹上響起，喳喳喳的聲聞數里……
奔上了大河堤一望，黃濤滾滾，流入天際，對岸青靄隱隱，有幾叢
樹林影子在天腳下，便覺眼界空闊，東南風自堤後吹來，甚是涼爽。

這段自然環境描寫的是柴進等人赴東京打探軍情，「智取令箭」，順利回
返途中於黃河邊所見，交代了事件發生的時間、地點，交代了人物活動的背
景，烘託了人物凱旋的心情。這之後，寫敵追兵飛至，雙方在河邊激戰，英
雄奪船渡水而去。因此，這段環境描寫又推動了情節的發展。自然環境描寫
的作用主要如此，上段描寫可以說是比較典型地體現了出來，作家運用得十
分純熟。

書中的自然環境描寫往往與人物的感覺合一，上例中寫河水、樹林、東
南風即是，使自然景物隱含著強烈的主觀感情色彩，這是本書自然環境描寫
的一個特點。

又如第六十六回，寫宋江被僞帝張邦昌爪牙脅迫的一段自然環境描寫：

院落中松竹木叢生，映著窗紗，兀自綠森森地。這時，忽然西
北風大作，吹得滿院松竹聲如潮。那西北大陸來的黃沙，遮天蓋地，
白日如夜。

這段描寫完全從人物的感覺著筆。宋江因心事重重，春日的綠竹也變得
「綠森森地」，讓人沉重，松竹如潮，寫出心境的跌宕。反季節出現的西北風
又使黃沙「遮天蓋地，白日如夜」，更襯托出人物所預感到的國家命運所面臨
的巨大危機。這段自然環境描寫完全可以看作是國運的象徵。因此，小說緊
接著寫道：「這般初春天氣，有此形象，教人愁煞，人事必有一番大變也！」

### 2. 社會環境描寫

社會環境描寫比較典型的約有 13 處。如第六十四回：

這時，長空變了灰色，城垣已露出半環黑影，回看城裏宮闕
以及人家，已在寒風中，透出千層萬疊的高低屋脊。好一座帝王
之都，烏壓壓一片巍峨影子。再看城外，金營裏旌旗飄動，正如
無數長蛇毒鳥飛舞。他馬不停蹄，一口氣奔到順天門來，卻見一
截城垣，偃旗息鼓，沒半個人影，許多帳柵，都靜悄悄地低伏在
城牆上。曉風吹了帳門，閃閃自動。薄霧中，順天門箭樓孤零著
一簇黑影。

上面寫的是，金兵攻破東京城前那天拂曉，東京城守城之將張叔夜眼中所見與所感。社會環境描寫在烘託氣氛、透露作家感情方面較自然環境描寫要直接得多，因此，在景物的擷取與描寫上，即可分明看出敘事者的態度。金兵緊逼在孤城下，投降派一味求和，欽宗在戰降兩派間矛盾重重左右搖擺，無可奈何之際聽信江湖術士的妖言，期待著神甲兵出城破敵。肩負守城千斤重擔的張叔夜憂愁憂思，深知金兵的兇狠，投降派的卑鄙，君王的矛盾，江湖騙子的險惡，守城將士的不足。因此，帝王之都是「已在寒風中」，「烏壓壓一片」，金兵旌旗是無數飛舞的「長蛇毒鳥」，拂曉中東京城上沒有旗幟，沒有人影，只有帳柵「靜悄悄地低伏在城牆上」。所選取的敵我雙方的景物形成鮮明對比，敘事的感情自然蘊含於字裏行間，比自然環境描寫表情達意要明白、直接。

### 3. 自然環境描寫與社會環境描寫結合

自然環境描寫與社會環境描寫結合的約有 17 處。如第十九回：

> 董平看看天色，黃靄滿天，西北風卻刮得緊，吹過城外荒林，呼呼有聲。那輪太陽，埋藏在黃靄裏面，大地不見陽光，料著這日晚間，必無月色。隱約之間，已見西北角平地上，擁起一片塵頭，風勢一卷，正向城頭撲來……這時，全城兵馬都依照了他的安排，城牆上空蕩蕩地不插一面旗幟，不露一個人影。冬日天短，董平回到北門時，太陽業已偏西。只見西北邊塵霧高卷，如平面擁出了一排山影也似。在塵頭裏，旌旗招展，隨風送來鼓聲冬冬，震天震地的響。

這段描寫先以昏黃的天色、西北風、荒林、暗淡的日光烘託了沉重的氣氛，又以撲向城頭的風塵隱喻軍情的嚴峻，再寫空蕩蕩的城牆，喻示宋兵的單薄，再寫如山的塵霧，最後以招展的旌旗、震天震地的鼓聲，直寫金兵的咄咄逼人之勢。這段描寫，以率殘兵守城的董平眼中看出，突出了雙方氣勢的反差，力量的懸殊，增添了真實感，強化了表現效果。

### 4. 自然環境描寫、社會環境描寫分別與有一定場面描寫特徵的描寫結合

自然環境描寫、社會環境描寫分別與有一定場面描寫特徵的描寫結合的例子約有 4 處。

如第二十七回：

這裏正是一片窪地，冬日水涸了，十餘里路寬的乾蘆葦叢被雪半壓著，卻也正遮掩了眼界，人馬便都深入一二里路，悄悄地埋伏了。路北向東三四里路，有兩個小村寨相連，村外都有樹林，將村子半露半掩，所有的高低樹枝，都讓雪加了一層厚塗裹，正是成了密密層層的梨花林子。地上是雪，人家屋瓦上也是雪，一片白色，在風霧中自難分出個淺深。柴進自帶了三千人馬，藏在這裏。剩下千餘人馬，卻由戴宗領著，緩緩向東行去。

如第十九回：

董平登城眺望，見金兵離城五七里不等，安下了營帳。只見那營帳外旗幟，像樹林也似，由近而遠，直接天腳。四下裏鼓聲驚天動地，在塵靄之中，看那兵馬像蟻群一般活動。

按照對場面描寫所作出的定義，上面兩例中動態的人的描寫構成有一定場面描寫特徵的描寫。前一例水涸的窪地、被雪壓著的乾蘆葦與樹枝、風霧中的雪色等構成了自然環境，反映出柴進率領的梁山軍抗擊敵人所處環境的艱苦。後一例如林的旌旗直接天腳、驚天動地的鼓聲這些社會環境描寫突出了金兵的兇焰，反襯出董平所面臨形勢的嚴酷。

### 5. 自然環境描寫、社會環境描寫、有一定場面描寫特徵的描寫三者結合

自然環境描寫、社會環境描寫、有一定場面描寫特徵的描寫三者結合的例子約有 14 處。如第十二回：

這日，是大宋宣和三年二月下旬，東風解凍，草木萌芽。新雨之後，一輪白日，照耀得青天如洗，滿地無塵，一片紅光。宋江在後壓陣，出得三關，只見沙灘上一排楊柳樹在青蘆綠水之上，排成了一片綠霧。隔水朱富酒店前後，幾十株杏花，開得像一叢火雲，不啻架起一座彩牌坊來恭送宋江。這時，忽然幾陣烈焰，高低不一，由三關以內衝上半空。接著又是震天震地的幾下響。原來是宋江在山寨裏藏下火種與地雷火炮，出得三關，將火線引著，到金沙灘上，一齊就發作了。從此梁山泊只剩下四周湖泊，一片丘陵，作了漁翁農夫的世界。

這段描寫是全書幾十處環境描寫與有一定場面特徵的描寫中少有的景色明麗、人物心情舒暢的片段。與後文多次出現的凜冽的西北風相對的是和暖

的東風，與遮蔽於煙塵後面昏黃的太陽相對的是「一輪白日」，除此還有難得一見的火雲般開放的杏花像架起了彩牌坊。震天震地作響的不是金鼓，而是毀掉舊日營壘的喜炮，曾經刀光劍影的河湖港汊成了漁翁農夫的太平世界。爲何環境與活動其中的人物這般欣欣然呢？原來梁山英雄受張叔夜相招，已降下「替天行道」杏黃旗，走下山寨，踏上重新作人之途，準備爲國效力。因此才覺得春和景明，木欣欣以向榮。

而在軍情緊急時，自然、社會環境描寫與有一定場面描寫特徵的描寫三結合的例子就呈現出另一種情形了。如第二十回：

> 約有二更附近，殘月未上，繁星滿空，夜色昏暗，曠野天低。此千餘人靜悄悄的走著，只有步履聲卜卜觸地。宣贊在馬上，寒霜撲面，昂頭東望，北郊放的火，此時都變成了無數處的紅光，錯落相望。遠處城池，正借了這一片紅光，可以看到一柵隱隱的城牆影子，城上卻並無動作，散在城腳下，想是金兵偷襲滄州未曾得手，便駐兵在城外民家了。

同樣的殘月同樣的夜色同樣的星空，因軍機緊迫而呈現出異樣。此段描寫的是宣贊在柴進的帶領下準備夜襲金兵，是小說表現董平隻身捍孤城以死殉國之後，柴進部與敵人周旋的開始。雖然敵我力量相差懸殊，但此時雙方尚未交手，因此筆調凝重而未有悲壯色彩。

小說將近結尾的第六十四回寫張叔夜在大戰前夕寒夜巡城的描寫則是另一番景象了：

> 這晚，天色陰暗如漆，星月無光，寒風吹過城頭，呼呼作響。下看城外金兵陣裏，一簇簇燈火，環繞了城圈，那火光反射天空，照耀出城外人家許多牆頭屋角，在暗空中閃著紅光。號角更鼓嗚嗚咚咚，四處此起彼落。其間雜著人喊馬嘶之聲，順風吹來，一陣陣有如潮湧……張叔夜見賊勢這樣猖獗，料著是個準備大戰的預兆。自己周身披掛，手握腰上佩的劍柄，只管呆立城垜口下，向城外張望。有時抬頭仰觀天空，霜風由臉上吹過，有如刀刮。黑雲影裏，偶然露出一兩顆星星，閃爍著兩下，便已不見，天也怕看這危城了。聽城上鼓轉三更，沉悶得篤篤之聲，更樓裏一兩星燈光，慘淡不明，不覺長歎了一聲。

肩負守衛京城千斤重擔的張叔夜，面對的不僅是兇殘的金兵，而且還有

內部投降派的干擾，江湖術士的詭計，君王的軟弱，守城號令的不一，士兵的疲憊等等困難。因此，在大戰前夜，憂心如焚的忠貞之士，眼中的天如漆暗，星月失去光彩偶然閃爍，寒風利如刀刮，燈光慘淡。在描寫中，還夾著張叔夜的感受，更添氣氛的壓抑，預示了城破國亡君擄臣死的悲劇結局。

### （二）環境描寫的作用分析

環境描寫的作用之一是交代人物活動的背景，在主要人物出場與主要事件展開前烘託氣氛，猶如交響曲主題或主旋律出現前的序奏，人物或風景畫中視覺中心周圍的遠山、雲靄、花草、器物等等對視覺中心起陪襯作用的內容。環境描寫絕非可有可無可長可短的文字，它們與敘事所要表達的主要內容有千絲萬縷的關聯，從其字裏行間完全可以體味出敘事的意圖與主旨。特別是像張恨水這樣有著中國傳統小說深厚功底的通俗小說家創作的報紙連載通俗小說，由於文化快餐式報紙性質的規定與報紙讀者為廣大市民的要求，小說中的這些描寫雖說源於西方小說，學習西方小說與新文學家所創作的小說的技法，但與其學習的對象還不可等而對待，同而視之。張恨水小說中的描寫，中國古代通俗小說的意味還是清晰可見的，與新小說的一味西化有較大區別。

下面，根據附表所歸納的內容，從以下四個角度來分析一下《水滸新傳》相關描寫或隱含或鮮明表達的思想傾向等問題。

### 1. 從描寫的類型看

文中自然環境描寫約 22 處，社會環境描寫約 13 處，自然社會環境描寫結合、自然環境描寫與有一定場面描寫特徵的描寫、社會環境描寫與有一定場面描寫特徵的描寫、自然環境描寫社會環境描寫與有一定場面描寫特徵的描寫結合四種類型相加約有 35 處。不同的描寫方法其特點與作用有其不同之處。自然環境描寫注重於自然景物的選擇與表現，以山水風雲等等借景寫心，寫情緒，隱含感情，用中國古代詩論一切景語皆情語可以對其進行詮釋。讀者不僅要透過自然景物體會字中之意文中之意，尤要體味字外之意文外之意。只有這樣，才能明曉其中三味。社會環境描寫注重於社會景物的選擇與表現，以村莊、旌旗、鼓角、刁斗等借物寫心，寫情緒，顯露感情。社會環境描寫對事物的選擇與自然環境描寫對景物的選擇都體現出敘事者主觀意識上的明確取捨，選什麼不選什麼同樣出於敘事者的思想感情與作品主旨的決

定，絕非信手拈來。若說自然環境描寫在表情達義上突出的是一個「隱」字，那社會環境描寫則突出了一個「顯」字。這是兩者一個明顯的不同所在。自然環境描寫社會環境描寫有一定場面描寫特徵幾者結合等其它幾種描寫則不僅具有自然環境描寫、社會環境描寫具有的作用，同時又增加了人的一些活動，這樣就更利於敘事意圖的表達。因爲不論何種環境描寫，都是爲人服務的，爲人的活動烘託氣氛，營造背景，沒有了人的活動，描寫也就失去了作用與存在的價值。《水滸新傳》中自然環境描寫其景物與人物境遇的關聯十分密切。人物順利愉快時則春和景明，憂心鬱悶時則陰霾蔽日，風雪迷途，這是一個特點，以利於讀者對自然環境描寫的目的能有一個比較明確的理解。這與作家的身份、報紙及其讀者的性質有關。社會環境描寫如軍情描寫多選擇金鼓、號角、刁斗、旌旗等等與戰爭相關的事物，雖不直接寫軍情，但已烘託出濃重的氣氛。其它幾種綜合描寫則在風雪迷漫等自然環境與鼓角聲聲旌旗烈烈的社會環境中突出人物的或嚴陣以待，或銜枚疾走，或呼嘯衝擊，或生死相搏等行爲，這樣，多種描寫類型的綜合，其表達所產生的藝術效果就更爲感人。

### 2. 從描寫的季節看

《水滸新傳》的環境描寫按一年四季來劃分具體是，春季 18 次，夏季 1 次，秋季單寫 6 次，秋末冬初合寫 4 次，冬季單寫 41 次。其中春季描寫中有兩例特殊。一次寫金兵退後，春草初生，楊柳吐綠，東京城外房屋倒塌，新墳座座，一片荒涼，眞是「國破山河在，城春草木深」，意在反襯。事見第四十三回。一次寫城破國亡後的初春，宋江聽西北風大作，松竹如潮，西北吹來的黃沙遮天蓋地。反季節描寫也意在反襯。事見第六十六回。從各季節的描寫次數看，冬季最多，春季次之，秋季又次之，夏季最少。張恨水帶有濃厚的舊文人的特性，受傳統文化影響至深，不僅通俗小說寫得好，有人甚至認爲其抒寫性情的小品文更富於韻味，詩也頗具功力。作爲傳統文人，對一年四季的感受是不同的。春季萬物復蘇欣欣向榮與秋季的落木蕭蕭一直是文人筆下的詠歎重點。張恨水在《水滸新傳》中將他對春秋兩季傳統文人性質的關注遷移了過來，因此書中大量出現了對這兩個季節中環境的描寫。這是他繼承文人傳統在環境描寫上的體現。尤爲可貴的是，出生於安徽的張恨水，在《水滸新傳》中打破了個人生活環境的束縛，拓展了描寫範圍，筆下大量出現了對北方冬季風雪迷茫環境的描寫。

張恨水曾長期生活於北京，對北方的氣候有瞭解，這是他創作的一個條件。同時，為了表現英雄北上抗敵與衛護京城的艱苦卓絕，他不僅反覆地寫了金兵的洶洶氣勢，同時，不惜筆墨地渲染北方冬季風雪漫天漫地的惡劣環境，意在突出英雄們不懼生死，以孤弱之旅與強大敵人周旋的氣壯山河，寄託了驅逐敵寇，保家衛國的理想。

書中有一個令人奇異的現象，秋末冬初時節的 4 次描寫完全出現在盧俊義率眾與海州張叔夜對敵部分，而沒有一次出現在與金兵交鋒時。從季節特點看，秋末冬初是涼寒初至，風雪之中尚有些些暖意，風不烈，雪不重，絕不像嚴冬中的風如刮雪如席。推敲起來這似乎不是作家不經意間的隨意處理，而是有意為之。因為盧俊義與張叔夜的關係，始而對立終而為一。這種對立不是絕對化的我與金人間的不可逆轉的敵我對立，而是相對的可以轉化的對立。因此，在季節的安排上，敘事者有意迴避了寒冬而選擇了具有兩季節相交特徵的秋末冬初。而這也正符合盧俊義與張叔夜的關係是變化的。同時，似還可推想為暗喻盧俊義等梁山人物此時的身份是介乎於敵我之間，絕不同於金人也不同於已依順於朝廷的歸正英雄，是尚與朝廷對立的江湖武裝。而且，在秋末冬初這個季節安排盧張對陣之後，書中所寫的季節未緊接寫嚴冬，而是接寫宋江如何依從盧俊義轉達張叔夜殷殷相招之意，於第二年初春「大宋宣和三年二月下旬」，降下「替天行道」杏黃旗，炸毀山寨，途經麥苗青青的淮河岸邊趕赴海州歸降張叔夜，故意避開嚴冬而選擇了初春，暗喻梁山的新生。

另外，書中在描寫盧俊義與張叔夜單騎決鬥的時節應在冬初，但敘事者有意模糊季節特點，有如下一段描寫：

> 雪後天晴，萬里無雲，一輪紅日，早由海岸升起。積雪上面，被日光射著，銀光奪目，寒氣凝空，又是一番景象。

積雪覆蓋寒氣凝空自是冬季景象，然而冬季沒有或少有的「一輪紅日」升起於「萬里無雲」的空中，大地「銀光奪目」。本來是盧張以性命相搏，然而敘事者為其安排的環境卻與其生死悠關的大事甚少關聯，而且筆調輕鬆。季節特點的有意模糊正反映出敘事者的暗示：此時雖「寒氣凝空」，盧張生死繫於一瞬，但梁山英雄即將棄暗投明，重新作人，因此才紅日高掛於萬里無雲的空中，大地銀光閃爍，一派明亮高潔的景象。同是寫雪，與金兵有關時，是一番嚴酷景象，此時，是另一番明亮景象，在對立中其寓意不言自明。

當然，盧俊義與張叔夜對陣時，雙方仍是官兵與強人的關係，因此，書中的環境描寫仍然突出了氣氛的凝重，但絕不同於梁山與金兵對陣時的壓抑。如第十一回寫道：

> 這時，北風停止，滿天無半點星光，黑洞之中，卻是冷氣加重，二更將近，地面上已鋪上雪點……三更以後，冒了風雪到莊門的箭樓上向外探望。這裏依然是眼前洞黑，四野沉沉。在暗黑中雪花像利箭也似，隨了急風，向人身上撲來。這不看到周圍一些村莊田園，更也就不看到一點活動的人影。（上文中兩處「不看到」疑爲「看不到」之誤。引文者注）

這段寫的是大戰前盧俊義眼中所見之景。因爲張叔夜棋高一招，梁山軍海船被燒，歸路已絕，被張叔夜殺敗，困守於一個小村莊。因此，盧心情沉重，四野也因之「沉沉」了。

### 3. 從描寫的年份看

《水滸新傳》所寫事件時間跨度是四年。開篇於第一年春季「華夏大宋宣和二年二月……」（事見第一回），接寫柴進東京探敵，朝廷派兵圍剿梁山，盧俊義率眾赴海外尋求建立新根據地，於秋末冬初盧張對陣，盧降服後回歸梁山面見宋江。宋江於第二年春季「這日，是大宋宣和三年二月下旬」（事見第十二回）率眾下山歸正。之後金兵入寇，警報傳來，引出盧俊義、柴進等十位英雄慷慨北上，時間是「秋季九月時光」「秋原莽莽」（事見第十六回）。董平雄州前線孤軍奮戰之時，「雪花飛著白茫茫一片」「這河朔天氣，遇到了風雪，一連多日，也未曾晴朗」（事見第十八回），已是隆冬。第二十三回「施小計雪夜襲金兵　泄眾忿公堂咬水賊」，第二十六回「風雪遮天舍生獻計　戰袍染血覆命成仁」，「宣和三年十二月」（事見第三十回），寫的是盧俊義、柴進與敵拼死周旋，時間是在如回目中標出的「雪夜」、「風雪」之季節，並有具體時間「十二月」。之後進入第三年，圍繞金兵圍困東京主要寫戰降兩派的鬥爭，梁山英雄兩次捍衛京城和兩次行動中間盧俊義在山東臨清一帶打擊敵人的故事。起始時間是「大宋靖康元年正月」（事見第三十四回），「這是正月下旬將盡之時」（事見第三十五回），「大宋靖康元年二月」（事見第四十三回）。「遙遠有些青青之色，正是新草初生」（事見第四十三回），寫的是魯智深祭張青與白勝等四烈士，其時已是第三年初春。之後寫盧俊義率部分兄弟以山東臨清爲根據地打擊敵人，時在「暮春三月期間」（事見第五十一回）。「靖康

元年四月」（事見第五十二回）之後，魯智深坐化，盧俊義等回歸鄆州與梁山大部重聚。從這年「已是九月」起，梁山英雄隨張叔夜赴東京勤王，經血戰朱仙鎮等惡仗，時間進入這年的「閏十一月，天氣已入隆冬」（事見第六十三回）。東京城破，二帝北狩，時在第四年，即「靖康二年正月」（事見第六十五回）。宋江被逼擁立僞帝是在「這般初春天氣」（事見第六十六回）時。之後宋江、李逵被逼飲鴆而死，吳用等三人被暗算而死，盧俊義等其它三十二位英雄被毒死，另有敵營中楊雄等十一人自飲毒酒而死。至此全書主要內容基本結束。其後尾聲寫公孫勝等人活動是在「一過三年，是南宋建炎四年」（事見第六十八回），已超出範圍，姑置不論。

　　在這四年中，第一年的環境描寫約 21 次，第二年的約 32 次，第三年的約 16 次，第四年的約 1 次。第一年的環境描寫主要集中在盧俊義赴海外尋建新根據地與張叔夜對抗過程中，這也是全書出現的第一個重要內容。因爲沒有盧的海外之行，則無法引出盧張對陣，自然也就沒有梁山歸正之舉，因此敘事者在描寫中對此也有相應體現與突出。《水滸新傳》主要「描寫中國男兒在反侵略戰爭中奮勇抗戰的英雄形象」〔註 44〕。第二年的主要內容是盧俊義北上抗敵始末，是全書最爲精彩的部分，敘事者傾注了濃鬱的感情，因此，環境描寫便多至 32 次，係四年中最多的一年。第三年主要寫張叔夜率梁山英雄東京勤王，以血肉之軀捍衛京城，抗擊敵人。從全書各部分重要程度看處於十分關鍵地位，但環境描寫卻僅有 16 次。從表面看這個數目少於第二年的32 次、第一年的 21 次，似乎不足以說明環境描寫的次數與所寫內容重要程度之間的正比例關係。實則不然。從環境描寫的作用看，主要是交代時間，烘託氣氛，營造事件發生的背景，有的尚具有推動情節發展的作用，而不是從正面對人物或事件進行展示，因此在諸種表現手法中還不是最重要的，起的作用也不是最大的，仍不能與對事件或人物進行直接的、正面的描寫如典型的場面描寫相提並論。而小說在表現梁山英雄第二次東京勤王即第三年的事件時，多次以場面描寫的方式表現英雄血灑疆場、慷慨死別的情景，如朱仙鎮梁山軍以區區九千大破金兵三萬之眾的壯烈場面，神行者戴宗因傳遞軍情累死的場面，行者武松血戰斷臂豪飲大呼而亡的場面等等，感人至深，催人淚下。第四年的環境描寫僅爲 1 次，寫宋江被逼擁立僞帝，身處初春而感西

---

〔註44〕張恨水，水滸新傳·自序，哈爾濱：黑龍江人民出版社，1997 年 8 月第 1 版，
　　　　1 頁。

北風吹得松竹如潮，黃沙遮蓋天地，預感到「人事自必有一番大變也」（事見第六十六回），用環境描寫襯托、喻示國破君降，兄弟凋零殆盡的悲劇結局。進入第四年，小說已近結束，故事馬上完結，人物即將各有歸宿，因此環境描寫也只出現 1 次。

從環境描寫在四年中出現的次數頻率分析，可以明確地看出它爲敘事意圖服務這兩者之間的密切關係。

### 4. 從描寫的年份與描寫的季節兩者結合看

從附表對四年中各季節的環境描寫次數統計結果看，第一年，春季 4 次，夏季無，秋末冬初合一 4 次，冬季 13 次；第二年，春季 6 次，夏季無，秋季 2 次，冬季 24 次；第三年，春季 7 次，夏季 1 次，秋季 4 次，冬季 4 次；第四年，春季 1 次，其它季節無。

統計結果也可以說明環境描寫爲敘事意圖服務這兩者間的關係。第一年春季 4 次。其時梁山剛剛排完座次，處於蒸蒸日上的時期，因此，對梁山環境的描寫也好，還是柴進喬裝進京打探軍情途中所見、凱旋於黃河岸邊所見也好，描寫的景物均現出欣欣向榮的氣象。秋末冬初合一 4 次，冬季 13 次則表現的是小說第一個敘事重點盧張對敵，因此從環境描寫運用的頻率看便出現了與小說第一個重點相匹配的多至 17 次。

第二年，春季 6 次，與第三年春季 7 次同爲多數，原因是第二年的春季梁山英雄聽從張叔夜相招，走下梁山趕赴海州，心舒景自美，因此便有了較多次數的環境描寫。第二年秋季，主要寫張叔夜送盧俊義等北上，爲其壯行，因其只爲表現北上殺敵這個重點內容的過渡，所以描寫僅爲 2 次，其中有 1 次在送行場面中。由此既可看出敘事者對北上殺敵這個重點的表現要避免因其它事件的展開而分散筆墨，又可看出對送行這個雖爲過渡片段但具有對突出英雄形象起重要作用的關鍵點的重視。第二年冬季 24 次，從各年各季節環境描寫次數看，爲最多且最集中。因爲這年的冬季寫的是與小說主題關係極爲密切的事件，即梁山十位英雄於北方英勇殺敵的故事。梁山歸正是全書第一個重點，但與小說主題關係不大，只起一個將中心事件展開前的準備作用，即沒有梁山歸正，就不可能有北上殺敵與東京勤王。小說的主題是表現「中國男兒在反侵略戰爭中奮勇抗戰的英雄形象」〔註45〕，因此北上殺敵與兩次

---

〔註45〕 張恨水，水滸新傳·自序，哈爾濱：黑龍江人民出版社，1997 年 8 月第 1 版，1 頁。

東京勤王爲全書重中之重。這三個事件中，從敘事者所花筆墨看，第一次東京勤王梁山英雄只有少數人參加，作爲被歌頌的對象被重點表現，但還不是勤王部隊的主體，种師道、姚古、馬忠等率領的其它勤王部隊起了主要作用，因此居三個事件中次要地位。第二次東京勤王，梁山英雄地位大變，成爲最重要的表現對象，但領導者非宋公明而是張叔夜；守城部隊梁山軍只是其一，尚有其它；另有民眾、太學生等清流支持，非孤軍奮戰。而北上殺敵是英雄主動請纓，好漢僅十位，人馬一萬餘，軍械不備，糧草缺乏；面臨的形勢是不僅無援軍，守土之文官武將非逃即降，更有賣國媚敵的漢奸，而且強賊遍地。胡騎則多達十幾萬人，雙方力量相差不啻天壤。比較而言北上殺敵的嚴峻似不輕於第二次東京勤王。這樣就不難理解敘事者一而再再而三地描寫風雪夜行、風雪迷途、風雪襲敵、風雪突圍等的意圖了，這也就是風雪描寫頻繁出現多達 24 次爲其它描寫數量幾倍的原因。

第三年，春季描寫 7 次，從數量看較第二年春季描寫還多 1 次，但有其特殊原因。第三年春季描寫涉及的內容較雜，1 次是魯智深在東京大相國寺所見，1 次是魯智深等去東京城外祭奠張青、白勝等四烈士所見，1 次是楊雄觀察陶館城所見，1 次是燕青欲救陷陶館城中的楊雄於途中所見，1 次是時遷所在的黎陽縣巡檢署環境，1 次是戴宗、李逵北上探敵情過黃河所見，1 次是公孫勝與曹正等北赴敵境 6 人於蘆溝邊所見。7 次描寫地點分爲 5 處，前 2 次在東京城，3、4 次在山東陶館，後 3 次分別在黎陽縣、黃河邊與北地蘆溝邊。由於地點分散，涉及內容不集中，因此雖描寫次數較多，但與集中爲表現敘事意圖服務還不能視爲一致。前文已述，作家張恨水是一位傳統文人，詩詞功夫深厚，這種抒情性的行文習慣不可能不在字裏行間時時流露，因此，在表現非重點事件時環境描寫也會自然出現，可視爲個人特質使然。第三年的夏季描寫有 1 次，寫戴宗、李逵兼程馳返夜間所見。秋季描寫 4 次，寫的是梁山軍於夕陽西下、夜間趲行和朱仙鎮血拼前夜殺機四伏的景象。冬季環境描寫雖只有 4 次，但如上文所述，秋冬季節尚有多處場面描寫，直接展示梁山英雄與金酋血肉相拼的經過，正面描寫成爲最主要的表現方式，因此環境描寫的次數並不多。

至於第四年僅有初春描寫 1 次，其原因上文已言不贅述。

經過上面從幾個不同角度的分析，我們可以明白地看出，不論是從環境描寫的類型看，從環境描寫所在的季節春夏秋冬看，從環境描寫所在的四個

年份看，還是從環境描寫所在的四個年份與所在的四季春夏秋冬結合看，環境描寫和有一定場面描寫特徵的描寫都無一例外地與敘事中心與敘事人的特質有千絲萬縷的關聯。沒有游離於敘事中心獨立存在的環境描寫，也沒有游離於敘事人特質的環境描寫，環境描寫不論在任何時間任何情況下都是爲敘事中心服務的。

**《水滸新傳》環境描寫與有一定場面描寫特徵的環境描寫分佈表**

| 四年描寫次數 70 | 每年四季描寫次數 70 | 描寫類型與描寫次數 70 | | | | | | 四年四季每季描寫次數 70 |
|---|---|---|---|---|---|---|---|---|
| | | 自然 22 | 社會 13 | 自然、社會 17 | 自然、場面 3 | 社會、場面 1 | 自然、社會、場面 14 | |
| 第一年 21 | 初春 4 | 4 | | | | | | 春 18 |
| | 夏 | | | | | | | |
| | 秋 | | | | | | | |
| | 秋末冬初 4 | | 3 | 1 | | | | |
| | 冬 13 | 5 | 5 | | 1 | | 2 | 夏 1 |
| 第二年 32 | 初春 6 | 2 | | 1 | 1 | | 2 | |
| | 夏 | | | | | | | |
| | 秋 2 | 1 | | 1 | | | | 秋 6 |
| | 冬 24 | 5 | 4 | 9 | 1 | 1 | 4 | |
| 第三年 16 | 初春 7 | 1 | | 4 | | | 2 | |
| | 夏 1 | | | 1 | | | | |
| | 秋 4 | 2 | | | | | 2 | 秋末冬初 4 |
| | 冬 4 | 1 | 1 | | | | 2 | |
| 第四年 1 | 初春 1 | 1 | | | | | | 冬 41 |
| | 夏 | | | | | | | |
| | 秋 | | | | | | | |
| | 冬 | | | | | | | |

注：「描寫類型與描寫次數」欄中的「自然」、「社會」係分別指「自然環境」、「社會環境」，「場面」係指有一定場面描寫特徵的環境描寫，即有人的活動的環境描寫

## 二、場面描寫的直接表現

場面描寫是指對人物（往往是眾多人物）在一定時間和環境中的活動所構成的畫面的描寫。對場面描寫的要求一般是要做到主次分明，條理清晰；既要有全景的描述，也要有細緻的特寫；要寫出特定場合的氣氛。

《水滸新傳》中存在著大量的場面描寫，生動而感人，形成小說一個鮮明的敘事藝術特色，對突出主題、刻畫人物、抒發感情所起的直接明確的作用是其它含蓄的表現方法不能比擬與替代的。細閱全書發現比較典型的場面描寫約有 91 次之多，分佈於小說情節發展的 4 年之中。筆者按場面描寫內容將其分為六方面：訣別與死亡場面、祭奠場面、送行與分別場面、迎接場面、戰鬥場面、其它場面，其中訣別與死亡場面、戰鬥場面出現次數最多，描寫最生動，效果最感人。從附表可以看出，第二年、第三年的描寫次數最多；從四個季節看，秋冬季且第二、第三年的秋冬季描寫次數最集中。這都與全書表現梁山英雄的主要內容與主題息息相關。

### （一）戰鬥場面描寫

《水滸新傳》作為具有歷史小說特點的英雄傳奇小說，繼承了《水滸傳》確立的英雄傳奇敘事模式的特點，在《水滸傳》出現數百年之後，在英雄傳奇小說敘事模式發展的長河中，形成了一個高峰，成為英雄傳奇敘事模式最為典型的代表。而最能充分地體現這一特點的是書中大量存在著對戰鬥場面的富於傳奇色彩的描寫。因為分類標準的交叉，估且分為下面這幾種：夜戰、火戰、巷戰、步戰、陣戰、騎戰、混戰、水戰、攻城；文中另有與戰鬥關係極為密切的其它場面描寫。因有的場面一身而二任，如夜戰與火戰常為一體，且篇幅所限，故多舉這類例子。

### 1. 夜戰與火戰場面描寫

如第十九回：

> 高坡上田仲、舟修看到信號，亮起火把，將燈籠去了布罩，黑暗中大放光明。十幾聲號炮，將紅煙放入天空。兩位都頭，八隻馬蹄當先，引了五百騎兵馬，向金營直撲了去。這五百匹馬裏，倒攜有三四十架軍鼓。兵士們一面狂敲軍鼓，一面吶喊。馬借風勢，風壯火威，一條飛火陣就地狂卷起來，向金兵營寨裏撲去……這裏宋軍殺到，兵士們睡夢裏驚醒，倉促應戰，人不及甲，馬不及鞍，早

是亂著一團。宋軍奔到營寨前，只將火把向帳篷糧草堆上擲去，西
北風一卷，帳篷盡著。金兵在火焰裏搶了兵器，只是向下風頭奔
避……突然擁出一叢火把，照耀著風前飄出的兩面大旗，白字藍底，
大書「河北雙槍將，雄州掃賊軍」，再有一面大纛旗，大書一個「董」
字。一員猛將，高騎駿馬，手揮雙槍，抖動槍纓，迎面將來，大喊：
「郭賊哪裏走？」

　　這是梁山十位北上英雄與金兵的第一仗。由於邊地雄州武備嚴重缺乏，
二千兵額殘存二三百人，且衣甲刀槍不全，董平在敵兵初到尚不明宋軍情況
時，夜襲火攻，斬敵酋之首，初戰告捷。這段場面描寫，有聲有色，生氣十
足，宋軍氣勢的高漲與金兵的慌作一團形成鮮明對照，特別是董平的描寫更
是英姿勃發。《水滸傳》中風流雙槍將的乘人之危而求親，甚至殺其父而妻之
之舉完全被忠正報國、痛殲頑敵的壯舉所取代，映現於讀者心中的是董平豪
氣干雲的大丈夫形象。

### 2. 巷戰與步戰場面描寫

如第三十五回：

　　　　那何灌先殺出來，將三千金騎截成兩段，過去的金兵搶著回頭，
十分紛亂。於是一手拿了鋼鞭，一手拿了砍刀，大吼一聲，站在自
率的一批軍民前頭，躍入金兵叢裏，刀砍馬腿，鞭打金兵，一道黃
光，一道白光，上下飛舞……魯智深、史進兩人各帶三五十個步兵，
在金兵叢裏，殺進殺出。約莫廝殺了一頓飯時，金兵馬隊已沖到一
處，一個耳帶金環的金將，自揮了長矛，押住陣腳，向北搶路。街
道狹窄，馬擁擠在一堆，一馬被刀砍倒，眾馬就互相踐踏，那陣勢
就越發紛亂。那金將在後，退不出去，見何灌穿了紫甲，一刀一鞭，
四處砍殺，料是一員大將，益發掉轉馬頭來，挺矛直刺何灌。何灌
見馬已到面前，料躲不過，將身向地一滾，滾到馬腹下，飛起一鞭，
將金將打落馬下，又是一刀，砍了那金將首級。魯智深在左，揮起
禪杖，史進在右，揮起鐵棍，將金騎隊裏來搶屍體的，又打翻幾十
個。金兵群龍無首，呼嘯著像決堤一般的潰走。

　　此次巷戰前，「金兵竄據牟蛇（疑為「駝」之誤，引文者注）崗、陳橋……
我想調敢死之兵二三千人，縋出城去，乘其不備，挫折他的銳氣，正缺少步
戰勇將，領兵巷戰」。這是守城大臣李綱接見魯智深等三人說的敵我情況，並

鼓勵他們隨何灌出戰。書中介紹何灌「在滑州，受了那正面梁方平太監軍隊潰退之累，也是不戰而潰，半世英名，盡付流水」，因此一心要血洗恥辱。而且何灌和梁山亦有淵源，「賢弟兄林冲、徐寧是我同門學藝弟兄，尚望著國家份上之外，更念私誼，助我一臂」。（以上引文見第三十四回）在此情況下何灌恐城門開而金兵突入，拒絕守城軍隊救援，率一千五百士兵、五百市井民眾，縋城而出，燒毀渡過護城河的木筏，「決計死戰」，「勝則打通西、南兩門，以待援軍到來，在城外找個立腳點，和城內先立一點犄角之勢；這一千五百人，只有全部殉國，決不望城內開門，放我等回來」。金兵重重，危險至極，此段描寫突出街巷中步戰特點，主要表現何灌殺敵的不顧生死，是通過兩處特寫展示出來的。其一，突出何灌一鞭一刀，黃光白光上下飛舞，在敵叢中殺進殺出；其二，以敵將的兇猛反襯何灌將生死置之度外與藝高膽大，斬敵將於馬下。魯智深、史進的兩處描寫對何灌也起了很好的襯托。書中後來寫道，何灌苦戰一日，殺敵至「力盡精疲」，但「中原大將，不能死於賊手，就此一死以報國恩，藉雪滑州兵潰之恥」，最後向京城拜了四拜，自刎而死，「盡忠成仁了」。（以上引文見第三十五回）

### 3. 陣戰與騎戰場面描寫

如第二十九回：

> 郝思文看那金兵陣式，林子外列著兩排人，都使了長槍大刀，林子裏人影搖閃，塵土飛騰，必還有弓箭手，校刀手，馬入樹林，必是死局。便捨棄了大路，斜刺裏向樹林子東北角奔去。他將大刀插在馬鞍旁，兩手揮了兩面紅旗。戴宗引了陣尾，屈曲了向前，卻變成了個蠍子形。郝思文把自己的前鋒交給副將帶領，與戴宗轉來前方的陣頭，作了兩個鉗子，齊頭並起。原來陣的中段，變成了蠍尾，他策馬回去殿後……這個蠍子陣，可以免了金兵攔腰截殺，便衝繞過了樹林。不想金兵處心積慮要把這支精兵困死，哪裏肯讓他們突圍，但聽到胡笳聲起，北方有騎兵約兩三千人，對了這蠍尾，直撲將來。他們排的是亂鴉陣，平原上三五十騎一叢，亂轟轟地鋪展開了，圍繞攏來。猛然看去，倒覺遍地都是金兵。郝思文如何不省得，他在馬上下令，教身邊的旗牌鼓手，發了個給後隊變爲前隊的鼓角聲，全軍便都掉過馬頭來，由東向西。他這時又成爲前鋒，在馬上揮動兩面黑旗，陣式又第三變，變成了大鵬展翅，蠍尾變了

大鵬頭，兩鉗變了兩個翅兒，向外伸張，正對了那亂轟轟三五十一群的散騎兵掃蕩著。不消片刻，兩下裏便廝殺到了一處。金兵雖是一隊隊的撲擊過來，郝思文自在隊伍前面橫衝直撞，緊緊帶住了陣腳，不讓他混亂。宋軍這三千馬兵拼湊在一處，正像一隻大鷹，在大地上盤旋，幾萬隻馬蹄踐踏的塵土，飛騰了幾里路橫闊的地面，半空裏如起了一重濃霧，眞個日色無光。馬蹄聲，喊殺聲，海潮般湧起。兩下裏騎兵都使用著槍矛，塵霧裏幾千支飛舞，本就讓人眼花繚亂。這宋軍馬兵，陣式是一團的，三千支槍矛，都在馬頭上像倒了的排竹，聯繫了朝外，更教人看著是一條活的鹿角，氣勢奪人。金兵用錯了散兵撲殺，一時又集合不得，零落的撲來宋軍陣腳，都教這一萬多馬蹄、三千支矛衝殺散了。金兵撲殺到三次，已讓宋軍衝散了三停的一停。那陣后土丘上，有一杆大旗招展，嗚嗚吹著海角，金兵竟自撤退回去了。

上文寫的是郝思文率隊突擊金人包圍的兩次陣勢變化，前此宋軍是一字長蛇陣，衝過了敵人「像暴雨也似」的箭射。面對敵人的重重阻截，宋軍再變陣爲蠍子形，敵人對應的是亂鴉陣，宋軍三變爲大鵬陣，衝擊著散落的敵人。這段場面描寫重點突出了宋軍陣勢的多變，大鵬陣掃蕩敵人的氣勢。陣勢的名稱極富於形象，表達上也圍繞其形象特徵展開。陣如盤旋的大鷹，槍如倒了的竹排、鋒利的鹿角等，比喻的連用更添生動。在陣勢名稱的選擇上也很有感情色彩。此部分前宋軍的陣勢是「一字長蛇陣」，這是固有名稱，不宜改動，但敘事者喻其爲「像一條巨龍，向對陣舞躍了來」；以陣勢像蠍子形，突出其兩鉗的兇猛，表現對敵人的仇恨；以大鵬展翅喻其陣勢的強而有力，氣勢宏闊。敵人的陣勢稱亂鴉，突出其散亂，並以鴉身之黑喻其邪。而且以大鵬鳥中之王對烏鴉鳥中之劣，形成鮮明對照，直接地表現敘事者的愛憎感情。這段場面描寫，既重直觀表達，又重氣氛烘託，將宋軍抗擊金兵的高昂鬥志渲染得相當濃烈。使人甚至產生與宋軍弱而金人強完全相反的印象，達到了表現宋軍誓與敵人血戰到底的英雄氣概的目的。

又如第三十一回寫盧俊義列陣衝敵救人的片段也極爲生動：

　　　　自己（指盧俊義，引文者注）拍馬先驅，後面二千馬兵列成長龍也似一條隊伍，人馬向西北角飛奔，那是一條龍。地面上一條滾起來的黃塵，向東南卷起，又是一條龍。這兩條龍聲勢奪人。正好

風勢少煞，東邊天腳雲霾裏，吐出一輪雞子黃似的太陽，照著大地黃黃的。那馬隊裏幾十面大鼓，雨點般擂著，夾著那一片馬蹄聲，正是傾瀉了一股瀑布，直奔金兵陣裏。

### 4. 混戰場面描寫

如第六十一回：

金將鐵郎見前鋒挫敗下來，也吹起胡笳，發動後面五千連環拐子馬，著成五百股，向我軍撲來。立刻大地上黃塵卷起九（疑為「幾」之誤，引文者注）十丈高。宋江在先鋒營寨上觀陣，看得清楚，便親自奪了身邊鼓手的鼓槌，雨點般打著。全軍鼓手，看到統制親自擂鼓，擊鼓相應。長斧隊八員將領舉起長斧，各各首先奔入馬蹄林子裏，如入林伐木一般，只管砍馬腿。千餘長斧隊兵士，不分高低，一齊向馬腿縫裏鑽入去。正值天助人威，西北風大作，就地卷起遠處飛沙和金兵蹴起的黃土，向金人陣裏撲了去。這時，兩軍人馬都在萬丈塵霧裏面混殺……這樣接殺了半個時辰，下面是大地動搖，上面是日色無光……

前此寫的是宋軍長斧隊、鈎鐮槍隊和盾牌隊聯手大破金人騎兵的內容。這段混戰描寫的是宋軍大破金兵連環拐子馬的場面。首先由遠景寫起，金軍五千連環拐子馬氣勢洶洶地撲來；接以宋軍統帥宋江特寫，「奪」了鼓槌，親自擂鼓，引得鼓聲大作，氣勢上壓倒了敵人；然後是中景，長斧隊員在八位英雄率領下不顧生死撲向敵陣；接寫環境，烘託氣氛，以風沙撲向金人暗表正義之師必將得天助而戰勝敵人，並以「大地動搖」「日色無光」極寫混戰的慘烈，側寫敵人的凶頑，宋軍血灑疆場的可歌可泣。這段場面描寫，層次十分清晰，氣氛濃鬱，寫得痛快淋漓。可能是作家寫作中過於投入，愛憎感情過於強烈，造成此段描寫人稱與全文不統一。全書是第三人稱，而此段卻以「我軍」表「宋軍」，算是微瑕吧。

### 5. 與戰鬥有關的其它場面描寫

《水滸新傳》中與戰鬥描寫有緊密關係的場面描寫約有 4 處。其一，傳軍機探敵情而重傷的石秀帶著已死的朱武在狂風烈雪中夜歸軍營的描寫，事見第二十六回；其二，燕青帶隊風雪寒夜行軍的描寫，事見第三十一回；其三，關勝、林冲等十八勇士夜闖敵營斬獲而歸的描寫，事見第三十六回；其四，血戰朱仙鎮前，呼延灼帶病作前鋒的描寫，事見第五十八回。下面僅舉

其三爲例：

　　馬忠在十字路口，教軍校們高舉燈籠火把列著長案，在民間果
然搜得半甕酒，放在街邊，用炭火圍在甕下燒起來。安排妥了，城
樓上更鼓初轉三更，便聽得一陣馬蹄聲，拍拍而來。馬忠眉毛一揚，
向站在身旁的各將領道：「你聽，這馬蹄聲裏，透著得意之味，十八
將軍成功回來也。快快篩酒！」這時，魯、史、戴、曹四人都在此
地，馬忠手下幾員戰將，也都站在這街頭，看此盛舉。兩個兵士，
在甕裏舀起酒來，向桌上擺列的十八隻碗裏篩著。方篩到一半，只
見七八個火把高舉，一群馬也飛來面前。前頭兩匹馬，依然是林冲、
白勝。林冲左手舉了火把，右手攬了韁繩，金槍背在背上，馬鞍上
掛了兩個首級。白勝卻兩手舉了一面白底紅綠號旗，上面正有斗大
一個「金」字。後面群馬隨到，依然十八騎，十八將，不曾缺少一
個。大家滾鞍下馬，馬忠立刻向前迎著關勝，指了桌上道：「本帥要
配合令祖佳話，溫酒以待。」關勝躬身笑道：「某等略施小勇，僥倖
一試，幸不辱命，何敢高比古賢。某等斬得敵將首級在此，請統帥
點驗。」於是大家將首級獻上，有的一個，有的三個，都放在燈火
下地上。關勝、林冲、楊志、徐寧各斬得戴銀環首級一枚，正是金
兵中等以上將領。其餘首級，也各戴有銅環、錫環，全是金兵將校。
白勝未曾斬得首級，卻奪有金兵先鋒旗一面，也足爲此戰生色。馬
忠大喜，親自捧了酒碗，向各人敬酒。在旁看熱鬧的兵士將官，暴
雷也似喝彩不絕。

　　本段場面，完全從側面著筆，表面寫的是十八勇士的不凡戰果，實則寫
的是他們「兩晝兩夜，飛騎七八百里」而來，在「辛苦已極」熱飯未吃一口
情況下，「只求相公賜借良馬十八匹」要「前去劫營一番」「志在與胡騎血戰」
的豪壯之舉。充滿傳奇色彩的語言，洋溢著輕快的筆調，跳動著輕盈的節奏，
表達了敘事者對忠義之士的歌頌，對必然戰勝敵人的堅信。先以火把下安排
好酒時才初轉三更寫時間之短暫，然後以馬蹄聲聲與統帥的感受寫勇士歸
來，以篩酒至半而馬到寫凱旋之迅速，以林冲、白勝前導呼應上文兩人引領
大家而去，以統帥引關勝乃祖關雲長溫酒斬華雄比關勝等人斬敵之神速，然
後寫各人斬獲結果，最後以統帥敬酒以及眾將士「暴雷」般的喝彩寫十八勇
士深入龍潭虎穴的神勇不凡。

### （二）訣別與死亡場面描寫

訣別與死亡場面描寫全書約有 23 次，雖比戰鬥場面描寫的次數少 17 次，居於各場面描寫次數第二的位置，但為書中最為精彩最為感人最富於悲劇色彩最能體現敘事者意圖的部分。

如第六十三回武松與宋江訣別的場面：

> 宋江聽了軍士報導，一馬便奔入寺後殿裏來，口裏不住問人道：「我那武二兄弟，現在何處？」軍士說在僧房裏，他兀自拿著馬鞭，向僧房裏來。見武松渾身血裏了戰衣，坐在禪床沿上。兩個兵士，抬了一甕酒放在面前，大碗舀遞給他，他一手送了酒到口邊，只管吃。宋江顫抖了身體，跑向前道：「我那好兄弟，你怎地只管吃酒，不將息了？」武松將手上酒碗一丟，突地站了起來，強笑道：「哥哥，我咬著牙強等你來。」宋江道：「兄弟，你應該將息，酒吃不得。」武松道：「我一生只醉這一次了，你倒不教我醉？」宋江聽說，心如刀絞，見他左臂不在，衣袖半截，血裏了一團，不覺淚如雨下。武松道：「哥哥，你哭怎地？我武二是好男子，死也不屈。我死了，你胡亂將我埋便罷，讓我墓門朝東，我好望著山東。」宋江垂淚道：「兄弟，你若有個好歹，我將鐵郎那廝心肝祭你。」武松搖頭道：「不可，兩國交鋒，為將的各為其國殺敵，我殺不得他，他便殺我，有甚錯處？於今我捉了他，應當向朝廷獻俘。哥哥，聞言休道，你待我恩重如山，情逾骨肉，武二再不能保哥哥為國增光了，就此拜別哥哥。」說著，跪了下去。宋江放聲大哭，拋了手中馬鞭，對跪下去，扯了武松右臂，將他扶起。武松喘著氣道：「你能不能同武二同吃一碗永別酒？」宋江哽咽了道：「兄弟，你自保證，休吃酒。」武松喘氣愈加急促，斷續地道：「武二流血太多，不濟事了。」宋江看到，立刻另取一隻碗，舀了一碗酒來，因道：「兄弟，你就在我手上吃一口。」武松點點頭。宋江兩手捧了碗送到他面前，武松低頭，就手吃了半碗，將眼望了宋江。宋江會意，便把那半碗站著吃了。武松含笑點頭，忽然大叫一聲道：「哥哥，武二去也！」向下一坐，坐在床沿上，兩眼圓睜，氣喘一停，真個去也！

上文場面描寫之前，寫的是武松大戰金國勇將鐵郎。武松左臂先被暗箭所傷，後被鐵郎揮刀砍斷，但他仍獨手拉倒馬腿，活擒鐵郎而歸。之後武松

「全被血跡沾染了，站著哈哈大笑幾聲，推金山倒玉柱一般，跌在地上」。

　　這段場面描寫大致分五個層次，首以武松飲酒起，再以其議死繼之，再以其議永訣繼之，再以武、宋同飲長別酒繼之，最後以武松大呼「去也」結束。武松與宋江情同骨肉，《水滸傳》中二人初會於柴進莊上即情意相投，分手時，武松「納頭拜了四拜」，與宋江結爲兄弟，認爲「結識得這般弟兄，也不枉了」。一旦生離死別，二人的至情至性便不加掩飾地流露出來。宋江一再地叫「我那武二兄弟」「我那好兄弟」，身爲統軍大將，百戰生死，卻「顫抖了身體」「跑向前」，一再勸武松不要吃酒，長別時「放聲大哭」「對跪了下去」，由勸不要吃酒而親手舀酒送到武松口邊，「兄弟，你就在我手上吃一口」，並把剩下的酒吃掉。武松則是憑藉吃酒「咬牙」等宋江來，一見面，不僅「將手上酒碗一丟」「突地站了起來」，並「強笑」說道。議過生死之後跪了下去，要求與宋江吃長別酒，「就此拜別哥哥」，而吃過酒後，大叫「哥哥」而「去也」。金本《水滸傳》在武松上景陽崗前於酒家叫道「快把酒來吃」處夾評道，「好酒是武二生平」。此段武、宋訣別描寫處處不離酒，即按武松嗜好展開，突顯其性格。《水滸傳》中，武松殺嫂，醉打蔣門神，血濺鴛鴦樓之後，扮頭陀投二龍山落草前，宋江一再勸他「少戒酒性」，此時親捧酒碗與武松同吃一碗永別酒，其情慘烈。

　　書中第三十九回寫白勝、郁保四、張三、李四四人隻身赴金營救被囚康王，事敗，慷慨請死，血濺敵營，至令敵酋驚歎「從此不敢輕量中原人士了」的訣別場面描寫也極生動感人。

### （三）送行與分別場面描寫

　　送行與分別場面描寫書中出現了 7 次，最爲生動感人的是第十六回張叔夜於秋日送盧俊義等十位英雄北上抗金的描寫，大有易水送別之意，而壯闊過之。請看相關文字：

　　　　這是季秋九月時光，天高日晶，氣候涼爽。在十人起程的這日，張叔夜選了三千精壯人馬，在鄆州城外十里，列隊相送。在城九十餘位弟兄，隨著十人馬匹車仗後面，一同出城。張叔夜本人，率領兩位公子，已在郊外十里大校場先行等候。盧俊義一行，來到校場前面，老遠看到天淡雲輕，千百面旌旗，在半空裏飄動，真個是五彩繽紛。來到近處，校場掃得潔淨，平平蕩蕩，一些渣滓也無。三千軍馬，盔甲鮮明，兩排列隊中間顯出一條人行大道。眾人簇擁了

十籌好漢，由此經過。那演武廳上，有人拿了紅旗發令，等人經過了，那紅旗展動，這人馬便變了個四方陣式，佈在校場中心。旗門影裏，金鼓齊鳴，早見張叔夜全身披掛，率領二位公子，由演武廳上步行下階，前來迎接。見著盧俊義等，便拱手道：「演武廳上，備有薄酒，敬獻一盞，以壯行色。」盧俊義躬身道：「相公如此盛情，卑職何以克當？」張叔夜挽了盧俊義手道：「非是本帥過重別情，君等十人，在河朔多事之秋，慷慨北行，是好男子所為。所為盛設此會，也讓人看了，學學好男子。」說著，大家都上了演武廳來。這裏錦幛繡圍，設下了兩座宴席。盧俊義見梁山舊日弟兄，個個身著戎服，由廳前到階下，八字分開兩排，按著佩劍肅立，自是不能坐下。十人挨次站在宴席左手。於是長公子張伯奮提壺，二公子張仲雄捧盞，酒斟滿了，張叔夜接過來，與十籌好漢把盞。這時，校場裏三千軍馬，靜悄悄地排列了陣式，一些響聲也無。但見那四方陣式的隊伍，戎裝鮮明，猶如地面排下了整齊的錦堆。在錦堆上面，雲霞燦爛的飄動了旗幟，在風中卜卜作響。張叔夜把盞完畢，鐵叫子樂和手裏捧了一把箏，走上廳來，向盧俊義道：「奉相公鈞旨，彈一段古曲，送十位兄弟。這曲詞還是相公親撰。」盧俊義躬身道：「願洗耳恭聽。」張伯奮道：「家尊作曲時，吩咐愚兄弟配合了一段劍舞，益發舞劍一回，以送十兄。」十人齊聲道：「願領教。」於是將箏放在廳邊長几上，肅立推彈。伯奮、仲雄各拔出身上的佩劍，就在臺階下平坦地上，相對而舞。伯奮紅甲、仲雄青甲，紅青人影顫動，配著兩道白光。那箏上十三根弦子彈起來，錚鏦有聲，彈的、舞的，隨聲高歌。那歌詞是：

中原莽莽兮，華泰峨峨。

黃塵撲地兮，朔風漸多。

我有壯士兮，慷慨悲歌。

蒼茫四顧兮，聯袂渡河。

連袂渡河兮，躍馬揮戈。

躍馬揮戈兮，還我山河。

躍馬揮戈還我山河兮。

盍興乎來乎？躍馬揮戈！

他三人唱完了，劍也舞完了，三人肅立。演武廳上紅旗展動著，便聽到三千士卒應聲而起，將這歌子唱了一遍，眞是響徹雲霄。十籌好漢，不覺眉飛色舞，紅光滿面。盧俊義躬身向張叔夜道：「蒙相公獎掖如此，盧某等此去，誓當竭盡忠貞，上報國恩，下答知遇，肝腦塗地，在所不辭。就此拜別，未敢久勞政躬。」說單，十人一齊拜倒階下。張叔夜一一答禮，父子三人，親送十人走下臺階。那時，十人的征馬，已經牽到廳前。張叔夜在馬夫手上接過馬鞭，牽過第一騎馬，以次便是張伯奮、張仲雄、宋江、吳用和其它五位將領，各牽一匹馬，恭候行人登鞍。盧俊義、柴進一齊惶恐拜揖道：「折煞某等了！」謙遜了一番，十人便在演武廳前接過韁繩，上了鞍韉。張叔夜和百餘位將領，由臺階上層層排立，站到演武廳屋檐下，拱揖肅立，正色目送。盧俊義、柴進等在馬上深打一躬，按轡緩行。只見三千士卒在旌旗影下，整隊列陣，一個個注目相視。陣頭上黑煙突起，通通響了幾聲大炮，益發震發人的精神。

十人順了校場，策馬前走，舉目北望，秋原茫茫，一望接天，日照平林，雲連驛路，正是前路無涯。遙見隨從車馬，成群在路口相候，而身後「盍興乎來」的歌聲，又在激昂的唱著呢。

這部分描寫可謂不惜筆墨，淋漓盡致，層層烘雲托月，使北上抗敵的壯舉感人肺腑。首尾以秋日環境描寫點出時節，如遠景推出。「黯然銷魂者，惟別而已矣」，此別在萬木蕭蕭的秋季，更增悲意，何況非個人之別，而是遠赴戎機，單槍匹馬，隻身抗敵。「前路無涯」，形勢莫測，英雄們雖不惜死，但前景終究不明。因此，秋日的描寫成了氣氛烘托的第一個層次。校場上千百面旌旗，盔甲鮮明列隊迎候的士兵與高唱的「盍興乎來」的旋律，與「震發人的精神」的「通通響」的「幾聲大炮」，構成了氣氛烘托的第二個層次。梁山兄弟戎裝肅立，八字分開兩排，牽馬執鞭構成了氣氛烘托的第三個層次。張氏二公子與鐵叫子樂和提壺、把盞、彈箏、舞劍構成了氣氛烘托的第四個層次。張叔夜親自敬酒，牽馬，恭候，拱揖肅立，諄諄鼓勵，正色目送，構成了氣氛烘托的第五個層次。最後，被日月般烘托的主角盧俊義等「誓當竭盡忠貞，上報國恩，下答知遇，肝腦塗地，在所不辭」的誓言為這段場面描寫畫上了最為耀眼的亮色，為其點出「忠貞愛國」「還我河山」的主旨。

## （四）祭奠場面描寫

祭奠場面描寫全書有 4 處，依次是第一次東京勤王後魯智深、曹正祭巷戰中陣亡的張青，祭自殺驚敵酋的白勝等四烈士，宋江等梁山英雄與金兵朱仙鎮血戰前公祭「我漢族立國大聖人軒轅黃帝」，關勝、呼延灼等祭停厝的張叔夜。請看第四十三回魯智深、曹正祭張青的場面描寫：

> 三人在古冢堆裏逡巡了一陣，到了兩棵白楊樹下停住，這裏有一座新築的黃土墳頭，周圍墳圈子上，栽種了許多小柏樹身子。土堆光滑，未曾長得一片青草，在那墳頭上，堆了一叢錢紙灰。白日下，風吹得零星的紙灰，在空中飄蕩著。在那紙灰裏面，樹起了一塊長可四尺的石碑，上面寫著「大宋故壯士張青之墓」。曹正將擔子裏的物品，一樣樣搬出來放了，將一隻大木托盤盛著一個大豬頭，一隻煮熟了的雞，一尾魚。又搬出兩隻大海碗，放在墳頭邊。魯智深提出了籃子裏大酒壺，便向碗裏篩著酒，一面向墳中禱告了道：「賢弟英靈不遠，灑家現在來奠祭你了。於今雖是金兵已經退去，朝中依然是奸臣當道。關勝兄長，已帶十七位賢弟前去河北。灑家現今一祭，明後日也要離開東京。今生今世卻不知再來墳頭祭奠也不，就此告別賢弟了！」說著，放下酒壺，便在土地上對墳頭大拜了四拜。曹正蹲在墳前新草地上，焚化著紙錢經咒，不住落淚。智深又向墳頭禱告了道：「待灑家有了好廟宇落腳，當請僧人念經超度陣亡兄弟，那時，一併超度賢弟。人生遲早一死，賢弟為國盡忠，雖然早走一步，卻是流芳百世。朝廷便沒甚恩典，也無須怨恨。」曹正焚化了紙禡，歎過兩口氣，也來拜了兩拜。

這段場面描寫由周圍環境寫起，古冢、白楊中一座新墳，墳頭紙灰飄蕩，然後焦點聚集於石碑「大宋故壯士張青之墓」上，然後分別寫魯、曹兩人各自言語行動。紙灰錢，說明祭奠張青者非只魯、曹兩人。其時孫二娘重傷下落不明，其它人書中沒有交代，情理中可以推測為慕張青忠義的民眾前來祭奠，以見張青等捍衛京城的壯烈之舉感人之深之廣。這段場面描寫在刻畫人物上很值得一說。《水滸新傳》中寫，曹正本與張青、孫二娘一起在東京開「小蓬萊」酒店，因中年喪妻，孫二娘將堂妹嫁與曹正為妻，這樣曹、張關係兄弟外又繫連襟。今張青已亡，孫二娘下落不明，曹正心中自是悲苦。但其為人不似魯智深磊磊落落，有其業師林冲之隱忍性格，故墳前他一言不發，唯

擺放祭品，焚化紙錢，不住落淚，最後「歎過兩口氣，也來拜了兩拜」。魯智深的表現則大不然。作為出家人，他對生死看得坦然，不會像曹正那樣落淚歎氣；作為兄弟，對今後能否再來祭奠心中不知，告別之際，不能沒有惦念；作為忠義之士，他對國是不能不憂心，對「朝中依然是奸臣當道」深為不滿。因此，祭過張青與白勝、郁保四等四烈士之後，魯智深酒中於白粉牆壁上題下兩首憤詩：

> 十萬金兵滾滾來，梁山兄弟把兵排。
> 相公還是相公做，殺賊英雄路上埋。
>
> 駸馬金銀送不清，又捐三鎮去和金。
> 和金送得江山盡，枉教英雄把命拼。

這兩首詩，對敵兵壓境下梁山兄弟與當朝權臣的表現與結果兩兩比照，對英雄枉死權奸依然當道與朝廷屈辱求和十分憤慨，感情激切，語言平白，令人不覺想起魯師傅「聽潮而圓，見信而寂」前寫下的頌子，可知魯智深之詩其來有自。

### （五）迎接場面描寫

《水滸新傳》中寫迎接場面比較典型的有 3 處，分別是魯智深、史進在東京城外街巷血戰後迎接飛騎而至的關勝等十八勇士，魯智深、史進迎觀种師道的勤王部隊，盧俊義在山東臨清苦戰時聞喜訊迎接關勝等十八兄弟。請看第三十六回寫魯、史迎接關勝等的相關描寫：

> 忽然前面塵頭大起，風捲土揚，由西而東，看那塵頭在地面旋轉得很快，分明是馬隊來到。史進挺了手上刀，指了前面塵土，向魯智深道：「師兄，看前面人馬，來勢甚猛，我們休在路上攔著他，只在大路兩邊埋伏，等他到了面前，讓過他馬頭，卻在後面襲擊他。」魯智深也覺平原大道上，那股塵頭旋進得十分迅速，不知來的人馬是何用意，便依了史進之話，將隊伍分作兩撥，立刻離開大路，跑著在兩邊荒地裏等候。他這樣安排妥當時，那一撥人馬已來到面前，雖然其勢很猛，人數並不多，一共只二十騎上下。為首一人，頭戴墨綠襆頭，身著綠羅軟甲，重棗面孔，三綹長鬚飄在胸前，斜挽了一柄青龍偃月刀，攬轡疾馳。智深大叫道：「兀的不是關將軍？」那在馬上的大刀關勝，回頭看見一個胖大和尚，手揮禪杖，由野地裏

> 跳將出來,立刻挽住韁繩道:「各位兄弟都在這裏,萬幸萬幸。」史
> 進、戴宗、曹正見是自家人,便按住隊伍,一齊到路上來敘話。看
> 時,這裏共十八騎,馬上人各各手提兵刃、身著鎧甲,都是威風凜
> 凜,非同等閒之輩,正沒有一個外人,全是自己生死相共的兄弟,
> 乃是大刀關勝、豹子頭林冲、金槍手徐寧、青面獸楊志、百勝將韓
> 滔、天目將彭玘、小溫侯呂方、賽仁貴郭盛、混世魔王樊瑞、八臂
> 哪吒項充、飛天大聖李袞、白花蛇楊春、打虎將李忠、小霸王周通、
> 金眼彪施恩、沒面目焦挺、險道神郁保四、白日鼠白勝。魯智深大
> 喜道:「這是天上飛來的人馬,莫非作夢?」

上面這段場面描寫,發生在金兵第一次圍困東京城,魯智深與一千五百士兵、五百民眾在城外街巷中與金兵血戰,指揮者何灌重傷自刎,張青陣亡,孫二娘重傷下落不明之後,發生在魯智深等梁山英雄率殘餘士兵民眾疲憊飢餓已極,夜中急行到天亮時;有如重重暗夜中忽然閃現的希望之火,不僅讓書中人物魯智深等始而疑爲夢中,繼而精神爲之一爽,也讓讀者在心情壓抑多時之後長舒了一口氣。眞乃神來之筆。寫法上是由遠及近,逐漸推出。先遠寫塵頭大起快速旋轉,給人「忽然」之感,再近寫來者人數與其迅捷氣勢,再以特寫突出爲首者的形貌,使人一見便知是大刀關勝。待主要人物出現,節奏緊張之後即舒緩下來,依次介紹飛騎而至其它十七位英雄的姓名。在描寫中時時穿插人物的感覺,增添緊張與驚喜氣氛,彷彿天上飛來,疑在夢中。此時兄弟相見的心境,還可以用第四十七回盧俊義在山東臨清迎接關勝等十八人的描寫作解:「盧俊義起身,一手抓住關勝,一手抓住林冲,眼望了眾兄弟道:『山河破碎,百戰餘生,不想今日之下,還有許多兄弟,來臨清廝見,卻不快活煞盧某?』原來是紅臉笑容,說著話時,臉色黯然,卻垂下淚來。」

### (六)其它場面描寫

除上面五類場面描寫外,《水滸新傳》中還有其它方面的場面描寫,約有13 處,見附表。其中,寫天子出降一段很有特點,請看第六十五回的相關內容:

> 這時,東京城裏,家家關門閉戶,街上沒有行人。城門洞開,
> 是入城的金兵,將城門把守了。欽宗騎馬到門洞時,先有引路金國
> 使臣,告知守城將士:「南朝天子投降來也。」這些金兵在城門兩邊,
> 身披了甲,手挺了武器,兩道牆也似夾路站了,都把眼來看了欽宗。

欽宗如醉如癡，垂了頭在馬上，兩眼只看馬頭面前一截路，四周是些甚的，一概裝了不知。出得城來，沿路都是金兵排班站立，有時，還聽到譏笑之聲，在馬後發出。心中暗忖：「一朝天子，落到如此，卻是不如死了也罷休。」那張叔夜已趕向前，緊傍馬頭而走，見欽宗垂了眼皮，面如死灰，便低聲道：「陛下放心，有臣在此。若有人敢侮辱陛下，臣以頸血相濺。」欽宗只看了他一眼，依舊沒得言語。看看金營不遠，那個議和金邦使臣，策馬迎面趕來，大聲叫道：「已到金營了，南朝皇帝既是來遞降表，如何還坐在馬上？」張叔夜大叫道：「王訥，你如何憑地無禮？南北兩國，既然議和言好，我君還是一國之王。你家元帥，也是人臣，不爭叫我國之君，步行來見？老夫雖老，還可以流血五步。」

那欽宗抬頭一看，見迎面金營旗幟猶如在空中布下一座五彩山峰，連環甲馬密密層層在大道兩旁夾立，連一隻蟲豸飛動的空隙也無，馬上甲兵，各各手拿了兵刃，長槍如林立，大刀如雪湧。心中想了，此時此地，如何可以和他們使氣，便兜住韁繩，跨下馬來。張叔夜見欽宗坐在馬鞍上搖搖欲倒，也就不再扶他上馬，便緊緊依傍了他，緩步向前。那王訥見他怒目而視，倒也下了馬，在前步行引路。欽宗見四面金兵排班，猶如築下幾堵圍牆，只有低頭不看，硬著頭皮走去。那金元帥轅門八字洞開，由外直到中軍帳裏，益發是披甲拔劍的將士，分層站立。三聲炮響，鼓樂齊鳴，震天也似幾聲，金營將士上上下下吶了一陣喊。正是黏沒喝升帳，故意裝著了恁般威風。遠遠看到一簇旗幟，擁著一座牛皮營帳，帳外帳裏，幾百名將士各各穿了金鎖魚鱗甲，頭帶紅纓盔，拔刀挺劍，一片血光，一片殺聲，欽宗心想：「我是來請降，我又不是來廝殺，倒憑地威嚇人？」但明知如此，膽卻是小的，雖那中軍帳還有二三十步，便止住了。也不看清那黏沒喝是如何形相，但聽裏面吆喝了幾聲。即刻有通使官員，翻譯下言語來道：「我家元帥有令，著南朝君臣自家唱名，獻上降表。」欽宗聽了，一個中原天子，休道生前，死後也沒人敢書寫他名字，不想如今倒向一個番帥自道名姓。只得朝上拱了一揖道：「宋天子趙桓，今帶來降表，向貴元帥請和。」那黏沒喝不但未曾回禮，連在帳棚裏坐地也不曾起身一下。隨來文武臣沒奈何，

也都自唱了名。通使官便喝：「遞上降表來。」欽宗在肩上取下黃綾
包袱，交與身旁番將，送入帳內。黏沒喝又傳下話來道：「趙桓，我
金邦對你十分寬待，不曾以亡國之君相看。你今日遞降表，未曾用
得面縛輿櫬那個故事，本帥也不追究。兩國議款甚多，不是片刻可
以完事，且請到後帳留宴，從緩商議。」說畢，便有一撥番將，執
了兵刃，逼著宋室君臣向後帳走。欽宗回頭向各文武臣道：「眾卿，
人可死，骨可灰，此辱難受，國不可亡也！」眾臣聽說，淚如雨下，
無不嗚咽，只有張邦昌、秦檜二人，卻面色如常。

天子出降本已異常，何況是中原漢天子降於異邦，實乃奇恥大辱，亙古
少有。在抗日戰爭處於極端殘酷的相持階段，《水滸新傳》敘事者不厭其詳地
細緻描寫宋天子親赴金營奉遞降表，泱泱大國臣服於鄙遠小邦，其感情是何
等沉痛，其寓意是何等深刻。在表達上這段場面描寫藝術效果突出，體現在
以下幾個方面。

首先，在對比中強化敵我雙方的各自特點。這是敘事者構思本段場面的
一個基本出發點，因此形諸文字便呈現出處處對照，而這已非簡單的表現手
法所能概括。其一，東京城昔日的繁華與現今的家家關門閉戶街上沒有行人，
宋都城沒有宋軍把守而由金兵把守形成對比。其二，貴為天子的欽宗出城生
不如死的心境與普通的金兵對他的譏笑、金使臣對他的申斥形成對比。其三，
宋天子奉遞降表自唱家名的屈辱與金酋的傲慢、對宋天子的無禮語言形成對
比。其四，宋天子的膽怯與忠貞之士張叔夜的以死爭禮直面刀槍形成對比。
其五，面對天子「人可死，骨可灰，此辱難受，國不可亡也」的切膚痛語，
忠直之臣的「淚如雨下」與奸佞之徒張邦昌、秦檜的「面色如常」形成對比。

其次，宋天子心理描寫細膩入微。城破國亡，天子奉表出降乃奇恥大辱，
耳聽金兵譏笑，宋天子「不如死了也罷休」的心理；面對槍如林刀如雪的陣
勢膽怯的心理；自唱家名的不情願又不得不如此的心理；遭受敵酋無禮指斥
「此辱難受」的心理。這些，將一個大國天子，面臨國破大難無力挽回，不
願面對冷酷現實又束手無策，不得不忍受種種難以想像與難以承受的心靈折
磨的痛苦表現得入木三分。

再次，環境描寫的氣氛烘托。東京城的蕭條、敵兵的譏諷、敵使的猖狂、
敵酋的無禮，特別是敵營在欽宗眼中出現的「長槍如林立，大刀如雪湧」「三
聲炮響，鼓樂齊鳴，震天也似幾聲，金營將士上上下下吶了一陣喊」「一片血

光，一片殺機」的環境所造成的懾人心魄的聲勢，渲染了十分緊張壓抑的氣氛，金人的囂張與宋天子的屈辱留給人刻骨銘心之感。

### 《水滸新傳》場面描寫類型與描寫次數分佈表

| 四年描寫總次數91 | 場面描寫類型與描寫次數 | | | | | | | | | | | | | | | |
|---|---|---|---|---|---|---|---|---|---|---|---|---|---|---|---|---|
| | 戰鬥41 | | | | | | | | | | | 訣別與死亡等50 | | | | |
| | 夜戰4 | 火戰2 | 水戰1 | 巷戰4 | 步戰5 | 陣戰4 | 騎戰11 | 攻城戰4 | 混戰1 | 其它戰1 | 與戰鬥有關的4 | 訣別與死亡23 | 祭奠4 | 送行與分別7 | 迎接3 | 其它13 |
| 第一年4 | 1 | | | | | | 1 | | | | | | | 2 | | |
| 第二年29 | 3 | 2 | | 1 | | 2 | 7 | | | 1 | 2 | 7 | | 2 | | 2 |
| 第三年51 | | | 1 | 3 | 5 | 2 | 3 | 4 | 1 | | 2 | 12 | 3 | 2 | 3 | 10 |
| 第四年7 | | | | | | | | | | | | 4 | 1 | 1 | | 1 |

# 附錄：水滸續書回目索引

（根據黑龍江人民出版社 1997 年 8 月出版的
《水滸系列小說集成》，文編梅慶吉）

## 一、《水滸後傳》〔清初〕陳忱

| 第一回 | 阮統制梁山感舊　張幹辦湖泊尋災 |
|---|---|
| 第二回 | 毛孔目橫吞海貨　顧大嫂直斬豪家 |
| 第三回 | 病尉遲閒住遭殃　欒廷玉失機入夥 |
| 第四回 | 鬼臉兒寄書罹禍　趙玉娥炫色招姦 |
| 第五回 | 老管營蹇遭橫死　撲天雕冤被拘囚 |
| 第六回 | 飲馬川李應重興　虎峪寨魔王斗法 |
| 第七回 | 李良嗣條陳賜姓　鐵叫子避難更名 |
| 第八回 | 萬柳莊玉貌招殃　寶帶橋節孀遇盜 |
| 第九回 | 混江龍賞雪受祥符　巴山蛇截湖徵重稅 |
| 第十回 | 墨吏賠錢受辱　豪紳斂賄傾家 |
| 第十一回 | 駕長風群雄圖遠略　射鯨魚一箭顯家傳 |
| 第十二回 | 金鼇島開基殄暴　暹羅國被困和親 |
| 第十三回 | 救水厄天涯逢故友　換良方相府藥佳人 |
| 第十四回 | 安太醫遭讒避跡　聞參謀高隱留賓 |
| 第十五回 | 大征戰耶律奔潰　小割裂企弓獻詩 |
| 第十六回 | 潯陽樓感舊題詞　柳塘灣除凶報怨 |
| 第十七回 | 穆春喋血雙峰廟　扈成計敗三路兵 |
| 第十八回 | 黃統制遭枉歸山　焦面鬼謀妻落井 |

| 第十九回 | 納平州王黼招兵　逐強徒徐晟奪甲 |
| 第二十回 | 賣楊劉汪豹累呼延　失保定朱仝投飲馬 |
| 第二十一回 | 李應火燒萬慶寺　柴進仇陷滄州牢 |
| 第二十二回 | 破滄州義友重逢　困汴京奸臣遠竄 |
| 第二十三回 | 喪三軍將材離火宅　演六甲兒戲陷神京 |
| 第二十四回 | 獻青子草野全忠　贖難人石交仗義 |
| 第二十五回 | 折王進小乙逞雄談　救關勝大名施巧計 |
| 第二十六回 | 逢天巧荒殿延英　發地雷寺基殲賊 |
| 第二十七回 | 渡黃河叛臣顯戮　贈鴆酒奸黨凶終 |
| 第二十八回 | 橫衝營良馬歸故主　鄆城店小盜識新英 |
| 第二十九回 | 還道村兵擒郭道士　紫髯伯義護美髯公 |
| 第三十回 | 聚登雲兩寨朝宗　同泛海群雄闢地 |
| 第三十一回 | 國主遊春逢羽客　共濤謀逆遇番僧 |
| 第三十二回 | 慶生辰龍舟觀競渡　篡寶位綺席進霞丹 |
| 第三十三回 | 頭陀役鬼燒海舶　李俊誓志守孤城 |
| 第三十四回 | 大復仇二凶授首　議嗣統眾傑歸心 |
| 第三十五回 | 日本國興兵構釁　青霓島煽亂殲師 |
| 第三十六回 | 振國威勝算平三島　建奇功異物貢遐方 |
| 第三十七回 | 金鼇島仙客題詩　牡蠣灘忠臣救駕 |
| 第三十八回 | 武行者僧房敘舊　宿太尉海國封王 |
| 第三十九回 | 丹霞宮三真修靜業　金鑾殿四美結良姻 |
| 第四十回 | 薦故觀燈同宴樂　賦詩演戲大團圓 |

## 二、《後水滸傳》〔清初〕青蓮室主人

| 第一回 | 燕小乙訪舊事暗傷心　羅真人指新魔重出世 |
| 第二回 | 寄遠鄉百姓逢金兵　柳壤村楊么夢神女 |
| 第三回 | 楊義勇騎虎識英雄　游六藝領眾鬧村市 |
| 第四回 | 逞武藝楊么服眾　交錢糧花茂遭殃 |
| 第五回 | 焦面鬼劫擄自家人　小陽春薦賢同入夥 |
| 第六回 | 鐵殼臉獨劫大樹坡　揭浪蛟挈避軒轅廟 |
| 第七回 | 火老鴉設計散相思　花蝴蝶得探春消息 |
| 第八回 | 圖富貴賣奸瞞婿　甘作妾表裏仇夫 |

| 第四十一回 | 楊么入宮諫天子　高宗因義釋楊么 |
|---|---|
| 第四十二回 | 再蕭何抗違軍令　眾豪傑大悟前身 |
| 第四十三回 | 英雄誤入銷金帳　俏婦從權認丈夫 |
| 第四十四回 | 袁軍師錦囊遺妙計　岳少保決算大驚人 |
| 第四十五回 | 岳少保收服麼摩　眾星宿各安纏次 |

## 三、《結水滸傳》（《蕩寇志》）〔清〕俞萬春

| 結水滸全傳 |  |
|---|---|
| 第七十一回 | 猛都監興師剿寇　宋天子訓武觀兵 |
| 第七十二回 | 女飛衛發怒鋤奸　花太歲癡情中計 |
| 第七十三回 | 北固橋郭英賣馬　辟邪巷希眞論劍 |
| 第七十四回 | 希眞智鬥孫推官　麗卿痛打高衙內 |
| 第七十五回 | 東京城英雄脫難　飛龍嶺強盜除蹤 |
| 第七十六回 | 九松浦父女揚威　風雲莊祖孫納客 |
| 第七十七回 | 皂萊林雙英戰飛衛　梁山泊群盜拒蔡京 |
| 第七十八回 | 蔡京私和宋公明　天彪大破呼延灼 |
| 第七十九回 | 蔡太師班師媚賊　楊義士旅店除奸 |
| 第八十回 | 高平山騰蛟避仇　鄆城縣天錫折獄 |
| 第八十一回 | 張鬐智穩蔡太師　宋江議取沂州府 |
| 第八十二回 | 宋江焚掠安樂村　劉廣敗走龍門廠 |
| 第八十三回 | 雲天彪大破青雲兵　陳希眞夜奔猿臂寨 |
| 第八十四回 | 苟桓三讓猿臂寨　劉廣夜襲沂州城 |
| 第八十五回 | 雲總管大義討劉廣　高知府妖法敗麗卿 |
| 第八十六回 | 女諸葛定計捉高封　玉山郎請兵伐猿臂 |
| 第八十七回 | 陳道子夜入景陽營　玉山郎贅姻猿臂寨 |
| 第八十八回 | 演武廳夫妻宵宴　猿臂寨兄弟歸心 |
| 第八十九回 | 陳麗卿力斬鐵背狼　祝永清智敗艾葉豹 |
| 第九十回 | 陳道子草創猿臂寨　雲天彪征討清眞山 |
| 第九十一回 | 傅都監飛錘打關勝　雲公子萬弩射索超 |
| 第九十二回 | 梁山泊書諷道子　雲陽驛盜殺侯蒙 |
| 第九十三回 | 張鳴珂薦賢決疑獄　畢應元用計誘群奸 |
| 第九十四回 | 司天臺蔡太師失寵　魏河渡宋公明折兵 |

| 第九十五回 | 陳道子煉鐘擒巨盜　金成英避難去危邦 |
|---|---|
| 第九十六回 | 鳳鳴樓紀明設局　鶯歌巷孫婆誘姦 |
| 第九十七回 | 陰秀蘭偷情釀禍　高世德縱僕貪贓 |
| 第九十八回 | 豹子頭慘烹高衙內　笤冠儡戲阻宋公明 |
| 第九十九回 | 禮拜寺放賑安民　正一村合兵禦寇 |
| 第一百回 | 童郡王飾詞諫主　高太尉被困求援 |
| 第一百一回 | 猿臂寨報國興師　蒙陰縣合兵大戰 |
| 第一百二回 | 金成英議復曹府　韋揚隱力破董平 |
| 第一百三回 | 高平山叔夜訪賢　天王殿騰蛟誅逆 |
| 第一百四回 | 宋公明一月陷三城　陳麗卿單槍刺雙虎 |
| 第一百五回 | 雲天彪收降清眞山　祝永清閒遊承恩嶺 |
| 第一百六回 | 魏輔梁雙論飛虎寨　陳希眞一打兗州城 |
| 第一百七回 | 東方橫請玄黃弔掛　公孫勝破九陽神鐘 |
| 第一百八回 | 眞大義獨赴甌山道　陳希眞兩打兗州城 |
| 第一百九回 | 吳加亮器攻新柳寨　劉慧娘計窘智多星 |
| 第一百十回 | 祝永清單入賣李谷　陳希眞三打兗州城 |
| 第一百十一回 | 陳義士獻緘歸誠　宋天子誅奸斥佞 |
| 第一百十二回 | 徐槐求士遇任森　李成報國除楊志 |
| 第一百十三回 | 白軍師巧造奔雷車　雲統制兵敗野雲渡 |
| 第一百十四回 | 宋江攻打二龍山　孔厚議取長生藥 |
| 第一百十五回 | 高平山唐猛擒神獸　秦王洞成龍捉參仙 |
| 第一百十六回 | 陳念義重取參仙血　劉慧娘大破奔雷車 |
| 第一百十七回 | 雲天彪進攻蓼兒窪　宋公明襲取泰安府 |
| 第一百十八回 | 陳總管兵敗汶河渡　吳軍師病困新泰城 |
| 第一百十九回 | 徐虎林臨訓玉麒麟　顏務滋力斬霹靂火 |
| 第一百二十回 | 徐青娘隨叔探親　汪恭人獻圖定策 |
| 第一百二十一回 | 六六隊大攻水泊　三三陣迅掃頭關 |
| 第一百二十二回 | 吳用智御鄆城兵　宋江奔命泰安府 |
| 第一百二十三回 | 東京城賀太平誅佞　青州府畢應元薦賢 |
| 第一百二十四回 | 汶河渡三戰黑旋風　望蒙山連破及時雨 |
| 第一百二十五回 | 陳麗卿鬥箭射花榮　劉慧娘縱火燒新泰 |
| 第一百二十六回 | 凌振捨身轟鄆縣　徐槐就計退頭關 |

| 第一百二十七回 | 哈蘭生力戰九紋龍　龐致果計擒赤髮鬼 |
|---|---|
| 第一百二十八回 | 水攻計朱軍師就擒　車輪戰武行者力盡 |
| 第一百二十九回 | 吳用計間顏務滋　徐槐智識賈虎政 |
| 第一百三十回 | 麗卿夜戰扈三娘　希眞書逐林豹子 |
| 第一百三十一回 | 雲天彪旗分五色　呼延灼力殺四門 |
| 第一百三十二回 | 徐虎林捐軀報國　張叔夜奉詔興師 |
| 第一百三十三回 | 衝頭陣王進罵林冲　守二關雙鞭敵四將 |
| 第一百三十四回 | 沈螺舟水底渡官軍　臥瓜錘關前激石子 |
| 第一百三十五回 | 魯智深大鬧忠義堂　公孫勝攝歸乾元鏡 |
| 第一百三十六回 | 宛子城副賊就擒　忠義堂經略勘盜 |
| 第一百三十七回 | 夜明渡漁人擒渠魁　東京城諸將奏凱捷 |
| 第一百三十八回 | 獻俘馘君臣宴太平　溯降生雷霆彰神化 |
| 第一百三十九回 | 雲天彪進春秋大論　陳希眞修慧命眞傳 |
| 第一百四十回 | 辟邪巷麗卿悟道　資政殿嵇仲安邦 |
| 結　子 | |

## 四、《新水滸》〔晚清〕西泠冬青

| 《新水滸序》 | |
|---|---|
| 第一回 | 述奇夢新水滸開場　談立憲眾英雄集議 |
| 第二回 | 吳學究新編教科書　雷都頭初練警察隊 |
| 第三回 | 興漁利張順設公司　奏新聲樂和赴大會 |
| 第四回 | 造鐵路湯隆攬利權　辦漁團三阮盡義務 |
| 第五回 | 盧員外慨輸國民捐　混世魔侈談妖怪學 |
| 第六回 | 孫二娘興辦女學堂　顧大嫂演說天足會 |
| 第七回 | 花和尚謀充僧監督　安道全擔任軍醫員 |
| 第八回 | 海國春李逵吃番菜　胡家宅王英打野雞 |
| 第九回 | 黑旋風大鬧紅頭捕　矮腳虎氣走一丈青 |
| 第十回 | 扈三娘遊學赴東洋　雷都頭貪功走上海 |
| 第十一回 | 小霸王強聘女學生　白面郎喬扮湖絲姐 |
| 第十二回 | 設招待所柴進筵賓　入天樂窩雷橫聽戲 |
| 第十三回 | 石勇急足遞郵信　戴宗徒步追電車 |
| 第十四回 | 公孫勝咒畫辟穀符　安道全化驗戒煙藥 |

## 五、《新水滸》〔晚清〕陸士鄂

| 第一回 | 醒惡夢俊義進忠言　發高談智深動義憤 |
|---|---|
| 第二回 | 豹子頭手刃高衙內　花和尚棒喝智清僧 |
| 第三回 | 戴院長說明神行法　魯智深改扮留學生 |
| 第四回 | 諮議局紳士現惡形　鹽捕營官府逞淫威 |
| 第五回 | 林教頭仗義救福全　戴院長憤世罵官場 |
| 第六回 | 宋公明大宴群雄　吳學究倡言變法 |
| 第七回 | 女頭領大發牢騷　忠義堂初行選舉 |
| 第八回 | 白面郎擬開女校　神算子籌辦銀行 |
| 第九回 | 倒銀行蔣敬施辣手　布廣告時遷計緩兵 |
| 第十回 | 鄭天壽恃強佔妻妹　章淑人被刺控公庭 |
| 第十一回 | 女學生甘為情死　白面郎決計私逃 |
| 第十二回 | 九尾龜巧設私娼僚　一丈青特開女總會 |
| 第十三回 | 鐵叫子痛詆演劇會　金大堅開設新書坊 |
| 第十四回 | 蕭聖手窮途賣字　安神醫榮召入都 |
| 第十五回 | 單聘仁設計施騙術　鼓上蚤改業作偵探 |
| 第十六回 | 九雲樓時遷慶功　鐵路局湯隆辭職 |
| 第十七回 | 開考優拔窮極怪象　整頓學堂別出心裁 |
| 第十八回 | 智多星初戲益都縣　魏竹臣重建孝子坊 |
| 第十九回 | 吳學究再戲益都縣　宋公明籌賑濟州城 |
| 第二十回 | 石碣村三阮辦漁團　江州埠吳用開報館 |
| 第二十一回 | 盤報館吳用論行情　吃番菜李逵鬧笑話 |
| 第二十二回 | 新舞臺李逵演活劇　夜花園解寶出風頭 |
| 第二十三回 | 石秀智取頭彩銀　武松大開運動會 |
| 第二十四回 | 梁山黨大會忠義堂　陸士諤歸結《新水滸》 |

## 六、《續水滸傳》〔民國〕冷佛

| 第一回 | 及時雨大興忠義軍　魯智深治獄東平府 |
|---|---|
| 第二回 | 賽夷吾灑淚張家店　鼓上蚤大鬧安駕莊 |
| 第三回 | 過街老鼠剿匪陸官　浪裏白條散財均富 |
| 第四回 | 林大虎投誠歸水泊　熊老五謀變反梁山 |

| 第五回 | 汶上縣行者大施威　清溪洞方肥初作亂 |
| 第六回 | 鬧臨安群雄劫法場　歸水泊五寨禦官軍 |
| 第七回 | 眾山寨分取花石綱　定盟主群雄大結會 |
| 第八回 | 及時雨傾心拜譚稹　智多星設計阻侯蒙 |
| 第九回 | 女魔王比武嫁英雄　矮腳虎東京入牢獄 |
| 第十回 | 秉忠誠大罵及時雨　談肺腑激惱靠山王 |
| 第十一回 | 豹子頭出鎮臨清軍　張亞雄大鬧曹州府 |
| 第十二回 | 三都監恢復定陶縣　二虎將佔據高唐州 |
| 第十三回 | 開封府定寨斬王英　宣武軍考武收譚稹 |
| 第十四回 | 觀伎藝巧遇眞天子　遭縲紲談述小京奴 |
| 第十五回 | 杭州朱勔積怨於民　莒國英雄平賊獻策 |
| 第十六回 | 募死士官軍謀制寇　中間計兄弟大交兵 |
| 第十七回 | 審刺客激惱魯智深　定軍心亂鞭林大虎 |
| 第十八回 | 兄弟失和各懷異志　神人共憤誓鏟妖魔 |
| 第十九回 | 高俅楊進北面進兵　郭盛呂方南邊備棧 |
| 第二十回 | 劉錦娘抱羞擒猛將　張太守鼓勇駕孤舟 |

## 七、《古本水滸傳》〔民國〕梅寄鶴

| 第七十一回 | 及時雨論功讓馬　青眼虎奉命築亭 |
| 第七十二回 | 丁九郎眞誠款客　段孔目假話欺人 |
| 第七十三回 | 燕青失陷大名城　史進氣走玄通觀 |
| 第七十四回 | 九紋龍大鬧黑風岡　玉麒麟親下梁山泊 |
| 第七十五回 | 高沖漢中槍殞命　欒廷玉奉詔興兵 |
| 第七十六回 | 劉唐索超同被擒　李逵關勝雙中箭 |
| 第七十七回 | 黑旋風劫寨遇張清　宋公明詭言斬孫立 |
| 第七十八回 | 布疑陣叫反出林龍　設奇謀大敗欒廷玉 |
| 第七十九回 | 鄆州城刁奴陷主　梁山泊義僕鳴冤 |
| 第八十回 | 忠義堂點將分兵　鄆州府反牢劫獄 |
| 第八十一回 | 碎剮衙內李應報仇　撞破頭顱韓忠殞主 |
| 第八十二回 | 林教頭病臥梁山泊　花和尚誤走富安莊 |
| 第八十三回 | 富太公有意擒僧　魯智深無心遇盜 |

| 第一百十六回 | 林冲怒打豐田鎮　宋江兵襲寇州城 |
| 第一百十七回 | 公孫勝鬥法斬邱玄　呼延灼賺城捉高讓 |
| 第一百十八回 | 宋公明智伏周謹　豹子頭力誅洪彥 |
| 第一百十九回 | 紀安邦拜將興師　宋公明分兵破陣 |
| 第一百二十回 | 玄女宮神攝天書　梁山泊雷轟石碣 |

## 八、《殘水滸》〔民國〕程善之

| 序 | |
| 殘水滸小引 | |
| 第七十一回 | 玉麒麟夢魂驚草莽　智多星妙語穩英雄 |
| 第七十二回 | 劫軍餉林武師遇友　念庭闈公孫勝歸山 |
| 第七十三回 | 吳加亮議打兗州府　燕小乙組合軍官團 |
| 第七十四回 | 黑旋風大鬧忠義堂　玉臂匠縱談天書碣 |
| 第七十五回 | 老英雄立志報前仇　弱書生知機先遁跡 |
| 第七十六回 | 劫商婦難爲裴孔目　獻頭顱大氣宋公明 |
| 第七十七回 | 群雄領袖抱恨家庭　故國王孫傷心盟府 |
| 第七十八回 | 了前仇寨中進醇酒　消舊恨船頭認寶刀 |
| 第七十九回 | 排祭品太尉當少牢　觸碑石義夫殉烈婦 |
| 第八十回 | 悼前塵憤揮熱淚　阻通番首抗雄威 |
| 第八十一回 | 汴梁城樂和演戲　曹南山吳用失機 |
| 第八十二回 | 一杯廣座斷送少年　雙淚荒山悲愴死友 |
| 第八十三回 | 杉樹坡大賊遭小賊　梁山泊降盜散降書 |
| 第八十四回 | 豪傑剛腸死生一決　軍師深算肘腋成謀 |
| 第八十五回 | 及時雨猛燒忠義堂　小旋風幾隳崇義府 |
| 第八十六回 | 離山超海不改野火　出死入生方知罪過 |

## 九、《水滸別傳》〔民國〕張恨水

| 序 | |
| 第一回 | 小頭目賣酒石碣村　老漁翁沉舟楊柳渡 |
| 第二回 | 戴蓑笠風雨訪蕭恩　老漁樵江湖隱李俊 |
| 第三回 | 蕭姑娘烹茶款遠客　花公子試箭服英雄 |

| 第四回 | 蕭桂英解佩矯羞容　丁子燮閉門興惡稅 |
| 第五回 | 撲走狗怒屈權家奴　論名駒義服將門子 |
| 第六回 | 泄怨忿兩地扇風波　獻殷勤一次討漁稅 |
| 第七回 | 望明月揮淚話東京　趁夕陽停鞭逢北岸 |
| 第八回 | 起梟心二次討漁稅　贊花貌千金許聘錢 |
| 第九回 | 洪教師三次討漁稅　蕭老漢四面掃權奴 |
| 第十回 | 笑面虎屈斷糊塗案　出洞蛟私投昏夜金 |
| 第十一回 | 刀筆吏爲錢了罪案　金剛漢忍淚拜權門 |
| 第十二回 | 丁子燮強索慶頂珠　蕭桂英泣別留雲港 |
| 第十三回 | 下山虎黑夜殺仇家　過街鼠血衣報州吏 |
| 第十四回 | 兩都頭明火索漁村　七英雄舉杯盟水閣 |
| 第十五回 | 天威不測虎豹成擒　宗社將亡雞蟲是鬥 |
| 第十六回 | 審刺客州尉發雷霆　接官兵鄉農避斧鉞 |
| 第十七回 | 散蟻兵乘風飛野火　假旗幟帶月撲州城 |
| 第十八回 | 鬧州署親手刃貪官　劫城門捨身背老父 |
| 第十九回 | 荒廟兵圍白頭自刎　長江夜渡翠袖矯裝 |
| 第二十回 | 小頭目賣酒石碯村　花制使擊楫風淩渡 |

## 十、《水滸中傳》〔民國〕姜鴻飛

| 水滸中傳程序 | |
| 蔣君毅序水滸中傳文 | |
| 水滸中傳倪序 | |
| 鄞縣姜起渭讀水滸中傳略述 | |
| 水滸中傳自序 | |
| 第一回 | 玉麒麟談夢驚好漢　智多星論盜服英雄 |
| 第二回 | 徐縣令下書梁山泊　宋寨主卻敵安樂村 |
| 第三回 | 閻婆惜活捉張三郎　顏路子力鬥武二哥 |
| 第四回 | 療相思衙內娶正室　報夙仇林冲追中堂 |
| 第五回 | 吳用計退郓城兵　高俅敗走泰安境 |
| 第六回 | 藏春洞口衙內殞命　猿臂山上麗卿落草 |
| 第七回 | 岳帝殿奇詩露猿臂　山神廟匪語泄嬌蹤 |

| 第八回 | 陳教頭忠言勸逃犯　宋寨主布告安良民 |
|---|---|
| 第九回 | 燕小乙智撲擎天柱　盧俊義會斬泰安府 |
| 第十回 | 獲赦詔浪子見皇帝　得警報軍師敵太尉 |
| 第十一回 | 追敵中伏梅節度被獲　破陣陷坑霹靂火遭擒 |
| 第十二回 | 弄巧成拙孫靜追吳用　將假當眞顏胡誘高俅 |
| 第十三回 | 呼保義誓死表忠心　黑旋風負荊全大義 |
| 第十四回 | 遼國主梁山下聘書　侯侍詔青州遭殺禍 |
| 第十五回 | 童樞密千里取元戎　張元帥單身戰寨主 |
| 第十六回 | 一丈青活擒李將軍　吳學究義釋張公子 |
| 第十七回 | 辨眞僞輕騎認扈娘　惜將才厚禮聘周侗 |
| 第十八回 | 周侗計擒盧俊義　宋江跪迎宿元景 |
| 第十九回 | 梁山泊全夥受招安　登雲州三雄擒刺客 |
| 第二十回 | 宋公明奉旨征猿臂　沒羽虎飛石打麗卿 |
| 第二十一回 | 連環計巧取猿臂寨　雙詐降智殺哈蘭生 |
| 第二十二回 | 道君恩赦祝永清　花榮箭服陳麗卿 |
| 第二十三回 | 破檀州遼帥殞命　戰玉田宋將亡身 |
| 第二十四回 | 射箭書龐義獻名城　掘地道淩振轟霸州 |
| 第二十五回 | 得奇兆方臘占浙江　燒戰船李俊上金山 |
| 第二十六回 | 斬虎將賊和尙施威　捉方貌入雲龍做法 |
| 第二十七回 | 跳高城扈三娘歸神　擒反寇韓世忠讓功 |
| 第二十八回 | 烏龍嶺追虎斷左臂　六和塔尋幽傷殘生 |
| 第二十九回 | 混江龍湖中避殺禍　呼保義席上論官箴 |
| 第三十回 | 飲鴆酒忠臣完大節　殺欽差孝子歸漁鄉 |

## 十一、《水滸新傳》〔民國〕張恨水

| 自序 | |
|---|---|
| 凡例 | |
| 第一回 | 四好漢車馬下梁山　兩相公笙歌傲上國 |
| 第二回 | 竇緝使眞開門揖盜　蔡相公也粉墨登場 |
| 第三回 | 借刀殺人權奸定計　當堂逐客儒吏喪生 |
| 第四回 | 煎同根張達動官兵　放野火時遷鬧相府 |

| 第三十七回 | 見議款李綱揮老淚 | 闖空邸林冲報舊仇 |
|---|---|---|
| 第三十八回 | 老經略扶病統援軍 | 小弟兄受知行險計 |
| 第三十九回 | 四烈士殺身驚番帥 | 三名臣對策破金兵 |
| 第四十回 | 姚統制一旅誤興師 | 關將軍十路小殺賊 |
| 第四十一回 | 畏寇焰李綱突罷職 | 激民情陳東再上書 |
| 第四十二回 | 東京城馬忠辭眾傑 | 相國寺智深遇仇人 |
| 第四十三回 | 哀新鬼故人祭荒冢 | 罵宰輔醉僧題憤詩 |
| 第四十四回 | 花和尚火燒相國寺 | 玉麒麟兵扼臨清城 |
| 第四十五回 | 賊知縣試行苦肉計 | 楊都監細察夕陽城 |
| 第四十六回 | 貪懷中計楊雄被俘 | 飛馬叩莊湯隆傳信 |
| 第四十七回 | 試圍棋盧俊義釋俘 | 受重幣喝裏色換將 |
| 第四十八回 | 逞貪心雪裏蛆掘墓 | 施巧辯鼓上蚤盜頭 |
| 第四十九回 | 施小計關勝取兩城 | 作微行楊志謁祖廟 |
| 第五十回 | 巴色瑪三日大搜索 | 青面獸單槍快報仇 |
| 第五十一回 | 小弟兄聚首驚盲詞 | 老宣慰釋俘遣細作 |
| 第五十二回 | 請詔書耿南仲進讒 | 聞潮音魯智深坐化 |
| 第五十三回 | 及時雨奉令薦袍澤 | 黑旋風負氣跳黃河 |
| 第五十四回 | 入雲龍蘆溝遇舊友 | 病尉遲燕市結新交 |
| 第五十五回 | 乞憐婦中計漏軍情 | 神行人報警傷病體 |
| 第五十六回 | 宋統制鄧州起義兵 | 花先鋒鄢陵遇欽使 |
| 第五十七回 | 惠民河鑿舟沉金兵 | 尉氏縣飛騎懸漢幟 |
| 第五十八回 | 陶宗旺忘身搏強敵 | 呼延灼力疾效前驅 |
| 第五十九回 | 霹靂火躍馬奪木寨 | 沒羽箭飛石打金酋 |
| 第六十回 | 扯弔橋武松奮神勇 | 截糧草吳用呈奇謀 |
| 第六十一回 | 老弟兄歃血武聖堂 | 眾死士破金朱仙鎮 |
| 第六十二回 | 趙官家閱軍南薰門 | 太學生拜將白蓮寺 |
| 第六十三回 | 智宋江片言退金兵 | 勇武松獨手擒鐵將 |
| 第六十四回 | 陷京城六甲兵誤國 | 停巷戰一金使議和 |
| 第六十五回 | 苦戰南城十將殉國 | 屈降北國二帝蒙塵 |
| 第六十六回 | 作走狗范瓊露陰謀 | 飲藥酒宋江全大義 |
| 第六十七回 | 誤中毒筵眾星四散 | 羞食夷粟一帥北沉 |
| 第六十八回 | 雪國恥同死白虎堂 | 快人心大捷黃天蕩 |

## 十二、《戲續水滸新傳》〔民國〕嘉魚

| 續貂小引 | |
|---|---|
| 第四十六回 | 楊雄殉義館陶城　燕青火燒商河渡 |
| 第四十七回 | 玉麒麟議取大名　李宣撫起兵懷慶 |
| 第四十八回 | 盧俊義死戰馬陵關　林教頭大鬧黃花嶺 |
| 第四十九回 | 劉副使兵敗走間道　林教頭臨死用奇謀 |
| 第五十回 | 大塔山關魯破金兵　獅子嶺盧史全忠孝 |
| 第五十一回 | 青面獸中途得消息　霹靂火汾州戰金兵 |
| 第五十二回 | 張知州衙內盡忠　霹靂火城郊死難 |
| 第五十三回 | 孔明孔亮失介休　李應楊志戰汾水 |
| 第五十四回 | 中敵計雙雄決死戰　棄汾州武二渡汾河 |
| 第五十五回 | 公孫城中定密計　武松河上阻金兵 |
| 第五十六回 | 張叔夜父子勤王　宋公明弟兄匡難 |
| 第五十七回 | 張伯奮議取朱仙鎮　呼延灼鞭打五毒龍 |
| 第五十八回 | 示直道降番效死　衝賊陣豪傑盡忠 |
| 第五十九回 | 破番營六君子就義　奏封事一豪傑面君 |
| 第六十回 | 失水蚪龍忠臣絕食　離群孤雁義士歸林 |

## 十三、《水滸外傳》〔民國〕劉盛亞

| 一 | 十二 |
|---|---|
| 二 | 十三 |
| 三 | 十四 |
| 四 | 十五 |
| 五 | 十六 |
| 六 | 十七 |
| 七 | 十八 |
| 八 | 十九 |
| 九 | 二十 |
| 十 | 二十一 |
| 十一 | |

# 主要參考文獻

1. 魯迅撰，郭豫適導讀，中國小說史略，上海：上海古籍出版社，1998 年 1 月。

2. 阿英，晚清小說史，北京：東方出版社，1996 年 3 月。

3. 張錦池，中國四大古典小說論稿，北京：華藝出版社，1995 年。

4. 陶爾夫，劉敬圻，說詩說稗，哈爾濱：黑龍江教育出版社，1997 年 8 月。

5. 劉敬圻，明清小說補論，北京：生活‧讀書‧新知三聯書店，2004 年 10 月。

6. 袁行霈，中國文學史，北京：高等教育出版社，1999 年 8 月。

7. 陳其欣，名家解讀《三國演義》，濟南：山東人民出版社，1998 年 1 月。

8. 竺青，名家解讀《水滸傳》，濟南：山東人民出版社，1998 年 1 月。

9. 陸欽，名家解讀《西遊記》，濟南：山東人民出版社，1998 年 1 月。

10. 盛源，北嬰，名家解讀《金瓶梅》，濟南：山東人民出版社，1998 年 1 月。

11. 竺青，名家解讀《儒林外史》，濟南：山東人民出版社，1999 年 1 月。

12. 王汝梅，張羽，中國小說理論史，杭州：浙江古籍出版社，2001 年 1 月。

13. 孟昭連，寧宗一，中國小說藝術史，杭州：浙江古籍出版社，2003 年 10 月。

14. 黃霖等，中國小說研究史，杭州：浙江古籍出版社，2002 年 7 月。

15. 向楷，世情小說史，杭州：浙江古籍出版社，1998 年 12 月。

16. 曹亦冰，俠義公案小說史，杭州：浙江古籍出版社，1998 年 12 月。

17. 陳美林，馮保善，李忠明，章回小說史，杭州：浙江古籍出版社，1998 年 12 月。

18. 張俊，清代小說史，杭州：浙江古籍出版社，1997 年 6 月。

19. 歐陽建，晚清小說史，杭州：浙江古籍出版社，1997 年 6 月。

20. 謝桃坊，中國市民文學史，成都：四川人民出版社，1997 年 10 月。

21. 董國炎，明清小說思潮，太原：山西人民出版社，2004 年 3 月。

22. 李修生，趙義山，中國分體文學史（小說卷），上海：上海古籍出版社，2001 年 7 月。

23. 南帆，文學理論（新讀本），杭州：浙江文藝出版社，2002 年 8 月。

24. 葉朗，中國小說美學，北京：北京大學出版社，1982 年 12 月。

25. 陳文新，魯小俊，王同舟，明清章回小說流派研究，武漢：武漢大學出版社，2003 年 7 月。

26. 鄧紹基，史鐵良，明代文學研究，北京：北京出版社，2001 年 12 月。

27. 汪龍麟，段啟明，清代文學研究，北京：北京出版社，2001 年 12 月。

28. 裴效維，近代文學研究，北京：北京出版社，2001 年 12 月。

29. 李忠昌，古代小說續書漫話，瀋陽：遼寧教育出版社，1992 年。

30. 趙建忠，紅樓夢續書研究，天津：天津古籍出版社，1997 年 9 月。

31. 高玉海，明清小說續書研究，北京：中國社會科學出版社，2004 年 2 月。

32. 王旭川，中國小說續書研究，上海：學林出版社，2004 年 5 月。

33. 黃霖，萬君寶，古代小說評點漫話，瀋陽：遼寧教育出版社，1992 年 10 月。

34. 何滿子，古代小說藝術漫話，瀋陽：遼寧教育出版社，1992 年 10 月。

35. 朱一玄，劉毓忱，水滸傳資料彙編，天津：南開大學出版社，2002 年 10 月。

36. 傅光明，品讀水滸傳，濟南：山東畫報出版社，2005 年 1 月。

37. 李泉，施耐庵與水滸傳，瀋陽：遼寧教育出版社，1992 年 10 月。

38. 范伯群，中國近現代通俗文學史，南京：江蘇教育出版社，1999 年 1 月。

39. 陳平原，中國小說敘事模式的轉變，北京：北京大學出版社，2004 年 7 月。

40. 田若虹，陸士諤小說考證，上海：上海三聯書店出版社，2005 年 7 月。

41. 張贛生，民國通俗小說論稿，重慶：重慶出版社，1991 年 5 月。

42. 陳平原，20 世紀中國小說史（第一卷），北京：北京大學出版社，1989 年 12 月。

43. 張恨水，寫作生涯回憶，北京：中國文聯出版社，2005 年 1 月。

44. 張恨水，寫作生涯回憶，北京：人民文學出版社，1982 年 6 月。

45. 張恨水，水滸人物論贊，瀋陽：遼寧教育出版社，1998 年 12 月。

46. 袁進，張恨水評傳，長沙：湖南文藝出版社，1988 年 7 月。

47. 張伍，回憶我的父親張恨水，瀋陽：春風文藝出版社，2002 年 1 月。

48. 錢理群，溫儒敏，吳福輝，中國現代文學三十年（修訂本），北京：北京大學出版社，1998 年 7 月。

49. 侯外廬，中國思想史綱（上下），北京：中國青年出版社，1981 年 10 月。

50. 楊義，中國敘事學，北京：人民出版社，1997 年 12 月。

51. 浦安迪，中國敘事學，北京：北京大學出版社，1996 年 3 月。

52. 閻崇年，明亡清興六十年（上、下），北京：中華書局，2006 年 8 月。

53. 顧誠，南明史，北京：中國青年出版社，2003 年 12 月。

54. 矗春豔，論清代前期實學思潮對英雄傳奇小說創作的影響，中國古代、近代文學研究，2008，7：105～114。

55. 允春喜，明末清初民本思潮探微，北京工業大學學報，2004 年 12 月，第 4 卷第 4 期：47～52。

56. 蘇鳳格，明末清初批判君主專制思想在近代的演變，韶關學院學報‧社會科學，2006 年 5 月，第 27 卷第 5 期：59～63。

57. 李洵，論明末政局，史學集刊，1986，第 1 期：1～6。

58. 劉海燕，《水滸傳》續書的敘事重構和接受批評，明清小說研究，2001，第 4 期：214～224。

59. 劉相雨，論儒學與中國古代小說之關係，廈門教育學院學報，2006 年 6 月，第 8 卷第 2 期：5～8。

60. 皋於厚，明清時代的進步思潮與小說創作，東南大學學報（哲學社會科學版），2002 年 3 月，第 4 卷第 2 期：111～115。

61. 齊裕焜，明末清初時事小說述評，福建師範大學學報（哲學社會科學版），1989，第 2 期：44～49。

62. 朱根，論明清小說的歷史轉型，鹽城師範學院學報（人文社會科學版），2002 年 11 月，第 22 卷第 4 期：46～50。

63. 易永姣，華夏文明的詩意樓居地——論《水滸後傳》的暹羅世界，懷化學院學報，2008 年 3 月，第 27 卷第 3 期：56～59。

64. 劉靖安，論《水滸後傳》的愛國主義主題，貴州文史叢刊，1985，第 4 期：98～104。

65. 淩培，陳忱及其《水滸後傳》述評，湖州師專學報（社會科學版），1985，第 4 期：47～50。

66. 陳會明，《水滸後傳》作者事跡新證，福州大學學報（哲學社會科學版），2005，第 4 期：53～58。

67. 田興國，劫後餘生重聚義 誅奸表忠續舊編——陳忱《水滸後傳》研究，鄂州大學學報，2005 年 9 月，第 12 卷第 5 期：40～42。

68. 陳松柏，燕青形象的嬗變，明清小說研究，2005，第 1 期：54～65。

69. 吳曉玲，關於後水滸傳，社會科學輯刊，1983，第 3 期：138～140。

70. 劉興漢，《後水滸傳》三題，東北師大學報（哲學社會科學版），1991，第 2 期：67～72。

71. 劉天振，20 世紀《蕩寇志》研究的回顧與檢討，紹興文理學院學報，2005 年 10 月，第 25 卷第 5 期：61～65。

72. 易永姣，《蕩寇志》的婦女觀與道家思想，雲夢學刊，2008 年 1 月，第 29 卷第 1 期：112～113。

73. 楊文勝，《蕩寇志》作者的道教思想，荊門職業技術學院學報，2002 年 1 月，第 17 卷第 1 期：30～33。

74. 楊文勝，論《蕩寇志》作者的儒家思想，文學教育，2007，09：088～089。

75. 佟迅，中國古代婦女社會地位及女伴男裝文學題材的演變，華北電力大學學報（社會科學版），2005 年 7 月，第 3 期：92～99。

76. 劉相雨，論《水滸後傳》《後水滸傳》《蕩寇志》中的女英雄形象，菏澤學院學報，2006 年 6 月，第 28 卷第 3 期：76～80。

77. 慶振軒，車安寧，中國古典小說中巾幗英雄形象的演變軌跡及其原因，甘肅社會科學，2000，第 2 期：71～74。

78. 唐波，從《水滸傳》女英雄形象看女性角色意識的覺醒和轉型，重慶城市管理職業學院學報，2006 年 9 月，第 6 卷第 3 期：61～63。

79. 陳年希，從陸士諤小說中探尋陸士諤的小說創作，孝感職業技術學院學報，2002 年 9 月，第 5 卷第 3 期：55～58。

80. 李漢秋，論諷刺小說的流變，上海社會科學院學術季刊，1995，第 1 期：184～192。

81. 金鑫榮，明清諷刺小說之流變及藝術圖式，江蘇社會科學，2006，第 3 期：211～215。

82. 傅元峰，諷刺的跨度：從反諷到譴責，浙江社會科學，2001 年 9 月，第 5 期：146～150。

83. 韓春萌，明清諷刺小說藝術方式的轉變，江西教育學院學報，1993，第 14 卷第 2 期：9～13。

84. 湯哲聲，故事新編：中國現代小說的一種文體存在兼論陸士諤《新水滸》《新三國》《新野叟曝言》，明清小說研究，2001，第 1 期：85～93。

85. 雷豔萍，淺談晚清小說的狂歡化色彩及內涵，克山師專學報，2003，第 1 期：27～30。

86. 張蘋，略談晚清翻譯小說的興盛，文史雜誌，2003，第 1 期：56～57。

87. 程繼紅，論晚清翻譯小說的影響，南京理工大學學報（社會科學版），2001
年 10 月，第 14 卷第 5 期：38～43。

88. 歐陽健，晚清「翻新」小說綜論，社會科學研究，1997，5：131～136。

89. 洪濤，陸士諤《新水滸》與近代《水滸》新讀：論時代錯置問題，明清
小說研究，2001，第 1 期：73～84。

90. 劉海燕，《新水滸》與清末民初的《水滸》批評，漳州師範學院學報（哲
學社會科學版），2001，第 4 期：38～46。

91. 易永姣，《水滸傳》三種主要續書的思想文化意蘊：〔碩士學位論文，湖
南：湖南師範大學，2007。

92. 馬瑜，《蕩寇志》的接受與解讀：〔碩士學位論文，天津：天津師範大學，
2003。

93. 肖菲，論清代長篇諷刺小說的演變：〔碩士學位論文，吉林：延邊大學，
2004。

# 後　記

　　能夠寫出一本有些學術含量的書，長久以來是我十分向往的事情。現今，在拙文即將付印之際，有一些話是想說一說。

　　我是 1979 年考入哈爾濱師範大學中文系，1983 年畢業的。長期做基礎教育雜誌的編輯，2000 年被評爲編審，2002 年始負責所在雜誌社的業務工作。雖然和文字打交道，但與學術的關聯很疏遠，因此一直以無學爲憾事。十幾年前，本科同學中數人先後讀博，喚醒了我心底潛藏的渴望。從 2003 年秋季始備考，到 2004 年春考試，半年中用 班後時間研讀文學史與相關著作。期間老父因病住院，在夜晚伺候老人睡後，仍於病床尾或走廊中讀書。2004 年秋考入哈爾濱師範大學文學院，成爲張錦池先生、劉敬圻先生的博士研究生。開始了漫漫 五年的苦讀。四十多歲的我與小我十五歲的師妹隨侍導師學習的情 境至今歷歷在目。考前人說，考博不易，畢業也難。幾年下來，對此的體會眞是一言難盡數言難盡。

　　我沒有經歷過讀碩士的專業學術訓練，資質平平，深感學養貧乏，眼中無識，胸中無術，心中不免焦慮。但我不怕起點低，不怕進步慢，始終老老實實地按照導 師爬梳原著的指導細讀文本。五年中，上課，讀書，單位的工作也 須認眞完成。因此幾乎割捨了與社會的交往，戒掉了好飲的深嗜，幾無假期，每日早九晚十於辦公室。班後的曠室，風聲雨聲時聞，展卷，埋首，努力接續上班阻斷的思路，思維的困頓身體的疲乏陣陣襲來……至今下班後不願離開，爲其舊日習慣使然。五年間，熬白了黑髮。終於較順利地答辯，畢業。身穿紅袍，被授予博士學位的時刻，其時年近五十的我體會了最興奮也是最複雜的心境。

2009 年畢業後，論文被「束之高閣」，五六年中再未碰觸。期間曾有兩家出版社聯繫無償出版，但「痛中思痛」而無猶豫地放棄了機會。及至 2015 年臺灣花木蘭文化出版社通過導師再說此事，才撿起擱置數年的文稿。之後的再讀中，有自認為「精彩」的擊節喜悅，也有為內容文字的粗疏、枝蔓的歎惜。但只略改了少許詞句，校正了個別錯字。

按畢業條件的硬性要求，有部分內容先後發表：

由第六章三改寫的《〈水滸新傳〉盧俊義形象論》發表於《北方論叢》2008年第 3 期。

由第六章二改寫的《國家危亡　現大忠大義本色──張恨水〈水滸新傳〉張叔夜形象重讀》發表於《學術交流》2009 年第 1 期。

由第二章一改寫的《〈水滸後傳〉「海外立國」的思想意蘊》發表於《學習與探索》2009 年第 3 期。

由第四章一改寫的《從主要內容看〈結水滸傳〉的主旨》發表於《黑龍江社會科學》2009 年第 3 期。

論文匿名外審專家和導師對拙文給予了中肯的評價，對存在的問題也擇要指出。在此一一錄後，以便於研究者參考。

吉林大學文學院中國文化研究所王汝梅先生指出：「如能對續書這一特殊文化現象作進一步論述，從理論上加以總結，會增加論文的學術價值。」「論文在打通古今的同時，如能分期說明續書在 清初（二種）、晚清（三種）、民國（八種）的不同時代特徵，歷史脈絡會更為清晰。」

上海師範大學人文學院李時人先生指出：「作者強調本文創新的立足點是『打通古今』，但未能在理論認識和表達上有更多體現，尚須進一步的努力。」

四川省社會科學院文學所沈伯俊先生指出：「《前言》宜改為《緒論》，加以充實。」「篇末應有《結論》以便與《緒論》照應。」

導師張錦池先生、劉敬圻先生指出：「可適當強化『同一時期續書之間』的橫向比較觀照。」

通過研究、論文的撰寫與近期的再次審視，我對一些問題有了更明確的個人看法。如由水滸續書多產生於明清易代外族入侵等民族矛盾階級矛盾尖銳時期及各冊續書主要內容，反觀《水滸傳》，深感「忠義思想」是其主題的理由更為充分。

　　沒有導師張錦池先生、劉敬圻先生的教誨，就沒有我學業上的成長，就沒有我思維的淬煉，也就沒有拙文的出版。感激是無法用言辭表達的。

　　我的同學、同事、朋友、家人與許多其它關心我的人在我學習期間以不同方式給我以幫助，增添了我克服困難的勇氣。

　　拙文是在借鑒了諸多研究成果的基礎上，更是在《水滸傳》及其續書的前提下初成的；如果尚有些許可資參酌之處，其功皆歸於　前賢時賢，而疏漏之責則全在我個人。

　　以上文字，附記於後，以為紀念吧。

魏永生

2016 年 2 月　丙申正月